总主编◎丛　坤

1945—1949年
东北解放区文学大系

本卷主编◎叶　红

诗歌卷①

黑龍江大學出版社
哈尔滨

图书在版编目（CIP）数据

1945—1949 年东北解放区文学大系. 诗歌卷 / 丛坤总主编 ; 叶红分册主编. -- 哈尔滨 : 黑龙江大学出版社, 2021.12
ISBN 978-7-5686-0466-6

Ⅰ. ①1… Ⅱ. ①丛… ②叶… Ⅲ. ①解放区文学一作品综合集一东北地区一 1945-1949 ②诗集一中国一 1945-1949 Ⅳ. ① I218.3

中国版本图书馆 CIP 数据核字 (2021) 第 099991 号

1945—1949 年东北解放区文学大系　诗歌卷
1945—1949 NIAN DONGBEI JIEFANGQU WENXUE DAXI SHIGE JUAN
叶　红　主编

责任编辑　刘　岩　宋丽丽　李　卉　高　媛
出版发行　黑龙江大学出版社
地　　址　哈尔滨市南岗区学府三道街 36 号
印　　刷　哈尔滨市石桥印务有限公司
开　　本　720 毫米 ×1000 毫米　1/16
印　　张　118
字　　数　1321 千
版　　次　2021 年 12 月第 1 版
印　　次　2021 年 12 月第 1 次印刷
书　　号　ISBN 978-7-5686-0466-6
定　　价　378.00 元（全四册）

《1945—1949年东北解放区文学大系》

出版说明

1945年到1949年的东北解放区，社会风云变幻，文学繁荣发展。当时的文学创作者们以激昂向上的笔触，再现了波澜壮阔的解放战争和轰轰烈烈的土地改革，讴歌了人民军队可歌可泣的英雄事迹，描绘了劳动人民翻身后的喜悦心情，书写了时代的大主题。为了再现这段文学风貌，我们编辑出版了《1945—1949年东北解放区文学大系》。

这套丛书大体以体裁分编，计小说卷（长篇、中篇、短篇）、散文卷、戏剧卷、诗歌卷、翻译文学卷、评论卷及史料卷七种，所收录作品以新文学为主。此阶段作品浩如烟海，而部分文字资料因时间久远或受当时技术所限出现严重缺损，考虑到丛书篇幅有限，故仅收入代表性较强的作品。对于因原始资料不全、不清晰而无法完整呈现，或受条件所限未收集到权威版本的篇目，则整理为存目，列于丛书卷末，以备读者参考。

丛书编辑过程中，多数篇目由原始版本辑录，首次收入文集，也有些篇目参照了此前出版的多种文集。原始文献若有个别字迹不清确不可考的，丛书中以□代替。

丛书收录作品以1945年8月至1949年10月为时间节点，个别作品的完成时间略有延伸。大部分作品结尾标注了写作时间，以及初次发表或结集出版的版本信息。作品编排大体以作者姓名笔画为序（特殊情况除外，如集体创作作品列于卷末）。

就筛选标准而言，所收主要为东北作家创作的主题作品，也有非东北籍作家创作的有关东北解放区的作品。除此之外，还有此时期公开发表的反映抗日战争题材的作品，以及在东北出版的反映其他解放区的、革命主题特色鲜明的作品。需要指出的是，在本丛书的史料卷中，还有一部分作品创作于新中国成立之后，但反映了解放战争时期东北解放区的文学发展面貌，或记述了一些典型事件、代表性人物，亦具珍贵的史料价值，为完整呈现当时的文学风貌，这部分作品亦收入丛书，以“节选”的方式呈现。

需要特别说明的是，此时期的个别作家受时代限制，思想表现出了一定的历史局限性，体现在文学创作方面可能表现为不同程度的瑕疵，这一群体的作品，只要总体导向是正面的、积极的，从保证史料全面性、完整性的角度考虑，我们也将其予以收录。个别作家在解放战争时期是积极追求进步的，但随着社会环境的变化，却出现思想动摇甚至走向错误道路，对于其作品，本丛书只选取其有代表性的、取向积极的篇目，对于其他时期该作家的不当言论、思想，我们不予认同。此外，在当时复杂的政治环境下，还有一些作品中的个别表述可能存在一些偏差，但只要其主题思想是积极进步的，则丛书亦予以收录。

丛书旨在突出东北解放区文学原貌，侧重文献整理，故此在编辑过程中，重点对作品中会影响读者理解的明显讹误进行了订正，对于字词、标点符号以及句法等，尊重原文的使用习惯，不予调改，以突出其史料价值。此外，由于此时期文学作品肩负宣传进步思

想的重任，而读者对象大多文化程度较低，创作者亦水平不一，因此创作主旨以通俗易懂为要，一些篇目语言风格通俗、浅白，甚至个别篇目、细节存在一些俚语表达，为遵从原貌，丛书仅对不雅字、词、句加以处理，其余不予调改。本书选文除作者原注外，亦保留原文在初次出版时的编者注，供读者参考。

目录 Directory

《1945—1949 年东北解放区文学大系》

诗歌卷①

失名

白刃

总　　序

张福贵

从古至今,东北在中国历史与文化进程中,特别是近代以来都是决定中国社会政治发展走向的重要因素。当然,这种作用不单纯是东北自生的,更是多种因素叠加和交汇的结果。东北文化既是文化空间概念,同时更是历史时间概念,是不同空间、区域的多种历史文化的积累,是一种时空统一的文化复合体。值得注意的是,除了抗战时期的特殊因缘使“东北作家群”名噪一时外,作为东北历史文化和现实社会表征的东北文学特别是东北解放区文学,在相当长的时间里却未得到应有的关注。黑龙江大学出版社在对过去为数不多的东北文学史料进行整理的基础上出版的东北文艺史料集成——《1945—1949 年东北解放区文学大系》,因而可以说是特别值得关注的。

《1945—1949 年东北解放区文学大系》内容丰富,除了包括小说卷、诗歌卷、散文卷、戏剧卷之外,还包括评论卷、史料卷和翻译文学卷。这是一个前所未有的大工程,也是一件大善事。正如“总导言”中所说的那样,丛书注重发掘新资料,通过回归文学现场,复现了东北解放区文学的整体面貌。东北解放区文学处于东北现代文学快速繁荣发展的历史时期，在土改文学、工业文学、战争文学等方面代表了20世纪40年代解放区文学的成就，是对《在延安文艺座谈会上的讲话》所确立的文艺观念的全面实践。对东北解放区文学的系统研究有利于更全面地总结解放区文学的成就，有利于把握延安文艺传统与东北解放区文学的内在联系，以及解放区文学对新中国文学制度、观念、创作等方面的影响。以"历史视角""时代视角"对东北解放区文学，尤其是解放战争时期的土改题材、工业题材的小说和戏剧进行分析，可以勾勒出政治意识形态对东北解放区文学运动、文学社团、文学形态、文学制度、文学风格、文学论争等产生的影响，有利于把握东北解放区文学的历史价值、认识价值、审美价值与当代意义，同时对于挖掘东北地区的文化历史和建设东北文化亦具有现实意义。东北解放区文学是基于延安文艺传统而创作的，对东北解放区文艺运动、文艺理论的全面审视具有重要的历史价值和理论意义。此外，对东北解放区文学进行深入研究，探寻人民文艺理论的历史源头，对于当代文艺创作、审美观念的引导亦具有一定的启示作用。但是，受地域因素、资料整理程度、研究者文化背景等条件的制约，东北解放区文学在中国当代文学史上的特殊地位与价值一直以来并未引起研究者的足够重视。

东北解放区文学无论是在中国大文学史中还是在东北文学和文化发展的历史中，都是具有特殊意义的存在。

虽然现代东北文学在新文学运动初期晚于也弱于关内文学的发展，但是1931年九一八事变发生，新起的东北文学及东北作家被国难推到了文坛中心，萧红、萧军等青年作家更是直接受到鲁迅的关注和扶持，迅速成为前沿作家。这一批流落到上海等都市的青年作家由此被称为"东北作家群"，他们奠定了东北文学在中国大文学史上的特殊地位。然而，正像全面抗战进入相持阶段之后，中国文坛也变得相对平静、舒缓一样，除了萧红、萧军等人外，东北文学和东北作家也逐渐失去了文坛的关注。应当承认，一些东北作家的文学成就和文坛名声之间并不完全相符，是时代造就了他们，提高了他们的文学史地位。然而，另一方面，我们对其中有些作家及作品的价值却又是认识不足的。对此，我自己也有一个认识转化的过程：过去单纯依据多数东北作家的创作进行判断，感觉某些艺术价值之外的因素在评价中发生了作用，其地位可能有些“虚高”；但是，对于20世纪的中国文学史来说，艺术之外的价值判断就是艺术判断本身，或者说，社会判断、政治判断就是中国文学史评价的根本性尺度。因为在中国作家或者说在知识分子的群体意识之中，政治的责任感和社会的使命感几乎是与生俱来的，而中国20世纪风云激荡的社会现实又为这种责任感和使命感提供了最好的生长环境。“悲愤出诗人”，“文章憎命达”，文学创作是与政治、思想、伦理等融为一体的，脱离了这一切，文艺也就失去了时代与大众。所以说，无论是具体的作品分析，还是文学史研究，没有了这些“外在因素”，也就偏离了其本质。“东北作家群”是时代的产物，也是时代文艺的产物，20世纪中国文学史中应该有他们浓墨重彩的一笔。作为后人，对历史做出评价往往是轻而易举的，但是这“轻而易举”往往会导致曲解甚至歪曲了历史，委屈了历史人物。“东北作家群”的价值和意义不是单一的，因为对中国现代文学史的评价从来就不是一种艺术史、学术史的评价，而是一种思想史和政治史的评价。正如鲁迅当年为萧军的成名作《八月的乡村》所作的序中所写的那样，“这《八月的乡村》，即是很好的一部，虽然有些近乎短篇的连续，结构和描写人物的手段，也不能比法捷耶夫的《毁灭》，然而严肃,紧张,作者的心血和失去的天空,土地,受难的人民,以至失去的茂草,高粱,蝈蝈,蚊子,搅成一团,鲜红地在读者眼前展开,显示着中国的一份和全部,现在和未来,死路与活路。凡有人心的读者,是看得完的,而且有所得的"。《八月的乡村》不仅是中国现代第一部抗日题材的长篇小说,也是世界反法西斯战争题材的第一部长篇小说,其意义和价值是特殊的、特有的,不可单单以艺术审美的标准来看待这部作品。"东北作家群"的存在及其创作的意义,不只是为20世纪30年代的中国文坛增添了特有的地域文化内容和东北文学特有的审美风格,更在于最早向全国和世界传达出中华民族抗敌御辱的英勇壮举,最早发出反法西斯的声音。此外,在抗战大历史观视域下,"东北作家群"的创作为十四年抗战史提供了真实的证据。特别是东北解放区的早期文学直书十四年历史的特殊性,这是十分可贵的和独特的。于毅夫的散文《青年们补上十四年这一课》,深刻而沉重地描写了十四年殖民统治下东北人的精神状态和文化演变:

> 这许多现象,说明了东北在十四年殖民统治的过程中,文化生活上是起了很大的变化。翻开伪满的《满语国民读本》一看,真是"协和语"连篇,如亚细亚竟写成アジヤ,俄罗斯竟写成ロシヤ,有的人一直到现在还把多少元写成多少円,这都是伪满"协和语"的残余,说明殖民统治残余的文化还在活着,还没有死去,这在今天不能不说是一件遗憾的事!仔细想来,这也难怪,因为日本的魔手,掌握了东北十四年,今天一旦解放,希望不着一点痕迹,这是完全做不到的,要从历史上来看,它切断了东北历史

> 十四年，这十四年的历史是很黯淡地被抹掉了，十四年来也的确是一个大变化，在这期间多少国家兴起了，多少国家衰落了，多少血泪的斗争、多少波浪的起伏，都被日本鬼子的魔手所遮断！我回到家乡接触到成千成百的青年，几乎都不大明了这十四年来的历史真相，有的连中国内部有多少省都不知道，连云南、贵州在哪里都不晓得。

难能可贵的是，作者较早地认识到在经历了十四年的奴化教育之后，对东北人民进行民族和民主意识的启蒙是至关重要的。“不过历史是不能停滞的，殖民统治残余的文化必须要肃清，法西斯毒化思想也必须要肃清，既然是日本鬼子切断了东北历史十四年，既然法西斯分子要篡改这一段历史，那我们就应该设法补足这十四年的历史！”“要做到这点，我想青年们今天的迫切要求，不是如何加紧去学习英文、代数、几何、物理、化学，读死书本事，争分数之短长，准备到社会上去找一个饭碗，而是如何加紧去学习新文化，如何加紧学习社会科学，如何去改造自己的思想，如何进一步地去改造这遭受法西斯思想威胁的半封建的半殖民地的社会！”“因此我向青年们提议要加强你们对于新文化的学习，加强对于社会科学的学习，特别是政治的学习，不要把自己圈在课堂里，圈在死书本子上。”“新青年要掌握着新文化，新思想，才能创造起新中国新东北！”（《东北日报》1946 年 10 月 13 日）

在一批最前沿的左翼作家流亡关内之后，东北文学经过了一段艰难而相对平静的发展阶段。在表面繁华而内在凶险的沦陷区文艺界，中国作家用各种文艺手段或明或暗地与侵略者进行抗争，并为此付出了血的代价。这种状况直到 1945 年光复之后才发生根本

性转变，东北文艺创作者们一方面回顾过去的苦难，另一方面表现出对新生活的憧憬，这正是后来东北解放区文艺的心理基础，而日渐激烈的解放战争又为东北文艺的走向和解放区文艺的诞生提供了具体的现实基础。这与以萧军、罗烽、舒群、白朗、塞克、金人等人为代表的东北籍作家的返乡，以及在东北沦陷区留守的左翼作家关沫南、陈隄、山丁、李季风、王光逖等人的坚持，是分不开的。当然，随我党十几万军政人员一同出关的延安等地的众多文艺家，在东北文艺的创设中更是起到了引领和带头作用。这其中已经成名的有刘白羽、周立波、丁玲、草明、严文井、张庚、吴伯箫、华山、陆地、公木、方青、任钧、雷加、马加、陈学昭、西虹、颜一烟、林蓝、柳青、师田手、李克异、蔡天心等。

东北解放区文艺的创作直接继承了延安文艺特别是毛泽东《在延安文艺座谈会上的讲话》精神。在党的直接领导下，东北解放区先后创办了《东北日报》《中苏日报》《东北民报》《关东日报》《辽南日报》《西满日报》《大连日报》《松江日报》《合江日报》《吉林日报》《胜利报》等，这些报纸多为党的机关报，其文艺副刊发表了大量的文艺作品、理论文章及文艺动态。这些报纸副刊对于东北解放区文学的引导与建构起到了重要的作用。与此同时，《东北文学》《东北文化》《东北文艺》《文学战线》《人民戏剧》《白山》《戏剧与音乐》等文学杂志，以及东北书店、大众书店、光华书店等出版机构相继创办，这些文艺刊物和书店对解放区文艺的发展也起到了很大的推动作用。

革命的逻辑和阶级的理论是东北解放区文艺创作的普遍主题。这是一种革命的启蒙，与左翼文艺一脉相承，只不过东北的社会现实为这种主题提供了更为广泛而坚实的生活基础。抗战胜利后，为

了开辟和巩固东北解放区，使之成为解放全中国的军事和经济基地，我党进军东北，抢占了战略制高点。可是，在东北，人民军队所处的环境与山东等老解放区完全不同，殖民统治因素加之国民党的宣传，使得我们的政治优势在最初未能完全发挥出来。正如李衍白在散文《黎明升起——巨大变化的东北一年间》中所写的那样："群众在犹豫中，岁月在艰苦里，这就是我们在东北土地上刚刚开始播种，还没有发芽开花时的现实遭遇。"随着革命形势的发展，革命军队传统的政治思想工作优势又体现了出来。我党在部队中开展了以"谁养活了谁"为主题的"诉苦运动"，这颠覆了中国东北乡村社会的封建伦理，提高了官兵的阶级觉悟，极大地增强了部队的战斗力。

这种革命的逻辑在土改题材的作品中表现得最为突出。方青的短篇小说《擦黑》讲述了这个朴素的道理：

> "……像赵三爷那号人，把咱穷人的血喝干了，咱们才不得不去找口水喝饮饮嗓；他们喝干了咱们的血没有一点过，咱们找口水喝饮饮嗓子就犯了罪？旧社会就是这么不公平！他们还满口的仁义道德，呸！雇一个扛活的，一年就剥削好几十石粮食，还总是有理！穷人的孩子偷他个瓜吃，就叫犯罪，绑起来揍半天，这叫什么他妈的道德？咱们要讲新道德，咱们贫雇农的道德；就是用新道德来看咱们贫雇农；像上边说的那些犯了点毛病的，都不要紧，脸上有点黑，一擦就干净了，只要坦白出来，都是穷哥儿们好兄弟。一句话：只要是姓穷的就有理，穷就是理！金牌子上的灰一擦净，还是金牌子。家务事怎么都

好办!”李政委讲的话刚一落音,大伙高兴地乱吵吵起来:“都亲哥儿兄弟么!”

除此之外,还有在“你给地主害死爹,我给地主害死娘……”的事实教育下,认识到了彼此都是阶级弟兄,大家都是穷苦人的“无敌三勇士”,他们从此“火线上生死抱团结”。(刘白羽《无敌三勇士》)

土地改革是东北解放区文艺最引人关注的问题。东北解放区文学作品中有许多极具写实性的“穷人翻身”故事,如周立波的《暴风骤雨》、马加的《江山村十日》、白朗的《孙宾和群力屯》、井岩盾的《瞎月工伸冤记》、李尔重的《第七班》、西虹的《英雄的父亲》等文艺经典作品。

方青的《土地还家》描述的就是这一历史巨变给贫苦农民带来的心理和生活的变化:

二十年了,郭长发又重新用自己的手来耕作自己的土地了。这是老人留下的命根,叫它长出粮食来养活后代的儿孙:可是二十年的光景,它被野狼吞了去,自己没有吃过它一颗粮食——他想到是旧社会把他的地抢走了。

现在呢?他又踏在这块地上铲草了。他感到自己已经离开家二十年,如今又回到母亲的怀里,亲切地叫着:“娘!我回来了。”——于是他又感到是:这是新社会把我的地要回来的。他这样想着,不由得拉长了声音跟儿子说:

“柱儿！想不到啊，盼了二十年，那时候你才三岁。多亏共产党……记住！可别忘了本啊！”

他直起腰来，两手拉着锄把，又沉重地重复着这句话：

“柱儿！记住，可别忘了本啊！”

佚名的《永北前线担架队速写》则写了老乡们在一天的时间里就组织起了八百余人的担架大队，作者经过和担架队员们的交谈，感受到了新解放区人民的觉悟。大队长问担架队员们：“你们这次出来抬担架，怕不怕？”大伙回答：“不怕！”大队长又问：“为什么不怕？”大伙答：“不怕，这是为了自己。”担架队员们相信唯有民主联军存在，他们才能活着。他们说：“胜利是我们的，土地才是我们的。”“赶走国民党反动派，保卫我们的土地和民主。”这与《白毛女》“旧社会使人变成鬼，新社会使鬼变成人”和《王贵与李香香》“要是不革命，穷人翻不了身，要是不革命，咱俩结不了婚”的主题是一样的。淮海战役的胜利是山东人民用手推车推出来的，而东北解放区的建立和辽沈战役的胜利又何尝不是如此！

战争书写是东北解放区文艺中最主要的内容，革命理想主义、革命集体主义和革命英雄主义精神，是东北文艺的思想主题，也是东北文艺的审美风尚。这种简单明了的思想、昂扬向上的精神本身就具有一种审美特质，它奠定了新中国文艺的审美基调。就东北解放区文艺而言，无论是描写抗日战争还是描写解放战争的作品，都普遍具有鲜明而朴素的阶级意识、粗犷而豪迈的革命情怀。

蔡天心的诗歌《仇恨的火焰》，描写了在觉醒的阶级意识支配下东北民主联军官兵的战斗情怀：

仇恨燃烧着，
像火一样烧灼着广阔的土地。
听啊——
大凌河在狂呼，
辽河在咆哮，
松花江在怒吼，
在许多城市和乡村里，
哪儿出现反动派的鬼影，
哪儿就堆成愤怒的山，
哪儿有敌人的迹蹄，
哪儿就燃起仇恨的火焰……
……
我们要
用剪刀剪断敌人的咽喉，
用斧头砍下他们的头颅，
用长矛刺穿他们的胸脯，
用棍棒打折他们的脚胫，
用地雷炸弹毁灭他们，
用从他们手里夺过来的武器，
打垮他们，
然后用铁镐把他们埋掉！

我们要用生命，用鲜血，
保卫这自由解放的土地，

不让反动派停留！

"赶走敌人啊，
赶快消灭它！"
让这充满着力量和胜利的声音，
随同捷报传播开去，
让千百万颗愤怒的心，
燃起
仇恨的火焰！

这种激情在东北解放区的散文、报告文学和战地通讯中表现得最为明显，如丁洪的《九勇士追缴榴弹炮》、马寒冰的《雪山和冰桥》、王向立的《插进敌人的心腹》、王焰的《钢铁英雄王德新》等。这些作品内容真实，情感深沉厚重，延续了抗战时期散文书写浪漫主义与现实主义相结合的审美特征。这些既有写实性又有抒情性的东北解放区散文作品在战争中凝聚人心，彰显力量，具有极大的宣传、鼓舞作用。

最为难得的是，面对东北发达的近代工业景观，作家们更多地描写了工人们的斗争和生活，这些作品成为东北文艺中最为独特而珍贵的展示，而且直接影响了新中国工业题材文学的创作。战争期间，沈阳、长春、大连等地的工业设施惨遭破坏。光复之后，为了保护工厂和恢复生产，工人们表现出了忘我的精神和高超的技术。这使得从未见过现代工业景象的文艺家们感动和激动，他们纷纷用笔来描写现代工业生产和城市新生活，从而给中国现代文学带来了前所未有的新气象。大连大众书店于 1948 年 8 月出版的

《"工农园地"选集》,就收录了城市工人拥护并融入新生活的历史片段,如袁玉湖《锉股的"火车头"》,郓景明、孙聚先《熔化炉的话》等。此外还有李衍白《工人的旗帜赵占魁》,草明《工人艺术里的爱和恨》,张望《老工友许万明》等。李衍白在散文《黎明升起——巨大变化的东北一年间》中,描写了东北现代工业的风貌和工人们的热情:

> 今日的城市也正在改变着一年以前的面貌,先看一看今天的哈尔滨,代表它新气象的是全部工业齿轮的旋转,是市中心区黑夜中的灯光如昼,是穿插在四条线路的廿五台电车和六条线路上卅台公共汽车,是一万五千吨自来水不停地输送给工厂、商店和住宅。这些数目字不仅超过了去年今日(蒋记大员们劫掠后所造成的混乱情况),而且有些超过了伪满。在紧张的战争中加速地恢复这些企业,同样不是依靠别的,而仅仅是由于工人的觉悟。你想一想,一个工人为了修理一个发电的锅炉,但又不能停止送电,于是就奋不顾身钻进可以熔化生铁、数百度的锅炉高热中,他穿着棉衣,外面的人用水龙朝他身上喷冷水,就这样工作一会熬不住了跑出来,再钻进去,来回好多次,最后,完成了任务。我们有好多这种感人的事例。

我们在这些描写工友的散文里,看到了解放区新生活带给城市工人的希望。他们积极上工,传授技术,加班加点,争着当劳动英雄。这在中国同时期其他地域的文学作品中是极少见的。

质朴单一的写实手法是东北文艺的普遍表现方式，这种质朴不单是一种审美风格，更是一种直面大众的话语策略。这一传统与近代“政治小说”、五四新文学、左翼文学和抗战文艺等都是一脉相承的。文艺作为一种宣传和斗争的工具，自然要承担起团结和争取最广大人民群众的历史任务。因此，质朴单一的写实手法、通俗易懂甚至有些粗俗的语言风格，成为东北解放区文艺的普遍表现形式。

鲁柏的诗歌《夸地照》用简朴的形式表达了翻身农民淳朴的感情：

一张地照领回家，
全家老少笑哈哈；
团团围住抢着看，
你一言我一语来把地照夸：

长方形，四个角，
宽有八寸长两拃；
雪白的纸上写黑字，
红穗绿叶把边插。

上边印着毛主席像，
四季农忙下边画；
地照本是政委会发，
鲜红的官印左边“卡”。

里面写着名和姓，

地亩多少填分明，
拿到地照心托底，
努力生产多收成。

这首诗歌不仅使用了农民的口语，而且用东北农村方言来直观地描摹地照的具体形状和细节，表达了翻身农民朴素的情感。这种描写和表现方式与中国古代民歌传统有直接的联系。

井岩盾的小说《瞎月工伸冤记》以一个雇农自述的方式讲述自己的悲苦经历和内心感受。当工作队员问他是否受地主老赵家的气，他说："大伙吃他的肉也不解渴啊，都叫他给熊苦啦。"于是在工作队的启发和支持下，他"找大伙宣传去了"："张大哥，李大兄弟啊，咱们都是祖祖辈辈受人欺负的人呀！这回来了八路军啦，八路军给咱们穷人做主呀！有话只管说呀！有八路军，咱们啥都不用怕呀！"这是东北解放区贫苦农民普遍具有的经历和感受，而这种质朴无华的语言也是地道的东北农民的日常语言，具有天然的亲和力。

邓家华的小说《打死我也不写信》从情节到语言都相当质朴，甚至有些幼稚，但是那种情感是真挚的。"我"被敌人抓去，遭到严酷的鞭打，"当时我痛得忍不住，皮肤里渗透出一条一条青的红的紫的血痕，可是打死我也不写信的，他们看到我昏过去了，也就走了。等我清醒过来时，浑身疼痛，我拼死命地弄坏了门逃了出来，可是不巧得很，又碰到了伪军，又把我抓起来了，他们还是逼迫我写信，我坚决地说：'死了心吧！就是死了，我父亲会帮我报仇的。'救星来了，在繁星的晚上，忽然西面枪声不停地响着，新四军老部队来攻击了，伪军们都吓得屁滚尿流地逃走了，啊！新四军救出我

了,我很快地到了家里,见了爸爸妈妈,心里真是高兴得流泪了”。

李纳的散文《深得民心》记叙了长春一个米面商人对民主联军和共产党的淳朴情感:“他已经将红旗展开,举到我的眼前,我看到七个大字:‘中国共产党万岁!’”“‘中国共产党万岁!’他重复着这七个字,从眼镜里透露出兴奋的眼睛。这脸,比先前更可爱更慈祥了:‘我喜欢这七个字,所以我选择了它。’”“大会开始了,人们都向着会场移动,老先生也站起来要走,临走时他问我在什么地方工作,我告诉了他,他高兴地说:‘好,都是民主联军。深得民心,深得民心。’”抛开其内容不论,作品文字风格的朴素也显露出解放区文艺在艺术层面幼稚和不甚精致的弱点,而这弱点又可能是许多新生艺术的共有问题。也许,正因为幼稚,它才有更广阔的发展空间。

形式的多样性特别是短小化是东北解放区文艺创作的普遍特点,短篇小说、墙头诗、快板诗、散文、战地通讯、说唱文学等成为最常见的艺术形式。战争的环境、急剧变化的生活和读者的接受水平与习惯等,决定了人们需要并且适应这种短平快的表达方式,而这也是延安文艺和抗战文艺形式的延续。天意的《县长也要路条》描写了两个一丝不苟的儿童团员在放哨时不放过民主政府的县长,硬是把他和警卫员带到乡长那里查证的故事。其篇幅短小,不到400字,但是内容蕴意深刻,语言风趣自然,简直就是一篇微型小说。

小区区的短诗《一心一意要当兵》,将人物的关系、思想、表情和语言都生动形象地表现出来,极具说服力和感染力:

葫芦屯有个小莲青,

一心一意要当兵——
他爹说：
“你去吧。”
他娘说：
“你等一等！……”
他老婆说：
“哪能行?！……”
忸忸怩怩来扯腿；
哭哭啼啼不放松：
“你去当兵啥时还？
为老为少撇家中！”
小莲青，
脸一红：
“小青他娘，
你醒醒：
八路同志千千万，
哪个不是老百姓?！
我去当兵打蒋贼，
咱们才能享太平。”

当然，东北解放区文艺中也有许多保留了浓郁的文人气息的作品，这些作品与五四新文学的“纯文艺”审美风格有明显的承续性。例如大宇的诗歌《琴音》：

一个琴师

把琴音遗失在幽谷里
滑落在幽谷的谷缝里了

琴音栽培了心原上的一棵草儿
琴音赞咏了艺术的生命
一支灿烂的强烈的光焰

我就永住在这琴音里了
就仿佛身陷于一片梦的缘边
仿佛浴着一片无际的云海
无垠的生旅无限的生涯
何处呀
我摸索到何处呀
琴音丢在幽谷里
滑落在幽谷的谷缝里了

十分明显，这不是东北解放区文艺创作的主流。

《1945—1949年东北解放区文学大系》的编者耗费了大量精力来做这样一项浩大的地域性文学工程，这不只是对东北文艺的巨大贡献，更是对新中国文艺的巨大贡献。在此之后，东北文艺研究将迈上一个新台阶。

总导言

丛　坤

从1945年抗战胜利到1949年新中国成立这个时期，对于东北而言是极为特殊的。抗战胜利后，中共中央发布了《建立巩固的东北根据地》的指示，迅速成立了以彭真为书记的东北局，抽调了四分之一的中央委员、两万名党政干部、十三万主力部队赶赴东北，与国民党反动派展开激烈的斗争。在广大人民群众的支持下，中国共产党及其领导的军队从最初的战略防御转为战略反攻。1948年11月，辽沈战役胜利，全东北获得解放。在解放战争时期，在中国共产党的领导下，东北人民反奸除霸，建立民主政府，消灭土匪，进行土地改革，在政治上、经济上翻身做了主人。东北的政治、经济、文化、教育等各个领域都发生了翻天覆地的变化，尤其是在文学创作方面，东北地区取得了不可低估的成就，文学创作出现了前所未有的发展和繁荣的局面。

"东北作家群"的回归、党中央选派的文化宣传干部的到来、文学新人的成长使得解放战争时期东北地区的创作队伍不断壮大。在东北沦陷后从东北去往关内的进步作家中，除萧红病逝于香港、姜椿芳在上海从事党的地下工作外，塞克（即陈凝秋）、舒群、萧军、罗烽、白朗、金人等都积极响应党的号召，陆续返回东北。1945年9月至11月，党中央从陕甘宁边区和各个解放区抽调一大批优秀的文化工作者到东北解放区。据不完全统计，这一时期来到东北解放区的文化工作者有刘白羽、陈沂、周立波、草明、严文井、张庚、吴伯箫、华山、西虹、陆地、李之华、胡零、颜一烟、公木、林蓝、江帆、李纳、魏东明、夏葵、常工、方青、任钧、李则蓝、煌颖、侯唯动、李熏风、雷加、马加、袁犀、蔡天心、鲁琪、李北开等。① 中共中央东北局宣传部与东北文艺协会在“土地还家”口号的基础上，提出了“文艺还家”的口号，号召广大文艺工作者在与农民同吃、同住、同劳动的同时，领导农民群众参加土地改革运动，帮助农民成立夜校、学习文化、办黑板报、成立文艺宣传队，提高他们的写作能力与文艺欣赏能力，在农民、工人等基层劳动者中培养了一大批“文学新人”。创作队伍的空前壮大为东北解放区文学的繁荣奠定了坚实的基础。

东北解放区文学的繁荣也与当时出版事业的空前繁荣密不可分。东北局宣传部将建立思想宣传阵地（即报刊、出版机构）、改造思想、建构意识形态话语权确定为首要任务。进入东北不久，东北局于1945年11月在沈阳创办了机关报《东北日报》（1946年5月28日由沈阳迁至哈尔滨，1948年12月12日搬回沈阳）。该报面向东北全境的党政军发行，是东北解放区发行量最大的报纸。之后，东北解放区创办、发行的报纸近百种。据《黑龙江省志·报

① 彭放：《黑龙江文学通史（第二卷）》，北方文艺出版社2002年版，第354页。

业志》的统计，当时黑龙江地区（5 省 1 市）的每个省市不仅有党政机关报，而且有人民团体和大行业的专业报纸，有些县也出版油印小报。仅哈尔滨出版的大报就有《哈尔滨日报》《哈尔滨公报》《哈尔滨工商日报》《大众白话报》《午报》《自卫报》《北光日报》《新民日报》《民主新报》《学生导报》《文化报》等。这一时期的报纸，无论设没设副刊，都或多或少地发表过文学作品。

东北局还出资创办了东北书店、光华书店、大连大众书店、辽东建国书店、兆麟书店、吉东书店、辽西书店等众多的图书出版机构。其中，东北书店是东北解放区规模最大、贡献最大的书店，在东北全境建有 201 个分店，发行网点遍布东北全境。除出版、发行图书外，东北书店还创办了《知识》《东北文学》《东北画报》《东北教育》等期刊。这些出版机构大量出版政治读物、教材和文学书籍，促进了东北解放区出版业的发展。仅以东北书店为例，从 1946 年到 1948 年，东北书店总共出版图书杂志 760 种、各类图书 1 520 余万册。[①] 东北解放区纸张和印刷质量上乘的大量出版物不仅发行于东北各地，还随着东北野战军入关和南下，成为陆续解放的北平、天津、武汉等地人民群众急需的读物。历史上一向“文风不盛”的东北第一次有大量的出版物输送到关内文化发达之地，这成为一时之盛事。

此外，东北解放区先后创办的文学类期刊的数量是惊人的。如 1945 年至 1947 年创办的文学期刊有《热风》（半月刊）、《文学》（月刊）、《文艺》（周刊）、《文艺工作》（旬刊）、《文艺导报》（月

① 逄增玉:《东北解放区文学制度生成及其对当代文学制度的预制》，载《文学评论》2017 年第 4 期。

刊)、《东北文艺》(月刊)。1947年以后创刊的大型专业期刊有《部队文艺》、《文学战线》(周立波主编)、《人民戏剧》(张庚、塞克主编),综合性期刊有《东北文化》(吴伯箫主编)、《知识》(舒群主编)等。其中,《东北文化》与《东北文艺》的影响最为突出。《东北文化》的主要任务是协同东北文化界,从政治上、思想上启发广大的东北青年和文化工作者,提高他们的自觉性,激发他们的革命热情、积极性和创造性,使他们在东北人民解放的伟大事业中发挥应有的作用。《东北文艺》是纯文艺性的刊物,刊载小说、戏剧、散文、诗歌、漫画、速写、报告文学、杂文、书刊评价,以及文学理论、有关文艺运动史的论著等。《东北文艺》聚集了一大批优秀的作者,如周立波、赵树理、罗烽、公木、萧军、塞克、舒群、白朗、严文井、刘白羽、西虹、范政、宋之的、金人、马加、雷加等。在他们的影响下,《东北文艺》还不断提携文学新人,这成为该刊的传统。从创刊到终结,《东北文艺》在新中国成立前后产生了很大的影响,20世纪50年代成长起来的许多作家、诗人是从这里起步的。可以说,《东北文艺》在解放战争和革命胜利后对新中国文学新人的培养起到了重要的作用。报纸、文学期刊、综合性期刊和出版机构的大量涌现,为东北解放区文学的发展创造了良好的条件。

与此同时,为了更好地团结广大文艺工作者,东北局于1946年在黑龙江佳木斯成立了东北文化工作委员会,成员有张闻天、吕骥、张庚、塞克等。此后,若干文艺与文化团体陆续成立,其中最有影响的是1946年10月19日由全国文协的老会员萧军、舒群、罗烽、金人、白朗、草明6人在哈尔滨发起筹备的“中华全国文艺协会东北总分会”。这个文艺团体表面上是由文人自由结社,实际上主体是来自延安、具有干部身份的文化人,其中不少人是党员或东北文艺界的领导干部。“中华全国文艺协会东北总分会”对东北解放区文学的发展起到了不可忽视的作用。此外，中苏文化协会、鲁迅文艺研究会等文艺社团相继成立。1948 年 3 月，中共东北局宣传部首次召开了由文学、戏剧、音乐、美术、电影等部门的 150 余名文艺工作者参加的文艺工作者会议。会议对抗战胜利以来的东北解放区文艺工作进行了总结，并制订了随后一段时间的文艺工作计划。此外，中共中央东北局宣传部内部成立了文艺工作委员会，吕骥、舒群、刘白羽、张庚、罗烽、何世德、严文井、袁牧之、朱丹、王曼硕、华君武、白华、向隅、田方、沙蒙、吴印咸任委员，负责指导东北解放区的文艺工作。

1946 年秋，已迁至哈尔滨的原延安鲁迅艺术学院，按照东北局的指示北撤至佳木斯，并入东北大学，更名为鲁艺文学院。同年 12 月，东北局又决定让鲁艺脱离东北大学，组建东北鲁艺文工团。1948 年秋冬之际，随着沈阳的解放，东北鲁艺文工团在经历了三年多艰苦卓绝的转战与工作后进入沈阳，随后正式复名为鲁迅艺术学院，恢复了延安鲁迅艺术学院的学校建制。文艺团体的纷纷建立为东北解放区文学创作队伍的培养提供了组织保证。

为了纪念解放东北这段革命岁月，为了展现东北解放区文学的勃兴与繁荣，我们编辑出版了《1945—1949 年东北解放区文学大系》，分别从小说、散文、戏剧、诗歌、翻译文学、评论、史料等体裁角度进行整理、收录。

二

抗战胜利后的东北解放区文学是延安文艺的延伸与发展，东北解放区四年所发生的巨大变化，都生动、形象地展现在东北解放

区的小说创作中。东北解放区小说充分展示了当时的社会生活，塑造了形形色色的人物形象，给人们留下了时代的缩影与历史的印迹。

东北解放区小说创作大体可以分为两个阶段。第一个阶段是从1945年日本投降到1946年中共东北局通过“七七”决议，第二个阶段是从1946年通过“七七”决议到1949年新中国成立。在当时的局势下，中国共产党要最广泛地发动群众，进入东北的文艺工作者便肩负了与武装部队同样重要的“文化部队”的任务。他们用文学作品教育、引导群众，积极参与了粉碎旧的国家机器和意识形态的过程。在党的文艺方针政策的指引下，东北解放区的作家们广泛深入到农村土地改革、前方战斗生活和工厂建设之中，亲身体验群众生活。这使得东北解放区的小说能够迅速地反映生产、生活、军事等各个领域的变化与东北人民精神世界的变化。

从1931年日本发动九一八事变到1945年日本投降，十四年的沦陷历史构成了东北文学不可磨灭的创痛记忆。对沦陷时期东北社会生活的回忆，是这一时期小说的一个重要题材。而抗战题材小说则是对异族侵略者铁蹄下民生困难的真实记录，也是对战争年代民族精神的热情颂扬。但娣的《血族》、陆地的《生死斗争》、范政的《夏红秋》、骆宾基的《混沌——姜步畏家史》等都是这方面的代表作品。

土改斗争是东北解放区小说三大题材的重中之重。在那场深刻改变了中国农村政治、经济关系的运动中，东北解放区作家将强烈的政治使命感与巨大的创作热情相融合，创作出了大量的优秀作品，周立波的《暴风骤雨》、马加的《江山村十日》、安危的《土地底儿女们》等至今仍被读者反复阅读。

小说创作需要一个孕育的过程，相对来说，中长篇小说需要更长的时间来构思和写作，而短篇小说则完成得较快。在复杂、激烈的土改运动中，东北解放区作家们努力笔耕，迅速创作出大量的短篇小说。在这些小说中，我们可以看到东北农民在土改运动中的精神变化，农民经历了几千年的封建压迫，他们身上的枷锁不仅是物质上的，更是精神上的，从奴隶到主人的蜕变需要一个心灵的搏击历程。

反映前线战争是东北解放区小说的另一个重要题材，这些小说真实地体现了军民的鱼水情谊。西虹的《英雄的父亲》、纪云龙的《伤兵的母亲》等都是当时影响较大的作品。1947 年至 1948 年是解放战争中我党从防御转为反攻的时期，随着战事的推进，中国人民解放军（1948 年 1 月 1 日，东北民主联军改称为东北人民解放军，同年 11 月 13 日改称为中国人民解放军）的队伍急剧壮大，部队官兵的成分因而趋于复杂化。为此，部队采用诉苦的办法对广大指战员进行阶级教育，提高他们的政治觉悟和思想觉悟。诉苦教育消除了战士之间的隔阂，为解放战争的胜利打下了坚实的思想基础。刘白羽的短篇小说集《战火纷飞》、李尔重的中篇小说《第七班》等反映了这一主题。

除上述三大题材外，解放战争时期东北涌现出来的工业题材小说，亦可视为中国现代工业题材小说的发端，这也从一个方面证明了东北解放区小说的文学史价值和文化价值。

东北解放区的工业在新中国发展史上占有非常重要的地位。在这一方面，影响最大的是女作家草明的中篇小说《原动力》。这篇小说虽然存在粗糙和简单等不足之处，但作为新中国成立前描写工业生产和工人思想的作品，是值得关注和肯定的。此外，李纳

的《出路》、鲁琪的《炉》、韶华的《荣誉》、张德裕的《红花还得绿叶扶》等作品也广受好评。这些小说充分展现了东北解放区工业蓬勃发展的景象,展现了工业生产对人的改造,也开创了新中国工业文学的先河。

东北解放区的相当一批小说,强调小说的政治价值,强调创作为工农兵服务,大多通俗易懂,而缺乏对心理深度和史诗境界的发掘。然而,东北解放区小说明朗新鲜,创造性地继承了延安文艺精神,反映了东北解放区的历史巨变和社会变革中诸多的社会问题,为新中国成立后的十七年文学开辟了道路。

二

散文卷在本丛书中占有重要的分量,真实地记录了解放战争中东北解放区人民的巨大贡献,独特的作品体例亦标示出其在新中国散文创作史中的独特地位。

解放战争时期东北战区的胜利,不仅是军事史上的奇迹,更是人民意志创造历史的丰碑。许多作者都以醒目而直接的题目记录了解放军普通战士勇敢战斗、不畏牺牲的英雄事迹,以真挚的情感,突出了普通战士大无畏的战斗精神和取得战斗胜利的信心。这些作品表现了同一个主题:解放军是人民的军队,中国共产党是全心全意为人民服务的。这也是新中国强大的根基体现。

散文卷中还有一部分作品,叙述了悲壮的抗联斗争的事迹,如纪云龙的《伟大民族英雄杨靖宇事略》、菽沅的《老杨——人民口中的杨靖宇将军》、陈堤的《悼念李兆麟将军》等。英勇不屈的民族气节是抗联英雄所具的崇高品质,也是抗联精神最真实的写照。而东北书店于1948年6月出版的《集中营》,以革命者的亲身经历叙述了大义凛然、为真理献身的革命志士的事迹，让后人真正理解了“头可断血可流，革命意志不能丢”的气节，“永不叛党”是英烈们用鲜血和生命刻写在党章之中的。

从1946年到1948年，尽管国民党军队在东北重要城市盘踞并负隅顽抗，但是东北农村却发生了翻天覆地的变化。中国共产党在根据地开展土改运动，领导农民推翻了地方统治势力，领导农民斗地主、分田地，农民欢欣鼓舞，迎来了新生活。强大的后方农村根据地为部队供给提供了保障，同时，许多年轻的子弟为了保护胜利果实自愿参加了解放军，这改变了国共双方在东北的兵力布局。《永北前线担架队速写》等作品反映了这一主题。

此外，解放区散文作家的笔下还洋溢着新生活的喜悦，如严文井的《乡间两月见闻》。除了乡村，对于那些在战后重新回到人民手中的城市，我党也开始接管，并进行初步的恢复性建设。在作家们的笔下，新生活带来了新气象。大连大众书店于1948年8月出版的《“工农园地”选集》，就收录了描写城市工人拥护和融入新生活的散文。在这些描写工厂、工友的散文里，我们可以看到解放区的新生活给城市工人带来了希望。

这些散文作品大多短小精悍，有迅速性、敏捷性和战斗性等特点，具有独特的艺术特征。这与当时许多作家的出身密切相关。如刘白羽、草明、白朗、华山、西虹等作家对战争环境和百姓生活有着敏锐的观察力和真实的体验，他们的作品使得东北解放区1945年至1949年的散文创作呈现出独特的风格，表现出纪实性和文学性相结合的特点。此外，由众多从延安来到东北的文艺干部组成的随军记者，以大量的新闻报道反击了国民党的舆论污蔑，记录了解放军战士不畏艰险、顽强抗敌的英雄事迹，同时表现了后方人民

在解放区土改过程中翻身解放、分得土地的喜悦心情。

散文作家记录这些真人真事的报道在东北解放战争中起到了巨大的宣传作用,成为鼓舞人心的强大的精神力量。东北解放区散文也因为内容真实、情感真实而呈现出历久弥新的生命力,往往给读者带来身临其境的感受,也让人忽略了作品本身的艺术特质。实际上,这些散文正是在真实的基础上,以生动与丰富的细节给读者留下了深刻的印象,在真实性的基础上呈现出文学性。华山的《松花江畔的南国情书》就是代表作品之一。

细节的生动亦使东北解放区散文具有鲜明的文学性。东北解放区散文将我军战士的大无畏精神写得非常真实、感人。在展示解放区新生活、新风尚方面,许多拥军爱民的片段写得细腻、真实。

东北解放区散文在主题内容上具有很高的价值,大量的散文颂扬了东北人民解放军的集体主义精神和英雄主义精神,表现了我军指战员的英勇气概,体现了战士们浩气长存的革命豪情。因此,东北解放区散文具有较高的文学价值,其明朗的表现方式恰恰是后来共和国文学明确表达和高度肯定的。题材广泛、内容真实和情感深厚的纪实性文学,使得东北解放区散文在战争时期凝聚了强大的精神力量。反映中国人民解放军不畏艰险、英勇战斗的长篇报告文学,在风格上激情澎湃,体现出解放军崇高的革命乐观主义精神。这一时期的散文把东北解放历史进程的全貌和战士们的英勇壮举再现了出来,东北解放区散文也因此具有了军事史和共和国历史的资料留存价值。东北解放区散文在创作上因为具有纪实性与文学性相结合的特点,为军旅散文创作提供了新的美学范式。

三

在东北解放区文学中，戏剧具有内容丰富、种类繁多、通俗明了、利于传播等特点，兼之创作群体庞大，故而获得了巨大的丰收，这成为东北解放区文学繁荣的重要标志之一。东北解放区的戏剧具有鲜明的启蒙性、宣传性和战斗性等特征，对生产建设、围剿土匪、土改运动和解放战争发挥着不可替代的宣传作用。

东北解放区戏剧的繁荣首先得益于东北解放区报刊对戏剧的支持。例如，《东北日报》刊发的剧作涉及歌唱新生活、感恩共产党、批判美蒋、拥军劳军、参军保家、歌颂劳模等多方面的内容。1947 年 5 月 4 日创刊的《文化报》则是东北解放区第一份纯文艺性质的报纸，主要刊载一些文学常识、短文、小诗、书评、剧报等。此外，《前进报》《北光日报》《合江日报》等都刊发了大量的戏剧作品。而从刊载量来看，期刊对戏剧的支持力度更大。在众多的文艺期刊中，对戏剧传播影响较大的是《东北文学》《东北文化》《东北文艺》《文学战线》《知识》和《人民戏剧》等。

从 1945 年年底开始，东北解放区以各家出版社为依托陆续出版了许多戏剧作品，这是解放区戏剧传播的重要途径。较有影响的是东北书店和人民戏剧社等。在解放战争期间，东北书店出版的各类戏剧作品和理论书籍近百种，形式包括话剧（独幕话剧、多幕话剧）、京剧、评剧、二人转、歌舞剧（广场歌舞剧、儿童歌舞剧）、歌剧、新歌剧、小歌剧、道情剧、活报剧、秧歌剧、小喜剧、小调剧、皮影戏等。其中，秧歌剧超过一半。

文艺团体的迅猛发展是解放区戏剧广泛传播的最终体现。1945 年 11 月以后，东北文工团等数十个文艺团体在东北局宣传

部的领导下先后成立。这些文艺团体以《在延安文艺座谈会上的讲话》为指导，坚持走文艺大众化的道路，活跃在东北城市和乡村，战斗在前线和后方。他们创作、表演了一系列以支援前线、土地改革、翻身当家为主题的作品，这些作品受到人民群众的好评。

从内容方面来看，歌颂工人阶级是东北解放区戏剧的一个重要内容。东北光复后，作为解放全中国的大本营，哈尔滨、沈阳等工业城市的作用得以凸显，工人阶级成为时代的主角。从剧作内容来看，第一种是反映工人生活的剧作，如王大化、颜一烟创作的《东北人民大翻身》；第二种是歌颂先进个人无私支援解放区建设、帮助工厂恢复生产的剧作，较有影响的有《献器材》《十个滚珠》《一条皮带》《刘桂兰捉奸》；第三种是歌颂党的政策的剧作，代表作品有《比有儿子还强》和《唱"劳保"》。工业题材戏剧的大量创作，极大地拓宽了解放区戏剧的创作领域，为新中国工业题材戏剧的发展奠定了坚实的基础。

东北解放区戏剧中描写农民翻身解放、分得土地的农村题材的戏剧的比重最大。第一类是反映东北农民翻身解放，通过新旧对比来歌颂新农村、新生活的剧作。第二类是反映粉碎各类阴谋、同复辟分子做斗争的剧作，代表剧作有《反"翻把"斗争》等。第三类是反映改造后进、互助合作，表现农民积极开展大生产运动的剧作，如《二流子转变》。第四类是描写劳动妇女反抗封建婚姻、争取民主权利、积极参加劳动生产的剧作，如《邹大姐翻身》。

东北解放后，群众的思想还比较保守，革命启蒙的任务十分重要，尤其是要帮助东北人民认同和接受中国共产党及其领导的人民军队。在描写军队的戏剧中，既有表现人民军队英勇战争、不怕牺牲、勇于献身的剧作，也有以军民互助、拥军支前为主要内容的

剧作，这类剧作完整地再现了东北人民从最初的误解民主联军到后来积极送子参军、送夫参军、拥军支前的全过程。前者的代表作有《老耿赶队》《鞋》《两个战士》等，后者的代表作有《透亮了》《收割》《支援前线》等。

在艺术特点上，虽然东北解放区戏剧的整体水平不是最高的，但是其庞大的作者群体、巨大的创作数量、伟大的历史功绩，使得解放区戏剧创作达到了巅峰状态。东北解放区戏剧因对传统戏剧和西方舶来戏剧的融合而具有现代性，在这种融合的过程中实现了本土化，并形成了民族化、大众化、乡土化的特征。东北解放区戏剧的民族化特征源于延安时期戏剧的“中国化”。而其大众化特征是指具有广泛的群众基础，且创作群体亦十分大众化。东北解放区戏剧的乡土化则主要表现在地域特色上。

在创作方法上，东北解放区戏剧继承了延安戏剧的传统，剧作家们用现实主义的方法把自己身边刚发生或正在发生的事情通过戏剧的形式真实地反映出来，集中表现工、农、兵的日常生活。东北解放区戏剧起到了鼓舞斗志、颂扬先进、宣传政策、支援前线的作用。

在戏剧结构上，东北解放区戏剧的戏剧冲突尖锐而集中，叙事模式多元，表现方式多样。在人物塑造上，剧作塑造了一个个爱憎分明、个性突出、敢作敢为的人物形象。这些人物形象生动丰满、有血有肉，为观众熟悉和喜爱。

东北解放区戏剧在取得较高的艺术成就和发挥重要的宣传作用的同时，也存在一定的不足。然而瑕不掩瑜，民族化、大众化、乡土化的特征，使得戏剧的宣传性、教育性、战斗性的作用得以充分发挥出来。东北解放区戏剧对光复后进行的民众文化启蒙、文化

宣传具有不可替代的作用，对解放区的土地改革和解放战争做出了不可磨灭的贡献。

四

东北解放区诗歌秉承了我国诗歌的优秀传统，具有红色革命基因。它一方面与伪满时期的诗歌做了彻底的割裂，另一方面又延续了东北抗联诗歌的革命精神和爱国主义情怀，集中书写了山河易色、异族入侵带给东北人民的苦难和屈辱，书写了受难的人民在共产党领导下的觉醒与反抗，书写了东北人民在艰苦的自然环境与战争环境中形成的坚韧、乐观、幽默的性格。

东北解放区诗歌是中国解放区诗歌的重要组成部分，与其他解放区诗歌保持着一致性和连续性。它之所以能复制延安解放区的文学模式，主要是因为其创作队伍中的很大一部分是来自延安解放区的革命文艺工作者，故在文学制度和文学政策上与全国其他解放区能保持一致。东北解放区诗歌的作者主要有四种身份：一是中共中央派驻到东北的文艺工作者；二是抗战时期流亡到关内的“东北作家群”（在抗战结束后返回东北）；三是虽然本人不在东北解放区，但是其作品在东北解放区的重要报刊上发表过并产生了一定影响的诗人；四是来自各行各业的业余诗人。《东北日报》文艺副刊曾陆续发表过很多业余诗人的作品，这些业余诗人中既有宣传干部，又有工人、农民、战士、学生（其中有许多人使用笔名，甚至使用多个笔名，今天有些作者的真实姓名已很难核实）。有一些诗人并不在东北解放区工作，但是其作品在东北解放区的重要报刊上发表过，并对全国解放区的文学发展产生过重要影响，如艾青、田间等。东北解放区的代表诗人有公木、方冰、马加、严文

井、鲁琪、冈夫、天蓝、韦长明、刘和民、李北开、彤剑、侯唯动、胡昭、李沅、夏葵、林耘、顾世学、萧群、蔡天心、杜易白、西虹、师田手、白刃、白拓方、叶乃芬、丁耶、孙滨、阮铿等。

从内容上看，东北解放区诗歌主要是反映当时东北解放区的经济建设、军事斗争、农村工作和城市建设等，具有现实性、时代性。从艺术形式上看，诗歌谣曲化、大众化、民间化的特点突出。抒情诗、叙事诗、街头诗、朗诵诗、歌谣、童谣等成为当时最常见的诗歌体裁。东北解放区诗歌具有以下几个显著特点：

第一，诗歌内容具革命性且高度政治化。东北解放区文学是为中国共产党解放东北和建设东北的政治任务服务的，其主要功能和目的是紧密贴近和配合解放区的主流政治运动。很多诗歌是为满足当时的政治需要而作的，充分体现了《在延安文艺座谈会上的讲话》在诗歌创作方面的实践成绩。东北解放区诗歌与中国解放区诗歌在题材选择、审美价值上保持着一致性，并具有东北解放区特有的地域性特点。揭露、批判、颂扬是东北解放区诗歌的三大主旋律，诗人们以工人、农民、士兵、英雄人物、劳动模范等为书写对象，歌颂英雄人物，记录战争风云，赞美新农民，抒发家国情怀。

第二，具有鲜明的战争文学特点。东北经历了十四年艰苦卓绝的抗日战争，接着又经历了五年的解放战争，近二十年间，始终处于战争状态。诗歌也呈现出战时文学特质，记录了艰苦卓绝的战争场景与生活现实。对于重大战役的抒写与记录，英雄主义、乐观精神、必胜信念的情感基调，加之大东北茫茫雪原、天寒地冻的地域特点，使得东北解放区诗歌具有鲜明的东北地域特色。

第三，农村题材也是东北解放区诗歌的重头戏。东北经过十四年的抗日战争，土地荒废，农民思想落后。抗日战争结束后，解

放军入驻东北,一方面做农民的思想工作,进行思想启蒙,另一方面在农村贯彻党的土改政策,进行土地革命,让农民成为土地真正的主人。因此,在东北解放区,启蒙农民思想、反映土改运动、揭露地主阶级剥削农民的本质、塑造新农民形象成为农村题材诗歌的主要内容。

第四,工业题材诗歌在东北解放区诗歌中独领风骚。《文学战线》等报刊还专门设立了工人专栏,如《文学战线》专辟"工人创作特辑",作者均来自生产第一线。工业题材诗歌丰富了东北解放区诗歌的样态,也成为东北解放区诗歌的重要组成部分。

第五,叙事诗是东北解放区诗歌的主要体裁。长篇叙事诗体量大,便于完整地呈现人物或事件的变化过程,便于刻画生动、饱满的艺术形象,因此很受东北解放区诗人的青睐。在《东北文艺》《文学战线》等杂志和个人诗集中,带有浓郁的东北民间话语特色,反映土改运动、翻身农民踊跃参军等内容的长篇叙事诗一时间大量出现。

第六,诗歌审美倡导大众化、通俗化。在解放战争时期,文学要担负着团结人民、教育人民、打击敌人的任务,因此,战时诗歌不能一味地追求高雅的诗意,它既要通俗易懂,便于启蒙民众,又要迎合普通大众的审美需求,适应战争时期的宣传需要。东北解放区诗歌的谣曲化倾向突出,诗作大多出自部队宣传干部、战士、工人、农民之笔,以社会现象为题材,具有相当强的时效性,普遍具有语言通俗易懂、直抒胸臆、为群众所熟悉和易于接受等特点,真正达到了为工农兵服务的目的。

东北解放区诗歌也存在一些不足。由于过于强调宣传性、鼓动性和战斗性,重内容而轻艺术,艺术水准较低,东北解放区诗歌未能达到思想性和艺术性相结合的高度。

五

东北翻译文学兴起于20世纪20年代末，当时的《北国》《关外》等文学期刊上都登载过翻译作品，对俄苏、英、美、日等国家的民族文学作品，以及批判现实主义、“普罗文学”等文艺理论均有译介。但这种生动、活跃的局面随着1931年九一八事变的发生而不复存在。1931年至1945年，在长达十四年的沦陷时期，东北翻译文学出现了两块文学阵地：一个是以沈阳、大连为中心的“南满文学”阵地，另一个是以哈尔滨为中心的“北满文学”阵地。辽南文坛在九一八事变以后出现了一股译介欧美和日本文学及其理论的潮流，主要刊发、翻译消极的浪漫主义、自然主义的文艺作品和理论，只刊发少量的俄苏文学。相对而言，北满文坛对俄苏现实主义文学作品及其理论的翻译有着更重要的意义。

解放战争时期的东北解放区文学的传播模式主要是“延安模式”。在翻译文学方面，东北解放区文艺工作者侧重译介的目的性和计划性。从目前了解到的情况来看，当时很多期刊都设有翻译栏目，其中《东北日报》《东北文艺》《前进报》《群众文艺》《知识》等都设立了介绍苏联文学的专栏，经常发表苏联社会主义建设时期和卫国战争时期的作品。此外，侧重刊发翻译文学的报纸、期刊还有《文学战线》《文化报》《知识》《东北文化》等。文学观念是文学创作的潜在基础，规范和支配着这个时代的文学创作。解放区的作家们译介了大量的苏俄作品，其中大部分是社会主义现实主义作品。除报刊外，东北解放区翻译文学的出版途径还有书店。由书店、期刊、报纸构成的媒介场，有效地促进了东北作家与世界文艺思潮的交流，尤其是苏联所倡导的革命现实主义文学创作思想对东北的文艺运动发挥了指导作用。

《东北日报》的译介主要集中在俄苏文艺思想、作家作品方面，其中刊发爱伦堡、法捷耶夫等文艺理论家的作品的数量最多，产生的影响也最为深刻。这些作品极大地开阔了东北知识分子的视野。《东北文艺》每期都对俄苏文学作品、作家进行介绍，较有代表性的是 1947 年曾连载过的金人翻译的苏联作家华西莱芙斯卡娅的中篇小说《只不过是爱情》。《文化报》介绍了大批的俄苏作家，刊载了一些文艺评论、文学作品等。《文学战线》在刊发原创作品的同时，则侧重于介绍俄苏文学作品和翻译俄苏文艺理论。

东北书店出版了大量的翻译过来的苏联文艺论著和苏俄文学作品，目前搜集到的翻译文艺论著的种类达 110 余种。其翻译出版的俄苏文学作品具有丰富的题材，包括电影文学剧本、报告文学、游记、书信集、诗歌、小说等。辽东建国书社、大连大众书店、光华书店等也是翻译作品重要的出版机构。

翻译文学的发展有助于文学创作的繁荣与文艺理念的更新，但东北解放区译介作品的内容较为单一，翻译的作品几乎全都来自苏联，俄苏文艺思想、文艺理论和文艺作品得到高度关注，成为文坛的主流。其原因有如下几个方面：

首先，从地缘因素来看，东北与苏联有着天然的地缘关系。东北地区与苏联的东西伯利亚地区有着相似的自然环境，都处于高纬度寒带地区，气候寒冷，地广人稀。自然环境和原始文化的相似为思想的交流提供了基本契合点。

其次，从政治因素来看，俄苏文学在中国的兴衰与中俄之间的政治文化交流有着密切的关系。当时的文人也希望通过译介苏联

文学作品来改造和影响人们的思想意识，以及树立新民主主义革命的奋斗目标和未来社会主义的奋斗目标。

最后，从社会现实来看，东北解放区的沈阳、大连等地在中国人民解放军进驻之前已经驻有苏联红军，而且在经济、文化等方面与苏联交往密切，苏联文学作品的翻译、出版自然丰富。

1942 年之后，延安文艺工作者主要是对苏联等少数社会主义国家的文学作品进行译介。对于与苏联接壤的东北解放区来说，由于与外界接触困难，能获得的外国文学作品更少，在建设新文学方面，除了以五四新文学和老解放区文学为资源外，苏联文学便是重要的资源。苏联文学对建设中的东北解放区文学具有不同寻常的意义。

六

东北解放区建立后，文学创作繁荣一时。然而，文学创作在繁荣的背后也存在着一些问题，其中一个突出的问题就是创作者的背景复杂，其中有来自抗日根据地的，也有来自关内国统区的，还有本土的。不同的思想意识、价值取向、艺术趣味掺杂在各类作品中，部分作品的创作倾向出现了偏差。这些问题引起了文艺界的关注。东北解放区的主要报刊和杂志纷纷开辟评论专栏，采用编者按、读者来信、短评、述评、观后感等形式开展文艺批评，为确立正确的文艺路线提供思想保障。

初到东北的文艺工作者首先感受到的是新老解放区之间政治环境和文化环境的差异。自清朝灭亡到抗战胜利的三十多年间，东北民众饱受战乱的痛苦。抗战胜利后，虽然旧的社会结构和文化体制已经解体，但旧的意识形态还残留在一些人的头脑中，东北民众与新政权之间存在着一定的隔膜。刚刚到达东北的大多数文艺工作者对东北特殊的历史环境认识不足,尚未做好相应的思想准备,仍然延续过去的创作方法和思维方式,脱离群众和实际。以什么样的形式和内容来服务刚刚从殖民者的铁蹄下解放出来的人民,是当时文艺工作迫切需要解决的问题。

文艺争鸣与文艺批评既是抗日根据地文艺工作的优良传统,也是党指导文艺工作的重要手段。毛泽东同志在《在延安文艺座谈会上的讲话》中指出,文艺界的主要的斗争方法之一,是文艺批评。此时,东北文艺工作者的首要任务就是对旧的意识形态进行批判和改造,从而构建与延安解放区主体同构的新的意识形态场域。因此,在本地区文艺界开展一场广泛的文艺批评运动就显得十分迫切和必要。1945 年 11 月,陈云同志在《对满洲工作的几点意见》中提出了党在东北的几项重要任务:“扫荡反动武装和土匪,肃清汉奸力量,放手发动群众,扩大部队,改造政权,以建立三大城市外围及长春铁路干线两旁的广大的巩固根据地。”这既是党在东北的中心工作,也是东北文艺界所面临的主要任务。东北解放区的文艺队伍自觉地将创作与政治任务结合起来,坚持为人民服务的创作方向,以《在延安文艺座谈会上的讲话》为指导来进行创作。东北这块古老而又年轻的土地上结出了丰硕的艺术成果。这些作品在内容上贴近当时东北的现实生活,在形式上生动活泼,富有浓郁的地方乡土气息,在教育人民、鼓舞人民、组织人民、团结人民、打击敌人方面发挥了重要作用。东北解放区文艺作为革命文艺版图中的一个独立板块开始形成,它既是“延安文艺”的派生,又具备地域文化品格。它不是由内而外自发产生的,而是在改造和清除原有旧文化的基础上通过外部输入逐步确立的。

与“延安文艺”相比，东北解放区文艺自身也出现了一些新的特质，特别是在文艺批评方面，文艺工作者表现出了强烈的自觉性。他们坚持无产阶级和人民大众立场，从不同层面和角度开展文艺界的批评与自我批评，引导东北解放区文艺朝着正确的方向发展。

东北解放区文艺的根本任务与延安文艺的根本任务保持着高度一致，但又具有特殊性。如果简单地照搬、照抄延安文艺的经验，那么东北解放区文艺很难适应革命发展的需要。东北解放区文艺首先具有启蒙的意义，它不仅具有文化启蒙的意义，也具有政治启蒙的意义。为此，东北解放区的文艺工作者以《在延安文艺座谈会上的讲话》精神为指导，树立起无产阶级的文艺大旗，以新文化来改造旧社会，重塑民众的国家意识、民族意识和政治意识，把东北建设成为中国革命的战略大后方。

在延安文艺旗帜的指引下，东北文艺界通过理论探讨和思想整风，统一了广大文艺工作者对革命文学根本属性的认识，东北的文艺工作焕然一新。广大文艺工作者在理论和实践两个方面取得了很大的成就，既继承和发扬了延安文艺思想，也将《在延安文艺座谈会上的讲话》精神与具体实践结合起来。夏征农、蔡天心、铁汉、甦旅、萧军、胥树人等知名的文艺界人士都对这个问题做了深入研究，产生了较大的影响。

与延安文艺相比，这个时期的东北文艺作品主题更丰富，创作者以切身的生命体验为基础，再现了解放战争时期东北所发生的波澜壮阔的革命斗争，以及在这个过程中东北人民的生活与精神面貌。

东北解放区的文艺发展也不是一帆风顺的，它也走了一些弯

路。但是,在毛泽东《在延安文艺座谈会上的讲话》的指引下,文艺工作者不仅投身到创作之中,也开展了广泛的文艺批评,营造了一个宽松的舆论环境,作家们畅所欲言,在批评他人的同时也开展自我批评。这为创作的繁荣奠定了理论基础,也为新中国的文艺创作和文艺批评积累了资源和经验。

七

史料卷是大系的综合卷,其编撰初衷是反映东北解放区文学创作的初始背景,呈现当时的政策和文学创作的大环境,通过对资料的梳理,为弘扬东北解放区文学创作的优良传统提供第一手的基础资料。史料卷共分为七大部分。

一是文艺工作政策方针。文艺工作的政策方针是党根据一定历史时期的总路线和总任务确立的文艺指导原则,反映了一定时期文艺创作的总体规划、部署和要求。史料卷旨在呈现东北解放区创作繁荣的大背景下中国共产党对文艺工作的总体规划和实施情况。史料卷主要收录了与东北解放区相关的宣传文件,以及部分会议发言和讲话等内容,其中有出版、通讯、写作的相关规定,也有重要领导对文艺工作的指示要求,同时还收录了部分重要会议成果。

二是重要报纸、期刊。报纸、期刊大量创办是文艺繁荣的重要标志之一。报纸、期刊直接促进了文学事业整体的发展和繁荣,使优秀作品产生了广泛的社会影响。1945 年 11 月《东北日报》创办后,东北解放区先后创办、发行的报纸近百种。此外,在东北局宣传部的统一领导下,地方与军队也创办了数十种文学与文化类刊物。从成人刊物到儿童刊物,从高雅刊物到面向大众的通俗刊物,

从文学到艺术，靡不具备。诸多的文艺报刊为文学作品的生产提供了园地，成为东北解放区文学创作的先锋阵地。

三是文艺团体、机构。在东北解放区，多个文艺团体和机构活跃在文艺创作和宣传的第一线，对东北解放区文艺事业的发展发挥了重要作用。东北局先后出资创办了东北书店等众多的图书出版机构，使得东北解放区报刊出版和传媒得到快速发展。1946年，东北局在佳木斯成立了东北文化工作委员会，此后，中苏文化协会、鲁迅文艺研究会等文艺社团也相继成立。东北文艺工作团等文艺团体也迅速发展。在组建大量的文艺团体和文工团之际，军队与地方政府和宣传部门还非常重视文艺人才的培养和文学教育体系的建立，在演出之余，也招收和培养文艺人才。在短短的四年间，东北解放区建立了众多的文艺工作团体与人才培养学校。这体现了我党对教育人民、教育部队和动员人民参与革命的重视。

四是作家及创作书目。从延安来到东北的革命文艺工作者数以百计，此外，20 世纪 30 年代从哈尔滨流亡到关内各地的东北作家群成员也陆续返回东北。这些文化工作者云集黑龙江，办报纸，办杂志，从事广泛的文化艺术活动，使得东北解放区文学艺术以全新的姿态向共和国迈进。史料卷收录了活跃在东北解放区的多位作家的生平和创作情况，当然，由于这一历史时期具有特殊性，作家区域性流动较为频繁，对作家的遴选和掌握主要以创作活动的轨迹和作品发表的区域为依据。

五是东北解放区文学回忆与纪念。为了弥补现有资料不足的缺憾，史料卷特别收录了部分文学界前辈及其家人的回忆与纪念文章，其中既有参加文艺团体的亲历感受，也有对文艺创作细节的点滴回忆。由于年代久远，这些资料的某些细节无法准确、翔实地

体现出来，但这些资料记录了东北解放区文艺工作者的亲历感受，对补充和完善史料卷的内容大有裨益。

六是大事记。为了对解放区文学创作资料进行细致整理，进而为读者提供一个简明的、提纲挈领式的线索，史料卷呈现了大事记。大事记旨在将反映文学活动和文艺创作的各种资料予以浓缩，按照时间线索对史料进行编排。大事记简明扼要地记述了1945年9月至1949年9月东北解放区文学方面的大事、要事，涵盖了部分文艺作品创作、文艺团体成立的时间节点，有助于读者了解东北解放区文学的发展脉络。

七是索引。鉴于东北解放区文学总体呈现出体裁广泛、内容丰富等特点，史料卷以作者为线索，将分散在小说卷、散文卷、诗歌卷、戏剧卷、评论卷、翻译文学卷中的作品整理出来，形成丛书索引。索引以作者为基点，将作者在各卷中的作品情况（作品名称、所在卷册、页数）逐一列出，可以在一定程度上呈现出东北解放区文学的整体情况，亦可以体现出作者的创作风格和特点，进而从不同角度展示出东北解放区文学发展的脉络和趋势。

随着军事上的胜利和东北解放区的形成，东北的政治面貌、经济面貌发生了根本性的变化，特别是文化呈现出前所未有的发展和繁荣的局面。东北解放区在政策制定、政策实施、新闻出版、文艺社团、文艺教育体制、作家培养等涉及文艺发展与繁荣的各个方面，继承、发展和完善了延安文艺体制，对当代文学和文艺制度产生了重要和深远的影响。

尽管东北解放区文学得到前所未有的发展和繁荣，但这份珍贵的文化资料始终没有得到系统整理，有关资料分散在哈尔滨、齐齐哈尔、牡丹江、佳木斯、长春、沈阳、大连等地，加上年代久远，这

给编选工作带来了很大的困难。一方面,区域性的文学史料不易引起一般研究者的重视,文学史料的保留和整理工作在通常情况下很不理想,尽管编选者在前期已有一定的资料积累,但是很多工作还需要从头开始。另一方面,由于年代久远,加之当时的出版印刷技术有限,许多资料的保存和整理已经成为一大难题。许多珍贵的文学资料甚至已经出现严重的、不可恢复的缺损,因此,整理和出版东北解放区的文学史料,对东北解放区文学和中国现代文学的研究具有重要意义,同时,对人们了解和认识东北解放区这段历史也具有重要意义。

东北解放区文学创作距今已有七十年的历史,从 20 世纪 80 年代开始,东北解放区文学作为中国现代文学的一部分开始进入研究者的视野,搜集、整理与研究工作逐渐深入,一大批有分量的成果随之产生。其中,具有代表性的成果有两项,一项是林默涵主编的《中国解放区文学书系》(重庆出版社,1992 年出版),另一项是张毓茂主编的《东北现代文学大系》(沈阳出版社,1996 年出版)。这两部著作以文学价值作为侧重点,对东北解放区文学进行了很好的梳理。此外,黑龙江、辽宁与吉林三省的社会科学院文学研究所通力编辑出版的《东北现代文学史料》(共九辑),其价值亦不可低估,当时资料的提供者或为亲历者,或为亲历者之亲友,这从文献抢救的角度来看可谓及时。尽管《中国解放区文学书系》和《东北现代文学大系》对东北解放区文学进行了较大规模的搜集与整理,但由于编辑侧重点不同,这两部著作对东北解放区文学作品只是有选择性地收录,东北解放区文学作品分散在各地图书馆与散落在民间的态势并未改变。进入 21 世纪后,随着时间的流逝,承载东北解放区文学作品的旧报、旧刊、旧图书流失和损毁的情况日益严重，对东北解放区文学进行进一步搜集与整理的必要性在中国现代文学界达成共识。2008 年，东北现代文学研究者、黑龙江省社会科学院文学研究所研究员彭放在主编完成《黑龙江文学通史》（北方文艺出版社，2002 年出版）之后，提出了编辑出版《东北解放区文学大系》的建议，这一建议得到了认可。事隔十年，2018 年，由黑龙江省社会科学院文学研究所与黑龙江大学出版社联合策划的《1945—1949 年东北解放区文学大系》荣获国家出版基金资助出版，这完成了老一代东北现代文学研究者的夙愿。

《1945—1949 年东北解放区文学大系》的编者，力求完整地体现东北解放区文学的整体风貌，在文学价值之外，亦注重作品的文献价值，以文学性与文献性并重作为搜集、整理工作的出发点。

《1945—1949 年东北解放区文学大系》的篇目编选工作，由黑龙江省社会科学院发起，联合黑龙江大学、哈尔滨师范大学、哈尔滨学院等黑龙江省多所高校共同开展。为了保证学术性，本丛书特聘请多位东北现代文学领域的专家组成编委会，各卷主编均为中国现代文学方面学养深厚的研究者。本丛书的篇目编选工作得到了北京、吉林、辽宁等地多家相关单位的支持。东北现代文学界德高望重的老一代学者亦给予大力支持，刘中树、张毓茂与冯毓云三位先生欣然允诺担任本丛书的学术顾问，本丛书的姊妹著作《1931—1945 年东北抗日文学大系》的总主编张中良先生亦为学术顾问。特别应提及的是，张毓茂先生在允诺担任本丛书学术顾问不久后就溘然离世，完成这部著作就是对先生最好的悼念。

本丛书的资料搜集工作，除得到东北三省各家图书馆的支持外，还得到了中国现代文学馆、黑龙江省浩源地方文献博物馆的大

力支持。东北红色文献收藏人胡继东、华东师范大学历史系博士崔龙浩，以及华东师范大学历史系高铭阳、雷宇飞等人为本丛书的集成提供了大量珍贵而稀缺的第一手资料。对于他们的无私奉献，在此表示诚挚的感谢！此外，黑龙江大学文学院、哈尔滨师范大学文学院许多在读的博士生、硕士生和本科生也参与了资料搜集工作，在此，请恕不一一列名。

《1945—1949年东北解放区文学大系》除入选2019年度国家出版基金资助项目之外，还被列入黑龙江历史文化研究工程项目，在此谨致谢忱。

诗歌卷导言

东北解放区诗歌概述

叶　红

东北解放区诗歌在中国解放区文学版图上偏居一隅。它时间短、地域偏、数量少，是中国解放区文学发展史中的一个细小旁支。它犹如一支涓涓细流，汇聚成一股推动东北解放区文学发展的磅礴力量。东北解放区诗歌以其昂扬的斗志、饱满的激情，最先唱响东北解放的嘹亮战歌。

1931年，日寇侵略东北，东北文学版图不断被殖民文学侵蚀直至占领，报国无门的爱国进步文人无奈远走他乡，整个文坛愁云惨淡。抗日战争结束后，一批批党的文艺工作者跟随解放军队伍进入东北，很多诗人具有战士兼诗人的双重身份。东北解放区诗歌具有战争诗歌特质，它短促，嘹亮，振奋人心，聚集力量，以其奔放、灿烂、明亮、力量之美，一扫笼罩在东北文坛十四年的阴霾。在民族解放斗争背景下的东北解放区诗歌是时代精神的传声筒，是革命

的号角和武器，是宣传革命、启发民众、鼓舞士气的重要工具。东北解放区诗歌具有红色革命基因。它承续抗联诗歌的革命精神与爱国情怀，融入延安诗歌的革命乐观主义精神和革命浪漫主义精神，受到东北粗犷、豪迈、勇猛、乐观、幽默的地域文化的影响，形成了独特的精神风貌和美学意蕴。东北解放区诗歌集中展现出东北的历史与现实、自然与社会、战争与和平等重大主题，集中书写了外族入侵、山河破碎带给东北人民的苦难、屈辱和蹂躏，以及东北人民在中国共产党领导下的觉醒、反抗和斗争。艰苦的自然环境和战争环境孕育的东北人民具有英勇、坚韧、乐观、幽默的品格，书写了一部波澜壮阔的人民战争史诗。

东北解放区诗歌的繁荣依托于报纸、刊物等出版物的丰富。东北解放区在建立后创建了隶属于解放区的报纸（包括副刊）、杂志、书店，为东北解放区文学的发展与繁荣搭建传播平台。当时在中共中央东北局宣传部统一领导下，东北解放区从总机关到地方先后创办、发行的报纸近百种，中共中央东北局还出资创办了东北书店总店，以及光华书店、大连大众书店、兆麟书店、吉东书店、辽西书店等众多图书出版机构。地方与军队创办了多种文化刊物与文学刊物，如《知识》《部队文艺》《东北文学》《东北文艺》《东北文化》《东北画报》《文学战线》等。《1945—1949 年东北解放区文学大系》诗歌卷收录的诗歌作品，主要来自东北解放区的报刊等出版物，如影响力大、覆盖面广的《东北日报》《东北文学》《文学战线》等，还有一大部分来自书店资助出版的个人诗集。值得一提的是，《东北日报》及其副刊刊登了大量的诗歌，对东北解放区诗歌的发展与繁荣做出了重要贡献。

总的来看，东北解放区诗歌具有以下几个显著特点。

诗歌内容高度革命化与政治化。东北解放区文艺创作以毛泽东《在延安文艺座谈会上的讲话》为基本纲领，复制了陕甘宁边区、延安解放区的文学制度、文学政策、创作体制。东北解放区结合阶段性工作重点，一方面要巩固抗日战争的胜利果实，另一方面还要开展土改运动，发展城市工业。“东北解放区文学是为中国共产党解放东北和建设东北的政治任务服务的文学，其主要功能和目的是紧密贴近、配合解放区主流政治运动的。”①东北解放区诗歌与中国解放区诗歌在表现内容与审美立场上保持高度的一致性，东北解放区诗歌具有东北解放区特有的政治性、战时性与现实性，具有鲜明的政治立场和强烈的无产阶级意识，体现出解放战争对文艺的根本要求。揭露、批判、颂扬是东北解放区诗歌的三大主旋律。东北解放区诗歌多以军事斗争、土地改革、经济建设为主要内容。以工人、农民、士兵、英雄人物、劳动模范等为书写对象的诗作占较大的比重。这些诗作揭露社会黑暗，赞美实干家，歌唱新社会、新农民，抒发家国情怀。无论是在内容上还是在情感上，诗歌都无限接近现实，站在时代的高度和人民的立场，真正做到了在内容上表现工农兵，在情感上贴近人民大众，在艺术上为人民大众所喜闻乐见，如史行等人的《民兵摆战场》、王岐三的《一天晚上》、井岩盾的《小屋里的晚会》、叶乃芬的《女状元》、刘艺亭的《苦尽甜来》等。

作家的政治立场决定作品的价值取向，东北解放区诗歌的革命性、政治性与诗人的文化身份、政治立场具有密切关系。东北解放区诗人主要有四种身份：一是来自中共中央派驻到东北的“文化军

---

① 张丛皞：《重返历史现场：拓展中国现代文学研究的一种路径——以 1945—1949 年东北文学再研究为例》，载《学习与探索》2016 年第 2 期。

队”，其中有一大批是陕甘宁边区和延安解放区的文艺工作者中的文学家、诗人；二是来自抗日战争时期流亡到关内的“东北作家群”的作家，他们在抗日战争结束后返回东北；三是虽然本人不在东北解放区，但其作品在东北解放区的重要报刊上发表并产生一定影响的诗人，如艾青、田间等；四是来自各行各业的业余诗人，这是东北解放区诗歌创作最大的群体。以《东北日报》及其副刊为例，《东北日报》及其副刊发表了很多业余诗人的诗作，这些诗人中有记者、部队宣传干部，也有工人、农民、战士、学生等。东北解放区的代表诗人有公木、方冰、谢挺宇、蔡天心、严文井、马加、鲁琪、冈夫、天蓝、韦长明、刘和民、李北开、彤剑、侯唯动、胡昭、夏葵、林耘、顾世学、萧群、杜易白、西虹、师田手、白刃、白拓方、叶乃芬、丁耶、孙滨、阮铿等。其中，有些诗人用多个笔名发表作品，也有些作者的真实姓名已经很难查到。

东北解放区诗歌具有鲜明的战争文学特点。战争诗歌受到战争本身的影响而呈现出特有的时代特点。东北解放区经历十四年艰苦卓绝的抗日战争，接着又经历了解放战争，诗歌呈现出战时文学的特质，具有丰富的内容和复杂的性质，涉及时代、政治、国家、民族、敌我等各种主题。敌与我、胜利与失败、正义与非正义、勇敢与懦弱等二元对立的战争思维模式也深深地植入诗歌艺术思维中。诗人在战时更推崇乐观主义、英雄主义、理想主义，它们构成东北解放区诗歌的感情基调。诗歌内容集中在东北抗日战争、东北解放战争和东北地区的局部战争。诗歌记录了艰苦卓绝的战争场景与生活现实，抒发了保卫民主、保卫自由、打倒法西斯、打倒国民党残余势力的革命战斗激情。惨烈的战争场面、行军打仗、英勇杀敌、生死较量、流血牺牲、怀念战友等是东北解放区战争题材诗歌

最常见的内容,如千柳的《见了监狱的一串联想》,史松北的《六路解放大军》《担架队》《坦克 568 号》《英雄的纪念册》等。《英雄的纪念册》书写了勇士们的坚贞英勇。黎明的《守住我们的山岗》书写了抗日联军誓死保卫家园,抒发了“消灭无耻的野心豺狼,守住我们的山岗”的决心和豪情壮志。葛力群、刘桂森的《解放战士的旗帜——姚海斌》赞颂抗日联军顽强抗敌、勇敢无畏的气魄。王岐三的《一天到晚》、史行的《民兵摆战场》等都是战争题材的优秀诗作。

农村题材的诗歌是东北解放区诗歌的重头戏。从数量上来看,农村题材的诗歌在东北解放区诗歌中占有较大的比重。东北农村经历了十四年的抗日战争,土地荒废,家园破败,民不聊生,农民思想落后,迷信盛行,百废待兴。抗日战争结束后,解放军入驻东北,一方面做农民的思想工作,进行思想启蒙,另一方面还在农村贯彻党的土改政策,推进土地革命,让广大农民成为土地的真正主人。为了配合土改运动,农村题材的诗歌数量多,内容广,追求通俗化和大众化。诗歌揭露地主阶级剥削农民的本质,启蒙愚昧落后的农民,塑造新时代的农民形象。这成为农村题材诗歌的主要内容。农村题材诗歌中出现了很多长篇叙事诗和大型组诗,如戈振缨的《夫妻双夺旗》《要想日子永远过得好》、锦清的《铁树开花》、井岩盾的《小屋里的晚会》、刘艺亭的《苦尽甜来》、方冰的《给老王》等。这些长篇叙事诗详尽地描绘了党的土改政策在农村的落实情况。

东北工业题材的诗歌在解放区诗歌中独领风骚。东北是富饶之地,不仅拥有肥沃的黑土,还拥有丰富的矿产资源。日俄战争后,日本为了掠夺资源在东北开发现代交通网络。抗日战争胜利后,东北钢材产量占全国 90% 以上,居全国之首,森林工业迅猛发展，发电能力占全国70%以上，水泥产量居全国之首……正因如此，东北有众多的产业工人。工业题材的诗歌抒发工人阶级作为先进阶级的自豪感、主人翁意识和创造世界的豪迈之情。东北解放区的报刊还专门设立了工人专栏，如《文学战线》专辟“工人创作特辑”，诗人来自工厂，来自生产第一线。红粱的《小艾丫》是一篇生动优秀的叙事诗。潘学恩的《歌颂工人》赞颂成为现代社会主力军的工人阶级。孙滨的《一〇四〇号的火车司机》《为了人民铁路立了功呀》通过书写火车司机、乘务员的思想转变，表现了新的产业工人的主人翁意识，表达了工人阶级的质朴情感和豪迈情怀。方荧的《致工人同志》、天蓝的《红五月工人之歌》等工业题材的诗歌丰富了解放区诗歌的样态。工业题材成为东北解放区诗歌的重要题材。

长篇叙事诗的产出呈现出井喷式的状态，叙事诗成为东北解放区诗歌主要的体裁。东北解放区产生出多部长篇叙事诗。由于体量大，便于完整地呈现人物或事件的变化过程，便于增强故事性，便于刻画出生动饱满的艺术形象，在变革年代，长篇叙事诗受到诗人的青睐。有关土改运动、翻身农民踊跃参军、人物传记等题材的长篇叙事诗大量出现，这些长篇叙事诗表现了东北解放区军民的战斗生活和精神状态，带有浓郁的东北民间话语特色。例如，公木的《三皇峁》、方冰的《不屈者》《柴堡》《给老王》、田间的《戎冠秀》、刘岱等人的《陈家大院》、戈振缨的《要想日子永远过得好》《夫妻双夺旗》、侯唯动的《拥护〈中国土地法大纲〉》《黄河西岸的鹰形地带》、孙滨的《白沟村》、史松北的《英雄的纪念册》《担架队》、师田手的《担架队赶路曲》、胡昭的《自卫队长》、叶乃芬的《发家致富》、陶钝的《马大娘探儿子》《女运粮》《李秀娟卖豆腐》、刘艺

亭的《苦尽甜来》、谭戎的《万人坑上开了花》、谭亿的《两个爸爸》、冈夫的《地主和长工的故事》、锦清的《铁树开花》、金帆的《从黑夜到天亮》、萧邦的《郑老汉救了小山东》、大芳的《张大嫂分果实》、郭振忠的《何大庆八次立功》、齐开章的《红旗插上壶梯山》、李季的《只因为我是一个青年团员》《报信姑娘》《三边人》、张芸生的《贺功会上再团圆》、刘洪的《艾艾翻身曲》、红粱的《小艾丫》、谢力鸣的《李锡章老两口子》《廉二嫂》、陈旗的《歌唱人民英雄梁士英》等，都是当时涌现出来的以参军打仗、农民翻身、歌颂英雄事迹为主题的叙事诗作品。

倡导诗歌审美大众化、通俗化。从东北解放区诗歌的艺术形式来看，谣曲化、大众化、民间化是最突出的特点。抒情诗、叙事诗、街头诗、朗诵诗、歌谣、童谣、歌词成为当时最常见的诗歌体裁。尤其值得关注的是，当时长诗和叙事诗数量较多。解放战争时期的文学要起到团结人民、教育人民、打击敌人、消灭敌人的作用，战时诗歌不能一味地追求高雅的诗意、含蓄蕴藉的表达。战时诗歌既要通俗易懂，便于启蒙民众、宣传思想，又要迎合普通大众的审美需求，以其现实的、朴素的、晓畅的、口语化的语言适应战争时期的宣传需要。解放区诗歌的谣曲化倾向很突出。民歌、民谣等形式被广泛使用，街头诗、朗诵诗、墙头诗、枪杆诗等短小灵活，鼓动性强，朗朗上口，这样的诗歌很受欢迎，报刊（如《东北日报》）往往拿出很大的篇幅来发表这样的诗歌。这些诗多出自记者、部队宣传干部、战士、工人、农民之手，多以正在发生的社会现象为题材，具有相当强的时效性。这些诗普遍具有通俗易懂、直抒胸臆、主题集中、为群众所熟悉和易于接受等特点，旨在达到为工农兵服务的目的。

东北解放区诗歌也存在明显的不足。由于要适应政治需要和

战争需求，急就章较多，艺术水准偏低。一些作者过于强调诗歌的宣传性、鼓动性和战斗性，把诗歌当成宣传工具，重思想而轻艺术，这就使得诗歌难以达到思想性和艺术性的统一。

《1945—1949年东北解放区文学大系》诗歌卷，在1992年出版的《中国解放区文学书系 诗歌编》的基础上，增加了很多没有被收录的诗歌作品。选择东北解放区诗歌作品的主要依据有四个：第一，被权威的、重要的、影响力大的文学史著作（中国现代文学史、中国解放区文学史、东北现代文学史、东北解放区文学史等各种文学史著作）收录或评价的诗歌作品；第二，被收录到《中国解放区文学书系 诗歌编》中的作品；第三，在当时的重要报纸、刊物上发表过的作品，如《东北文学》《东北文艺》《东北文化》《文学战线》《鸭绿江》《北斗》《东北画报》《东北日报》《合江日报》《辽宁日报》《生活报》等，把当时覆盖面广、影响力大的重要报刊作为主要的参考文献；第四，诗人的诗集中的作品。

尽管已尽最大的努力来收集诗歌作品，但由于种种限制和原因，难免挂一漏万，希望通过《1945—1949年东北解放区文学大系》诗歌卷的出版，为中国解放区诗歌研究进行有益的补充，为东北解放区文学研究提供更丰富而详尽的文献资料。

◇ 丁正甲

你走了

你走了
自从那一年
我没有看见你
你轻轻地走了
究竟你到哪里去了
那时宇宙里
荡着风沙
大地上
遍着荆棘
道路是怎样崎岖

我们分别四年了
当我从狱里
挣脱出来的时候

你已经走了好久
你的影子
漂浮在我心头

我告诉你
我昨年夏日
走到了北地呵
一群我们的友人
都散了
像一片云烟

我留恋大家伙呵
在一起的日子
互相携助
互相砥砺
现在我到哪里去找你们呢
你们又到哪里
来找我呢

惨痛的分手
可记忆的遗迹
又一幕一幕
在我眼前演起
你呵

你却走了呵

一九四六年四月于哈尔滨

选自《东北文学》，第 1 卷第 5 期

◇丁　耶

靠山王

呱嗒板
响连天
从前拿它去讨饭
空着肚子挨门喊
累得我口干腕子酸
活像两块棺材板！

到今天
不一般
它也跟咱把身翻
吃得饱来穿得暖
打起它来唱一段：

夹皮沟

山连山
过去的苦处说不完

夹皮沟
过去反了天
山沟里的河水流上了山
种田的人家吃不饱饭！

夹皮沟
是个老狼窝
山狼没有人狼多
遇到山狼好逃命
遇到人狼命难活！

周万山
就是人中狼
自家封的“靠山王”
正宫娘娘“母老虎”
西宫娘娘“白脸狼”
他说道：
“南北沟穷家小户的大姑娘
都是我的七十二嫔妃
想上谁家的炕
就上谁家的炕！”

“母狼”“母虎”生下了“虎”
“子承父业”呀害人苦
出会开赌局
放账又收租
吃喝玩乐害得呀家家哭！
靠山王
靠山山穷
靠水水干
靠得咱们上辈子饥荒下辈子还不完！

在当初
咱也种着他家的田
成了他家的牛马汉
打一石他拿去六大斗
剩下的粮食
不够我一家四口喝稀穿单
腊月天道寒……

民国二十一年秋
兵荒乱地歉收
交不上租子全家愁！

周大东家
年下来收去租子又要账
翻得我家呀底朝上

没有翻到一颗粮！

东瞧瞧
西瞅瞅
看我儿锁子年小不能顶工算
看我闺女英子他起下坏念头
硬要把亲生女儿顶着租子收
她娘好话说了三千六
我跪在地上给他磕响头

大东家摆一摆他的胖手：
“大车不能空着打回头
交不上租子
就拉着你闺女走！”
他说着回身使眼色
那边过来了狗腿子
“曹四马棒”，“李二绝后”
推推抱抱把英子扔上车
鞭子一响往外走
她娘气得背过气
锁儿赶忙杓凉水去搭救
我分身去赶亲生女
大车呀
早就跑出小南沟！
英子到了周家大院三天整

不吃他家一粒米
不喝他家一口水
深更半夜把井投！

她娘剜去了心肝肉
又哭又气呀一病死了
周大东家会咬回头口
反赖我的闺女把他家的银子偷
说什么："没脸见人寻了短见"
还"白瞎了他的龙眼井一口"！

我不服气想告周半天
"满洲国"的衙门开在他的家里边：
周二东家就是七品县
我浑身是胆也不敢朝虎口里钻！

做贼心虚
他怕我报旧怨
斩草除根他要谋害咱
我和锁子一夜跑出夹皮沟
地没一亩房没一间！

山水呀被隔往回流
小锁子一赌气朝着险路上走
十六岁的孩子敢和虎狼斗

他投了义勇军转山头。

锁子一走
没有回信
我靠门框靠了十三年
不是我舍不得老命讨财主
旧仇不报我心不甘！
求“爷爷”
告“奶奶”
我打着要饭的呱嗒板
走着泥路我盼晴天。

山水湾湾出了沟
穷人的苦日子到了头
万里的长江滚滚流
毛主席的队伍
看不见尾呀瞅不见头。

我瞅队伍想起往事
不知锁子在不在队里头。

左看右看看花了眼
个个人呀都像他朝我笑！

红旗一闪一马当先

马上的同志好面善
年纪不过三十几岁
我不认他他认出了咱
原来就是亲生子
锁子抗日出了关
他把我交给区上工作组
马不停蹄呀
他去打“中央”军。

十一月十五村上开大会
大家伙起来
斗倒周家大院
周家一倒一面山
看见太阳看见天……

算盘子打来
用笔去算
从活人算到坟里的周半天
他们父子一共害死穷人十二口
八个妇女四个壮男
越算越多越上火
一齐去到周家坟上去清算。

“靠山王”的坟上挖一铲
挖出藏的珠宝玉器几百件

够咱们活人几辈子吃来
几辈子穿！

我分了五“天”好平地
一明两暗的庄稼院
锁子他娘要活着怎不乐
苦命的英子要在呀
她该多喜欢！

前天区上又捎来锁子的信
解放了东北他打进关
拿天津
拿北京
千里行军下江南。

我忙托人捎个信：
叫他前方打仗要争先
不要叫蒋介石缓过气
咱不打他他要打咱！
家里的事不用你牵挂
比你在家还如愿
分来的地农会给代耕
打下的粮食都归咱
大事小事都随心
过年过节村上人还来问安

闲来无事
我打起要饭的呱嗒板
吃得饱
穿得暖
唱一唱夹皮沟里好江山：
山狼绝了迹
“人狼”链子拴
满山的庄稼满沟的田
穷人翻身万万年！

一九四九年二月
平津战役随军采访的材料，三月整理

选自《长春新报》副刊，1949 年

母亲的声音

母亲的声音，
是人间最平和的音乐。

儿时，在美孚油灯下，
母亲做针黹，
轻轻拍我入睡。
当她的声音，
低得不能再低的时候，
我便睡了。

在乡下，
母亲的声音，
围绕着鸡鸣后的锅灶，
轻轻地怨骂着，
雨天的山柴不好烧。

在城市，
父亲失业而且生病了。

母亲的声音，
问遍了空箱子，
空柜子，
空的钱包……

从此，
母亲的声音，
渐渐地怒了
怒了……

一九四五年于重庆

选自《沈阳日报》副刊，1946 年

伟大的声音

电波向四面八方播送，
翻过大山，跨过大河，
在千里万里以外，
听到毛主席的声音。

这伟大的声音，
被无数次欢呼拥抱着，
被无数只耳朵聆听着，
被无数颗心热爱着。

这伟大的声音，
曾经号召中国人民，
向封建，向帝国主义起来斗争。
曾经是在战斗中，
无数次胜利的保证。
今天，这伟大的声音，
又带给全国人民喜讯，
鼓起全国人民的欢腾！

这声音，
太阳般地
宣布了一个伟大的时代：
旧中国已经灭亡，
新的中华人民共和国已经成立！
中国人民摆脱了贫穷黑暗的年代，
迎接自己光荣民主的世纪。

这伟大的声音，
给人民带来了无比的自信，
在新中国建设的道路上，
会一无所惧地前进。

这伟大的声音，
永远闪烁在人民的记忆里，
用发光的文字写在历史上，
被不朽的人民用感谢的声音来歌唱！

选自《长春新报》副刊，1949 年

◇ 丁　洪

夜渡松江

松江流水潺潺，
点点星光闪闪，
一盏红灯
引导千万大军到江边；
数百艘船只，
像穿梭一样，
也渡不完
这无尽的人民英雄——
列队在松江北岸！

一阵凉风，
吹散了一天的疲倦。
英雄们坐在沙滩上，
燃着卷烟，

摸着自己缴来的美国武器，
得意地轻声拉谈——
靠山屯，
其塔木，
城子街……
在北方的冬天，
遵照人民的意志，
我们曾三下江南！

“那多冷啊，
寒风像钢针穿过棉衣！
熬过了——
我们在野地里睡觉，
在风雪中吃饭！”

“那多乏啊，
就是走路也可以睡着！
熬过了——
我们连续地行军作战，
三天三夜也没有闭眼！”

“我说下江南好比筛黄豆，
每次都筛掉他几个团！”

“我说运动战好比走象棋，

绕来绕去，
先吃兵马再把他的老将圈！”

凭着无比的坚忍，
我们战胜了一切困难，
谁也没有半点埋怨；
凭着对人民的忠诚，
我们不顾流血牺牲，
一次比一次更有力地打击了敌人！
渡船不断地往来梭行，
红灯不断地引来大军，
刚才谈话的人过江去了，
新来的人又继续谈论……

千万个英雄千万样，
千万个英雄一颗心：
四下江南打出去，
解放那些盼望我们的人！
不把吃人的人消灭干净，
决不返过江来见亲人！

五月八日晚于前郭旗

选自《东北日报》，1947 年 8 月 7 日

◇卜　式

滦河之歌

滦河的流水在歌唱
愤慨而悲壮
这里是子弟兵的家乡
灌溉了子弟兵的心房

这里有辽阔的沃野
生长着肥大的高粱

这里有广大的群众和力量
建筑着他们的家乡

但，残忍的强盗和豺狼
夺去了我们的自由……
强占了我们的村庄

围攻，大扫荡……
奸淫烧杀一片凄凉
封锁线，拉大网……
子弟兵的鲜血流在滦河畔上

为了民族的自由
为了人类的解放
热血的青年
奋勇地拿起刀枪

抛弃可爱的村庄
别离慈爱的高堂
心房的热血在激荡
顽强的斗争在滦河畔上

滦河的流水在歌唱
沉痛而悲壮
唱出了人民的力量
唱出了胜利的光芒

八年血战
子弟兵有着无限的希望
就是拼到最后一滴血
也要挽救祖国的沦亡

子弟兵像滦河一样高唱
唱出了民族的胜利
唱出了人民心里的希望
唱出了人民的解放

今天的滦河畔上
但,人民又遭受到新的创伤
法西斯中国的狗彘
他们像“皇军”一样
仗着“洋爸爸”的势力
又把洋刀、洋炮压在人民的头上

他们不让人民解放
更不让人民得到民主
这可耻的东西呵
还觉着脸上有光

“中国命运”——
说人民不能解放
放他妈的狗屁
你这狼子的心肠

法西斯中国的后裔呵
你们该睁开了眼光
不要像瞎子一样狂

死亡就要临到你们的头上

人民的呼声
高喊着要自由和解放
人民的眼睛
看清了你们的毒辣心肠

人民不甘心屈服
起来向你们反抗
举起铁一般的拳头
击出你法西斯的脑浆

看你往哪里跑
看你向哪里藏
这是人民愤恨的表现
这是人民的力量

滦河的流水在歌唱
愤慨而悲壮
这里是子弟兵的家乡
灌溉了子弟兵的心房

一九四六年七月十一日于阿城

选自《东北日报》,1946 年 8 月

◇ 于淑明

夜行军

夜行军不用灯，
天上有星星，
闪着光，
闪着光，
它替我们作眼睛。
冰天雪地，
平原山岭，
大雪大风，
一切都可战胜！

挺进！
大盖枪乌拉鞋，
我们的好伙伴。

黑夜不能阻止我们，
向敌人的魔窟挺进！
不怕他们凶，
我们有红旗，
我们有“首长”。

雪花刮上脸，
战士们歇下卷纸烟。
指导员来鼓励，
同志们互道喜，
天亮拿出小本看一看，
立功计划熟一遍。

夜行军，
不怕艰难，
我们要和敌人去作战。
人民的意志，
上级的命令，
坚决完成，
这是我们队伍的光荣传统。

踏着雪地沙沙响，
白天黑夜都一样，
行军，
向蒋介石的心脏挺进！

我们是铁军,

百战百胜,无坚不克的

人民的铁军!

三月九日夜

选自《东北日报》,1948 年 4 月

◇ 士　兵

捡粪送粪

小大姐，真要强，
用手提起捡粪筐；
迈开步，走慌忙，
捡粪不怕雪与霜；
多捡粪，多打粮，
支援前线灭老蒋，
劳苦人，把头扬，
分衣分地又分房；
手按心，想一想，
翻身多亏共产党。

选自《东北日报》，1948 年 3 月

◇大　宇

牛

我有一头肥壮、倔强、永无倦息的牛
和我共同担起拓荒工作
是岭坡，是荒原
哪怕流血，流汗

草帽儿遮着烈阳
芦笠儿躲着暴风雨
赤着脚儿
踏破我们的岭坡、荒原
我和牛的力气
都埋藏在那丰沃的土层里了

撒下红珠般的高粱
黄澄澄的大豆

一粒粒珍珠
一滴滴的汗的苦辛啊

我们只爱温柔的东风
我们只爱甘美的雨露
只和我的牛儿
我们无倦息　无嫌忌
燃起那心原的火焰的动力
心的坚实啊
血的交流啊
我们不怕虫灾的来袭
我们不怕洪水的泛滥

把生命交给牛吧
把生命献给我们的拓荒的工作吧
盼着累累黄金的果实
盼着一片珍贵的丰收
不朽的灵魂
浑雄的魄力
哪怕流血　流汗

一九三四年冬日

选自《东北文学》，1946年2月第1卷第3期

琴　　音

一个琴师
把琴音遗失在幽谷里
滑落在幽谷的谷缝里了

琴音栽培了心原上的一棵草儿
琴音赞咏了艺术的生命
一支灿烂的强烈的光焰

我就永住在这琴音里了
就仿佛身陷于一片梦的缘边
仿佛浴着一片无际的云海
无垠的生旅无限的生涯
何处呀
我摸索到何处呀
琴音丢在幽谷里
滑落在幽谷的谷缝里了

霜的孤寂

篱笆里的一支希望的歌儿
身边只是一炉火焰的燃烧
病倒了一怀剪不断烦绪

生命驰过岁月的轨道
年月苍老了
让给今儿吧
纸的重叠与笔的凝集

展开妆镜儿罢
清洗那梦残的哀愁罢
只是春天的来临
愿住在那老人留下的血缘之巢罢
说运命是载到那孤寂的乡国
那悠久岁月的累集啊
不遗却的,不减的血的魂

◇ 小区区

一心一意要当兵

葫芦屯有个小莲青，
一心一意要当兵——
他爹说：
“你去吧。”
他娘说：
“你等一等！……”
他老婆说：
“哪能行?！……”
忸忸怩怩来扯腿；
哭哭啼啼不放松：
“你去当兵啥时还？
为老为少撇家中！”
小莲青，
脸一红：

"小青他娘，
你醒醒：
八路同志千千万，
哪个不是老百姓?!
我去当兵打蒋贼，
咱们才能享太平。"

选自《东北日报》，1947 年 5 月

◇ 千　柳

见了监狱的一串联想

我们走进了这过去曾是庄严的禁地
这伪满的法院同牢监
我们透过这巍峨漂亮的外壳
逼视它每一个罪恶的角落

我们来到地下室
这么黑的恐怖的洞窟
这里是好多排钢骨水泥的笼子
这里门上还残留了一把大锁
这里粗铁条还罩上铁丝网
这里是破片、烂铁、废纸
还有这里那里的一些人拉的屎
这里还有一些小法庭
启开地门

就可以从底下拉上犯人
这里牺牲了无数志士的生命

日本的法官滚了蛋
却又有一伙反动派想来将他们代替
企图再叫我们戴上枷锁
套上锁链
返回那阴森窒息的日子
东北同胞们呵
我们还要继续战斗,还要使一把力
彻底打破这牢监
驱除这黑暗
不让那从前出卖了我们的暴君
把我们再投进不自由的深洞

我们宣誓
我们要保卫自由
我们要保卫和平民主
不制止帝国主义的侵略
不打倒专制独裁的统治
我们的战斗决不终止

选自《东北日报》,1946 年 6 月

◇久　今

咏黄河

一

从青海之边，
昆仑之巅，
奔下来，
奔下来，
为了全体的自由，
为了前程的光明，
不畏那崎岖的险路，
像一条震怒的蟒蛇，
爬向东，
爬向东。

二

越过了高原，

浮过了盆地，
它不屈服，
昂然挺起了胸向东奔流
它张开了嘴
在——
怒吼，
怒吼。

三

看！
在它的身旁，
在它的怀抱，
出现了无数的，
为国家，
为民族，
为黄河，
而奋斗的英雄。

四

它流过了那，
绿色的大地，
仰视天空的白云，
大地掀开了笑脸，
白云飘舞向它拥抱，
鱼鹰在它的周围回旋。

有时亲密地，
吻着水浪，
黄水仍不停止，
向东流荡，
向东流荡。

五

坚固的堤防，
如无情的枷锁，
它却合成一股力量，
冲决了枷锁样的堤防。

六

冲破坚固的堤防，
毁坏无情的枷锁，
汹涌地流过了大地，
奔向广阔海洋，
听！
黄河，
它唱出了胜利的高歌。

一九四六年七月二十四日晚

选自《东北日报》，1946 年 8 月

◇ 马凡陀

发票贴在印花上

发票贴在印花上①，
蔻丹拓在脚趾上，
水兵出巡马路上，
黄浦水到阶沿上②，
房子造在金条上，
工厂死在接收上，
鸟巢做在烟囱上。
演得好戏我来看，
重税派在你头上，
学生募捐读书钱③，

---

① 这是报上所载新印标，因为印花税贴得太多，好像不是发票贴印花，倒是印花上贴发票了。

② 上海马路一雨成河。

③ 沪市学生街头募助学金。

教师罢工课不上。
仓库皮子一把火，
仓库馅子没去向，
廉耻挂在高楼上①，
是非扔进大茅坑。
民主涂在嘴巴上，
自由附在条件上，
议案协定归了档，
文章写在水面上。
米粮落入黑市场，
面粉救济黄牛党②，
财政躺在发行上，
发行发到天文上。
上海跳舞中国饿，
十九个省份都闹荒③，
收购米粮免征粮，
树皮草根啃个光。
百姓滚在钉板上，
汉奸坐牢带铜床，
曲线软性是救国，
地上地下往来忙。
南京复员拆蓬户，

① 上海国际饭店高楼上挂礼义廉耻四字。
② 报载“联总”运华救济之粮食情形。
③ “联总”统计。

广州迎驾砖砌窗[①]，
力气使在市容上，
四强之一叮叮当。

一九四六年四月十一日

选自《东北日报》，1946 年 8 月

① 据《大公晚报》载新闻，广州当局蒋介石建筑行营，行营附近民房之窗口均令一律用砖堵塞，违者受罚。

海内奇谈

卡车撞火车，
脑袋碰枪柄。
熊猫乘飞机①，
土匪升将军。
太太陪约翰②，
老爷拍苍蝇③。
海陆齐出动，
打烂跳舞厅。
接收清查难，
副本来东京。
纳德洋人字，
查礼同胞名。
欢迎驻军多，
好打中国人。

---

① 四川某地的一熊猫，国民党当局视为奇宝，以飞机载赴上海。十月十七日上海《文汇报》有一条新题曰："熊猫工愁善病，急于赴美休养。"

② 约翰系美国男人普通的名字。

③ 是说国民党清查团的老爷们不敢打老虎，贪污的大官儿只管拍苍蝇（小官吏）。

取消黄包车，
失业去当兵。
月亮外国好，
内战我们精。
胖子搓麻将，
瘦子作赌本。[①]
城里捉妓女，
乡下拉壮丁。
帽子满天飞[②]，
尾巴背后跟。
救火加洋油，
也是调人情。
胜利哭哀哀，
投降笑吟吟。
汉奸审汉奸，
百姓杀百姓。

选自《东北日报》

① “胖子搓麻将，瘦子作赌本”就是说大官们(胖子)打麻牌，把老百姓(瘦子)的血汗作赌本。

② 国民党随便加给进步人士以各种罪名，如：“反美分子”“危险分子”“赤化”等。

◇马　加

故　乡

我的故乡对着塔湾的西北角
在大辽河拐弯的地方

那里有高丽城的石堆
“御路”旁雷殛的枯树

穿胸过的北宁铁轨
躺在甩手无边的辽河草原上

是谁下了不抵抗的命令
这十四年的苦日子
比苦胆的滋味都要难尝
纳出荷粮的揭不开锅盖
出劳工的死在矿山

国民党与日寇一样霸道
抓兵抓了绝户
老杨树都绝了根
槽头的牲口下了汤锅
堡子里没有啼鸣的公鸡

沿着革命的脚步
抗日联军苏联红军人民解放军
无产阶级兄弟的队伍
高举起战斗的红旗
人民终于胜利了

毛主席是太阳
照到哪里哪里亮
庄稼人分了田地
新的劳动日子开始

等待雁翎水流过河边
我的故乡更加美丽

选自《生活报》，1949 年 1 月 21 日

◇马　克

民　谣

一

五月的太阳暖洋洋
翻身的农民铲地忙
换工互助有力量
一块地里一大帮
各个争先
都逞强
铲得快来不伤秧
又能多出活
还不累得慌
妇女们一样忙
挑着饭担出了庄
黏豆包呀野菜香

把饭送到地头上
男和女都一样
为了致富大家忙
要想日子过得好
劳动理应当

二

甸子绿，草青青
臭鸪鸪已经开了声
梨树花落净到小满
庄稼人全都把地耕
你插犋，我换工
互助大家有“相应”
快种早铲勤侍弄
努力劳动不放松
到秋后，好收成
挑好公粮送进城
支援前线大反攻
活捉蒋贼打到南京

选自《东北日报》，1948 年 6 月

◇ 王　为

苏醒了的灵魂

从迷蒙与残酷的黑暗走来
我们灵肉已疲倦于从黑暗到黑暗之路
风雨中辛酸泪流动于心灵之谷底
窒息下已丧失了我们灵魂真挚的呼声

四千万条生命,四千万个苦痛
向辽阔的天边张望
向澎湃的海洋怒吼
向无边的大地期冀
我们是一群离别了妈妈的孤儿
我们是一群帝国主义侵略下可怜的民众
死的凝固中沉潜着我们骨肉的衷情
沉潜着一个不灭的力量
沉潜着绝大的无言抗争

十四个年了
但如今已不是距离晨光尚远的黄昏
摘下你胸上的蒺藜
拭掉你额上的汗珠
忍耐着你伤口的疼痛
你看！天边已挂上大时代的黎明了
“八一五”，世界上证实了一个最大的真理
五亿人狂欢的热泪在正义的黎明之光里灿烂
你该相信
黑暗永远是怕光明的

让热血燃烧着我们的心
这突然的胜利像梦一般空虚与茫然
呵！你的耳边在响彻着胜利的呼声
人类的嘴角也挂着千万个微笑
每个历史的阶段原无问号而是必然
“九一八”，四千万生命被榨压在帝国主义下窒息了
在鞭笞的贫民愚民政策下做了奴隶
在政治、经济、军事、教育、劳力的血汁榨取下
破坏了知能

“七七”，我们整个的手足又被束缚
他们揉搓了这一页灰色的历史
他们践踏了这一个黑暗的时代

我们用无数同胞的生命，血腥，牺牲……
换取了祖国的光荣
今天，最后的胜利属于我们了
最后的胜利是属于正义与真理的！

但如今你会全然安心于这生命牺牲和血腥？
你便全然想起了自私和享乐？
不，胜利，我们不希望只是精神上的，
暂时的，一面的胜利
兴奋，我们不希望只是情感上的，
盲从的，狂妄的兴奋
呐喊，我们不希望只是唇喉上的，
无聊的，空虚的呐喊

活着的，走吧！同胞们
走向民族意识
国家观念
精神，物质
推进建设祖国的战线上去

倘使你知道时代的脚步不会停止
倘使你不愿再做第二次低声下气的奴隶
倘使你不愿再看第二次血的历史悲剧公演
那么起来吧！同胞们
走向我们祖国建设的战线上去

过去我们的敌人是日本的帝国主义
今后我们的敌人是散漫，取巧，怠惰与自私

啊！大地已奏起了自由的呼声
民族噩梦从野性的桎梏下解放了
抗战结束
而抗战精神不要结束
握住这交替时代的机运
让青春的活力创造我们光辉的历史
让历史来表现中华民族的伟大力量

五亿同胞唱起胜利前进之歌
啊！建设！祖国！
啊！前进！祖国！

选自《星群诗刊》，1946 年 4 月第 2 辑

◇王　兴

悼念李兆麟将军

"死者生存在活人的记忆上"

——梅特林克

怀着悲哀伤痛的情绪，
拿起秃秃的笔，
你，英雄的事迹呵，
让我从何说起？

为着挽救同胞的受难，
你，经历着无数艰险，
你说，
誓死要斗争下去呵，
誓死要把
法西斯匪类杀掉！

十四年的风雨，
没有给你阻挠，
你只有前进，
前进，
向着胜利的目标。

你狮子样的怒吼，
加添了敌人的惊恐，
鼓起了
千万人民的信心，
千万人都礼赞你呵，
千万人都敬仰着
你是英雄。

然而，你倒下了，
你这光荣的战士
民族的英雄，
你不死于对敌的战场，
却死于
反动派偷偷的杀害。

将军呵！你的灵魂，
安息吧！
人民已经站起来了，
人民将用他们的手，

为你洗雪冤枉的血迹。

选自《东北日报》,1946 年 4 月

◇ 王岐三

一天晚上

一天晚上
在松花江的一旁
天空朵朵乌云
遮住了瘦小的月亮
在黑色阴影里
出现了两个坏东西
一个名字叫黑狗
一个外号是黄狼
一个腿上别了一把刺刀
一个口袋里揣了一把手枪
他们喝得醺醺大醉
准备干那暗藏勾当
他们兴高采烈
带好了特务的委任状

一个负责三军八旅
一个是第九军军长
他们野心虽大只是胆子很小
不敢走在有灯光的马路上
他们东张西望
偷偷地走到一处楼房
站在矮小的大门口
轻轻叫声“三郎”
内边地板一响
门子悄悄开放
一个穿和服的人迎他们进去
门子依旧关上
本是黑暗的屋内
灯光一时大亮
日本人“三郎”当主席
其余人列坐两旁
他们来开个秘密会议
计划暗杀老百姓的勾当
突然这时大街上
走来了民主联军的哨岗
班长堵住了门口
战士们堵住了玻璃窗
举枪叫声别动
坏蛋们就此落网
汉奸们呀

你们应当自思自想

人民已经觉悟

决不许你们在法外猖狂

只有死心塌地改过

你们才能免于灭亡

选自《东北日报》,1946 年 6 月

◇ 王岐之

蒋管区民谣

一、柳条儿青

柳条儿青，
柳条儿长，
小小的娃娃没爹娘。
问他爹娘哪去了，
他提起此事泪汪汪：
我爹被人绑去了，
拉进城里当“种殃”；
我娘在家年岁轻，
保长霸去作三房；
剩下自己没人要，
每天要饭在街上。
哭声爹，

喊声娘，
走遍大街和小巷，
并无一人答一腔。

二、小麦粒

小麦粒，
黄又黄，
农人种它天天忙。
打下麦子吃不上；
缴了租子又缴军粮。
保长吃得白又胖；
“种殃”军喂得凶似狼。
种麦之人白辛苦，
一年到头饿断肠。

选自《东北日报》，1948 年 6 月

◇ 王润波

歌颂我们的节日

听啊
歌声响遍东北平原
在暖和的春风里
迎接我们儿童的节日
看啊
我们一群
小先锋
在解放区中
更坚定了
斗争的信念
组织起来吧
在革命大旗下
发挥出
我们儿童的力量

北国虽然春迟
我们播下种子吧
希望的芽
灿烂的花
丰盛的果
不久的将来
在培植爱护中
就要出现
歌颂吧
我们的节日
歌颂吧
我们的将来
在这春风拂荡中

一九三六年四月一日

选自《东北日报》,1947 年 4 月

◇ 井岩盾

小屋里的晚会

银河悄悄地转向东南，
星星瞌睡了，不住眨眼，
小屋的窗户还睁明剔亮，
里面是一群农工会员。

男男女女的挤满了一屋，
弄得小屋像座火炉，
十月的冷风在窗外吼叫，
听着只当小曲一般。

女人的笑声小燕一样，
男人们说话如拉风箱，
条条的心思拧成长绳，
个个的眼睛赛似灯盏。

劳工出荷真是够呛，
汉奸恶霸一脚踢翻，
牛马般日月从此罢休！
太阳照红了咱家家门前。

他们已经摆脱了苦难的重担，
他们已经从怯弱变得勇敢，
你听那洪亮的哈哈大笑，
不是充满了主人的情感？

选自《东北日报》，1947 年 1 月 12 日

夜过鸿兴

没有一线灯光，
没有一声犬吠，
只是秋风在黑暗里哭泣，
只是模模糊糊的几点影子。

在地图上这是个小点，
在我们心里是一块铅石。
胡匪在这里杀死了人民的区长，
他是我们亲爱的同志。
一粒仇恨的种子又在这里埋下了，
前进的战士咬紧了牙齿。

选自《东北日报》，1947 年 1 月 12 日

◇ 天　蓝

东北人民自卫歌

（一）

戴着红花
挎着快枪
我骑着大马奔向前方
自卫军
真荣光
我保卫祖国保家乡

（二）

咱想“中央”
咱盼“中央”
“中央”来了人民大遭殃
我骑着马

我挎着枪

我端起枪来打“中央”

（三）

说姜鹏飞

道李华堂

汉奸土匪警察特务统统归“中央”

我骑着马

我挎着枪

我端起枪来打“中央”

（四）

叫声兄弟

喊声爹娘

咱分到了土地分到了粮

不是八路军

不是共产党

咱哪能有土地哪能有粮

（五）

大雪飘

北风凉

“中央”胡匪到处抢粮剥衣裳

咱想“中央”

咱盼“中央”

“中央”胡匪原来是一帮

(六)

骂蒋介石

恨蒋介石

他祸国殃民进攻我家乡

跟着八路军

随着共产党

我端起枪来打“中央”

一九四六年十二月九日

选自《东北日报》,1946 年 11 月

汉奸不死心(外二首)

汉奸不死心

汉奸不死心，
还在暗杀人！
坚决消灭他，
消灭他啊不留情！

特务装正经

特务装正经，
活像个大苍蝇！
身披金甲衣，
腹内是大粪！
你看他鬼不像鬼，
人不像人！
他无廉苟耻，反对民主，
挑起内战，
他狼心狗肺，
反对共产党，

危害老百姓！
人民武装起来，
来把他们消灭干净！

市面繁荣

肩挤着肩，
人碰着人！
好热闹哟，
大家都翻了身！
油盐柴米面酱醋茶，
鞋袜衣帽碗桶盆，
样样有买主，
样样有卖的人！
你抬眼一看啊，
满都是老好人大鼻子，
满都是善良的
东北人民军。

红五月工人之歌（外二首）

红五月工人之歌

五月花开红似火
工人斗争火样红
人民作了主人翁
千百年工人受痛苦
旧社会灾难太深重
共产党斗争二十六年
工人阶级打先锋
受尽苦来出了头
中国出了毛泽东
民主国家像太阳
太阳一出满山红

生产竞赛歌

（一）

机器在手镐在肩

看咱干活谁占先
争得英雄真光荣
领导大家向前干
英雄不是为自己
为了国家为战争

（二）

开天辟地头一遭
工人为国立功劳
旧社会工人当牛马
新社会工人地位高
万千工友齐比赛
个个弟兄逞英豪

生产为前线
（或军工生产歌）

（一）

一颗子弹亮晶晶
送给前方打敌人
颗颗子弹不脱靶
解放军英名天下闻
五月花开红满地
军民团结一条心
后方生产为前线

解放军打仗为人民

（二）

一双鞋子千万针
送给前方解放军
爬山过水走得快
消灭蒋介石胡子兵
五月花开红满地
军民团结一条心
后方生产为前线
解放军打仗为人民

选自《东北日报》，1948 年 5 月

人民解放军进行曲

一

英勇年轻的人民子弟兵，
向着光辉的人民共和国前进！
无限的勇气，无限的欢欣，
要把所有卑鄙的敌人化为灰尘！

二

庄稼人分得了活命的土地，
老百姓赢得了自由的生存，
都因为咱们无数次艰苦的斗争，
开辟了新天地，倒转了旧乾坤。
英勇年轻的人民子弟兵，
向着光辉的人民共和国前进！
无限的勇气，无限的欢欣，
要把所有卑鄙的敌人化为灰尘！

三

新民主主义红旗照眼睛，

毛泽东的话说透了人民的心，
人民懂得了革命的大道理，
到处拿着枪杆子起斗争。
英勇年轻的人民子弟兵，
向着光辉的人民共和国前进！
无限的勇气，无限的欢欣，
要把所有卑鄙的敌人化为灰尘！

四

反动派吓得发抖，让他发抖，
螳螂挡不住革命的车轮，
解放军的猛烈攻势像海潮，
没有攻不下的堡垒，没有打不垮的敌人！
英勇年轻的人民子弟兵，
向着光辉的人民共和国前进！
无限的勇气，无限的欢欣，
要把所有卑鄙的敌人化为灰尘！

一九四八年九月十日

选自《东北日报》，1948 年 10 月

咱们的连队

咱们的连队英勇而年轻
铁打的骨头钢打的心
誓死为人民的利益而斗争

咱们都是贫苦的工农出身
为着消灭蒋介石人民谋生存
咱们参加了光荣的解放军

为什么扛活的出痨伤
为什么耍手艺的恨本行
都只为封建的剥削实难当

哪里有地主哪里有豺狼
哪里有蒋介石哪里有阎王
不闹革命穷人没希望

咱们的连队英勇而年轻
铁打的骨头钢打的心

祖国哪里有战争哪里有我们

咱们是人民心爱的子弟兵
解放区的老乡到处都欢迎
蒋匪区的大娘大爷盼咱们

咱们的连队英勇而年轻
敌人的炮火把咱们锻炼成
铁打的骨头钢打的心

蒋家匪帮的枪向咱射击
帝国主义的炮向咱发放
廿年的斗争使咱壮大坚强

有时亲爱的同志倒在身旁
咱叫声:好兄弟呵你万古流芳
咱又默默地把他埋葬

有时咱擦自己身上的鲜血
撕下布片裹着自己的创伤
咱们仍旧顽强地握着手中的枪

枪口仍旧瞄准敌人的胸腔
来吧,任凭你贼匪多猖狂
来一个打一个来一双打一双

渡过多少江河爬过多少山冈
解放了祖国多少城市和村庄
解放军是支不可战胜的力量

从南方到北方从西方到东方
打得蒋介石匪帮无处逃亡
解放军的威名震四方

咱们的连队英勇而年轻
铁打的骨头钢打的心
正向着祖的全面胜利大进军

一九四八年六月于长春前线

选自《文学战线》,1948 年 8 月第 1 卷第 2 期

◇ 韦长明

八月原上

一排乌鸦飞去了
天边是铅条淡淡一抹
马嚼着草昂起头来长鸣
秋收后的庄园
榆荫里活动的行人

云彩幻化作一堆山,一堆石
边缘的那灰暗的轮廓
不要有风雨来袭吧
篱笆下
雏鸡在鸣叫着
瓜棚下结满蜘蛛网

电线杆一支支到那边

辽远的,无际的
什么在蠕动着
烟影,轮音,人语
列车狂驰向驿头

池塘里有水鸟
展翅飞开了
牧童孩子仰望天空
秋收后的寂寞
扔向庄园了
那碧油的水草
土城外灰暗的路

八月八日于安达

选自《春天一株草》,国民图书公司

车　　子

踏破原始的梦
这未垦的土地
白的桦树林呵

静静的山岗
载静静的感情
一辆铁轮车子
匆匆爬过去
从狭小的车窗
行人怅惘着呵

北行道上

选自《春天一株草》，国民图书公司

从你的尸身上踏过去

你，你这可憎的东西。

昨天你犹在我的面前巍然屹立，今天你却一声不响地倒下了。

来吧！让我从你的尸身上踏过去。

怎么说呢？我和你并没有什么瓜葛。

有一年的秋天，你强占了我的家乡，你赶走了我的爹娘，你开始坐在我们家的炕头上……

你要吃，要喝，要穿，要住……

你说：我们协力来建设这个家吧！

你说：你就好像我的亲爱的弟弟，

天知道，我怎么会是你的弟弟呢？你一天吃的什么？喝的什么？

哪一样不是我给你赚来的，

然后呢？你还让我啃高粱米！

爹娘没有了消息，

我永远，噙着不敢流下来的眼泪，乔装着欢笑。

今天，你让我开河。明天，你让我修道。

什么河呀？预备作稻田的水沟。

什么道呀，预备开兵车，拉粮食的输血路。

日复一日，年复一年，

你胖了，胖得有点不像初来时的模样，

我瘦了，瘦得也有点不像离开爹娘时的模样。

逐渐，你对我开始叱骂。

你动不动地发出了暴躁，随着，你骂出了难听的话。

我没有法子抵抗你呀，你已经操纵了我的全家。

你已经完全操纵了我的全家。

有些时候，你也曾对我加以鞭打。

你说我是没有出息的东西，你说我这样的人就可以一辈子做人的奴隶！

你一边发着豪笑，

拍一拍你的屁股，露出来了黑口径的手枪。

望着你的胸膛，我一声也不敢出了。

若是兄弟的话，你怎么能管我呢？

你于是把你的祖宗匣子，放在了炕头的祖宗板上。

你焚上了香，让我磕头，让我拍手，

说这就是我的祖先，你的祖先就是我的祖先。

你，你就成了我的亲长。

我有话不敢说。

我有泪不敢流。

随你便吧！你说怎么的就是怎么的，反正我还有一颗男儿的头颅，我还有一腔息不了的愤怒。

我搭了戏台，你踏着我的脊背在上面演唱。

因为，我不配做你的兄弟了呵！从早我就知道。

我没有恐怖，也没有畏避。

我的心，只有烈火一样的愤怒。

你呀！你该知道，我的血液里还存有祖先的强悍。

而且，我的爹娘还在江南。

只要磨快我的刀，

只要磨快了我的刀，

即使我的爹娘已经把我忘掉，

我也决意要让你那肥肥的堆满了肉的颈项，印上了鲜红的血槽。

你呀！你这个蠢东西，说你蠢，你还有你的机智。

你竟测知了我的用意。

你一边虚情假意地把我拉到一起，先说我的爹娘如何把我遗忘，又是如何作恶多端……

然后说：我们还得合作呀！我们是手足的弟兄呀！

你一边毁掉了我磨快的锋利的刀，

我修了楼房，你在上面自个儿享受风凉。

我种了地，收获完全都归了你，

我的家乡，到现在已经变了主。

你，你就是我的仇敌。

我知道：有你就没有我，有我就没有你。

多少年的旧仇，
多少年的殷望，
今朝终于换来了好久好久的梦想。
我的爹娘和我的邻里，
以正义的火药和利刃，
彻底压制了你，终于，终于置你于死地。

你呀！你一点经不起一击，
连挣扎都没有挣扎，
就挺着鼓鼓的肚皮，
在我的面前，在众人的面前，举行了你的终期的葬仪。

我的爹娘没有忘记这一度遭难的孩子，
用他的慈爱，用他的温情，重新拉起了我的手。
时光，几年的时光，我们都消瘦了，
我们的心上洒满了不知道是什么滋味的感激的泪流。

你呀，都为你这么一个可憎的东西，
牵累我们家庭破毁了，骨肉分离了。柜里没有隔日的粮食，郊外是一片荒芜了的土地。
你的行动，就造成了你的这样的下场，
因为，正义的旗帜永远不会死亡。

你呀！你这可憎的东西。

昨天你犹在我的面前屹立，今天你却倒下了。

来吧！让我从你的尸身上踏过去。

八月十五日

选自《东北文学》，1946年1月第1卷第2期

大地的呼唤

某夜
一个人
从梦中
被音响
把他惊醒

他披起衣裳
走下炕
走向院心
踏着
秋八月夜的月光

月光冷冷地
落在
屋檐上
如一片
霜霰

没有声息

这夜

宁静如处子

温存地

拥抱着大地

他看天宇

看

地上的影子

看

月光照上他的脸

他口念着

为什么

有突然的音响

搅扰了

他的梦境呢

当他正梦见

别去了

二三年的家乡

他梦见

妻儿和亲娘

他不敢看

看娘的鬓发

如霜了
看妻露一张苦脸
忍着饥疲

他已忘记了
自己的孩子
会长得多么大
会长得
不像襁褓时的模样

那一年
老天爷
带给黄河一带以荒旱
带给无辜的农民
以流离的灾难

他挥着泪
狠心逃出了家
舍弃了
五十多岁的亲娘
和妻儿的牵挂

有逃难的汉子
结成队
像一窝蜂

逃呀，逃呀
逃出了山海关

过了关就是东三省
丰沃的乡土
清丽的河流
质朴的村庄
浩瀚的林海

他走过了
东边的大森林
走过了
一个窝堡
又一个窝堡
潮湿使他感染了时疫
有一天
他终于爬不起
窝堡外
正是八月的天气

病里
他结识了好多人
有大个子刘
张拐子
和李小春

都是山东人哪
说说笑笑的
人不亲土亲
插土焚香
结个异姓骨肉吧

有人说
三人同心
黄土也会变成金
那么四个人
来采伐这座山林

他和他们
听叮咚的斧子响
穿越过山岭
看岭上的花开了
岭上的花又落了

锯倒了一排排松木
开发了大森林
旷古的大森林
没有人迹的
神秘的地带呵

木材编成了筏

木材载上了车
一次一次地
运向了远方
换来了钱钞和食粮

送走一春一夏
秋天的季节
数白云飘
雁南飞
人想起了家

吃完了饭
四个人呆坐出神
默默地
默默地
向黄昏

大个子刘提议
呆坐太没趣
不如买杯酒
到小镇上去
寻寻开心

一串行人影
踏过落叶的狭径

一隔多年
他们最初
走下了山

镇上已经掌灯了
不熟悉的街道
不熟悉的店铺
他们逡巡复逡巡

终于寒蠢地
找到一处酒店
那里人已挤满
猜着拳
猜着拳

喧哗和爆笑
这久违的狂欢
乍进去
他们有点愕然
而又不安

酒是一种亲和的药剂吧
饮一杯
饮一杯
脸有点发热

话也来得多

他们畅快地喝了又喝
说是借酒浇愁
其实酒如何能浇愁
酒是记忆的渊海
翻腾复翻腾

他无端地想起了家
想起家乡的
每一件琐碎的事
于他的灵魂
都成了针砭

幻想使他
酒噎不下喉咙
诱动着
诱动着
他的心陷于凄苦

拉一拉李小春
醉语说不清
张拐子也早颓唐了
倒是大个子刘
和他握一握手

两个人
负着两个人
从小镇走回森林
月亮俊俏得
像眉毛

回到窝堡
夜深深的
冷静锁住了岭岗
西风刮落叶
西风撼板扉

人昏睡着了
听四起的
鼾声和呓语
他更睡不着呵
他推起窗子看月亮

一阵风吹进了前胸
他打了个寒战
想到了家的温暖
想到了大森林的冬天
也想到了暮年

他想了又想

他想了又想
他的渴望
使他不能再犹疑
他冷然推被坐起

借着窗口泻进来的月光
他摸索着爬下了地
启开了黄金万两的钱箱
数一数
他拿出来了一份

穿好了衣服
穿好了鞋
他惋惜而又羞赧
说声再会吧
向睡着的人作别

走到大道上
天已经放亮
森林的路
他整整走了一夜
饥疲已使他不支

他由是安身在客店
待歇息一两天

多吃点东西
多出点汗
再赶路也不晚

今夜
却有突然的音响
把他
从睡梦里
惊醒了

他无言看天宇
看
地上的影子
看
月光照上他的脸

他温习了一遍
自己的故事
他又记起
同伙的朋友
他就止不住泪水滂沱

他发觉了
自己的背德
是如何不应当

他发觉了
突然的音响
正出自他的身边
是大地的呼唤
大地的呼唤

谁都是大地的儿女呵
在大地上生长的
谁也离不开大地
无论是我是你
要为大地献出自己
要为大地豁出自己

他仿佛重看见了天宇
那么光华
而又明洁
大地向他呼唤
青空向他招手
他又仿佛重看见了天宇
那么澄明
而又璀曜
大地向他呼唤
青空向他招手
他知道
自己的生命的路

只有一条
没有选择
没有疑虑

该舍弃的就舍弃吧
该清算的就清算吧
生命绝不是谎话
若抵不住它
生命才成了谎话
他微微地笑了
如同结束了
一件快心事
紧了紧腰带
走回屋去

他再也不能入睡
盘算起
明天的行程
永远的太阳
早已爬上了心底窗棂

十月于长春二道河子

选自《春天一株草》,国民图书公司

东行抄

一

走进山岭地带
看不见银子铸成的白桦
听居林人讲说豺狼的故事
为迢遥的旅途而咒诅了

二

土城的驼铃也是寂寥的
踏看落在霜花上的自家影子
半圆月牙升起在邻巷了
匕着醉眼的一瞥

三

伴着乡里的煤油灯
旅人凛凝着目光
夜里睡魔也躲远远的
谁为描划一个蠢呆的丑笑呢

四

走在结冰的图们江上
心里怀念着美丽的河山
开裤角的女人急煎煎走过了
都是为了些什么呢

五

我有一个寂寞的家
为它又爬越了高高的岭岗
旅途惯会虐待孩子
把疲倦拉紧了眼皮

六

十二月的行旅呵
别叫雪花来譬喻
那最初的兴奋
化成了一摊冰冷的泪水

一月十一日于吉林

选自《春天一株草》，国民图书公司

古城的怀恋

我的苍老的古城呵
我从梦中梦见了你
长满了苔藓的城堞
有咱一条推不开的记忆

忘不掉那五月的絮语
招过来圆圆的热情的眸子
自家为这奇迹所诱惑了
啊！那可爱的青春的踪迹

天风豁露了白色的衬衣
蔷薇开放在阴暗的城隅
为我摘取那寂寞的种子吧
夜里的古城消没了蝙蝠的羽翼

堤上的路是那样坦平
江边有人唱着温柔的恋曲
女人如是一杯恋人的醇酒

这古城则如同恬静的处女

小巷里有漆黑的门扉

锁着咱不堪记忆的记忆

我的苍老的古城呵

我在梦里又作再次的归去

九月五日

选自《春天一株草》,国民图书公司

海上夜

今夜海上
望望星
望望灯光

恋惜家乡的梦
恋惜的心情——
抛在远的彼方
推开小窗子
迎海风
望海水起伏

海没有边际
和黑黑的远天
融在一起

今夜海上
想想梦

想想古城

海上夜记

选自《春天一株草》,国民图书公司

河流底冥想

一

我躺在伊通河畔的草原上
于是，我又冥想到了久别的青灰色记忆的家乡

谁说孩子靡有过家乡的怀念呢
是岁月的骗子拉远开来往昔的故事
猜想，也不容许我作片刻的猜想
我底美丽的，诱惑过孩子的青春的家乡呵
今儿，我仰卧在由你身旁流过的河床之上
听着水音的淙淙，却照不出伊昔丰润的面影
迎着八月的秋风，我凄楚而彷徨了

阔别地，有着孩子青灰色记忆的家乡呵
容我作一次温存的冥想吧

二

狭小的城郭，盘曲着狭隘的街道

我偏爱着绕过这城郭的河流
春，秋，泛滥成茫茫的一片水洋
我就踏在后大门的门扇上撑长篙
城南有一带黄沙土的围墙
东门外的河上是横架着通行的桥梁
夏天的柳荫下，垂钓人歌着动人的小调
妹妹！那柳丝也难比得上你窈窕

就在那街道旁，有着被风雨剥蚀了朱红的家门
从窗玻璃正望见了耸立着旗杆的二旗庙
阶前的篱笆上爬满了结着大粒的葡萄
镇日，我数着家乡的变幻着的风向
春天的河堤上，有孩子丢失了的柳条的口哨

三

荼靡花开，有着孩子的无邪的美梦
它是那样的温容，又是那样的凄清

我向往着她的圣洁，一如画图里的女神
我爱着那透着青春的红晕的两颊如两朵牡丹，不，还是两朵芙蓉
再没有那么清丽的，委婉的歌喉了啊
谁个女人有着比她更真挚的友爱和热情

我们的相识有如一只虚无的寝寐的幻梦
为了她的欢乐，我抛弃了烦人的书本，我渎亵了人生

青春的友呵！不能忘记那飞逝的孩子的恋梦
荼靡花落的季节
宿命，解释了，粉碎了幼稚的感情

四

我曾徘徊在那萧萧的坟场，在故里
那周围，有着祖父亲手种植的白杨

青草一年一度地在坟顶上绿了，又枯黄了
不知名字的野花，寂寞地凋落，又寂寞地开放
祖父曾指示给我舆图的一隅，说这里有你祖父的茔穴
太早呵！靡等及这孩子归去，那泥土早把慈祥的老人埋葬

我迎着十二月的寒风哽咽过滚热的泪流
那泪一滴也不曾溅在坟头的土壤
我说什么呢？珍惜吧！青春的泪也是灼热的血的沸腾
别再让它烫伤了无名的野花和小草，一任寂寞封塞了的坟场

五

四季，萦绕着孩子的欢乐和愁郁的史迹
时代的鞭打，终于结束了过去，我和家乡作了长久的别离

在异地失掉了生活的重心,那安逸
像一匹脱缰野马似的,在漠野上奔驰吧
燃烧起生活的憧憬,也燃烧起明天的希望
还能说什么?是男儿就得挺起身来干一场
孩子也有一天,想及到故土的归去
风雨里的小孤山,和那伊通河旁的城郭可还都一如往昔
如果,这想象不只限于梦的揶揄
我将如白发的老人吧!拂着失掉了殷红的门扉
数着河崖的柳枝,然后发出来一声时过境迁的叹息

六

家乡的风也是温存地亲着脸
家乡的梦也是安稳地投入了旅人的怀抱
是什么割破了孩子的青春的记忆
八个年的异地,任凭丛生的胡须把孩子抹上了衰老

暮晚,这八月的微风吹动了伊通河畔的野草
我转侧着,我用手摆弄着清冷的水流,依旧尝不出
是甜,是酸,是辣,这乡里记忆的味道
天上是繁密的星斗,闪烁着清莹的光
我望了望都市的夜里的灯火,我说:我就睡在这里吧
听河水的子夜的低诉,或许让家乡的归去渗入旅人的幻觉

然而,伊通河畔的,八月的感伤之梦约

空虚地，怅惘地，寂寞地呵

十月重写于南湖

选自《春天一株草》，国民图书公司

黄昏时分

远山偏爱落日的一吻
林丛也羞红了面庞
可曾听过流水的淙淙吗
一切,付与黄昏的讴赞了

高岗上眺望着牧羊女
拈着早放的野花那么静静地
冥想着云彩飘忽时分的相思吗
季节的熏风掀开了久闭的心扉

古道上柳枝遮蔽了行人的影子
寂寞的脚步踏着宁静的灰尘
一条路拖得远远的
盲目的歌者也停止了琴弦的幽咽

流水永远淙淙地流来又流去
把家乡的消息为我带去吧
没有旧日的温情,也没有幻梦

一朵白云在没有羁绊地飞翔了
庭中数着风飘过檐铃的音响
沙漠的枯寂交给旅人的跫音
一张破碎了的记忆的烟影
连夕阳的一吻也该是欣羡的吧

五月末于岭窗

选自《春天一株草》,国民图书公司

吉林诗情

松花江

洋洋春水又一年了
怀恋着白山松水间的古城么
当云朵再投影于松花江水上
有野鸭划断夕阳下的口哨了
一堤稚柳投来春的消息
银絮拂人面的季节
年轻人怎能不揭开记忆的史页

堤上黄昏

夕霭里教堂的晚钟响了
替山野林丛江堤的黄昏
写出动人的诗情
远山新月拢渡舟
踏夜里的灯影
那栏杆外的寂寞呵

北山

卧波桥下扁舟划破一池春水
是不碧波双桨交错的一瞬
都成了生命中的陈迹
山巅伫立着古寺
风雨剥蚀了朱梁画栋
多少年代的迢隔
谁来惆怅于旧游的记忆呢
暮霭里钟声又响了
依揽辔桥看落日呵
夕阳还正娇艳
谁也不必慨叹

朱门

踱过了朱门小巷
雕栏前细柳垂丝
有衔泥紫燕在穿梭了
风铃也无语
空有旧梦如烟
再不见绣衣佳人倚西窗
银发老人心比丁香还苦呢

龙潭山

榆桦参天这坎坷的山路

攀登人宛如倦旅之鸟
再也挪不动脚步了
背着龙潭摄个影儿
依稀犹是当年的风采么

圣母洞

听橡子落在阶石上
我底人安心着吧
五月的江水浅浅地
飘来了远天的帆影

阿什哈达

数往昔的故事
抚苍青的岩肌而唏嘘
水溅湿了你草绿色的裙子
可还要写出无言底诗句么

小白山

绕过朱红的殿角
看松花江千里
这空山落漠的
林隙有炊烟飞起

南天门

登上南天门

俯览满城春色

一条江水一肩风

渺小了这苍老的古城呵

五月初旬

选自《春天一株草》，国民图书公司

镜泊湖之旅

看千古的湖水呵
来自迢遥的彼方
一如脱缰的驽马
向渊壑奔放

林木掩翳着群峰
千万朵珠花一时飞起
沉雷震撼我的梦
下睇蜿蜒的江水

航行于镜泊湖中
忘不了吊水楼的冲击
可是谁知道
红衣女的故事呢

七月，东边行

选自《春天一株草》，国民图书公司

南风带来的消息

告诉我
南风带来的消息
那平湖的荷叶
荫蔽了采莲人的襟角吗

今年的夹竹桃
开遍了庭隅和篱落
该记得
蓓蕾初放时的喟叹吧

生命之流喘息着
珍惜么
青春遗弃的
过客践踏后的

泪水织成的网
也罩不住旅人的归思
睡醒后的凄凉

又一个无人做伴的黄昏

昨夜的风雨
打碎了翠松傍的留恋
萧瑟里
秋深的时节
连梦也寄给南去的雁吧

八月末于淞畔

选自《春天一株草》,国民图书公司

你活在我们的心里

不要说:他已经死了
他却是正在生活
譬如毁坏了圣坛
仍吐着炎炎的火

譬如采下了玫瑰
它终要放着花朵
譬如是竖琴碎了
和音却还在悲歌

我们知道
你并没有死
在我们底心里
你的思想
生出了根须

听呵
这歌声,这歌声

一如出自你心灵的动荡
每个字音，每个字音
不住地在我们底心头回响

譬如是吹散了
肉躯的轻烟
你的不屈的意志
你的不辱的灵魂
历时愈久更感明显

你以你的所信
与你的所爱
把你自己
交付给永远的斗争
交付给永恒的生命

坚实地生活正直地奋斗
匆匆的岁月
你却兑换来了
这么大的代价

我们不怕牺牲
没有开山辟路的前锋
就不会有
坦平的行程

在你的灵前
我失掉了哭泣的情绪
我只想怎么样追随你
怎么样去赴死

我们这些人
这些你的后继者
都暗暗地说给自己
你并没有死
你活在我们底心里

选自《东北文学》,1946年2月第1卷第3期

秋天的赞歌

说什么
秋光旖旎
你看这
遍野的禾实

久违了的大地
荡漾着土香
荡漾着
禾实的波浪

这秋天的节季
丰富的结实呵
看刈高粱
看修筑圃场

今年的收获
这些年是头一次
一个农人说

今年尽了最大的努力

今年的收获
也一半仰赖天力
一个农人说
打春天落了好雨

马昂首长嘶
孩子们跑来跑去
载满了新禾的大车
由岗上一个个接着走过

说什么
秋光太旖旎
你看这
遍野的禾实

秋天，从阿城回来

选自《春天一株草》，国民图书公司

四月通讯

待你到四月初
松花江冲开了银冰
该丢给我故里的消息了

你有着铅重的愠郁呢
为你爱怜的孩子
可曾收拾起感伤的泪水

这儿飘落着三月的雪花
把春天也给渗得冷冷的
思忆拉得更远，更远

待你到四月归去
松花江也送走了流冰
该丢给我怀念的面影了

十八日于长春

选自《春天一株草》，国民图书公司

我在死刑台上

玛莎啊
你去吧
你去吧
玛莎啊

赴死是我的命运
不必搓手
不必搓手
除了你此世我一无所有

为了爱我被磔死在死刑台上
燃着吧　生命的余烬
燃着吧　生命的余烬
让它烛亮黝黑的世路黝黑的人心

时辰到了
爱的　你为什么还不离去呢
爱的　你为什么还不离去呢

时辰到了呵

你也不必宛转哀啼
我还有最后的勇气
我还有最后的勇气
我不愿牵累了你

光荣的斗争　正直的殉难
这就是我生命的史页呵
这就是我生命的史页呵
我要打破镣铐改造现实

幸福的温床是辽远的幻想
死刑台上只有一片冰凉
死刑台上只有一片冰凉
冰凉的床榻是我永远的家乡

我倘如还有记忆
小小的生命呵
小小的生命呵
你怎么发育长大呢

玛莎啊
未了的事情都交给你吧
未了的事情都交给你吧

玛莎啊

唉　你看你看

我微笑的脸又笑了

我微笑的脸又笑了

当我离开此世最后的一刻时光

三月七日于吉林

选自《东北文学》,1946 年 4 月第 1 卷第 5 期

乡　　愁

昨夜家乡爬入了梦
我懵然把你唤醒
你看着我红肿的眼睛
你说:孩子又想家了么

我颓丧地蒙上了头
起始把梦境重温
终于又暗泣着了
为了一颗寂寞的种子

你为我掀开了被角
把湛然的目光凝注着我
我仿佛了解一椿悲哀
用泪水做梦的坟墓了

三月末

选自《春天一株草》,国民图书公司

乡　思

什么在蛊惑着孩子底乡思
黄瓜架底下
豆荚拉着长长的一串
村姑娘挽着年小的弟弟
哼哼着那小曲——悠扬的清脆的
(夏天织成了一幅儿时的画图了)

五月的流云——
希望扯碎了几千百个日子
那密重重的未来的预约
翻过去这黯淡的一页
作客的孩子心原抹上了乡愁
(能阻止吗？南风寄来的燕语)

漆黑的夜
数尽天板上个个星颗
嚼不尽别意匆匆
关山重重

摸抚着心原的疤痕

轻轻地在叹息着了

（时光会使孩子的乡思在短短的一瞬静止不动吗）

脚迹轻浮而又模糊了

千里万里有无限的前路

几时再爬上古城的道呢

这只有夕阳知道：

那最后的最前一刻

孩子将束紧了行囊

（梦里憧憬着无味的生涯约）

七月二十二日于安达

选自《春天一株草》，国民图书公司

再归来

家园的系念是一条诱惑的锁链
我呢又是一个感情的囚犯
权作一次梦境的握别吧
把欢乐和悲伤都付给机关车上的白烟

任凭这狭隘的宇宙关闭了青春
外边的天候却是不断地在转变
破毁了的门墙不也是风雨来时的屏障吗
片刻的安息使我忘掉了旅途的遥远

堤上的杨柳绿了又黄了
节季没有声息的像一条弩箭
几时那光亮的闪爬进了屋隅
我将奋力打出那带有锈的铁槛

踯躅和徘徊能交给我些什么
我是爱着光亮也爱着春天的乳燕
沙漠上再嗅不到南风的气息

我将跋涉，我将找到未来的生之沃原

机关车上又弥漫起一层白烟
今儿，权作一次梦境的握别吧
虽然，我是一个感情的犯徒
家园的系念又正是一条诱惑的锁链

六月天于吉长道上

选自《春天一株草》，国民图书公司

挣脱掉灵魂的枷锁

我们是从牢狱中被拯救出的囚徒
我们是从屠场上被释放了的羔羊
不能忘记的那黑色的窗子,鲜红的血槽
命运的刀斧是多么吓人地在响亮……

迎着破晓了的世纪的晨光
弟兄们携起我们底手来吧
挣脱掉灵魂的枷锁
我们要追寻那许许多多伟大的生活

一九四五年十二月于长春

选自《东北文学》,1946 年 1 月第 1 卷第 2 期

◇云　鹏

狱中吟

狱中的小窗
透进了微微曦光
似一点点的萤火
嵌在了土地上
曦光里有一只蜜蜂
徘徊在我的身旁

蜜蜂！
你不知道这是地狱？
你为甚也来试尝
这里面都是罪人
从没有温暖和生气
更没有灼灼的太阳
我相信你不会有罪

同时你更应该生长
你不要藐视你的生命
你比我更多着一双翅膀
你为甚不飞翔
飞翔到天堂

请你快不要在此流连盘旋
更不可犹豫彷徨
我马上从门隙把你送出
脱离这阴森森的牢房
你知道我的家乡?
那么请你去一趟
请你去一趟我的家乡
带个信儿给我的爹娘
还有那个人你知道?
她是一个年轻的姑娘
请你告诉他们说:
我在此安然无恙

同时还要代我请问
二老可曾安详?
那个人
可曾健康?
一路上不要叫恶人伤了翅膀
还有那狱卒也要提防

蜜蜂已飞出了牢房
我不禁感到了迷惘
狱友们都默无一言
我脑海里竟泛起了冥想
徒使叹息声
伴着含恨的目光

蜜蜂已去了一天
狱里又失掉了一个伙伴
夕阳又将近黄昏
狱中人的心境又抹上一层阴沉
似有一支毒箭
射进了狱中人的心田

狱中的夜色深沉
狱外归鸟凄吟
那渺小的生灵呵！
它也感到了夜的苦闷
那给宇宙以光明的阿波罗神！
你怎能不给这狱中一点儿温曛？

狱中幽暗的光轮
渐渐地向狱中人的内心浸润
我禁不住流着奄奄的热泪
我不禁胸中怒火烧焚

丧失了一切自由的朋友呵！
难道我们的价值不如一只蜜蜂？
光明！
光明为甚要这般地沉重？
沉重得犹如一块老铅
死板板地压在了我的前胸
我的凄惨沉痛的神经
恐将不久会要疯癫

那鲜红可爱的太阳
那渴望灿烂的河山
几时才可出现
几时才可相见
狱外的同胞呵！
我的心为甚总觉着抖颤？
啊！朋友！
我决不懊恼悲怨
为了祖国的光复
注定我们应有今日的一篇
我要振奋起精神
期待着，期待着明天

选自《东北文学》，1946年2月第1卷第3期

◇ 戈振缨

夫妻双夺旗

二月里来刮呀刮春风，
春风刮开了朱岩河里的冰。
朱岩河流水哗啦啦地响，
朱岩庄里家家户户忙春耕。

太阳一出红半天，
朱岩庄里没懒汉。
粪堆前，三叔光膀把活干，
小五子穿着单衣把牲口牵。
突然间，锣鼓喧喧敲得紧，
庄头上显出朱红旗一面。

停下活儿抬头瞧，
原来是前线上的人儿立功劳，

区公所的秧歌前来送喜报，
送给那模范军属铁柱嫂。

铁柱哥去冬参军到前方，
到今春就升进主力上战场，
铁柱哥生来是好汉，
第一炮旗开得胜打得强。

铁柱哥冲上碉堡第一名，
先把那胜利红旗插城中，
同志们紧随身后杀上去，
铁柱哥首立大功是英雄。

铁柱嫂功劳喜报接手中，
还有那丈夫亲手信一封，
她呀！她呀，又喜又羞脸儿红。
丈夫信上写分明：
“在前方红旗丈夫夺在手，
为妻的你在家中也光荣。
可是哪，丈夫心里还有一桩大事情。

“是去年春，在家挑战忙春耕，
互助组的红旗飘当空。
看谁耕得快来耕得深，
夺得红旗称英雄。

“扬起鞭儿一声喊，
丈夫催驴跑向前，
驴儿拖犁不怠慢，
犁儿如飞一条线。

“到夜晚，一面红旗扛在肩，
扛回家插呀插在大门前，
第二天太阳一出红似火，
照得红旗火一般。

“丈夫我如今到前线，
前方英勇战斗是好汉。
丈夫我过去在后方，
积极生产是模范。
如今我，战功的红旗夺在手，
却不知那劳动红旗插到谁家大门前。”

朱红大旗面前飘，
锣鼓喧喧真热闹，
铁柱嫂读完书信抬头瞧，
红旗逗得她心儿跳。

朱岩河的河水流呀流得欢，
朱岩庄里没懒汉，
老头儿光着膀儿把活干，

小孙子穿村捡粪干得欢，
铁柱嫂牵着牲口上了山，
互助组里她和组长来挑战。

一面红旗飘呀飘当空，
照得铁柱嫂的脸呀脸儿红，
扬起鞭儿扶住犁，
犁儿如飞一阵风。

到晚上一面红旗扛在肩，
扛回家去插呀插在大门前。
第二天太阳出来红呀红似火，
照得红旗火一般。
广播台上把消息报：
“铁柱哥前方战斗是好汉，
铁柱嫂后方生产是模范。”

选自《文学战线》，1949 年 4 月第 2 卷第 2 期

要想日子永远过得好

——一个青年农民参军的故事

一　冬耕英雄

窗纸还没透点明，
外面“呼呼”刮北风，
李桂莲和张大成，
两口儿一齐蹬开热被筒。
穿上衣裳走出门，
头上顶着满天星。
一头毛驴一张犁，
两口儿冬耕到日头红。
吃口干粮喝口水，
又一气，
耕出那弯弯的月儿照正东。

弯弯的月儿照正东，
头上顶着满天星，
你牵牲口我扛犁，

一前一后转回程。
一天成绩算一算，
耕地耕了五亩整。
“明天村中黑板报，
表扬咱们是英雄。”

二　生产忘了支前

肥猪窗前“喂儿！喂儿”地唱，
圈里的大粪踩得强，
填栏、烧灰、人粪尿，
到处都是粪土香。

今冬多多把粪攒，
到来年，
喂出的庄稼长得欢。
夏季里，
满山遍野绿一片，
到秋来，
金黄穗子铺场院。
到那时，
锅里煮着新米饭，
饭香直往鼻里钻。
到晚上，小两口儿守着灯一盏，
心对心儿眼对眼，
一天的劳累都忘下，

两颗心儿是一般喜欢。
可是啊！
光顾生产忘了支前，
这可真是个大缺点。

忘记了翻身要靠共产党，
忘记了翻身还得手中枪，
不知道只有前方打胜仗，
好日子才能过得长。

三　动员他参军，思想闹矛盾

这一天，他二人，
不说不笑没了神，
烦恼缠住两颗心，
都在心里闹矛盾。

村公所昨晚开会真热闹，
动员那青年参军把名报，
小两口的心就“扑腾！扑腾”地跳，
心里发躁脸发烧。
说道理吗？
他们也不是不知道：
只有消灭蒋匪军，
饭碗才能保得牢。
可是啊！

一想起过年庄稼长的……
家庭观念丢不掉。

那么，
甘心做一个落后分子吗？
不能！不能！
庄稼长得多么好，
还得枪杆把它保，
小伙子头上三把火，
前线杀贼立功劳。

那么，
马上报名参军罢，
走！走！
——可是啊！
就是这个家他撇不了。
到晚上，两张愁眼围着灯，
发愁的人儿不作声。

四　回忆会上一片泪　张大成回头看当年

深夜，北风打旋儿吹，
村公所召开回忆会，
回过头去看当年，
数数遭过多少罪。
话儿越说越没完，

说得全场一片泪。
当央桌上一盏灯，
灯光下张大成哭得不成声，
泪眼中回头看当年，
当年的苦处数不清。

“张大成我本是穷汉，
全部家业不够挑一担。
挨冻受饿，
那时候在我，
简直算不得什么灾难。

“从小见日头红，
从小就没打心里儿笑一声，
不知道吃饱饭是个什么滋味，
不知道还得穿上棉衣才能过冬。

“十几岁长得还像小瘦猴，
经常随在爹身后，
去到地主大门口，
跪在那石头台阶上，
跪破两膝的皮和肉。

“大门里面鱼肉香，
我们回家吃粗糠，

粗糠也不让吃得饱，
陆剥皮来了一扫光。

“一天一天，
一月一月，
一年一年。
流尽了一家人的血，
流尽了一家人的汗，
流尽了血汗换不上一顿饱饭，
换不出一片破布来御寒。”

五　太阳出来亮了天

“太阳一出亮了天，
共产党领导咱们把身翻，
那时候开会像过年，
过年也没过得这样欢！

“肥猪赶进自己的圈，
牲口拉进自家的栏。
一张红契拿在手，
翻来覆去看几遍。
好似求亲下喜帖，
我是越看越爱看。

“秋天太阳放金光，

墙上挂满金棒棒，
囤子堆满金黄粮，
眼也亮来心也亮。

“媳妇桂莲娶过门，
一样都是穷苦人，
和咱一样闹翻身，
翻身人儿一条心。”

六　一朵乌云遮当空

“突然，
晴天里来刮大风，
一朵乌云遮当空，
蒋匪进占莱阳城，
陆剥皮带来还乡团，
奸淫烧杀不留情。

“只杀得狗不叫来鸡不鸣，
只杀得百姓不敢把眼睁，
只抢得粮食米面干干净，
只抢得锅碗瓢盆都不剩。

“一个深秋的下晚，
——夜深不敢把灯点。
民兵背上手榴弹，

到疃头给咱把岗站。
两口子,
摸索着把牲口拉出了栏,
几斗苞米驴驮上,
一卷铺盖担上了肩。
黑影里望了望猪圈,
肥猪来不及往外赶,
摸摸炕头还有热气,
温暖的炕头不敢留恋。
随着逃难的老和少,
背着西风逃出了家园。
说什么家乡,说什么温暖,
蒋匪刺刀尖上过了个冬天。”

七　被惨杀的姊妹等咱报仇怨

“有一晚,我随民兵,
摸进疃东小林中,
远远瞭见疃头一盏保险灯,
灯光下照见一片黑人影,
黑影里透出一个女人的惨叫声,
听动静有点怪耳熟。

“啊!
不错,
是咱们的妇救会长,

叫陆剥皮残杀了！
不由得大伙怒火往上冲！

“杀呀！
轰！
冲呀！
轰！
丢去一排手榴弹，
打灭了那盏保险灯，
打散了那堆黑人影。

“可是等我们冲上跟前，
妇救会长，
咱们的好姊妹已经不在人间。
两个眼睛变成了两眶血水。
披散的头发下边枕着脑浆一摊
……！

“如今只要一闭眼，
她就站在咱面前，
又黑又亮两个眼，
说起话来像放鞭。
和村干一起，
她领导咱们把身翻。
咱也曾

吃过她亲手煮的翻身饭，
她也曾
把翻身花儿亲手插在咱胸前。
她在翻身大会上，
歌子唱得欢又欢。
她唱亮了咱们的心，
她唱亮了咱们的眼。
她唱的是‘永远跟着共产党走’；
她唱的是‘人民翻身亮了天’。
可是，妇救会长啊！
咱们的好姊妹已不在人间。
她死在九泉之下，
等咱给她报仇冤。”

八　雨过云散出太阳

“阴天没有晴天长，
雨过云散出太阳，
十二月十三日，
解放大军从天降，
莱阳城外大炮响。
解放军好比下山虎，
威风凛凛声势真浩荡，
民兵队伍更威武，
喊杀声！
城里蒋匪一扫光，

锣鼓喧天回家乡。
这才是翻身要靠共产党，
这才是翻身还得手中枪。
如今哪！大军准备过长江，
全国就要得解放，
只有把革命进行到底，
好日子才能过得长。

“要翻身哪！得斗争！
没有枪杆翻不成，
带头参军上前线，
功劳本上争头名，
争取全国都解放，
活捉蒋贼真太平。”

九　大家都立功

呼隆！呼隆！
人堆里站起三十一条大汉；
哄哄地，
人声响成一片！
“最后胜利就在眼前，
要想立功争光荣，
赶紧参军上前线！”
李桂莲来不及擦干眼泪，
猛然从墙角跳了出来，

两只眼笑得像一朵花开：
“你去参军，你只管放心，
家里，我自有安排。”

新战士还没离家园，
拥军小组就赶来抢活干。
大林提桶去挑水，
二妹一头哄进牲口栏。
李桂莲一看发了慌，
一个高儿跳出去，
身子拦在大门前。
“大兄弟！二妹妹！”叫连声，
“大伙稍微停一停，
叫你嫂嫂说分明：
丈夫前线去当兵，
我在家里多劳动，
前方后方多立功，
夫妻二人多呀多光荣！
你俩先别龇牙笑，
要讲生产嫂嫂本来是英雄。”

十　欢喜送走参军郎

公鸡咯咯两三声，
唱出东方日头红，
一面红旗飘当空，

参军人儿要起程。

牵出牲口备上鞍，
小驴儿又踢脚来又耍欢，
一条彩绸头上挂，
在家时，它随主人多生产，
出门去又送主人把军参。

参军人儿站成串，
朵朵鲜花插胸前，
桂莲、二嫂、陈大妈，
上前忙把牲口牵，
一送送到大门口，
二送送到西场院。

“走吧！您大伙安心上前线，
家里不用您挂念，
俺大伙保证先给军属干，
猪仔一定喂得肥，
粪土攒成一座山，
来年一定是大丰年。

“地产黄金打上场，
多多早早交公粮。
多出公粮送前方，

前线人儿吃得身体棒，
多捉俘虏多缴枪。”

张大成，
欢天喜地离了家，
李桂莲，
脸儿笑成一朵花。

选自《文学战线》，1949 年 4 月第 2 卷第 2 期

◇ 公　木

崩　溃

——献给新解放的人民、我的同胞

当黄昏的西风，慢慢
吹长了吹长了牧人底身影；
浓须的夜蹙紧眉披着万丈黑发，
从天底那边，
从遥远的东方蹒跚地走来，
头顶上装饰着几颗金星。
一切声息都沉寂了，
一切生命都停止了活动，
人底舞台让给魔鬼来上演。

鼠群跳过酣睡者底鼻尖，
悠然地结队游行；
野狼滴着馋涎燃亮饥饿的眼睛，

到羊栅门边巡礼；
鸱鸮冷笑着低飞，
落在梦的屋檐窥探人间底秘密。
群魔舞着使星空痉挛地狂叫，
出现在被黑暗统治的大地上。
群魔之王披着无尽长的黑斗篷，
群魔围起他粗野地旋转，
卷成一阵旋风开始了沓乱的舞蹈。
一个嘶哑的令山岳与海洋都战栗的
大合唱激荡着激荡着：
“什么比黑暗还更伟大呢？
它吞噬了一切：
山、河、树林、村庄、城市……
只有能自身发光的东西，
它才留予一个位置。
就是小得可怜的萤虫吧，
也不曾被泯灭。
这证明黑暗底公平，
它不埋没任何真正的天才。
而且只有在黑暗底抚慰下，
一切发光体才能发光。
黑暗万岁！
黑暗底王国万岁！”

歌唱着他们喷吐阴云，

并降布湿毒的浓雾，
云雾弥漫着弥漫着，
几颗闪跳的金星也不见了。
群魔继而恶毒地诅咒，
嚼着滴血的舌头，
每说一个字像唾一颗石子：

“光阴已经死亡，
白昼永不来临！”
并且由于这诅咒而更加狂欢了，
叫得更响和更野。
因为，恶魔学会了语言，
原只是为的去诅咒呀！

于是群魔自封为胜利者，
群魔之王被尊作唯一的主宰，
黑暗底王国征服了世界。
鼠狼鸱鸮都来谦卑地致敬，
凡在黑暗中活动的，都生着
一条阿谀的舌，一副谄媚的面容。
（而曝照在阳光里，
那却是多么残毒的面容啊！）

正在这时候！
一声曳长的鸡鸣划破暗空，

星群首先溃散了。
而这是一声过早的鸡鸣啊，
时间才刚到子夜。
群鼠又继续地蹑足归来，
傲然地吹着胡须，
以掩饰内心底畏怯。

狼和鸱鸮在鼠性底卑劣中，
发现了自己底尊贵与勇敢，
昂起头摇摇尾巴，
等待群魔底褒赞，
而远处又传来一声报晓的鸡鸣，
接着两声三声……
群魔之王切着牙齿发令：
“消灭所有一切鸣唱者！”

鸱鸮盯在睡眠的窗前，
去侦探主人底动静；
抖索的鼠群爬到鸡埘旁边，
偷偷地啮凿隧洞；
贪馋的狼去咬断鸣唱着的
一切伸长的羽颈……

而鸡鸣却是不可遏止的，
这快乐的昂奋的挑战的歌声，

烧成一片熊熊的火焰，
彼此呼应地合唱，
传递着信心和希望。
酣睡者有的已被唤醒了，
鸱鸮惊怯地拍一下翅膀，
它听见窗子里低声地说：
天快要亮了！
群魔之王伸出黑色的拳头，
击打暴跳的海洋，
飞溅着血沫咧开嘴念咒：
腾起吧，雾！
腾起吧，雾！
腾起吧，雾！
浓密的雾阵布满天空。
人间袭来一阵阴寒，
伴随一阵恐怖的宁静。
大地更加黑暗了，
雄鸡底鸣唱也渐渐稀疏。
群魔喘嘘而狞笑，
鼠狼鸱鸮都兴奋地狂舞。

然而，这是黎明前的黑暗啊，
这是太阳要出来的征象。
原野吹起晓风，
云雾慢慢消散留一片晴空。

微亮立刻浮现在东方，
曦光立刻煊荡在东方，
白昼和黑夜的搏斗展开了！
雄鸡又伸长了羽颈高歌，
它为黑夜播送葬曲，
它为白昼凯歌胜利。
鼠群惶惑地窜回潮湿的洞穴，
野狼夹着下垂的尾巴逃进深山，
鸱鸮也哭叫着飞藏在林间——
黑暗底王国崩溃了！

而将归消灭者也愈加疯狂，
群魔之王舞起多节的毛手，
扬播着黄沙像个暴跳的雷，
他发誓要埋葬那升起的太阳。
黄沙的飓风，挟着
群魔歇斯底里的呐喊，
一场光明和黑暗的激战！
什么力量能阻住黎明底车轮呢？
黎明飘着红色的舞衣，
循着黑夜走过的路来到人间。
凡被黑暗染污过的地方，
都被光明彩濯，
大地伸出欢迎的手笑了。
群魔之王吐一口黑血，

倒卧在荆棘底丛莽。

群魔四散而奔逃……

他们哭嚷着彼此撕扯，

纷乱地向西方飞跑，

想去追赶那消逝的黑夜。

但轰响的金黄色的阳光，

一下子就把他们照耀着了。

他们暴露在明朗的阳光里，

就如同射在万道箭雨之下。

阳光把他们震撼眩迷，

眼睛里糊一层云翳，

耳内也像塞进黑哑的泥沙。

舌头结了冰，

再发不出什么声音；

头脑化为一块铅石，

再泛不起任何思想底波纹。

绝望的恐怖使他们颤抖着

像一群瘫痴者。

为着他们再不能

从大地上找到一片隐藏的处所。

黑暗完全消逝了，

天边奏起云雀底歌声。

选自《知识》，第4卷第4期

给 L

你留在最艰苦的岗位，
用意志筑成一座堡垒。

你把帽檐拉低，
把大衣的领子竖起，
把两手插在口袋里，
你在大街上悠然地走来走去。

你的从容不迫，你的自然大方，
击落了暗害分子举起的手枪；
使尾行者锥子似的眼睛，
迷失在疑惑的云雾中。

你却漫游般地沿着人行道，
和着脚拍，打着口哨，
吹着一些不三不四的小调，
鬼晓得你怎么学会的这一套！

嘿！看你那瘦瘦的裤筒，
多么像中世纪的骑士哪！
无怪乎许多同志，
亲昵地喊你吉诃德先生。

而你搏斗的对象，
可不是什么风车和山羊。
你面对着一个黑暗的体系：
警察，特务，汉奸，国民党。

你说，要一个顶他们万个，
不然，算什么布尔什维克！
你说，你并不感到孤独，
真理，永远是多数。

于是把目光投向人群的大海，
你默默无声，把心捧出来。
相识的面孔虽然没有一个，
你说，我为你们而存在。

像一粒种子埋进地下，
到时候你就会发芽，扎根，挺茎，开花……

选自《东北日报》，1949 年 5 月 7 日

忘掉它,这屈辱的形象

到处是九十度的鞠躬,
在街头,在会场,在办公厅。

到处是九十度的鞠躬,
那么温顺,那么恭敬,那么小心。

到处是九十度的鞠躬,
都是些青年,都是些学生,都是些员工。

到处受到这样的敬礼,
像无数把尖刀刺进我底心里,
我底眼眶发热变湿……

我闭上眼,不敢正视,
那些暴着青筋的笑脸;
我想呼叫,想呐喊,
而我躲进苦痛的沉默里了。

鞠躬到九十度，
——俯身授首，引颈就戮。
这是向法西斯的屈服，
这是奴隶底礼节；
它滴沥着刺刀的鲜血，
它咽诉着皮鞭的恐怖。

本来我所久久渴念的地方，
——这被脔割的祖国底一肢啊！
人们生长，呼吸着烈烈北风，
人们奔驰，在大野，在高山，在无边的森林。
这里不缺少斗士和英雄，
正如这里不缺少大豆和高粱，
人人都坦直，爽朗，豪放。

而十四年的浩劫酷毒，
改变了原有的面貌，
田垄里播种着父祖不屈的头颅，
儿孙们却学会吞着泪水赔笑。

到处是九十度的鞠躬，
它描绘出法西斯底淫威残狠。

而法西斯已被我们打倒，

今天面对的是自己的兄弟同胞。
让我们紧紧地相握，
废止这奴隶底礼节吧！
凡是中国人，
都应该挺直胸膛挺直腰。

那些昨天还骑在我们头上的强盗，
那些躲在黑影里的匪徒，
让他们扒着门缝偷看吧！
让他们把肚皮气鼓吧！

我们，我们要迈开七尺的阔步，
向前走，更向前走！
扬起永不再低下的头，
我们要做主宰自己命运的主人。

主人底腰杆是坚挺的，
废止这奴隶底礼节吧！
忘掉它，这屈辱的形象，
像忘掉昨夜的噩梦一样。

一九四五年十月于沈阳

选自《东北日报》，1946 年 3 月 24 日

◇风　原

齐齐哈尔的春天

春天带来了风沙
嫩江的冰呵！
将在这风沙里融化
枯了的树
将在这风沙里发芽。

齐齐哈尔呵！
你这人民的都市
街道是多么整齐
冬天积下来的脏物
人民已开始将它除去。

黑板报前
一群人

在读着胜利的消息。
共同商场的门口
进出着
农民、车夫、工人
和妇女
看他们一个个
都露着一团欢气。

大轱辘车
一辆、两辆……
从城里到乡下
从乡下到城里
拉种子
买农具。

铁匠炉
光着臂膀的铁匠
整日地在叮当
铧子、锄头、铁锹……
从他们的铁锤下
打了出去。

机关、部队
响应了节约生产的号召
郊外的大地上

穿黄棉袄的人
在送粪了
他们的马匹
送到乡下
帮老百姓耕地去了
自己种地
自己来拉犁。

春天带来了兴奋
去年的胜利
将在这兴奋里继续
反动派的进攻
将在这兴奋里死去
老百姓都知道一句话：
“大家一条心
黄土变成金。”

齐齐哈尔的风沙日

选自《东北日报》，1947 年 4 月

◇ 文　瑗

望奎农民歌谣

一

生产组真“相应”，
男女老少都换工，
有钱能种地，
没钱也能耕，
比较以前雇牛具，
又省钱来又省工。

二

能点种就点种，
能扶犁就扶犁，
赶套着拉要相宜，
个人任务全搞好，

互助生产有利益。

三

插大组同种地，
不偏向不私利，
该给谁谁家去，
不吃亏全有利，
看你怎能不愿意。

四

牛喂胖马喂肥，
多挣分数不吃亏，
人做工别藏奸，
成绩好多赚钱。

选自《东北日报》，1947 年 6 月

◇ 方　冰

不屈者

生命诚可贵，
爱情价更高，
若为自由故，
二者皆可抛。

——裴多菲

一

他站在那里，
像一只威武的狮子。
——这是怎么说起呀！
他竟落到一群癞皮狗手里。

他们真是在做梦，
想叫他屈服，

妄想用火与鞭子，
打掉他的意志。

一个满脸横肉的家伙，
走到他面前，
把鞭子往地上一掷，
指着旁边的夹棍：

——伙计！放聪明点，
看这够不够你受用？
管叫你的肉飞起来，
管叫你的骨头烂。

他好像没听见，
他是那么稳，
站在那里，
像一架山。

——简直成了血人，
他走回监房，
一步一个红脚印，
一步一个红脚印。

第二次、第三次……
抓出来又关进去，

关进去又抓出来，
是滚油，是热铁，是竹签……
可是，有什么用呢？
对于一个比钢铁还坚强的人，
对于烧不毁的
打不烂的意志。
——啊！你们这些狗崽子，
你们好大胆！
你们怕不怕，
就要到来的那一天？

二

再抓出来，
一切都变了样，
满是好招待，
同他说话的是个叛徒。

——同志！
这样称呼你，别见怪，
世上没有绝路，
就看你走不走。

——金钱、地位……
难道你不配享受！
“识时务者为俊杰”，

傻蛋才往牛角尖里钻。

他好像没听见，
他是那么稳，
站在那里，
像一架山。

——真的你就没有一点牵挂？
你的亲爱的，
你的娘老子，
你的儿女……

——为了你自己，
你更应该活，
你年纪轻轻的，
你这好光景。

他好像没听见。
他是那么稳，
站在那里，
像一架山。

那叛徒，
像一只叭儿狗，
弯着腰，蹶着腚，

在他面前。

——唉！你这个人真糊涂，
你不看看现在的形势，
你死了，为的什么？
你上算不上算？

三

一口唾沫，
正吐中叛徒的鼻梁。
他怒气冲冲，
像一只威武的狮子。

——滚开！
你这狗彘不如的东西，
怎么从你嘴里，
还会发出人声！

——我死，
为了人民，为了党，
为了我光荣的称号，
为了我曾经宣誓过的！

——我死，
为了胜利，

为了填平道路，
让同志们前进！

——我死了，
我将永远活着，
活在同志的心里，
活在人民的心里。

——我死了，
我将永远不死，
在我的坟上，
花常开，草常青！

——哈哈！你活着，
你活得惬意？
实在你早死了，
你不如一具死尸！

——同志们诅咒你，
人民唾骂你，
就是你的儿女，
也不认你是父亲。

——你站在地上，
地都嫌你肮脏。

你的灵魂在发臭，

你的骨头连狗也不啃！

一九四七年四月写于解放战争最艰苦的时候

选自《战斗的乡村》，作家出版社 1957 年

柴　　堡

第一章　柴堡的秋天

一

秋天给柴堡带来好年景，
庄稼快熟了，
像一块块黄金，
河滩上、山顶上、山洼里。

多好看呀！
衬着青的天，
衬着红的树，
衬着紫的山，
——柴堡人的心里开了花。

人们说：
——今年能有好收成，
也是区长的好计划。

二

满地的庄稼，
实在强：
棒子已经黄了皮，
马牙棒子，真爱人，
又粗又长。

谷子重得弯弯的，
像狗尾巴，
一尺黄、大青谷……

风一摆动，
在太阳下
闪着光。

满地的庄稼快要收割了，
人们心里的快乐也快要收割了！

三

柴堡呀！
你真是欢活：

远远地就听见人声。
鸡叫、狗咬、碾子响。

走进村子，
喷脸的饭香。

柴堡不是往年的柴堡了，
往年的柴堡
像一只病猫，蹲在山脚下，
屋上冒不起烟，
人的脸上没有光。

今年的柴堡不一样，
场筑得光光的，
镰刀磨得雪亮。

只等着庄稼熟透了，
一阵西风
收上场。

——人们眼里看着好年景，
心里爱着区长。

第二章　寒冬

一

柴堡呵，
提起你来，

真是一片伤心的话。

敌人真把你害苦啦，
不说远的，
单说去年秋天吧：
整整七十天，
鬼子顺着黑石川
窜来窜去。
哪一个石洞洞也掏过，
哪一条小沟沟也搜遍，
能带的抢走，
不能带的砸烂。

然后
一个村子一把火，
一个村子一把火。
临走还来了一次大屠杀，
三百多个好乡亲
——血呀！
染红了黑石川。

二

柴堡呵，
你最惨：

没有一间房子是完整的，
没有一棵树是立着的①，
没有一件家具是好好的，

乡亲们走回村子，
在烟火堆里
收拾破烂；

擦一把眼泪，
叹一口气，
水井里是死尸，
地窖里也是死尸，

哭一声爹，
叫一声娘，
唤一声儿，
柴堡呵！
那是听也不忍听，
看也不忍看。

三

日子逼近了寒冬，
人民少吃的，没住的。

---

① 敌人的破坏队分工很清楚，有专管锯树的。

北风在山沟里只嚎嚎，
雪铺在地上。

抓一把菜，
掺一把糠，
团几个糠窝窝，
煮一锅米汤。
受苦的捞口浆的，
妇女孩孩只喝碗稀汤，
日子顶在刀尖上。

四

区长呵，
从这个村子，
到那个村子，
挨门挨户，
少穿的
解决衣裳；
少吃的
解决吃粮。

发着疟子，
脸上像二亩荒坡，
他是那么瘦那么黄。

整整七十天的“扫荡”，
他从没离开三区一步，
饿了烧几个生棒子，
晚上睡在山头上。

一场疟子，
从秋天到冬天，
人搞得像鬼样。

五

冬天日子短，
打两捆柴，
编一个筐，
纺几锭纱，
太阳一转就落山。
柴堡呵，
你睡着了，
你的区长却睡不着。
睡不着，
他在琢磨：

怎么使老百姓多找点生活，
多吃点浆的，
多弄件衣裳。

第三章　荒春

一

冬天不算难过，
老百姓还有些糠，
还有些菜，
多少还有些残粮。

再加上一家人的辛苦，
一天两顿稀的
还喝得上。

又长又险的春天，
可真是一道难关。

二

春天像座独木桥，
一走一呼摇。

苣荬菜才发芽，
菁薏菜才有铜钱大，
水菠菜只望见绿意儿，
在水底下。

柳树刚吐嘴嘴，
老榆树还没筛糠①，

孩子们提着篮子，
在杨树林里
扫落下的杨花。

三

迎着灾荒，
区长带领着三区，
带领着柴堡，
他走在前面。

刨药材、闹运销，
纺纱，织布，熬硝盐。

日子不怕穷，
就怕不会打算。

区长是，骨头里
都能算出四两油来，
往老百姓碗里添。

---

① 榆树才发芽的时候，芽儿细小如糠，所以叫筛糠。

四

可是，老康呵，
他还是没办法。

七十多岁的老娘，
耳聋眼花，
老婆病得像张黄纸，
走路都要扶着墙。

一窝孩子，
像一窝小猪，
不给吃
就哼哼。

白天忙，
黑价忙，
还是忙不上吃的，
真难坏了老康。

五

——老康呵！
　　到察南去吧，
　　察南的年头好，
　　粮价贱，

　　有工做。

老康，是个老实人，
他不知道该怎么着。

——老康呵，
　　那里是个空空，
　　鬼子不注意，
　　好生活。

老康，是个老实人，
他心里有些活。

六

走察南吧，
乡土难舍；

不走察南，
又怎么办？

挑起担子又放下
挑起担子又放下，

老康呵
他心里难过。

七

把扁担从他的肩上取下来，
区长，站在他面前。

——老康呵，
　　不要打这个糊涂算盘，
　　传言听不得，
　　人是毛毛草
　　再穷的地方也能长，
　　一离开土
　　就难说。

——老康呵，
　　相信我郝正光，
　　只要有我区长在，
　　就不能饿着你老康！

第四章　家

一

天气暖了，
泥土活了，
要春耕。

种籽是件大事情，
单只柴堡
就有一半地种不成
区长，他看得清。

一鞭子，叮叮当当，
打从繁峙川
驮来五十石种子，
擦一擦脸上的汗，
算盘他拨得紧。

他晓得
谁家烧得苦，
谁家能自己解决，
谁家要帮助几成。
他也晓得
自己家里的苦情：

去年年头不算强，
鬼子又一糟蹋，
这么长的寒冬，
这么长的荒春。

苦坏了一家老小，
苦坏了爹，

那白手成家的人。

二

一冬一春，
他很少回家。
不是他不惦记家，
他怕见家里的苦情。

老百姓都没有吃的，
哪有东西去给他们？

老人也明白大义，
从没向儿子要过什么，
白天黑价，
用两只手奔忙。

苦点就苦点，
他体谅儿子的心。
可是，老人终于来了，
来叫儿子给想个法。
——没有种子下地，
多半地安种不下。

苦难的日子，
真把老人磨得不轻，

他的头发白得更多了，
他脸上的皱纹更深了。

坐在那里紧叹气，
不吭声。

三

儿子心里很难过
对着年老的父亲，

怎么好使老人失望？
不是不明大义的老人；

怎么能使老人不失望？
更穷的是老百姓。

——爹！
　　卖几亩地吧，
　　咱要不了那些，
　　老百姓都没法，
　　叫我有什么拿回家？

四

第二天
老人回去，

没生气。

儿子把他送了很远，
安慰了他，又安慰了他，
老人知情知理。

只是离开儿子，
转过头去，
流了几滴眼泪。

——地呵，
是他四十年的血汗，
一镢头一镢头
开出来的。

五

可是，柴堡呵，
你的哪一块地
也是绿油油的，
从山岭到河边。
隔几天浇场透雨，
隔几天浇场透雨，
好春天！

第五章　快乐的夜话

一

无边的希望呵，
太阳落山了，
太阳又出山。
说不尽的辛苦呵，
一把血，
一把汗。
一滴汗水
一粒粮，
一分辛苦
一分报偿。

日子像一碗糖水，
越喝越甜。

春天过去了
是夏天，
夏天过去了
是秋天。

二

秋天到，

暑气消，
秋风来到山谷
身上清爽。
秋天到，
庄稼熟，
眼看到手的年景，
生活有保障。
生活有保障，
心里宽敞。

到晚来，
晚风凉，
人们聚集在场上，
谈谈笑笑，
闲话家常。

三

一谈到年景，
老康，就想起区长。
——要不是区长
　　哪还有我老康！

老康的几亩好谷子，
今年能打四石粮。

一提到区长，
村长总是口服心服。

——莫说你老康，
　　不是区长，
　　咱村还得遭殃。
正当锄二遍，
人病倒了
人病得凶。
草长得凶。

不是区长领导变工①，
年头又要落空。

——可不是，
　　命都顾不住了，
　　哪里还顾得到庄稼？
　　多亏区长的好领导，
　　多亏大家！

多咱说起来，
大顺多咱就感激，

① “变工”是解放区农村生产上的一种劳动互助组织，把乡村分散的劳动力组织起来，进行小规模的集体劳动，可以使劳动加强，产量提高。

如今他还脸黄黄的，
重活扛不下。

——你说一说呀，
　　二猪！

有人打趣二猪，
他是个二流子①，
光吃不干，
简直就是一口猪，
谁也把他没法办。
可是，他如今变成好人，
他已经改了过。

——怎么？
　　我说就说。

区长一到我家，
就摸我的锄，说：
"二猪，走，
耪地去！"

哎呀，

① "二流子"即懒汉，本来是陕甘宁边区的方言，后来各解放区也都使用了。

我二猪再当二流子，
真没脸再活！

四

一阵快乐的笑声，
人们散去了。
累了一天
还有明天的活等着。
初五六的月亮，
快要落山了，
白茫茫的露水，
压在庄稼上。

蛐蛐子、叫哥哥、纺织娘，
满山遍野
一片乐声。

——柴堡呵
你睡得那么香！

第六章　保卫大秋

一

一夜西风吹
只吹得

黑石川的河水，
哗啦啦地响。

一夜西风吹，
只吹得
满山遍野的庄稼，
黄又黄。
一夜的西风
送来紧急情况，
鬼子窜到沙河岸上，
反“扫荡”已经打响。
柴堡呵，
你的好日子，
还摆在虎口上；

柴堡呵，
新的战斗又来了，
准备好你的力量！

二

三步并作两步，
区长走在路上，
脚下紧忙忙。

情况这样紧张，

区长的心里有些慌。

满眼好庄稼，
还没动镰，
金黄黄的
铺在地上。

老百姓的血呀，
老百姓的汗呀，
老百姓的命呀，
——不能让鬼子来抢！

三

区长他到柴堡。

走着
他心里盘算着，
他惦记着柴堡。

柴堡村子大，
人口多，
事情杂。

他怕出个什么岔，
损失了庄稼。

虽然柴礼是个好村长，
立场稳，
办法多。

可是情况紧，
他还是放心不下。
天没亮，
他就从区上来啦。

四

先召集干部商量妥当，
然后秋收动员大会，
开在村边的场上。

场上挤满了人，
男的，女的，大人，孩娃，
都来听区长讲话。
报告了情况，
然后他说：
——一年的血汗啊，
　　乡亲们！
　　命根子呀，
　　乡亲们！

稳收稳打不行了，
要大伙儿一条心，
马上组织起来——抢！
胜败就在这一场，
乡亲们！
我郝正光就担心，
大家伙有这个保障？

全场子一声喊叫：
有！
好（郝）区长。

你在前面走，
咱们老百姓随后跟；
你有好主意，
咱们老百姓有力量！

第七章　突击

一

——武装保卫秋收，
不叫鬼子抢去一粒粮！
在区长的号召下，
柴堡，马上动起来了！
全村的青壮年，

分成十二个突击组。

突击组与游击组结合
一边抢秋，
一边准备打仗。

半劳动力也组织起来，
妇女们也编进去，
老年人站岗放哨，
小孩子送饭赶驮子。

——柴堡呵，
你一定能够胜利，
这一场作战。

二

秋天的太阳
照着满地透熟的好庄稼，

哪一块也爱人，
哪一块也好看，
少的也打七斗，
多的能打一石。

不能让鬼子抢去呵！

辛辛苦苦，
一年的血汗。

三

突击组呵，
真能干：
镰刀拿在手里，
像阵风，
一弯腰
就是一大片。
这边向那边比赛，
那边向这边挑战。
说说笑笑，
不疲乏，
大家比着，
干得欢。

如果敌人要来，
那就叫他死在这里！
道上的雷坑
张着嘴，
地雷就堆在地边上，
火枪装足了药
一点火就响。

四

一趟一趟，
区长也在同大家
往回担。

你看那
大捆的谷子，
在他的肩膀上
一煽一煽。

——区长呵，
　　别湿着了！
——区长呵，
　　歇一歇吧！

——不怎的，
　　别看我干了几年工作，
　　拿起来
　　一样沾。

五

区长，就这么个脾气，
他布置了工作，
不亲自看看，

心里总是不安。
晚饭后，
干部们聚在一起，
总结一天的工作。

两百亩庄稼
收到场上了，
碌碡一片响
在碾。

第八章　晴天的霹雳

一

秋天的晚上好月亮，
把柴堡照得像梦一样。

可是柴堡没有在梦里，
柴堡还在火线上。

你听那田里的镰刀，
你听那场上的碌碡，
你听那道上的扁担
煽起的风。

突击组呀，

比着干!
月亮的夜呀,
好冲锋!

——可是,
柴堡呀!
你做错了一件事,
天已经晚了,
你不该让你的区长
还去庞洼。

二

太阳又挂在天上了,
它还是那么光明,
照着金黄的山谷,
照着柴堡。

柴堡还是同昨天一样,
柴堡还在忙。

秋天的天空,
像一块蓝缎子,
又明亮,又干净。

柴堡人的心,

就像这秋天的天空，
又干净，又明亮。
——柴堡呵！
你的明亮的天上，
恐怕马上就要刮来乌云。

三

消息像一股怪风，
刮进柴堡。
柴堡呵，
马上骚动了：
打场的
撇下了碌碡；
割谷的
扔下了镰；

女人们
从灶下走出来；
小孩子
也吓黄了脸。

乱哄哄地
人们在村子里走着；
乱哄哄地
人们互相传告着：

——区长被捕了!!

——区长被捕了!!

好像晴天一个霹雳,
响在人们底头顶上。

四

——怎么啦?
　　好(郝)区长!

——怎么啦?
　　好(郝)区长!

报告消息的
像背了个大冤屈,
又是跺脚,
又是叹气。

——前天拂晓,
　　大山镇的敌人
　　包围了庞洼,
　　抢了一天庄稼。

——昨天
　　大山镇的敌人撤走了，
　　哪知是迷惑老百姓，
　　今天拂晓
　　就出了这个岔。

——唉！区长啊！
　　太辛苦了……

——庞洼的岗哨太混蛋！
　　人都捆走了，
　　他还睡在岗上打鼾。

第九章　营救区长

一

区长呵！
你撞了天大的乱子，
你遭了天大的灾难，
人们怎能不焦急；

区长呵！
只要想一想你的好处，
只要想一想你要受苦，
人们怎能不害怕。

你是好区长，
在人民的心里，
沉甸甸
真够分量。

二

——嘡！嘡！
锣声响起来了。
——呜！呜！
口哨吹起来了。
——开紧急会了！
开全村的紧急会。

——嘡！嘡！
锣声在吆喝着人们。

——呜！呜！
口哨在催促着人们。

三

让庄稼倒在地里吧，
现在要营救区长！

让粮食撒在场上吧，

现在要营救区长！

丢了区长，
就是有了好收成，
又该怎么样？

人们向村公所走去。
凡是能说几句话，
能出一个主意的，
都向村公所走去。

四

都来了，
年轻的，年老的。

都来了，
干部，老乡。

蹲着的，立着的，坐着的，走着的，
屋里，屋外，

一片愁云，
罩在每个人的脸上。
不用再报告开会的意义，
村长说话了，

他竭力使自己镇静。

——不要慌张，
慌张不顶事，
……

——现在
第一，是营救区长，
第二，是完成区长的号召。

完成区长的号召不困难，
大家伙有这个把握，
白天干不了黑价干。
区长攒在敌人手心里，
营救区长
可有些麻烦。

五

年老的默默地噙着烟锅子，
年轻的急得大张着眼。

谁能想一个好办法？
——实在不好办。

——狗×的！

　　咱们同鬼子拼了！
　　今天晚上打进大山镇，
　　把区长抢出来！

中队长[①]火了，
那年轻的小伙子。

——对！
　　打进大山镇，
　　把区长抢出来！

自卫队[②]，
全体赞成。
——可不能！
　　可不能！
　　这是要区长死得快些。

老汉们吓得赶忙阻止，
好像民兵就要动手。

——还是花钱买，
　　买通汉奸，

① 晋察冀把一个村子的民兵编成一个中队，一个村子的民兵队长就叫“中队长”。

② 普通村子里的民兵叫“自卫队”。

只要区长能出来，
只要区长能得到安全。

无论花多少钱，
咱们老百姓负担！
就这么咱们村的主意，赶快向区上提议。

——区长是三区老百姓的区长，
几年来
区长辛辛苦苦为了咱们，
今天，
咱们要为了区长！

第十章　英勇的死

一

夜是那么的长呵，
屋子是那么的冷。

区长呵，
你坐在墙根前，
一个人。
你的罪真是受足了，
你已经变了形。

可是
你靠在那里，
没有哼一声。

区长呵，
你是一个铁打的人！

二

人民相信你，
相信你是一块钢，
只会断，不会弯，
站在敌人面前。

可是敌人想叫你弯，
他想叫你变心，
变了心，
给他干。

先给你苦的吃，
杀一杀你的火气，
然后再给你甜的，
暖你底心。

敌人把你移到一个好屋子里，
大酒大席摆在你面前，

给你道歉。

区长呵
你底鼻子动也没动，
你底眼睛看也没看，
就这么
一连三天。

三

你坐在那里，
还是那么平静，
还是那么稳。
可是，区长呀！
你底心里
却不安生。
是害怕你要死吗？

不是的，区长，
你早已把生死丢在一边了；

是舍不得你底妻子？
是舍不得你底年老的爹娘？

是的，他们是难舍的，
但是你不能为了他们，

丢了三区的老百姓，
你不能为了他们，
背叛你的党。

区长呵！
你担心会丢了三区的大秋，
因为你
受到影响。

你知道
三区要引起怎样的骚动；
你知道
你在人民心中的斤两。

四

谁能把你的话
传给三区呢？

外面是茫茫的夜，
是鬼子的脚步声，
四面是冰冷的高墙。

区长呵，
你的话
只有带到坟墓里去了。

五

——忽然，
一个念头飞到你的脑子里。

……
……

区长呵，
你笑了，
你底眼睛亮了！

六

天明了，
汉奸走进来。
你对他睁开了眼，
这是求救的眼。

像一条狗被召唤，
他摇头摆尾，
走到你跟前。

你告诉他，
你想吃点什么。
你告诉他，

你想活，
你打开了这个算盘。

只要“太君”能给留下这条命，
明天大山镇的集上，
建点功劳
给“太君”看看。

——他乐了，
眼睛笑成一条线。

七

天气很好，
集市很热闹，
烟滚着，
尘土飞扬着；
人拥挤着，
叫嚣着，
来来往往。

区长呵，
几个鬼子押着你，
后面跟着“太君”，跟着翻译官，
来到集市上。

八

一张桌子，
摆在大街上，
一跃你跳上去，
你是那么激昂：

——三区的乡亲们听着！
　　我郝正光要死了，
　　你们不要难过，
　　我希望你们
　　胜利完成秋收！
　　……

“太君”呀呀地暴叫了！
手起刀落……

血呀，
泉水似的喷着。
你在血里滚着，
你还在吆喝：

——我希望你们
　　不叫鬼子抢去一粒粮，
　　我……

　　我死了才闭眼！

——知道了！！
　　区长！

人群里
一声大叫。
集市马上混乱了。

……
……

区长呵！
你听见是谁？

第十一章　光荣的葬礼

一

人民把你底尸首抢回来了，
要给你举行一个
光荣的葬礼。

为了你的好处，
为了你的忠心。
首先得告诉你呀，

好区长！
他们彻底完成了你的号召。

——可是呵，
他们失去了你。

二

十月的太阳
照着收获以后的山谷；
山谷很宽敞。

据点四周满布了地雷网，
民兵把守着山头，
土炮装足了药，
架在山顶上。

就在柴堡给你举行葬礼，
啊，好区长！

三

灵棚搭在村东的一块谷地上，
黑漆漆的大棺材，
停在正中央。

灵前堆满了花圈，

棚里棚外一片白，
全是挽联。

入口处，
是一个柏枝扎的大彩坊，
四个大花球，
挂在四角上。

——区长啊，
你好风光！

四

队伍来了，
人民的队伍。

模范队[①]、青抗先[②]、
童子军、妇救会……

还有各村的乐队，
笙、箫、笛、管、九音锣，
全是一些老吹手。

---

① “模范队”是选拔自卫队中的年轻优秀分子组成的，是民兵中的骨干。

② “青抗先”是“青年抗日先锋队”的简称，十五岁到十八岁的青年参加“青抗先”。

他们来了，
想着你的好处来的；

他们来了，
念着你的忠心来的；

他们来了，
从四面八方
走到你的灵前；

他们来了，
带着沉痛的心，
给你送葬。

——区长呵，
你好风光！

五

哀乐响动了，
全体肃立在你的灵前。

这是人民的葬礼，
由人民的代表主祭。

所有的头颅都向你垂下，

所有的声音都向你沉默，
所有的心都向你立起。

只有农民才有的
真诚的泪珠，
落下，从人民的眼里。

六

主席说话了，
他的话最沉痛：

——这损失没法补偿，
没法补偿！
我们失去好（郝）区长。

新区长说话了，
他说：请你安息，
一切拿你做榜样。

大队长①的话最激昂，
他发誓要打开大山镇，
把捷报送到你的坟上。

---

① 区的民兵队长叫“大队长”，是脱离生产的。

——你可以安息了！
好区长。

七

十月的天空下，
乐队哀痛地在吹奏！
十月的山道上，
行列严肃地在行进。

一个人胸前
一朵白花；
一个人心里
一片忧伤。

——永别了！
好区长。

行列啊，
是那么徐缓而蜿蜒；
乐曲啊，
是那么热情而凄凉。

送你一直归了土，
把你安放在边区的胸膛。

——你安息吧！
好区长！

第十二章　人民的哀思

一

秋天快要过去了，
河水浅了，
柏树林暗了，
露水已变成霜。

野菊花
还开在寂寞的山坡上。

寂寞的不是山坡，
寂寞的是三区人的心，
寂寞的是柴堡。

人民在想念你呀，
好区长！

二

早晨，
白雾罩着山谷。
太阳出来了，

驱散了白雾。

放羊的赶着羊群，
走到高山上。

长鞭子挥在空中，
你听他在唱：

——西风满山跑，
秋去冬又来。

冷清清的，
你一个人
躺在山坡上。

好区长！
好区长！

我把羊群
放在你的坟前；
摘一把野菊花，
插在你的坟头上。

三

秋去冬又到，

村里纺车响。

太阳照在窗户上，
屋里亮堂堂。

妇救会主任坐在炕上，
同她的邻居纺棉花。

妇救会主任说：
——大家会纺纱，
　　多亏好（郝）区长，
　　他热心提倡。

邻居说：
——度过春荒，
　　纺车真出了力量，
　　这张纺车
　　还是区长亲手发的奖。

妇救会主任说：
——那天可巧不舒坦，
　　不是，也去送送他。

四

冬初的夜呵，

长又长。

西风的声音，
河水的声音，
纺车的声音，
——柴堡的梦也长。

漆黑的夜，
一星火光，
村长睡不着，
噙着烟锅子，
坐在炕上。

不是他的年纪大，
不是疾病缠磨他。
他是你的好干部，
他是好村长。

他睡不着，
他想着工作。

他想着你呀，
好区长！
想着你的好处，
想着你对于他的教育，

想着你的人儿强。

第十三章　雪夜的行列

一

晋察冀的大地上
雪落了。

美丽的雪，
新的雪，
大朵地
飘落、飘落……

无边地
飘落、飘落……

山呀，
河流呀，
树林呀，
村庄呀，
好明亮！

晋察冀闪着银的光。

雪地上，

马在奔跑，
军队在演习，
民兵在操练。

哨兵端着枪，
好像站立在天空上。

晋察冀呵！
你底每一条神经，
都紧紧地
绷得像弓弦。

晋察冀随时在准备作战。

二

大大的几颗星
照在雪地上。
夜呵，
好明亮。

风息了，
雪停了，
只有流水
还在冰下歌唱。

悄悄地，一个行列
从柴堡出动了。
好像白纸上
移动着一条黑线。

——啊，
好区长！

那是大队长在你的灵前说的。
——一定要打开大山镇，
把捷报送到你的坟上。

一九四三年冬写

一九四四年冬改写

选自《柴堡》，光华书店 1947 年

给老王

一

别说你的炕席破，
别说你只有粟米饭，
把我看成外人，
我心里不安。

我的身上也带着牛粪味，
我的手上也满是茧子。
我知道你十四年的苦，
我知道庄稼人有副好心眼。

你的破炕席我睡着舒服，
你的粟米饭我吃着甜，
就是喝你一碗凉水，
我的心里也觉得温暖！

二

“一只手养活人家，

一只手养活自己。”
老王呵！你的话错了。

一只手养活人家，
一只手却没有养活自己。

一年到头，
你变牛变马，
你汗流满面。

为什么？
穿不上一件破布衫，
吃不饱一餐粟米饭。

三

老王呵！你要说，
在大会上当着众人的面，
说说你十四年的苦，
说说你天大的冤。

老王呵！你要说，
在大会上当着众人的面，
脱掉你的衣裳，
把身上的伤疤数给大家看。

老王呵,你不能闷着,
你要报仇,你要翻身,
你要吐掉这口苦水,
你不能再站在冤屈里边!

四

老王呵,当你站起来,
你的脸为什么那么红?
你的腿为什么打颤?
为什么话到嘴边
你又转了弯?

你心慈,你面软,
老王呵,你想一想,
当他勒你大脖子的时候,
可曾怜惜你半点?!

五

老王呵,好啊!
我的好老王呵!
当你指着何大马棒的鼻梁子,
数说他的罪恶的时候,
当你挺着胸脯子,
走进何大马棒家大门的时候,
老王呵,我是多么开心,

我是多么欢喜呵！

老王呵，你站起来了，
你不再踩在人家脚底下了，
你真正做了人了！
老王呵，干哪！
更大胆地干哪！
你看，跟着你的
有多少好乡亲！

一九四五年冬末于辽西新民县大坨子村

选自《战斗的乡村》，作家出版社 1957 年

屈死者

一

战斗结束了，
胜利属于我们，
一千多名反动派官兵，
做了无谓的牺牲。

血呵！
染红了辽河平野。
像埋葬自己的兄弟，
我们埋葬了他们。

战场快要打扫完了，
在道旁的雪沟里，
又发现一个死尸，
是个年轻的小兵。

血和冰冻结在一起，

脸向下，嘴啃着地，
十个手指都抓秃了，
死前一定是痛苦很深。

从搜出的日记里，
知道他是广东人，
今年二十四岁，
名叫林福增。

他是被抓出来的，
三年前一个黑夜，
从睡梦里被拖出来，
一条绳子像捆猪。

从此撇下一家老小，
他的寡母、老婆同小孩，
好像隔着阴阳两界，
直到如今。

抗战胜利了，
他真是欢喜，
他可以回家了，
可以见到他的亲人。

可是却被装上美国船，

说是去接收什么“主权”，
把他运到东北，
结束了他可怜的一生。

——请问反动派！
为什么十四年
不向日本人接收主权？
今天却把枪口对准自己人。

现在他死了，
一钱不值地死了，
可怜他年轻的二十四岁，
可怜他回家的梦！

现在他死了，
一钱不值地死了，
带着一肚子冤屈，
带着无限的恨。

二

他的悲哀的身世，
深深地激动了我，
我要好好地埋葬他，
带着兄弟之情。

我不知道一个林福增，
为什么这样打动我的心？
实在这一千多个屈死者，
有几个不是林福增？

——战后的村庄，
见不到一个人影，
连乌鸦都不叫，
狗都不敢作声。

好容易找到几个老乡，
搜寻了几块破木板，
给他钉了一口棺材，
算是尽了我的心。

十二月东北的平野，
冻僵在白雪下面。
太阳快要落山了，
好像死人的脸。

北风透骨的寒冷，
我同老乡弯着腰刨坑，
镢头敲着冻土，
发出铿锵的响声。

棺材放下去，封了土，
怕以后无法辨认，
坟前又插上一块木牌，
写上他的籍贯、姓名。

一切都停当了，
没有酒，没有花，
也没有祭文，
我就站在坟前向死者说：

——你屈死的冤魂！
我与你素不相识，
在敌对的两个阵营，
可是你不是我的敌人。

——打死你的，不是我的枪，
是国民党反动派，
是那卖国贼集团，
我与你无仇无恨。

——你的冤屈我知道，
你的身世我同情，
你的仇恨，
也就是我的仇恨。

——为了全国老百姓，
也为了你，
为了你可怜的老母、妻子，
我们正歼灭那些凶恶的敌人。

——我们的仇报了，
全国老百姓的仇报了，
千万个林福增的仇报了，
你的仇也就报了。

——安息吧！你屈死的冤魂，
胜利的日子不远，
我们要拿反动派的血当酒，
来祭奠我们英勇牺牲的同志，
也祭奠你不散的阴灵！

一九四五年十二月写于辽西法库秀水河子战斗之后

一九四七年十二月修改于大连

选自《战斗的乡村》，作家出版社 1957 年

◇ 方　兴

担架队之歌

——为西满担架运输队的英雄们而作

头戴毡帽，
脚穿靰鞡，
咱是穷苦的农民，
帮咱的队伍抬担架。
担架抬得平，
脚步放得轻；
不叫伤员受饿，
不叫伤员受冻；
配合民主联军，
消灭“中央胡匪”，
免得再当“国兵”。

选自《东北日报》，1947 年 1 月

吆毛驴儿的姑娘

——“农村纪事”之一

当当叮当当
当当叮当当
灰毛驴儿驮着四筐子粪
急冲冲地穿过打麦场

当当叮当当
当当叮当当
驴儿的尾巴后
紧跟着个瘦长的姑娘
一尺多长的黑辫子
搭拉在天蓝色的布衫上

当她刚转了个弯儿
便听到她嘹亮地歌唱
“毛主席领导俺们翻身
穷人们都得到了解放
男女老少都生产

人人要有饭吃
个个要有衣穿
大家过好日子呵
一齐来歌唱
大家……”

当当叮当当
当当叮当当
从近处飘到远方
渐渐地
听不到灰毛驴儿的铃铛
也看不到黑眼睛的姑娘
一阵阵的轻风
送来刚犁过了的土块香

七月十六日在胶东

选自《东北日报》

◇ 方　青

张罗锅子是模范

呼兰县里开大会，
总结春耕选模范。
选起模范好几十位，
单把那张罗锅子表一番。

张振福本是山东人，
三十八岁正当年。
从小担挑关外逃难，
落在呼兰唐义甸。

九岁开始就放猪，
抗了大活廿六年。
十五岁背粮袋累弯脊背，
抗活的苦处说不完。

吃人饭，属人管，
手里端碗心里寒。
三灾六病有谁问？
牙掉了还得往肚子里咽！

有钱不是天注定，
听天由命把人骗。
自从来了共产党，
老张一步升了天。

斗争地主宋小鬼，
领导大伙来清算，
算出房屋和地土，
宋小鬼下着大雨把家搬。

小鬼说了句破坏话，
吊到梁上打半天。
小鬼套碾子没扫碾道，
罚他挨家除茅圈。

说打就打，说干就干，
牙对牙来眼对眼，
斗争仇人多么坚决，
张罗锅子是好汉。

今年开展大生产，
老张当了生产委员。
谁当家就给谁办事，
老张一时一刻也没有忘穷汉。

小户种麦缺籽种，
老张给借来三四石。
又斗出线麻二百斤，
没有套绳怎么生产？

宋小鬼烧犁杖破坏生产，
一下传到老张耳边，
罚他板仓四大垛，
全屯的马槽、□把不费难。

想尽千方并百计，
不眠不休为生产；
吃饱穿暖才能援助前线，
张罗锅子看得远。

插犋换工编联好，
男女老少齐动员。
他常说：众人烧柴火焰高，
孤自一人受贫寒。

老头编成放猪组，
编了廿四人铡草班，
刨槎扬粪都站队去，
还抽出二十个人除马圈。

下地的都是好劳动力，
年轻力壮庄稼汉。
扶犁点籽选出能手，
不分你我换着干。

一块地里六张犁，
种完屯东种屯南。
这头要看呀那头也要管，
张罗锅子跑得欢！

这回县里开大会，
各屯的代表不一般，
八仙过海各显本领，
老张当选特等模范。

政委给他来戴花，
县长发奖把他唤，
奖给老张一匹马，
亚赛考场出状元。

众位代表齐鼓掌，
口号喊得响连天，
口口声声向他学，
他是全县好模范。

老张就像一面旗，
众人抬头把他看，
上写着：坚决斗争团结生产
张振福的名字传遍人间！

六月十一日于哈尔滨

选自《东北日报》，1947 年 8 月

◇ 方　荧

致工人同志

工友们,同志!
多好哇,咱们的世界!
多好哇,咱们的国家!
咱们的世界,
是光明世界。
咱们的国家,
是青枝绿叶的国家。
咱们是光荣的劳动人民,
咱们是无敌的无产阶级。
咱们天不怕来地不怕。
团结起来!
把反动派打垮,
把红旗插遍江南,
把咱们的国家

建设得，
像一朵大红花！

咱们是辛辛苦苦
熬过来的。
咱们是一滴血一滴汗
走过来的。

从前啊！那个破日子，
咱们一把鼻涕一把泪呀，
印把子掌在老爷们的手里，
那是有钱人的天下，
他们是
飞机接来汽车送，
金镏子戴着金镯子挂，
红绸绿锻还披轻纱。
他们把咱们哪当作人呀！
吃咱们的肉，
啃咱们骨头，
踏在咱们的脖子上呀，
把咱们当牛又当马，
不是鞭子抽，
就是棍子打，
吹胡子瞪眼，
把咱们当条死狗来耍。

同志们！
那时候的日子，
是瞎子走路一片黑！
那时候的日子，
是哑巴吃黄连，
说不出的苦呀！
那时候，
咱们脚不沾地身不沾家，
咱们没穿没戴，
没铺也没盖。
那时候，
白黑都要给有钱人干活，
哪怕光着屁股，
也得往煤坑里爬。
穷帮穷一条心啊！
不是煤坑里弟兄们多，
咱们受苦受罪，
可真也受不下。
是毛主席把他们派来的！
多亏他们来了哇，
瞎子的眼睛才开亮。
多亏他们来了哇，
聋子的耳朵才听得讲话。
多亏他们啊，
把咱们从火坑里救起。

同志呀！
千层的煤也得一镐一镐地挖，
千年的痛苦啊，
哈，这一下子就抹掉，
一个筋斗儿翻了身，
哈！咱们一下子
从奴隶变成了主人。

他们呀！同志们，
他们都是自己人。
他们把咱们扶起来，
帮咱翻了身。
还把国家大事交给咱们，
把工厂和矿山交给咱们，
把鼓风机和熔铁炉交给咱们，
把一切的一切都交给咱们，
哈！咱们变成了主人。
想也想不到啊！
咱们现在变成了
新中国的主人！

现在，
咱们可以揩揩脸，顺顺气，
镐底下有煤，

锅上面有米，
有吃有穿欢天喜地。
现在，
人前咱不用低头，
人后咱不用叹气，
老婆孩子
一天到晚笑嘻嘻。
现在，
咱们能学文化，
也能提文笔。
还可以，到工人大学堂里去学习。
现在，
咱们生、老、病、死，
既不犯愁也不着急，
劳动保险，
解决了咱们一切的问题。
比比看，工友们！
现在和从前，
是不是，
一个天来一个地，
一个高来一个低。

那么，同志们！
喝水的人不能忘了井，
咱们穷人也不能忘了本，

咱们得努力干活，
生产发家。
干起活来，
咱们要你不让我，
我不让他。
把坏根子挖掉！
把反动派打垮！
把劳动英雄的旗帜高高举起！
把光荣的任务完成到底！

同志们，加油啊！
多挖些煤，
多炼些焦，
多制钢铁，
多造枪炮，
交给咱们的队伍呀！
交给咱们的人民解放军！
把咱们的一切都交给他们，
追随着革命，
咱们把生产
也往大江以南推进，
活捉战犯蒋介石呀！
实现人民的真和平！

听！

胜利的军号嘀嗒嘀嗒地响。

瞧！

革命的红旗呼啦呼啦地飘。

把革命进行到底呀！

再加一把油呀！

再努一把力！

瞧！

全中国的人民呀！

眼看着就要彻底胜利！

选自《东北日报》,1949 年 4 月 13 日

◇巴　田

“安东，你永远是人民的！”

——为纪念第二次收复一周年

安东，你是人民的，
你永远是人民的。
如今你茁实了。
你挺起腰板来了。
你像刚从糜烂的疮痍中
站起的巨人。
在辽东土改中，
你是翻身后的一座城池。

翻身后的今天，
想起那七个半月的苦痛。
被那群没天良的国民党，
——疯狂地蹂躏。

——疯狂地抢掠。
像群野兽，
像群饿鹰，
像群饥狼。
狂暴地吸吮人民底血浆。

谁不知道这件事，
那廖瞎子和赵公武，
拿苞米换大烟土。
然后，
送沈阳去进贡。
真苦了老百姓，
吃光了元宝山上底野生菜。
吃光了镇江山上底树叶子。
老乡们都咒骂：
“这坑人的‘种殃’军，
这害人的‘裹民’党呵！
饥馑像条蛇，
扼紧几十万人底脖颈。
‘裹民’党，‘种殃’军。
又开始大抓丁。
联保主任大显威风。
一见穷人，
分外眼红，
脸色确青，

七十的老母亲，
（家住七道沟）
一个孤儿被抓去了。
抓去给蒋介石去卖命！
要我们穷人底命呵！”
老人家心一灰，
跳进鸭绿江中。

一九四七年，
红五月，
人民解放军来了。
追出那群狼，
那群饿鹰，
那群没天良的野兽。

共产党，
为的是人民呵。
立即组织生产，
恢复工厂。
征收大肚子底粮食，
解救这群苦难的同胞。
在毛主席底胜利旗帜下前进，
安市人民才得解放了。

今天的安东，

你已大大地改变模样。
在过去：
国民党糟蹋的房子，
曾做过马圈的，
拆地板烘火的，
拆墙垣修堡垒的，
一切地方，
被拆毁的房屋，
被糟蹋的建筑物，
被关闭的工厂，
被拆毁的机器，
在今天，
人民都修复了。
人民用自己底手，
用自己底血汗，
从乱铁中，
修好了纺织机。
在碎瓦砾中，
完成了丝织厂，
造纸厂。
也完成了其他许多工厂。
多令人惊叹：
计划三个月的工程，
修竣七层的蒸锅楼（造纸一厂）。
但是只二十四天，

完成了伟大任务。
共产党领导的工人,
变成钢铁的力量。
突破一切困难。
伟大的工人阶级呵,
你真不愧为革命的先锋队。

如今你茁实了。
你健壮了。
你挺起腰板来了。
你像刚从糜烂的疮痍中
站起的巨人。
在辽东土改中,
你是翻身后的一座巨城。

安东,你是人民的,
你永远是人民!

选自《文学战线》,1948 年第 1 卷第 3 期

◇ 艾 汶

荒火(第二部分)

天亮了，

真的天亮了。

八路军来了，

好比阴雨天出太阳，

黑夜出月亮，

看那样子就够你乐一阵，

小疙瘩一开口就“大叔、大婶”，

大点的，

亲昵地直叫：“老乡”。

当兵的还给咱们担水扫院……

就算穷命，

也没白活这几十年。

城里来的人，

这伙人真热心，
向我们问长问短，
向我们道家常；
向我们讲述心里话，
我们的苦辣也是他们的辛酸，
像冬天腊月喝凉水，
一点一滴都记在心上。

一个比铁还硬的道理：
人要吃饭，
靠我们，
人要穿衣，
靠我们，
住房子离不开木匠、泥匠，
天下哪件事能离开工人、农民？
我们创造了财富，
得到的是贫穷。
天变了，
老百姓说着算，
大伙儿说着算，
让我们来当掌柜，
我们来做主人。

前院的老刘变了样，
——他是个在牛群里混大的人，

一年到头,
不是榜青就是扛活,
可是个好后生。
他一定懂得了,
那些比铁还硬的道理,
你看他那股劲,
串了一个门,
又一个门,
他说:"我们穷小子要翻身,
只有大伙儿一条心,
大伙抱团体,
抱个农会,
给大伙办事,
给大伙谋利。"

村里开大会,
大伙儿吵嚷着分地,
徐二爷站起来:"你们要分地?
将来有个一长二短,
还是白种。
我们一块儿种……"
"乡亲们!"
老刘一个喊声像打雷一样:"我们受了一辈子穷,
头顶人家的(天),
脚踩人家的(地),

满拓地是公地，
徐老二使唤了日本子的钱，
大伙儿说着算，
我们要分地。”
“要分！”“反对破坏分地！”
又是一大片喊声：“徐老二你短我三石劳工账……”
“村里的存粮被他独吞了……”
“他抢了公家的洋犁、耕牛……”
“胡子为啥不抢他家……”
“我们牲口还到了他马群里……”
“他家有枪，
他的外号大德字……”
“……”
人们像一锅翻滚的开水，
人们倒出了肚里的苦水。
仇恨像一颗炸弹，
在屯堡里爆发了。

天地翻了个盖，
人民的力量，
可以排山倒海，
我们掀翻了，
骑在我们脖子上的人。
年轻人拿起枪，
大伙凑钱买了洋炮，

年老的也在磨刀，
防备胡子和通胡子的老财，
保护我们得到的土地，
保护自己的利益。

为了生活，
让我们把斗争的火焰烧起来，
像放荒火一样，
一片连一片，
烧红了半拉天，
让那些硬要喝我们血的人，
活活地把他烧死。

选自《草原》，1946 年 7 月第 1 卷第 2 期

◇卢　真

送　欢

早晨的太阳,

发着一朵温暖的金光,

照着一支北上抗日的伟大行列。

送别的父老兄弟姊妹,

站满在公路的两旁,

站成了两垛不透风的墙。

老大娘们提着竹篮,

装满了花生、烟卷、甜梨和鸡蛋。

诚恳热爱的话里,

满带着喜笑、欢畅。

"同志!

今天你们北上,

俺真舍不得，
这点薄礼，
同志们可别嫌弃！”
老大爷擎着酒杯，
殷勤地让着：
“同志千万别客气，
不喝就是和俺不诚实。”
孩子们跑过来，
像见了多日不见的亲兄妹，
欢笑、握手、抚摸。
“住下再和我们玩玩。”
大伙儿齐声欢叫。

那是六七十岁的老大爷，
也排成了
欢送队伍，
都穿上旧式的粗大袍，
右手举着红旗。
“俺也来送别有功的队伍，
治国安邦的忠臣，
平天下救百姓，
八路军是真正保国的忠良。”

秧歌队，
一队又一队，

牌楼一个套一个，

歌颂，欢呼，声音变成了波涛，

沸腾在一百五十里的盐九公路两旁。

选自《东北日报》，1946 年 6 月 6 日

◇ 卢　堤

祝《驼铃》

你是沙漠上的呼声
你是旅人们的前锋
愿你像长江的流水
愿你像青山亘古般地峥嵘

你是寂寞中的畅语
你是长征者的伴侣
愿你了解人间的苦难
愿你给人们以慰藉

像一阵狂风暴雨
把人间的罪恶洗涤
吹散了乌云片片
添来吧，欢欣几许

像清泉一沟

给跋涉人们实现了渴求

你虽是小小的驼铃声

愿你剥削了人间的暗影和怨忧

选自《驼铃》,1946 年 3 月创刊号

◇ 叶乃芬

发家致富

打垮封建把权掌，
只是胜了头一仗。
还得扎下那富根，
才算彻底把身翻！

念罢歪诗三弦叮咚响，
我对乡亲细细说端详。
不说前方战士打得好，
不说卖国蒋贼要完蛋。
不说快要迎接大胜利，
单说咱们今年大生产！
咱们斗垮封建为了啥？
一为收回土地有吃穿；
二为实行民主保人权；

三为发子旺孙保江山。
毛主席是穷人大栋梁，
文武政策赛过诸葛亮！
共产党是穷人亲爹娘，
无微不至全替咱打算！
领导咱们斗垮了封建，
咱们这才伸直了腰板！
如今穷人光景大不同，
物归原主日子有了盼！
土地回家从此好致富，
土地回家不怕没吃穿。
可是光有土地不侍弄，
地里只长野草不长粮。
要是懂得种地好道眼，
年年打粮一定堆成山。
走路就要挑那近路走，
哪能瞎闯乱奔没方向！
种地就要参加插犋组，
谁都瞅见团体有力量！
咱们组织起来斗封建，
地主恶霸这才丧了胆。
要是咱们没有那组织，
天大本领也难把身翻！
翻身以前咱们各管各，
张家不问李姓遭灾殃。

零零碎碎自扫门前雪，
只好世代贫穷流命汗！
如今依靠组织翻了身，
不懂组织好处是笨汉。
三人同心黄土变成金，
这句土话大伙要细想。
这句土话道理深似海，
谁能相信谁就有福享！
这句土话道理高如山，
其实想通也就挺简单：
麻绳丝丝劈开不结实，
拧成一股再也拉不断！
众人拾柴火焰一定高，
合伙一定比那分散强！
插犋好处第一是互助，
缺啥有啥种地没困难。
插犋好处第二是省工，
人多劲大干活决不慢。
插犋好处第三不误时，
种铲割打按照计划干。
插犋好处第四是丰收，
打粮一定超过你往常！
插犋好处一样又一样，
男女老少都能把钱赚！
插犋组里天天要记工，

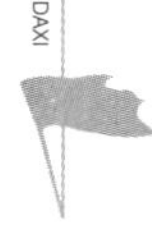

欠工还工定把工账算。
使坏大军使坏了农具，
大伙替他收拾钱照摊。
插犋组里纪律要分明，
一条一条全组来商量。
参加插犋人人是自愿，
公平两利哪能会白干！
参加插犋好处说不尽，
人家念报你去仔细听。
咱们报上天天讲插犋，
讲开脑筋满地出金银。
满地金银还得靠人捡，
发家致富要靠全家勤！
全家男女老少都生产，
全家男女老少一条心。
拔掉穷根扎下那富根，
家庭会议细把计划订。
订计划时当家别包办，
民主讨论全家来决定。
若要光景一天一天好，
就得全家一齐来使劲！
计划订得样样行得通，
实实在在不要挂虚名。
男女老少各自干些啥，
四季的活人人说得清。

封建社会妇女靠当家，
如今翻身就要开脑筋。
男女平等自立最重要，
你能生产谁敢看你轻！
妇女原是劳动的好手，
小看妇女真是瞎眼睛。
会下地的快些都下地，
扛上锄头最受人尊敬。
不会下地也能薅个草，
先干轻活步步往前进。
熬盐熬碱纺线又织布，
打柴铡草喂马也高兴。
有马不硬叫人干着急，
槽头马壮万事都安心。
多养几口肥猪多养鸡，
农村副业妇女最最精。
男的不闲女的真不空，
男的当权女的就掌印。
男是英雄女是好模范，
男有光荣女的出了名。
一家男人使劲不够好，
妇女同劳才算好家庭！
好家庭里哪有赖小嘎，
提筐拾粪半天不肯停。
小嘎他知拾粪是大事，

地里无粪穷断骨头筋。
多一车粪多打一斗粮，
不是假话粪里也藏金！
小嘎还会看管住牲口，
手拿木棒啾啾发命令。
不许牲口糟蹋了庄稼，
他对谁家园地都关心。
不要看他小嘎手儿小，
干起活来可真算他灵。
光会认字难称好儿童，
还要生产积极才能行。
全家展开生产大比赛，
看谁赛到金榜第一名！
订好条件互相来检查，
夫妻父子也不要私情。
走得慢的把那快的赶，
好的奖励坏的受批评。
从家到屯从屯赛到村，
全区全县越赛越有劲！
一赛就能有吃又有穿，
二赛变作吃穿用不尽。
三赛做到永世不受穷，
四赛居然旱涝少忧心！
赛到东来东边手不停，
赛到西来西边懒变勤！

赛到南来南边大欢迎，
赛到北来北边报喜信！
报那懒汉也能务了正，
决计生产重新做个人。
懒汉一样同是父母养，
十个指头啥也都端正。
为何好吃懒做没出息？
兴家立业就从今年春！
兴家立业还用老叨咕？
谁家乐意守住那穷根？
谁家不想日子过得美？
谁家害怕粮食有余存？
就因有人心里不摸底，
暗想何必辛苦费精神！
暗想咱们还是穷些好，
暗想变富恐怕会被分！
暗想日子只要能将就，
暗想发财会惹祸临门！
暗想越穷就越有保险，
暗想从没见过分穷人！
就因这种想法太糊涂，
弹罢三弦还要说一阵。
先说土改目的在致富，
平分土地就为拔穷根！
咱们收回土地和财宝，

这些正是生产的资本。
有了资本就要来致富，
万贯家财今后也可能！
罪恶封建从此被打垮，
打开出路大伙好上升！
以前咱们两腿受了绑，
如今自由就好赶前程！
从此勤劳致富最光荣，
你越变富政府越赞成！
从此勤劳致富最光荣，
生产发家政府有保证！
勤劳致富政府还奖励，
生产发家哪能会再分！
地主富农只要不翻把，
勤劳所得法律也承认。
从此谁的家财谁是主，
有马千头不少毛半根。
谁的土地谁就有地权，
谁家打粮扛进谁家门。
如今是穷是富靠生产，
谁不勤劳穷了最可蠢！
拨开疑云全家齐动手，
两步三步快把别人跟！
七十二行行行出状元，
男女老少要把英雄争！

咱们两手好比摇钱树，
吃穿财富都从手上生。
两手越勤家底就越富，
全家动手财喜就临门！
手是发家致富第一宝，
还有土地好比聚宝盆。
只要你能深耕和细作，
五谷丰登财源就茂盛。
加上插犋换工一件宝，
有这三宝定能扎富根！
咱们打垮封建还不算，
发家致富才是大翻身！
前方杀敌后方大生产，
蒋贼完蛋国泰万年春！
前方杀敌后方大生产，
蒋贼完蛋国泰万年春！
说到这里暂且喝口茶。
说得不全乡亲多讨论。
说书伙计先来道个喜！
谁当英雄美名天下闻！

选自《东北日报》，1948 年 3 月

女状元

翻身要靠自己翻，
发家要靠全家干。
妇女原是好劳动，
参加插犋勤生产！

别把妇女来小看，
要争英雄也不难。
会下地的全下地，
迎头赶上男子汉！

种菜园子由咱包，
咱踩格子咱薅草。
又养肥猪又养鸡，
订好计划把钱找。

妇女干活有光彩，
铲割拉打都不坏。
若要比赛扒苞米，

哪有咱们妇女快！

还能熬盐和熬碱，
能织布来能纺线。
打绳编席编草帽，
铡草挑水更方便。

本领岂只这一点，
连唱三天唱不完。
勤劳生产真光荣，
家家出个女状元！

选自《东北日报》，1948 年 6 月

平分土地歌

去年分地没分好，
雇农贫农吃亏了！
又远又坏又零碎，
兔子不拉屎一堆！

地主富农留地多，
又近又好不用说。
连上黑地一大片，
狗腿干部装不见！

庄稼不如野草肥，
一年力气全白费！
坏地哪能出好粮？
雇农着急贫农叹！

地主富农都丰收，
酒肉白面还是有。
只动毫毛不动本，

穷人哪算是翻身！

去年分地谁来做？
狗腿流氓屯不错。
封建坏根没挖尽，
办事还有啥公平！

如今分地谁做主？
雇农贫农好干部。
抽肥补瘦分彻底，
土地还家人人喜！

选自《东北日报》，1948年1月

◇ 叶槐青

伸冤报仇

——记×××部××团追悼在旧社会被逼被迫被杀害含冤而死的父母兄弟姊妹大会

一

会场大门两丈高，
绿森森松枝绑得牢。

含着眼泪往里走，
数千张挽联风中抖，
蓝色花朵绿色叶，
黄色花朵红色心，
数不清花圈白又红，
台中供桌鲜花满，
一百七十三位亡灵呀，

一位一位写得清！

台下数千战士静悄悄，
一点声音也没有了。
热泪滚在腮边上，
心里仇恨似火烧，
谁不是娘生父母养，
谁家兄弟不是一条肠，
谁家姐妹不是亲骨肉，
死了亲人哪个不心伤！

早先，地主恶霸恶又毒，
穷人死了不敢大声哭，
乱尸岗上喂大狗，
一片破席盖也盖不住！
今天举行大会来追悼，
千万个阶级弟兄站起来了，
共产党对咱们有恩情，
骨肉相联心联心。

如泣如诉奏哀乐，
灵台放上两个哨，
军号一响，全体肃立，
向死难亲族致哀悼，
仪仗队刺刀闪银光，

香烟缥缈供台上，
千年穷人死了没人管，
财主们掩鼻走得远。
今天的祭礼多隆重呀，
新旧社会不一般。

二

副团长的声音句句清，
一百七十三位冤死人，
血淋淋事绩说得明！
你们都是怎样死？
一句一句呀！咱心痛。

你们死得太惨了，
冻死饿死有多少，
得病医药无钱买，
一碗卤水呀，
活着不如死了好。
地主毒打你丧了命，
要租要债逼得凶。

警察特务地主的狗，
都是穷人的死对头。
刮民党抓兵又拉夫，
穷人家破人亡走无路。

姐姐妹妹被奸淫，
跳井上吊碰了墙！
一件一件说不尽，
痛心事儿刺咱心！
人说世上天没边，
咱们冤仇比天宽，
人说世上海没底，
咱们的恨呀！
追下海底还要翻两番！

台下哭声一片响，
你爹是我爹，
你娘是我娘，
你兄是我兄，
你弟是我弟，
阶级弟兄都一样！
数千战士哪个不落泪，
哭呀！咱们好好哭一场！
一辈子冤仇对谁诉？
千万年仇恨今天讲！

三

擦擦眼泪政委上了台，
台下哭声小起来，
战士们抬头望呵，

政委的话儿记心怀：
“早先怨天又怨命，
穷人的眼睛看不清，
共产党领导咱诉苦，
吐出苦水挖苦根，
是谁害得我们这样苦？
封建地主大恶霸，
警察特务害人精，
还有他们的总根子，
蒋介石的封建小朝廷。
仇人呀，要认清！
冤仇呀，记在心！
把悲痛化成力量，
把眼泪变成仇恨！
下决心，下决心，
含冤而死的父母兄弟和姊妹，
伸冤报仇靠咱们！”

台下口号连天响，
就像大海翻波浪，
瞪起哭红的两只眼，
举起数千大铁拳，
响应政委的号召，
咱们要杀敌上火线！

为报仇来为雪恨，
报仇雪恨下决心，
习文学武样样精，
看谁练兵是模范，
看谁打仗是英雄，
仇愈深来志愈坚，
冤愈多来力无穷，
为爹为娘为自己，
为了中国还有成千成万受苦人。
红旗底下大进军，
共产党领导咱们往前走，
打倒蒋介石，赶走美国兵。
前进！打到南京城，
解放全国老百姓！

选自《东北日报》，1948 年 10 月

◇田　间

戎冠秀

题像

山呀，水呀，
山红水又清。
要问：
“山怎么红，
水那样清？”
请问这位好老人！
老人好比一盏灯，
八路军给她火，
她亮了，
她又照八路军。
老百姓叫这灯，
叫“一家灯”。

这灯上：
画着穷人，
画着山和水，
画着八路军。
要是它红上加红，
咱们就千年红，
万年红；
要是它一黑，
山水也要暗淡。
山呀，水呀，
永远挂上
这一家灯！

第一章　穷光景

(一)出嫁

戎冠秀，十五岁，
嫁到婆家，
一个小闺女，
做了大媳妇。
婆家生古，
公公是大烟鬼，
又抽烟，又要钱，
又喝酒，全毛病，
苦了媳妇！

（二）分家

十三年后，
戎冠秀和丈夫，
分下八斗杂粮，
和一口破锅。
一家四口人，
往外走；
房没一间，地没一垄，
什也没什，
天长，路长，
走，往哪儿走？

（三）修地

二十亩坡地，
三家伙种上；
种地还要借粮①，
春借一石，
秋还五石。
她拴着娃子，
自己背着石头，
修人家的地。
种上一年，

① 租地时，不借粮就不租给地。

修上一年。
地刚修好，
东家又要往回抽。

（四）交租

戎冠秀手发抖，
眼滚着泪珠，
哆哆嗦嗦，
走进那高门楼。
高门楼家那财主，
那老黑狗，
都瞪着戎冠秀，
收了地，也得交够租。

（五）卡“老绿”①

天一片灰，
地一片灰，
灰光景，
砸碎人！
戎冠秀饿着肚子，
挖野菜，
挖得头昏眼花，
天也在动转，

① 野菜名，叶形长圆，麦地中最多。

地也在动转。
挖完了野菜，
半天爬不起来！

（六）打金儿

东家有饭吃，
金儿也不愿在，
他丢下羊群，
跑回家来。
戎冠秀忍着痛，
鞭打金儿。说：
“金儿，你不想
家中无米又无柴！
金儿，娘打你，
哪怕打出血，
比你饿死也强……”

俗语说：“杀了孩子，
还是为了孩子！”
穷人家的爱，
往往就是眼泪和血。

第二章　翻身

（七）“中央军”南退

“中央军”南退，

一退数百里。
退了数百里，
还怕后头有人追。
快马加鞭，
边跑边抢，
抢满了腰包，
还要抓人背。

（八）八路军北上

大门外，
下大雪，
沙沙，沙沙，
雪扫窗台。

半夜三更，
还睡不着觉，
屋里也像有雪，
灰白，灰白。

陡然间，一声响，
大门开开，
有一个人，
手提着红灯进来。

屋里好比，

披红挂彩，
戎冠秀头上，
好比披着红花带。

那人送来炭，
送来米和柴，说：
“老人，老人，
咱们是一家人！”

戎冠秀心发疑，
哪来的人，
怕是洋鬼子！
怕是溃兵！

她正要下炕，
问个明白，
那人不见了。
——一个梦。

听说九月九，
朱毛带大兵，
红旗白马，
飞过黄河。

但不晓得，

这批人马哪儿来？
戎冠秀
站在街口，
又喜又惊。

她心想：黄河水浑，
三年一清。
世上有赖人，
更有好人。

看这一把子兵，
面貌端正，
言语和平，
该是救命星！

（九）明减暗不减

——二五减租之一

“虎走山在，
太阳落了，
还要出山；
咱们的事儿
慢些办……”
——地主和戎冠秀说。

树梢上的月亮，
弯又尖，
好比一张银弓，
可惜缺一支箭！
戎冠秀心发软，
老鼠跳过她手边。
头一回减租，
闹了个糊糊。

(十)算账

——二五减租之二

"世界上有穷人，
就有八路军，
这一家人如山如水，
塌不了，干不了！"
　　——佃户们的话。

一

戎冠秀三思三想，
拿稳了主张。
吆喝大伙：
"来来，算账喂！"
算账，算账，
人亮，心亮，
天大的结子，

哪怕解不开。
地里的辛苦，
就是文书。
谁说我欠他的租，
是他欠我的债！

我拿算盘，
你拿口袋，
来，大伙，
把账本子打开！

二

戎冠秀，
我问你：
"租子是该减不？"

戎冠秀答：
"该减，该减，
减了租，
卖去的血，
好赎回来！"

三

戎冠秀，
我问你：
"穷人怎样翻身？"

戎冠秀答：
“要翻穷身，
先翻穷心！”

四

穷人流的血，
富人喝的血，
租子沉如铁盖
一定要掀开！

（十一）翻身了

“若想吃应心饭，
自己下手盛。”
——穷人翻身经验。

老有[①]四十二，
深蓝的袄，
浅灰的毡帽，
好比村中大槐树，
春天一到，虽老也秀。

光景换了换，
花开春暖。
今儿个：

---

① 老有姓李，真名李有，戎冠秀的丈夫。

他右手拉回驴，
左手抱回布。

驴蹄嗒嗒，
笑声哈哈，
老有未进家，
先吆喝：
“嗨嗨，嗨嗨，
买回了驴！”

“看！灰叫驴！”
一家大小，
跑出来迎接，
像是迎接新媳妇。

戎冠秀，活了四十，
头回看见家里有驴，
不知该怎么好。
喜得两眼亮花花，
眼眶嵌着泪珠！

第三章　好老人

（十二）等担架

戎冠秀，

手提着壶，
怀中揣着窝窝，
大雪天，
立在村外。
她头顶雪，
脚踏雪，
身在雪中，
还不知有雪。
担架来了，
她的眼一笑，
好比腊梅花，
雪上花开！

（十三）扶同志上悬崖

戎冠秀说：
“敌人烧村，
快踩上我的肩，
好爬上这崖！”

伤员说：
“眼望这悬崖，
上也不行，
不上也不行呀。
老人，好老人！”
——一段插话。

戎冠秀呢，
腿欢眼乖，
手扶同志，
走上盘松山。

盘松山上：
一丈高的悬崖，
好似一块铁板，
悬在半空中，
难挨难攀。

片刻间，戎冠秀
好比铁花怒开，
她弯下腰，拍拍肩：
“同志！踩我的肩，
好爬上这崖。”

崖上有个洞，
她事先寻下，
（连她家中人
也不知道。）
只要上崖进那洞，
就好比船靠了岸。

诗说:“悬崖像铁板,
挂在盘松山;
戎冠秀像铁花,
开在盘松山!”

(十四)喂伤兵

头勺水,
她怕水烫,
吹得温温;

二勺水,
她又怕水烫,
也吹得温温。

戎冠秀,好老人
一手端着碗,
一手扶起
那快死的兵。
老人说:
“同志呀!
喝一口温水。”

水到嘴边不进嘴,
那嘴像结了冰。
戎冠秀又轻轻

拿筷子撬开牙门，
一口一口地
一滴一滴地
温水、温水，
浇活了一个人。

老人喂完水，
又接二连三眼红红[1]地
找来豆腐脑、
挂面……

生生子媳妇
两手捧着灯，
一时间，灯火大明，
这媳妇说：
“戎冠秀，
人救活了！”

那快死的兵
姓封叫建民，
睁开眼睛，
呆呆地望着老人：
“老人！老人！”

① 戎冠秀在“反扫荡”中两天两夜没闭住眼睛，眼疲倦得发红。

盘松村里，
夜深人静。
远处的炮火，
也低了声音。

盘松村里，
只听见
一个兵口口声声，
来回喊着：
“老人，好老人，
你比我娘亲！”

（十五）演剧

英雄生活，
如水也如火。
——题外话。

戎冠秀上台演剧，
金子抹上土，
女英雄扮顽固，
戏是有看头。

演的是“征收公粮”，
顽固老汉儿

看看玉蜀黍，
想想民主政府，
心中割草认了错。

第四章　参加群英会

（十六）开大会去

戎冠秀，好老人，
好比女状元上京，
梳洗打扮，
打扮个齐整。

她脱下一身，
破旧的褂裤，
换上一件
半新半旧的
蓝绸子花衣服。
她洗了洗手，
又梳了梳头。
圆镜中
笑着戎冠秀。

闺女荣花在炕边，
嘻嘻哈哈说：
“娘好好价打扮，

去吃喜酒！”

（十七）送戎冠秀

戎冠秀
走下英雄台，
左手呀
抱着布，
右手呀
拿上铁铣。

她的颈上
围的白绒巾，
好比果木树上
开的白花。

真是好老人！
大喜大喜，
满脸红光，
像是雨后天晴。
又像呀
白花结成红果。

子弟兵
一排排
扛着枪

架着炮

奏军乐
呼口号
送母亲
回家去。

好比那年戎冠秀
在枪声中
扶同志上悬崖，
今天同志们
在鼓乐声中，
扶她骑上枣红骡。

这是好骡儿，
脖儿短，
蹄大腿也长。
送给老人
一面红旗，
金抖抖
红灼灼
跟上好老人！

（十八）戎冠秀回家

一

二十里外，
就有人打鼓，
有人打锣，
等在路口，
欢迎戎冠秀。

“这回真来啦，
快快让开道！”

一个子弟兵
拉着枣红骡，
枣红骡头中，
也戴着花。

戎冠秀有点羞，
骑在那骡子上。
衣上铜钮子，
手上铜顶针，
胸前挂着花，
挂着银牌牌，
满脸红光，
好比园里万年红，

好比山上的太阳。

她走一步，
男男女女，
跟上一步。

一步，
一声锣，
一步，
一声鼓。

锣鼓声中，
两个战士，
高高竖着枪尖，
挑起一面红旗。

红绸旗面，
黑影白边，
上面有六个大字，
“子弟兵的母亲”！

二

戎冠秀呀，
子弟兵
为啥给你牵骡，
不给我拉马？

戎冠秀呀，
我知道，
你和子弟兵，
死活一个心！

三

村长先来
扶她下骡子，
一面扶她，
一面吆喝：
“恭喜，戎冠秀！”

媳妇，闺女，
也挤上来，
又摸骡子，
又摸衣服。

大伙一路走，
一路笑。
一路笑，
又一路走。

有人道：
“活了三十年，
哪知咱村里

有个戎冠秀。
就是你，
你叫戎冠秀！”

有人道：
“花开树也香，
咱村里
有个戎冠秀，
村里明喽，
天天有太阳，
夜夜有月亮。”

有人说：
“老会长
早该光荣啦！”

人人都说，
人人都笑，
她闺女荣花子，
说也说不出，
笑也笑不出。

菊金从地里
跑回来看娘，
人海中

东找西找，
大伙说：
“你娘没了。”

她真像没了，
她的影子，
好像沉在
大伙心里头！

四

两个妇女，
一是村长老婆，
一是赵明秀，
扶她上坡。

戎冠秀
半天没说话，
这一回她说：
“羞得不行，
快别拉住。”

五

她一进了家，
李有笑哈哈，
拉着枣红骡，
踢踢蹋蹋，
不知往哪儿拴。

荣花子，喜花子，
看旗又看画，
叽叽咕咕：
“娘呀，挂上旗！”

“可不能，
人家讨厌！”
戎冠秀满头是汗，
好比久旱大雨，
这叫“喜雨临门”！

第五章　大生产

（十九）家庭会议

戎冠秀回家来，
召开家庭会。
乡亲们都来参观，
炕上，门口，
人挤得满满。

头次会上，
戎冠秀，
当的主席，
她一说的骡子，
二说的布。

"奖我的骡子，
该大伙使；
奖我的布，
该大伙穿。"

她第三说家务，
订家庭计划。
这一家子，
好比一个小国，
实行民主自由。

爹娘儿女，
个个拿主意，
一言一语，
像一粒一粒珍珠，
穿成了串串。

"呵哈，家庭会，
稀罕啦！
海上走船，
望前望后，
稳稳价走呵。"

（二十）打钟

戎冠秀门前，

有一棵树，
那树上，
吊起一架钟。
钟要一响，
拨工组就下地，
男呀，女呀，
牛呀，羊呀，
路上闹哄哄。

春天，春天，
草也青，雪也消，
戎冠秀打钟说：
“快开荒！快锄苗！”

夏天，夏天，
地里麦香飘飘，
戎冠秀打钟说：
“快割麦！快割麦！”

秋天，秋天，
山坡谷黄油油，
戎冠秀打钟说：
“快收谷！快收谷！”

冬天，冬天，

大雪飞，满街白，
戎冠秀打钟说：
“快上学！快上学！”

（二十一）女拨工

戎冠秀
她的拨工组，
一人担饭，
四人锄苗。

锄头落上地，
像落在火中，
要白齐白，
要红齐红。

那好比赛马，
个个抢头，
又好比绣花鞋，
针针密缝，
红线绿绒，
还要配得匀调。

戎冠秀上穿白褂，
下穿黑裤，
白银银的小锄，

锄得苗儿，
又像虎，又像龙。

她们五个人，
真是一个车儿，
一个马儿，
一年往头，
一块往前走。
一年往头，
一块往前走，
五天一记工，
十天一齐工。

（二十二）给抗属割草

这一天，
我和荣花子，
给抗属割草。
割起头一背，
天就下雨了。

下就下呵，
赶紧再割一背，
再割一背时，
就湿得通身。

荣花扭转头来,
朝我瞧瞧。
我也扭转头,
朝她瞧瞧。
都欢喜地笑!

小学教员倒细心,
这件小事,
他也写了稿。
(戎冠秀讲,间记。)

(二十三)红光照门口

太阳已出山,
红光照门口。

戎冠秀
她门口
堆的是粮食,
那房檐下,
还挂满了
金黄的玉蜀黍。

想起往日,
她连糠也没有,
看看眼下,

一年能收
二十四石粮食。

往年的光景
好比草，任人踩；
眼下的光景，
好比花呀，
自己栽，自己戴！

咱们这儿
好比一个花园，
八路军老百姓，
修的园，栽的花。

如果有人
想要偷这花，
摘这果，
就打断他的手。

选自《戎冠秀》，东北画报社 1948 年

◇田　琅

解放哪里，我们的歌声就在哪里高扬！[1]

所有解放城市的大街与小巷，
合作社的门廊，
人民的剧院，
中学校的礼堂，
紧张的纺织厂和钢铁厂，
到处都有我们火热的歌声响亮。

广大后方的村庄，
月夜的打谷场上，
森林里的伐木窝棚，
遥远的矿山，
灯光通明的火车站，
到处都有我们欢快的歌声荡漾。

---

① 本文发表时署名白拓方。

我们的歌声雄壮，
随着我们的钢铁部队，
——东北人民解放军，
渡过了河流，踏过了山冈，
越过了长城，打进了山海关！
已经和兄弟解放区的歌声连成一片，
在胜利的进军中合唱。

而在那些亟待解放的城乡，
人民正热切地配合着我们的节奏在歌唱，
人们欢迎革命的暴风雨，
排山倒海地到来，
人们欢呼解放的大旗，
是如此辉灿地闪着红光！

我们的歌声，就像暴风雨里的海燕，
紧跟着我们的红旗飞翔……

呵！从东北到华北，从华北到中原，
四面八方
都是解放的歌声，都是胜利的合唱！

解放哪里，我们的歌声就在哪里高扬！

选自《东北日报》，1949 年 2 月 11 日

◇ 史松北

担架队

公路上：
拥挤着的汽车，
流水似的马车边上，
走着黑棉袄的担架队，
他们来自老解放区，
他们来自土地改革，
和平的农村。

他们用才放下镰的手，
抚摸着
才开出的美国大汽车，
屁股后边挂的美国大炮，
笑得合不上嘴：
“同志啊：

这次打完仗回家，
一定要背上支美国枪，
给咱农会看看！”

担架队，
朴实的农民，
一休息便讨论开
立功计划。
他们的歌声，
给新解放区的农村，
带来了希望。

担架队，
驻军在新区，
给人民讲老解放区的：
平分土地，
和平生产。
向上级要求：
给他们任务，
去帮助铁道兵团，
抢修铁路。

担架队，
无数的劳动英雄
和生产工作模范。

他们用扁担，
缴过冲锋式。
在敌机轰炸下，
腰也不弯地，
抢运着彩号。
出入在火线，
奔跑在突破口，
与人民解放军，
并肩地
战斗在前线。

担架队，
人民的功臣与英雄，
在战争中长大了，
笑哈哈地说：
“谁怕他遭殃军
扔‘榴子弹’！”
“谁怕它飞机
往下扔炮弹！”
经过一场战斗，
担架队员，
穿上了美国大衣，
背上了冲锋式。
“你们还走吗？”
炕琴地柜，

没有了铜柜签，
老乡们忘不掉，
这是十四年的奴役
留下的仇恨记号。

柜上的被槅，
只剩下了棉套，
被面被扯掉了。
老乡们：
记得大耳朵队，
鸡蛋兵的抢掠，
高粱装上大汽车，
大豆喂了马，
收割的镰刀拿光，
孩子没有了尿布。

“同志：
你们还问哪边好呢，
这不是一清二楚：
你们在时我们养下了肥猪和小鸡，
他们一过不都光了？”

“同志：
你们来了，
场院上又扬场了，

你闻一闻打场的芝麻香。"

"同志：
他们来了，
姑娘媳妇逃光了。
你们来了，
不又都回来？
你看，
她们不有说有笑的，
在棉花地里吗？"

"同志：
你们还走吗？"

"老乡：
我们不走了！"

解放军要前进！
给人民：
留下了民主政府，
留下了土地改革，
留下了减租减息。
胜利地前进了！

选自《文学战线》，1948 年 12 月第 1 卷第 5、6 期合刊

坦克 568 号

坦克 568 号
我看到你打开的炮塔盖
那两个圆圆的潜望镜
无线电天杆
敞开着的瞭望窗
四生的口径炮
这些我都熟习
（你是三八年苏联援华的礼物）

T26
九吨半坦克
苏联第二个五年计划的献礼
在欧洲
曾在苏德战场上为反法西斯
抖过威风
在中国
三八年夏在兰封大平原上
参加过抗日的大会战

568 号
你有过光荣
在重庆担任降落伞扫荡队
人民包围住欣赏你
在汉口大智门的马路上
你的装甲上
曾接受过热情女郎抛掷的鲜花
你也曾听见过千百万人欢送底呼喊：
“二百师出发了！”
“装甲兵团出发了！”

你的驾驶手们宣誓：
“战车裹尸
准备为祖国而光荣地死去！”

在祖国美丽的大平原上
坦克扬起尘沙响着驾驶手们：
“我们走遍了祖国的
原野和乡村”的战车进行曲
负载过人民的希望

一个秋天又一个冬天
飞快的日子
在你履带下逝去

在那战斗最激烈的日子
你被停在西北的大后方

和你一块爬过
风、雪、泥路的驾驶手们
一个个走了
“到那边去！”——延安
坦克 T26
568 号
你像年轻的寡妇
悲哀地栖息在泥土和茅草的掩体里

战斗的日子
却已转过去了八年
失去了光荣的青年寡妇
又要被驱使着
投入屈辱的内战战场上

在东北解放区里
在华北大平原上
我看到歼灭蒋军坦克连
和两个快速纵队的捷报
便蓦然记起了你
我的亲爱的
坦克 568 号

你的操纵杆曾印过我的汗迹
和碰破手的血痕

T26 坦克
青年驾驶手们
过来吧！
抛掉那张红皮的
“特种车辆驾驶执照”
和 568 号一样
把车子开过来

过来吧！
这边有广袤平原
供你们驰骋
在人民解放的开阔平原上
风沙里
会燃起你们沸腾奔放的热血
恢复你们往日的光荣

T26
苏联援华坦克的驾驶手们
在你们车子仪器板上的指南针
没失掉磁性的时候
为了祖国青年的光荣

请过来吧！

一九四七年四月二十六日于东安

选自《东北日报》，1947年5月7日

◇ 失　名

特务“颂”

无业游民来报到
有个职业真是妙
不问资格
不用投考
只要肯干
法币多多的——准保

参加“请愿”法币五千
要想更多
“统”字柜上去报告
报他个左倾，报他个民主，报他个……
一个十万
报他一打就过半年
吃香的，喝辣的

管他妈这个那个的

这个职业虽好干
可是也得有一条
得把良心丧掉
人格丢掉
名誉扔掉
还得礼帽歪戴
墨镜一罩
腰里藏上个
六轮子
七星子
八音子
无事生非把谣造
还要把打手预备好
有朝一日
打打这个社
打打那个社
捣毁所有的进步书社
现在就得动手
动手抢日报
解放报
民主报
人言报
说来这个职业容易

干上也忙个不了

哈哈

虽是无本万利

你好人干不了

凡人干不了

老实人干不了

只有那狗腿星下界

恰好！恰好！

选自《东北日报》,1946 年 10 月

◇ 白　刃

海滨夜哨

风在呼号
海在狂啸
雪花在飞飘
只有那夜哨
老是那样静悄悄
夜哨
这年轻的英豪
星星的眼睛
钢铁的心
寒光闪着刺刀
他一动不动
静听着海的呼啸
望着无边际的波涛
监视着阴险的海盗

年轻的夜哨
这聪明的战士
他知道
野心家的手段
常常是笑里藏刀
他更知道
反动派的惯技
常常是一面讲和一面开炮
聪明的夜哨
不幻想不骄傲
然而他自豪
他是东北的子弟兵
他坚决保卫自己的家园
决不让反动派挥动屠刀
再来屠杀熬过十四年苦痛的同胞
任凭寒风呼号
任凭海浪狂啸
任凭大雪飞飘
安静的夜哨
紧紧地握着枪刀
望着无边际的波涛
监视着阴险的海盗

选自《白山》,1946 年 2 月创刊号

敬礼，亲爱的勇士！

——“八一”大会主席团中，出现了十八勇士之一的李会元同志，引起我的记忆，我将重复不厌地歌唱这壮烈的故事，歌唱这民族解放的史诗。

台上喊起你的名字，
引起我无限的深思。
在我眼前——
涌出十八勇士，
我追忆着两年前的故事。
记不清是三月哪日，
反正是两年前的一个夜里，
我们队伍攻进青口，
夺了大炮和枪支，
那时：
天上星光很稀，
炮火沉寂的时候——
雄鸡还在远处鸣啼。
从新浦——
开来成千的鬼子。

那时：
你们掩护着部队转移，
十八个人陷在敌人重围，
从黎明到黄昏，
在两个院子里，
你们抵抗着几百敌军。
敌人幻想活捉你们，
但你们——
等到野兽走近，
一枪一个，
让他们倒下成群！
野兽们疯狂了，
炮弹飞向你们，
八个勇士战死了，
然而你们，
一直血战到黄昏，
血战到黄昏，
子弹打光了，
是一排长，
喊起同志们：
“我们不能当俘虏，
我们是铁的模范党军！”
驳壳枪响了，
他真不愧是中华民族的子孙！
临死还喊着：

"中国共产党万岁！"
"中华民族解放万岁！"
这呼声——
感动了负伤的二班长，
他用最后的一颗子弹，
为党贡献出自己的生命。
血战到黄昏，
子弹打光了，
是机枪班长原飞友，
喊着同志们：
"不能让敌人，
得去好枪一根！"
于是零件埋入地下，
枪身断在地上。
乘着黄昏，
你们八个人，
逃出了炮火的气氛。
你们终于不幸，
落在敌人手上。
血战一天的院子，
当了野兽的审堂。
三月的热风，
吹不冷热血的肝肠；
敌寇的残暴，
打不痛愤怒的胸膛！

铁锤木棍在你们身上挥动，
你们闭紧了嘴！
烈红的煤块炙伤你们的手，
你们闭紧了嘴！
凉水冻硬你们的身，
你们闭紧了嘴！
你们终于开口了，
敌人问起营长的姓名，
回答的是马培真：
“营长姓曹，
叫操你祖宗！”
你们终于开口了，
开口痛骂侵略的野兽！
开口痛骂无耻的汉奸！
敌人计穷了，
把你们送下监牢，
白天惨打咆哮，
黑夜木杠过胁下——
铁丝紧紧捆牢！
（谁要一动，
就会震痛大家的创伤。）
你们忍住饥饿，
挨尽毒打，
每当痛苦时，
红星便照耀着你们的心。

敌人计穷了，
汽车送你们到新浦，
新浦有名的刽子手——宪兵队，
用尽了刑具，
用尽了花言巧语，
金钱、地位和美女，
这一些——
哪能打动你们铁石的心肠；
这一些——
哪能引诱我们党的战士！
敌人终于失败了，
你们被送上刑场，
这刑场，
曾经烧死无数的爱国志士；
这刑场，
曾经烧死不少八路军的健儿。
在这刑场，
你们八个人，
被绑在两个柱子上，
那些王八蛋，
准备第二天，
把你们烧成灰炭。
这一晚上，
将是你们生命的最后一夜！
星星为你们壮烈的故事而感动，

大地为你们遍体鳞伤而哭泣，
冷风为你们宁死不屈而呼号！
这一天晚上，
野兽们在举杯狂饮，
用酒消解他们失败的愁闷，
用酒庆祝他们屠杀的胜利。
他们想不到你们：
临死前还是那样勇猛，
能够挣断钢丝铁绳！
你们挣断钢丝铁绳，
忽然来了一阵皮鞋声，
进来是敌人的哨兵。
你们紧靠着柱子，
低头细听，
幸亏那哨兵，
瞧一瞧就回兵营！
天已快明，
无法解救其他同志，
你们四个人，
乘着不备的哨兵，
逃出罪恶的极刑。
你们四个人，
有你和原飞友，
孟兆阁和马培真。
你们跑过铁路，

后面来了追兵，
你们跌入水坑，
挣扎起来又分散逃奔。
你们咬着牙，
历尽万苦千辛，
忍住创伤满身，
凉水当作食粮，
荒场当作睡床，
走不动了用手爬，
也要爬到党的怀中。
敬礼！亲爱的勇士，
李会元同志！
狂热的掌声中，
千万只眼睛送着你，
你怀着不自然的心情，
走上台去。
今天庆祝我军伟大的生日。

一九四三年八月于黄海边

选自《杨清法》，东北书店 1947 年 12 月

恰恰和李埝

一、两庄间

黄海边不远的地方，
有两个美丽的村庄。
弯弯的小河，
连接着恰恰和李埝。

春天的河边，
挂着垂柳白杨。
农民们耕罢归来
坐在树下谈天。
从古今中外，
谈到盘古开天。

夏天的河边，
小鸟在树上歌唱，
姑娘们在树下纺线，
少年们吟着山歌，

微风掠过姑娘们的脸。

秋天的河边，
场上牲口忙转转。
丰收的美景，
年年不断。
过路的行人，
谁不点头称赞？

冬天的河边，
冰河冻得发亮。
两庄的儿童，
成群跑到冰上。
从这庄滑到那庄，
快乐地度过寒天。

两庄间，
相隔三里远。
外面看，
像是很美丽——
农民们来来往往，
一代一代过着和好的时光。
老年们相尊相敬，
孩子们都是乐洋洋。
年轻的小伙子和美丽的姑娘，

都存着一种未来的希望。

二、忠善堂

在李埝的庄当央，
有个高大的围墙，
红漆的大门楼上，
挂着威武的金字匾。
“忠善堂”三个大字，
显出着主人的体面。

李忠善是这里的主人。
他靠着财主的本领，
吸干了穷人的血汗，
抹黑了自己的良心！
表面上是仁义忠善，
暗地里却在制造苦难！

穷哥儿们路过庄当央，
常常听见他们低声唱：
“忠善堂红砖围墙高，
穷苦人家房子倒。
忠善堂粮食都烂透，
穷苦人家在挨饿。
忠善堂里绫罗绸缎，
穷苦的人家光腚无衣穿，

谁要欠上忠善堂，
一辈子当牛马也还不完！”

三、张先

恰恰有个土皇帝，
他的名字叫张先。
他从小游手好闲，
喜欢喝酒赌钱。
他结交一群酒肉朋友，
他养着几个杀人凶手。

这张先——
生得横肉满脸，
胡子长到耳朵边，
肚子大，眼睛黄，
活像阴间的阎罗王。
他对穷人真厉害，
比起他老子坏几倍。

早晨到黄昏，
他常常喝得醉醺醺，
摇摇摆摆出家门。
背后跟大黄狗，
臂上站着抓兔鹰。
见着富人点点头，

见着穷人瞪眼睛，
见着姑娘赔笑脸，
见着佃户面色变。

这张先——
有着良田三百亩，
有着尖顶山大半边。

四、尖顶山

恰恰李埝的庄中间，
在那弯弯的小河边，
有个宝贵的尖顶山。
山上有高大的树木，
有值钱的梨树园。

这丰富的尖顶山，
在二百年前，
如今，这尖顶山——
忠善堂占了一大片，
一小半边归张先。
两庄的穷人，
只剩下很少的梨树。
从前的主人们，
如今路过尖顶山，
只能抬头往上看。

忠善堂和张先，
为着独占这尖顶山，
两家纠纷了几十年。

五、结冤仇

这一年的夏天，
山上的黄梨熟遍了。
忠善堂和张先，
为着几棵梨树，
整整打了大半天。
连土皇帝张先，
也被打得血满脸。

张先活了半辈子，
挨打还是头一次。
他记住这天大的仇恨，
他准备着报仇雪耻！

圆月挂在高空，
阴风刮过小河，
一条黑影顺着河边，
走向李埝。
月亮下刀光闪闪！
为着那张先的钱，
黑影正烧着杀人的凶焰！

黑影穿进李埝，
爬过忠善堂的高墙，
悄悄地摸进正房，
只听见一声怪叫，
尖刀刺进喉咙，
鲜血喷在凶手的身上。

六、血仇要报

李忠善沉着可怕的脸，
手里握紧那带血的尖刀，
看着父亲死了的面貌，
他心中怒火在燃烧！
胸前像万马在奔跑！
他咬牙地喊：
“血仇要报！血仇要报！”

李忠善号召乡邻，
“恰恰张先，
欺负咱李埝！
这次杀了我父亲，
说不定哪一天，
众乡亲的头上，
会落下雪亮的尖刀！”
他叫大家拿起枪，

到恰恰抓张先。

农民互相瞪着眼，
谁想丢下太平年？
他们心里想的是——
两家的私事，
用不着俺出力。
谁没有吃过忠善堂的亏？
谁没有受过忠善堂的气？
他们只是点头称是，
谁也不肯真出力。

李忠善计划失败了。
他单独召集佃户：
“今年少拿点租子，
谁再不肯出力，
别想再种我的地！”

李忠善又放出谣言：
“族谱上记着那尖顶山，
原是李埝的财产。
一百年以前，
叫恰恰占去一大半。
这次要回来，
大家都有份。”

在威胁利诱下，
李埝组织好。
从今后，
挥长矛，
磨快刀，
架上土炮！
李忠善时刻记着：
“血仇要报！血仇要报！”

七、官兵

羽山到末山，
土匪毛贼出万千。
山高皇帝远，
拳头就是知县官。

这一带
本来土匪乱如毛，
李忠善花钱请官兵，
开到恰恰去围剿。

一阵猛烈的炮火下，
官兵攻进恰恰！
没有跑掉的农民，
都死在官兵的屠刀下！

恐怖的夜，
笼罩着整个恰恰。
官兵走了，
吵声静了。
家家敞开门，
院里乱纷纷。
姑娘们的裤子被撕碎，
她们像失掉了魂，
躺在床上呻吟。

恐怖的夜，
一只丧家狗，
夹着尾巴，
偷偷地吠了几声。
农民们悄悄地回家，
望着这凄惨的情景，
激起无限的仇恨。
张先大声喊着：
“兄弟爷们！
冤仇不报不是人！
冤仇不报不是人！”

二十多个棺材，
在悲切的哀乐中，

在海啸的哭声下，
一个个送进大坑。
几千只润红的眼睛，
望着这隆起的新坟。
热泪淋湿了衣裳，
悲哀绞断了肝肠。
张先大声怒吼：
“要用一个仇人的心，
来超度亡魂，
洗雪仇恨！”

八、福大嫂

冰凉的夜，
刮着呼呼的风。
福大嫂坐在炉边，
焦急地等着福大哥。
炉火噼啪地响，
映红她俊秀的脸。
她已是两个孩子的娘，
她还是那样漂亮。

白天，
福大哥河边，
上大镇去买东西，
准备回家过年。

临去以前，
福大嫂小心嘱咐，
叫大哥早点回来。

下午，
福大嫂从东头问到西巷。
回答是：
“没有看见，
当今慌慌乱乱，
怕有什么不幸的事件。”

福大嫂闭着眼睛，
回忆着往日的生活——
他们种着忠善堂的地，
日子虽然贫苦，
夫妇却很和好。
她盼着有一天，
自己能有几亩地。
她盼着儿子快长大，
她盼着女儿找个好婆家。

突然一声狗吠，
惊醒她的幻想。
她急忙跑去开门，
仿佛听见脚步声，

她心里喜欢，
连声地叫唤！
可恨那足步声，
越走越远。

一切又安静了，
福大嫂闭着眼睛。
只听见寒风呼呼响。
她抬头远望，
星星在闪着冷眼。
她全身冰透了，
她的心碎了！

孩子在喊着娘，
她叹了一口气。
关着门转了身，
上床哄孩子，
一天的疲乏，
使她昏昏地睡去。

她站在大门口，
看见一群官兵，
他们睁大了眼睛，
大得像个碗口，
眼睛里长着牙齿，

好像就要吃人。
炮声轰轰雷响。
迎面抬来个伤兵，
伤兵正在喊娘。
她仔细一看，
正是她盼着的福大哥，
她心里一惊，
慢慢睁开眼睛。
窗外北风呼呼响，
身边孩子在叫娘！
她想着刚才的一切，
原来是噩梦一场。

九、牺牲者

这晚上——
恰恰庄外的大坟前，
烧着一堆堆的纸钱。
枯树上——
绑着一个穿破衣的人。
张先走到他跟前，
剥去他身上的棉袄。
雪亮的杀猪刀尖，
对准着“仇人”的胸膛！
只听见一声怪叫！
像是塌了天！

一股鲜血，
喷红了张先的脸。
有人悄悄掉下眼泪，
有人在暗暗地长叹：
“想不到忠厚的福大哥，
会死得这样惨！”
消息传到李埝。
消息像把利剑，
刺进福大嫂的心房。
眼泪像条小河。
她像是发了疯，
拼命地喊着福大哥！

她恨那万恶的张先，
她恨那害人的李忠善，
为什么他们打仗
给她带来这灾难！
这晚上，
她狠心撇下孩子，
吊死在梁头上。

十、日本鬼子

这一年，
日本鬼子的血手，
伸到了东海边。

张先暗地里拉着这血手，
把虎狼引进家园，
勾结鬼子打李埝。

炮弹当先，
机枪像雨点，
杀声连天！
李埝庄上，
充满了哭和喊！
充满了雾和烟！
为着家园，
农民们奋勇抗战，
然而，
土枪怎能抵大炮？
大刀挡不住机关枪！

李埝打碎了，
鬼子进了庄。
几十条人命见阎王！
姑娘们倒霉不用说，
老头小孩也遭殃。
牲口牛驴拉走了，
锅碗瓢勺打个光。
当晚，
火光冲天！

除了忠善堂的高房，
整个李埝，
到处是瓦砾片片。

十一、血泪的年月

河水呵，流不停！
仇恨呵，何日清？
往年，这美丽的河边，
如今，几乎绝了人烟。

在无情的血战中，
李忠善和张先，
都找了武装做依靠。
惨酷的战火，
跟着仇恨在燃烧。

往后日子更糟糕，
两个村庄，
无时不骚扰！
哪个倒霉被捉到，
皮鞭打，烈火烧，
打得惨哭号叫，
一点也不饶。

在地里，

农民们背着枪，
眼睛望着四边。
胆怯心惊在种田，
沉重的日子，
无限地拖延！

太阳东方照，
月亮星星挂树梢，
苦难的老百姓，
白天黑夜都放哨。

农民们含着辛酸，
痛苦地挨过十三年。
每一年——
春天来了，
到处种田忙。
但这两庄中间，
却是一片荒凉！

夏天来了，
到处麦子黄。
但这两庄中间，
依然是一片荒凉。

秋天来了，

家家户户收成忙。
但这两庄中间，
依然是一片荒凉。

冬天来了，
家家户户藏好粮。
快乐团圆过新年。
然而这两庄中间，
农民们骨肉离散，
只好含着眼泪过新年。

十三年呀，多么长！
丰富的尖头山呀，多荒凉！
那值钱的梨树呀，无人管！
黄梨熟透了，
掉在地下烂！
荒草长得几尺长。
不知哪里来了一群狼，
夜夜长声叫唤，
令人心胆寒！

十二、反抗

十三年，
漫长的十三年；
苦难的十三年；

仇恨的十三年。
血泪流干了；
田园荒芜了；
人口少了；
牲口死了；
人们穷了。
在绝望的尽头，
人们常常回想，
回想十三年前的时光，
然而为什么要打仗？

为什么要打仗？
农民们常常回想——
不是为着尖顶山？
不是为着咱两庄？
是为李忠善！
是为着张先！
是谁把私仇变成公恨？
是谁把大家驱上死亡？
农民们不是羊，
他们也会反抗。

在李埝，
李二叔向大家说：
“为什么要打仗？

打得家破人亡！
打得地芜田荒！
为什么？
不是为地租？
不是为老婆？
不是为后代？
到底为哪个？
说是为着那尖顶山，
那是人家的财产！
还是放下枪吧，
拿起锄头去种田。”

就在这晚上，
李二叔“不小心”，
“淹死”在水坑中。

在恰恰，
梁有贵当头，
十几个人见张先。
张先横着眼，
大骂有贵是内奸：
“混蛋！
你想妥协吗？
你不是受了骗，
一定是拿了忠善堂的钱！

谁不知道——
你姊姊嫁在李埝。”

梁有贵吊在槐树上，
皮鞭像雨点
落在他身上。

一个月过去了，
梁有贵病死了。

杀鸡教了猴，
农民们低着头。

农民们忍受了十三年，
每年，都有人起来反抗，
都有人跌入水坑，
都有人死在路边旁，
都有人病在床上。

让眼泪往肚里流！
让愤怒压在胸头！

十三年，大家受了骗！
十三年，敢怒不敢言！

十三、八路军来了

一九四一年三月间，
八路军开到黄海边。
两个村庄，
派人来见，
都想拉在自己这一边，
八路军看穿了这一点。
有一天，
八路军请了李忠善，
还有那张先。
两位仇人见了脸，
红眼横怒把头偏！
八路军代表话在先：
“两位先生听我言，
如今鬼子，
铁蹄踏遍黄海边！
家乡沦亡已四年。
民族仇恨重如山！
怎能自己闹意见！
是英雄应该转变，
枪口对着民族仇人，
杀敌争先上前线，
这样干，才算好汉。”

两位仇人开始不情愿，
八路军三番五次劝又劝。
两村老乡，
早就打得很讨厌。
谈到停战，
哪个不情愿？
群众觉悟了，
两个地主没法办，
只好签字停战。

十四、春天

正当春天，
到处忙耕田。
两个村庄的土地一大片，
已经荒芜了十几年。
如今，
农民们又挥动牧鞭，
拉犁的牲口再出现。
轻快的山歌，
沉默了十几年，
如今，又再听见。
农民们安心在田间。
一群野鹰，
飞过天边，
呀叫着赞美这大自然。

过几天，
两庄互相请吃饭。
大家擦着眼泪相见面，
亲戚朋友把手牵。
往事绵绵，
回想着心如箭穿！
漫长的十三年，
苦痛难言！
现在，仇恨像散烟，
转眼看不见。

“八路军真行好，
救苦救难。”
这句话挂在人们口边，
传遍了几个县。

十五、算血账

黄河也有澄清年，
暴风雨后会晴天。

小河水呀流不停，
多年苦痛呀要算清！

共产党呀像太阳，

太阳呀照在穷人的门上。

黑暗的日子呀要滚蛋！
穷苦的人呀要翻身！

你看：
李埝庄外闹嚷嚷，
人们围在大场上。
几千只眼睛，
对着李忠善！

李忠善胖得眯着眼，
肚皮像个大水缸。
头顶秃得光发亮，
两撇小胡在口边。

他的心缩得像块铅，
他浑身像是发皮寒，
他静听群众在怒吼，
他害怕这回要晴天。

是谁在哭和喊？
是谁在诉深冤？

“那年——

吃你的粮还不起，
把俺的地硬占去！”

“那年——
俺的儿子说错话，
叫你打死在门前！”

“那年——
俺的黄牛踩着你的场，
叫你打死在路旁！”

“为什么？
俺姑娘给你白做活，
还逼她同你睡一床？”

“为什么？
俺天天给你挑着水，
挑满大缸挑小缸。
晴天给你扫天井，
下雨给你填猪圈。
一年到头腰要断，
过大年，
还捞不上吃干饭。”

“为什么？

种着你的十亩田，
八只手天天忙不闲。
俺的血汗滴在泥土上，
庄稼长得肥又壮！
粮食一上场，
你就要个光。
俺四季不停忙，
连顿煎饼吃不上。”

“提出来，
真伤心，
他逼俺的孤儿打张先，
害得俺王家断香烟。”

“说起来，
话儿长，
十三年苦难谁给咱！”

“……
……”

像山洪暴发！
像海啸翻天！

血泪的账，

一件一件算。
找回粮食土地，
找回欠下的钱。
还给大家的尖顶山。

在李埝，晴了天。
在恰恰，也一样。
群众绑起张先，
民兵押着送到县，
他曾杀人放火，
他还当过汉奸！

他曾奸淫妇女！
他还霸占土地！

十六、翻身

翻身了！
翻身了！
老人们笑得眯着眼。
孩子们穿着新衣裳，
青年们扛着步枪去站岗，
姑娘扯着秧歌高声唱。

穷人们抱在一起，
团结得铁一样。

他们一块收割，
一块种田。

壮士们拾起旧刀枪，
白天黑夜站起岗。
枪口不是对着自己人，
眼睛望着铁路线。
盼着什么时候，
和主力一块拔据点。

那丰富的尖顶山，
荒草割下盖新房。
狼群逐走了，
梨树又成行。
尖顶山，
成为穷人的财产。

十七、新的光景

黄海边不远的地方，
两个美丽的村庄。
弯弯的小河，
连接恰恰和李埝。

春天的河边，
挂着垂柳白杨。

农民们耕罢归来，
坐在树下谈天。
谈着怎样深耕细作，
谈着怎样开荒种棉。
夏天的河边，
小鸟在树上歌唱，
姑娘们在树下纺线。
一边纺线，一边把书念。
过来个生人，
还得拿路条来见。

秋天的河边，
场上牲口忙转转，
变工组在集体打场。
丰收的美景，
重新出现。
过路的行人，
想起往前，看到今天，
不禁点头赞叹！

冬天的河边，
冰河冻得发亮。
大人们都去上学堂，
儿童们穿着新衣裳。
一边滑冰一边歌唱，

歌唱着共产党像太阳。

两庄间，
相隔三里远。
新的光景，
大家心喜欢。
农民们来来往往，
重新过着和好的时光。
老年人又相尊相敬，
孩子们都是乐洋洋，
年轻的小伙子和美丽的姑娘，
又起着一种未来的希望。
两个村庄，
重新过着和好的时光。

一九四一年于山东滨海区初稿
一九四八年三月改作于哈尔滨

选自《敬礼，亲爱的勇士！》，哈尔滨兆麟书店 1948 年 9 月

送骑士

热风吹过草原，
草原上开遍黄花，
黄花里走着羊群，
这是我们的家乡呵！

朋友，还记得吧？
我们曾唱着牧歌，
逍遥在晚归的牛背上；
我们曾挥动鞭子，
赶着成群的牛羊。

朋友，还记得罢？
祖先们曾用血汗——
灌溉这荒凉的土地；
我们曾咽着眼泪，
牛马地过了十四年。

如今，我们刚挺起腰来，

反动派又想踩在我们头上！
我们才做了人，
还能再当牛马吗？

朋友，勇敢地走吧！
骑上你从小放过的马，
奔过这无边的草原，
奔向敌人的心脏！
为着那苦难的人们，
为着咱们的土地，
——勇敢地干下去！

朋友，晚上不要贪睡，
喂好了你的马。
打走了反动派，
骑回来好耕地。

热风吹过草原，
草原上开着黄花，
勇士们骑着战马，
战马飞驰过草原。

一九四七年七月于齐齐哈尔

选自《敬礼，亲爱的勇士！》，哈尔滨兆麟书店 1948 年 9 月

西　瓜

张大爷走出瓜窝棚，
望着绿色的瓜园，
绺着白胡子寻思：
“今年西瓜大又甜。”

头两天，
张大爷想——
摘上几担西瓜，
挑到城里换钱。

没想到八路来“攻城”，
大炮打得轰轰响。
一下晚就攻进去，
正和遭殃军打巷战。

解放区来人说：
“八路国里是天堂。”
遭殃的保长说：

“八路队伍像虎狼!”

突然几声枪响!
打断了胡思乱想。
张大爷心里着慌,
钻到草沟里朝外望。

电道上跑来一伙遭殃军,
光头的倒背着枪,
赤脚的敞开胸膛,
看起来真是四不像。

一个个上气接不着下气,
下气只剩下一丝丝。
见到瓜地说不出的欢喜,
一窝蜂似的踩进去!

劈开西瓜大口地吃,
丢掉生的吃熟的,
瓜水从嘴边往下滴,
瓜皮扔得遍地是。

张大爷心疼得掉眼泪,
干瞪着眼白生气,
暗骂这班狗×的:

“走出瓜园就碰枪子！”

电道上又跑来一个兵，
喊叫大伙儿快逃命：
“后面追来八路军！”
吓跑了狗熊样的强盗们。

在他们的屁股后面，
赶来几个八路军，
雄赳赳地端着刺刀，
活像猛虎扑羊群！

八路军跑过瓜园，
汗珠流了满脸，
只朝着西瓜望了一眼，
急急忙忙地追向前。

两个八路跟在后边，
一个好人扶着一个病员。
他俩边走边合计，
随后坐在瓜棚前面。

“我只觉得口干头晕，
歇一会就好了，
不用照顾我，

去追敌人要紧。”

“这里有摘下的瓜，
看样子是敌人吃剩的，
你吃一个解解渴，
咱们一块去追敌人。”

八路走了老半天，
张大爷才慢慢进瓜园。
在瓜窝棚的铺上，
发见了五千元八路钱。

张大爷呆呆地望着钱，
知道自己受了骗，
八路原是这样好队伍，
活到六十五岁头回见。

选自《东北日报》，1948年11月

喜报到家

转日莲开着大黄花
喜鹊树上叫喳喳
树下拴着大红马
妹妹接着喜报跑回家

爸爸爸爸快来看
前方送来喜报单
哥哥练兵立大功
咱们全家都光荣

妈妈妈妈快烧水
请区上同志喝口茶
同志给咱唠一唠
哥哥怎样立功劳

嫂嫂嫂嫂听分明
哥哥练兵下苦心
硬练苦练真不赖

学会本领帮助别人

咱们家里快准备
明天区长来贺喜
抬着肥猪和白面
锣鼓送来大红旗

嫂嫂嫂嫂别害臊
写个信儿前方捎
后方日子过得好
今年大粮长得高

嘱咐哥哥好好干
家中事情别惦记
练兵功臣不自满
战斗英雄才是好汉

转日莲开着大黄花
喜鹊树上叫喳喳
同志骑着大红马
平安家信捎给他

选自《东北日报》,1948 年 9 月

存　目

丰永刚

悲歌

王丙寅

别信神

王泽

船长

王清林

咱们至死不能让

韦长明

八月通讯

车窗

春天的情绪

滴滴雨

断章

古城之夜

黑黑的庭园

怀念

火焰

纪梦

酒家

梦

梦在南方

某夜记

墓前

南岭夜歌

你别把涕泪横抹

悄语

秋

十五月夜

逝

晚来闲话

妄言

温暖的一盅

温室里的殇逝

我的诞日

我走累了

向晚之歌

晓征

笑盈盈的日子

烟景

夜行

一颗星

驿前

又一夜记

雨天

郁梦

远地的消息

自己的诔祭

车向忱

一二九有感

戈壁舟

如果不撤兵

中耀

其说不一

公木

鸟枪的故事

三皇峁

玉树庄

“七七”抗战有感

史松北

草原

英雄的纪念册

乐为

矿工的歌

冯明

农民翻身小唱

兰瑜

从前与现在

尼刊

小诗三章

辽心

二月初六

成弦

过未名墓

曲折

黄振金的愤怒

朱丹

诅咒之歌

乔夫

海滨之歌

任君作

索性歌

任钧

血肉筵席

任镜

一手遮不住天

刘闻汉

新生

刘道新

记那一天

刘道衡

打狗曲

江红

活着为什么？

安尼

时间

阮坚

要和平，争和平！

阮铿

质问

孙凌文

战地吟

纪晔

庆祝穷人大翻身

严文井

我的兄弟们

杜易白

老爷岭一带的民谣

李则蓝

快乐

李克翼

把我们所有力量献出去

李沅获

长春在灾难中

李炎

梦和海

李雷

农民翻身的年代

杨宇

划船歌

吴德华

李金信说书

佚名

孩子们,是时候了

绥远民谣

谷波

到街上去

准备好了

彤剑

三年间

辛土

神女

沙虹

南城行吟

林耘

重新发给咱一杆枪吧

金羽

你揉碎了我的梦

朋华

离沈阳

放平

边外之歌

郑文

我走到陵街

荆宇

刘小英

侯金榜

赶狼

侯唯动

垂死的挣扎

胜利是人民的！

莫洛

给诗人 V. C

夏葵

一对黑溜溜的眼睛

流焚

北邻和祖国

黄冰波

诗话

梅林

群像

蒋迟

十月古城夜

鲁琪

北大荒的故事

蔡天心

红旗颂

端木长虹

萨尔浒的记忆

霍波

东北农谚

——关于二十四节令

××旅宣传队

新群英会

刘岱　三川

陈家大院

敬　告

《1945—1949年东北解放区文学大系》为展现东北解放区文学的整体风貌而编辑出版。丛书选取此间最具代表性的作品，以纪录这段波澜壮阔的历史时期内东北解放区所发生的翻天覆地的变化。由于丛书所收录的作品众多，时代不一，加之编辑出版时间有限，至今尚有部分收录作品未能与原作者或继承人取得联系。为保护作者著作权益，我社真诚敬告：凡拥有丛书所选录作品著作权的，请与我们联系，我们将按照国家规定及时付酬。

感谢社会各界对我们的理解与支持。

黑龙江大学出版社

1945—1949年东北解放区文学大系

总主编◎丛　坤

诗歌卷②

本卷主编◎叶　红

黑龍江大學出版社
哈尔滨

图书在版编目（CIP）数据

1945—1949 年东北解放区文学大系．诗歌卷 / 丛坤总主编 ；叶红分册主编．-- 哈尔滨 ：黑龙江大学出版社，2021.12
ISBN 978-7-5686-0466-6

Ⅰ．①1… Ⅱ．①丛… ②叶… Ⅲ．①解放区文学一作品综合集一东北地区一 1945-1949 ②诗集一中国一 1945-1949 Ⅳ．① I218.3

中国版本图书馆 CIP 数据核字（2021）第 099991 号

1945—1949 年东北解放区文学大系　诗歌卷
1945—1949 NIAN DONGBEI JIEFANGQU WENXUE DAXI SHIGE JUAN
叶　红　主编

责任编辑　刘　岩　宋丽丽　李　卉　高　媛
出版发行　黑龙江大学出版社
地　　址　哈尔滨市南岗区学府三道街 36 号
印　　刷　哈尔滨市石桥印务有限公司
开　　本　720 毫米 ×1000 毫米　1/16
印　　张　118
字　　数　1321 千
版　　次　2021 年 12 月第 1 版
印　　次　2021 年 12 月第 1 次印刷
书　　号　ISBN 978-7-5686-0466-6
定　　价　378.00 元（全四册）

《1945—1949 年东北解放区文学大系》

出版说明

1945 年到 1949 年的东北解放区，社会风云变幻，文学繁荣发展。当时的文学创作者们以激昂向上的笔触，再现了波澜壮阔的解放战争和轰轰烈烈的土地改革，讴歌了人民军队可歌可泣的英雄事迹，描绘了劳动人民翻身后的喜悦心情，书写了时代的大主题。为了再现这段文学风貌，我们编辑出版了《1945—1949 年东北解放区文学大系》。

这套丛书大体以体裁分编，计小说卷（长篇、中篇、短篇）、散文卷、戏剧卷、诗歌卷、翻译文学卷、评论卷及史料卷七种，所收录作品以新文学为主。此阶段作品浩如烟海，而部分文字资料因时间久远或受当时技术所限出现严重缺损，考虑到丛书篇幅有限，故仅收入代表性较强的作品。对于因原始资料不全、不清晰而无法完整呈现，或受条件所限未收集到权威版本的篇目，则整理为存目，列于丛书卷末，以备读者参考。

丛书编辑过程中，多数篇目由原始版本辑录，首次收入文集，也有些篇目参照了此前出版的多种文集。原始文献若有个别字迹不清确不可考的，丛书中以□代替。

丛书收录作品以 1945 年 8 月至 1949 年 10 月为时间节点，个别作品的完成时间略有延伸。大部分作品结尾标注了写作时间，以及初次发表或结集出版的版本信息。作品编排大体以作者姓名笔画为序（特殊情况除外，如集体创作作品列于卷末）。

就筛选标准而言，所收主要为东北作家创作的主题作品，也有非东北籍作家创作的有关东北解放区的作品。除此之外，还有此时期公开发表的反映抗日战争题材的作品，以及在东北出版的反映其他解放区的、革命主题特色鲜明的作品。需要指出的是，在本丛书的史料卷中，还有一部分作品创作于新中国成立之后，但反映了解放战争时期东北解放区的文学发展面貌，或记述了一些典型事件、代表性人物，亦具珍贵的史料价值，为完整呈现当时的文学风貌，这部分作品亦收入丛书，以“节选”的方式呈现。

需要特别说明的是，此时期的个别作家受时代限制，思想表现出了一定的历史局限性，体现在文学创作方面可能表现为不同程度的瑕疵，这一群体的作品，只要总体导向是正面的、积极的，从保证史料全面性、完整性的角度考虑，我们也将其予以收录。个别作家在解放战争时期是积极追求进步的，但随着社会环境的变化，却出现思想动摇甚至走向错误道路，对于其作品，本丛书只选取其有代表性的、取向积极的篇目，对于其他时期该作家的不当言论、思想，我们不予认同。此外，在当时复杂的政治环境下，还有一些作品中的个别表述可能存在一些偏差，但只要其主题思想是积极进步的，则丛书亦予以收录。

丛书旨在突出东北解放区文学原貌，侧重文献整理，故此在编辑过程中，重点对作品中会影响读者理解的明显讹误进行了订正，对于字词、标点符号以及句法等，尊重原文的使用习惯，不予调改，以突出其史料价值。此外，由于此时期文学作品肩负宣传进步思

想的重任，而读者对象大多文化程度较低，创作者亦水平不一，因此创作主旨以通俗易懂为要，一些篇目语言风格通俗、浅白，甚至个别篇目、细节存在一些俚语表达，为遵从原貌，丛书仅对不雅字、词、句加以处理，其余不予调改。本书选文除作者原注外，亦保留原文在初次出版时的编者注，供读者参考。

《1945—1949年东北解放区文学大系》

诗歌卷②

刘星

刘洪

刘慧范

刘德泉

江千里

江明

阮金坚

阮铿

孙滨

总　　序

张福贵

从古至今，东北在中国历史与文化进程中，特别是近代以来都是决定中国社会政治发展走向的重要因素。当然，这种作用不单纯是东北自生的，更是多种因素叠加和交汇的结果。东北文化既是文化空间概念，同时更是历史时间概念，是不同空间、区域的多种历史文化的积累，是一种时空统一的文化复合体。值得注意的是，除了抗战时期的特殊因缘使“东北作家群”名噪一时外，作为东北历史文化和现实社会表征的东北文学特别是东北解放区文学，在相当长的时间里却未得到应有的关注。黑龙江大学出版社在对过去为数不多的东北文学史料进行整理的基础上出版的东北文艺史料集成——《1945—1949 年东北解放区文学大系》，因而可以说是特别值得关注的。

《1945—1949 年东北解放区文学大系》内容丰富，除了包括小说卷、诗歌卷、散文卷、戏剧卷之外，还包括评论卷、史料卷和翻译文学卷。这是一个前所未有的大工程，也是一件大善事。正如“总导言”中所说的那样，丛书注重发掘新资料，通过回归文学现场，复现了东北解放区文学的整体面貌。东北解放区文学处于东北现代文学快速繁荣发展的历史时期,在土改文学、工业文学、战争文学等方面代表了20世纪40年代解放区文学的成就,是对《在延安文艺座谈会上的讲话》所确立的文艺观念的全面实践。对东北解放区文学的系统研究有利于更全面地总结解放区文学的成就,有利于把握延安文艺传统与东北解放区文学的内在联系,以及解放区文学对新中国文学制度、观念、创作等方面的影响。以"历史视角""时代视角"对东北解放区文学,尤其是解放战争时期的土改题材、工业题材的小说和戏剧进行分析,可以勾勒出政治意识形态对东北解放区文学运动、文学社团、文学形态、文学制度、文学风格、文学论争等产生的影响,有利于把握东北解放区文学的历史价值、认识价值、审美价值与当代意义,同时对于挖掘东北地区的文化历史和建设东北文化亦具有现实意义。东北解放区文学是基于延安文艺传统而创作的,对东北解放区文艺运动、文艺理论的全面审视具有重要的历史价值和理论意义。此外,对东北解放区文学进行深入研究,探寻人民文艺理论的历史源头,对于当代文艺创作、审美观念的引导亦具有一定的启示作用。但是,受地域因素、资料整理程度、研究者文化背景等条件的制约,东北解放区文学在中国当代文学史上的特殊地位与价值一直以来并未引起研究者的足够重视。

东北解放区文学无论是在中国大文学史中还是在东北文学和文化发展的历史中,都是具有特殊意义的存在。

虽然现代东北文学在新文学运动初期晚于也弱于关内文学的发展,但是1931年九一八事变发生,新起的东北文学及东北作家被国难推到了文坛中心,萧红、萧军等青年作家更是直接受到鲁迅的关注和扶持,迅速成为前沿作家。这一批流落到上海等都市的青年作家由此被称为"东北作家群",他们奠定了东北文学在中国大文学史上的特殊地位。然而，正像全面抗战进入相持阶段之后，中国文坛也变得相对平静、舒缓一样，除了萧红、萧军等人外，东北文学和东北作家也逐渐失去了文坛的关注。应当承认，一些东北作家的文学成就和文坛名声之间并不完全相符，是时代造就了他们，提高了他们的文学史地位。然而，另一方面，我们对其中有些作家及作品的价值却又是认识不足的。对此，我自己也有一个认识转化的过程：过去单纯依据多数东北作家的创作进行判断，感觉某些艺术价值之外的因素在评价中发生了作用，其地位可能有些“虚高”；但是，对于20世纪的中国文学史来说，艺术之外的价值判断就是艺术判断本身，或者说，社会判断、政治判断就是中国文学史评价的根本性尺度。因为在中国作家或者说在知识分子的群体意识之中，政治的责任感和社会的使命感几乎是与生俱来的，而中国20世纪风云激荡的社会现实又为这种责任感和使命感提供了最好的生长环境。“悲愤出诗人”，“文章憎命达”，文学创作是与政治、思想、伦理等融为一体的，脱离了这一切，文艺也就失去了时代与大众。所以说，无论是具体的作品分析，还是文学史研究，没有了这些“外在因素”，也就偏离了其本质。“东北作家群”是时代的产物，也是时代文艺的产物，20世纪中国文学史中应该有他们浓墨重彩的一笔。作为后人，对历史做出评价往往是轻而易举的，但是这“轻而易举”往往会导致曲解甚至歪曲了历史，委屈了历史人物。“东北作家群”的价值和意义不是单一的，因为对中国现代文学史的评价从来就不是一种艺术史、学术史的评价，而是一种思想史和政治史的评价。正如鲁迅当年为萧军的成名作《八月的乡村》所作的序中所写的那样，“这《八月的乡村》，即是很好的一部，虽然有些近乎短篇的连续，结构和描写人物的手段，也不能比法捷耶夫的《毁灭》，然而严肃，紧张，作者的心血和失去的天空，土地，受难的人民，以至失去的茂草，高粱，蝈蝈，蚊子，搅成一团，鲜红地在读者眼前展开，显示着中国的一份和全部，现在和未来，死路与活路。凡有人心的读者，是看得完的，而且有所得的”。《八月的乡村》不仅是中国现代第一部抗日题材的长篇小说，也是世界反法西斯战争题材的第一部长篇小说，其意义和价值是特殊的、特有的，不可单单以艺术审美的标准来看待这部作品。“东北作家群”的存在及其创作的意义，不只是为20世纪30年代的中国文坛增添了特有的地域文化内容和东北文学特有的审美风格，更在于最早向全国和世界传达出中华民族抗敌御辱的英勇壮举，最早发出反法西斯的声音。此外，在抗战大历史观视域下，“东北作家群”的创作为十四年抗战史提供了真实的证据。特别是东北解放区的早期文学直书十四年历史的特殊性，这是十分可贵的和独特的。于毅夫的散文《青年们补上十四年这一课》，深刻而沉重地描写了十四年殖民统治下东北人的精神状态和文化演变：

> 这许多现象，说明了东北在十四年殖民统治的过程中，文化生活上是起了很大的变化。翻开伪满的《满语国民读本》一看，真是“协和语”连篇，如亚细亚竟写成アジヤ，俄罗斯竟写成ロシヤ，有的人一直到现在还把多少元写成多少円，这都是伪满“协和语”的残余，说明殖民统治残余的文化还在活着，还没有死去，这在今天不能不说是一件遗憾的事！仔细想来，这也难怪，因为日本的魔手，掌握了东北十四年，今天一旦解放，希望不着一点痕迹，这是完全做不到的，要从历史上来看，它切断了东北历史

十四年，这十四年的历史是很黯淡地被抹掉了，十四年来也的确是一个大变化，在这期间多少国家兴起了，多少国家衰落了，多少血泪的斗争、多少波浪的起伏，都被日本鬼子的魔手所遮断！我回到家乡接触到成千成百的青年，几乎都不大明了这十四年来的历史真相，有的连中国内部有多少省都不知道，连云南、贵州在哪里都不晓得。

难能可贵的是，作者较早地认识到在经历了十四年的奴化教育之后，对东北人民进行民族和民主意识的启蒙是至关重要的。“不过历史是不能停滞的，殖民统治残余的文化必须要肃清，法西斯毒化思想也必须要肃清，既然是日本鬼子切断了东北历史十四年，既然法西斯分子要篡改这一段历史，那我们就应该设法补足这十四年的历史！”“要做到这点，我想青年们今天的迫切要求，不是如何加紧去学习英文、代数、几何、物理、化学，读死书本事，争分数之短长，准备到社会上去找一个饭碗，而是如何加紧去学习新文化，如何加紧学习社会科学，如何去改造自己的思想，如何进一步地去改造这遭受法西斯思想威胁的半封建的半殖民地的社会！”“因此我向青年们提议要加强你们对于新文化的学习，加强对于社会科学的学习，特别是政治的学习，不要把自己圈在课堂里，圈在死书本子上。”“新青年要掌握着新文化，新思想，才能创造起新中国新东北！”(《东北日报》1946 年 10 月 13 日)

在一批最前沿的左翼作家流亡关内之后，东北文学经过了一段艰难而相对平静的发展阶段。在表面繁华而内在凶险的沦陷区文艺界，中国作家用各种文艺手段或明或暗地与侵略者进行抗争，并为此付出了血的代价。这种状况直到 1945 年光复之后才发生根本

性转变，东北文艺创作者们一方面回顾过去的苦难，另一方面表现出对新生活的憧憬，这正是后来东北解放区文艺的心理基础，而日渐激烈的解放战争又为东北文艺的走向和解放区文艺的诞生提供了具体的现实基础。这与以萧军、罗烽、舒群、白朗、塞克、金人等人为代表的东北籍作家的返乡，以及在东北沦陷区留守的左翼作家关沫南、陈隄、山丁、李季风、王光逖等人的坚持，是分不开的。当然，随我党十几万军政人员一同出关的延安等地的众多文艺家，在东北文艺的创设中更是起到了引领和带头作用。这其中已经成名的有刘白羽、周立波、丁玲、草明、严文井、张庚、吴伯箫、华山、陆地、公木、方青、任钧、雷加、马加、陈学昭、西虹、颜一烟、林蓝、柳青、师田手、李克异、蔡天心等。

东北解放区文艺的创作直接继承了延安文艺特别是毛泽东《在延安文艺座谈会上的讲话》精神。在党的直接领导下，东北解放区先后创办了《东北日报》《中苏日报》《东北民报》《关东日报》《辽南日报》《西满日报》《大连日报》《松江日报》《合江日报》《吉林日报》《胜利报》等，这些报纸多为党的机关报，其文艺副刊发表了大量的文艺作品、理论文章及文艺动态。这些报纸副刊对于东北解放区文学的引导与建构起到了重要的作用。与此同时，《东北文学》《东北文化》《东北文艺》《文学战线》《人民戏剧》《白山》《戏剧与音乐》等文学杂志，以及东北书店、大众书店、光华书店等出版机构相继创办，这些文艺刊物和书店对解放区文艺的发展也起到了很大的推动作用。

革命的逻辑和阶级的理论是东北解放区文艺创作的普遍主题。这是一种革命的启蒙，与左翼文艺一脉相承，只不过东北的社会现实为这种主题提供了更为广泛而坚实的生活基础。抗战胜利后，为

了开辟和巩固东北解放区，使之成为解放全中国的军事和经济基地，我党进军东北，抢占了战略制高点。可是，在东北，人民军队所处的环境与山东等老解放区完全不同，殖民统治因素加之国民党的宣传，使得我们的政治优势在最初未能完全发挥出来。正如李衍白在散文《黎明升起——巨大变化的东北一年间》中所写的那样："群众在犹豫中，岁月在艰苦里，这就是我们在东北土地上刚刚开始播种，还没有发芽开花时的现实遭遇。"随着革命形势的发展，革命军队传统的政治思想工作优势又体现了出来。我党在部队中开展了以"谁养活了谁"为主题的"诉苦运动"，这颠覆了中国东北乡村社会的封建伦理，提高了官兵的阶级觉悟，极大地增强了部队的战斗力。

这种革命的逻辑在土改题材的作品中表现得最为突出。方青的短篇小说《擦黑》讲述了这个朴素的道理：

"……像赵三爷那号人，把咱穷人的血喝干了，咱们才不得不去找口水喝饮饮嗓；他们喝干了咱们的血没有一点过，咱们找口水喝饮饮嗓子就犯了罪？旧社会就是这么不公平！他们还满口的仁义道德，呸！雇一个扛活的，一年就剥削好几十石粮食，还总是有理！穷人的孩子偷他个瓜吃，就叫犯罪，绑起来揍半天，这叫什么他妈的道德？咱们要讲新道德，咱们贫雇农的道德；就是用新道德来看咱们贫雇农；像上边说的那些犯了点毛病的，都不要紧，脸上有点黑，一擦就干净了，只要坦白出来，都是穷哥儿们好兄弟。一句话：只要是姓穷的就有理，穷就是理！金牌子上的灰一擦净，还是金牌子。家务事怎么都

好办!”李政委讲的话刚一落音,大伙高兴地乱吵吵起来:“都亲哥儿兄弟么!”

除此之外,还有在“你给地主害死爹,我给地主害死娘……”的事实教育下,认识到了彼此都是阶级弟兄,大家都是穷苦人的“无敌三勇士”,他们从此“火线上生死抱团结”。(刘白羽《无敌三勇士》)

土地改革是东北解放区文艺最引人关注的问题。东北解放区文学作品中有许多极具写实性的“穷人翻身”故事,如周立波的《暴风骤雨》、马加的《江山村十日》、白朗的《孙宾和群力屯》、井岩盾的《瞎月工伸冤记》、李尔重的《第七班》、西虹的《英雄的父亲》等文艺经典作品。

方青的《土地还家》描述的就是这一历史巨变给贫苦农民带来的心理和生活的变化:

二十年了,郭长发又重新用自己的手来耕作自己的土地了。这是老人留下的命根,叫它长出粮食来养活后代的儿孙:可是二十年的光景,它被野狼吞了去,自己没有吃过它一颗粮食——他想到是旧社会把他的地抢走了。

现在呢?他又踏在这块地上铲草了。他感到自己已经离开家二十年,如今又回到母亲的怀里,亲切地叫着:“娘!我回来了。”——于是他又感到是:这是新社会把我的地要回来的。他这样想着,不由得拉长了声音跟儿子说:

“柱儿！想不到啊，盼了二十年，那时候你才三岁。多亏共产党……记住！可别忘了本啊！”

他直起腰来，两手拉着锄把，又沉重地重复着这句话：

“柱儿！记住，可别忘了本啊！”

佚名的《永北前线担架队速写》则写了老乡们在一天的时间里就组织起了八百余人的担架大队，作者经过和担架队员们的交谈，感受到了新解放区人民的觉悟。大队长问担架队员们：“你们这次出来抬担架，怕不怕？”大伙回答：“不怕！”大队长又问：“为什么不怕？”大伙答：“不怕，这是为了自己。”担架队员们相信唯有民主联军存在，他们才能活着。他们说：“胜利是我们的，土地才是我们的。”“赶走国民党反动派，保卫我们的土地和民主。”这与《白毛女》“旧社会使人变成鬼，新社会使鬼变成人”和《王贵与李香香》“要是不革命，穷人翻不了身，要是不革命，咱俩结不了婚”的主题是一样的。淮海战役的胜利是山东人民用手推车推出来的，而东北解放区的建立和辽沈战役的胜利又何尝不是如此！

战争书写是东北解放区文艺中最主要的内容，革命理想主义、革命集体主义和革命英雄主义精神，是东北文艺的思想主题，也是东北文艺的审美风尚。这种简单明了的思想、昂扬向上的精神本身就具有一种审美特质，它奠定了新中国文艺的审美基调。就东北解放区文艺而言，无论是描写抗日战争还是描写解放战争的作品，都普遍具有鲜明而朴素的阶级意识、粗犷而豪迈的革命情怀。

蔡天心的诗歌《仇恨的火焰》，描写了在觉醒的阶级意识支配下东北民主联军官兵的战斗情怀：

仇恨燃烧着，

像火一样烧灼着广阔的土地。

听啊——

大凌河在狂呼，

辽河在咆哮，

松花江在怒吼，

在许多城市和乡村里，

哪儿出现反动派的鬼影，

哪儿就堆成愤怒的山，

哪儿有敌人的迹蹄，

哪儿就燃起仇恨的火焰……

……

我们要

用剪刀剪断敌人的咽喉，

用斧头砍下他们的头颅，

用长矛刺穿他们的胸脯，

用棍棒打折他们的脚胫，

用地雷炸弹毁灭他们，

用从他们手里夺过来的武器，

打垮他们，

然后用铁镐把他们埋掉！

我们要用生命，用鲜血，

保卫这自由解放的土地，

不让反动派停留！

“赶走敌人啊，
赶快消灭它！”
让这充满着力量和胜利的声音，
随同捷报传播开去，
让千百万颗愤怒的心，
燃起
仇恨的火焰！

这种激情在东北解放区的散文、报告文学和战地通讯中表现得最为明显，如丁洪的《九勇士追缴榴弹炮》、马寒冰的《雪山和冰桥》、王向立的《插进敌人的心腹》、王焰的《钢铁英雄王德新》等。这些作品内容真实，情感深沉厚重，延续了抗战时期散文书写浪漫主义与现实主义相结合的审美特征。这些既有写实性又有抒情性的东北解放区散文作品在战争中凝聚人心，彰显力量，具有极大的宣传、鼓舞作用。

最为难得的是，面对东北发达的近代工业景观，作家们更多地描写了工人们的斗争和生活，这些作品成为东北文艺中最为独特而珍贵的展示，而且直接影响了新中国工业题材文学的创作。战争期间，沈阳、长春、大连等地的工业设施惨遭破坏。光复之后，为了保护工厂和恢复生产，工人们表现出了忘我的精神和高超的技术。这使得从未见过现代工业景象的文艺家们感动和激动，他们纷纷用笔来描写现代工业生产和城市新生活，从而给中国现代文学带来了前所未有的新气象。大连大众书店于 1948 年 8 月出版的

《"工农园地"选集》,就收录了城市工人拥护并融入新生活的历史片段,如袁玉湖《锉股的"火车头"》,郓景明、孙聚先《熔化炉的话》等。此外还有李衍白《工人的旗帜赵占魁》,草明《工人艺术里的爱和恨》,张望《老工友许万明》等。李衍白在散文《黎明升起——巨大变化的东北一年间》中,描写了东北现代工业的风貌和工人们的热情:

> 今日的城市也正在改变着一年以前的面貌,先看一看今天的哈尔滨,代表它新气象的是全部工业齿轮的旋转,是市中心区黑夜中的灯光如昼,是穿插在四条线路的廿五台电车和六条线路上卅台公共汽车,是一万五千吨自来水不停地输送给工厂、商店和住宅。这些数目字不仅超过了去年今日(蒋记大员们劫掠后所造成的混乱情况),而且有些超过了伪满。在紧张的战争中加速地恢复这些企业,同样不是依靠别的,而仅仅是由于工人的觉悟。你想一想,一个工人为了修理一个发电的锅炉,但又不能停止送电,于是就奋不顾身钻进可以熔化生铁、数百度的锅炉高热中,他穿着棉衣,外面的人用水龙朝他身上喷冷水,就这样工作一会熬不住了跑出来,再钻进去,来回好多次,最后,完成了任务。我们有好多这种感人的事例。

我们在这些描写工友的散文里,看到了解放区新生活带给城市工人的希望。他们积极上工,传授技术,加班加点,争着当劳动英雄。这在中国同时期其他地域的文学作品中是极少见的。

质朴单一的写实手法是东北文艺的普遍表现方式,这种质朴不单是一种审美风格,更是一种直面大众的话语策略。这一传统与近代“政治小说”、五四新文学、左翼文学和抗战文艺等都是一脉相承的。文艺作为一种宣传和斗争的工具,自然要承担起团结和争取最广大人民群众的历史任务。因此,质朴单一的写实手法、通俗易懂甚至有些粗俗的语言风格,成为东北解放区文艺的普遍表现形式。

鲁柏的诗歌《夸地照》用简朴的形式表达了翻身农民淳朴的感情:

一张地照领回家,
全家老少笑哈哈;
团团围住抢着看,
你一言我一语来把地照夸:

长方形,四个角,
宽有八寸长两拃;
雪白的纸上写黑字,
红穗绿叶把边插。

上边印着毛主席像,
四季农忙下边画;
地照本是政委会发,
鲜红的官印左边“卡”。

里面写着名和姓,

地亩多少填分明，
拿到地照心托底，
努力生产多收成。

这首诗歌不仅使用了农民的口语，而且用东北农村方言来直观地描摹地照的具体形状和细节，表达了翻身农民朴素的情感。这种描写和表现方式与中国古代民歌传统有直接的联系。

井岩盾的小说《瞎月工伸冤记》以一个雇农自述的方式讲述自己的悲苦经历和内心感受。当工作队员问他是否受地主老赵家的气，他说："大伙吃他的肉也不解渴啊，都叫他给熊苦啦。"于是在工作队的启发和支持下，他"找大伙宣传去了"："张大哥，李大兄弟啊，咱们都是祖祖辈辈受人欺负的人呀！这回来了八路军啦，八路军给咱们穷人做主呀！有话只管说呀！有八路军，咱们啥都不用怕呀！"这是东北解放区贫苦农民普遍具有的经历和感受，而这种质朴无华的语言也是地道的东北农民的日常语言，具有天然的亲和力。

邓家华的小说《打死我也不写信》从情节到语言都相当质朴，甚至有些幼稚，但是那种情感是真挚的。"我"被敌人抓去，遭到严酷的鞭打，"当时我痛得忍不住，皮肤里渗透出一条一条青的红的紫的血痕，可是打死我也不写信的，他们看到我昏过去了，也就走了。等我清醒过来时，浑身疼痛，我拼死命地弄坏了门逃了出来，可是不巧得很，又碰到了伪军，又把我抓起来了，他们还是逼迫我写信，我坚决地说：'死了心吧！就是死了，我父亲会帮我报仇的。'救星来了，在繁星的晚上，忽然西面枪声不停地响着，新四军老部队来攻击了，伪军们都吓得屁滚尿流地逃走了，啊！新四军救出我

了，我很快地到了家里，见了爸爸妈妈，心里真是高兴得流泪了”。

李纳的散文《深得民心》记叙了长春一个米面商人对民主联军和共产党的淳朴情感：“他已经将红旗展开，举到我的眼前，我看到七个大字：‘中国共产党万岁！’”“‘中国共产党万岁！’他重复着这七个字，从眼镜里透露出兴奋的眼睛。这脸，比先前更可爱更慈祥了：‘我喜欢这七个字，所以我选择了它。’”“大会开始了，人们都向着会场移动，老先生也站起来要走，临走时他问我在什么地方工作，我告诉了他，他高兴地说：‘好，都是民主联军。深得民心，深得民心。’”抛开其内容不论，作品文字风格的朴素也显露出解放区文艺在艺术层面幼稚和不甚精致的弱点，而这弱点又可能是许多新生艺术的共有问题。也许，正因为幼稚，它才有更广阔的发展空间。

形式的多样性特别是短小化是东北解放区文艺创作的普遍特点，短篇小说、墙头诗、快板诗、散文、战地通讯、说唱文学等成为最常见的艺术形式。战争的环境、急剧变化的生活和读者的接受水平与习惯等，决定了人们需要并且适应这种短平快的表达方式，而这也是延安文艺和抗战文艺形式的延续。天意的《县长也要路条》描写了两个一丝不苟的儿童团员在放哨时不放过民主政府的县长，硬是把他和警卫员带到乡长那里查证的故事。其篇幅短小，不到400字，但是内容蕴意深刻，语言风趣自然，简直就是一篇微型小说。

小区区的短诗《一心一意要当兵》，将人物的关系、思想、表情和语言都生动形象地表现出来，极具说服力和感染力：

葫芦屯有个小莲青，

一心一意要当兵——
他爹说：
“你去吧。”
他娘说：
“你等一等！……”
他老婆说：
“哪能行?！……”
忸忸怩怩来扯腿；
哭哭啼啼不放松：
“你去当兵啥时还？
为老为少撇家中！”
小莲青，
脸一红：
“小青他娘，
你醒醒：
八路同志千千万，
哪个不是老百姓?！
我去当兵打蒋贼，
咱们才能享太平。”

当然，东北解放区文艺中也有许多保留了浓郁的文人气息的作品，这些作品与五四新文学的“纯文艺”审美风格有明显的承续性。例如大宇的诗歌《琴音》：

一个琴师

把琴音遗失在幽谷里
滑落在幽谷的谷缝里了

琴音栽培了心原上的一棵草儿
琴音赞咏了艺术的生命
一支灿烂的强烈的光焰

我就永住在这琴音里了
就仿佛身陷于一片梦的缘边
仿佛浴着一片无际的云海
无垠的生旅无限的生涯
何处呀
我摸索到何处呀
琴音丢在幽谷里
滑落在幽谷的谷缝里了

十分明显,这不是东北解放区文艺创作的主流。

《1945—1949年东北解放区文学大系》的编者耗费了大量精力来做这样一项浩大的地域性文学工程,这不只是对东北文艺的巨大贡献,更是对新中国文艺的巨大贡献。在此之后,东北文艺研究将迈上一个新台阶。

总导言

丛 坤

从1945年抗战胜利到1949年新中国成立这个时期，对于东北而言是极为特殊的。抗战胜利后，中共中央发布了《建立巩固的东北根据地》的指示，迅速成立了以彭真为书记的东北局，抽调了四分之一的中央委员、两万名党政干部、十三万主力部队赶赴东北，与国民党反动派展开激烈的斗争。在广大人民群众的支持下，中国共产党及其领导的军队从最初的战略防御转为战略反攻。1948年11月，辽沈战役胜利，全东北获得解放。在解放战争时期，在中国共产党的领导下，东北人民反奸除霸，建立民主政府，消灭土匪，进行土地改革，在政治上、经济上翻身做了主人。东北的政治、经济、文化、教育等各个领域都发生了翻天覆地的变化，尤其是在文学创作方面，东北地区取得了不可低估的成就，文学创作出现了前所未有的发展和繁荣的局面。

"东北作家群"的回归、党中央选派的文化宣传干部的到来、文学新人的成长使得解放战争时期东北地区的创作队伍不断壮大。在东北沦陷后从东北去往关内的进步作家中，除萧红病逝于香港、姜椿芳在上海从事党的地下工作外，塞克（即陈凝秋）、舒群、萧军、罗烽、白朗、金人等都积极响应党的号召，陆续返回东北。1945年9月至11月，党中央从陕甘宁边区和各个解放区抽调一大批优秀的文化工作者到东北解放区。据不完全统计，这一时期来到东北解放区的文化工作者有刘白羽、陈沂、周立波、草明、严文井、张庚、吴伯箫、华山、西虹、陆地、李之华、胡零、颜一烟、公木、林蓝、江帆、李纳、魏东明、夏葵、常工、方青、任钧、李则蓝、煌颖、侯唯动、李熏风、雷加、马加、袁犀、蔡天心、鲁琪、李北开等。[①] 中共中央东北局宣传部与东北文艺协会在“土地还家”口号的基础上，提出了“文艺还家”的口号，号召广大文艺工作者在与农民同吃、同住、同劳动的同时，领导农民群众参加土地改革运动，帮助农民成立夜校、学习文化、办黑板报、成立文艺宣传队，提高他们的写作能力与文艺欣赏能力，在农民、工人等基层劳动者中培养了一大批“文学新人”。创作队伍的空前壮大为东北解放区文学的繁荣奠定了坚实的基础。

东北解放区文学的繁荣也与当时出版事业的空前繁荣密不可分。东北局宣传部将建立思想宣传阵地（即报刊、出版机构）、改造思想、建构意识形态话语权确定为首要任务。进入东北不久，东北局于1945年11月在沈阳创办了机关报《东北日报》（1946年5月28日由沈阳迁至哈尔滨，1948年12月12日搬回沈阳）。该报面向东北全境的党政军发行，是东北解放区发行量最大的报纸。之后，东北解放区创办、发行的报纸近百种。据《黑龙江省志·报

---

① 彭放:《黑龙江文学通史（第二卷）》，北方文艺出版社2002年版，第354页。

业志》的统计，当时黑龙江地区（5 省 1 市）的每个省市不仅有党政机关报，而且有人民团体和大行业的专业报纸，有些县也出版油印小报。仅哈尔滨出版的大报就有《哈尔滨日报》《哈尔滨公报》《哈尔滨工商日报》《大众白话报》《午报》《自卫报》《北光日报》《新民日报》《民主新报》《学生导报》《文化报》等。这一时期的报纸，无论设没设副刊，都或多或少地发表过文学作品。

东北局还出资创办了东北书店、光华书店、大连大众书店、辽东建国书店、兆麟书店、吉东书店、辽西书店等众多的图书出版机构。其中，东北书店是东北解放区规模最大、贡献最大的书店，在东北全境建有 201 个分店，发行网点遍布东北全境。除出版、发行图书外，东北书店还创办了《知识》《东北文学》《东北画报》《东北教育》等期刊。这些出版机构大量出版政治读物、教材和文学书籍，促进了东北解放区出版业的发展。仅以东北书店为例，从 1946 年到 1948 年，东北书店总共出版图书杂志 760 种、各类图书 1 520 余万册。① 东北解放区纸张和印刷质量上乘的大量出版物不仅发行于东北各地，还随着东北野战军入关和南下，成为陆续解放的北平、天津、武汉等地人民群众急需的读物。历史上一向“文风不盛”的东北第一次有大量的出版物输送到关内文化发达之地，这成为一时之盛事。

此外，东北解放区先后创办的文学类期刊的数量是惊人的。如 1945 年至 1947 年创办的文学期刊有《热风》（半月刊）、《文学》（月刊）、《文艺》（周刊）、《文艺工作》（旬刊）、《文艺导报》（月

① 逄增玉：《东北解放区文学制度生成及其对当代文学制度的预制》，载《文学评论》2017 年第 4 期。

刊)、《东北文艺》(月刊)。1947年以后创刊的大型专业期刊有《部队文艺》、《文学战线》(周立波主编)、《人民戏剧》(张庚、塞克主编),综合性期刊有《东北文化》(吴伯箫主编)、《知识》(舒群主编)等。其中,《东北文化》与《东北文艺》的影响最为突出。《东北文化》的主要任务是协同东北文化界,从政治上、思想上启发广大的东北青年和文化工作者,提高他们的自觉性,激发他们的革命热情、积极性和创造性,使他们在东北人民解放的伟大事业中发挥应有的作用。《东北文艺》是纯文艺性的刊物,刊载小说、戏剧、散文、诗歌、漫画、速写、报告文学、杂文、书刊评价,以及文学理论、有关文艺运动史的论著等。《东北文艺》聚集了一大批优秀的作者,如周立波、赵树理、罗烽、公木、萧军、塞克、舒群、白朗、严文井、刘白羽、西虹、范政、宋之的、金人、马加、雷加等。在他们的影响下,《东北文艺》还不断提携文学新人,这成为该刊的传统。从创刊到终结,《东北文艺》在新中国成立前后产生了很大的影响,20世纪50年代成长起来的许多作家、诗人是从这里起步的。可以说,《东北文艺》在解放战争和革命胜利后对新中国文学新人的培养起到了重要的作用。报纸、文学期刊、综合性期刊和出版机构的大量涌现,为东北解放区文学的发展创造了良好的条件。

与此同时,为了更好地团结广大文艺工作者,东北局于1946年在黑龙江佳木斯成立了东北文化工作委员会,成员有张闻天、吕骥、张庚、塞克等。此后,若干文艺与文化团体陆续成立,其中最有影响的是1946年10月19日由全国文协的老会员萧军、舒群、罗烽、金人、白朗、草明6人在哈尔滨发起筹备的“中华全国文艺协会东北总分会”。这个文艺团体表面上是由文人自由结社,实际上主体是来自延安、具有干部身份的文化人,其中不少人是党员或东北文艺界的领导干部。“中华全国文艺协会东北总分会”对东北解放区文学的发展起到了不可忽视的作用。此外,中苏文化协会、鲁迅文艺研究会等文艺社团相继成立。1948 年 3 月,中共东北局宣传部首次召开了由文学、戏剧、音乐、美术、电影等部门的 150 余名文艺工作者参加的文艺工作者会议。会议对抗战胜利以来的东北解放区文艺工作进行了总结,并制订了随后一段时间的文艺工作计划。此外,中共中央东北局宣传部内部成立了文艺工作委员会,吕骥、舒群、刘白羽、张庚、罗烽、何世德、严文井、袁牧之、朱丹、王曼硕、华君武、白华、向隅、田方、沙蒙、吴印咸任委员,负责指导东北解放区的文艺工作。

1946 年秋,已迁至哈尔滨的原延安鲁迅艺术学院,按照东北局的指示北撤至佳木斯,并入东北大学,更名为鲁艺文学院。同年 12 月,东北局又决定让鲁艺脱离东北大学,组建东北鲁艺文工团。1948 年秋冬之际,随着沈阳的解放,东北鲁艺文工团在经历了三年多艰苦卓绝的转战与工作后进入沈阳,随后正式复名为鲁迅艺术学院,恢复了延安鲁迅艺术学院的学校建制。文艺团体的纷纷建立为东北解放区文学创作队伍的培养提供了组织保证。

为了纪念解放东北这段革命岁月,为了展现东北解放区文学的勃兴与繁荣,我们编辑出版了《1945—1949 年东北解放区文学大系》,分别从小说、散文、戏剧、诗歌、翻译文学、评论、史料等体裁角度进行整理、收录。

二

抗战胜利后的东北解放区文学是延安文艺的延伸与发展,东北解放区四年所发生的巨大变化,都生动、形象地展现在东北解放区的小说创作中。东北解放区小说充分展示了当时的社会生活，塑造了形形色色的人物形象，给人们留下了时代的缩影与历史的印迹。

东北解放区小说创作大体可以分为两个阶段。第一个阶段是从 1945 年日本投降到 1946 年中共东北局通过“七七”决议，第二个阶段是从 1946 年通过“七七”决议到 1949 年新中国成立。在当时的局势下，中国共产党要最广泛地发动群众，进入东北的文艺工作者便肩负了与武装部队同样重要的“文化部队”的任务。他们用文学作品教育、引导群众，积极参与了粉碎旧的国家机器和意识形态的过程。在党的文艺方针政策的指引下，东北解放区的作家们广泛深入到农村土地改革、前方战斗生活和工厂建设之中，亲身体验群众生活。这使得东北解放区的小说能够迅速地反映生产、生活、军事等各个领域的变化与东北人民精神世界的变化。

从 1931 年日本发动九一八事变到 1945 年日本投降，十四年的沦陷历史构成了东北文学不可磨灭的创痛记忆。对沦陷时期东北社会生活的回忆，是这一时期小说的一个重要题材。而抗战题材小说则是对异族侵略者铁蹄下民生困难的真实记录，也是对战争年代民族精神的热情颂扬。但娣的《血族》、陆地的《生死斗争》、范政的《夏红秋》、骆宾基的《混沌——姜步畏家史》等都是这方面的代表作品。

土改斗争是东北解放区小说三大题材的重中之重。在那场深刻改变了中国农村政治、经济关系的运动中，东北解放区作家将强烈的政治使命感与巨大的创作热情相融合，创作出了大量的优秀作品，周立波的《暴风骤雨》、马加的《江山村十日》、安危的《土地底儿女们》等至今仍被读者反复阅读。

小说创作需要一个孕育的过程,相对来说,中长篇小说需要更长的时间来构思和写作,而短篇小说则完成得较快。在复杂、激烈的土改运动中,东北解放区作家们努力笔耕,迅速创作出大量的短篇小说。在这些小说中,我们可以看到东北农民在土改运动中的精神变化,农民经历了几千年的封建压迫,他们身上的枷锁不仅是物质上的,更是精神上的,从奴隶到主人的蜕变需要一个心灵的搏击历程。

反映前线战争是东北解放区小说的另一个重要题材,这些小说真实地体现了军民的鱼水情谊。西虹的《英雄的父亲》、纪云龙的《伤兵的母亲》等都是当时影响较大的作品。1947 年至 1948 年是解放战争中我党从防御转为反攻的时期,随着战事的推进,中国人民解放军(1948 年 1 月 1 日,东北民主联军改称为东北人民解放军,同年 11 月 13 日改称为中国人民解放军)的队伍急剧壮大,部队官兵的成分因而趋于复杂化。为此,部队采用诉苦的办法对广大指战员进行阶级教育,提高他们的政治觉悟和思想觉悟。诉苦教育消除了战士之间的隔阂,为解放战争的胜利打下了坚实的思想基础。刘白羽的短篇小说集《战火纷飞》、李尔重的中篇小说《第七班》等反映了这一主题。

除上述三大题材外,解放战争时期东北涌现出来的工业题材小说,亦可视为中国现代工业题材小说的发端,这也从一个方面证明了东北解放区小说的文学史价值和文化价值。

东北解放区的工业在新中国发展史上占有非常重要的地位。在这一方面,影响最大的是女作家草明的中篇小说《原动力》。这篇小说虽然存在粗糙和简单等不足之处,但作为新中国成立前描写工业生产和工人思想的作品,是值得关注和肯定的。此外,李纳的《出路》、鲁琪的《炉》、韶华的《荣誉》、张德裕的《红花还得绿叶扶》等作品也广受好评。这些小说充分展现了东北解放区工业蓬勃发展的景象，展现了工业生产对人的改造，也开创了新中国工业文学的先河。

东北解放区的相当一批小说，强调小说的政治价值，强调创作为工农兵服务，大多通俗易懂，而缺乏对心理深度和史诗境界的发掘。然而，东北解放区小说明朗新鲜，创造性地继承了延安文艺精神，反映了东北解放区的历史巨变和社会变革中诸多的社会问题，为新中国成立后的十七年文学开辟了道路。

二

散文卷在本丛书中占有重要的分量，真实地记录了解放战争中东北解放区人民的巨大贡献，独特的作品体例亦标示出其在新中国散文创作史中的独特地位。

解放战争时期东北战区的胜利，不仅是军事史上的奇迹，更是人民意志创造历史的丰碑。许多作者都以醒目而直接的题目记录了解放军普通战士勇敢战斗、不畏牺牲的英雄事迹，以真挚的情感，突出了普通战士大无畏的战斗精神和取得战斗胜利的信心。这些作品表现了同一个主题：解放军是人民的军队，中国共产党是全心全意为人民服务的。这也是新中国强大的根基体现。

散文卷中还有一部分作品，叙述了悲壮的抗联斗争的事迹，如纪云龙的《伟大民族英雄杨靖宇事略》、菽沅的《老杨——人民口中的杨靖宇将军》、陈堤的《悼念李兆麟将军》等。英勇不屈的民族气节是抗联英雄所具的崇高品质，也是抗联精神最真实的写照。而东北书店于1948年6月出版的《集中营》，以革命者的亲身经历叙述了大义凛然、为真理献身的革命志士的事迹，让后人真正理解了“头可断血可流，革命意志不能丢”的气节，“永不叛党”是英烈们用鲜血和生命刻写在党章之中的。

从1946年到1948年，尽管国民党军队在东北重要城市盘踞并负隅顽抗，但是东北农村却发生了翻天覆地的变化。中国共产党在根据地开展土改运动，领导农民推翻了地方统治势力，领导农民斗地主、分田地，农民欢欣鼓舞，迎来了新生活。强大的后方农村根据地为部队供给提供了保障，同时，许多年轻的子弟为了保护胜利果实自愿参加了解放军，这改变了国共双方在东北的兵力布局。《永北前线担架队速写》等作品反映了这一主题。

此外，解放区散文作家的笔下还洋溢着新生活的喜悦，如严文井的《乡间两月见闻》。除了乡村，对于那些在战后重新回到人民手中的城市，我党也开始接管，并进行初步的恢复性建设。在作家们的笔下，新生活带来了新气象。大连大众书店于1948年8月出版的《“工农园地”选集》，就收录了描写城市工人拥护和融入新生活的散文。在这些描写工厂、工友的散文里，我们可以看到解放区的新生活给城市工人带来了希望。

这些散文作品大多短小精悍，有迅速性、敏捷性和战斗性等特点，具有独特的艺术特征。这与当时许多作家的出身密切相关。如刘白羽、草明、白朗、华山、西虹等作家对战争环境和百姓生活有着敏锐的观察力和真实的体验，他们的作品使得东北解放区1945年至1949年的散文创作呈现出独特的风格，表现出纪实性和文学性相结合的特点。此外，由众多从延安来到东北的文艺干部组成的随军记者，以大量的新闻报道反击了国民党的舆论污蔑，记录了解放军战士不畏艰险、顽强抗敌的英雄事迹，同时表现了后方人民

在解放区土改过程中翻身解放、分得土地的喜悦心情。

散文作家记录这些真人真事的报道在东北解放战争中起到了巨大的宣传作用，成为鼓舞人心的强大的精神力量。东北解放区散文也因为内容真实、情感真实而呈现出历久弥新的生命力，往往给读者带来身临其境的感受，也让人忽略了作品本身的艺术特质。实际上，这些散文正是在真实的基础上，以生动与丰富的细节给读者留下了深刻的印象，在真实性的基础上呈现出文学性。华山的《松花江畔的南国情书》就是代表作品之一。

细节的生动亦使东北解放区散文具有鲜明的文学性。东北解放区散文将我军战士的大无畏精神写得非常真实、感人。在展示解放区新生活、新风尚方面，许多拥军爱民的片段写得细腻、真实。

东北解放区散文在主题内容上具有很高的价值，大量的散文颂扬了东北人民解放军的集体主义精神和英雄主义精神，表现了我军指战员的英勇气概，体现了战士们浩气长存的革命豪情。因此，东北解放区散文具有较高的文学价值，其明朗的表现方式恰恰是后来共和国文学明确表达和高度肯定的。题材广泛、内容真实和情感深厚的纪实性文学，使得东北解放区散文在战争时期凝聚了强大的精神力量。反映中国人民解放军不畏艰险、英勇战斗的长篇报告文学，在风格上激情澎湃，体现出解放军崇高的革命乐观主义精神。这一时期的散文把东北解放历史进程的全貌和战士们的英勇壮举再现了出来，东北解放区散文也因此具有了军事史和共和国历史的资料留存价值。东北解放区散文在创作上因为具有纪实性与文学性相结合的特点，为军旅散文创作提供了新的美学范式。

三

在东北解放区文学中，戏剧具有内容丰富、种类繁多、通俗明了、利于传播等特点，兼之创作群体庞大，故而获得了巨大的丰收，这成为东北解放区文学繁荣的重要标志之一。东北解放区的戏剧具有鲜明的启蒙性、宣传性和战斗性等特征，对生产建设、围剿土匪、土改运动和解放战争发挥着不可替代的宣传作用。

东北解放区戏剧的繁荣首先得益于东北解放区报刊对戏剧的支持。例如，《东北日报》刊发的剧作涉及歌唱新生活、感恩共产党、批判美蒋、拥军劳军、参军保家、歌颂劳模等多方面的内容。1947 年 5 月 4 日创刊的《文化报》则是东北解放区第一份纯文艺性质的报纸，主要刊载一些文学常识、短文、小诗、书评、剧报等。此外，《前进报》《北光日报》《合江日报》等都刊发了大量的戏剧作品。而从刊载量来看，期刊对戏剧的支持力度更大。在众多的文艺期刊中，对戏剧传播影响较大的是《东北文学》《东北文化》《东北文艺》《文学战线》《知识》和《人民戏剧》等。

从 1945 年年底开始，东北解放区以各家出版社为依托陆续出版了许多戏剧作品，这是解放区戏剧传播的重要途径。较有影响的是东北书店和人民戏剧社等。在解放战争期间，东北书店出版的各类戏剧作品和理论书籍近百种，形式包括话剧（独幕话剧、多幕话剧）、京剧、评剧、二人转、歌舞剧（广场歌舞剧、儿童歌舞剧）、歌剧、新歌剧、小歌剧、道情剧、活报剧、秧歌剧、小喜剧、小调剧、皮影戏等。其中，秧歌剧超过一半。

文艺团体的迅猛发展是解放区戏剧广泛传播的最终体现。1945 年 11 月以后，东北文工团等数十个文艺团体在东北局宣传

部的领导下先后成立。这些文艺团体以《在延安文艺座谈会上的讲话》为指导，坚持走文艺大众化的道路，活跃在东北城市和乡村，战斗在前线和后方。他们创作、表演了一系列以支援前线、土地改革、翻身当家为主题的作品，这些作品受到人民群众的好评。

从内容方面来看，歌颂工人阶级是东北解放区戏剧的一个重要内容。东北光复后，作为解放全中国的大本营，哈尔滨、沈阳等工业城市的作用得以凸显，工人阶级成为时代的主角。从剧作内容来看，第一种是反映工人生活的剧作，如王大化、颜一烟创作的《东北人民大翻身》；第二种是歌颂先进个人无私支援解放区建设、帮助工厂恢复生产的剧作，较有影响的有《献器材》《十个滚珠》《一条皮带》《刘桂兰捉奸》；第三种是歌颂党的政策的剧作，代表作品有《比有儿子还强》和《唱“劳保”》。工业题材戏剧的大量创作，极大地拓宽了解放区戏剧的创作领域，为新中国工业题材戏剧的发展奠定了坚实的基础。

东北解放区戏剧中描写农民翻身解放、分得土地的农村题材的戏剧的比重最大。第一类是反映东北农民翻身解放，通过新旧对比来歌颂新农村、新生活的剧作。第二类是反映粉碎各类阴谋、同复辟分子做斗争的剧作，代表剧作有《反“翻把”斗争》等。第三类是反映改造后进、互助合作，表现农民积极开展大生产运动的剧作，如《二流子转变》。第四类是描写劳动妇女反抗封建婚姻、争取民主权利、积极参加劳动生产的剧作，如《邹大姐翻身》。

东北解放后，群众的思想还比较保守，革命启蒙的任务十分重要，尤其是要帮助东北人民认同和接受中国共产党及其领导的人民军队。在描写军队的戏剧中，既有表现人民军队英勇战争、不怕牺牲、勇于献身的剧作，也有以军民互助、拥军支前为主要内容的

剧作，这类剧作完整地再现了东北人民从最初的误解民主联军到后来积极送子参军、送夫参军、拥军支前的全过程。前者的代表作有《老耿赶队》《鞋》《两个战士》等，后者的代表作有《透亮了》《收割》《支援前线》等。

在艺术特点上，虽然东北解放区戏剧的整体水平不是最高的，但是其庞大的作者群体、巨大的创作数量、伟大的历史功绩，使得解放区戏剧创作达到了巅峰状态。东北解放区戏剧因对传统戏剧和西方舶来戏剧的融合而具有现代性，在这种融合的过程中实现了本土化，并形成了民族化、大众化、乡土化的特征。东北解放区戏剧的民族化特征源于延安时期戏剧的“中国化”。而其大众化特征是指具有广泛的群众基础，且创作群体亦十分大众化。东北解放区戏剧的乡土化则主要表现在地域特色上。

在创作方法上，东北解放区戏剧继承了延安戏剧的传统，剧作家们用现实主义的方法把自己身边刚发生或正在发生的事情通过戏剧的形式真实地反映出来，集中表现工、农、兵的日常生活。东北解放区戏剧起到了鼓舞斗志、颂扬先进、宣传政策、支援前线的作用。

在戏剧结构上，东北解放区戏剧的戏剧冲突尖锐而集中，叙事模式多元，表现方式多样。在人物塑造上，剧作塑造了一个个爱憎分明、个性突出、敢作敢为的人物形象。这些人物形象生动丰满、有血有肉，为观众熟悉和喜爱。

东北解放区戏剧在取得较高的艺术成就和发挥重要的宣传作用的同时，也存在一定的不足。然而瑕不掩瑜，民族化、大众化、乡土化的特征，使得戏剧的宣传性、教育性、战斗性的作用得以充分发挥出来。东北解放区戏剧对光复后进行的民众文化启蒙、文化

宣传具有不可替代的作用，对解放区的土地改革和解放战争做出了不可磨灭的贡献。

四

东北解放区诗歌秉承了我国诗歌的优秀传统，具有红色革命基因。它一方面与伪满时期的诗歌做了彻底的割裂，另一方面又延续了东北抗联诗歌的革命精神和爱国主义情怀，集中书写了山河易色、异族入侵带给东北人民的苦难和屈辱，书写了受难的人民在共产党领导下的觉醒与反抗，书写了东北人民在艰苦的自然环境与战争环境中形成的坚韧、乐观、幽默的性格。

东北解放区诗歌是中国解放区诗歌的重要组成部分，与其他解放区诗歌保持着一致性和连续性。它之所以能复制延安解放区的文学模式，主要是因为其创作队伍中的很大一部分是来自延安解放区的革命文艺工作者，故在文学制度和文学政策上与全国其他解放区能保持一致。东北解放区诗歌的作者主要有四种身份：一是中共中央派驻到东北的文艺工作者；二是抗战时期流亡到关内的“东北作家群”（在抗战结束后返回东北）；三是虽然本人不在东北解放区，但是其作品在东北解放区的重要报刊上发表过并产生了一定影响的诗人；四是来自各行各业的业余诗人。《东北日报》文艺副刊曾陆续发表过很多业余诗人的作品，这些业余诗人中既有宣传干部，又有工人、农民、战士、学生（其中有许多人使用笔名，甚至使用多个笔名，今天有些作者的真实姓名已很难核实）。有一些诗人并不在东北解放区工作，但是其作品在东北解放区的重要报刊上发表过，并对全国解放区的文学发展产生过重要影响，如艾青、田间等。东北解放区的代表诗人有公木、方冰、马加、严文

井、鲁琪、冈夫、天蓝、韦长明、刘和民、李北开、彤剑、侯唯动、胡昭、李沅、夏葵、林耘、顾世学、萧群、蔡天心、杜易白、西虹、师田手、白刃、白拓方、叶乃芬、丁耶、孙滨、阮铿等。

从内容上看，东北解放区诗歌主要是反映当时东北解放区的经济建设、军事斗争、农村工作和城市建设等，具有现实性、时代性。从艺术形式上看，诗歌谣曲化、大众化、民间化的特点突出。抒情诗、叙事诗、街头诗、朗诵诗、歌谣、童谣等成为当时最常见的诗歌体裁。东北解放区诗歌具有以下几个显著特点：

第一，诗歌内容具革命性且高度政治化。东北解放区文学是为中国共产党解放东北和建设东北的政治任务服务的，其主要功能和目的是紧密贴近和配合解放区的主流政治运动。很多诗歌是为满足当时的政治需要而作的，充分体现了《在延安文艺座谈会上的讲话》在诗歌创作方面的实践成绩。东北解放区诗歌与中国解放区诗歌在题材选择、审美价值上保持着一致性，并具有东北解放区特有的地域性特点。揭露、批判、颂扬是东北解放区诗歌的三大主旋律，诗人们以工人、农民、士兵、英雄人物、劳动模范等为书写对象，歌颂英雄人物，记录战争风云，赞美新农民，抒发家国情怀。

第二，具有鲜明的战争文学特点。东北经历了十四年艰苦卓绝的抗日战争，接着又经历了五年的解放战争，近二十年间，始终处于战争状态。诗歌也呈现出战时文学特质，记录了艰苦卓绝的战争场景与生活现实。对于重大战役的抒写与记录，英雄主义、乐观精神、必胜信念的情感基调，加之大东北茫茫雪原、天寒地冻的地域特点，使得东北解放区诗歌具有鲜明的东北地域特色。

第三，农村题材也是东北解放区诗歌的重头戏。东北经过十四年的抗日战争，土地荒废，农民思想落后。抗日战争结束后，解

放军入驻东北，一方面做农民的思想工作，进行思想启蒙，另一方面在农村贯彻党的土改政策，进行土地革命，让农民成为土地真正的主人。因此，在东北解放区，启蒙农民思想、反映土改运动、揭露地主阶级剥削农民的本质、塑造新农民形象成为农村题材诗歌的主要内容。

第四，工业题材诗歌在东北解放区诗歌中独领风骚。《文学战线》等报刊还专门设立了工人专栏，如《文学战线》专辟“工人创作特辑”，作者均来自生产第一线。工业题材诗歌丰富了东北解放区诗歌的样态，也成为东北解放区诗歌的重要组成部分。

第五，叙事诗是东北解放区诗歌的主要体裁。长篇叙事诗体量大，便于完整地呈现人物或事件的变化过程，便于刻画生动、饱满的艺术形象，因此很受东北解放区诗人的青睐。在《东北文艺》《文学战线》等杂志和个人诗集中，带有浓郁的东北民间话语特色，反映土改运动、翻身农民踊跃参军等内容的长篇叙事诗一时间大量出现。

第六，诗歌审美倡导大众化、通俗化。在解放战争时期，文学要担负着团结人民、教育人民、打击敌人的任务，因此，战时诗歌不能一味地追求高雅的诗意，它既要通俗易懂，便于启蒙民众，又要迎合普通大众的审美需求，适应战争时期的宣传需要。东北解放区诗歌的谣曲化倾向突出，诗作大多出自部队宣传干部、战士、工人、农民之笔，以社会现象为题材，具有相当强的时效性，普遍具有语言通俗易懂、直抒胸臆、为群众所熟悉和易于接受等特点，真正达到了为工农兵服务的目的。

东北解放区诗歌也存在一些不足。由于过于强调宣传性、鼓动性和战斗性，重内容而轻艺术，艺术水准较低，东北解放区诗歌

未能达到思想性和艺术性相结合的高度。

五

东北翻译文学兴起于20世纪20年代末，当时的《北国》《关外》等文学期刊上都登载过翻译作品，对俄苏、英、美、日等国家的民族文学作品，以及批判现实主义、"普罗文学"等文艺理论均有译介。但这种生动、活跃的局面随着1931年九一八事变的发生而不复存在。1931年至1945年，在长达十四年的沦陷时期，东北翻译文学出现了两块文学阵地：一个是以沈阳、大连为中心的"南满文学"阵地，另一个是以哈尔滨为中心的"北满文学"阵地。辽南文坛在九一八事变以后出现了一股译介欧美和日本文学及其理论的潮流，主要刊发、翻译消极的浪漫主义、自然主义的文艺作品和理论，只刊发少量的俄苏文学。相对而言，北满文坛对俄苏现实主义文学作品及其理论的翻译有着更重要的意义。

解放战争时期的东北解放区文学的传播模式主要是"延安模式"。在翻译文学方面，东北解放区文艺工作者侧重译介的目的性和计划性。从目前了解到的情况来看，当时很多期刊都设有翻译栏目，其中《东北日报》《东北文艺》《前进报》《群众文艺》《知识》等都设立了介绍苏联文学的专栏，经常发表苏联社会主义建设时期和卫国战争时期的作品。此外，侧重刊发翻译文学的报纸、期刊还有《文学战线》《文化报》《知识》《东北文化》等。文学观念是文学创作的潜在基础，规范和支配着这个时代的文学创作。解放区的作家们译介了大量的苏俄作品，其中大部分是社会主义现实主义作品。除报刊外，东北解放区翻译文学的出版途径还有书店。由书店、期刊、报纸构成的媒介场，有效地促进了东北作家与世界

文艺思潮的交流，尤其是苏联所倡导的革命现实主义文学创作思想对东北的文艺运动发挥了指导作用。

《东北日报》的译介主要集中在俄苏文艺思想、作家作品方面，其中刊发爱伦堡、法捷耶夫等文艺理论家的作品的数量最多，产生的影响也最为深刻。这些作品极大地开阔了东北知识分子的视野。《东北文艺》每期都对俄苏文学作品、作家进行介绍，较有代表性的是 1947 年曾连载过的金人翻译的苏联作家华西莱芙斯卡娅的中篇小说《只不过是爱情》。《文化报》介绍了大批的俄苏作家，刊载了一些文艺评论、文学作品等。《文学战线》在刊发原创作品的同时，则侧重于介绍俄苏文学作品和翻译俄苏文艺理论。

东北书店出版了大量的翻译过来的苏联文艺论著和苏俄文学作品，目前搜集到的翻译文艺论著的种类达 110 余种。其翻译出版的俄苏文学作品具有丰富的题材，包括电影文学剧本、报告文学、游记、书信集、诗歌、小说等。辽东建国书社、大连大众书店、光华书店等也是翻译作品重要的出版机构。

翻译文学的发展有助于文学创作的繁荣与文艺理念的更新，但东北解放区译介作品的内容较为单一，翻译的作品几乎全都来自苏联，俄苏文艺思想、文艺理论和文艺作品得到高度关注，成为文坛的主流。其原因有如下几个方面：

首先，从地缘因素来看，东北与苏联有着天然的地缘关系。东北地区与苏联的东西伯利亚地区有着相似的自然环境，都处于高纬度寒带地区，气候寒冷，地广人稀。自然环境和原始文化的相似为思想的交流提供了基本契合点。

其次，从政治因素来看，俄苏文学在中国的兴衰与中俄之间的政治文化交流有着密切的关系。当时的文人也希望通过译介苏联

文学作品来改造和影响人们的思想意识,以及树立新民主主义革命的奋斗目标和未来社会主义的奋斗目标。

最后,从社会现实来看,东北解放区的沈阳、大连等地在中国人民解放军进驻之前已经驻有苏联红军,而且在经济、文化等方面与苏联交往密切,苏联文学作品的翻译、出版自然丰富。

1942 年之后,延安文艺工作者主要是对苏联等少数社会主义国家的文学作品进行译介。对于与苏联接壤的东北解放区来说,由于与外界接触困难,能获得的外国文学作品更少,在建设新文学方面,除了以五四新文学和老解放区文学为资源外,苏联文学便是重要的资源。苏联文学对建设中的东北解放区文学具有不同寻常的意义。

六

东北解放区建立后,文学创作繁荣一时。然而,文学创作在繁荣的背后也存在着一些问题,其中一个突出的问题就是创作者的背景复杂,其中有来自抗日根据地的,也有来自关内国统区的,还有本土的。不同的思想意识、价值取向、艺术趣味掺杂在各类作品中,部分作品的创作倾向出现了偏差。这些问题引起了文艺界的关注。东北解放区的主要报刊和杂志纷纷开辟评论专栏,采用编者按、读者来信、短评、述评、观后感等形式开展文艺批评,为确立正确的文艺路线提供思想保障。

初到东北的文艺工作者首先感受到的是新老解放区之间政治环境和文化环境的差异。自清朝灭亡到抗战胜利的三十多年间,东北民众饱受战乱的痛苦。抗战胜利后,虽然旧的社会结构和文化体制已经解体,但旧的意识形态还残留在一些人的头脑中,东北民众与新政权之间存在着一定的隔膜。刚刚到达东北的大多数文艺工作者对东北特殊的历史环境认识不足，尚未做好相应的思想准备，仍然延续过去的创作方法和思维方式，脱离群众和实际。以什么样的形式和内容来服务刚刚从殖民者的铁蹄下解放出来的人民，是当时文艺工作迫切需要解决的问题。

文艺争鸣与文艺批评既是抗日根据地文艺工作的优良传统，也是党指导文艺工作的重要手段。毛泽东同志在《在延安文艺座谈会上的讲话》中指出，文艺界的主要的斗争方法之一，是文艺批评。此时，东北文艺工作者的首要任务就是对旧的意识形态进行批判和改造，从而构建与延安解放区主体同构的新的意识形态场域。因此，在本地区文艺界开展一场广泛的文艺批评运动就显得十分迫切和必要。1945 年 11 月，陈云同志在《对满洲工作的几点意见》中提出了党在东北的几项重要任务："扫荡反动武装和土匪，肃清汉奸力量，放手发动群众，扩大部队，改造政权，以建立三大城市外围及长春铁路干线两旁的广大的巩固根据地。"这既是党在东北的中心工作，也是东北文艺界所面临的主要任务。东北解放区的文艺队伍自觉地将创作与政治任务结合起来，坚持为人民服务的创作方向，以《在延安文艺座谈会上的讲话》为指导来进行创作。东北这块古老而又年轻的土地上结出了丰硕的艺术成果。这些作品在内容上贴近当时东北的现实生活，在形式上生动活泼，富有浓郁的地方乡土气息，在教育人民、鼓舞人民、组织人民、团结人民、打击敌人方面发挥了重要作用。东北解放区文艺作为革命文艺版图中的一个独立板块开始形成，它既是"延安文艺"的派生，又具备地域文化品格。它不是由内而外自发产生的，而是在改造和清除原有旧文化的基础上通过外部输入逐步确立的。

与“延安文艺”相比，东北解放区文艺自身也出现了一些新的特质，特别是在文艺批评方面，文艺工作者表现出了强烈的自觉性。他们坚持无产阶级和人民大众立场，从不同层面和角度开展文艺界的批评与自我批评，引导东北解放区文艺朝着正确的方向发展。

东北解放区文艺的根本任务与延安文艺的根本任务保持着高度一致，但又具有特殊性。如果简单地照搬、照抄延安文艺的经验，那么东北解放区文艺很难适应革命发展的需要。东北解放区文艺首先具有启蒙的意义，它不仅具有文化启蒙的意义，也具有政治启蒙的意义。为此，东北解放区的文艺工作者以《在延安文艺座谈会上的讲话》精神为指导，树立起无产阶级的文艺大旗，以新文化来改造旧社会，重塑民众的国家意识、民族意识和政治意识，把东北建设成为中国革命的战略大后方。

在延安文艺旗帜的指引下，东北文艺界通过理论探讨和思想整风，统一了广大文艺工作者对革命文学根本属性的认识，东北的文艺工作焕然一新。广大文艺工作者在理论和实践两个方面取得了很大的成就，既继承和发扬了延安文艺思想，也将《在延安文艺座谈会上的讲话》精神与具体实践结合起来。夏征农、蔡天心、铁汉、甦旅、萧军、胥树人等知名的文艺界人士都对这个问题做了深入研究，产生了较大的影响。

与延安文艺相比，这个时期的东北文艺作品主题更丰富，创作者以切身的生命体验为基础，再现了解放战争时期东北所发生的波澜壮阔的革命斗争，以及在这个过程中东北人民的生活与精神面貌。

东北解放区的文艺发展也不是一帆风顺的，它也走了一些弯

路。但是，在毛泽东《在延安文艺座谈会上的讲话》的指引下，文艺工作者不仅投身到创作之中，也开展了广泛的文艺批评，营造了一个宽松的舆论环境，作家们畅所欲言，在批评他人的同时也开展自我批评。这为创作的繁荣奠定了理论基础，也为新中国的文艺创作和文艺批评积累了资源和经验。

七

史料卷是大系的综合卷，其编撰初衷是反映东北解放区文学创作的初始背景，呈现当时的政策和文学创作的大环境，通过对资料的梳理，为弘扬东北解放区文学创作的优良传统提供第一手的基础资料。史料卷共分为七大部分。

一是文艺工作政策方针。文艺工作的政策方针是党根据一定历史时期的总路线和总任务确立的文艺指导原则，反映了一定时期文艺创作的总体规划、部署和要求。史料卷旨在呈现东北解放区创作繁荣的大背景下中国共产党对文艺工作的总体规划和实施情况。史料卷主要收录了与东北解放区相关的宣传文件，以及部分会议发言和讲话等内容，其中有出版、通讯、写作的相关规定，也有重要领导对文艺工作的指示要求，同时还收录了部分重要会议成果。

二是重要报纸、期刊。报纸、期刊大量创办是文艺繁荣的重要标志之一。报纸、期刊直接促进了文学事业整体的发展和繁荣，使优秀作品产生了广泛的社会影响。1945 年 11 月《东北日报》创办后，东北解放区先后创办、发行的报纸近百种。此外，在东北局宣传部的统一领导下，地方与军队也创办了数十种文学与文化类刊物。从成人刊物到儿童刊物，从高雅刊物到面向大众的通俗刊物，从文学到艺术，靡不具备。诸多的文艺报刊为文学作品的生产提供了园地，成为东北解放区文学创作的先锋阵地。

三是文艺团体、机构。在东北解放区，多个文艺团体和机构活跃在文艺创作和宣传的第一线，对东北解放区文艺事业的发展发挥了重要作用。东北局先后出资创办了东北书店等众多的图书出版机构，使得东北解放区报刊出版和传媒得到快速发展。1946年，东北局在佳木斯成立了东北文化工作委员会，此后，中苏文化协会、鲁迅文艺研究会等文艺社团也相继成立。东北文艺工作团等文艺团体也迅速发展。在组建大量的文艺团体和文工团之际，军队与地方政府和宣传部门还非常重视文艺人才的培养和文学教育体系的建立，在演出之余，也招收和培养文艺人才。在短短的四年间，东北解放区建立了众多的文艺工作团体与人才培养学校。这体现了我党对教育人民、教育部队和动员人民参与革命的重视。

四是作家及创作书目。从延安来到东北的革命文艺工作者数以百计，此外，20 世纪 30 年代从哈尔滨流亡到关内各地的东北作家群成员也陆续返回东北。这些文化工作者云集黑龙江，办报纸，办杂志，从事广泛的文化艺术活动，使得东北解放区文学艺术以全新的姿态向共和国迈进。史料卷收录了活跃在东北解放区的多位作家的生平和创作情况，当然，由于这一历史时期具有特殊性，作家区域性流动较为频繁，对作家的遴选和掌握主要以创作活动的轨迹和作品发表的区域为依据。

五是东北解放区文学回忆与纪念。为了弥补现有资料不足的缺憾，史料卷特别收录了部分文学界前辈及其家人的回忆与纪念文章，其中既有参加文艺团体的亲历感受，也有对文艺创作细节的点滴回忆。由于年代久远，这些资料的某些细节无法准确、翔实地

体现出来，但这些资料记录了东北解放区文艺工作者的亲历感受，对补充和完善史料卷的内容大有裨益。

六是大事记。为了对解放区文学创作资料进行细致整理，进而为读者提供一个简明的、提纲挈领式的线索，史料卷呈现了大事记。大事记旨在将反映文学活动和文艺创作的各种资料予以浓缩，按照时间线索对史料进行编排。大事记简明扼要地记述了1945年9月至1949年9月东北解放区文学方面的大事、要事，涵盖了部分文艺作品创作、文艺团体成立的时间节点，有助于读者了解东北解放区文学的发展脉络。

七是索引。鉴于东北解放区文学总体呈现出体裁广泛、内容丰富等特点，史料卷以作者为线索，将分散在小说卷、散文卷、诗歌卷、戏剧卷、评论卷、翻译文学卷中的作品整理出来，形成丛书索引。索引以作者为基点，将作者在各卷中的作品情况（作品名称、所在卷册、页数）逐一列出，可以在一定程度上呈现出东北解放区文学的整体情况，亦可以体现出作者的创作风格和特点，进而从不同角度展示出东北解放区文学发展的脉络和趋势。

随着军事上的胜利和东北解放区的形成，东北的政治面貌、经济面貌发生了根本性的变化，特别是文化呈现出前所未有的发展和繁荣的局面。东北解放区在政策制定、政策实施、新闻出版、文艺社团、文艺教育体制、作家培养等涉及文艺发展与繁荣的各个方面，继承、发展和完善了延安文艺体制，对当代文学和文艺制度产生了重要和深远的影响。

尽管东北解放区文学得到前所未有的发展和繁荣，但这份珍贵的文化资料始终没有得到系统整理，有关资料分散在哈尔滨、齐齐哈尔、牡丹江、佳木斯、长春、沈阳、大连等地，加上年代久远，这

给编选工作带来了很大的困难。一方面,区域性的文学史料不易引起一般研究者的重视,文学史料的保留和整理工作在通常情况下很不理想,尽管编选者在前期已有一定的资料积累,但是很多工作还需要从头开始。另一方面,由于年代久远,加之当时的出版印刷技术有限,许多资料的保存和整理已经成为一大难题。许多珍贵的文学资料甚至已经出现严重的、不可恢复的缺损,因此,整理和出版东北解放区的文学史料,对东北解放区文学和中国现代文学的研究具有重要意义,同时,对人们了解和认识东北解放区这段历史也具有重要意义。

东北解放区文学创作距今已有七十年的历史,从 20 世纪 80 年代开始,东北解放区文学作为中国现代文学的一部分开始进入研究者的视野,搜集、整理与研究工作逐渐深入,一大批有分量的成果随之产生。其中,具有代表性的成果有两项,一项是林默涵主编的《中国解放区文学书系》(重庆出版社,1992 年出版),另一项是张毓茂主编的《东北现代文学大系》(沈阳出版社,1996 年出版)。这两部著作以文学价值作为侧重点,对东北解放区文学进行了很好的梳理。此外,黑龙江、辽宁与吉林三省的社会科学院文学研究所通力编辑出版的《东北现代文学史料》(共九辑),其价值亦不可低估,当时资料的提供者或为亲历者,或为亲历者之亲友,这从文献抢救的角度来看可谓及时。尽管《中国解放区文学书系》和《东北现代文学大系》对东北解放区文学进行了较大规模的搜集与整理,但由于编辑侧重点不同,这两部著作对东北解放区文学作品只是有选择性地收录,东北解放区文学作品分散在各地图书馆与散落在民间的态势并未改变。进入 21 世纪后,随着时间的流逝,承载东北解放区文学作品的旧报、旧刊、旧图书流失和损毁的情况日益严重，对东北解放区文学进行进一步搜集与整理的必要性在中国现代文学界达成共识。2008 年，东北现代文学研究者、黑龙江省社会科学院文学研究所研究员彭放在主编完成《黑龙江文学通史》（北方文艺出版社，2002 年出版）之后，提出了编辑出版《东北解放区文学大系》的建议，这一建议得到了认可。事隔十年，2018 年，由黑龙江省社会科学院文学研究所与黑龙江大学出版社联合策划的《1945—1949 年东北解放区文学大系》荣获国家出版基金资助出版，这完成了老一代东北现代文学研究者的夙愿。

《1945—1949 年东北解放区文学大系》的编者，力求完整地体现东北解放区文学的整体风貌，在文学价值之外，亦注重作品的文献价值，以文学性与文献性并重作为搜集、整理工作的出发点。

《1945—1949 年东北解放区文学大系》的篇目编选工作，由黑龙江省社会科学院发起，联合黑龙江大学、哈尔滨师范大学、哈尔滨学院等黑龙江省多所高校共同开展。为了保证学术性，本丛书特聘请多位东北现代文学领域的专家组成编委会，各卷主编均为中国现代文学方面学养深厚的研究者。本丛书的篇目编选工作得到了北京、吉林、辽宁等地多家相关单位的支持。东北现代文学界德高望重的老一代学者亦给予大力支持，刘中树、张毓茂与冯毓云三位先生欣然允诺担任本丛书的学术顾问，本丛书的姊妹著作《1931—1945 年东北抗日文学大系》的总主编张中良先生亦为学术顾问。特别应提及的是，张毓茂先生在允诺担任本丛书学术顾问不久后就溘然离世，完成这部著作就是对先生最好的悼念。

本丛书的资料搜集工作，除得到东北三省各家图书馆的支持外，还得到了中国现代文学馆、黑龙江省浩源地方文献博物馆的大

力支持。东北红色文献收藏人胡继东、华东师范大学历史系博士崔龙浩，以及华东师范大学历史系高铭阳、雷宇飞等人为本丛书的集成提供了大量珍贵而稀缺的第一手资料。对于他们的无私奉献，在此表示诚挚的感谢！此外，黑龙江大学文学院、哈尔滨师范大学文学院许多在读的博士生、硕士生和本科生也参与了资料搜集工作，在此，请恕不一一列名。

《1945—1949 年东北解放区文学大系》除入选 2019 年度国家出版基金资助项目之外，还被列入黑龙江历史文化研究工程项目，在此谨致谢忱。

诗歌卷导言

东北解放区诗歌概述

叶　红

东北解放区诗歌在中国解放区文学版图上偏居一隅。它时间短、地域偏、数量少，是中国解放区文学发展史中的一个细小旁支。它犹如一支涓涓细流，汇聚成一股推动东北解放区文学发展的磅礴力量。东北解放区诗歌以其昂扬的斗志、饱满的激情，最先唱响东北解放的嘹亮战歌。

1931年，日寇侵略东北，东北文学版图不断被殖民文学侵蚀直至占领，报国无门的爱国进步文人无奈远走他乡，整个文坛愁云惨淡。抗日战争结束后，一批批党的文艺工作者跟随解放军队伍进入东北，很多诗人具有战士兼诗人的双重身份。东北解放区诗歌具有战争诗歌特质，它短促，嘹亮，振奋人心，聚集力量，以其奔放、灿烂、明亮、力量之美，一扫笼罩在东北文坛十四年的阴霾。在民族解放斗争背景下的东北解放区诗歌是时代精神的传声筒，是革命

的号角和武器，是宣传革命、启发民众、鼓舞士气的重要工具。东北解放区诗歌具有红色革命基因。它承续抗联诗歌的革命精神与爱国情怀，融入延安诗歌的革命乐观主义精神和革命浪漫主义精神，受到东北粗犷、豪迈、勇猛、乐观、幽默的地域文化的影响，形成了独特的精神风貌和美学意蕴。东北解放区诗歌集中展现出东北的历史与现实、自然与社会、战争与和平等重大主题，集中书写了外族入侵、山河破碎带给东北人民的苦难、屈辱和蹂躏，以及东北人民在中国共产党领导下的觉醒、反抗和斗争。艰苦的自然环境和战争环境孕育的东北人民具有英勇、坚韧、乐观、幽默的品格，书写了一部波澜壮阔的人民战争史诗。

东北解放区诗歌的繁荣依托于报纸、刊物等出版物的丰富。东北解放区在建立后创建了隶属于解放区的报纸（包括副刊）、杂志、书店，为东北解放区文学的发展与繁荣搭建传播平台。当时在中共中央东北局宣传部统一领导下，东北解放区从总机关到地方先后创办、发行的报纸近百种，中共中央东北局还出资创办了东北书店总店，以及光华书店、大连大众书店、兆麟书店、吉东书店、辽西书店等众多图书出版机构。地方与军队创办了多种文化刊物与文学刊物，如《知识》《部队文艺》《东北文学》《东北文艺》《东北文化》《东北画报》《文学战线》等。《1945—1949 年东北解放区文学大系》诗歌卷收录的诗歌作品，主要来自东北解放区的报刊等出版物，如影响力大、覆盖面广的《东北日报》《东北文学》《文学战线》等，还有一大部分来自书店资助出版的个人诗集。值得一提的是，《东北日报》及其副刊刊登了大量的诗歌，对东北解放区诗歌的发展与繁荣做出了重要贡献。

总的来看，东北解放区诗歌具有以下几个显著特点。

诗歌内容高度革命化与政治化。东北解放区文艺创作以毛泽东《在延安文艺座谈会上的讲话》为基本纲领，复制了陕甘宁边区、延安解放区的文学制度、文学政策、创作体制。东北解放区结合阶段性工作重点，一方面要巩固抗日战争的胜利果实，另一方面还要开展土改运动，发展城市工业。“东北解放区文学是为中国共产党解放东北和建设东北的政治任务服务的文学，其主要功能和目的是紧密贴近、配合解放区主流政治运动的。”①东北解放区诗歌与中国解放区诗歌在表现内容与审美立场上保持高度的一致性，东北解放区诗歌具有东北解放区特有的政治性、战时性与现实性，具有鲜明的政治立场和强烈的无产阶级意识，体现出解放战争对文艺的根本要求。揭露、批判、颂扬是东北解放区诗歌的三大主旋律。东北解放区诗歌多以军事斗争、土地改革、经济建设为主要内容。以工人、农民、士兵、英雄人物、劳动模范等为书写对象的诗作占较大的比重。这些诗作揭露社会黑暗，赞美实干家，歌唱新社会、新农民，抒发家国情怀。无论是在内容上还是在情感上，诗歌都无限接近现实，站在时代的高度和人民的立场，真正做到了在内容上表现工农兵，在情感上贴近人民大众，在艺术上为人民大众所喜闻乐见，如史行等人的《民兵摆战场》、王岐三的《一天晚上》、井岩盾的《小屋里的晚会》、叶乃芬的《女状元》、刘艺亭的《苦尽甜来》等。

作家的政治立场决定作品的价值取向，东北解放区诗歌的革命性、政治性与诗人的文化身份、政治立场具有密切关系。东北解放区诗人主要有四种身份：一是来自中共中央派驻到东北的“文化军

---

① 张丛皞：《重返历史现场：拓展中国现代文学研究的一种路径——以 1945—1949 年东北文学再研究为例》，载《学习与探索》2016 年第 2 期。

队”，其中有一大批是陕甘宁边区和延安解放区的文艺工作者中的文学家、诗人；二是来自抗日战争时期流亡到关内的“东北作家群”的作家，他们在抗日战争结束后返回东北；三是虽然本人不在东北解放区，但其作品在东北解放区的重要报刊上发表并产生一定影响的诗人，如艾青、田间等；四是来自各行各业的业余诗人，这是东北解放区诗歌创作最大的群体。以《东北日报》及其副刊为例，《东北日报》及其副刊发表了很多业余诗人的诗作，这些诗人中有记者、部队宣传干部，也有工人、农民、战士、学生等。东北解放区的代表诗人有公木、方冰、谢挺宇、蔡天心、严文井、马加、鲁琪、冈夫、天蓝、韦长明、刘和民、李北开、彤剑、侯唯动、胡昭、夏葵、林耘、顾世学、萧群、杜易白、西虹、师田手、白刃、白拓方、叶乃芬、丁耶、孙滨、阮铿等。其中，有些诗人用多个笔名发表作品，也有些作者的真实姓名已经很难查到。

东北解放区诗歌具有鲜明的战争文学特点。战争诗歌受到战争本身的影响而呈现出特有的时代特点。东北解放区经历十四年艰苦卓绝的抗日战争，接着又经历了解放战争，诗歌呈现出战时文学的特质，具有丰富的内容和复杂的性质，涉及时代、政治、国家、民族、敌我等各种主题。敌与我、胜利与失败、正义与非正义、勇敢与懦弱等二元对立的战争思维模式也深深地植入诗歌艺术思维中。诗人在战时更推崇乐观主义、英雄主义、理想主义，它们构成东北解放区诗歌的感情基调。诗歌内容集中在东北抗日战争、东北解放战争和东北地区的局部战争。诗歌记录了艰苦卓绝的战争场景与生活现实，抒发了保卫民主、保卫自由、打倒法西斯、打倒国民党残余势力的革命战斗激情。惨烈的战争场面、行军打仗、英勇杀敌、生死较量、流血牺牲、怀念战友等是东北解放区战争题材诗歌

最常见的内容，如千柳的《见了监狱的一串联想》，史松北的《六路解放大军》《担架队》《坦克568号》《英雄的纪念册》等。《英雄的纪念册》书写了勇士们的坚贞英勇。黎明的《守住我们的山岗》书写了抗日联军誓死保卫家园，抒发了"消灭无耻的野心豺狼，守住我们的山岗"的决心和豪情壮志。葛力群、刘桂森的《解放战士的旗帜——姚海斌》赞颂抗日联军顽强抗敌、勇敢无畏的气魄。王岐三的《一天到晚》、史行的《民兵摆战场》等都是战争题材的优秀诗作。

农村题材的诗歌是东北解放区诗歌的重头戏。从数量上来看，农村题材的诗歌在东北解放区诗歌中占有较大的比重。东北农村经历了十四年的抗日战争，土地荒废，家园破败，民不聊生，农民思想落后，迷信盛行，百废待兴。抗日战争结束后，解放军入驻东北，一方面做农民的思想工作，进行思想启蒙，另一方面还在农村贯彻党的土改政策，推进土地革命，让广大农民成为土地的真正主人。为了配合土改运动，农村题材的诗歌数量多，内容广，追求通俗化和大众化。诗歌揭露地主阶级剥削农民的本质，启蒙愚昧落后的农民，塑造新时代的农民形象。这成为农村题材诗歌的主要内容。农村题材诗歌中出现了很多长篇叙事诗和大型组诗，如戈振缨的《夫妻双夺旗》《要想日子永远过得好》、锦清的《铁树开花》、井岩盾的《小屋里的晚会》、刘艺亭的《苦尽甜来》、方冰的《给老王》等。这些长篇叙事诗详尽地描绘了党的土改政策在农村的落实情况。

东北工业题材的诗歌在解放区诗歌中独领风骚。东北是富饶之地，不仅拥有肥沃的黑土，还拥有丰富的矿产资源。日俄战争后，日本为了掠夺资源在东北开发现代交通网络。抗日战争胜利后，东北钢材产量占全国90%以上，居全国之首，森林工业迅猛发展，发电能力占全国70%以上，水泥产量居全国之首……正因如此，东北有众多的产业工人。工业题材的诗歌抒发工人阶级作为先进阶级的自豪感、主人翁意识和创造世界的豪迈之情。东北解放区的报刊还专门设立了工人专栏，如《文学战线》专辟“工人创作特辑”，诗人来自工厂，来自生产第一线。红粱的《小艾丫》是一篇生动优秀的叙事诗。潘学恩的《歌颂工人》赞颂成为现代社会主力军的工人阶级。孙滨的《一〇四〇号的火车司机》《为了人民铁路立了功呀》通过书写火车司机、乘务员的思想转变，表现了新的产业工人的主人翁意识，表达了工人阶级的质朴情感和豪迈情怀。方荧的《致工人同志》、天蓝的《红五月工人之歌》等工业题材的诗歌丰富了解放区诗歌的样态。工业题材成为东北解放区诗歌的重要题材。

长篇叙事诗的产出呈现出井喷式的状态，叙事诗成为东北解放区诗歌主要的体裁。东北解放区产生出多部长篇叙事诗。由于体量大，便于完整地呈现人物或事件的变化过程，便于增强故事性，便于刻画出生动饱满的艺术形象，在变革年代，长篇叙事诗受到诗人的青睐。有关土改运动、翻身农民踊跃参军、人物传记等题材的长篇叙事诗大量出现，这些长篇叙事诗表现了东北解放区军民的战斗生活和精神状态，带有浓郁的东北民间话语特色。例如，公木的《三皇峁》、方冰的《不屈者》《柴堡》《给老王》、田间的《戎冠秀》、刘岱等人的《陈家大院》、戈振缨的《要想日子永远过得好》《夫妻双夺旗》、侯唯动的《拥护〈中国土地法大纲〉》《黄河西岸的鹰形地带》、孙滨的《白沟村》、史松北的《英雄的纪念册》《担架队》、师田手的《担架队赶路曲》、胡昭的《自卫队长》、叶乃芬的《发家致富》、陶钝的《马大娘探儿子》《女运粮》《李秀娟卖豆腐》、刘艺

亭的《苦尽甜来》、谭戎的《万人坑上开了花》、谭亿的《两个爸爸》、冈夫的《地主和长工的故事》、锦清的《铁树开花》、金帆的《从黑夜到天亮》、萧邦的《郑老汉救了小山东》、大芳的《张大嫂分果实》、郭振忠的《何大庆八次立功》、齐开章的《红旗插上壶梯山》、李季的《只因为我是一个青年团员》《报信姑娘》《三边人》、张芸生的《贺功会上再团圆》、刘洪的《艾艾翻身曲》、红粱的《小艾丫》、谢力鸣的《李锡章老两口子》《廉二嫂》、陈旗的《歌唱人民英雄梁士英》等，都是当时涌现出来的以参军打仗、农民翻身、歌颂英雄事迹为主题的叙事诗作品。

倡导诗歌审美大众化、通俗化。从东北解放区诗歌的艺术形式来看，谣曲化、大众化、民间化是最突出的特点。抒情诗、叙事诗、街头诗、朗诵诗、歌谣、童谣、歌词成为当时最常见的诗歌体裁。尤其值得关注的是，当时长诗和叙事诗数量较多。解放战争时期的文学要起到团结人民、教育人民、打击敌人、消灭敌人的作用，战时诗歌不能一味地追求高雅的诗意、含蓄蕴藉的表达。战时诗歌既要通俗易懂，便于启蒙民众、宣传思想，又要迎合普通大众的审美需求，以其现实的、朴素的、晓畅的、口语化的语言适应战争时期的宣传需要。解放区诗歌的谣曲化倾向很突出。民歌、民谣等形式被广泛使用，街头诗、朗诵诗、墙头诗、枪杆诗等短小灵活，鼓动性强，朗朗上口，这样的诗歌很受欢迎，报刊（如《东北日报》）往往拿出很大的篇幅来发表这样的诗歌。这些诗多出自记者、部队宣传干部、战士、工人、农民之手，多以正在发生的社会现象为题材，具有相当强的时效性。这些诗普遍具有通俗易懂、直抒胸臆、主题集中、为群众所熟悉和易于接受等特点，旨在达到为工农兵服务的目的。

东北解放区诗歌也存在明显的不足。由于要适应政治需要和

战争需求，急就章较多，艺术水准偏低。一些作者过于强调诗歌的宣传性、鼓动性和战斗性，把诗歌当成宣传工具，重思想而轻艺术，这就使得诗歌难以达到思想性和艺术性的统一。

《1945—1949 年东北解放区文学大系》诗歌卷，在 1992 年出版的《中国解放区文学书系 诗歌编》的基础上，增加了很多没有被收录的诗歌作品。选择东北解放区诗歌作品的主要依据有四个：第一，被权威的、重要的、影响力大的文学史著作（中国现代文学史、中国解放区文学史、东北现代文学史、东北解放区文学史等各种文学史著作）收录或评价的诗歌作品；第二，被收录到《中国解放区文学书系 诗歌编》中的作品；第三，在当时的重要报纸、刊物上发表过的作品，如《东北文学》《东北文艺》《东北文化》《文学战线》《鸭绿江》《北斗》《东北画报》《东北日报》《合江日报》《辽宁日报》《生活报》等，把当时覆盖面广、影响力大的重要报刊作为主要的参考文献；第四，诗人的诗集中的作品。

尽管已尽最大的努力来收集诗歌作品，但由于种种限制和原因，难免挂一漏万，希望通过《1945—1949 年东北解放区文学大系》诗歌卷的出版，为中国解放区诗歌研究进行有益的补充，为东北解放区文学研究提供更丰富而详尽的文献资料。

◇ 白拓方

人民将永远纪念你

呵！光荣的朱瑞同志，
你生前是东北人民解放军炮兵司令员；
你死后人民将纪念你
直到解放战争胜利，直到永远！

你是中国人民坚贞而干练的战士，
你亲手训练的炮兵到处勇猛作战，
用无比准确的轰击摧毁敌人堡垒和阵地，
使屡战屡败的匪军更加丢魂丧胆。

你提高了人民解放军攻坚战的战术，
你加强了人民解放军兵种的力量。
我们的炮兵和我们的步兵紧密配合起来，
就没有打不败的敌人，没有攻不克的城市！

炮兵是我们人民军队的杀敌利器，
广大战士、指挥员和人民都在把炮兵颂赞。
正当我军在北宁线展开胜利的战役，
你竟英勇而壮烈地牺牲在义县……

临近溃灭的敌人，不断地瓦解投降，
但是我们也不能忽视其垂死的凶焰。

选自《东北日报》，1948 年 10 月

铁　西

机器生了锈，厂院长了草，
高大的烟筒上搭鸟巢。
三年来的日月够人熬，
糠秕麸子吃也吃不饱。

拼着性命来把工厂保，
败溃的匪军休想动它一根毛。
“一一二”照亮了铁西区，
解放的红旗飘呀飘。

生起火来了，生起火来了！
高大的烟筒上黑烟冒，
机车也轧响，
轮带也滚转，
呵！看这紧张复工的高潮。

氧气、电动机和橡胶，
机械、铸钢和电焊条，

数十个国营的厂、工人的厂，
生起火来了，生起火来了！

高热的火、炽烈的火，
熔炉的火、锻冶的火，
铁星飞迸的火、红色的火，
生产的火光冲云霄！

听！
大铁西儿万职工的欢笑！

一九四八年十二月十四日于沈阳

选自《东北日报》，1948 年 12 月

我是一个技工

我是一个技工，
十七岁走进工厂，
干了三十几年。

日本鬼子来了，
我就给他怠工，
百分之三十的成品，管保不能用。

国民党来了，
红炉不冒红，大钻不转动。
特务流氓偷电滚，
我肩膊上挨了一铁棍。

我不声不响，
把重要的机件，
埋藏得稳又稳，
专等这一天：
工人大翻身，工厂好开工！

好了,这一天终于到了,
咱们得到了解放。

共产党是咱们工人的政党,
厂子,是咱们国营的厂。
从今后,除掉特务坏蛋,
谁还想旷工,谁还想怠工?
咱们自己就是主人,
并不是“经理”的雇工。

早先隐藏的机件,
如今若不拿出来,
那不是真正发了昏?
为的这,我两宿不睡也不困,
挥起铁镐刨又刨,
不管天寒地又冻。

我掘开埋了三年的工具,
只觉得满心喜气冲冲!

专凭大家齐下手,
那大钻才能动,
红炉才能冒出来红!

呵!我是一个技工,

老当益壮，为了新国家，

谁能说我没有用！

选自《东北日报》，1948 年 12 月

◇ 白　蕾

寄囚人

我又从这条巷口走上这条街
一切是看厌了的景象
窗铺中罗列着陈货
纵然五光十色
这与我又何缘

我天天打你的窗外往返
每每地向囚楼上窥探
那反射的烈日
刺花了我的双眼
从未看见一次人影张望
莫非铁栏内囚人的身旁
总有人掌着无情的皮鞭
你我虽相处咫尺
竟如群山不见

你内心也许如吼狮
外表也驯似绵羊
也妄想飞出这铁牢
人的脑海本不定
长远高深
你们可叫思想犯了
以此囚着的你们
或者以为好笑
这也是时代中的一点小潮

今天为你特制糕点
不知你能吃到吃不到?
收见收不见?
守卫者已不讯问我的来去
特务鬼子脸铁青
但我却觉得失却威严
可是我深想有一天再不来了
从春去了炎夏又要过完
可总不见你有消息归还

我又回去了
由这条萧条的街
折进这小巷
满载着终年的忧郁
走向我那寂寞的家

选自《驼铃》,1946 年 3 月创刊号

◇ 乐树吉

“五一歌”

五月一来五月一
劳动人们皆欢喜
全国人民来庆祝
又扭秧歌又演剧
为的迎接劳动节
竞赛生产争第一
劳动战场争模范
支援战争要积极
咱们要有坚决心
发扬工人创造力
工人阶级团结起
团结起来力无比
过去给人做牛马
现在工厂自己的

大家加油快快干
增加产量迎五一
咱们工人翻了身
翻身难忘毛主席
革命好比大风暴
刮得惊天又动地
刮跑乌云出太阳
太阳出来人人喜
从今天下变了样
穷人不受牛马气
英勇无敌解放军
现在已经过江去
不久中国全解放
庆祝大军得胜利

选自《文学战线》，1949 年第 2 卷第 3 期

◇ 幼　生

庆祝将军的胜利

（一）

黄澄澄河水滚滚仔流，
八路军过渡在蝗蝲峪口。
艄公[1]们高高兴兴喝上四两酒，
显一显好身手。

（二）

一个浪头高来一个浪头低，
人声马吼到了河西，
家家都听说那好消息，
大路上人不稀。

① 船夫。

（三）

老婆婆[①]听说是儿子来到，
喜得她一夜没有睡好，
离家五年没有见过面，
今日个小团圆。

（四）

人马多来队伍长，
小英雄远远望见他的娘，
一阵子跑到娘的面前站，
看看她认不认得咱。

（五）

她手扶着拐棍儿弯着腰，
从上到下仔细地瞧，
两眶子热泪一脸子笑，
孩子你长大了。

（六）

儿送娘来娘送儿行，
娘在家中儿放心，
只有那抗日政府优待咱，

① 老太太。

打败鬼子儿再回家。

（七）

多少个老年人来送行，
多少个婆姨[1]来送她男人，
说上几句知心话，
没有一个肯留他。

（八）

黄河千里滚沸腾，
战士们一心去南征，
多少人经过自己的家，
没有一个开小差[2]。

一九四六年九月二十一日

选自《东北日报》，1946年9月

---

① 老婆。
② 逃跑。

◇ 邢　路

我们的家乡长白山

长白山，长白山，
你是我们的家乡。

野火燃烧在长白山上，
勇士苦斗在鸭绿江畔，
流水，为何你日夜呜咽？
难道你，诉不完奴隶的愁怨？

长白山，你该多么庄严，
杀声响彻了天边，
为什么你还是默默不言？

长白山，你是养育我们的摇篮，
这里有险峻的山峦，

伟大的森林向四方伸展!

在这重重的山间,
有着江水流转,
这儿有我们流不尽的眼泪,
这儿也有我们往日的安详。

大雪在山谷里飞扬,
我们穿上长毛的衣裳,
喝光一棒子高粱酒,
烧干过往的愁肠。

擦一擦生锈的猎枪,
把子母弹顶上枪膛,
蹬上乌拉跑上山冈,
在雪野里追赶豺狼。

谁说我们没有春天,
融雪旁小红花偷偷地开放!

森林里挥起伐木的声响,
惊起的鸟儿在空中飞翔。

春风吹化了松花江,
无数的木排在水上荡漾,

随着流水漂到外乡，
去瞧瞧都市的风光。

我们的辛苦的血汗啊，
只换得廉价的报偿。

好的木料啊，
盖起漂亮的洋房！
好的皮毛啊，
缝起时髦的衣裳！

自己的女儿长大了，
却没有钱买嫁妆。
只好陪送她一支猎枪，
去跟着丈夫寻求幸福，
还是挨着可怕的饥荒？

祖父倒下了，
父亲拾起他的猎枪。
父亲倒下了，
把斧锯留给儿郎。

我们爱自己的家乡，
在这里一代一代地度着时光。

从哪里来的大祸？
从哪里来的灾殃？
敌人赛过凶恶的豺狼，
不但要毁灭我们，
还要毁灭我们的家乡！
霸占我们的森林，
烧光我们的牧场！

鲜血融化了冰雪！
鲜血结成了冰河！

多少人炮火里死亡？
多少老母怅望夕阳？
多少寡妇苦守空房？
多少孤儿眼泪汪汪？

谁甘心屠刀下死亡？
谁甘心天涯去流浪？
我们要流出自己的鲜血，
保卫住自己的家乡！

野兽，你逃命吧！
我们背起猎枪去打仗。
马儿，不要你驾辕了！
我们要跨上征骑驰骋战场。

吆呼着你的乡邻，
中国和朝鲜的人民，
起来，饥寒交迫的奴隶！
让我们结成一座新的长城。

长白山，长白山，
你是我们白发的母亲，
我们在这里生，
我们在这里长，
就是死，也要在这里埋葬。

战啊，战！
我们血战在长白山上，
在山腰架起我们的篷帐，
渴了就喝山上的白雪，
饿了就煮兽肉充饥肠，
夜晚围着熊熊的野火，
把悲壮的歌儿高唱。

战啊，战！
我们血战在鸭绿江畔，
战旗迎着血红的朝阳，
战马在原野上奔放。

敌人若是向我们进攻，

我们就叫他插翅难逃，
风雪在深谷里呼啸，
叫敌人无法把退路寻找！

我们有英雄杨靖宇的领导，
千辛万苦不能把我们吓倒。
我们扶持着民族正气，
我们要架起胜利的桥。

鲜血染红了长白山巅，
志士的头颅在古城头高悬！
长白山，我们白发的母亲！
千百万儿女啊，
永远笑望着你的慈颜！

我们的家乡长白山，
是英雄流血的地方，
我们要保卫血旗的庄严，
让它永远迎着春风飘扬！

选自《白山》，1946 年 2 月创刊号

◇ 吉　　戈

人民的处女地

——阿什河畔

在这儿，

阿什河畔，

山岗上的太阳，

照耀得

缓流底红光发蓝，

早晨，

隔岸荷锄底村姑们，

张开了笑脸！

怒放着心花！

尽情地朝向着自己的田园，

边走边谈。

要不是来了共产党，

哪能有今天的

田园、饱暖……
明春、明冬……
——更是她们的期望。

古老底阿城，
屹立在
阿什河畔，
共产党一来，
也换了新气象，
穷人的儿子，
也上了学堂，
满街满巷，
热血爱国的青年，
挥动着笔杆，
在墙壁上
诉说着
心里想说的话，
再也没有谁敢侵犯。

深巷隐蔽地方
看不着赌场，
过去卖肉求生的妓女，
一五一十地
个个都得了解放。
从今后，

成家立业，
各做各的营生，
再不口甘心伤。

八月十五，
天还下着小雨，
这是解放胜利的纪念日。
各村各庄，
拥来了
成千成万的人！
打锣鼓吹喇叭，
扛着土炮洋枪，
东支西叉地竖着。
要求民主的大红旗帜，
三行两列，
一队一队地
走向人民自己底政府，
开会，宣誓，高呼：
保卫胜利果实！
誓死争取民主！
誓死也不离开自己的田园。
人民政府就像个阅兵台，
在检阅人民的队伍，
这是人民的力量！

有史以来，

在这——

人民的处女地

阿什河畔，

只能算是第一次，

第一次！

十月十六日于阿城关院

选自《东北日报》，1946 年 10 月

◇ 老　乡

长春民谣

（一）

小白菜哟
地里黄啊
长春市里
没有粮啊

没有粮啊
人心慌啊
遭殃军哪
守不长啊

守不长啊
快投降啊

顽固不化
见阎王啊

（二）

高粱叶子
青又青啊
长春市里
不点灯啊

不点灯啊
蒋匪横行
姑娘媳妇
没有命啊

没有命啊
闹革命啊
里应外合
攻进城啊

选自《东北日报》，1948 年 6 月

◇老　酒

胜利的火把

照呀，照呀！
你这胜利的火把，
这是我们积久的宿愿，
终于实现在今天，
我们更确信将来到永远。

照呀，照呀！
你这胜利的火把，
这是希望的燃烧，
是奋斗的生命，
是血泪里的鲜花！

照呀，照呀！
你这胜利的火把，

欢呼已震破静夜，
歌声已响彻了宇宙。
嗓子哑了，还要喊呀还要唱，
腿已经乏了还要走！

照呀，照呀！
你这胜利的火把，
嗳呀！你看！
那闪动的红砖，
那跳跃的绿瓦，
那是澎湃的海洋，
那是光耀的灯塔，
那是啊！许多熊熊地燃烧着的生命，
迸射出来的火花！

照呀，照呀！
你这胜利的火把，
你比着白昼还要亮，
你比着任何的地方还要亮！
你就是宇宙的太阳，
你就是“生”的力量。

照呀，照呀！
你这胜利的火把，

只顾呀跟着你驰骋，
叫我们忘却了自己的所在与劳顿，
也不想再辨出哪是我们的家，
只愿跟你跑遍了天涯！

照呀，照呀！
你这胜利的火把，
虽是在阴漫的深更，
也见不到一点暗影。
虽然淋着疏疏的雨滴，
我们也觉不到半点凉意。
怕是此刻，
我们的血已在沸腾！

照呀，照呀！
你这胜利的火把，
人们的快乐，
已相似了疯狂，
也分不开什么是欢呼，
什么是歌唱，
更顾不了什么诙谐与礼节。
谁能形容得出？
你这满天的红光！

照呀，照呀！

你这胜利的火把，

……

五月三十一日

选自《东北日报》，1947 年 7 月 4 日

◇ 扬　帆

野菜换个小毛驴

太阳晒得暖洋洋，
不冷不热好时光，
青妇队员林桂香，
手提菜篮走慌忙。
踏过垄头荒草泊，
迈过河东馒头岗。
问问大姐忙什么？
“采野菜，晒野菜，
晒好野菜顶食粮。
野菜可顶粮食吃，
留着粮食备春荒；
要逢上春天收成好，
省下备荒的几担粮。
背粮食，赶大集，

粜了粮，合伙买个小毛驴。
买个毛驴牙口少，
筋粗骨壮有力气。
赶着毛驴扶着犁，
‘得儿嗷嗷……’耕田地，
又省工夫又省力，
劳动发家是个好样的。”

◇ 西　虹

村童送水

——旅途漫歌之三

平展的公路横贯大川，
你坐在路边，
守着个水罐。
舀满的水，
一碗两碗，
摆在你身前，
它已经由滚烫
晾得只剩下一点温暖。

你望着公路西面，
小脑袋探了又探：
“□的水晾冷啦，
八路军，

我怎么还看不见?”
你望见人们汗热地走来了,
你就一蹦将身子站,
端碗水迎向他面前:
“同志,辛苦啦,
快喝一碗!”
你望着他喝干了,
抢下碗又把水舀满。
那人说声:“谢谢,
真把你麻烦!”
你露出碎小的牙齿,
笑容满脸,
声明你专为同志们送水,
才守坐路边,
人们不喝,
你决不心甘。

妈妈不在家,
爸爸在灶前忙乱,
你小腿子走得快,
一罐喝完,
又提出一罐,
你远远地来往于你家和公路边,
人们越喝得水多,
你心里越喜欢。

你拉住那人的手，
他摸摸你圆圆的脸，
像一家兄弟，
亲热攀谈。
他看看天色，
忙把路赶，
你望着他的后影，
小眼睛死盯着不转。
他回头向你送来笑脸：
“谢谢你，小同志！”
你说：
“再来！”

四月十八日

选自《东北日报》，1946 年 11 月

欢乐的城

——安东速写

薄雾遮没了山头、树林和楼房，
市空已照上温暖的朝阳，
汽笛狂叫，
鸟雀歌唱，
人声欢嚷，
还有那激响的锣鼓，
将人们欢乐的心情震荡。

今天是我们城市的生日，
它在祝贺自己的解放，
男的换上新衣，
女的一身粉妆，
一个个高擎花旗，
成群涌动在街上。

火车披挂了花纸衣裳奔跑，
卡车缀上鲜花彩绢，不停止欢叫，

树木、电杆、楼房……
每一条马路，
每一段街巷，
披红挂绿，鲜艳活泼，
秧歌，高跷，
一队队活跃在街巷。
人群像发了狂，
涌潮似的东挤西撞，
马车夫扬鞭吆喝，
涌流着的人群依然将他堵挡。

人群在笑，
人群在跳，
人群在狂喊口号，
我们的城市啊，
像鲜美的花园，
像三月的桃林，
它鲜嫩美丽，
它狂跳欢腾！

城市伴随着悲愁的鸭绿江水日夜哭号，
悠长的十四个年，
今天还是空前热闹。

英勇的子弟兵来了，

城市的救星来了，
工人、市民、儿童……
多少只手举在额角，
向子弟兵点头、敬礼、呼叫，
没有你，我们哪会有今天，
没有你，我们怎能把眼泪变成欢笑？

人民解放了，
城市解放了，
人民有了土地、房屋、牛羊，
市面上也繁华热闹，
这快乐幸福的生活，
怎能让反动派抢跑！
三十万市民有谁不生怒潮！

城市在欢叫，
城市在咆哮，
让人们生活得更好些吧，
让人们生活得更幸福些吧！

黑夜里，城市更热闹，
雪亮的电灯一层层，一盏盏，
像灯塔，像灯山，
像清明的星天。
锣鼓喧闹，

人群欢叫，

城市辉亮着银闪闪的灯照，

庆贺吧，

我们欢乐的城，

庆贺吧，

我们自由的人民！

八月十五日夜于安东

选自《东北日报》，1946 年 10 月

欢迎啊！人民的子弟兵！

欢迎啊！
人民的子弟兵！
锣鼓在响，
人群在跑，
一杆杆花旗迎风飘飘。

妇女们高举着花旗，
微风吹散她绺绺鬓发，
小孩童伸出小小的拳头，
尖脆的喉□不停欢叫。

是喜客临门，
是亲人来到，
是人民的子弟兵回来了！

欢迎啊！
人民的子弟兵！
锣鼓急剧地敲，

人群漫街蜂涌，
欢呼声震动着
山脉、河流、人和乡村。

欢迎的人群，
像置身在鲜丽的花林。
欢迎的人群，
涌向子弟兵。
“欢迎同志们，
去建设新的东北，
打垮反动派的进攻！”
妇女、孩童、年轻农民……
吼叫，欢嚷，
汇成一个巨大的喉咙。

这是人民的嘱托，
坚强的意志和信心。
人民的军队啊！
激动的热泪往脸上滚，
愉快奋发的情绪往心头涌。

五月十日于涉县南庄

选自《东北日报》，1946 年 9 月

农民代表

一身走亲戚的新布衣，
一条漂白毛巾包了头，
你举起轻快的脚步，
往街道两厢做着喜悦的盼顾。

你辛劳的脸色是那样沉毅，
胸前鲜红的布条儿将人们吸住，
店员、儿童、市民……
多少双眼睛羡慕地将你瞅，
你心里激动，脸儿却沉静，
向每个人打一个沉默的招呼。
你没有说一句话，
他们的心里早已有数。
你在会上简单切要讲了话，
一句一句都打动了听众的心头，
众人伸出臂膊连喊
“拥护”！
你这农民的代表，

忠实地为人民服务。

选自《东北日报》,1946 年 9 月

平川夜歌

——旅途漫歌之三

灯火熄啦，

村庄睡啦，

平川的民兵出发啦。

提上盒子炮，

扛上机关枪，

散布在城市周围，

缴那敌人的枪。

狗儿叫啦，

电灯暗啦，

城里的敌人心慌啦。

爬到城头上，

枪口朝天放，

窝藏在枪眼儿底下，

不敢向外望。

子弹在空中叫，
民兵在心中笑。
子弹在空中叫，
民兵在心中笑。

城里空啦，
城里光啦，
敌人喝不上稀米汤啦。
关紧了城门，
不敢下个乡，
望着平川的村庄，
日夜叫饥荒。

村庄富啦，
村庄旺啦，
青菜麦子遍地长啦。
敌人干瞪眼，
不敢下个乡，
要是不交出城市，
定把它困死个光。

子弹在空中叫，
民兵在心中笑。
子弹在空中叫，

民兵在心中笑。

四月二十九日于山西平遥

选自《东北日报》，1946 年 10 月

幼儿和母亲

——旅途漫歌之二

一、幼儿

骡背上系着摇篮，
摇篮外挂着小尿片，
小孩童露出圆圆的脑袋，
张开傻呆呆的眼。

驮骡不停地走，
小脑袋不住地颠，
他像吊在半空，
摇来摇去打秋千，
他不哭，
不笑，
只向行人呆看。

前面是他的妈妈，
爸爸又给他把缰绳牵，
清风吹拂他头顶的卷发，

驮骡将他晃漾得心里舒宽，

一天

两天……

跟着他爸妈上前线。

二、母亲

驮骡垂下耳尖，

摇篮停在路边，

妈妈抱出年幼的儿子，

用丝绢揩揩他的鼻涕和口涎。

他小眼睛亮闪闪，

腮巴子肉旦旦，

舞动他白胖胖的手足，

向母亲憨气地笑开颜。

母亲满脸汗水，

嘴唇烧焦得发干，

小杯子冲上糖汁，

快先给小儿喂饭。

一股黄沙吹来，

母亲撩起衣襟，

将他的小脑袋遮掩。

“小心肝再健康些吧！”

母亲的心默默记惦。

四月十六日于陕西义合镇

选自《东北日报》,1946 年 10 月

◇ 师田手

担架队赶路曲

一

鸡鸣刚刚过呀，
天上星未落。
妻也叫呀，儿也唤，
摸黑把灯点呀，
划根火柴亮闪闪。
担架队要往前方赶呀，
从头到尾不能慢。
战士一滴血呀，
百姓万垧田。
打不倒蒋介石呀，
地主恶霸定要把“把”翻。
脚底下的吐沫呀，

重又上了脸。

太阳冒冒红呀，
东方如血染。
男来送呀，女来看，
屯前田畔呀，
挤满老老少少庄稼汉。
担架队要往前方赶呀，
走起路来不能慢。
战士一滴血呀，
百姓万垧田。
打不倒蒋介石呀，
地主恶霸定要把“把”翻。
咱们翻身农民呀，
血溅万垧田。

二

火车隆隆开到站呀，
赶早走荒山。
森林大呀，路途远，
大车运输队呀，
汽车拉满弹药驶向前。
担架队要往前方赶呀，
吃好饭喝好水腿脚不能站。

战士一滴血呀，
百姓万垧田。
打不倒蒋介石呀，
东北人民的天地又黑暗。
民主联军正打歼灭战呀，
胜利大声在呼唤。

松花江水宽又宽呀，
横过坐汽船。
转山脚呀，上山巅，
步兵大炮队呀！
洋马炮车齐并肩。
担架队要往前方赶呀，
不怕水不怕山越走越勇敢。
战士一滴血呀，
百姓万垧田。
打不倒蒋介石呀，
东北人民的天地又黑暗。
民主联军要打攻坚战呀，
胜利大声在呼唤。

三

日光高空照呀，
青天赛蓝缎。

山重重呀，村庄连，
隐隐炮声响呀，
收割的农民笑满面。
担架队要往前方赶呀，
心急似箭恨脚慢。
战士一滴血呀，
百姓万垧田。
打不倒蒋介石呀，
中国就被美国恶狼给吞咽。
快快解放蒋管区呀，
全国百姓都分田。

天高鹰展翅呀，
霞光火焰焰。
高粱红呀，谷浪翻，
机枪嘎嘎响成片呀，
搏斗的英雄在山边。
担架队要往前方赶呀，
心如飞燕脚似箭。
战士一滴血呀，
百姓万垧田。
打不倒蒋介石呀，
中国就有灭亡的大灾难。
最后扭断法西斯的腿呀，

人民百姓掌大权。

一九四七年十月二日于吉林桦甸

选自《东北日报》,1947 年 10 月 29 日

◇ 光　军

铁路工人陈振文

陈振文啊！
你是三十多岁的工人，
你开了十多年的火车，
你有熟练的技术，
在吉林你是头一名。

十四年来，
你受尽了日寇汉奸的压迫，
你现在可十二分地高兴，
在民主政府的领导下，
你有了说话的自由，
也有了衣穿，
更有了饭吃，
你参加了工会，

参加了清算坏蛋的斗争，
你常和工友说：咱们翻了身！
四月三日那天，
你听说吉林省的代表开会，
你知道他们是为了我们，
本来不该你的班，
你又怕别人开不保险，
你就自己出头，
驾上了火车，
火车风一般地跑着。

可恨永宁站上不负责任，
火车进站他们不挂灯，
你不知道车已经进了站台，
车头撞上了水塔，
撞掉了你的牙齿，
碰破了你的嘴唇，
鲜血染红了前胸。
你疼痛难忍，
咬着牙推上了车闸，
火车停了，
你昏迷地躺着，
但是你还问代表受伤没有。
杨工友告诉你：
代表都好。

你才放了心。

工人代表慰问你的时候，
你眼里含着泪，
但脸上却带着笑容，
你说：
“只要你们能开会……”
省代表会的第二天，
杨代表报告了你受伤的情形，
全场一致通过了向你慰问，
当场给你写了慰问信，
大家又给你捐了慰问款，
政府决定给你担负休养的费用。
举出来吉林代表去看你，
关老厅长感动得落了泪，
大家都对你无限敬佩。
陈振文啊！
你是我们工人的好榜样，
你是我们的好朋友！

工友

选自《东北日报》，1946 年 8 月

◇曲　折

走一趟可明白了

在长春客栈里

旅人的身体，
是多么疲倦！
正在香甜的梦境！
嘭！嘭！把我从梦境惊醒，
几个美式装备的“中央军官”立在我的面前，
我以为是洋人，原来鼻子短点，
一开口就说我是奸细、八路……
吓得我没敢作声，
他们严厉地逼问我、刁难我……
我眉头一皱，计上心来。
谁还不懂得，
老头最灵，能治百病，

我把仅预备到家的路费拿了出来，
他们立刻笑了，
脸色变了！
言语缓和了！
态度谦逊了！
我这才放下一颗提吊的心。

在长春车站上

票房子挤满了男女的旅客，
将近三点的时分，
卖票口还是不开门（不卖票），
但是——
里面总是有人说着：十张……八张……
火车进站了！
那些洋装的人们
洋洋得意地走到月台上，
我们这一群人还排着等着买票呢！
开车的时间到了！
售票口还是没有人，
我急了，向一个铁路局的人打听，
“车要开了，票卖够了！”
我怔了一怔，没说啥！
站在月台上发急！
那边来了个“中央军官”，
笑容满面地，手插在兜子里，凸凸的！

我明白了！
我为了一个急事，是家里办事情，
明天一定赶到，
没办法，最后的一千元……
深深行了个礼，
说明了我的来意。
他先看钱一眼，
笑容可掬地接了过去。

在哈尔滨车站

坐在月台上发愁，
袋里空空的！
几个民主联军和蔼可亲地走来走去，
他察觉了似的！
走到我身边：
“老大爷你为什么这样发愁？”
我惊奇！我这是做梦吗？
哪有这么好的队伍，开口就叫老大爷？
他又继续说：
“有什么困难咱队伍能解决，
你不要怕，说罢！”
“没钱买票回家。”
我说明了始末，
他马上安慰地说：“这困难我们给你解决，
给你想办法，我们是给老百姓办事的！”

他们咕叽了几句，
把我领到不远的地方去吃饭，
回头又把我送到北行的车上，
交给我一个“证明”，保证到家。
我这忧郁的心，阴沉的心，
立刻晴明了！
像雨后出了太阳似的！
啊！“我走这一趟可明白了！”
几百里的距离就是两个世界！

选自《东北日报》，1946 年 10 月

◇ 吕书轩

征麦农民歌

（一）

你也忙

我也忙

大家动员纳公粮

今年好

来年强

换工小组有力量

（二）

你快纳

我快纳

组和组的都竞赛

纳公粮

保家乡
得到翻身打老蒋

（三）

你有马
我有车
人力马力要配合
谁送粮
谁打场
妇女儿童一齐忙

（四）

你也强
我也强
模范小组都要当
留种子
留吃粮
来年种地有希望

选自《东北日报》

◇ 朱秀杰

送郎上战场

擀面杖，两头尖，
擀成饼饼圆又圆，
有葱花，有油盐，
又是香来又是咸，
哥哥杀敌上前方，
把这饼儿带身边，
饿了请你吃个饱，
杀贼不怕胳膊酸，
何时打垮反动派，
回家咱们再团圆。

选自《东北日报》，1947 年 6 月

做鞋劳军

东邻家，王大娘，
低头盘腿坐炕上，
右手拿的针和线，
左手拿的小鞋帮，
一针一线纳得快，
针针想着共产党，
纳得鞋帮密又硬，
做出鞋儿坚又壮，
问她做鞋给谁穿，
她说：
战士前方打胜仗，
为咱保田保家乡，
咱穷棒子没有啥，
做双鞋子他穿上，
冲起锋来跑得快，
早日消灭“贼种秧”。

选自《东北日报》，1947 年 7 月

◇朱　彤

草原的诱惑

我忘不了，

忘不了那诱人的草原。

在梦里，

仿佛自己又卧在洮儿河畔，

听浣衣女的嬉笑，

看牛羊啃着地皮。

这草原，

这草原的诱惑呵！

浪子又一度心酸。

那里有丰富的日子，

那里有憨厚的人们，

那里有我底牛群和羊群呵，
那里埋藏着我的希望。

田禾长遍坨子顶，
快活充溢人间。
老东家衔着旱烟管，
吐出一缕白烟。
今年该是一个丰收年，
人们扯开笑颜。

夕晖照在蓊郁的树林，
牧童骑牛归去，
哼着小调，
懒看黄昏后的炊烟。

老东家看大肚子乳牛，
手拍着我的肩头。
“小伙子好好干，
赚了钱，
春天说个好媳妇！”

如今：
河水更清澈了吧？
塞北的秋天分外寒。
老东家也许忧郁着了，

他家的牧童一别三年。

我忘不了，
忘不了那诱人的草原。

选自《十四年》，1946 年创刊号

◇ 朱保春

晒干菜劳军

八月里，秋风凉，大家劳军晒菜忙。
棵连棵，秧靠秧，园地菜儿肥又壮。
张大嫂，李大嫂，挎着筐儿出了庄。
不一会，到园界，你摘瓜儿我摘茄。
你一把，我一把，大家努力一顶俩。
天刚晌，摘满筐，离开园地回了庄。

大菜筐，放当央，合家大小围四方。
圆圆瓜，长长角，各样菜儿都不少。
你拿剪，我拿刀，大家分工组织好。
剪子快，剪子光，剪得菜丝细又长。
刀儿快，刀儿尖，切得菜片薄又宽。
扯条绳，放块板，晒得菜儿流流满。

天气晴，干菜成，一样一样上秤称。

大家伙，仔细算，超过任务一大半。

打成包，捆成件，上了火车送前线。

菜也香，饭也香，战士吃饱打胜仗。

解放区，人心齐，团结一致来抗敌。

前方打，后方干，消灭蒋贼大祸患。

选自《东北日报》，1948 年 9 月

◇ 朱　媞

灰色的羊群

我们是灰色的羊群
灰色的羊群
有着灰色的命运……

我们盲目地四下里奔驰
我们将何所往呢
我们，我们……
我们乃伫立在时代的通衢
我们恪守自己的命运而战栗

我们力尽声竭了
黄昏掀一天的风沙
向空旷的心上刮
吹风沙眯塞了眼睛

吹风沙迷失了途径
黄昏过去就是长夜
空旷无人的天幕
我们将跋涉终宵么
前路也许没有绿洲
也许没有水草
孤诣的苦累的旅人呵
当你还没有走向坦途
还不过是在中路踯躅
要忍受苦辛
要忍受苦辛

可是,可是
太阳落天也黑了
我们掩抑不住哀戚
我们底眼前
只有一片无底的昏黑

生之欲望呵
残酷地,愤怒地
拭掉了盈睫的泪水
向不可知的方向
伸出了我们的脚步

我们是灰色的羊群呵

灰色的羊群
有着灰色的命运……

选自《东北文学》,1946年3月第1卷第4期

◇ 竹　军

荒　流

它无声地流过也无声地流去……
它岸旁的树木和草儿
默默地吸受着它从太阳的家乡带来的光芒
它们都长得强壮而愉快……
它像一个播种的人
静悄悄地从它婴儿的身旁走过
把希冀的梦幻从远方带来又流到远方去……

黄昏常常留下了暗淡的影子拂过它的身旁
黑夜常常把哽咽与叹息诉说着前面的残酷
它无声地流着……
多少的黄昏与黑夜
像泛浪的水花
只浪起了一线的波纹又消失在它平静的旅程

它不会给幸福的梦幻逗引得发狂

它更不会给山一样高的压抑压得喘不过气

它只永远无声地流……

一九四四年一月十日

选自《十四年》,1946 年第 1 卷第 3 期

◇ 任克东

姜老八，吸血王

姜老八，吸血王，
好地他有二百垧。
养活四个坏儿子，
侄子孙子一大帮。
阿城天理城子村，
姜八就是土皇上。
提起姜家谁都怕，
外号就叫活阎王。
他的大侄姜洪泰，
伪满城子当区长。
二侄洪举挎洋刀，
特务机关当警长。
咱们打败日本后，
他的儿子当“中央”。

姜八也抱一脚差，
本村里边当保长。
这一疙瘩他说了算，
没人敢把姜家搪。
今天穷人能说话，
我们的苦水讲一讲。

王老八，穷光光，
单人独户不吃香。
伪满闹腾十四年，
劳工他去十二趟，
前后整整干六年，
回来三天又摊上。
他问区长怎回事，
去了一趟又一趟？
姜洪泰，他不让，
桌子一拍把蒜装，
“我就叫你王八去，
看你王八能怎样？”
王老八，怪窝囊，
说了几句不平话，
这一家伙可坏啦，
八嘎牙鹿来一帮。
老王一看事不好，

叩头下跪求原谅，
接着他就又去啦，
一气干到鬼子投降。

陆殿友，家里穷，
从小给他把活扛。
头二年，不挣钱，
后来每年卅来块纸大洋。
那回丢了条破麻袋，
姜八爷，老混账，
满嘴喷粪把人伤，
麻袋作了五块钱，
劳金钱里他赔上，
姜八听说他认可，
这才把事放一旁。

关东城，一季粮，
每年秋天一阵忙。
那年秋天连阴雨，
姜八的庄稼没到场，
姜老八，着了忙，
想出办法比人强，
说什么，
今天你们下把力，

把咱的庄稼割到场，
明天杀小鸡，
还把烧酒烫。
大家伙，把劲上，
庄稼天黑都到场，
第二天，
酒没打，
鸡没杀，
还是：小米干饭，萝卜蘸大酱。

钱老大，更冤枉，
北甸割柴惹祸殃。
十个里边他抽三，
老钱不敢把屁放。
那回套车去拉柴，
回来路过他坟上，
姜老八，他不让，
说把风水轧跑了，
逼着祭坟来烧香。
老钱说啥不好使，
二百吊钱又花上。

李有从小把活扛，
常去打围会放枪。

那年秋天去打围，

出去一天没打上。

回来路过他树下，

乌鸦□他一脊梁。

李有心里不高兴，

一把沙子装满枪，

当啷一枪下来俩，

姜八急得像死了娘，

又吹胡子又瞪眼，

张口就骂“我×××！

王八羔子真胆大，

八爷门上敢放枪，

打下我的小乌鸦，

你的穷命得赔上。”

李有一看害了怕，

八爷八奶奶就叫上，

说是李有我年轻，

还得八爷多原谅。

姜八愈来愈发火，

上来就是几耳光。

李有心里更没底，

好话连忙又说上：

“反正李有我错啦，

你说怎样就怎样。”

姜八这才消了火，
李有托人说了好几趟，
共花大洋五百吊，
那时能买石多粮。
李有手下没有钱，
出利借钱忙送上。
回到家，不敢嚷，
还怕气着老爹娘。
秋天里，忙上忙，
卖了一秋穷工夫，
本利才算又还上。

姜八仗势欺压人，
这些仇恨不能忘，
那天一说斗姜八，
不吃午饭也不饿得荒。
抓来地主姜八后，
李有第一个过大堂，
头一皮带不承认，
二一皮带他叫娘，
三一下子认了错，
一个劲地求原谅。
八爷成了三孙子，
李有坐在大堂上，

这回分了十万圆，

安家立业有指望。

若不是来了共产党，

穷人还能这么样?!

选自《东北日报》,1947 年 10 月

◇ 任晓远

翻身的铁岭河

狂风和坚冰
再不敢把水灵灵的金达莱欺凌
希望的旭日喝退黑雾
照亮着渴求已久的心

凝满怨恨的锄刃
第一次绽开笑靥
结着厚霜的镰把
呼呼生风舞姿新颖

白绢般的山河
呼唤我们描龙绣凤
雄鸡啊雄鸡

每天你能不能早一点啼鸣

一九四七年一月三十一日

山村图书室

夜幕严严实实把山村笼罩，
图书室里灯光熠熠充满欢笑。
墙正中贴着领袖的画像，
慈祥的笑容似在向大家问好。

课桌后面坐满了男女老少，
劳动一天谁也不觉得疲劳。
学文化好比是赛跑啊，
运动场就是这简陋的夜校。

贞淑悄悄地同丈夫摽劲，
王姬赶来时孩子刚刚睡着。
阿爸依和阿迈戴着老花眼镜，
坐在他们身边的小孙子也不吵不闹。

刚学习完列宁的教导，
通讯员送来了当天的省报。

宣传员高声读一条喜讯。

于是，大家抑制不住兴奋又唱又跳，
歌声溢出窗户响彻山坳。
啊！山村的图书室也是俱乐部，
夜夜翻滚着朝鲜族农民喜悦的浪涛。

一九四九年

信

本是一字不识的老农民,
夜校刚使他把文盲帽扔进枯井。
今宵,他拿着比镢头重得多的铅笔,
郑重其事给前线的儿子写信。

老伴洗完了衣裳,
怜悯地望着他戴的老花眼镜。
唉! 难为他天天苦学不辍,
还不时用唾液沾一沾笔芯。

老伴困得钻进了被窝,
梦呓中仍在叮咛他早点就寝。
他挨近油灯朗读写好了的信,
抑扬顿挫的声音分外动听:

"胜利后复员归来,
别忘了带回两样物品:
捎一张巨幅的领袖像,

路过县城买钢笔一支墨水一瓶。”

一九四八年八月

◇华　廷

麦收谣

农民喜洋洋，
雨水来得强，
庄稼长得好，
麦子黄又黄，
麦黄可收仓，
政府有命令，
干部来帮忙，
区长领着干，
人人满脸汗，
大家争模范。
人们抿嘴笑，
回家说短长，
民主天地里，
真是奇事多，

政警帮麦收，

此事古来稀。

选自《“工农园地”选集》，大众书店 1948 年

◇ 华　弟

流浪者

听说这陌生的都市——
跳动着五十万人的脉搏，
今天披着黄昏的霞彩，
从远远的来了——
一个宿命的流浪者。

梦一般的黄昏，
像故乡——
麦场上的夕阳，
狂吻了奔流的云霓；
故乡在炮火里消灭了，
汹涌的硝烟——
揶揄地涂遍了绿色的村郭，
涂遍了静静的小河，

涂遍了河边的垂柳，
涂遍了腐烂的尸体，
涂遍了贪婪的蚊蛾；
揶揄的——
硝烟，
仿佛袭来的浓雾。
吭哑了沃野，
沃野里的禾实！
那是娇嫩的禾实呵，
还没有成熟，
它们已经朽烂了，
被践踏了，
从地上生长出来，
仍向地下去了，
不管有没有饥饿！
把明年的岁月，
残酷的——
啃啮了血的伤痕，
让风雨，
寂寞地记忆着，
这里曾有——
一场兵火。

夕阳有无限绮丽，
该也有——

无限忏悔。
它不会——
把故乡的温暖
赐给那——
走来这里，
陌生的流浪者。

忘不掉——
爸爸和
瞎了眼的妈妈，
在轰天的震动里，
廉价地交出了
他们的灵魂，
不知向天堂，
还是地下？
从那时，
生命成了毒瘤，
该也——
带着它，
向无尽的旅程，
走向天涯。

从黄昏到黎明，
跋涉呀！跋涉呀！
人生果如梦吗？

而梦也该如此可怕?
走了几块山坡,
渡过了有多少河?
人是消瘦了,
魂魄也似乎受了压榨,
饥饿,疲惫……
蔑视的白眼,
揶揄的嗟讶,
即便是同情,
也恐怕是空洞,
是虚假!
哪里有爱情的温慰?
哪里有清泉?
哪里有故乡的家?
家已经没有什么系恋,
故乡在硝烟里成了灰烬,
巨鸦剥啄着遍野的残骸,
昔日的腴田,
在死亡里洗灭了,
荒烟野草向宇宙呜咽,
杳远的豪华历史,
如一条划过长空的夜闪。

五月雨,七月风,
天涯路上——

没有美丽的梦与憧憬。

而今是深秋，

以后该是白雪的冬天，

生命譬如巨浪，

悄悄地给风雪吞噬了吧，

流浪者没有悲哀，

西风——

让它刮……

一九四六年一月二十三日

选自《东北文学》，1946 年第 1 卷第 5 期

◇华　原

北大荒

千年荒

万年荒

北大荒的地主赛阎王

阎王老鬼家中坐

穷人身上锁上锁

风和雨，冰和雪

多少年来

穷汉子就在这里打磨磨

多少土地磨开了花

多少土地磨结了果

但是呵

多少咱们的好儿女

在这里磨掉了生活

北大荒呵
地主的聚宝盆
穷汉子的死人窝
千千万穷汉子的血
供着地主喝
千千万种
血仇,冤恨
不能说

霹雳一声响
来了共产党
共产党的光
照亮了
咱这穷汉子的眼睛
也照亮了
这阴湿、黑暗的
北大荒

北大荒上
男的
女的
张开了喉咙
男的
女的

伸起了铁膀
挣断封建剥削的锁链
吐出千年万年的苦水冤枉
打倒地主
踢翻阎王
北大荒的男男女女呵
还了阳

共产党的光
永远那么亮
丑恶、狠毒
都在它照耀下死亡
敦厚、善良
都在它照耀下生长
咱北大荒的人呵
在它照耀下越长越壮

为了保卫自己的家乡
小伙们
成千成万地上战场
为了建设自己的田园
男女老幼
家家户户来开荒

云雀叫着
马蹄忙
一片片的黑泥
散发着土香
开荒的人们心里和
五月的阳光
村外的草场
一样的温和明朗

××没有除呵
祸患没有净
过去的苦楚
永远地不能忘
北大荒的幸福
要用力量来培养
扛起枪呵
上战场
赶起马儿
多开荒
共产党的光
永远那么亮
北大荒的人们
越长越坚强

（后记：五月末某夜，我在一个小村子里，和一个五六十岁的老人,坐在村边的地头上,望着草原尽处渐渐升起的月亮,他对我讲起北大荒的故事来,最后他说:“共产党就是一个亮呵!这个光照得我心里亮堂堂的,有了这亮我干什么都起劲。”他大儿子参军去了,他和二儿子在家,分的地完全种上了,自己又开了四垧多地!)

一九四八年五月于土尔池哈

选自东北《生活报》,1948 年 8 月 16 日

◇ 庄　严

没有民主联军　哪里会有今天

爸爸！
我回来了！
剩一只胳膊的孩子回来了！
爸爸！
这几年的日子，
过一天就好像过一年。
我本想跑往关内，
谁知被鬼子抓了，
被捆上敌车押着去。

一天傍晚，
到了密山车站！
那么多个愁眉苦眼的人，
鬼子拿鞭子，

像赶牲口一样，
赶咱们离开牲口圈似的车厢。

逼着咱们
站在车站的厕所旁，
等着被押到
密山炭矿。

一辆汽车来了，
电灯向咱们身上晃，
把咱们像堆麻袋一样，
二百多人，
装压在大卡车上。

从此，
咱们这群牛马不如的人
被逼着挑土、开山、挖煤、掘矿……

多少黑夜换走了白天，
多少次月亮缺了又圆，
这七八年的日子呵！
像火烧油煎……

牛马还歇午晌，
咱们呵！

不管日晒雨淋，
一天干到晚，
哪有个闲着的时光。

冬天，
更是咱们的大灾难，
西北风，
吹破了脸，
浑身冻僵了，
手脚麻木，
透心的寒冷。

冷吗？
怎抵得住沾着水的皮鞭……
鬼子像头驴叫，
挥着鞭子直吼，
“八格！ 干活计……”
咱们吓得手脚不停，
为了保全一条命。

这一天，
我永世忘不了的一天，
被剥光衣裳，
拿凉水浇，
不准精身子摇晃，

一个个被浇得像根冰柱子……
唉！多少人病倒，
多少人被折磨死了！

他们却说：
病了让他带病来干，
死了有新的来换，
世上三条腿儿的蛤蟆没有，
两条腿儿的人，
只要一伸手就能要。

唉！
这几年，
密山炭矿，
死的有千千万万，
抓来的有万万千千。

爸爸：
咱虽留下一条命，
却也剥了一层皮。
这几年，
饿急眼了！
掠点儿青草塞肚皮，
衣服
补又补来，

绽又绽。

爸爸，

你摸我这遍体伤痕吗？

这就是

咱们饿了，

干不动活，

鬼子给“打”的“尖”。

咱们劳工的命呵！

就像黄连……

旧伤疤上常滴着鲜血，

没有一个人，

敢把大气喘！

我病倒了，

大把头

说我装死，

一顿马棒

把我右胳膊打折：

“给你点罪受吧！

叫你死不成也活不了。”

唉！那时候，

苦痛向谁说？

民主联军来了，

把咱们从苦海里救出来，

把鬼子和汉奸们一扫光。

咱们呵！

确是拨开了云雾见太阳。

从此，

矿山上，

再找不到，

那些专骑在人头顶上拉屎的坏蛋。

从此，

地狱里的穷人翻了身。

以往的血债呵，

一定要血来还！

一九四六年七月二十五日于佳木斯夏大新校舍

选自《东北日报》，1946 年 8 月

◇ 刘艺亭

苦尽甜来

第一章

（一）

鹅毛雪飞北风冷，
封了道路地结凌，
四牛和老三西河去拉炭，
回头路上车难动转。

“扛活的命值什么钱？
十冬寒天把咱往外赶！”
“财主的心肝全乌霉，
老天爷跟穷人也做了对！”

三十里外红桃园，

离家远呀雪下欢；
雪深一寸心紧十分，
伙计二人好作难！

老三手牵头骡探路走，
四牛紧把车橛扣，
下坡不平脚蹬空，
一头栽倒车路沟。

年老心慌冰雪滑，
起身一滑又倒下；
车行下坡快风催，
千斤车轮身上轧。

车轮一抖滚过去，
四牛唉哟一声痛昏迷；
老三听声回头看，
撒开缰绳出冷汗！

喝住牲口急忙往回跑：
“四哥！四哥！轧着哪儿了？”
四牛痛得半晌才说话：
“右腿轧折我起不来啦！”

风雪路上冷清清，

四下里不见个人踪影，
老三把四牛背上车，
血浸裤裆路沟雪染红。

车行一步一咕咚，
四牛一动一喊痛！
牲口不走又加不得鞭，
一步三难慢慢往回返。

（二）

红桃园落雪天黄昏，
安洪仁一天未出屋门，
来回走动解闷倦，
身穿皮袄嫌天寒。

热天喜冰冬喜火，
炉边翻手冷呵呵。
安家有福当财主，
自有穷人来受苦。

富人嘴，穷人腿，
银钱到手不劳累；
钱不咬手狠往手里抓，
雇下长工好比使牛马。

支使长工西河去拉炭，
风雪拦路不见车回转；
生怕车马受了伤，
怨天怨人双脚跺得响。

“一对青骡亲自买，
一挂白槐车出色，
死了做活的有人生养，
伤了车马我赔大洋！

“两个人儿没长眼，
不看天色早加鞭，
要是路上出差错，
饶不了四牛跟老三！”

安洪仁门口看天色，
老三苦丧着脸儿走进来：
“出门变天人倒霉，
四牛跌倒轧伤腿！”

“听说出事心惊慌，
新车肥骡可受伤？”
“车马平安，炭秤好斤两，
只苦四牛腿轧伤！”

车马平安人受伤，
安洪仁登时心凉爽。
四牛还在车棚里呆，
老三问声往哪抬？

人怕残坏马怕三条腿，
安洪仁两手往外推：
“四牛不用进我家，
找长富快快抬走他！”

强摘的瓜儿不会甜，
嘱咐老三说圆全：
“回家养治为方便，
亲人早晚在跟前。”

树枝折了落地下，
四牛抬回街南老穷家；
四牛嫂迎人雪里跑，
一见抬床哭开了！

（三）

四牛在炕上低声呻吟，
阴风刮来了安洪仁，
说一句话笑三笑，
猫哭老鼠别有心。

“一树果子酸甜还不等，
人生世上难免着灾星，
四舅拉炭出了差，
安李两家大不幸！

“大雪落地数九天，
忙里抽空来望看。
静心养治自会好，
吃汤配药别痛钱。

“家大业大名声响，
人来客去车马忙，
老三自个难照应，
找了个人来把他帮。”

肥头大耳心眼脏，
好话说完掏出两块洋；
割了肉痛拿钱痛，
四牛脸前舍不得放。

一个小钱大过月亮，
两眼盯着两块洋。
天生胳膊往里拐，
算工账要剥层人皮来。

“个个月头你使钱，
一年不满钱快完，
不说这那多给你两块，
亲家份上没错待。”

四牛一见把工掐，
晴天霹雳击着他；
掉在泥坑里人踹三脚，
乱针扎心说不出话来了。

安洪仁扬长出门走，
四牛屋里哭咻咻；
人情薄呀像浮云，
想起扛活好寒心！

（四）

祖辈父辈居住红桃园，
没有土地代代受贫寒。
我弟兄排行一二三四，
牛字起名人呼喊。

一母同胞四兄弟，
四手好活人人眼气，
五十里财主争着雇，
安家死活把我拉住。

一巴掌没有四指近，
两家沾带甥舅亲，
洪仁他爹钱娶叔姐当二房，
二十岁上跟他把活扛。

披着人皮当牲口，
三十年折磨白了头；
人老珠黄不值钱，
强强巴巴挣口粗茶饭。

伸脖窝窝照影汤，
爱吃不吃活照常；
赶个雨天不上地，
磨道里出来碾道里去。

开凌犁地二月天，
摇耧下种一身担；
插空脱坯又打墙，
直到立夏把锄扛。

夜夜没睡过囫囵明，
挑水、扫院，两头喂畜生。
早晌上地乌鹊不动，
晚上回来头顶星星。

伏天地里太阳晒，
笼里蒸人热难耐；
通身汗水流成河，
猛然又被大雨濯。

累死挣活姓李的人，
争秋夺麦安家添囤；
老婆孩子缺口粮，
冬夏衣裳换不上。

三十年岁月下尽苦劳，
一脚踢人不要了！
三个哥哥死在痨伤，
我这条穷命也难活长……

第二章

（一）

门前有雪各自扫，
旧世道人儿没依靠。
枯树开花老得子，
四牛嫂麦口生了个“小”。

生娃娃来熬米汤，
喜欢一过愁米粮；
四邻贫穷张不开嘴，

硬着头皮安家走一趟。

太阳出来晒房檐，
瘸四牛进了一座深宅院；
安洪仁凉床歇自在，
看见四牛脸长二尺半。

四牛走来手脚轻，
看着人家脸儿求恩情：
“胖人自来怕过夏，
热天来了多保重……”

安洪仁心想野花开，
眼皮不抬即发了怪：
“夜猫子进宅不报喜，
大清早起干啥来？”

“小凤娘夜里添后生，
没米熬汤实在苦情！
找上门来张张嘴，
指望借给米二升。”

“干磨黍稷湿磨谷，
各人有着各人苦。
瓮里断米三四天，

善门想开难周转。”

“青黄不接吃食难，
穷家灶洞不冒烟，
没多有少借两顿，
折卖了东西量米还。”

安洪仁跳起来脸色变，
白眼珠子往上翻：
“天上无云下大雨，
不信你往米瓮里看！”

鸡怕呵斥人怕脸长，
四牛空手回走暗心伤：
“从今不踩你门限，
安李两家断来往！”

（二）

黄河不干日月长，
四牛饥荒好难当；
折卖东西家没值钱货，
说出去住宅卖半个。

尽过本家让四邻，
小家小户都嫌沉；

说合人成买卖找财主，
草契拿给了安洪仁。

“一座小宅倒不错，
可惜刀切西瓜卖半个。”
安洪仁饭饱家中想，
合算啥价买沾光。

“紧急卖与堂前地，
石磨压手价钱低，
只要先买下这半个，
那半个也会来找我。”

说合人一声叫到家，
粗风细雨任意刮：
“半个空宅不成材，
不看四牛长短不买！”

菟丝子要盘大松树，
说合人忙求把价出：
“残废人拉着孩子过，
价钱不合依你说。”

“有钱不买半年闲，
救饥荒留下半截空院，

再说中间隔着你，
大价出上二十块钱。”

怕狼怕虎数怕饿，
不卖住宅揿不开锅，
四牛咬牙认了价，
哑巴吃黄连苦难说。

(三)

置买庄宅摆合食，
安家宅上动杯盘；
秫秸花开分红白，
席上有苦也有甜。

五月晌午天气燥，
四邻监证全来到；
人到屋里一身汗，
安洪仁椅上把扇摇。

一树老鸦乱哇哇，
满屋人同声恭维话：
“又有日月又有人，
枝青叶绿雨后花。”

安家门限高三寸，

跑里跑外说合人：
“四牛不来坐合食，
写好文书带给他一份。”

一鸟进林百鸟压音，
恼了椅上安洪仁：
“卖的不顺当买也不如意，
白叫大家跑腿又费心！”

“合同文书两下里存，
不坐合食有监证人……”
大家齐说圆成话，
去叫四牛才拦下。

安家是座阎王殿，
四牛进来耷拉脸，
少言少语心里冷，
不敢把人家笑脸看。

纸墨笔砚桌上摆，
三先生摇起笔杆来；
两张白纸落合同，
朱色印泥指纹红。

上写四牛卖宅南半段，

当下交清宅价二十元；
上写将来卖北段，
百家买主安家当先。

文书写罢笑一阵，
饭菜上来香喷喷；
一个馍馍掰两半，
愁苦堵住四牛嗓子眼。

饶人一口算吃饭，
不等席散走出阎王殿，
手拿白契一张纸，
泪像珍珠断了线。

第三章

（一）

平原千里好地方，
日本鬼作乱闹灾荒；
民国三十二年天大旱，
人人愁在红桃园。

上河没水下河干，
五月不收庄稼人难。
四牛拍手过麦天，
没有米粮真可怜。

米糠菜树叶吃一春，
不见粮食肿浑身，
女儿小凤躺下了，
没钱养活死等着。

五天口水没打牙，
两眼闭死不说话，
眼窝塌陷酒盅深，
脸没血色土里人。

七岁金台哭嘤嘤，
想出门要饭走不动。
儿女是爹娘连心肉，
没有米粮难搭救！

生离死别不由安排，
老两口对面口难开。
天下黄土都埋人，
四牛心想外乡混。

“金台娘呀你命薄，
来了二十年受尽折磨。
河水干了晒死鱼，
咱们如今哪里走？”

饥荒日月看不到头，
四牛嫂听话泪双流：
“吃苦受罪不怨谁，
死要死到一块堆！”

四牛嫂炕上看小凤，
小凤身凉问不应声，
一阵哭过四牛找人来，
席片卷着抬出去埋。

（二）

穷人怕赶灾荒年，
安洪仁早就有打算：
“风调雨顺地里长，
地里不收囤里长。”

门户不对两家断了亲，
安洪仁来上四牛门；
黄鼬拜鸡四牛心里乱，
他亲亲近近话绵软。

“今年灾荒不比往常，
五月不收，秋又没指望，
家家户户要逃荒，
夜儿个走了三常和小生娘。”

“银钱轻来人中用，
四舅没吃我照应；
一家难管十家饭，
妗子到外头作点难。”

心里想：窗户棂里吹“呜呜”，
出去没有回来的路。
接着说：“外头住上一年半载，
孬时候过去回家来。”

四牛打算全家往外走，
安洪仁认亲把人留；
“吃饭穿衣有个换，
莫非安家心眼变？”

老两口儿难分辨，
安洪仁赶羊上狼山：
“那院里拿上三升面，
俺妗子娘儿俩当盘缠。”

四牛稳不住定盘星，
半不相信半答应：
“离乡离土事情大，
过一半天再说吧！”

船不下锚怕风赶，
瓦灰鸽老元进来说劝：
“洪仁大叔办法好，
不伤水来不伤山！”

(三)

早上太阳昏暗暗，
逃荒人离红桃园。
四牛送亲人走山西，
心痛好比刀子离。

四牛嫂噙两眼泪，
心思沉如千斤坠；
“走出去不知是死活，
家里饥荒又熬不过！”

四牛手领金台走，
苦在肚里泪偷流：
“父子不顾各西东，
夫妻分离去逃生！”

走一步回一回头，
生养地方难停留；
往外走呀缺盘费，
饥饿却在把人催。

送亲人逃荒走一程，
老两口儿脚步停，
低头看看小金台，
面对面立口难开。

别人一直往前走，
四牛嫂心焦先开口：
“金台爹呀别再送，
同路乡亲会照应。”

“一家人一堆走了好，
出门又愁盘费少！”
“安家如今心眼变，
你靠亲戚过荒年！”

“要饭吃熬上一年半载，
留下独根咱金台！”
“一日夫妻百日恩，
俺死也是李家人！”

第四章

（一）

八月地里一片红，
百样庄稼没收成，
新粮不见陈粮断，

饥荒一步比一步重。

揭皮榆树干了尖，
人人饿得容颜变。
四牛病在炕上整三天，
一口水儿也没咽。

一片破席身下铺，
上盖烂袄下穿破裤，
皮包骨头眼窝深，
七分像鬼三分像人。

断线纸鸢风吹远，
想亲人影儿也不见；
金台娘儿俩心上挂，
只有梦里说句话。

三个哥哥受苦伤身，
哪个也没成了亲，
秋草结籽等春风，
李家只存金台一个根。

严霜单打独根草，
安洪仁财大心底孬，
巧言花语哄走人，

闪下我四牛不来问。

喝口凉水没人给舀，
零受不如死了好……
四牛难过没人望看，
见个人芽心也宽宽。

（二）

四牛躺下三天了，
安洪仁猜着背地里笑：
“千日打算一时用，
网里鱼儿难脱逃。”

猜着装作不知道，
算算病添时刻到；
大儿书香会打顺风旗，
支他去四牛家里验东西。

四牛小屋一股湿臭气，
安书香进来手捂着鼻：
“人钻虎窝如掏虎，
不为财帛谁早起！”

狗舐磨台圈圈转，
一对眼珠转得欢：

"屋里看不见啥东西，
好像黄昏乱了眼。"

病人哼哼听不见，
搜寻一遍又一遍：
"狗嘴里吐不出象牙来，
破破烂烂不值个钱。"

乱石里找玉沙里澄金，
事情没有枉费心；
没有朱砂红土贵，
门后小缸馋出嘴水。

"黑老鸹白脖另一种，
舅爷真是个糊涂虫，
搁着东西饿着人，
不知道卖了活性命。"

四牛难受直哼哼，
他手敲小缸兴头冲：
"小缸换来米和面，
吃顿饱饭好动弹。"

"水淹小葱连根烂，
饿倒炕上足三天，

满身没有四两劲，
赶集上店登天难！”

“人无智谋空活百岁，
哑巴没嘴手指挥，
你把小缸交给我，
换点米来熬汤喝。”

四牛三天口水没打牙，
有气无力难说话；
等不得四牛再答声，
安书香回走一阵风。

“买东买西日子往上长，
大先生又叫把缸扛。”
眨眼来了安家使用人，
扛起小缸走他娘。

（三）

害人豺狼吃人虎，
数着安洪仁心短毒，
四牛小缸扛到家，
半个宅院馋着他。

父子二人动谋算，

狼狈定计下了山；
书香去送一盅米，
饵小能钓大鲤鱼。

四牛在炕上昏沉沉，
书香进来话头稳：
“饥荒年头粮食贵，
一盅米儿值千金。”

四牛强来翻过身，
耳鸣眼跳头发昏，
看见脸前一盅米，
泪珠对对往下滚。

盼场透雨苦旱苗，
雨湿地皮人心焦。
满望小缸换二升面，
一盅米充量熬顿稀饭。

鸟为食飞人为财忙，
安书香把四牛细打量；
一不做来二不休，
怪模怪样开了腔。

“一口凉水难解渴，

一盅米不能常下锅，
升斗粮食单等你来要，
房宅红契交给我！”

半夜怕听野猫子叫，
刀子嘴说得四牛心跳：
“宅子卖给你半个，
房宅红契怎么该交？”

“到哪个山唱哪个歌，
空放着死物不当饥渴。”
“揭借无门我挨着饿，
想要宅房隔个人说说。”

“荒年头人人忙着顾嘴，
谁有闲工夫伺候穷鬼！
两头对面说个价，
半斗粮食强当老人的家。”

“不看鱼情看水情，
抬抬手救下一条人命；
三升五升我吃不得，
给金台留下片站脚地！”

“头死心混耳毛塞，

一百榔头打不开，
给你初一你要十五，
饿断百节老糊涂！”

“为人别要困不醒，
没有安家一天活不成！”
安书香连说带咬牙，
眼珠瞪得牛蛋大。

“杀不了穷人没富汉，
下了狠心事不难。”
父亲的嘱咐记心怀，
迈门限翻身又回来。

四牛不吭心里苦楚，
他粗气震迫墙落土：
“响鼓不沉捶，明理不细讲，
你塌下窟窿快还账！”

“不借银钱不借粮，
叫我来还哪儿账？”
“好了疤痢忘了痛，
金台带走安家面二升。”

“金台带走二升面，

你爹送人当盘缠。”
“我姓安来你姓李，
哪有闲钱孝敬你！”

“不还面来给宅房，
错过时刻账难挡！”
“病在炕上吃喝还没有，
折卖东西得等个时候。”

“不还账炮楼上说句话，
张连长办案将你抓！”
头上打来晴天霹雳，
四牛心恼不敢言语。

一人难挡一人强，
枕头下拿出红白契两张；
安书香瞪瞪两只眼，
一把抢到他手上。

“春雨早下花早开，
早拿文书早痛快！”
得意话儿一出口，
嬉皮笑脸自己滚开。

第五章

（一）

七月太阳似火烧，
高粱穗儿晒红了。
高粱年年红在七月天，
四牛又熬过二年贫寒。

二年前宅房被逼走，
一粒粮食没到口；
病到临死回了阳，
安家说留他当住房。

招住人手多的好使唤，
安洪仁留四牛失了算；
为撵人走又把良心坏，
诬害四牛找上门来。

“人心不古世道败，
逼着我老人来问明白。”
扫帚星出来祸临头，
四牛见他心里打滴溜。

高粱穗儿大散口，
安洪仁看见指打着骂：

“往嘴里抹蜜你咬手，
住着我还来把我偷。”

四牛满肚里装苦水，
更难下咽顶了嘴：
“四牛活了五十九岁，
问问街坊偷过谁？”

“地是千顷没你一垄，
高粱穗儿半空生？”
“两穗高粱路上扔，
打短工下晌拾到家中。”

“说偷没有抓住手，
掐两穗吃也不丑。”
几个街坊听吵来解劝，
安洪仁一心撵老汉。

“人贫志短，马瘦毛长，
有罪不认要刚强。
黑老鸹洗不成大白鹅，
眼下外头你另找窝！”

“没有早早撵走老灾星，
妨得书香成短命！”

穷人受冤屈没处说，
四牛身上背黑锅。

（二）

瓦片落了占片地，
四牛没处避风雨；
东邻西舍问房住，
刘大娘腾给他一间屋。

白天给人打短工，
夜里回来孤伶仃，
饥渴冷热还好忍，
想起亲人好伤情。

千道水，万重山，
金台娘儿俩逃荒难回还，
锈伤铁，虫伤树，
忧愁伤人四牛心里苦。

狂风卷树拔了根，
安洪仁心狠搅散一家人！
有心外头找他娘儿俩，
一没盘费二不得音信。

人赶节令回家转，

盼过大年望清明，
盼过端阳望半年，
盼一个空哭一回，
回回空来哭干泪。

盼今盼明刮秋风，
谷子上场石榴红，
八月十五团圆节，
四牛在家像颗星星。

节气越好心越乱，
清早就咽不下一口饭，
门不出来活不揽，
单等亲人来团圆。

闷闷坐着得了个梦，
梦见亲人转回程，
紧起紧走村头上接，
远看近瞅不见踪影。

扑空回来断了肠，
眼看着太阳上半墙，
刘大娘给人家拾棉花，
没有人来说句宽心话。

一步迈在门限外，
看见蓝天飘云彩：
“云彩自由飘西东，
我家人儿啥时来？”

闷头路越走越窄，
心上愁儿解不开，
低头回到屋里头，
墙橛上摘下麻绳来。

麻绳在手心儿愁，
三举三落搭到门头：
“我是蚂蚁爬红鏊，
这样的日子何时了？”

双膝跪在门限边，
哭着又把自己怨：
“生儿生女养不起，
一阵阴风东西散！”

“如今我来寻短见，
活着熬不过心焦乱！
金台呀！您娘儿俩流落到哪里？
我化一道阴魂找您去！”

第六章

（一）

年年中秋人团圆，
富贵人家喜欢连天。
李德全回到红桃园，
模样干渴穿着破衣衫。

五十五岁老头李德全，
没儿没女一身单，
平常年景还好混，
三十二年逃荒太谷县。

逃荒在外人地两生，
身在西来心在东，
赘脚人家难走动，
自己先回来看光景。

跑折两腿累透心，
太阳上墙进了村；
房倒屋塌少人烟，
红桃园光景大改变。

马行千里记回程，

拐弯抹角熟路行；
胡同里去找自己的家，
原地方一堆坷垃。

有家人儿找不到家，
李有志赶上悄悄说句话：
“安家人把你房盖挑，
说是炮楼上要柴烧。”

红桃园是安家的天，
李德全生气嗓音变：
“穷汉子没地逃在外，
哪儿该我拿黑差？”

“事已如此不必气得慌，
日月常在慢慢商量。”
李有志拉他家去喝汤，
不饥不渴谢谢老街坊。

走山过水带口信，
打听四牛这个人：
“年头非常变化多，
村上还有四牛哥？”

“旱天庄稼热风扫，

四牛哥遭际可不好，
死里熬活吃过千万苦，
安家撵到刘大娘家住。”

一北一南分手两方便，
快走快行李德全，
刘大娘家住南胡同，
喊着四哥进了小家院。

一没动静二不应声，
红薯下肚闷腾腾：
“大忙秋天人不闲，
他往地里去劳动？”

一盆冷水顶上浇，
从头一直凉到脚，
四牛在东屋门上头挂，
一阵秋风扑得衣襟飘。

扭头回走出门庭，
大声喊给四邻听：
“四牛哥在家上了吊，
迟一步来难救命！”

（二）

声声喊来四邻惊，

家家门口人出动，
老人、妇道、小孩子，
百鸟噪林一片声。

颤颤巍巍担着一担柴，
街北黑丑下地来，
胡同口碰上李德全：
“咦——全大爷啥时回家来？”

“心又急，胆又跳，
四牛哥在家上了吊！”
李德全回话黑丑惊，
扔下担子往里跑。

黑丑胆大心机灵，
托起四牛解了套绳，
平放地上顺顺气，
四肢不挺身子不冷。

男女跑来多半院，
惊慌人儿脸变色。
李德全推推四牛胳膊腿，
痛上心来两眼泪。

点点穴窍抚抚胸，

吸袋烟工夫四牛嘴哼哼；
男女老少收住泪，
晚来的刘大娘眼哭红。

（三）

刘大娘厨房去烧汤，
四牛醒来心眼亮；
一场寒露一场霜，
看见德全眼泪往外淌。

九死一生喜相逢，
两个老人亲如一母生，
众人散去德全叫声四哥，
屋里坐下把话说。

“千道水呀万重山，
金台娘儿俩可平安？”
“嫂嫂好来侄儿欢，
眼下住在太谷县。”

“八月十五团圆节，
想起亲人好心酸！”
“分离本是苦情事，
人在就能得团圆。”

“苦命人到蜜州也不甜，
逃荒人儿早该回家园。”
“太谷离家路程远，
手里不便难动弹。”

“一家人失散二年多，
黑夜白天心没处搁！”
“水流千里归在海，
时候一到人就回家来。”

第七章

（一）

河开雁过春天来，
共产党领导出现新世界；
红桃园进行土地改革，
喜日子等来穷人心眼乐。

受苦人挤满大会场，
工作员下乡讲主张，
穷人靠自己挖穷根，
组织起来闹翻身。

千斤石头身上压，
四牛想掀又怕把手砸；
共产党支部领导闹翻身，

党员李有志找他把苦引。

“你扛活，我捎地，出尽牛马汗，
到如今落得两手攥空拳。”
“凄凉人儿心苦透，
命里无福莫强求！”

“共产党给咱把路引，
四哥能不起来把冤伸？”
“豆腐用马尾穿不起，
旧日事情今难提！”

“刮风下雨不知道，
自身的冤苦能忘了？”
“旧痂没落新疮痛，
盼拨乌云盼天晴。”

“四哥受苦安家吃甜，
闹翻身就把世道改变。”
“安家财大手法高，
咱打锣鼓闹得好？”

“毛主席领导土地改革，
当家做主是咱穷大哥。”
“想长想短怕也不中用，

咱是刨一爪吃一爪的鸡儿命！”

（二）

太阳出来普天下红，
四牛起身面带笑容；
李有志知冷知热又知心，
大清早找他商量闹翻身。

李有志带头办事情，
人困马乏炕上打鼾声；
四牛心事放不下，
伸手一把拉人醒。

李有志坐起来笑颜开，
四牛来意不用猜；
一盆水儿地下泼，
知心话语两人说。

“一场话点得我心眼亮，
夜里睡不着细思量：
受苦含冤几十年，
要跟大家一齐把身翻！”

“毛主席明灯照出一条道，
受罪的日子就要过去了。

打成疙瘩团成块，
咱们穷人先组织起来。”

春风吹，百花开，
黑丑高高兴兴报信来，
穿街过巷一溜小跑，
不想四牛早来到。

人多走路臂膀粗，
黑丑说话笑迷糊，
“我找铁保来串联，
他拍拍大腿说当先。”

豆角熟了遍地炸，
李有志开口喜哈哈：
“朽麻绳熬断铁锁链，
咱们要彻底斗封建！”

眉豆拉秧满架盘，
话说开头打不断，
不知不觉到饭时，
刘大娘来把四牛唤。

旱天西瓜糖沙瓤，
刘大娘人穷好心肠，

四牛吃喝不靠排，
三天两头给他把饭带。

（三）

要骑快马加麸料，
穷人们起来快火烧。
有一分热发一分光，
四牛要把明泰串连上。

明泰后晌掘地边，
四牛找他到村南；
吃了豆根吃黄连，
苦言苦语拉不完。

明泰是个穷庄户，
四牛话落他诉苦：
“从早到晚累个死，
喝口凉水暖不了肚！”

“安家霸道红桃园，
踩得穷人筋骨断！”
“四哥冤苦说不尽，
我的苦楚压在心！”

“那一年铲草村边边，

肚里饿来嘴发干，
弯腰拾个风落枣，
安洪仁一边眼看见。”

“他一骂三跳跑过来，
指着黑的硬说白：
‘狗仔仔敢打我的枣，
把你的狗爪都砸掉！’”

“赶车鞭子连声响，
巴掌打在我脸上；
吃了风落枣得赔钱，
还夺走我的好草铲。”

“李有志人好智谋高，
领头翻身一定错不了；
斗倒地主把身翻，
分地分钱打把新草铲。”

商商量量天色晚，
两人同声明誓愿：
“共产党给咱拿主张，
不斗安家妮子养！”

（四）

穷人诉苦心里开了锅，

会场上口号震天破。
安洪仁围在人层里边，
四牛的苦水冲破堤岸。

“毛主席世道穷人说话，
提起你安家把我气煞！
低三下四伺候你三十年，
血汗出尽腿轧残！”

“牲口病了你心痛，
人伤了不管反掐工；
掐出门来倒也罢，
那年的工价又不给清。”

“亲生女饿死灾荒年，
你把俺一家人搅零散，
霸占宅房还不算，
诬人偷秋把我赶！”

虎落涧沟临死叫，
安洪仁回口把人咬：
“龙生龙，凤生凤，
老鼠生儿只打洞。”

安洪仁犟嘴不低头，

人人心里火烧油：
“什么龙？什么凤？
吃人嚼人一条毒虫！”

“你落地以来不劳动，
遍地五谷没锄过一垄！”
“众人面前照实认罪过，
狡辩把你的嘴撕破！”

人群里挤上来李德全，
吐沫喷上安洪仁的脸！
“你狼心狗肺当老财，
拆我的房屋你顶黑差！”

明泰说：“你财大气粗良心坏，
诬我打枣讹财帛！”
刘大娘赶着诉冤情：
“你坏了俺喜女的好名声！”

李有志挖出穷根底：
“你大利剥削下我三亩地！”
扣不净芝麻诉不完苦，
四牛擦一把泪又控诉。

“横草不拾，竖草不捏，

你睛吃坐穿当狗龟，
吃饱穿暖光打算，
吃人吃得红了眼。”

“一滴血呀一滴汗，
几十年的剥削算一算；
大囤尖来小囤流，
粒粒都是穷人血和汗！”

“幸亏来了共产党，
穷人翻身跟你算总账，
血汗账多你还不起，
砸了你骨头伸不尽冤屈！”

百家苦，百家仇，
恨得人人攥拳头，
共产党领导人民力量大，
安洪仁理短头低下。

第八章

（一）

喜鹊聚林喳喳叫，
农会四牛小组开会了；
一个骨朵开一朵花，
九个人有话争着发表。

人老经事心眼长，
李德全一句说衷肠：
“大道不走草儿长，
逃荒人不救还逃荒。”

“不到船翻不跳河，
逃荒在外实在难过；
过去不翻身受饥饿，
如今回来有吃喝。”

人对心思花对开，
黑丑拍手笑起来：
“穷人不要忘穷人，
德全大爷说得实在！”

一意称了百人心，
四牛脸上升红云：
“放下话时心里不愉快，
眼前没人想俺金台。”

下小组里听心事，
来了农会主席李有志，
一条心强似亲兄弟，
满堂招呼亲热着哩。

大家坐稳四牛想汇报，
明泰的话抢先出口了：
“讨论把逃荒人找回来，
办桩好事理当该。”

翻身人儿要团圆，
李有志连忙表示意见：
“去找亲人路程远，
大伙帮凑些盘缠钱。”

（二）

穷人翻身红桃园，
四牛分来果实样儿全：
十五亩地，一只牛腿，
粮食，衣裳带箱柜……

翻身日子实在甜，
起早搭黑忙生产。
宅房分好大搬家，
喜日定在三月二十八。

三月桃花红艳艳，
四牛搬家好晴天。
明泰推车，黑丑挑担，
一组人只短李德全。

车儿推，担儿担，
人儿流汗湿布衫，
眨眼工夫两三趟，
四牛拉车心花放。

穷人的地穷人的天，
五家分了安家好宅院。
卧砖北屋抱厦台，
刘大娘笑看四牛新房来。

“席顶粉墙镶云边，
门高窗亮心舒散，
不怕风来不怕雨，
毛主席的幸福享万年！”

（三）

红桃园翻身人财两旺，
李德全找回来难民一帮，
李有志迎人上村边：
“家里人盼您盼眼干！”

逃荒人儿回家园，
四牛嫂愁脸变笑脸，
见面一句心底话：

"没有您来就没有俺!"
村上喜事传得快,
说话不及人围上来;
你夺他抢接行李,
问话答话声浪起。

"逃荒在外快四年,
想不到能回红桃园!"
"红桃园一片新天地,
失散人儿来团聚!"

拉拉扯扯人四散,
各自回去把家安;
李有志领走四牛嫂,
后边紧跟李德全。

心里高兴脚步快,
刘大娘出门碰满怀,
亲姊热妹来问好,
黑丑听见跑下抱厦台。

屋里人跟着迎出来,
齐声同调说开怀:
"如今天下咱执掌,
物归原主搬宅房!"

抱厦台高五个磴，
步步登高笑盈盈。
四牛嫂满眼净东西，
乍见亲人眼圈红。

人逢喜事精神爽，
四牛满面放红光，
拉住金台猛然喜泪流，
望着他孩娘高声唱：

“土地回家人团圆，
苦尽甜来喜心间！
水有源呀树有根，
共产党领导恩情深！”

东北书店 1949 年

◇ 刘玉森

表表心肠

大“摆儿”脚，
上南坡，
拾麦粒儿，
蒸馍馍；
馍馍白又香，
送给军队去尝尝。
别嫌少，别嫌脏，
表表俺的小心肠。

选自《东北日报》，1947 年 10 月

◇ 刘　甲

造石雷

叮叮叮,叮叮叮,
石头上面凿窟窿。
圆窟窿像无底洞,
里面藏有无数兵。
无数兵,真英勇,
不吃粮草有精神,
反动派,不要夸,
我们给你造下个大西瓜。
你来了,给你吃,
保险叫你滚的滚来爬的爬。
大家齐来造,
大家齐来打;
天罗地网石雷阵,

看它顽固哪里爬。

选自《东北日报》,1946 年 12 月

◇ 刘　兵

安息吧，战士们

——纪念李公朴闻一多二位先生遇难

面对着这血的事实，

面对着你们的灵位，

我没有眼泪，

呵，伟大的战士们！

我没有眼泪，

要用沉默，我要用对这群刽子手的，

深深的仇恨，

来纪念你！

历史是用血写成的，

你又在这血写的中国历史上

添了一笔！

是这群刽子手，是无耻的法西斯帝，

他们杀害了你。
你在血泊中倒下了，
再不在斗争前线呐喊，
再看不见那热情地挥动着你们的手。
却明明听见有人在大声狞笑，
是“他们”在笑，
因为，你们再也不能战斗了！

二十年呵，二十年！
染满了血，浸满了泪，二十年！
多少青年呵，多少优秀的人士，
在刑场，在战地和监牢，
流尽了最后的血。
能数出成千成万的人，
廖仲恺、瞿秋白、杨杏佛、柔石、白莽、胡也频……
唉！数不清呵，怎么会数清！
成百万的被残害的人民！
今天，刽子手临近死亡，
也就越发猖狂，
杀死了李兆麟，
杀死了杨潮（羊枣），
杀死了成万的人民。
这还不够，他们就
在三天之内杀死了你们俩，
为什么？

因为，你们是站在人民的立场。

安息吧，战士们！
他们杀死人，
卸抹不掉那血迹！
你们的血变成仇恨，
永远燃烧在人民的心里。
“血债要以同样来偿还！”
我们永不会忘记，
那一天就要到来——
刽子手自己埋葬自己，
用自己的手，
自己的罪行，
他们自己埋葬自己！

一九四六年八月一日于青年之家

选自《东北日报》，1946 年 8 月

◇ 刘和民

仇恨记在人心里

熊猫坐在飞机里，
炸弹装在药箱里。
日轮开到沪港里，
国货烂在仓库里。
大员□在接收里，
贪污贪到国库里。
清查团来清查去，
等因奉此查无据。
通货原来不膨胀，
物价贵在错觉里。
对天发誓讲民主，
国大开在圈定里。
美军笑在吉普里，
妇女死在活泼里。

冈村司徒马歇尔，
统统待以上宾礼。
中国命运决定权，
却在美国国会里。
难胞饿死救济里，
内战打在调处里。
和平喊在大炮里，
人民躺在血泊里。
屠刀拿在你手里，
仇恨记在人心里！

选自《东北日报》，1946年11月

流吧，松花江！

流吧，流吧，松花江！
经过千折万曲，
流向那无边的海洋！
映着辽阔的青空，
映着郁青的长白山峦，
映着黑夜里点点的渔火，
流吧，松花江！
渔夫撒下了网，
船家扯起来帆，
农人们引水去灌溉稻田，
流吧，松花江！
经过劳动人民的身旁，
流向那无边的海洋！

让春风为你祝福，
让人民为你歌唱，
流吧，松花江！
掀起来惊风急浪，

让法西斯认识你是他们的墓场！

流吧，流吧，松花江！

再不要为你的人民唏嘘，

为你的过去感伤，

骑马的已经勒紧了鞍蹬，

放哨的把子弹推进枪膛，

保卫松花江！

保卫松花江！

让法西斯走进他们的墓场！

流吧，松花江！

映着辽阔的青空，

经过劳动人民的身旁，

掀起来惊风急浪，

来呀，年轻的东北儿女，

保卫松花江！

保卫松花江！

流吧，会同你的姊妹，

嫩江、黑龙江、鸭绿江，

流遍这民主的大地，

流向自由的无边海洋！

选自《东北日报》，1946 年 7 月

◇ 刘宗仁

工农合作

叮当叮打铁声，
做出农具把地耕，
无论农人如何强，
没有工人做不成。
查拉拉锄板声，
锄完大田又看青，
虽然工人真能干，
没有农人不长粮。
工农携手向前干，
咱们大家有饱饭，
高举工农的旗帜，
合作生产克服困难。

选自《“工农园地”选集》，大众书店 1948 年

◇ 刘　星

我又有了爱

我又有了爱
它已使我心跳,
使我踌躇满怀,
纵然:那幻梦会有一朝毁坏。

但,我不惜青春被葬埋,
我不怕飓风骤雨,怒涛澎湃,
就让我这样去罢,
去不知的地方漂泊。

我不想放手了,
我怕会留恨千载,你看!
那眼睛又在烧着我的心怀,
这正是我第一次的爱。

宁愿摧残了,也不甘这样淡泊,
你就让我去罢!
你让我洗去原有的悲哀,
哪管我重来时,
仍旧是泪儿满腮。

一月六日夜

选自《东北文学》,1946 年第 1 卷第 3 期

血泪简

一

亲爱的师啊，
现在我该会想象出你的面颜，
已将不再是愁苦的皱纹的脸。
尚还记得那一年，那一天，
一个风雪交加、冷砭肌肤的深冬傍晚，
你突然地问我这是民国几年。
啊！也许是因为我回答得迟些了罢，
我看出有些哀伤的光，
射出自你的两眼。
我的心是怎样地在跳动啊，
亲爱的师，我终于告诉了你，
我的血尚流着高度的爱祖国的火焰！

二

还记得有一天，
时间也是在傍晚，
我们一齐走在原野，
看那工场的上空，冒着浓黑的烟，
牧童儿吹着口哨，穿过山岭，
农夫们也三五成群地，走过村店。
——我也听到了你灼热的呼叫，
响在耳边：
“多么美丽可爱的田园，
多么富饶锦绣的庄田！
我真不敢相信，
鬼会谋占了——
这偌大的空间！
终究会有一个时候，
（啊，上帝也似曾告诉了我）
依然还回来我们的河山……”
啊，我真不敢抬起头来，
看看你的眼，看看你的脸；
怕我这弱小的魂灵，
被那热火，焚成片片！
我只是默默地捏紧了双拳，
望着那辽阔的南边，
祈祷着有一天，有一天，

有那么一天啊！

亲爱的师，我将永久不会忘掉；

那时我们的心境，

是怎样的痛苦难堪！

我们的泪儿流在了嘴边，

随后又向肚里咽，

全身患着莫大的痉挛……

我们忘记了夜幕下垂，周身变暗，

任那不知名的虫儿，

奏着悲怆又哀婉的小夜曲，

而我们只是伫立在那里，

无言，无言……

三

就是从那向后的一个多月，

不幸的影子，

便在你身上蔓延，

那一天，

那可怕的一天啊，

你正在给我们讲着“夜未央”的故事，

以及总理遗教与一切宣言……

教室的窗上，

现出了倭奴恶鬼和一个汉奸，

——我们都在求老天，求老天！

保佑我们的唯一的师，唯一的侣伴，

这时候你便走出去和他们周旋，
但连我们也都看得出，
你的态度是多少勉强，多么不自然，
终于，唉，我不忍说了，
我不忍说了！
我们骂了多少遍上天瞎眼，
我们天天祝福着你的无苦与平安！
我们天天在寂寞的教室里，
对着黑板嗟叹，
然而——
亲爱的师啊，你只是不归还……

四

终于是，
光阴荏苒，
你到底离开了铁窗的禁监，
但，师啊，
你的样子真使我们看了心酸，
你已经瘦得几乎不敢使我们复辨；
你的长发将及肩，
有光的眼儿，深陷却又淡淡。
亲爱的师啊，
我真不敢想，
我们是怎样地一同拥进了教室，
一天眼泪儿也未干，

——你摸摸我们的头，我们又看看你的脸，
你用哭泣般的声音说：
“如果我们不能自杀，
那就忍受着罢。”
从那以后——
你再也不给我们讲什么主义和什么宣言！
你颓靡，我们也消沉，
就那样鬼混了多少月，多少年。

五

现在，啊现在，
我该怎样地向你诉说呢？
我们已驱走了十四年的黑暗，
重见了白日青天！
即使我不说，
师啊，
想你也是早已了然，
正义的火把，
已在世间燃遍，
中华民族，
又恢复了康健！
亲爱的师啊，
当这快乐地降临，我便忆起了——
现在我总该想象出：

你的容颜，

已将不再是愁苦的皱纹的脸！

十月十三日早四时脱稿

选自《现在女性》创刊号，1945 年 12 月

◇ 刘　洪

消灭夹生饭

一

群众没起来，
地主尽捣乱。
果实没到手，
斗了没清算。
地主不服气，
干部不正干。
白扯淡，
一锅夹生饭！

二

吃熟饭，也不难，
下决心，仔细干。

砍大树，打一点，

有果实，就分完，

别留空子给人钻。

积极分子选得真，

改造干部不怕烦，

好的要扶起，

坏的快滚蛋，

齐心消灭夹生饭。

选自《东北日报》，1947 年 4 月

◇ 刘慧范

娘儿们忙生产

一

老大娘生产忙，
绿树荫下把麻纺，
好让俺媳妇，
把鞋底多纳几双。
东邻西舍都夸奖，
生产劳动真荣光。
民主政府实在好，
专替百姓来打算，
大家齐把办法想，
今后幸福永无疆。

二

大嫂子生产忙，

推小车到工厂，
去时拉鞋底，
回来拉食粮，
来回重载喜洋洋。
这位大嫂真不离（好），
生产积极是模范，
咱们要学她好榜样。

三

小姑娘生产忙，
幼年失学怨爷娘，
今天明白，
旧社会不良。
新社会，男女是一样，
只要自己意志强，
能学习，能生产，
认字读报智识长，
小姊妹们呀，
不要错过好时光。

四

大家生产大家忙，
谁有力量尽发扬。

老百姓的眼睛亮，
究竟谁为我们想？
谁来妇女翻了身？
哪儿妇女们遭了殃？
参加生产求解放，
有了组织有力量。

选自《"工农园地"选集》，大众书店 1948 年

◇ 刘德泉

省下鸡蛋慰劳他

咯咯哒，
咯咯哒，
老母鸡下蛋啦。
小弟弟乐哈哈，
急急忙忙跑上前：
“妈妈给我吧？”
“好孩子听妈话，
民主联军在前方，
天天把仗打，
黑夜白天一齐干，
他们辛苦啦！
咱们穷人没有啥，
省下鸡蛋慰劳他。”

选自《东北日报》，1947 年 6 月

◇ 江千里

出师去打仗

大道上，
尘土滚滚，风沙飞扬，
大队人马，浩浩荡荡！
猛虎下山势难挡！
——这就是东北人民子弟兵，
出师去打仗！
一个个脸红气壮
——闪亮又发光！
枪扛在肩上脸靠着枪，
刺刀闪闪放毫光！
腰里别好手榴弹，
迈开大步，挺起胸膛！
看你反动派再猖狂！
谁敢专制横行，

谁向人民进攻，

管叫他脑袋分了家！

管叫他狗命见阎王！

大道上，

尘土滚滚，风沙飞扬，

大队人马，浩浩荡荡！

猛虎下山势难挡！

——这就是东北人民子弟兵，

出师去打仗！

一九四六年九月十日于阿城

选自《东北日报》，1946 年 9 月

◇江　明

六月苏北的原野

一

六月，
苏北的原野，
风吹过
麦草的清香。
太阳照着打麦场，
打麦架勤劳地歌唱，
赤裸着褐色肩背的那些农人，
扬起鞭绳，
爱抚地吆喝着他的牛，
带着碾滚，
旋转在麦草上。
碾滚下，

金黄色的麦粒，
顽皮地跳跃，
那用汗血哺育了它的农人，
眼睛亮亮的，
春风样的微笑，
从心底爬上了嘴角：
——以后的日子要好起来了呵！
割断了颈上的锁链，
农人们也能够抬起头来，
从太阳的光辉里，
认识了世界，
认识了自己。

孩子们也卷进了农忙的漩涡，
携带着篮筐，
赤裸着红黑色的小身躯，
跳跃着来往。
小小的黑眼睛里，
闪耀着欢欣和惊异的光芒：
——今年可真稀奇呵！
一切都在改变：
爸爸解开了眉头的结，
妈妈也揩干了眼里的泪水；
大兵，
许许多多的大兵，

替庄稼人割麦子；
还有，
穿着大人军装的
红黑色的“小鬼”，
歌唱得那么那么动人，
说得那么动人的话语。
他们是镜子，
也是行路的灯呵！
一向埋藏在泥土中的孩子们！
从他们
发现了自己，
也发现了将来的路。

打麦架勤劳的歌唱里，
夹杂着姑娘们的笑语。
她们
目送过战士们的背影。
我们的战士，
曾经戴过红星的
钢铁的战士，
为着人民，
为着祖国，
流过了他们的汗和血，
现在，
换上镰刀，

放下了枪，
又劳动在人民的土地上。
红黑色的女战士们，
太阳光一样地晒在她们身上，
乡下的姑娘们，
爱恋地目送着她们的背影，
谁说女人不能过问大事呢?!

满脸皱纹的老人，
永年的劳动和忧患，
吸干了他的膏血，
却剥夺不了他对土地和庄稼的热爱。
固执地守护在打麦场上，
不止一次地计算着今年的收获，
日子该好过些了吧?
减租减息——
解开了农人头上的结!
他有意无意地拨弄那
太阳灼热了的麦粒，
温暖结实的感觉透过全身，
青春的血液又从新在体内流转。

二

在过去的日子里，
忧患像一根看不见的绳，

贯串着农人的一生。
成年地束缚在土地上，
牛样地沉默，
牛样地辛勤；
然而，
那用汗血哺育了的土地，
那用汗血壮大了的收获，
却并不属于他们；
他们的收获是：
疾病，愚昧，褴褛和饥饿。

人类并不是能言语的牲畜！
人类的生活，
应当温饱，向上，快乐。
爱和恨
蔓草样在心里滋长；
然而，
不许反抗，
连希望也是“叛逆”，
对付“叛逆”是牢狱和刑场。
生活变成了颈上的活结，
越拉越紧，
人民的性格也变了，
像被逼得发狂了的牛，
粗暴阴狠。

谁不爱自己的老婆和儿女?!
然而,
在穷人的家庭里,
爱被窒息了;
永年抑塞在心头的怨恨,
火山样
寻觅着爆发的空隙,
弱小者便成了生活的牺牲。

敌人的铁蹄踏进了苏北,
海一样无边的原野上,
卷起了漫天烟火;
农民的茅房和犁耙,
都化成灰烬;
抢劫,奸淫,屠杀,
风里面也带有血腥;
谁能不留恋自己的家园?!
农民挥着泪,
抛下了那用汗血哺育过的土地和庄稼,
流亡到远远的地方。
苏北的原野,
被遗落在无边的黑暗中了。
小河默默无声地流着,
风车喑哑苦痛地呻吟,
打麦场上也生满了萎萎的蔓草。

而我们顽固的“将军”们——
人民的刽子手，
响着光闪闪的马靴，
用人民的膏血装饰自己；
为着要投降，
打起反共的大旗，
牵着敌人的马头，
向人民，
向保卫人民的军队进攻。
然而历史的车轮，
谁也不能逆转，
被奴役人们的愿望结成了铁的力量。
有一天，
号角声雄壮地震响，
一支铁的队伍，
划破了古城的黑暗。
从此，
苏北的原野欢乐了！
新的茅房从瓦砾中生长，
风车像快乐的鸟，
展开了翼翅歌唱，
在太阳的光辉里，
农人们播种下了新的希望。

三

太阳照着战士们红黑色的脸和手，

他们和农人们并肩地劳动欢笑歌唱，
雪白的镰刀和麦子接吻，
风吹起了麦草和泥土的清香，
战士们敞开了宽阔的胸膛，
孩子样的微笑，
浮到了他们的脸上。
这些曾经在暴风雨里搏斗过来的钢铁样的人们。
他们也曾经是农民和农民的儿子呵！
他们曾经是那样，
默默地，
散漫地，
劳动在土地上；
他们曾经是那样，
简单地，
固执地，
爱恋着自己的土地和庄稼；
他们曾经是那样，
迟滞地，
冷漠地，
看望着日出和日落；
挨过了今天，
等待着明天。
大地上响起了战斗的号声，
革命的旗帜招引，
像磁石吸铁样，

他们卷入了斗争，
在斗争的大熔炉里，
锻炼成钢铁底战斗的意志，
燃烧着对人类对世界的热爱；
他们穿越过弹雨枪林，
他们饱尝过艰难和迫害，
他们没有回头，
勇敢地，坚决地，
向着明天进行，
明天是光明的！
他们要创造光明的明天。

而今天，
在麦草和泥土的清香里，
在这些质朴的农人们，
欢喜和感动的眼睛里，
看见了自己幼稚的过去，
也看出了这些农人们的将来；
火一样的话语，
火一样的心，
向这些赤裸着褐色肩背的农人，
述说着
生活和斗争，
人们的过去现在和将来。
农人们，

在这火一样的心，
火一样的话语里，
认识了自己的军队，
也认识了世界，
认识了自己。
田野上响起了不很和谐的歌声，
是新的声音呵！
这一向被奴役的人们的歌声；
在这新的歌声里，
燃烧着新的希望，
是进行曲的前奏呵！
也预告着新人的诞生。

四

我们的敌人——
日本法西斯，
它红着眼睛，
寻觅着每一个进攻我们的机会；
它垂涎着麦子的清香，
它害怕我们新生的力量，
想趁我们没有强大的时候，
来一次大大的扫荡；
这是一个上好的香饵，
引诱反共“将军”们的投降。
然而，

不中用的诡计，
瞒不过警觉的巨眼；
反扫荡的号角震响，
战士们，
放下镰刀，
拿上枪，
英勇地奔赴战场。
打麦场上，
男的，女的，老的，少的，
农救会，妇救会，自卫队……
商量着，
用粗鲁的、坚决的语言，
叫出
永年积压在心头的爱和憎；
什么是他们喜爱的？！
今天，
该做什么？！
数不清的声音，
一个共同的愿望，
要活，
要活得好！
爱我们自己的军队，
我们的救星，
我们的儿子。
帮助他，

用一切力量，

保卫住我们的乐园，

打退

伸进来的猪鼻子。

六月，

苏北的原野，

风吹过麦草的清香；

海一样无边的原野上，

风车像一只只欢乐的鸟，

展开了翼翅，

回转、歌唱。

新的秧苗在新的希望中生长，

贫瘠的土地，

穿上了绿色的衣裳。

在这新的土地上，

千百万人的眼睛，

千百万人的手，

执行着千百万人的意志，

体现着千百万人的愿望；

一切在斗争中生长、锻炼、健壮。

纵横在这无边的大地上的小河，

勇敢地，

欢欣地，

流着；

向大江，

向海洋，

将新的消息，

带给那

古老的山城和人们。

选自《杨清法》，东北书店 1947 年

◇ 阮金坚

儿子的安慰

天地红郁郁，是忧愁又是欢喜，
鸡冠花紫薇薇，在我们村西，
青枝绿叶，棉桃子肥实累累，
妈妈，我在这里看见了你！

战斗的岁月，使我忘记了一切，
请原谅，只是偶然才想到家里；
八年前的家，
欢欢喜喜。

但是，日寇的烽火已经燎原，
家庭甜蜜也好比一汪死水，
那一天，家乡纷传着台儿庄战讯，
临别一场劝说“光耀门楣”。

妈妈，八年的事业可以向您告慰：
儿子并没有玷污祖先的门楣，
儿子没去干升官发财的贪官污吏，
儿子没去敲诈人民，富贵自肥。

赤纯一点，为人民为社会，
左曲右折，找到了我们的好军队。
说草包真草包，什么苦也吃过，
说钢铁算钢铁，斗争磨炼过千百回！

暴雨之夜，儿子转战在太行山岭，
四面枪声中，一支洪流南下三千里，
豫皖苏，一条破枪抵抗过日、伪、蒋夹击，
淮海区大"扫荡"粉碎了十路包围。

八年来生死决斗大胜利，
打垮了恶鬼日本帝国主义，
妈妈！
儿子本应该凯旋归田看看你，
但是，爬出了深渊还要通过炼狱。

虎猛自有那打虎将，
自古一物降一物，
人民紧紧地依靠共产党，
立誓把那残酷的野兽打到死亡！

登山到了第九层，
百里路走了九十九程，
为了大家早团圆，
我们正在加倍努力！

你悬念：珍重呵，孩子！
儿子懂得这个，为革命必须珍重自己，
万一，为人民牺牲了，妈妈！
你必须为儿子的光荣而欢喜！

你说：儿子不想念妈妈，
儿子想念着千万人民的妈妈；
你说：儿子忘掉了媳妇，
儿子确已忘掉了个人的媳妇。

你骂：儿子太无情，
正为了大家来日好过，
儿子必须丢开私情。
你埋怨：不给一个信儿，
不要信，一切都好，打胜仗回去看娘亲。

艰苦而必胜的事业是儿子最大的欢喜，
笑笑吧，妈妈！我们定会有一个见面的好日子。
妈妈！捧献我衷心的喜悦给你，

作为一个儿子的安慰！

选自《东北文艺》，1947 年第 2 卷第 5 期

◇阮　铿

打击！胜利！向前

准备好，

那些夺人心魂的大炮，

战备好，

那些胜利的符号——机关枪，

准备好，

那些“运输队”给咱们补充的美式家伙，

准备好，

那些决定敌人命运的刺刀和手榴弹，

准备好，

你健强的脚干，

你钢铁的臂膀，

你雄光四射的大眼，

把一切都准备停当！

出发！弟兄们！

让我们高歌一阕“胜利进行曲”，
荣耀充满了歌声，
坚定犹如冲击的铁拳，
紧靠着人民的愿望，
我们挺步向前，
紧靠着人民的愿望，
我们来迎接胜利的决战。
西伯利亚的寒风，
为我们鼓动胜利号角，
冰雪封冻的山河，
给我们严肃无比的考验，
前进！弟兄们！
让我们去吃掉敌人第四十一，
第五十二，
第八十……个师、团！
我们早已打碎了“和平”幻想，
战斗吧，乡亲们！
战斗吧，同志们！
我们再不让这恶鬼横行，
我们一定要实现人民的胜利！
管他，
美国贼伸过来侵略血爪，
把中国人民的命运一手包揽，
管他，
签订卖国条约二十三款，

管他，
葬送“中国之命运”的作战费四十万万，
作战！作战！勇猛无情地作战！
只有自卫战争，
才配作出人民的公断，
只有自卫战争，
才能敦促独立、和平、民主的真正实现，
为了人民的日子要过得舒服、坦然，
为了不把这痛苦给儿孙们再事拖延，
为了剥掉这奴隶皮，挖掉这穷种根，
为了翻身站起，做一个像人的人，
作战！作战！勇猛无情地作战！
只有胜利，
才能公允我们做人，
只有胜利，
才能了结这丑恶的历史残篇，
看！敌人已被打得如此狼狈，
放其量，我们还必须
把它结束在这“进攻”的泥潭。
为了人民，
为了革命，
为了毛泽东伟大理想的实现，
祝福您，我亲爱的勇士们，
——大众命运的寄托者，
打击！打击！

胜利！胜利！

向前！向前！

一九四六年“一二九”后于北安

选自《东北日报》,1946 年 12 月

我们胜利在狼们的骷髅上

好乡亲！

为什么你们笑得没有那样自然？

好乡亲！

为什么咕里咕噜有点慌张，

我知道您有个很大的担心，

您怕太阳下的欢心不会久长。

好乡亲，放下您那颗心吧！

毫无根据，永不会那样！

去依然欢笑地调理你那块新分得的地！

去依然欢笑地贡献你新建家务的工厂！

去依然欢笑地开展你日益向荣的新商场！

去依然欢笑地走进你新民主主义的课堂！

一切都更加团结起来，

我们坚强的新民主生活，任何强盗不得抢掠。

好乡亲，您说：

“狼来了——

带着锐利牙爪的×××羽党，

残暴的美国洋鬼子，站后边，

——一切帮忙！”

但是，

您把一切准备好，别着慌！

在最危险的时候，

中国共产党——是大家的屏障，

民主联军在门前划一道墙，

贪心的狼们，前进一步就是死亡！

好乡亲，听我讲：

两月来，×××足有二十万人伤亡，

两月来，大批美国新武器给咱双手捧上，

在苏中、在豫北、在山东、在晋中、在冀热辽，

在各个战场，

到处有变成尸骨的黑心狼。

好乡亲，听我讲：

×××快疯啦，全部家当总要输光，

为了赌内战，他十个兵九个拉上战场，

天好的美国武器有啥用？

他的官兵们，一喊就来缴枪！

您又讲：

“好心的共产党，

救星的共产党！

您一定得守护我们，

千万不能把我们丢给狼！”

好乡亲!
哪里有狼,哪里是我们的战场,
哪里有人民,哪里是我们的家乡!
善战的队伍,见识过×××的毒心肠,
胜利的队伍,射杀过数不清的恶狼,
共产党是人民力量的总名称,
站稳脚,铁树在这里根生土长!

乡亲们!
也许我们会让出一角地方,
为只为给胀死的狼们找一块合适的墓场!
为只为给胀死的狼们找一块安乐的天堂!
我们胜利在狼们的骷髅上!
我们胜利在狼们的骷髅上!

九月十六日夜于北安

选自《东北日报》,1946年9月

我们是民主联军

不怕它山高水又深，我们是铁军！
不怕它草莽大漠路又远，我们有铁脚杆！
实行民主——我们是民主先锋！
保卫人民——我们是人民铁拳！
为了独立、和平、民主的实现，我们顽强地作战！
我英雄，为人民，
战必胜，意志坚！
叫敌人在我们刺刀前发抖！
叫敌人在我们铁拳下完蛋！
人民的大旗，无限辉煌！
光荣呵，革命的队伍从无不败的敌人，
胜利永远伴随着我们，向前！
胜利永远伴随着我们，向前！

选自《东北日报》

◇ 孙　滨

白沟村

一

“遭殃军”到了饮马图河

白沟村的老百姓明白

“满洲国”倒啦，鬼子跑啦

苏联军来过

八路军跟老百姓已经结下了

天高地厚的交情

“遭殃军”来了

青年小伙子都带着大枪

赶着牛羊进了后山

饮马图河也喑哑了

二

老百姓明白
“皇军”来的时候
“太君”骑在马上
前面机关枪开路
“遭殃军”来了
也是官儿骑在马上
前面机关枪开路
宽边儿军帽
黄咔叽制服
厚重的胶皮鞋
宽皮带扎在腰间
只是脸儿还是黄色
挂的是美国枪支
使的是美国大炮
全像是美国雇来的奴隶

“遭殃军”来了
周二狼子打着小旗
跪在路旁去迎接
营部就住在周家大院
营长住在媳妇的房里
大闺女去体贴优待

周二狼子找着东头的胡家老爹
“八路军来了
你是优抗小组长
‘中央军’来了
你去‘动员’‘慰劳’呀!”
胡家老爹沉着脸,抖着胡子

周二狼子找到西头的陈老婆
“八路军来了
你是拥军模范
‘中央军’来了
你去‘动员’‘慰劳’呀!”
陈老婆扭青着脸
牙齿缝里哼了一声

周二狼子找着徐秃子
“去!去叫各家户都来
‘中央军’来了
各家户都得出钱
要大大的‘慰劳’一次!”
徐秃子瞪着眼
周二狼子只好白着手回去

一个鸡蛋,半文钱
都没有人去“慰劳”过“遭殃军”

营长发脾气了
周二狼子出主意
徐秃子底头被割来
挂在村子的大门上
说是
中深了"匪军"的"荼毒"
不帮助"国军"的"叛逆"

营长很夸奖
周二狼子的"忠于党国"
"'总裁'一定会'提拔'
美国有钱,有武器
咱们有的是'壮丁'
美国和咱们是一家
世界上只有咱们是第一"

周二狼子实在高兴
挺起腰板走路
斜着眼睛看人
一天
他站在门前的高台上
向全村的老百姓"示威"
"咱们也'晴天'啦
谁斗争过咱们
谁背去过粮食,分了咱的土地

乖乖地给咱送回来
磕三个响头
叫三声爷爷认错
不然
徐秃子就是榜样!”

当晚他接到一封奇怪的信
叫他不要太猖狂
信服老百姓的力量
哈,哈,哈,哈,哈,哈……
他和营长都笑得“响亮”
骂着:“这算什么玩意?”
可是
第二天他却失了踪
尸首被抛弃在后山沟

三

周二狼子死了
营长下令要“巩固”工事
全村的老弱男女
像牲口一般的被赶出来
已经破坏了的碉堡修复
围墙的缺口都堵上
墙壁都凿上枪眼
火急的布告宣称

通“匪”的“格杀勿论”

朝晨
飕飕的风儿扫来
光着屁股的孩子
衣服盖不住后背的妇女
一路打着抖战
伛偻着腰身去赶修工事
一个领子上顶三颗金花的官儿
似乎触动了他的“慈悲”
催促着她们赶快工作
说是可以增加体温
一面又讲
“‘匪军’都是一些‘穷鬼’
看咱们的，顿顿大米白面
穿的又阔气
美国全是金山银山
苏联全是森林沙漠
你们只要‘拥护中央’
将来人人都会发财过日子……”

四

这几天
白沟村忽然暗暗地流传着
一个新鲜而又古怪的故事：

“亲眼看见的?”

“是的,半夜时候

我爬到窗台上看得清清楚楚

从西边下山来的

从东边过河来的

下边王营子出来的

千军万马,黑压压的谁数得清

还看见了指导员

他骑在一匹肥大的青马上

还看见了那面大红旗

插在区公所门口的那面大红旗

上面写着子弟兵的那面大红旗。”

饮马图河明白

饮马图河又开始歌唱

老百姓明白

老百姓记得

“满洲国”倒的时候

也有过这样的故事流传

在夜里

有的青年小伙子偷偷地回来了

有的在白天也化装回来了

刮过了冷风

夜是黑洞洞的
“谁呀?”
并没有等到回答
哨兵底脑袋已经滚下来了
一阵阵爆炸的怒吼
白沟村又站起来了
脚下摆了一堆一堆的尸体

尾 声

太阳红红地照着
牛羊又在草地上打着滚
老百姓忙着割回剩下的庄稼
饮马图河在愉快地唱着
“八路军跟老百姓已经结下了
天高地厚的交情。”

选自《东北文艺》,1947 年第 1 卷第 2 期

寿

一

好像烧红的一块铁
已经在铁砧上
敲打过六十年了
大叔
你说对吗

二

发红的脸膛
鼻子像一座石头城
两撇胡子
像两座森林
在发笑的时候
眼睛像夏夜的闪电
一双手不断地
敲击着历史的铁壁
你走过了

用白骨铺成的道路

三

“同志！咱有一句话！”
把额上
像园子里熟了的葡萄似的汗粒
挥洒在地上
“咱的心是定了！
咱的心全献给革命！”

四

就像五条轨道
向五个方向伸张出去
不知有多少列车
已经从上面奔驰过去！
如今剩下的
那些像松节样粗粝的创疤
仍像火成岩的山石
发散着灼人的气息……

五

“活上六十年
六十年上翻了身”
在车床面前受了
六十年的穷罪

车床上毕竟开了花
斗大的金“寿”字
在红亮的烛光里
看一个翻着筋斗的宇宙
上千的人
呼喊着敬礼

六

大叔
你返老还童了
再干上三五年
定要看到满山遍野的花朵
开在人民的乐园里

选自《东北文艺》,1947 年第 2 卷第 2 期

为了人民铁路立了功呀

四十多天的工作
你们愉快地完成了防护作业
鹤立河再不会像一条孽龙似的
到泛滥期的时候，常常把道轨都给吞吃了
让机车大胆地奔驰
机车远远地就热烈地招呼着你们
到处传说着你们立了功

提起鹤立河么
泛滥期到了，你们就得提心吊胆地过日子
说不定半夜就得爬起来去救援
筐子、杠子、镐头、撬棍
手上磨起泡
衣裳给汗水腌渍“糟”了
总要让机车过去了才得喘一口气

自然
在敌人统治的时候

你们对于鹤立河是泛滥就让它泛滥吧
反正是磨洋工混日子
现在不同了
段长提起要彻底地消灭这个水害
你们就掀起了立功运动
在严肃的动员会上
你们都摩拳擦掌地发言
“前方打蒋介石
水害就是咱们的蒋介石，消灭它，消灭它”
你们作出计划
使河水归还原道

在开工之前
你们就像战士们擦枪擦刺刀准备冲锋一般
到处去搜集小枕木、小车零件、小轨条……
一个螺丝，只要可利用的废料、废器材都搜集在一起
你们就用碎铁筋打小道钉
拼凑成八个小平车
你们拒绝了包工
包工的质量不能保护完成任务
开工了，你们挥舞着钢铁一般的膀臂
鹤立河惊动得发抖了
一天十个小时的工作
晚间还有讨论会……

三月的天气
旷野还刮着刺人的冷风
镐头起落
碎冰像铁沙似的
飞击在脸上
镐把把手背都震裂了
人人的手面上
都像放着一个黑紫色的面包
可是
没有人放下工具来挺挺腰，拔拔气
只讨论着想办法怎样把工作向前推进

你们的生活有困难
棉衣已经破烂
鞋也甩箱啦
“这是为咱们的铁路防护作业”
哪怕光着背脊
光着脚去挑土
心里总是愉快的
在装石砾的时候
没有车、马，工价又贵
你们就自己找报废的枕木
代替小枕木
自己钉小轨道
通过大街，铺了

一千七百米长的运石专线
在架设脚手的时候
你们光着屁股下水去
皮肤都快冻裂了
这些都是为着什么
人人都能爽快地回答
“为人民的铁路立功呀”

选自《文学战线》,1948 年第 1 卷第 3 期

一〇四〇号的火车司机

老季！你是开车的老手
谁不佩服你的经验与技术
就是脑瓜子有些发死
在帝国主义与资本家的统治下
他们利用“科学的分工”来
把工人们束缚得像木头
给他们干到死也提不高自己
你的脑瓜子里也中了毒
比如这回的实行包车制
你总感到还不如大轮班

因为你在工作上的办法不多
这不比从前给敌人开车——
闲闲散散，混一碗饭吃
混点钱能养活家口就完事
路局实行了新民主主义的包车制
要发扬工人阶级高度的工作热情与才能

你手下的八个乘务员
就像八条生龙活虎
就要看你的指挥——
无论经验与技术你是第一
论领导工作你就发愣了
你想着:就这样过下去吧
不求有功,但求无过
有活就自己埋头干
乘务员们闹意见提上来了
你就只能做个和事佬
这样并不能使大家团结
反而都对你有了意见

像毛泽东号,朱德号
人家都干得轰轰烈烈的
自己的“把式”得不了正常的发挥
一个人抱着脑瓜子苦闷——
后来,段上派来了唐俊阁
唐俊阁的经验与技术不如你
在政治上强,工作有办法
他一来就看出了问题的关键
给你建议:你管业务
尽量发挥你的经验与技术
他来团结这一班乘务员
这才几个月的工夫

唐俊阁完成了他的任务
无论擦车或干旁的活
乘务员们都自动地抢着干
干完了自己的还帮助别人
而你也拿出了窍门
在研究节省烧煤的问题上
十六天就节省了二十二吨
行政上把你的成绩宣布了
从前顶不行的一〇四〇号机车
快和毛泽东号、朱德号看齐了

选自《文学战线》,1948 年第 1 卷第 5、6 期

◇ 孙　静

民　　歌

（一）开荒乐

开荒乐，开荒乐，

开荒的人儿笑呵呵。

不怕暴风吹，不怕急雨打；

开出荒地打粮多。

开了荒，培好垄，

等到来年下力种。

（二）秋收忙

秋风凉，树叶黄，

秋风带来好时光。

麦地千层浪，谷穗长又长，

今年年成真正强，

打下粮，收进仓，

翻身全靠共产党。

选自《东北日报》,1948 年 9 月

◇ 如　梯

我留恋着这块土地

你对我说：
“我们生长的土地是黑漆漆的。”
到处都是无情的、刺人的荆棘，
到处弥漫着窒人的乌烟瘴气。
你恳求我同你一起离去。
朋友呀，现在
我告诉你：
我是留恋着这块土地。
这块土地广阔而肥美，
过去，在强烈的阳光下，
盛开着鲜艳的、灿烂的花朵，
洋溢着爽朗的笑。
我要在这块土地上寻找，
以往的祖先刻印的足迹，

我要和这里的人们一起共同受苦。
我要挥动犀利的大斧，
从荆棘里寻觅光明的前路。
虽然，荆棘会刺伤我，瘴气会窒息我，
而生和死是紧扣在一起啊。
我留恋这块土地，
我愿为他光荣地死去！
让人们的热泪湿润我的身体，
让这块土地把我紧紧抱在怀里！

选自《东北文艺》，1947 年第 1 卷第 3 期

◇ 牟毅记

蒋管区民谣

一

兵老爷，老爷兵，
一塌糊涂闹不清；
抓住青年当壮丁，
见了姑娘不要想落空。

二

鸡在叫，狗在跳，
半夜三更集中了，
拿起了木壳手枪，
吊起了乡长保长；
要你的洋钱，要你的钞票，
没有洋钱，钞票米也好！

三

“中央军”,美国装,
爸爸见了浑身慌,
妈妈见了磕头忙,
哥哥见了快快走,
妹妹见了别别跳,
别别跳,活活抖,
一把拉住房里走,
今朝同你成了亲,
叫你乡长做媒人!

选自《东北日报》,1947 年 4 月

◇ 红　梁

小艾丫

小艾丫，
今年十二，
头上梳两个小辫，
说起话来呱呱呱。

小艾丫，
个子不大，
小眼睛黑亮亮，
拣起煤渣来谁也不如她。

小艾丫，
不是生来拣煤渣，
鬼子垮了来了国民党，
工厂的烟囱不冒烟。

小艾丫，
妈妈下了被服厂，
爸爸三轮的营生更完蛋，
一家三口吃不饱也穿不暖。

小艾丫，
于是就拿起小煤筐，
不管是冷风吹透了骨，
不管是太阳晒得皮要冒油。

从早到晚，
从这个灰堆到那个灰堆，
小艾丫像一阵风啊，
拣起有钱人烧剩下的煤渣。

当做饭的小炉子生起火，
黄绿色的火苗蹿达着，
小艾丫看看火苗看看手，
——一双小手像两只小黑铲呀。
“野丫头，”
有钱的小孩这样骂她；
她拣起煤渣就把他们打，
知道她这小孩谁也不敢欺侮她。

一声炮响，

沈阳城得解放，
关门的买卖开了市，
工厂的烟囱冒了烟。

小艾丫，
妈妈回了被服厂，
爸爸拿起铁锤把旧营生干，
一家的日子饱暖乐欢天。

一天，小艾丫，
笑嘻嘻气喘喘地跑回家，
没等妈问她什么事这么高兴，
她喊着明天她就要上学了。

妈妈忙把女儿搂在怀，
感激喜欢的热泪流出来；
“不是共产党啊，
咱们这辈子也不用想把学上！”
妈妈又说：
“共产党真是咱们大恩人，
好好念书要做个小革命，
将来学好了本事好报大恩。”

小艾丫，
看看妈看看小煤筐，

看看自己黑铲似的小手呵，

心里有许多说不出来的话。

三月二十日

选自《文学战线》，1949 年第 2 卷第 3 期

◇ 严文井

穿乌拉的在县政府

这里就是县政府
进来吧,兄弟们
不用担心穿乌拉的上不了这石台阶
先坐下喝一杯水
从县长划的火柴上点着烟
然后商议大事情

选自《解放日报》,1946 年 7 月 10 日

枪同子弹

这是“七九”
这是“三八式”
这是“捞子”
子弹呢,有的是
全都是日本仓库里的好东西
傻小伙子
只有我懂得你为什么老发笑
这枪托有点像你那锄头柄
而枪管的钢
比你那斧子更亮更坚实
不要为了太高兴的缘故
射击那田野中的老鸦同白鸽
我记起一个老故事
从前我们打仗缺少“火”
有时每人只能分三颗
打完枪还得捡回子弹壳
不错,这是好宝贝

将来日子长

大伙还得爱惜它

选自《解放日报》,1946 年 7 月 10 日

倾倒苦水的大会

把长凳子都搭出来
让后面的女人有个地方站
叫小孩们不要啼哭
卖烟卷儿的不要叫喊
现在控诉那抓劳工逼死七条命的伪区长
控诉那把儿子改名叫化中旧日郎的大汉奸
乡亲们,只管往下讲
一肚子苦水尽管往外倒
这毒计再不去掉,就会受不了
台上有县长做主
不怕那家伙向谁瞪眼
三天说不完,还有第四天
不要惊讶这些质朴的人们
突然学会了不绝的雄辩
丰富大伙语言的是长期的痛苦与灾难

选自《解放日报》,1946 年 7 月 10 日

诗人呵，我们忘不了你

——悼闻一多先生

诗人呵
因为你敢于不识时务
你就招致了人家的仇恨
因为你敢于关心自己祖国的前途
你就招致了人家的仇恨
因为你大声疾呼和平民主
你就招致了人家的仇恨
因为你有一颗中国人的热烈的心
那些狗就向你下毒手
因为你始终强烈地爱着中国
那些狗就向你下毒手
因为你是一个真正的中国人
那些狗就向你下毒手
诗人呵，你死得好冤屈
每一个善良的中国人
都要为你啼哭

诗人呵,我们忘不了你
中国忘不了你
你放心吧,瞑目吧
只要日头不从西边出
水不倒着往上流
只要中国的老百姓死不绝
就没有谁能把历史扭转头
而注定要进棺材的仍然是
那些卖国贼,特务,法西斯
那些杀人犯,蠢虫同垃圾
告诉他们
他们既然相信
枪可以射倒民主的战士
那就不能担保
枪不会射倒他们自己
诗人呵,瞑目吧
你的血写下了最后最伟大的一首诗
你的希望就要变成事实
中国同中国人
就要以自己的大翻身
来永久纪念你的死
诗人呵,我们忘不了你

选自《东北日报》,1946 年 7 月

在皇宫里

这是“宫内府”，楼梯上仍在闪亮的是大理石
而却不见了绒幔、宝座，连同皇帝他自己
清新的风向被子弹击破的洞口吹
带来春天的草香
同轻淡的煤烟气
我们的铁匠，炸果子的，小书记同“苦大力”
一个个在朱漆地板上伸开两条腿
开一个工作布置会
讨论如何下区里去
帮穷苦市民减房租
替工人们谋些利益
这些“简单”“下贱”的人们
在正宫里愉快地大笑
脆弱的房壁不习惯地发出回声
使这里充满了从所未有的健康的元气
亲爱的兄弟
不要说什么做梦也没有想到今天
这不算稀奇，本来我们就是要翻转这块大地

选自《解放日报》，1946 年 7 月 10 日

1947 年序曲

一

我乘马车驰越过坚硬的松花江
白霜凝结在我帽檐上
小刀样的风
在无云的天空鸣响
一九四六年最后的时刻
随风逝去,消失
丰满的现实
迅速转化成为历史
如同昨日的新鲜
早已变成不可见的永久陈迹
马车夫猛然加鞭
车身在白冰上颠了一颠
一队拉煤的大车同我们迎面
煤上面一个小伙子对太阳眯着眼
他在想什么好事情

露出了这样一副笑脸
我以自己胸中的热
猜度他心里的温暖
不管他为什么
年轻就应该老是这样快活
祝福你
祝福我
祝福大伙
这里有无穷无尽原子放射的热
终将融尽地面几千年的冰壳
是的确有些什么很奇异
难道咱们有特别的运气
许多兄弟们还在黑暗中发愁
而新中国已经出现在咱们这里
刚才我寄信贴的是
毛泽东肖像的邮票
赶巧碰上那载信的火车
车头可能还就是毛泽东号
这里在最平常的事里
做出了最大的奇迹
几千年来庄稼汉第一次
得到了土地
几百年来荒僻的山谷里
头一回没有了胡子
演员们敢为老百姓演戏

学者们可以放心运用自己的脑筋
探索造福世间的真理
而诗人们
可以用最坦白最直率的字句
歌颂新中国，自由同民主

二

忘不了昨夜的晚会同愉快的聚餐
伙伴们仍在继续着狂欢
这里比赛象棋，那儿又在搜集灯谜
我们不觉已经进到了一九四七

在一间小房里几个人在一起抽烟谈天
不知为什么，话题总是联到祖国的耻辱同灾难
大家不禁叹气，当中最难受的是一个南方人
他家乡变成了从前的东北，美国人代替了日本

还要努力呵，祖国的独立还没有实现
有人低声说：斗争已经进入了第一百零五年
他想到了一世纪前的那个一八四二
帝国主义同鸦片烟一起侵入了中国

只要中国的情况一天没有改变
我们一天就不能不这样计算
计算我们流过多少泪，死过多少人

计算从曾祖父起，一代积一代，遗给我们多少仇恨
不必难受，光悲愤解决不了问题
还是让我们冷静地面对现实
有一个声音停止了我们谈论这一百零五
窗外传来剧响，战士们练开了跑步

三

听，欢天喜地的秧歌
沉着的鼓
夹杂金属的锣
强壮强壮
健康健康
喜气洋洋
喜气洋洋
呵，歌唱
呵，大风
呵，雷响
呵，海洋的潮浪

大声歌唱，大声歌唱
新的年代伴随新的理想
中国一定要解放
人民一定要解放

中国要有成千成万的大工厂

烟囱林立在东西南北方

快赶走最后一个帝国主义
让最后一个狗腿子不得好死

让年轻人更有知识
用自己的手造最精巧的机器

让我们的科学家们也开始
打破原子核,利用原子力
让没有媳妇的男人
都找到漂亮的新嫁娘
让没有嫁的大姑娘
挑选自己喜欢的小伙子做对象

让果实结得更多更甜美
让花朵开得更鲜更芬芳

让我们有更大的理想
让我们有更勇敢的理想

大声歌唱,大声歌唱
新的年代伴随新的理想
中国一定要解放
人民一定要解放

四

现在有一会儿安静
人民要想到你们
不朽的英雄们
你们以全生命
献给了中国人民
你们事情做了许多
嘴里却一个字也不说
你们没有想到要建立什么丰功伟业
更没有想到要超越
古代的那些所谓圣哲
而自自然然地做出了一些事
历史上却没有一个英雄能和你们相比
你们为真理
没有私虑
照顾大伙
忘掉了自己
你们有的也只是平常人的腿
却千万里
爬大雪山
涉沼泽地
奔走南北东西
上天也没有给你们特别的胃
而你们却能吞树叶

吃草
咽牛皮
也不是你们神经麻木
却一连几个月不解衣
困在十二月的树枝上
睡在冰冷的雨雪里
人们曾歌颂大禹的过自己家门不进去
这在你们当中是一件极平常的事
这并不是你们不爱妻室儿女
而是由于你们更爱群众
同自己的同志
你们从不计较个人得失
于是中国才有了今日
人民要用一种特别质料
制造成纪念碑纪念你们
那不是平常的黄铜
不是帝王们用惯的大理石
也不是庸俗的碧玉同纯金
那纪念碑是看不见的
质料乃是大家无数颗跳动的心

五

我们迎接你
一九四七

迎接你
更大的困难
迎接你
更多的艰苦
迎接你
更猛烈的搏斗
迎接你
更大的胜利
暴君早已下定了决心
有他就没有人民
我们压不住他
他就消灭我们

人民也有一个决心
中国要前进
前面有大山通不过
学古时愚公的榜样
挖掉它
这一代不能完成
下一代还有我们的子孙

一九四七
前进

元月七日于兴山

选自《东北文化》，1947 年第 2 卷第 1 期

◇克　文

歌　谣

绥化津河区农民编出小调来歌颂他们的翻身情形，里面有下面两段：

一

“民主县政府，编成工作班，拉起武装队，选下清算员，斗争大恶霸，清算狗汉奸，抛去反动派，人民把身翻，大户搬出院，小户院里搬，屯长掉眼泪，会长泪涟涟。”

二

“千年思万年想，延安来了共产党，共产党真不离，各个屯放主席，放主席开斗争会，家家户户得了地，得了地真不假，每户还劈一匹马，劈匹马倒也强，家家户户得食粮，得食粮还不算，穷人还要有衣穿，汉奸衣裳往外藏，武装队就来收检，搜出来布匹咱均劈，搜出来衣裳是大伙穿，吃的穿的咱都有，怎叫咱穷人不喜欢，要问这福是哪里来，共产党领咱把身翻。”

选自《东北日报》，1946 年 10 月

◇ 杜易白

战斗英雄才嫁他

梅姐姐，
年十八，
媒人常常到她家：
提东家，
东家是书生；
提西家，
西家有骡马。
梅姐姐，
羞答答，
红薄的嘴唇吐了话：
“尊声婶婶别费心，
如今婚姻自当家。”
问你：“看中哪样人？”

“战斗英雄才嫁他。”

选自《东北日报》,1947 年 5 月

◇ 杜易伯

“我若不把这仇报，永永远远不还乡！”

董大嫂，
坐月房，
吃鸡子，
喝米汤，
“中央”老总进了庄；
掀开门帘望一望：
先摔小孩，
后拖娘，
孩儿死在平流地；
娘儿死在冰炕上。
董大哥，
恨痒痒，
找八路，
把名上，
背起钢枪上战场：

“我若不把这仇报——

永永远远不还乡！”

选自《东北日报》，1947 年 6 月

◇ 李士勤

哭丈夫

从打你会吃饭哪
就跟着猪屁股转哪
住的是小马架呀
穿的是麻袋片哪

从打我把门儿过呀
跟你挨一半饿呀
咱们是穷割穷啊
啥话我也不说呀

紧紧裤腰带呀
上山捋灰菜呀
手提着破筐头啊
风吹日头晒呀

路过南地头儿啊
看见你汗直流啊
一天累到晚哪
浑身像泥猴儿啊

头顶人家的天儿啊
脚踩着人家的地儿啊
吃的是喂狗食啊
使的是老牛劲儿啊

通红的高粱穗儿啊
焦黄的大豆粒儿啊
使的是咱们的劲儿啊
扛进东家的囤儿啊

东家丢了马呀
把你好顿打呀
赔钱二百元哪
白白地干二年哪

那天扛高粱啊
怨你太刚强啊
一下子累出了病啊
你还不歇工啊

不叫你带病干哪
你假装没听见哪
不是你没听见哪
为的是吃碗饭哪

实在挺不了啊
回家炕上倒啊
我有心给你抓服药啊
没钱还办不到啊

无奈去找东家呀
求他给想个法儿呀
人家一屋子亲和友啊
正吃满月酒啊

东家生了气啊
说我不吉利呀
一脚把我卷回家呀
你可就咽了气呀

我又到地主家呀
管他要工钱哪
东家他翻了脸哪
说马钱还没还完哪

如今你土压脸哪
地主他不管哪
你苦干了十几年哪
替他打江山哪

地主死条狗啊
惊动了亲和友啊
如今你死没人瞅啊
穷人不如狗啊

地主心太邪呀
叫我做小老婆呀
我说啥也不能干哪
穷人不下贱哪

地主把脸翻哪
撵咱们把家搬哪
俩孩子一个妈呀
哪是咱们的家呀

地主你好狠心哪
拿穷人不当人哪
有一天穷人翻了身哪
剥你皮抽你筋哪

但愿天地变哪
穷人说话算哪
那时抓住大地主啊
给你报仇冤哪

选自《东北文艺》,1947 年第 2 卷第 6 期

◇ 李北开

渡　　河

小鬼，
赶快起来！
把绑腿裹好，
把行李捆好，
把喇叭吹起来，
吹个进军的喇叭。
枪背上，
行囊背上，
就要出发啦！
老人和小伙子们，
请把船拢过来；
露着胸脯的，
脸上连腮胡子的，
两只胳膊好似棒槌的，

嘴里衔着烟袋的，
请你把船拢过来，
我们上南边去，
打反动派去。
今天，你们南去打仗呵！
我们真是从心眼里透着欢喜。
我们的小兄弟被他抛在河里，
我们卖花生的小贩，
也被他一脚给踢死；
老百姓都把气忍在肚子里。
老乡们
我们这次去南边，
要重进大别山，
要迈步到武汉，
建立根据地，
扩大解放区，
从江南到江北，
从岭南到江西，
为着中国人民的解放，
把革命的火燃，
到处都烧起。

选自《文学战线》，1948年第1卷第5、6期

翻身小曲

一

天上乌云地下旱，
穷人有力气无有田。
托人送礼种垧地，
打下粮食分给人家一半。

快马悠悠好人骑，
玉不琢来不成器。
财主他在家中坐，
有田不种还不是荒地？

财主钱财房子地，
都是穷人血和汗，
咱受罪来他清闲！

樱桃好吃树难栽，
大木头不锯不成材。

房子都靠工人盖，
荒地就靠穷人开。

大树无根活不长，
穷人无有地白给人家忙。
咱们辈辈扛大活，
打下粮食到了财主仓。

二

算老账来挖穷根，
挖出穷根好翻身。
恶霸地主斗他一斗，
搞出钱财大家分。

穷人翻身要做三件事：
平分土地吃饱肚子，
自己做主掌印把子，
武装自卫扛枪杆子！

土炮钢枪红缨枪，
保卫翻身要武装，
站岗放哨查路条，
检查特务要严防。

吃一口黄连吃一口糖，

共产党的恩情记在心上。
“中央”来了咱们遭殃，
共产党来了咱们解放。

圈内拉出一匹红缨马，
区上发给三八大枪；
骑上马来挎上枪，
参加主力上战场。
骑上马来挎上枪，
参加主力上战场！

选自《东北日报》，1948 年 1 月

雇农老刘德

小一个月了，
我没看到你
向任何人说一句话。
开始我不认识你，
也不知道你的名字。
在诉苦会上
轮到你诉苦了，
你说你诉不出，
你说你没有苦。
刘会长急了，
他说：
“你老刘德没有苦？
你六十六岁了，
给人家放了一辈子牛，
到如今还是光棍一个，
你没有苦？
你苦哪去啦？”
你说：“这也是苦吗？”

老乡们一声似的说：
“这就是苦，
这不算苦，
还有啥算苦？”
于是，
你上台啦，
你没有说上两句话，
你就不说啦；
你看看大家，
大家也看看你。
大家都说你苦，
“老刘德可真苦，
放了一辈子牛，
还混不上穿的吃的。”
你诉不出苦，
农会的人替你诉苦。
农会的人说：
“老刘德，打小就放牛，
给老张家老马家都放过，
张凤阁骂过你，
为着一点小事，
也说你声‘穷样熊货’，
马老麻子也打过你；
打啦，还说：揍死你这个‘绝户’，
扔南甸子喂狗去，

也粘不上我一块地。”

妇女会也替你诉苦：
说你给“人家”放牛，
连“人家”老娘们也欺侮你，
叫你抱柴火，
叫你给温猪食，
还叫你烧炕，
你稍微慢一点，
东家奶奶还说你，
说你：
“怎么的！
叫了半天装听不见？
聋啦?!
熊样，
真是
喂马的高粱——料货。”

儿童团也替你诉苦：
说你那么大岁数了，
还像小孩子一样地给人家放牛，
放就放呗，
还受“人家”欺侮，
不单是大人欺侮，
连小孩也欺侮，

说你有一次，
放牛被小东家骂了，
被小东家打了；
骂你老兔崽子，
骂你老不死的；
拿木棍子打你，
还说打你你敢怎的，
你老刘德不吱一声儿，
只会哭，
用着两只胳膊遮着侮辱。
这不是你的苦吗？
这不是你的苦吗？
你老刘德怎么说不出？
你老刘德怎么就说不出？
大家都指着你，
大家都抢着替你说，
你，老刘德哭了，
你哭得娓娓的。
大家让你哭，
大家说你这哭就是苦，
你不会用言语诉苦，
这眼泪就是你的苦！
就打这天，
我知道了你的名字，
你，老刘德，

六十多岁的人了，
还是一个老光棍，
一个白胡子的老牛倌。

一天，
修理大会的场子，
你，老刘德也去了，
你没有说一句话，
你一锹一锹地挖土，
一锹一锹地撮土，
抬土的走了，
你用脚踩小石头，
八月天你还穿双上掌的靰鞡。
——后来我问你，
你说你没有夹鞋穿。

八月天，
天炎热。
晌午，
你，老刘德，
走到水缸前，
咕嘟咕嘟地喝阵凉水；
只有这时，
你才用袖角揩下嘴巴，
说声“喝得好凉快”。

在分果实的市场上，
你，老刘德，
第一天就进了场子。
你不会挑，
你不知挑啥好了；
你眼睛看着东西，
心里合计着钱，
合计是买这件，
还是买那件？
棉裤棉袄呢？
还是棉被和枕头？
我看到你了，
我走过去，
我问你：
“你想买些什么？”
你说：
“买些冬天穿的吧，
庄稼人能穿什么，
弄点棉衣裳过冬吧。”
你手里拿着一条旧棉裤，
两块大旧布片，
还有一件夹衣裳。
我问你：“怎不买被呢？
有被盖吗？”
你说：“没被盖，

怕钱不够呵。”

我问你：“这布片做什么？”

你说：“家里还有点碎棉花，

对付缝个被吧。”

我告诉你：“有贱的，

能买，

你不认识字，

我帮你买。”

你乐啦，

你古老的脸上开了花，

满脸的皱纹，

也失去了疲乏。

那天，

七千多元钱，

你买了很多东西：

夹裤夹袄，

棉裤棉袄，

破旧的布片和被褥，

一百块钱一个的绣花洋枕头；

我还给你挑一个

一千块钱一件的

又厚又大的旧棉袄；

还买了一条四百块钱的

“羊肚子”手巾。

我说：
“老刘德，
这下冬天不愁啦！
你也年轻了，
你说话啦。”
于是，
你话匣子开啦。
你说：
自从共产党八路军来到这地方，
你还分到六亩地呢！
眼前又分到衣裳，
这回算吃穿不愁啦。
如今晚真是穷人“打腰”啦。
你还指着毛主席的挂像说：
“这都是他给我们老百姓想出的好主张。”
你脸上露出青年人样的喜悦，
你步子也走得有劲了。

老刘德，
好似昏黑里见了太阳，
好似雨夜里见了月亮；
这后半辈的幸福，
他说他全靠的是八路军和共产党。

选自《东北日报》，1947 年 9 月 16 日

生产歌

一

春天的太阳暖烘烘，
江水哗啦啦解了冻；
树叶绿来吗花儿红，
雀鸟叫来刮春风。
解放区人民生活哪大不同，
分得了土地好好吗来侍弄。

二

春天到来吗快选种，
种子倒在簸箕中，
端起簸箕晃几晃，
漏下种子不中用。
野种呀坏种挑呀吗挑干净，
剩下了好种日后好收成。

三

赶着那马儿把地耕，
端着那种子后面跟。
我耕地来吗耕得深，
我撒种子撒得匀。
耕得那深来撒呀吗撒得匀，
深耕那种子收成吗有保证。

四

今年的庄稼长得快呀，
你看那苗儿高又肥呀；
苗儿出来要锄草，
锄草不要伤了苗。
苗儿那旁边土要吗培得好，
多培那土来不怕雨水少。

五

风扫落叶麦儿黄，
秋风吹来麦起浪。
家家都为收割忙，
家家收割喜洋洋。
你看那麦穗肥呀吗肥又长，
地里的麦子捡它个净净光。

六

收割完了快打场，
到处连枷(打场用具)打麦秧；
扬场锨儿把麦扬，
落下麦子金黄黄，
打好麦子赶快去收仓，
收仓好了吃穿不用慌。

七

赶着那马儿送公粮，
送了公粮再卖些粮。
卖些粮食买些布，
给我做件好衣裳。
太平的日子谁给保障？
多亏那前方打呀吗打胜仗。

选自《东北日报》，1948 年 2 月

◇ 李则蓝

担架队

前线的战士
是我们的弟兄
他们淋雨淋雪淋炸弹
生龙活虎地作战
自己负伤
保卫了我们的生命和财产
救护他们
就是救护自己
来！大家抬
大家抬
抬民主联军伤兵
是争取独立民主和平

我们抬的是英雄

——是最亲的弟兄
我们的弟兄是英雄
英雄就是我们的弟兄
来！大家抬
大家抬
他们为人民负伤
把他们抬到安全的后方

来！大家抬
大家抬
脚步整齐地抬
同心合力地抬
抬过河，抬过桥
抬过森林和山岗
我们的责任光荣
我们的肩膀沉重而轻松

民主联军伤兵去养伤
是要再上人民自卫战前方
再去消灭“中央军”
再为人民立军功
来！大家抬
大家抬
不要跌倒
不要匆忙

不要摇摆

不要颠簸

要平稳地抬

轻轻地抬

让我们光荣负伤的弟兄

在担架上好好休息……

五四节于吉北

选自《东北日报》,1947年5月

互相照耀

——民主青年歌

婴儿需要母亲抚养，
我们吸收毛泽东思想；
我们——
团结，严肃，活泼，紧张，
集体学习，互相提高，
好像满天星光，互相照耀。

群星环绕月亮，
我们信仰人民力量；
我们——
纯洁，热情，勇敢，坚强，
下乡，上前方，进工厂，
就像溪水流向海洋。

选自《东北日报》，1947 年 4 月 2 日

一切为人民

——献给民主联军

人民解放军
作战最英勇
全军一条心
一切为人民

长白山上雪
闪耀在天空
我们要发扬
八路军传统

耕者有其田
和平要实现
实行新民主
胜利在眼前

黑龙江里水

日夜在奔流
我们为人民
生产又战斗

选自《东北日报》,1947 年 4 月 2 日

◇ 李冰封

我们就这样走进了自由的天地

一

在那些日子里，

我们生活在人间，

就像匍匐在地狱。

在那些日子里，

我们不能够昂起头来走路，

更不能放大嗓子说话，

我们的眼睛里不许有凄怨，

我们的脸孔上也不许有愤怒。

不许我们用叹息，

纪念一个为正义而死亡的烈士，

不许我们用手势，
同情一群为生存而挣扎的人们。

不许举手，
因为我们的手上挂着锁链，
不许唱歌，
因为我们的嘴巴上紧贴着封条。

不能流泪，
但我们的眼泪早已被仇恨烤干；
不能豪笑，
但我们的笑声早已被苦楚溶化。

我们的肚子里，
虽然填满了太多的饥饿，
但我们的心里，
却有着一腔的憧憬。

我们知道美丽的日子终要到来，
因此我们，
不能让人家越来越胖，
我们却越来越瘦；
不能让人家越快乐，
我们越痛苦。

我们要真正地做一个人，
活在这世界上！

二

终于，
红色的五月，
到来了啊！
红色的五月，
开花在荒凉的地面了呀！

我们都站了起来，
战斗在红色的五月！

法西斯的屠刀虽是白色的，
但我们的血却很鲜红。

我们可以在几千人的大会上，
让人家的铁棒敲在头上，
可以在顶僻静的角落里，
让人家的子弹穿过胸膛。

可以在繁华的马路上“自行失踪”，
可以在阴森的牢狱里“急病死亡”，
可以让胳膊搬家，
可以让脑袋开花。

但我们不能让我们的憧憬，
无声地枯萎，
我们坚决地，
战斗在“第二战场”，
战斗在红色的五月！
夜里是漆黑黑的：
但白天也没有太阳，
我们摸索着走路。
看不见吧？
就让自己的血滴下来，
变成了照路的小灯笼，
走呀！我们仍然向前！
有时承受的委屈太多了，
想让自己就毁灭在委屈里吧！
但不能。

眼看着一个又一个同伴的伤亡，
我们的心里是怎样的希冀着：
有一天
当第一面的红旗，
第一颗的红星，
第一支的红色的队伍，
从“第一战场”里，
开向泥烂的地带……

这是奢华的期望，
在那时，
我们想。

（而现在，
红色的五月过去了。
听呀！
在少男少女中他们有着这样的对话：）
“等着第一面的红旗吗？”
“我正想……”
“光是等待着行吗？”
“你说呢……”
“等待着为了谁？为活着的，还是为死者？”
“我想不通……”
“但你需要想通呀，朋友！”
“嗯……”
“你需要想通呀，朋友！”
“嗯……”
“你需要……”
“你别说，我晓得了，
不为生的，也为死者！”
“那你……？”
“那我就不愿再等待了呀！朋友！”
“好。”
（两个痛苦的声音融合为雄伟的歌唱）

“不再等待，

我们要走出窒息的地带，

为了使那一面红旗早日到来……”

……

我们就这样地走进了自由的天地，

我们就这样地加入了真理的队伍……

一九四八年二月十四日于热中

选自《文学战线》，1948 年第 1 卷第 2 期

◇ 李运成

雇农周计武

你生在黑龙江
长在明水县
住的是一间小马架
穿的是麻袋片
从小生来你并不下贱
只是因为穷
有钱的人们对你下眼看

似火炎炎六月天
光头赤脚把马牵
忙得你井台以上去汲水
一脚哧溜登地滑
闹个仰面大朝天
吓得你遍身流了汗

天上乌云四下满
霹雷闪电红光现
瓢泼大雨注连天
你手拿麻鞭把牲口赶
赶着牛马去草甸
冷雨凉风交加紧
冻得你浑身上下打战战
无奈只得蓬草里来钻

毒热的太阳似火燃
每天你只得在草原
晒得你全身满脸都是汗
东家的——牛和马
走远了可不是玩
累得你口干与舌燥
跑得你出气都难喘

鹅毛大雪蔽满天
身上衣单难耐寒
掌柜的叫你上场院
打扫谷堆与围圈
你啊！袄乱裤子破
怕冻，有心不去干
但是端着东家的碗
就得受人家的管

头顶着人家的天
脚踩着人家的地
干活使的老牛劲
谷粮进了东家囤

老周你常说：
有钱的人是福天
如今共产党来了
穷哥们把身翻

苦处越多仇越深
抓住地主时你就发了狠
要剥他的皮要抽他的筋
你带头斗争了大地主
你带头挖尽了大坏根

过了打春——来到雨水前
翻身的穷哥们
急忙打地来整田
大家起来生产加劲干
模范的生产小组你当先
手拉着骡马把车套
装载满了肥料上大田
得哇驾吁赶得欢
穷人翻身坐天下

争取个

劳动英雄美名传

选自《东北日报》,1948 年 3 月

◇ 李沅荻

咱们说了算

(一)伪满的日子

为了躲壮丁,
我带着年老的爹爹,
跑到人生地疏的关外。

临走的前夜,
娘拉着我的手不放,
"咱们死也死在一起……"
她眼睛哭肿了,
嗓子都哑了,
爹气愤地把旱烟袋摔了,
"就是哭,
哭顶什么,

叫人抓壮丁,就能在一起吗?”
爹装着硬,
我却晓得他更难过,
他那天连稀汤也没进口,
看看爹脸上的皱纹和胡子,
爹一夜就老了二十年,
第二天咱们爷儿俩就硬着心肠,
离开土生土长的老家。

通过无数怀疑的眼睛,
“良民证”被警察的手摸烂了,
像逃亡的罪犯,
像讨饭的叫花子,
我们到了八道沟,
拿乡亲凑的钱,
给林把头送了二百个鸡蛋,
咱们就在矿山待下来。
煤洞像长虫的肚皮,
它早晨把咱们吞进去,
天黑吐出来,
煤洞流着黑水,
土泥一大堆哗啦地塌下来,
咱们就把命吊在灯芯上。

日本人咱们见不着面,

把头是咱们的活阎王，
咱们每月要给他“送人情”，
咱们没米下锅，
他却又装好人借钱给咱，
真是医的眼前疮，
割却心头肉，
他包管伙食，
每顿只准咱们吃两小碗饭，
他包管配给东西发不发在乎他，
谁敢问半句呀，
活干慢一点，
他就用军用皮靴踢。
反正死了不偿命！
下洞不到二十天，
爹就病倒了，
没有钱请医生，
没有钱买药，
他却没死掉，
从阎罗王手里又把命捡回来，
可是，爹再也没气力干重活，
我的脚也烂得露出骨头，
这活实在干不下去，
咱爷儿俩又跑到老站，
给特务王大麻子送了一百块钱，
爹就在暖房看火炉，

我就在机务段工厂干杂活，
一不会洋话，
二没本事，
重活都叫咱干，
仓健是技术主任，
他从来不叫咱们的名字，
他把咱们都叫作“王八蛋”。
一个月二十八元五毛工钱，
扣去亲和会费二元，
扣去厚生会费三毛，
扣去同仁共济费五元，
扣去神社费，
扣去贮金献金，
再扣去“欠勤”，庶务先生的算盘一打，
剩下的“手□”就成了零头，
扣去的钱鬼子吃头锅，
当官的“二鬼子”都沾光。
咱们一年配给的布，
配给的高粱米是霉的，
就那样还要吃稀的，
咱们的房子像一个洋火盒，
一进门就是炕，
站起来就碰上屋顶。
而鬼子的房子，
有澡堂有睡室，

有厨房有厕所，
还有最讲究摆设的客厅，
认鬼子做洋爹的家伙，
日子过得也和鬼子差不离，
他们为的给主子讨好，
专门调理咱们，
过年过节，
咱们都得给他们送礼，
要是得罪了他们，
滚蛋不用说，
给你加上一个“国事犯”“经济犯”，
灌辣椒水和过电，
“倒吊”和“腰砍”，
刑罚的样数谁能说得完。

在伪满，
谁都知道那残忍的刑罚，
可是，
谁能有我这么大的冤恨呵！
那是一九四零年六月十四，
爹请假到朝阳去倒弄点东西。
碰巧那天机务段的电柱不见了，
爹和其他四个工友，
被王大麻子从火车上缚走，
说电柱一定是他们偷走，

五个人被用枣木棍子打了一遍，
又一个个轮着审问，
你说没有偷，
橡皮鞭子便朝着脸上打，
五个人的脸被血淋的看不清眼鼻，
最后手上被带上干电池过电，
爹就昏了过去，
才把他们五个人放了。
工友们帮着我把爹抬回家，
鲜血染透了衣服，
脸上已成了一块肉饼，
手掌肿出一寸多高，
第二天天不亮就断了气，
用几块板我把爹掩埋了，
没有眼泪，
眼泪已被愤恨火焰烧干，
我伤心的要发疯，
我从那天起成了哑巴，
莫非世界上能有一种话语，
可以说出我那样深的愤恨吗？
我想起鬼子和特务最害怕的杨司令，
心里只有一句话，
“杨司令来了我就报仇！”

(二)斗争会

让他哭吧,
让他跪着叩头吧,
让他又带着眼泪赔笑脸吧,
让他也有今天吧!
说:“国民党来了整你们。”
吓不倒咱们,
向咱们老娘们讨情,
也软不了咱们的心。
说:“念在都是中国人。”
说:“可怜家里还有老小。”
在伪满的时候,
这样的话,
我们也曾给他说过一千遍。
我们就是说:“可怜你的儿吧!”
他肯少踢咱们两脚吗?
我们天天挨饿,
他却把我们配给的高粱米去喂猪,
我们的菜汤和开水一样,
他却把我们配给的豆油私吞了,
他却把我们一百五十双鞋子卖了落腰包,
我们穿麻包,
他却把我们的配给布做小孩尿布。
他说:“那时你们答应给我呀。”

我们敢不答应吗？

那时我们不答应，

脑袋还要吗？

老康给他打得吐了血，

董玉魁的老婆被他强奸，

我们有几个没挨过他的打，

我们要报仇，

我们要算账，

你想伪满五十万块钱，

迫死咱们多少条命，

这是咱们的血呵！

这是咱们的汗呵！

要他把冤枉钱吐出来，

要他赔命！

让他哭吧！

让他跪着叩头吧！

让他又带着眼泪赔笑脸吧！

让他也有今天吧！

（三）我开着机关车

我开着机关车，

我载负着一列车救命的红军，

他们向鬼子追击，

周围打着枪，

红军用转盘枪扫射着，

我看见英勇的红军女战士，
她们也驾驶着水陆两用坦克，
看，那数不清的坦克，
把人眼都看花了。

我开着机关车，
我载负着一列车救命的红军，
我看着鬼子一个个倒下去，
我看着鬼子狼狈地奔逃，
我看见成千的鬼子缴枪，
我兴奋的心都要跳出来，
我乐得差点从车头上跳起来。

（四）咱们说了算

呵！看那些红缨枪，
那是农民的翻身枪，
呵！那都是农民的笑脸。
他们十四年来第一次□□□，
当他们坐在分到恶霸的大轱辘车上，
他们飞舞着鞭子，
晃荡着身子，
他们笑了，
当他们自己亲自验了“中央胡子”的地，
在分给自己的地上插上牌子，
把伪满的地照当众点火烧了，

他们笑了，
他们这样大声地喊叫，
他们这样痛快地欢笑，
直到笑出了眼泪！
他们说：
“特务、警察、胡子都是国民党，
难道我们还认不得那些鬼吗？”
鬼子一投降，
那些家伙把豆腐牌[①]拉下来，
换上“光复军”大袖章，
把协和会的牌子翻过来，
写上“国民党党部”。
可是那些脸孔，
烧成灰我们也认得。
他们说：
“坏人都往那边[②]跑，好人都往这边跑。”
谁还敢欺压他们吗？
他们会不客气地拉你上农会，
“不要再想欺负咱们扛活耪青的穷鬼，
不要以为你是高墙高草[③]，
现在是民主政府，
你一个人说了不顶事，

① 豆腐牌指伪满肩章。
② 那边指国民党占领区，这边指解放区。
③ 高墙高草指大粮户，因大粮户大多有围墙，草堆也最高。

咱们说了算，

咱们大伙说了算！”

一九四六年九月于北安

选自《东北日报》，1946 年 11 月

咱们也食上白面啦

青绿的平原上
八月的风吹着
一片一片的麦田闪耀着金黄色的光
成熟的麦穗
发着沁人心脾的香味
我们在前面割
没有镰刀的就用手拔
老乡在后面捆
小娃娃在捡割漏的麦穗
男同学和女同学
教职员和勤务员
大家笑着跑着喊着叫着
竞赛着看谁割得快
割得干净
保证不割漏它一棵
“全面进军”
“两面包抄”

"中间突破"
"大迂回"
用着各样的战术
像剃头似的
金黄色的麦穗倒下了
同学们有生没参加过这样的收麦
老乡一辈子没见过这样的队伍
同学们乐得忘了累
老乡乐得合不拢嘴

指导员挑来了开水
队长宣布消息
今天他的命令都没人听
同学都一股劲往前割
直把哨子吹破了
大伙才向休息地往回走
太阳晒黑了脸
汗珠淋透了衬衣
大伙一面擦汗
一面吃着带来的馍馍
是什么时候宣布开始呢
可是大家又割起来了
"麦儿黄,麦儿香
快收快打快收藏"
前面的同学边割边唱

老乡追上来说
“看你们这些年轻人
饭也不食我们的
连休息也不休息一下
我连一袋烟还没抽完呢！”

一千多个人
两天的工夫
收割了一百多垧地
在回来的路上
老乡们硬要远远地送我们一程
小娃娃抱着我们的腿不让走
一位老伯伯笑着
眼眶却润湿着——
我活了五十多岁
这是第一回见到你们这样的好队伍
我儿子病了
媳妇照料着孩子
不是你们来帮助收割
我这十亩麦子只好白摔了
请人收割
一亩地四百元还供食渴
还要买酒
我哪能请得起
这片麦地原先是二鬼子屯长张老七的

民主政府分了给我
你们还来帮着收割
我真没有白活五十岁
今天总算看见了好人啦
在伪满的时候
我家租大粮户的地种
要夜里全家老小下地收割
白天送粮
打下的粮食不够出荷
官家大斗进小斗出
差一分不够警察可不留情
一巴掌把你从这边炕打到那边炕
现在,斗争了张老七
分了他的地
每人两亩七
地有了
你看这金子似的麦伙
咱们白面也食上了
谁给咱的呢
我说是毛主席给的
像我孙子来宝唱的
真是"带来了幸福给咱们"啦

十一月十七日于军政大学

选自《东北日报》,1946年11月

◇ 李春久

赠

——欢送榆中参军的同学

太阳一冒红呀,
东天红如锦。
砖墙外,大门北,
送走你们——
这伙热情的年轻人。

不管谁,
也扯不住你们的腿;
话不说呀头也不回,
不要车马,走如飞。

你们遂了心愿呀!
大家都喜欢。

迈进了革命的门，
便是一家人。
有一天，
咱们还会相见。

你们像奔驰的战马，
为中国解放打天下；
接受人民的呼声，
就是你们的命令。

你们像燃烧的熊火，
你们像咆哮的海洋；
你们咆哮，
你们燃烧。

选自《文学战线》，1949 年第 2 卷第 2 期

◇ 李　革

老百姓

我们是老百姓
是老百姓最苦的工农
我们有生以来
就从昼到夜
不停地忙着

看这手上的老茧
看这黝黑的脸上的皱纹
这一道道的皱纹
这层层的老茧
是创伤的记号
是苦痛的烙印

老婆子半夜得起来烧火

孩子们给人家放牛放马
七八十岁的老爷子
往田里送水送饭
一家老少
不敢有个歇
除了出荷，租粮，出劳工
还有国债票
白忙了一年
仍是少吃没穿
豆腐渣、土豆、倭瓜
就是唯一的饭菜
到了冬天更难
两口子穿一条棉裤
这些苦痛从来没见谁来管一管
光复　光复

光复的是汉奸特务
他们会变
变成“曲线救国”
变成“地下工作”
喝人血的汉奸
又都加上新官衔
最苦痛的老百姓
照旧被摧残

但是共产党来了
组织了人民军队
民主联军给我们分土地
减了租又减了息
捉了汉奸逮特务
向吸血鬼们作清算斗争
这些好处
数也数不完
老百姓都翻了身
站起来了

我们饮水忘不了挖井人
忘不了这日子是谁给的
忘不了共产党,民主联军

我们组织了
农会
组织了自卫队,纠察队
保护这胜利到永远

选自《东北日报》,1946 年 7 月 12 日

送子参军

“孩子们拿起枪来
赶快上前线
反动派们
帮着地主
要夺我们新分的田
爸爸当了一辈子庄稼汉
整年整月地苦干
和牛马一样
早起睡晚
但是用牛马的力气
还得有饱草饱料
用人的力气
给的东西不够一家子吃穿
地主们反说：
‘穷小子
养活不起
就不该娶老婆’
自从来了共产党

帮助咱们翻了身
如今晚
南坡上有了地
圈里也养上大肥猪
这些胜利的果实
还得咱们自己保护
家里的事情
我还能干
你上前线去吧
要不怕死
要勇敢
叫反动派们
尝尝咱们子弟兵的枪弹”

选自《东北日报》,1947 年 2 月

◇ 李　荒

我必须回去

——回到我的家乡

从我幼小的时候，
就被侵略的炮火赶出来，
在争自由的死亡线上，
跋涉、挣扎、战斗——
为的是重新打回我的家乡。

现在侵略的毒焰，
已被扑灭，我的家乡，
已从敌人的统治下光复，
我那久别的田园，
早已在呼唤着我了，
而我，为什么还流浪在异地？

我必须回去——回到我的家乡，
那里我的白发父母，
我的姊妹兄弟，等待得太久了；
等待着以重聚的眼泪，
拂去我满身征战的风尘与沙土；
然后告诉我，怎样度过的
那些苦难的日子
和一些悲壮的英勇故事。

我必须回去——回到我的家乡，
那里的山林平野
和山林平野上的幼年伙伴，
正在等候着我啊，回去开垦
那染满血迹的荒芜了的土地，
和那土地上的新的播种与建筑。

我必须回去，必须回去，
从我被赶出来的时候，
我就誓定了这个希图。
我不能再滞留在外乡，
生病、饥饿、流浪……
既没有幸福与温暖，
更没有生活的意义。

我必须回去，必须回去——

回到自己的家乡，

在那里工作，在那里生活；

在那里耕犁和灌溉，

那将到来的永久和平幸福的日子。

选自《十四年》，1946 年第 1 卷第 3 期

◇ 李　雷

母亲，我回来了

母亲，我回来了。
以十四年无限跋涉的脚步，
从三千里外的西北天幕下，
——从那辽远的陕甘宁边境里，投奔你；
但是，母亲呵，直到今天
我还没有和你相见一面。

我嫉妒那些古民歌里的
关于母子失散的传说和故事：
他们虽也曾遭受了艰险和磨难，
可是那些人，最后
已经都得到了抱头相哭，
而我今天还不敢想象那般幸福。

我回来了，母亲，你儿子的脚步
已经行践在故乡的土地上，
而且并非不知道父亲手创的屋荫；
但是我仍然怀着一颗游子的心，
如像无根的蓬草，摇曳于风尘……

念，去年今日，
我攀登着九月的白马山头，
迎面是落叶潇潇，
伴随着无边风雪的吹流；
那时候，大地上任什么冰冷和险峻，
都不能阻止我这异乡人的归心。

十四年前，我向你告别宣誓说：
“妈妈，我此行，为了自由出征，
为了保卫中华民族，挽救人民和祖国；
我要当一名英勇的战士赴死，
绝不作为一个奴隶，俯伏偷生。”

为了报酬我年轻的壮志，
为了实践那坚决的誓言，
母亲，我忍受了
法西斯独裁者铁窗底监禁，
我踏遍了月照管涔山的丛林……

而今天，我回来了，母亲，
我多么想一头扑倒在你的怀里，
然后带着幼稚的感情和孩童底娇气，
一口气告诉你，八年血战胜利的来历，
——和我们人民抗日斗争底英雄事迹。

是他使用了美国的火箭炮
再一次祸害了受苦的百姓人家的平安，
再一次破坏我们母子底骨肉团圆。
于是，我就将走近母亲身边的脚步，
第二次又调转方向：
为了保卫民主，保卫和平，
保卫祖国的独立，
和保卫你呀——我亲爱的母亲，久别渴想的母亲，
又佩戴着剑甲铿锵上战场。

母亲，我向你宣誓：
“你的儿子，将永远不当奴隶，
我永远是英雄的中华民族底一个战斗兵，
永远前进，为了争取中国人民翻身的光荣。”

我回来了，母亲，
今天，我正战斗在故乡底草原。

祝福你，母亲，请勿挂牵，

不久的将来，
我一定带着最后胜利的果子走回家；
那时候，但愿年代有情，
不摇落你白发头上的霜花……

选自《东北日报》，1946 年 11 月

献　　辞

——给合江省联合中学、民主青年联盟

祝贺你呀，我年轻的战友，
为了自身的幸福，
为了祖国和民族的光荣，
你们起来了——投奔为民主和平而战的前哨。

带着青春、胜利和骄傲，你们起来了，
像银箭一般的海燕，
掠过激怒翻花的巨浪；
穿透深蓝色的云层，
翱翔在这暴风雨时代的阵头。

同学们，年轻的战友们，
我知道你们的决心
——是经过几乎不可战胜的苦痛、疑虑和斗争，
最后终于克服自己灵魂的矛盾，
今天已确定了英勇献身，服务于人民。

你们的意志奔腾，生命在召唤：前进！
我英勇的战友同志们，
看，民主之神，驾着独立和平的两轮战车，
就快要将那卖国求荣的幻梦冲垮；
而在自由中国的土地上，
将因我青年斗争的滴血生鲜花。

蛰伏在
暗湿的叶荫里底同学们，起来吧，
再不要让那法西斯主义的细菌，
腐蚀我们的肉体和良心，
听呵，号角声高，四下里泛起烟尘，
遍地是人民胜利的歌吟。

来，所有的同学们，向民主前进，
战友在吆喝你们，胜利的光辉迎照你们。

选自《东北日报》

◇ 李　鹏

姑嫂二人做军鞋

小板凳，
上面平，
姑嫂坐着做针工。
嫂子她做新布鞋；
小姑刺绣手不停。
鞋底做得很结实！
她用劲儿纳过针。
绸帕绣字花样红：
“人民功臣最光荣。”
你一线，
我一针，
姑嫂二人笑盈盈。
嫂子说：
“帮好底平走路轻，

同志穿上快如风。”
小姑话儿更中听：
“三伏天，
热烘烘，
同志前方杀敌人。
送块手帕擦擦汗，
眼明手快好立功。”
姑嫂俩，
一片心，
“吃米不忘种谷人”，
为前方弟兄做针工。

选自《东北日报》，1947 年 9 月

◇ 杨　光

献给一位老师

倘您的面颊尚能舒动，
请为了这些孩子们而笑吧！
石在，火种是不会绝的，
星火又在燎原了呵！
倘您的眼睑尚能睁开，
请目睹吧：
侵略，专制之碑将怎样地坍塌！
然而，
那一定得，一定得，
凭着孩子们自己底热血和力量！

（一师）

选自《东北日报》，1946 年 8 月

◇杨　青

记靠河寨李寿山诉苦

“伪满”那些年哪，
敢怒不敢言，
自己受的苦，
闷在心里边。
七岁那一年，
父亲把我雇出当猪倌，
人家管吃不管穿，
十冬腊月里，
还穿夏天那一件，
冻得我乱打战，
苦也不能喊，
怕惹人家烦。

过年大初三，

地主刘真派人到俺家讨租钱。
父亲没个钱，
鸡狗猪儿一齐拴，
租儿还写在□上边。
明是租他河套地，
硬当好地收租钱。
年年河水淹，
没打上粮食怎么办？
左思右想还是把地退。
哪晓得刘真大骂：
“退地也能行，
偿清地租钱，
利滚利租加租，
少算点儿算你上万元。”
父亲一听傻了眼，
忍饥受饿哪儿来的那些钱。
谁知刘真发了怒，
连打带骂声震天，
还要把俺家人一齐往那地里□，
全家一看不得了，
哭哭啼啼齐跪在他跟前。
狼心狗肺的刘真还是发了狠，
破桌□□一齐搬。
刘真临走对爹说了一句话：
“你再不想法交租钱，

我去告官把你往煤窑里□。”
事情过了第二天，
父亲跑到我的放猪圈，
他未曾说话先流泪：
叫声“孩儿爸爸有话跟你谈！”
我一见爸爸直流泪，
一阵阵儿好心酸：
“爸爸有话只管讲，
不要把话儿闷在心里边。”
我一句话提醒他，
只听他咕咕噜噜接不上言：
“儿啦！明天再不还刘真的账，
爸爸只得死在煤窑里边。
我来叫你回家去，
吃上顿团圆饭，
明天再送你到刘真那边顶账还。”
我说爸爸等一会，
我告诉了人家咱们再回家转。

回家团圆正一宿，
清晨起来吃了一块干片片；
扫扫衣裳洗洗脸，
妈妈流泪对我说：
“到刘真家别惹人家厌，
等还了账时俺去接你回家园。”

说罢，我就和爸走出门，
路上乌鸦叫连天。
我一边走来一边想，
越想越心酸，
□家所儿天天把书念，
我给人家做牛做马还怕人家厌。
咳！天呀，
你怎么不把穷人看在眼。

忽听得狗声汪汪地叫，
不觉到了刘真的门前。
刘真一见先筋鼻子后瞪眼，
最后才领俺到账房里边。
爸爸说：
“送我儿来替你扛活，
顶上租儿请刘老爷多照管。”
刘真听罢燃上洋烟灯，
停了一会才开言：
“这点小嘎能值多少钱。”
爸爸一看事难办，
跪在地上哀告了半天，
最后还是把我留在那边。

刘真的马粪一大片，
鸡叫头遍就叫俺起来干，

一张镐来一张锹，
累得身上直流汗。
一时他听不到镐锹声，
他躺在炕上骂俺偷闲。
日头出来三丈高，
刘真才叫俺吃口饭：
地主怕俺吃得多，
就把火油往里掺。

熬过春来熬过夏，
秋收一到好比上刀山。
半夜三更去收割，
身上无衣冷得直打战。
野地里露水稠密密，
秋收的人儿把活干；
手往谷杆一□抓，
好像冰刀□身上。
我年纪小来力不大，
割谷落在人后边：
割谷割到鱼肚白，
人家都割到地头边。
刘真□说干不到头不许歇，
累死俺们也得干。
正当晌午地主送来饭，
我吃一口人家朝我瞪一眼。

庄稼收在场院里头，
天气冷来更发愁；
打场的活更要扛活的命，
天天从晚上干到大天明。
半夜三更冻得我没法办，
我绕着场院转圈圈；
跑得身上冒了汗，
算是逃过了鬼门关。

一天刘真跑了一条牛，
我穿着没底的靰鞡把牛撵，
回来把脚冻肿了，
刘真叫我"大脚仙"。
从此外号传出去，
小孩见了都笑俺。
算算替他扛活四年整，
地租还是没还完。
要不是共产党救了咱，
俺家大小都得七零八散，
永远也不得团圆。

一九四七年八月二十四日

选自《东北日报》，1947 年 10 月

◇ 杨崇先

向赵占魁学习

好地长出大甜瓜
名山上面出兰花
解放区里有英雄
赵占魁的声名大
九个连环个个圆

老赵的好处说不完
叶落归根说一句
忠实革命是根源

选自《文学战线》，第1卷第4期

◇ 杨　絮

悼
——纪念死在狱里的故人

听说你是死在百卉灿烂的四月，
然当噩耗传来，
浓霜已抹遍了红叶。
沉重的泪水，
又怎能掩煞了心底的悲哀呵！

热，力，干，
是你生前常说的话，
也许这几个字眼被日本子听了去，
于是你开始了牢狱生涯。
无边的黑暗和痛苦，
你终于没有战胜。
于是你又闭上了眼睛，

永远地。

假如你重见旗帜的飘扬，
重见爱国志士们的奋起，
你将怎样热烈高呼着万岁与凯旋，
怎样吐出积蓄十四年来的愤恨呵！

别人都说我是被你热恋过，
然而天知道，
我却狠心地使你失望了。
常常我展开那些热情之书，
那一字一句像刺针一样，
刺伤了我的心，我的记忆。
是呵！十二年前我们结识了，
那正是我们都很年轻的时候。

渐渐我被你了解，
于是你便对我有了憧憬，
有了希望。
许多次你焦灼了，
许多次你又忧郁了，
那都是因为我不是你的忠实对象。
想起来，几乎都心痛弗已，
当年何必不说痛快话？
白白地骗了你的书信，

你的眼泪，
和你的热情。
我，我做了你的恋的罪人。

虽然我不能与你结合，
但我却始终崇拜你。
崇拜你的真挚，
你的高尚，
还有你的无伪。

记得我们都别有所恋时，
有许多知己替我们哀婉不已。
前情付流水，
流水逝而不还。

终于我们都被新恋抛弃了，
怎能说上帝是不公平？

年年复年年，
我们已真的都有了归宿。
你得了男孩，
正是我新婚不久的时候。
你携娇妻去北平，
找你艺术的顶峰。
你的名字响彻了古都，

我暗暗祝福你的努力不息。
谁知平地一声雷，
在旧地重来中被捕了。
是哪一个汉奸害了你，
哪一个败类是如此无情？

牢狱里的日子像死渊吧！
你喊不出悲愤，
喊不出叹息。
从此你搁下笔，
再看不见你灵魂深处的呼叫了！

仅仅三十年，
可算是潦倒半生了！
虽不为穷所苦，
却为志不得酬用碎了心。
你印书，不通过，
你编导的影片，不通过，
你超越的理想与计划，
尽丧在日本子与汉奸的身上。
但你终不气馁，
伟大的不屈不挠呵！

你有白发苍苍的父母，
你有美丽的妻与爱儿，

然而你走了，

你何尝看见那些纵横的泪与恸哭呢？

其实你的牺牲是为人类为国家，

你虽躯壳死了，

你的精神却还活着。

你活在每个青年人的心上，

活在每一个人的记忆里。

远树，夕阳，

白云，归鸟，

你躺在荒郊已将届八个月。

伴着夏日的烈阳与秋日的阴雨，

你悄悄地不言语了！

选自《东北文学》，1946 年 2 月第 1 卷第 3 期

◇ 肖　沐

发地照

一

今天的太阳
为什么这样红？
今天的太阳
为什么这样亮？
全屯的男男女女
为什么都这样红火这样乐？
因为——今天要发地照。
秧歌队锣鼓敲得掀翻天，
披红甩绿在满街跳。
小学校院里搭起了发照台，
两面红旗迎风飘。
毛主席像
挂在台正中，

毛主席像
红满面、满面红，
毛主席像
满面笑，
因为——今天要发地照。

二

太阳照在头顶暖烘烘，
大会开得真热闹，
谁家也不留下个看门的，
男女老少都来到，
因为——今天要发地照。
大会主席先发言：
穷人盼土地盼了千万年，
穷人盼土地盼红了眼。
千年万年盼来了共产党，
土地还家，大伙分得好大田。
常言说得好：
“做官凭官印，
有地凭地照。”
如今——
民主政府给咱发地照，
千万年的盼望到了手，
千万年的家业靠得牢。
从今——
谁要致富多勤劳，

多铲、多蹚、多上粪，
明年的生活要百倍好。
县长也来说了话：
组织起来力量大，
明年要开展——
大生产
解放全国靠大家。
三
地照发给梁老头，
手拿着地照泪直流，
抬起头来看见——
毛主席的像，
看了半天
想说心里报恩话；
千言万语难开口，
还是在心底发个誓：
永远要跟着
毛主席走。
天下穷人都有心，
穷人心里都有底；
没有毛主席哪有今天？
心底想着——
毛主席。
毛主席万岁！
万万岁！

四

喇叭在吹，

锣鼓在敲，

红旗在飘，

地照在发，

大伙儿在笑，

毛主席在笑。

大伙儿在宣誓——

千百个声音，一条心：

政府法令要遵守，

毛主席思想要发扬，

多生产，多打粮，

支援全国打胜仗，

天下穷人只有一条路——

子子孙孙要跟着

共产党。

选自《东北日报》，1948 年 12 月

◇ 吴　戈

光明颂

宇宙风云卷起来了，
我们要向独裁者反抗！
紧紧地拉着手呵，
向黑暗势力搏斗！
看，
魔鬼们丧失了力量，
旗倒兵散，
鼠样地逃亡。

天空的乌云飞散了，
一声霹雳带来了晴天，
让我们肩并着肩走向光明，
知识分子、农夫和工人，还有士兵，前进，

新民主的时代就要来临。

选自《东北日报》,1946 年 5 月

◇吴　桐

祖　国

我们的祖国是一个巨汉
所背负的历史有五千年
他的身上既不知道疲倦
他的心里也不晓得厌烦

他只是在瞪着两只大眼
有时候仰望头上的青天
有时候俯看脚下的山川
嘴里却从来不曾发一言

就是有贼人来掠夺疆边
他也悠悠然竟装着不管
但生了气时便抬起大脚
把东瀛的小岛一下踢翻

现在好如由梦中醒来一般
他抖擞掉了浑身的懒
虽然步伐是有些迟慢
却迈开大脚一直地向前

这巨汉我们非常喜欢
他的身体永远那样强健
他的心里虽然爱好和平
却也有一颗英勇的魂胆

你看那东方的曙光已现
彩霞在映照着他的脸
他如今一定会鼓舞一番
使这世界更光辉更灿烂

选自《东北文学》,1945 年 12 月第 1 卷第 1 期

◇ 利　民

今天我可看清了你

今天我可看清了你
美国的帝国主义分子
所谓和平是你戴的假面具
要奴役中国倒是你的真心真意

我看见了你们的坦克，你们的飞机
你们的陆军、海军，你们的□□利
你们的手枪同特务，粮食同军衣

你们要屠杀中国人，却让走狗来下手
嘴里还说不打不打，满脸笑眯眯
就这样杀死了我们受了十四年罪的穷邻里
又炸死了我们刚从虎口逃出的亲戚

今天我可看清了你

就是你们在耍鬼
就是你们要喝中国人的血
要把中国变成你们的殖民地

告诉你,可别做错了梦
我们决不当奴隶
过去我们和日本人拼了十四年
谁想学日本,我们一样和他们拼到底

美国的帝国主义分子
今天我可看清了你

选自《东北日报》,1946 年 6 月

拍手歌

你拍一，我拍一，中国有了解放区。

你拍二，我拍二，美国炸弹揭房盖。

你拍三，我拍三，反对内战把身翻。

你拍四，我拍四，民主联军打胡子。

你拍五，我拍五，要和平，要民主。

你拍六，我拍六，蒋介石，挂羊头，卖狗肉。

你拍七，我拍七，咱们全靠毛主席。

你拍八，我拍八，快快参军把敌杀。

你拍九，我拍九，脖搂脖来手拉手，团结一心向前走。

你拍十，我拍十，大家依靠共产党，又有穿来又有吃。

选自《东北日报》，1946 年 8 月

◇ 何连文

大炮一响

——我们驻地一个姓卜的老乡的谈话

“满洲国”的大炮一响，百姓遭殃，
苏联红军大炮一响，日本投降，
胡匪的大炮一响，到处乱抢，
“中央军”的大炮一响，黄金万两①，
八路军的大炮一响，人人夸奖。

选自《东北日报》，1946 年 4 月 27 日

---

① 发百姓洋财的意思。

◇ 何建文

我们的疾呼

十四年来
我们受尽了蹂躏糟蹋
我们有冤不能伸
有头不能抬
八一五、八一五
伟大的红军
把我们的枷锁打开
从人间地狱中解放出来
如今
反动派
仍然想专制独裁
又把美国勾引来
但——
已经得到自由的我们

决不能再让他们骑上头来
我们现已有英明的领导者
毛主席给我们指示
我们要团结起来
我们要武装起来
争取独立和平与民主
不要吝啬鲜血
集中起力量
击碎那万恶滔天的反动派。

选自《东北日报》,1946 年 8 月

蒋管区民谣

“中央军”占了俺家园——
俺家顶可怜:
炕上垫着破席子;
锅里煮着糠菜饭。
又是税,
又是捐,
一天催三遍,
逼得母亲梁上尽;
逼得父亲丧黄泉;
哥哥用绳儿拴了去,
口口声声:“正当年①!”

老太太,泪汪汪,
坐在炕上骂“中央”,
先把鸡子吃个净,
后把油瓶倒个光,

---

① 正是应该被征当兵的年龄。

黄烟拿了无计数，
鞋子偷了好几双。
国民党坏，国民党殃，
国民党打仗为了争地方。
共产党好，共产党强，
共产党打仗为了老乡。

选自《东北日报》，1947 年 2 月

存　　目

丰永刚

悲歌

王丙寅

别信神

王泽

船长

王清林

咱们至死不能让

韦长明

八月通讯

车窗

春天的情绪

滴滴雨

断章

古城之夜

黑黑的庭园

怀念

火焰

纪梦

酒家

梦

梦在南方

某夜记

墓前

南岭夜歌

你别把涕泪横抹

悄语

秋

十五月夜

逝

晚来闲话

妄言

温暖的一盅

温室里的殇逝

我的诞日

我走累了

向晚之歌

晓征

笑盈盈的日子

烟景

夜行

一颗星

驿前

又一夜记

雨天

郁梦

远地的消息

自己的诔祭

车向忱

一二九有感

戈壁舟

如果不撤兵

中耀

其说不一

公木

鸟枪的故事

三皇峁

玉树庄

“七七”抗战有感

史松北

草原

英雄的纪念册

乐为

矿工的歌

冯明

农民翻身小唱

兰瑜

从前与现在

尼刊

小诗三章

辽心

二月初六

成弦

过未名墓

曲折

黄振金的愤怒

朱丹

诅咒之歌

乔夫

海滨之歌

任君作

索性歌

任钧

血肉筵席

任镜

一手遮不住天

刘闻汉

新生

刘道新

记那一天

刘道衡

打狗曲

江红

活着为什么?

安尼

时间

阮坚

要和平,争和平!

阮铿

质问

孙凌文

战地吟

纪晔

庆祝穷人大翻身

严文井

我的兄弟们

杜易白

老爷岭一带的民谣

李则蓝

快乐

李克翼

把我们所有力量献出去

李沅获

长春在灾难中

李炎

梦和海

李雷

农民翻身的年代

杨宇

划船歌

吴德华

李金信说书

佚名

孩子们,是时候了

绥远民谣

谷波

到街上去

准备好了

彤剑

三年间

辛土

神女

沙虹

南城行吟

林耘

重新发给咱一杆枪吧

金羽

你揉碎了我的梦

朋华

离沈阳

放平

边外之歌

郑文

我走到陵街

荆宇

刘小英

侯金榜

赶狼

侯唯动

垂死的挣扎

胜利是人民的！

莫洛

给诗人 V. C

夏葵

一对黑溜溜的眼睛

流焚

北邻和祖国

黄冰波

诗话

梅林

群像

蒋迟

十月古城夜

鲁琪

北大荒的故事

蔡天心

红旗颂

端木长虹

萨尔浒的记忆

霍波

东北农谚

——关于二十四节令

××旅宣传队

新群英会

刘岱　三川

陈家大院

敬　告

《1945—1949年东北解放区文学大系》为展现东北解放区文学的整体风貌而编辑出版。丛书选取此间最具代表性的作品，以纪录这段波澜壮阔的历史时期内东北解放区所发生的翻天覆地的变化。由于丛书所收录的作品众多，时代不一，加之编辑出版时间有限，至今尚有部分收录作品未能与原作者或继承人取得联系。为保护作者著作权益，我社真诚敬告：凡拥有丛书所选录作品著作权的，请与我们联系，我们将按照国家规定及时付酬。

感谢社会各界对我们的理解与支持。

黑龙江大学出版社

1945—1949年东北解放区文学大系

总主编◎丛　坤

本卷主编◎叶　红

诗歌卷③

黑龍江大學出版社
哈尔滨

图书在版编目（CIP）数据

1945—1949 年东北解放区文学大系．诗歌卷 / 丛坤总主编 ；叶红分册主编．-- 哈尔滨 ：黑龙江大学出版社，2021.12
ISBN 978-7-5686-0466-6

Ⅰ．①1… Ⅱ．①丛… ②叶… Ⅲ．①解放区文学—作品综合集—东北地区— 1945-1949 ②诗集—中国— 1945-1949 Ⅳ．① I218.3

中国版本图书馆 CIP 数据核字（2021）第 099991 号

1945—1949 年东北解放区文学大系　诗歌卷
1945—1949 NIAN DONGBEI JIEFANGQU WENXUE DAXI SHIGE JUAN
叶　红　主编

责任编辑　刘　岩　宋丽丽　李　卉　高　媛
出版发行　黑龙江大学出版社
地　　址　哈尔滨市南岗区学府三道街 36 号
印　　刷　哈尔滨市石桥印务有限公司
开　　本　720 毫米 ×1000 毫米　1/16
印　　张　118
字　　数　1321 千
版　　次　2021 年 12 月第 1 版
印　　次　2021 年 12 月第 1 次印刷
书　　号　ISBN 978-7-5686-0466-6
定　　价　378.00 元（全四册）

《1945—1949年东北解放区文学大系》

出版说明

1945 年到 1949 年的东北解放区，社会风云变幻，文学繁荣发展。当时的文学创作者们以激昂向上的笔触，再现了波澜壮阔的解放战争和轰轰烈烈的土地改革，讴歌了人民军队可歌可泣的英雄事迹，描绘了劳动人民翻身后的喜悦心情，书写了时代的大主题。为了再现这段文学风貌，我们编辑出版了《1945—1949 年东北解放区文学大系》。

这套丛书大体以体裁分编，计小说卷（长篇、中篇、短篇）、散文卷、戏剧卷、诗歌卷、翻译文学卷、评论卷及史料卷七种，所收录作品以新文学为主。此阶段作品浩如烟海，而部分文字资料因时间久远或受当时技术所限出现严重缺损，考虑到丛书篇幅有限，故仅收入代表性较强的作品。对于因原始资料不全、不清晰而无法完整呈现，或受条件所限未收集到权威版本的篇目，则整理为存目，列于丛书卷末，以备读者参考。

丛书编辑过程中，多数篇目由原始版本辑录，首次收入文集，也有些篇目参照了此前出版的多种文集。原始文献若有个别字迹不清确不可考的，丛书中以□代替。

丛书收录作品以 1945 年 8 月至 1949 年 10 月为时间节点，个别作品的完成时间略有延伸。大部分作品结尾标注了写作时间，以及初次发表或结集出版的版本信息。作品编排大体以作者姓名笔画为序（特殊情况除外，如集体创作作品列于卷末）。

就筛选标准而言，所收主要为东北作家创作的主题作品，也有非东北籍作家创作的有关东北解放区的作品。除此之外，还有此时期公开发表的反映抗日战争题材的作品，以及在东北出版的反映其他解放区的、革命主题特色鲜明的作品。需要指出的是，在本丛书的史料卷中，还有一部分作品创作于新中国成立之后，但反映了解放战争时期东北解放区的文学发展面貌，或记述了一些典型事件、代表性人物，亦具珍贵的史料价值，为完整呈现当时的文学风貌，这部分作品亦收入丛书，以“节选”的方式呈现。

需要特别说明的是，此时期的个别作家受时代限制，思想表现出了一定的历史局限性，体现在文学创作方面可能表现为不同程度的瑕疵，这一群体的作品，只要总体导向是正面的、积极的，从保证史料全面性、完整性的角度考虑，我们也将其予以收录。个别作家在解放战争时期是积极追求进步的，但随着社会环境的变化，却出现思想动摇甚至走向错误道路，对于其作品，本丛书只选取其有代表性的、取向积极的篇目，对于其他时期该作家的不当言论、思想，我们不予认同。此外，在当时复杂的政治环境下，还有一些作品中的个别表述可能存在一些偏差，但只要其主题思想是积极进步的，则丛书亦予以收录。

丛书旨在突出东北解放区文学原貌，侧重文献整理，故此在编辑过程中，重点对作品中会影响读者理解的明显讹误进行了订正，对于字词、标点符号以及句法等，尊重原文的使用习惯，不予调改，以突出其史料价值。此外，由于此时期文学作品肩负宣传进步思

想的重任，而读者对象大多文化程度较低，创作者亦水平不一，因此创作主旨以通俗易懂为要，一些篇目语言风格通俗、浅白，甚至个别篇目、细节存在一些俚语表达，为遵从原貌，丛书仅对不雅字、词、句加以处理，其余不予调改。本书选文除作者原注外，亦保留原文在初次出版时的编者注，供读者参考。

《1945—1949年东北解放区文学大系》

诗歌卷③

沙拉

沙虹

汶石

沈重

宋兴中

宋秀杰

宋迟

宋景光

张弓

映年

侯唯动

总　　序

张福贵

从古至今,东北在中国历史与文化进程中,特别是近代以来都是决定中国社会政治发展走向的重要因素。当然,这种作用不单纯是东北自生的,更是多种因素叠加和交汇的结果。东北文化既是文化空间概念,同时更是历史时间概念,是不同空间、区域的多种历史文化的积累,是一种时空统一的文化复合体。值得注意的是,除了抗战时期的特殊因缘使“东北作家群”名噪一时外,作为东北历史文化和现实社会表征的东北文学特别是东北解放区文学,在相当长的时间里却未得到应有的关注。黑龙江大学出版社在对过去为数不多的东北文学史料进行整理的基础上出版的东北文艺史料集成——《1945—1949 年东北解放区文学大系》,因而可以说是特别值得关注的。

《1945—1949 年东北解放区文学大系》内容丰富,除了包括小说卷、诗歌卷、散文卷、戏剧卷之外,还包括评论卷、史料卷和翻译文学卷。这是一个前所未有的大工程,也是一件大善事。正如“总导言”中所说的那样,丛书注重发掘新资料,通过回归文学现场,复现了东北解放区文学的整体面貌。东北解放区文学处于东北现代文学快速繁荣发展的历史时期，在土改文学、工业文学、战争文学等方面代表了20世纪40年代解放区文学的成就，是对《在延安文艺座谈会上的讲话》所确立的文艺观念的全面实践。对东北解放区文学的系统研究有利于更全面地总结解放区文学的成就，有利于把握延安文艺传统与东北解放区文学的内在联系，以及解放区文学对新中国文学制度、观念、创作等方面的影响。以“历史视角”“时代视角”对东北解放区文学，尤其是解放战争时期的土改题材、工业题材的小说和戏剧进行分析，可以勾勒出政治意识形态对东北解放区文学运动、文学社团、文学形态、文学制度、文学风格、文学论争等产生的影响，有利于把握东北解放区文学的历史价值、认识价值、审美价值与当代意义，同时对于挖掘东北地区的文化历史和建设东北文化亦具有现实意义。东北解放区文学是基于延安文艺传统而创作的，对东北解放区文艺运动、文艺理论的全面审视具有重要的历史价值和理论意义。此外，对东北解放区文学进行深入研究，探寻人民文艺理论的历史源头，对于当代文艺创作、审美观念的引导亦具有一定的启示作用。但是，受地域因素、资料整理程度、研究者文化背景等条件的制约，东北解放区文学在中国当代文学史上的特殊地位与价值一直以来并未引起研究者的足够重视。

东北解放区文学无论是在中国大文学史中还是在东北文学和文化发展的历史中，都是具有特殊意义的存在。

虽然现代东北文学在新文学运动初期晚于也弱于关内文学的发展，但是1931年九一八事变发生，新起的东北文学及东北作家被国难推到了文坛中心，萧红、萧军等青年作家更是直接受到鲁迅的关注和扶持，迅速成为前沿作家。这一批流落到上海等都市的青年作家由此被称为“东北作家群”，他们奠定了东北文学在中国大文学史上的特殊地位。然而，正像全面抗战进入相持阶段之后，中国文坛也变得相对平静、舒缓一样，除了萧红、萧军等人外，东北文学和东北作家也逐渐失去了文坛的关注。应当承认，一些东北作家的文学成就和文坛名声之间并不完全相符，是时代造就了他们，提高了他们的文学史地位。然而，另一方面，我们对其中有些作家及作品的价值却又是认识不足的。对此，我自己也有一个认识转化的过程：过去单纯依据多数东北作家的创作进行判断，感觉某些艺术价值之外的因素在评价中发生了作用，其地位可能有些"虚高"；但是，对于20世纪的中国文学史来说，艺术之外的价值判断就是艺术判断本身，或者说，社会判断、政治判断就是中国文学史评价的根本性尺度。因为在中国作家或者说在知识分子的群体意识之中，政治的责任感和社会的使命感几乎是与生俱来的，而中国20世纪风云激荡的社会现实又为这种责任感和使命感提供了最好的生长环境。"悲愤出诗人"，"文章憎命达"，文学创作是与政治、思想、伦理等融为一体的，脱离了这一切，文艺也就失去了时代与大众。所以说，无论是具体的作品分析，还是文学史研究，没有了这些"外在因素"，也就偏离了其本质。"东北作家群"是时代的产物，也是时代文艺的产物，20世纪中国文学史中应该有他们浓墨重彩的一笔。作为后人，对历史做出评价往往是轻而易举的，但是这"轻而易举"往往会导致曲解甚至歪曲了历史，委屈了历史人物。"东北作家群"的价值和意义不是单一的，因为对中国现代文学史的评价从来就不是一种艺术史、学术史的评价，而是一种思想史和政治史的评价。正如鲁迅当年为萧军的成名作《八月的乡村》所作的序中所写的那样，"这《八月的乡村》，即是很好的一部，虽然有些近乎短篇的连续，结构和描写人物的手段，也不能比法捷耶夫的《毁灭》，然而严肃，紧张，作者的心血和失去的天空，土地，受难的人民，以至失去的茂草，高粱，蝈蝈，蚊子，搅成一团，鲜红地在读者眼前展开，显示着中国的一份和全部，现在和未来，死路与活路。凡有人心的读者，是看得完的，而且有所得的”。《八月的乡村》不仅是中国现代第一部抗日题材的长篇小说，也是世界反法西斯战争题材的第一部长篇小说，其意义和价值是特殊的、特有的，不可单单以艺术审美的标准来看待这部作品。“东北作家群”的存在及其创作的意义，不只是为20世纪30年代的中国文坛增添了特有的地域文化内容和东北文学特有的审美风格，更在于最早向全国和世界传达出中华民族抗敌御辱的英勇壮举，最早发出反法西斯的声音。此外，在抗战大历史观视域下，“东北作家群”的创作为十四年抗战史提供了真实的证据。特别是东北解放区的早期文学直书十四年历史的特殊性，这是十分可贵的和独特的。于毅夫的散文《青年们补上十四年这一课》，深刻而沉重地描写了十四年殖民统治下东北人的精神状态和文化演变：

> 这许多现象，说明了东北在十四年殖民统治的过程中，文化生活上是起了很大的变化。翻开伪满的《满语国民读本》一看，真是“协和语”连篇，如亚细亚竟写成アジヤ，俄罗斯竟写成ロシヤ，有的人一直到现在还把多少元写成多少円，这都是伪满“协和语”的残余，说明殖民统治残余的文化还在活着，还没有死去，这在今天不能不说是一件遗憾的事！仔细想来，这也难怪，因为日本的魔手，掌握了东北十四年，今天一旦解放，希望不着一点痕迹，这是完全做不到的，要从历史上来看，它切断了东北历史

十四年，这十四年的历史是很黯淡地被抹掉了，十四年来也的确是一个大变化，在这期间多少国家兴起了，多少国家衰落了，多少血泪的斗争、多少波浪的起伏，都被日本鬼子的魔手所遮断！我回到家乡接触到成千成百的青年，几乎都不大明了这十四年来的历史真相，有的连中国内部有多少省都不知道，连云南、贵州在哪里都不晓得。

难能可贵的是，作者较早地认识到在经历了十四年的奴化教育之后，对东北人民进行民族和民主意识的启蒙是至关重要的。“不过历史是不能停滞的，殖民统治残余的文化必须要肃清，法西斯毒化思想也必须要肃清，既然是日本鬼子切断了东北历史十四年，既然法西斯分子要篡改这一段历史，那我们就应该设法补足这十四年的历史！”“要做到这点，我想青年们今天的迫切要求，不是如何加紧去学习英文、代数、几何、物理、化学，读死书本事，争分数之短长，准备到社会上去找一个饭碗，而是如何加紧去学习新文化，如何加紧学习社会科学，如何去改造自己的思想，如何进一步地去改造这遭受法西斯思想威胁的半封建的半殖民地的社会！”“因此我向青年们提议要加强你们对于新文化的学习，加强对于社会科学的学习，特别是政治的学习，不要把自己圈在课堂里，圈在死书本子上。”“新青年要掌握着新文化，新思想，才能创造起新中国新东北！”（《东北日报》1946 年 10 月 13 日）

在一批最前沿的左翼作家流亡关内之后，东北文学经过了一段艰难而相对平静的发展阶段。在表面繁华而内在凶险的沦陷区文艺界，中国作家用各种文艺手段或明或暗地与侵略者进行抗争，并为此付出了血的代价。这种状况直到 1945 年光复之后才发生根本

性转变，东北文艺创作者们一方面回顾过去的苦难，另一方面表现出对新生活的憧憬，这正是后来东北解放区文艺的心理基础，而日渐激烈的解放战争又为东北文艺的走向和解放区文艺的诞生提供了具体的现实基础。这与以萧军、罗烽、舒群、白朗、塞克、金人等人为代表的东北籍作家的返乡，以及在东北沦陷区留守的左翼作家关沫南、陈隄、山丁、李季风、王光逖等人的坚持，是分不开的。当然，随我党十几万军政人员一同出关的延安等地的众多文艺家，在东北文艺的创设中更是起到了引领和带头作用。这其中已经成名的有刘白羽、周立波、丁玲、草明、严文井、张庚、吴伯箫、华山、陆地、公木、方青、任钧、雷加、马加、陈学昭、西虹、颜一烟、林蓝、柳青、师田手、李克异、蔡天心等。

东北解放区文艺的创作直接继承了延安文艺特别是毛泽东《在延安文艺座谈会上的讲话》精神。在党的直接领导下，东北解放区先后创办了《东北日报》《中苏日报》《东北民报》《关东日报》《辽南日报》《西满日报》《大连日报》《松江日报》《合江日报》《吉林日报》《胜利报》等，这些报纸多为党的机关报，其文艺副刊发表了大量的文艺作品、理论文章及文艺动态。这些报纸副刊对于东北解放区文学的引导与建构起到了重要的作用。与此同时，《东北文学》《东北文化》《东北文艺》《文学战线》《人民戏剧》《白山》《戏剧与音乐》等文学杂志，以及东北书店、大众书店、光华书店等出版机构相继创办，这些文艺刊物和书店对解放区文艺的发展也起到了很大的推动作用。

革命的逻辑和阶级的理论是东北解放区文艺创作的普遍主题。这是一种革命的启蒙，与左翼文艺一脉相承，只不过东北的社会现实为这种主题提供了更为广泛而坚实的生活基础。抗战胜利后，为

了开辟和巩固东北解放区，使之成为解放全中国的军事和经济基地，我党进军东北，抢占了战略制高点。可是，在东北，人民军队所处的环境与山东等老解放区完全不同，殖民统治因素加之国民党的宣传，使得我们的政治优势在最初未能完全发挥出来。正如李衍白在散文《黎明升起——巨大变化的东北一年间》中所写的那样："群众在犹豫中，岁月在艰苦里，这就是我们在东北土地上刚刚开始播种，还没有发芽开花时的现实遭遇。"随着革命形势的发展，革命军队传统的政治思想工作优势又体现了出来。我党在部队中开展了以"谁养活了谁"为主题的"诉苦运动"，这颠覆了中国东北乡村社会的封建伦理，提高了官兵的阶级觉悟，极大地增强了部队的战斗力。

这种革命的逻辑在土改题材的作品中表现得最为突出。方青的短篇小说《擦黑》讲述了这个朴素的道理：

> "……像赵三爷那号人，把咱穷人的血喝干了，咱们才不得不去找口水喝饮饮嗓；他们喝干了咱们的血没有一点过，咱们找口水喝饮饮嗓子就犯了罪？旧社会就是这么不公平！他们还满口的仁义道德，呸！雇一个扛活的，一年就剥削好几十石粮食，还总是有理！穷人的孩子偷他个瓜吃，就叫犯罪，绑起来揍半天，这叫什么他妈的道德？咱们要讲新道德，咱们贫雇农的道德；就是用新道德来看咱们贫雇农；像上边说的那些犯了点毛病的，都不要紧，脸上有点黑，一擦就干净了，只要坦白出来，都是穷哥儿们好兄弟。一句话：只要是姓穷的就有理，穷就是理！金牌子上的灰一擦净，还是金牌子。家务事怎么都

好办！”李政委讲的话刚一落音，大伙高兴地乱吵吵起来：“都亲哥儿兄弟么！”

除此之外，还有在“你给地主害死爹，我给地主害死娘……”的事实教育下，认识到了彼此都是阶级弟兄，大家都是穷苦人的“无敌三勇士”，他们从此“火线上生死抱团结”。（刘白羽《无敌三勇士》）

土地改革是东北解放区文艺最引人关注的问题。东北解放区文学作品中有许多极具写实性的“穷人翻身”故事，如周立波的《暴风骤雨》、马加的《江山村十日》、白朗的《孙宾和群力屯》、井岩盾的《瞎月工伸冤记》、李尔重的《第七班》、西虹的《英雄的父亲》等文艺经典作品。

方青的《土地还家》描述的就是这一历史巨变给贫苦农民带来的心理和生活的变化：

二十年了，郭长发又重新用自己的手来耕作自己的土地了。这是老人留下的命根，叫它长出粮食来养活后代的儿孙：可是二十年的光景，它被野狼吞了去，自己没有吃过它一颗粮食——他想到是旧社会把他的地抢走了。

现在呢？他又踏在这块地上铲草了。他感到自己已经离开家二十年，如今又回到母亲的怀里，亲切地叫着：“娘！我回来了。”——于是他又感到是：这是新社会把我的地要回来的。他这样想着，不由得拉长了声音跟儿子说：

“柱儿！想不到啊，盼了二十年，那时候你才三岁。多亏共产党……记住！可别忘了本啊！”

他直起腰来，两手拉着锄把，又沉重地重复着这句话：

“柱儿！记住，可别忘了本啊！”

佚名的《永北前线担架队速写》则写了老乡们在一天的时间里就组织起了八百余人的担架大队，作者经过和担架队员们的交谈，感受到了新解放区人民的觉悟。大队长问担架队员们：“你们这次出来抬担架，怕不怕？”大伙回答：“不怕！”大队长又问：“为什么不怕？”大伙答：“不怕，这是为了自己。”担架队员们相信唯有民主联军存在，他们才能活着。他们说：“胜利是我们的，土地才是我们的。”“赶走国民党反动派，保卫我们的土地和民主。”这与《白毛女》“旧社会使人变成鬼，新社会使鬼变成人”和《王贵与李香香》“要是不革命，穷人翻不了身，要是不革命，咱俩结不了婚”的主题是一样的。淮海战役的胜利是山东人民用手推车推出来的，而东北解放区的建立和辽沈战役的胜利又何尝不是如此！

战争书写是东北解放区文艺中最主要的内容，革命理想主义、革命集体主义和革命英雄主义精神，是东北文艺的思想主题，也是东北文艺的审美风尚。这种简单明了的思想、昂扬向上的精神本身就具有一种审美特质，它奠定了新中国文艺的审美基调。就东北解放区文艺而言，无论是描写抗日战争还是描写解放战争的作品，都普遍具有鲜明而朴素的阶级意识、粗犷而豪迈的革命情怀。

蔡天心的诗歌《仇恨的火焰》，描写了在觉醒的阶级意识支配下东北民主联军官兵的战斗情怀：

仇恨燃烧着，

像火一样烧灼着广阔的土地。

听啊——

大凌河在狂呼，

辽河在咆哮，

松花江在怒吼，

在许多城市和乡村里，

哪儿出现反动派的鬼影，

哪儿就堆成愤怒的山，

哪儿有敌人的迹踪，

哪儿就燃起仇恨的火焰……

……

我们要

用剪刀剪断敌人的咽喉，

用斧头砍下他们的头颅，

用长矛刺穿他们的胸脯，

用棍棒打折他们的脚胫，

用地雷炸弹毁灭他们，

用从他们手里夺过来的武器，

打垮他们，

然后用铁镐把他们埋掉！

我们要用生命，用鲜血，

保卫这自由解放的土地，

不让反动派停留！

“赶走敌人啊，
赶快消灭它！”
让这充满着力量和胜利的声音，
随同捷报传播开去，
让千百万颗愤怒的心，
燃起
仇恨的火焰！

这种激情在东北解放区的散文、报告文学和战地通讯中表现得最为明显，如丁洪的《九勇士追缴榴弹炮》、马寒冰的《雪山和冰桥》、王向立的《插进敌人的心腹》、王焰的《钢铁英雄王德新》等。这些作品内容真实，情感深沉厚重，延续了抗战时期散文书写浪漫主义与现实主义相结合的审美特征。这些既有写实性又有抒情性的东北解放区散文作品在战争中凝聚人心，彰显力量，具有极大的宣传、鼓舞作用。

最为难得的是，面对东北发达的近代工业景观，作家们更多地描写了工人们的斗争和生活，这些作品成为东北文艺中最为独特而珍贵的展示，而且直接影响了新中国工业题材文学的创作。战争期间，沈阳、长春、大连等地的工业设施惨遭破坏。光复之后，为了保护工厂和恢复生产，工人们表现出了忘我的精神和高超的技术。这使得从未见过现代工业景象的文艺家们感动和激动，他们纷纷用笔来描写现代工业生产和城市新生活，从而给中国现代文学带来了前所未有的新气象。大连大众书店于 1948 年 8 月出版的

《“工农园地”选集》,就收录了城市工人拥护并融入新生活的历史片段,如袁玉湖《锉股的“火车头”》,郓景明、孙聚先《熔化炉的话》等。此外还有李衍白《工人的旗帜赵占魁》,草明《工人艺术里的爱和恨》,张望《老工友许万明》等。李衍白在散文《黎明升起——巨大变化的东北一年间》中,描写了东北现代工业的风貌和工人们的热情:

> 今日的城市也正在改变着一年以前的面貌,先看一看今天的哈尔滨,代表它新气象的是全部工业齿轮的旋转,是市中心区黑夜中的灯光如昼,是穿插在四条线路的廿五台电车和六条线路上卅台公共汽车,是一万五千吨自来水不停地输送给工厂、商店和住宅。这些数目字不仅超过了去年今日(蒋记大员们劫掠后所造成的混乱情况),而且有些超过了伪满。在紧张的战争中加速地恢复这些企业,同样不是依靠别的,而仅仅是由于工人的觉悟。你想一想,一个工人为了修理一个发电的锅炉,但又不能停止送电,于是就奋不顾身钻进可以熔化生铁、数百度的锅炉高热中,他穿着棉衣,外面的人用水龙朝他身上喷冷水,就这样工作一会熬不住了跑出来,再钻进去,来回好多次,最后,完成了任务。我们有好多这种感人的事例。

我们在这些描写工友的散文里,看到了解放区新生活带给城市工人的希望。他们积极上工,传授技术,加班加点,争着当劳动英雄。这在中国同时期其他地域的文学作品中是极少见的。

质朴单一的写实手法是东北文艺的普遍表现方式，这种质朴不单是一种审美风格，更是一种直面大众的话语策略。这一传统与近代"政治小说"、五四新文学、左翼文学和抗战文艺等都是一脉相承的。文艺作为一种宣传和斗争的工具，自然要承担起团结和争取最广大人民群众的历史任务。因此，质朴单一的写实手法、通俗易懂甚至有些粗俗的语言风格，成为东北解放区文艺的普遍表现形式。

鲁柏的诗歌《夸地照》用简朴的形式表达了翻身农民淳朴的感情：

一张地照领回家，
全家老少笑哈哈；
团团围住抢着看，
你一言我一语来把地照夸：

长方形，四个角，
宽有八寸长两拃；
雪白的纸上写黑字，
红穗绿叶把边插。

上边印着毛主席像，
四季农忙下边画；
地照本是政委会发，
鲜红的官印左边"卡"。

里面写着名和姓，

地亩多少填分明，
拿到地照心托底，
努力生产多收成。

这首诗歌不仅使用了农民的口语，而且用东北农村方言来直观地描摹地照的具体形状和细节，表达了翻身农民朴素的情感。这种描写和表现方式与中国古代民歌传统有直接的联系。

井岩盾的小说《瞎月工伸冤记》以一个雇农自述的方式讲述自己的悲苦经历和内心感受。当工作队员问他是否受地主老赵家的气，他说："大伙吃他的肉也不解渴啊，都叫他给熊苦啦。"于是在工作队的启发和支持下，他"找大伙宣传去了"："张大哥，李大兄弟啊，咱们都是祖祖辈辈受人欺负的人呀！这回来了八路军啦，八路军给咱们穷人做主呀！有话只管说呀！有八路军，咱们啥都不用怕呀！"这是东北解放区贫苦农民普遍具有的经历和感受，而这种质朴无华的语言也是地道的东北农民的日常语言，具有天然的亲和力。

邓家华的小说《打死我也不写信》从情节到语言都相当质朴，甚至有些幼稚，但是那种情感是真挚的。"我"被敌人抓去，遭到严酷的鞭打，"当时我痛得忍不住，皮肤里渗透出一条一条青的红的紫的血痕，可是打死我也不写信的，他们看到我昏过去了，也就走了。等我清醒过来时，浑身疼痛，我拼死命地弄坏了门逃了出来，可是不巧得很，又碰到了伪军，又把我抓起来了，他们还是逼迫我写信，我坚决地说：'死了心吧！就是死了，我父亲会帮我报仇的。'救星来了，在繁星的晚上，忽然西面枪声不停地响着，新四军老部队来攻击了，伪军们都吓得屁滚尿流地逃走了，啊！新四军救出我

了，我很快地到了家里，见了爸爸妈妈，心里真是高兴得流泪了”。

李纳的散文《深得民心》记叙了长春一个米面商人对民主联军和共产党的淳朴情感：“他已经将红旗展开，举到我的眼前，我看到七个大字：‘中国共产党万岁！’”“‘中国共产党万岁！’他重复着这七个字，从眼镜里透露出兴奋的眼睛。这脸，比先前更可爱更慈祥了：‘我喜欢这七个字，所以我选择了它。’”“大会开始了，人们都向着会场移动，老先生也站起来要走，临走时他问我在什么地方工作，我告诉了他，他高兴地说：‘好，都是民主联军。深得民心，深得民心。’”抛开其内容不论，作品文字风格的朴素也显露出解放区文艺在艺术层面幼稚和不甚精致的弱点，而这弱点又可能是许多新生艺术的共有问题。也许，正因为幼稚，它才有更广阔的发展空间。

形式的多样性特别是短小化是东北解放区文艺创作的普遍特点，短篇小说、墙头诗、快板诗、散文、战地通讯、说唱文学等成为最常见的艺术形式。战争的环境、急剧变化的生活和读者的接受水平与习惯等，决定了人们需要并且适应这种短平快的表达方式，而这也是延安文艺和抗战文艺形式的延续。天意的《县长也要路条》描写了两个一丝不苟的儿童团员在放哨时不放过民主政府的县长，硬是把他和警卫员带到乡长那里查证的故事。其篇幅短小，不到400字，但是内容蕴意深刻，语言风趣自然，简直就是一篇微型小说。

小区区的短诗《一心一意要当兵》，将人物的关系、思想、表情和语言都生动形象地表现出来，极具说服力和感染力：

葫芦屯有个小莲青，

一心一意要当兵——
他爹说：
“你去吧。”
他娘说：
“你等一等！……”
他老婆说：
“哪能行?！……”
忸忸怩怩来扯腿；
哭哭啼啼不放松：
“你去当兵啥时还?
为老为少撇家中！”
小莲青，
脸一红：
“小青他娘，
你醒醒：
八路同志千千万，
哪个不是老百姓?！
我去当兵打蒋贼，
咱们才能享太平。”

当然，东北解放区文艺中也有许多保留了浓郁的文人气息的作品，这些作品与五四新文学的“纯文艺”审美风格有明显的承续性。例如大宇的诗歌《琴音》：

一个琴师

把琴音遗失在幽谷里
滑落在幽谷的谷缝里了

琴音栽培了心原上的一棵草儿
琴音赞咏了艺术的生命
一支灿烂的强烈的光焰

我就永住在这琴音里了
就仿佛身陷于一片梦的缘边
仿佛浴着一片无际的云海
无垠的生旅无限的生涯
何处呀
我摸索到何处呀
琴音丢在幽谷里
滑落在幽谷的谷缝里了

十分明显,这不是东北解放区文艺创作的主流。

《1945—1949年东北解放区文学大系》的编者耗费了大量精力来做这样一项浩大的地域性文学工程,这不只是对东北文艺的巨大贡献,更是对新中国文艺的巨大贡献。在此之后,东北文艺研究将迈上一个新台阶。

总导言

丛　坤

从1945年抗战胜利到1949年新中国成立这个时期，对于东北而言是极为特殊的。抗战胜利后，中共中央发布了《建立巩固的东北根据地》的指示，迅速成立了以彭真为书记的东北局，抽调了四分之一的中央委员、两万名党政干部、十三万主力部队赶赴东北，与国民党反动派展开激烈的斗争。在广大人民群众的支持下，中国共产党及其领导的军队从最初的战略防御转为战略反攻。1948年11月，辽沈战役胜利，全东北获得解放。在解放战争时期，在中国共产党的领导下，东北人民反奸除霸，建立民主政府，消灭土匪，进行土地改革，在政治上、经济上翻身做了主人。东北的政治、经济、文化、教育等各个领域都发生了翻天覆地的变化，尤其是在文学创作方面，东北地区取得了不可低估的成就，文学创作出现了前所未有的发展和繁荣的局面。

“东北作家群”的回归、党中央选派的文化宣传干部的到来、文学新人的成长使得解放战争时期东北地区的创作队伍不断壮大。在东北沦陷后从东北去往关内的进步作家中，除萧红病逝于香港、

姜椿芳在上海从事党的地下工作外，塞克（即陈凝秋）、舒群、萧军、罗烽、白朗、金人等都积极响应党的号召，陆续返回东北。1945年9月至11月，党中央从陕甘宁边区和各个解放区抽调一大批优秀的文化工作者到东北解放区。据不完全统计，这一时期来到东北解放区的文化工作者有刘白羽、陈沂、周立波、草明、严文井、张庚、吴伯箫、华山、西虹、陆地、李之华、胡零、颜一烟、公木、林蓝、江帆、李纳、魏东明、夏葵、常工、方青、任钧、李则蓝、煌颖、侯唯动、李熏风、雷加、马加、袁犀、蔡天心、鲁琪、李北开等。[①] 中共中央东北局宣传部与东北文艺协会在“土地还家”口号的基础上，提出了“文艺还家”的口号，号召广大文艺工作者在与农民同吃、同住、同劳动的同时，领导农民群众参加土地改革运动，帮助农民成立夜校、学习文化、办黑板报、成立文艺宣传队，提高他们的写作能力与文艺欣赏能力，在农民、工人等基层劳动者中培养了一大批“文学新人”。创作队伍的空前壮大为东北解放区文学的繁荣奠定了坚实的基础。

东北解放区文学的繁荣也与当时出版事业的空前繁荣密不可分。东北局宣传部将建立思想宣传阵地（即报刊、出版机构）、改造思想、建构意识形态话语权确定为首要任务。进入东北不久，东北局于1945年11月在沈阳创办了机关报《东北日报》（1946年5月28日由沈阳迁至哈尔滨，1948年12月12日搬回沈阳）。该报面向东北全境的党政军发行，是东北解放区发行量最大的报纸。之后，东北解放区创办、发行的报纸近百种。据《黑龙江省志·报

① 彭放：《黑龙江文学通史（第二卷）》，北方文艺出版社2002年版，第354页。

业志》的统计，当时黑龙江地区（5 省 1 市）的每个省市不仅有党政机关报，而且有人民团体和大行业的专业报纸，有些县也出版油印小报。仅哈尔滨出版的大报就有《哈尔滨日报》《哈尔滨公报》《哈尔滨工商日报》《大众白话报》《午报》《自卫报》《北光日报》《新民日报》《民主新报》《学生导报》《文化报》等。这一时期的报纸，无论设没设副刊，都或多或少地发表过文学作品。

东北局还出资创办了东北书店、光华书店、大连大众书店、辽东建国书店、兆麟书店、吉东书店、辽西书店等众多的图书出版机构。其中，东北书店是东北解放区规模最大、贡献最大的书店，在东北全境建有 201 个分店，发行网点遍布东北全境。除出版、发行图书外，东北书店还创办了《知识》《东北文学》《东北画报》《东北教育》等期刊。这些出版机构大量出版政治读物、教材和文学书籍，促进了东北解放区出版业的发展。仅以东北书店为例，从 1946 年到 1948 年，东北书店总共出版图书杂志 760 种、各类图书 1 520 余万册。[①] 东北解放区纸张和印刷质量上乘的大量出版物不仅发行于东北各地，还随着东北野战军入关和南下，成为陆续解放的北平、天津、武汉等地人民群众急需的读物。历史上一向“文风不盛”的东北第一次有大量的出版物输送到关内文化发达之地，这成为一时之盛事。

此外，东北解放区先后创办的文学类期刊的数量是惊人的。如 1945 年至 1947 年创办的文学期刊有《热风》（半月刊）、《文学》（月刊）、《文艺》（周刊）、《文艺工作》（旬刊）、《文艺导报》（月

---

① 逄增玉：《东北解放区文学制度生成及其对当代文学制度的预制》，载《文学评论》2017 年第 4 期。

刊)、《东北文艺》(月刊)。1947年以后创刊的大型专业期刊有《部队文艺》、《文学战线》(周立波主编)、《人民戏剧》(张庚、塞克主编),综合性期刊有《东北文化》(吴伯箫主编)、《知识》(舒群主编)等。其中,《东北文化》与《东北文艺》的影响最为突出。《东北文化》的主要任务是协同东北文化界,从政治上、思想上启发广大的东北青年和文化工作者,提高他们的自觉性,激发他们的革命热情、积极性和创造性,使他们在东北人民解放的伟大事业中发挥应有的作用。《东北文艺》是纯文艺性的刊物,刊载小说、戏剧、散文、诗歌、漫画、速写、报告文学、杂文、书刊评价,以及文学理论、有关文艺运动史的论著等。《东北文艺》聚集了一大批优秀的作者,如周立波、赵树理、罗烽、公木、萧军、塞克、舒群、白朗、严文井、刘白羽、西虹、范政、宋之的、金人、马加、雷加等。在他们的影响下,《东北文艺》还不断提携文学新人,这成为该刊的传统。从创刊到终结,《东北文艺》在新中国成立前后产生了很大的影响,20世纪50年代成长起来的许多作家、诗人是从这里起步的。可以说,《东北文艺》在解放战争和革命胜利后对新中国文学新人的培养起到了重要的作用。报纸、文学期刊、综合性期刊和出版机构的大量涌现,为东北解放区文学的发展创造了良好的条件。

与此同时,为了更好地团结广大文艺工作者,东北局于1946年在黑龙江佳木斯成立了东北文化工作委员会,成员有张闻天、吕骥、张庚、塞克等。此后,若干文艺与文化团体陆续成立,其中最有影响的是1946年10月19日由全国文协的老会员萧军、舒群、罗烽、金人、白朗、草明6人在哈尔滨发起筹备的"中华全国文艺协会东北总分会"。这个文艺团体表面上是由文人自由结社,实际上主体是来自延安、具有干部身份的文化人,其中不少人是党员或东北文艺界的领导干部。“中华全国文艺协会东北总分会”对东北解放区文学的发展起到了不可忽视的作用。此外，中苏文化协会、鲁迅文艺研究会等文艺社团相继成立。1948 年 3 月，中共东北局宣传部首次召开了由文学、戏剧、音乐、美术、电影等部门的 150 余名文艺工作者参加的文艺工作者会议。会议对抗战胜利以来的东北解放区文艺工作进行了总结，并制订了随后一段时间的文艺工作计划。此外，中共中央东北局宣传部内部成立了文艺工作委员会，吕骥、舒群、刘白羽、张庚、罗烽、何世德、严文井、袁牧之、朱丹、王曼硕、华君武、白华、向隅、田方、沙蒙、吴印咸任委员，负责指导东北解放区的文艺工作。

1946 年秋，已迁至哈尔滨的原延安鲁迅艺术学院，按照东北局的指示北撤至佳木斯，并入东北大学，更名为鲁艺文学院。同年 12 月，东北局又决定让鲁艺脱离东北大学，组建东北鲁艺文工团。1948 年秋冬之际，随着沈阳的解放，东北鲁艺文工团在经历了三年多艰苦卓绝的转战与工作后进入沈阳，随后正式复名为鲁迅艺术学院，恢复了延安鲁迅艺术学院的学校建制。文艺团体的纷纷建立为东北解放区文学创作队伍的培养提供了组织保证。

为了纪念解放东北这段革命岁月，为了展现东北解放区文学的勃兴与繁荣，我们编辑出版了《1945—1949 年东北解放区文学大系》，分别从小说、散文、戏剧、诗歌、翻译文学、评论、史料等体裁角度进行整理、收录。

二

抗战胜利后的东北解放区文学是延安文艺的延伸与发展，东北解放区四年所发生的巨大变化，都生动、形象地展现在东北解放

区的小说创作中。东北解放区小说充分展示了当时的社会生活，塑造了形形色色的人物形象，给人们留下了时代的缩影与历史的印迹。

东北解放区小说创作大体可以分为两个阶段。第一个阶段是从1945年日本投降到1946年中共东北局通过“七七”决议，第二个阶段是从1946年通过“七七”决议到1949年新中国成立。在当时的局势下，中国共产党要最广泛地发动群众，进入东北的文艺工作者便肩负了与武装部队同样重要的“文化部队”的任务。他们用文学作品教育、引导群众，积极参与了粉碎旧的国家机器和意识形态的过程。在党的文艺方针政策的指引下，东北解放区的作家们广泛深入到农村土地改革、前方战斗生活和工厂建设之中，亲身体验群众生活。这使得东北解放区的小说能够迅速地反映生产、生活、军事等各个领域的变化与东北人民精神世界的变化。

从1931年日本发动九一八事变到1945年日本投降，十四年的沦陷历史构成了东北文学不可磨灭的创痛记忆。对沦陷时期东北社会生活的回忆，是这一时期小说的一个重要题材。而抗战题材小说则是对异族侵略者铁蹄下民生困难的真实记录，也是对战争年代民族精神的热情颂扬。但娣的《血族》、陆地的《生死斗争》、范政的《夏红秋》、骆宾基的《混沌——姜步畏家史》等都是这方面的代表作品。

土改斗争是东北解放区小说三大题材的重中之重。在那场深刻改变了中国农村政治、经济关系的运动中，东北解放区作家将强烈的政治使命感与巨大的创作热情相融合，创作出了大量的优秀作品，周立波的《暴风骤雨》、马加的《江山村十日》、安危的《土地底儿女们》等至今仍被读者反复阅读。

小说创作需要一个孕育的过程，相对来说，中长篇小说需要更长的时间来构思和写作，而短篇小说则完成得较快。在复杂、激烈的土改运动中，东北解放区作家们努力笔耕，迅速创作出大量的短篇小说。在这些小说中，我们可以看到东北农民在土改运动中的精神变化，农民经历了几千年的封建压迫，他们身上的枷锁不仅是物质上的，更是精神上的，从奴隶到主人的蜕变需要一个心灵的搏击历程。

反映前线战争是东北解放区小说的另一个重要题材，这些小说真实地体现了军民的鱼水情谊。西虹的《英雄的父亲》、纪云龙的《伤兵的母亲》等都是当时影响较大的作品。1947 年至 1948 年是解放战争中我党从防御转为反攻的时期，随着战事的推进，中国人民解放军（1948 年 1 月 1 日，东北民主联军改称为东北人民解放军，同年 11 月 13 日改称为中国人民解放军）的队伍急剧壮大，部队官兵的成分因而趋于复杂化。为此，部队采用诉苦的办法对广大指战员进行阶级教育，提高他们的政治觉悟和思想觉悟。诉苦教育消除了战士之间的隔阂，为解放战争的胜利打下了坚实的思想基础。刘白羽的短篇小说集《战火纷飞》、李尔重的中篇小说《第七班》等反映了这一主题。

除上述三大题材外，解放战争时期东北涌现出来的工业题材小说，亦可视为中国现代工业题材小说的发端，这也从一个方面证明了东北解放区小说的文学史价值和文化价值。

东北解放区的工业在新中国发展史上占有非常重要的地位。在这一方面，影响最大的是女作家草明的中篇小说《原动力》。这篇小说虽然存在粗糙和简单等不足之处，但作为新中国成立前描写工业生产和工人思想的作品，是值得关注和肯定的。此外，李纳

的《出路》、鲁琪的《炉》、韶华的《荣誉》、张德裕的《红花还得绿叶扶》等作品也广受好评。这些小说充分展现了东北解放区工业蓬勃发展的景象，展现了工业生产对人的改造，也开创了新中国工业文学的先河。

东北解放区的相当一批小说，强调小说的政治价值，强调创作为工农兵服务，大多通俗易懂，而缺乏对心理深度和史诗境界的发掘。然而，东北解放区小说明朗新鲜，创造性地继承了延安文艺精神，反映了东北解放区的历史巨变和社会变革中诸多的社会问题，为新中国成立后的十七年文学开辟了道路。

二

散文卷在本丛书中占有重要的分量，真实地记录了解放战争中东北解放区人民的巨大贡献，独特的作品体例亦标示出其在新中国散文创作史中的独特地位。

解放战争时期东北战区的胜利，不仅是军事史上的奇迹，更是人民意志创造历史的丰碑。许多作者都以醒目而直接的题目记录了解放军普通战士勇敢战斗、不畏牺牲的英雄事迹，以真挚的情感，突出了普通战士大无畏的战斗精神和取得战斗胜利的信心。这些作品表现了同一个主题：解放军是人民的军队，中国共产党是全心全意为人民服务的。这也是新中国强大的根基体现。

散文卷中还有一部分作品，叙述了悲壮的抗联斗争的事迹，如纪云龙的《伟大民族英雄杨靖宇事略》、蔌沅的《老杨——人民口中的杨靖宇将军》、陈堤的《悼念李兆麟将军》等。英勇不屈的民族气节是抗联英雄所具的崇高品质，也是抗联精神最真实的写照。而东北书店于1948年6月出版的《集中营》，以革命者的亲身经历叙述了大义凛然、为真理献身的革命志士的事迹，让后人真正理解了“头可断血可流，革命意志不能丢”的气节，“永不叛党”是英烈们用鲜血和生命刻写在党章之中的。

从1946年到1948年，尽管国民党军队在东北重要城市盘踞并负隅顽抗，但是东北农村却发生了翻天覆地的变化。中国共产党在根据地开展土改运动，领导农民推翻了地方统治势力，领导农民斗地主、分田地，农民欢欣鼓舞，迎来了新生活。强大的后方农村根据地为部队供给提供了保障，同时，许多年轻的子弟为了保护胜利果实自愿参加了解放军，这改变了国共双方在东北的兵力布局。《永北前线担架队速写》等作品反映了这一主题。

此外，解放区散文作家的笔下还洋溢着新生活的喜悦，如严文井的《乡间两月见闻》。除了乡村，对于那些在战后重新回到人民手中的城市，我党也开始接管，并进行初步的恢复性建设。在作家们的笔下，新生活带来了新气象。大连大众书店于1948年8月出版的《“工农园地”选集》，就收录了描写城市工人拥护和融入新生活的散文。在这些描写工厂、工友的散文里，我们可以看到解放区的新生活给城市工人带来了希望。

这些散文作品大多短小精悍，有迅速性、敏捷性和战斗性等特点，具有独特的艺术特征。这与当时许多作家的出身密切相关。如刘白羽、草明、白朗、华山、西虹等作家对战争环境和百姓生活有着敏锐的观察力和真实的体验，他们的作品使得东北解放区1945年至1949年的散文创作呈现出独特的风格，表现出纪实性和文学性相结合的特点。此外，由众多从延安来到东北的文艺干部组成的随军记者，以大量的新闻报道反击了国民党的舆论污蔑，记录了解放军战士不畏艰险、顽强抗敌的英雄事迹，同时表现了后方人民

在解放区土改过程中翻身解放、分得土地的喜悦心情。

散文作家记录这些真人真事的报道在东北解放战争中起到了巨大的宣传作用，成为鼓舞人心的强大的精神力量。东北解放区散文也因为内容真实、情感真实而呈现出历久弥新的生命力，往往给读者带来身临其境的感受，也让人忽略了作品本身的艺术特质。实际上，这些散文正是在真实的基础上，以生动与丰富的细节给读者留下了深刻的印象，在真实性的基础上呈现出文学性。华山的《松花江畔的南国情书》就是代表作品之一。

细节的生动亦使东北解放区散文具有鲜明的文学性。东北解放区散文将我军战士的大无畏精神写得非常真实、感人。在展示解放区新生活、新风尚方面，许多拥军爱民的片段写得细腻、真实。

东北解放区散文在主题内容上具有很高的价值，大量的散文颂扬了东北人民解放军的集体主义精神和英雄主义精神，表现了我军指战员的英勇气概，体现了战士们浩气长存的革命豪情。因此，东北解放区散文具有较高的文学价值，其明朗的表现方式恰恰是后来共和国文学明确表达和高度肯定的。题材广泛、内容真实和情感深厚的纪实性文学，使得东北解放区散文在战争时期凝聚了强大的精神力量。反映中国人民解放军不畏艰险、英勇战斗的长篇报告文学，在风格上激情澎湃，体现出解放军崇高的革命乐观主义精神。这一时期的散文把东北解放历史进程的全貌和战士们的英勇壮举再现了出来，东北解放区散文也因此具有了军事史和共和国历史的资料留存价值。东北解放区散文在创作上因为具有纪实性与文学性相结合的特点，为军旅散文创作提供了新的美学范式。

三

在东北解放区文学中，戏剧具有内容丰富、种类繁多、通俗明了、利于传播等特点，兼之创作群体庞大，故而获得了巨大的丰收，这成为东北解放区文学繁荣的重要标志之一。东北解放区的戏剧具有鲜明的启蒙性、宣传性和战斗性等特征，对生产建设、围剿土匪、土改运动和解放战争发挥着不可替代的宣传作用。

东北解放区戏剧的繁荣首先得益于东北解放区报刊对戏剧的支持。例如，《东北日报》刊发的剧作涉及歌唱新生活、感恩共产党、批判美蒋、拥军劳军、参军保家、歌颂劳模等多方面的内容。1947 年 5 月 4 日创刊的《文化报》则是东北解放区第一份纯文艺性质的报纸，主要刊载一些文学常识、短文、小诗、书评、剧报等。此外，《前进报》《北光日报》《合江日报》等都刊发了大量的戏剧作品。而从刊载量来看，期刊对戏剧的支持力度更大。在众多的文艺期刊中，对戏剧传播影响较大的是《东北文学》《东北文化》《东北文艺》《文学战线》《知识》和《人民戏剧》等。

从 1945 年年底开始，东北解放区以各家出版社为依托陆续出版了许多戏剧作品，这是解放区戏剧传播的重要途径。较有影响的是东北书店和人民戏剧社等。在解放战争期间，东北书店出版的各类戏剧作品和理论书籍近百种，形式包括话剧（独幕话剧、多幕话剧）、京剧、评剧、二人转、歌舞剧（广场歌舞剧、儿童歌舞剧）、歌剧、新歌剧、小歌剧、道情剧、活报剧、秧歌剧、小喜剧、小调剧、皮影戏等。其中，秧歌剧超过一半。

文艺团体的迅猛发展是解放区戏剧广泛传播的最终体现。1945 年 11 月以后，东北文工团等数十个文艺团体在东北局宣传

部的领导下先后成立。这些文艺团体以《在延安文艺座谈会上的讲话》为指导，坚持走文艺大众化的道路，活跃在东北城市和乡村，战斗在前线和后方。他们创作、表演了一系列以支援前线、土地改革、翻身当家为主题的作品，这些作品受到人民群众的好评。

从内容方面来看，歌颂工人阶级是东北解放区戏剧的一个重要内容。东北光复后，作为解放全中国的大本营，哈尔滨、沈阳等工业城市的作用得以凸显，工人阶级成为时代的主角。从剧作内容来看，第一种是反映工人生活的剧作，如王大化、颜一烟创作的《东北人民大翻身》；第二种是歌颂先进个人无私支援解放区建设、帮助工厂恢复生产的剧作，较有影响的有《献器材》《十个滚珠》《一条皮带》《刘桂兰捉奸》；第三种是歌颂党的政策的剧作，代表作品有《比有儿子还强》和《唱"劳保"》。工业题材戏剧的大量创作，极大地拓宽了解放区戏剧的创作领域，为新中国工业题材戏剧的发展奠定了坚实的基础。

东北解放区戏剧中描写农民翻身解放、分得土地的农村题材的戏剧的比重最大。第一类是反映东北农民翻身解放，通过新旧对比来歌颂新农村、新生活的剧作。第二类是反映粉碎各类阴谋、同复辟分子做斗争的剧作，代表剧作有《反"翻把"斗争》等。第三类是反映改造后进、互助合作，表现农民积极开展大生产运动的剧作，如《二流子转变》。第四类是描写劳动妇女反抗封建婚姻、争取民主权利、积极参加劳动生产的剧作，如《邹大姐翻身》。

东北解放后，群众的思想还比较保守，革命启蒙的任务十分重要，尤其是要帮助东北人民认同和接受中国共产党及其领导的人民军队。在描写军队的戏剧中，既有表现人民军队英勇战争、不怕牺牲、勇于献身的剧作，也有以军民互助、拥军支前为主要内容的

剧作,这类剧作完整地再现了东北人民从最初的误解民主联军到后来积极送子参军、送夫参军、拥军支前的全过程。前者的代表作有《老耿赶队》《鞋》《两个战士》等,后者的代表作有《透亮了》《收割》《支援前线》等。

在艺术特点上,虽然东北解放区戏剧的整体水平不是最高的,但是其庞大的作者群体、巨大的创作数量、伟大的历史功绩,使得解放区戏剧创作达到了巅峰状态。东北解放区戏剧因对传统戏剧和西方舶来戏剧的融合而具有现代性,在这种融合的过程中实现了本土化,并形成了民族化、大众化、乡土化的特征。东北解放区戏剧的民族化特征源于延安时期戏剧的"中国化"。而其大众化特征是指具有广泛的群众基础,且创作群体亦十分大众化。东北解放区戏剧的乡土化则主要表现在地域特色上。

在创作方法上,东北解放区戏剧继承了延安戏剧的传统,剧作家们用现实主义的方法把自己身边刚发生或正在发生的事情通过戏剧的形式真实地反映出来,集中表现工、农、兵的日常生活。东北解放区戏剧起到了鼓舞斗志、颂扬先进、宣传政策、支援前线的作用。

在戏剧结构上,东北解放区戏剧的戏剧冲突尖锐而集中,叙事模式多元,表现方式多样。在人物塑造上,剧作塑造了一个个爱憎分明、个性突出、敢作敢为的人物形象。这些人物形象生动丰满、有血有肉,为观众熟悉和喜爱。

东北解放区戏剧在取得较高的艺术成就和发挥重要的宣传作用的同时,也存在一定的不足。然而瑕不掩瑜,民族化、大众化、乡土化的特征,使得戏剧的宣传性、教育性、战斗性的作用得以充分发挥出来。东北解放区戏剧对光复后进行的民众文化启蒙、文化

宣传具有不可替代的作用，对解放区的土地改革和解放战争做出了不可磨灭的贡献。

四

东北解放区诗歌秉承了我国诗歌的优秀传统，具有红色革命基因。它一方面与伪满时期的诗歌做了彻底的割裂，另一方面又延续了东北抗联诗歌的革命精神和爱国主义情怀，集中书写了山河易色、异族入侵带给东北人民的苦难和屈辱，书写了受难的人民在共产党领导下的觉醒与反抗，书写了东北人民在艰苦的自然环境与战争环境中形成的坚韧、乐观、幽默的性格。

东北解放区诗歌是中国解放区诗歌的重要组成部分，与其他解放区诗歌保持着一致性和连续性。它之所以能复制延安解放区的文学模式，主要是因为其创作队伍中的很大一部分是来自延安解放区的革命文艺工作者，故在文学制度和文学政策上与全国其他解放区能保持一致。东北解放区诗歌的作者主要有四种身份：一是中共中央派驻到东北的文艺工作者；二是抗战时期流亡到关内的“东北作家群”（在抗战结束后返回东北）；三是虽然本人不在东北解放区，但是其作品在东北解放区的重要报刊上发表过并产生了一定影响的诗人；四是来自各行各业的业余诗人。《东北日报》文艺副刊曾陆续发表过很多业余诗人的作品，这些业余诗人中既有宣传干部，又有工人、农民、战士、学生（其中有许多人使用笔名，甚至使用多个笔名，今天有些作者的真实姓名已很难核实）。有一些诗人并不在东北解放区工作，但是其作品在东北解放区的重要报刊上发表过，并对全国解放区的文学发展产生过重要影响，如艾青、田间等。东北解放区的代表诗人有公木、方冰、马加、严文

井、鲁琪、冈夫、天蓝、韦长明、刘和民、李北开、彤剑、侯唯动、胡昭、李沅、夏葵、林耘、顾世学、萧群、蔡天心、杜易白、西虹、师田手、白刃、白拓方、叶乃芬、丁耶、孙滨、阮铿等。

从内容上看，东北解放区诗歌主要是反映当时东北解放区的经济建设、军事斗争、农村工作和城市建设等，具有现实性、时代性。从艺术形式上看，诗歌谣曲化、大众化、民间化的特点突出。抒情诗、叙事诗、街头诗、朗诵诗、歌谣、童谣等成为当时最常见的诗歌体裁。东北解放区诗歌具有以下几个显著特点：

第一，诗歌内容具革命性且高度政治化。东北解放区文学是为中国共产党解放东北和建设东北的政治任务服务的，其主要功能和目的是紧密贴近和配合解放区的主流政治运动。很多诗歌是为满足当时的政治需要而作的，充分体现了《在延安文艺座谈会上的讲话》在诗歌创作方面的实践成绩。东北解放区诗歌与中国解放区诗歌在题材选择、审美价值上保持着一致性，并具有东北解放区特有的地域性特点。揭露、批判、颂扬是东北解放区诗歌的三大主旋律，诗人们以工人、农民、士兵、英雄人物、劳动模范等为书写对象，歌颂英雄人物，记录战争风云，赞美新农民，抒发家国情怀。

第二，具有鲜明的战争文学特点。东北经历了十四年艰苦卓绝的抗日战争，接着又经历了五年的解放战争，近二十年间，始终处于战争状态。诗歌也呈现出战时文学特质，记录了艰苦卓绝的战争场景与生活现实。对于重大战役的抒写与记录，英雄主义、乐观精神、必胜信念的情感基调，加之大东北茫茫雪原、天寒地冻的地域特点，使得东北解放区诗歌具有鲜明的东北地域特色。

第三，农村题材也是东北解放区诗歌的重头戏。东北经过十四年的抗日战争，土地荒废，农民思想落后。抗日战争结束后，解

放军入驻东北，一方面做农民的思想工作，进行思想启蒙，另一方面在农村贯彻党的土改政策，进行土地革命，让农民成为土地真正的主人。因此，在东北解放区，启蒙农民思想、反映土改运动、揭露地主阶级剥削农民的本质、塑造新农民形象成为农村题材诗歌的主要内容。

第四，工业题材诗歌在东北解放区诗歌中独领风骚。《文学战线》等报刊还专门设立了工人专栏，如《文学战线》专辟"工人创作特辑"，作者均来自生产第一线。工业题材诗歌丰富了东北解放区诗歌的样态，也成为东北解放区诗歌的重要组成部分。

第五，叙事诗是东北解放区诗歌的主要体裁。长篇叙事诗体量大，便于完整地呈现人物或事件的变化过程，便于刻画生动、饱满的艺术形象，因此很受东北解放区诗人的青睐。在《东北文艺》《文学战线》等杂志和个人诗集中，带有浓郁的东北民间话语特色，反映土改运动、翻身农民踊跃参军等内容的长篇叙事诗一时间大量出现。

第六，诗歌审美倡导大众化、通俗化。在解放战争时期，文学要担负着团结人民、教育人民、打击敌人的任务，因此，战时诗歌不能一味地追求高雅的诗意，它既要通俗易懂，便于启蒙民众，又要迎合普通大众的审美需求，适应战争时期的宣传需要。东北解放区诗歌的谣曲化倾向突出，诗作大多出自部队宣传干部、战士、工人、农民之笔，以社会现象为题材，具有相当强的时效性，普遍具有语言通俗易懂、直抒胸臆、为群众所熟悉和易于接受等特点，真正达到了为工农兵服务的目的。

东北解放区诗歌也存在一些不足。由于过于强调宣传性、鼓动性和战斗性，重内容而轻艺术，艺术水准较低，东北解放区诗歌

未能达到思想性和艺术性相结合的高度。

五

东北翻译文学兴起于20世纪20年代末，当时的《北国》《关外》等文学期刊上都登载过翻译作品，对俄苏、英、美、日等国家的民族文学作品，以及批判现实主义、"普罗文学"等文艺理论均有译介。但这种生动、活跃的局面随着1931年九一八事变的发生而不复存在。1931年至1945年，在长达十四年的沦陷时期，东北翻译文学出现了两块文学阵地：一个是以沈阳、大连为中心的"南满文学"阵地，另一个是以哈尔滨为中心的"北满文学"阵地。辽南文坛在九一八事变以后出现了一股译介欧美和日本文学及其理论的潮流，主要刊发、翻译消极的浪漫主义、自然主义的文艺作品和理论，只刊发少量的俄苏文学。相对而言，北满文坛对俄苏现实主义文学作品及其理论的翻译有着更重要的意义。

解放战争时期的东北解放区文学的传播模式主要是"延安模式"。在翻译文学方面，东北解放区文艺工作者侧重译介的目的性和计划性。从目前了解到的情况来看，当时很多期刊都设有翻译栏目，其中《东北日报》《东北文艺》《前进报》《群众文艺》《知识》等都设立了介绍苏联文学的专栏，经常发表苏联社会主义建设时期和卫国战争时期的作品。此外，侧重刊发翻译文学的报纸、期刊还有《文学战线》《文化报》《知识》《东北文化》等。文学观念是文学创作的潜在基础，规范和支配着这个时代的文学创作。解放区的作家们译介了大量的苏俄作品，其中大部分是社会主义现实主义作品。除报刊外，东北解放区翻译文学的出版途径还有书店。由书店、期刊、报纸构成的媒介场，有效地促进了东北作家与世界

文艺思潮的交流，尤其是苏联所倡导的革命现实主义文学创作思想对东北的文艺运动发挥了指导作用。

《东北日报》的译介主要集中在俄苏文艺思想、作家作品方面，其中刊发爱伦堡、法捷耶夫等文艺理论家的作品的数量最多，产生的影响也最为深刻。这些作品极大地开阔了东北知识分子的视野。《东北文艺》每期都对俄苏文学作品、作家进行介绍，较有代表性的是1947年曾连载过的金人翻译的苏联作家华西莱芙斯卡娅的中篇小说《只不过是爱情》。《文化报》介绍了大批的俄苏作家，刊载了一些文艺评论、文学作品等。《文学战线》在刊发原创作品的同时，则侧重于介绍俄苏文学作品和翻译俄苏文艺理论。

东北书店出版了大量的翻译过来的苏联文艺论著和苏俄文学作品，目前搜集到的翻译文艺论著的种类达110余种。其翻译出版的俄苏文学作品具有丰富的题材，包括电影文学剧本、报告文学、游记、书信集、诗歌、小说等。辽东建国书社、大连大众书店、光华书店等也是翻译作品重要的出版机构。

翻译文学的发展有助于文学创作的繁荣与文艺理念的更新，但东北解放区译介作品的内容较为单一，翻译的作品几乎全都来自苏联，俄苏文艺思想、文艺理论和文艺作品得到高度关注，成为文坛的主流。其原因有如下几个方面：

首先，从地缘因素来看，东北与苏联有着天然的地缘关系。东北地区与苏联的东西伯利亚地区有着相似的自然环境，都处于高纬度寒带地区，气候寒冷，地广人稀。自然环境和原始文化的相似为思想的交流提供了基本契合点。

其次，从政治因素来看，俄苏文学在中国的兴衰与中俄之间的政治文化交流有着密切的关系。当时的文人也希望通过译介苏联

文学作品来改造和影响人们的思想意识，以及树立新民主主义革命的奋斗目标和未来社会主义的奋斗目标。

最后，从社会现实来看，东北解放区的沈阳、大连等地在中国人民解放军进驻之前已经驻有苏联红军，而且在经济、文化等方面与苏联交往密切，苏联文学作品的翻译、出版自然丰富。

1942 年之后，延安文艺工作者主要是对苏联等少数社会主义国家的文学作品进行译介。对于与苏联接壤的东北解放区来说，由于与外界接触困难，能获得的外国文学作品更少，在建设新文学方面，除了以五四新文学和老解放区文学为资源外，苏联文学便是重要的资源。苏联文学对建设中的东北解放区文学具有不同寻常的意义。

六

东北解放区建立后，文学创作繁荣一时。然而，文学创作在繁荣的背后也存在着一些问题，其中一个突出的问题就是创作者的背景复杂，其中有来自抗日根据地的，也有来自关内国统区的，还有本土的。不同的思想意识、价值取向、艺术趣味掺杂在各类作品中，部分作品的创作倾向出现了偏差。这些问题引起了文艺界的关注。东北解放区的主要报刊和杂志纷纷开辟评论专栏，采用编者按、读者来信、短评、述评、观后感等形式开展文艺批评，为确立正确的文艺路线提供思想保障。

初到东北的文艺工作者首先感受到的是新老解放区之间政治环境和文化环境的差异。自清朝灭亡到抗战胜利的三十多年间，东北民众饱受战乱的痛苦。抗战胜利后，虽然旧的社会结构和文化体制已经解体，但旧的意识形态还残留在一些人的头脑中，东北民众与新政权之间存在着一定的隔膜。刚刚到达东北的大多数文艺工作者对东北特殊的历史环境认识不足，尚未做好相应的思想准备，仍然延续过去的创作方法和思维方式，脱离群众和实际。以什么样的形式和内容来服务刚刚从殖民者的铁蹄下解放出来的人民，是当时文艺工作迫切需要解决的问题。

文艺争鸣与文艺批评既是抗日根据地文艺工作的优良传统，也是党指导文艺工作的重要手段。毛泽东同志在《在延安文艺座谈会上的讲话》中指出，文艺界的主要的斗争方法之一，是文艺批评。此时，东北文艺工作者的首要任务就是对旧的意识形态进行批判和改造，从而构建与延安解放区主体同构的新的意识形态场域。因此，在本地区文艺界开展一场广泛的文艺批评运动就显得十分迫切和必要。1945 年 11 月，陈云同志在《对满洲工作的几点意见》中提出了党在东北的几项重要任务："扫荡反动武装和土匪，肃清汉奸力量，放手发动群众，扩大部队，改造政权，以建立三大城市外围及长春铁路干线两旁的广大的巩固根据地。"这既是党在东北的中心工作，也是东北文艺界所面临的主要任务。东北解放区的文艺队伍自觉地将创作与政治任务结合起来，坚持为人民服务的创作方向，以《在延安文艺座谈会上的讲话》为指导来进行创作。东北这块古老而又年轻的土地上结出了丰硕的艺术成果。这些作品在内容上贴近当时东北的现实生活，在形式上生动活泼，富有浓郁的地方乡土气息，在教育人民、鼓舞人民、组织人民、团结人民、打击敌人方面发挥了重要作用。东北解放区文艺作为革命文艺版图中的一个独立板块开始形成，它既是"延安文艺"的派生，又具备地域文化品格。它不是由内而外自发产生的，而是在改造和清除原有旧文化的基础上通过外部输入逐步确立的。

与“延安文艺”相比，东北解放区文艺自身也出现了一些新的特质，特别是在文艺批评方面，文艺工作者表现出了强烈的自觉性。他们坚持无产阶级和人民大众立场，从不同层面和角度开展文艺界的批评与自我批评，引导东北解放区文艺朝着正确的方向发展。

东北解放区文艺的根本任务与延安文艺的根本任务保持着高度一致，但又具有特殊性。如果简单地照搬、照抄延安文艺的经验，那么东北解放区文艺很难适应革命发展的需要。东北解放区文艺首先具有启蒙的意义，它不仅具有文化启蒙的意义，也具有政治启蒙的意义。为此，东北解放区的文艺工作者以《在延安文艺座谈会上的讲话》精神为指导，树立起无产阶级的文艺大旗，以新文化来改造旧社会，重塑民众的国家意识、民族意识和政治意识，把东北建设成为中国革命的战略大后方。

在延安文艺旗帜的指引下，东北文艺界通过理论探讨和思想整风，统一了广大文艺工作者对革命文学根本属性的认识，东北的文艺工作焕然一新。广大文艺工作者在理论和实践两个方面取得了很大的成就，既继承和发扬了延安文艺思想，也将《在延安文艺座谈会上的讲话》精神与具体实践结合起来。夏征农、蔡天心、铁汉、甦旅、萧军、胥树人等知名的文艺界人士都对这个问题做了深入研究，产生了较大的影响。

与延安文艺相比，这个时期的东北文艺作品主题更丰富，创作者以切身的生命体验为基础，再现了解放战争时期东北所发生的波澜壮阔的革命斗争，以及在这个过程中东北人民的生活与精神面貌。

东北解放区的文艺发展也不是一帆风顺的，它也走了一些弯

路。但是,在毛泽东《在延安文艺座谈会上的讲话》的指引下,文艺工作者不仅投身到创作之中,也开展了广泛的文艺批评,营造了一个宽松的舆论环境,作家们畅所欲言,在批评他人的同时也开展自我批评。这为创作的繁荣奠定了理论基础,也为新中国的文艺创作和文艺批评积累了资源和经验。

七

史料卷是大系的综合卷,其编撰初衷是反映东北解放区文学创作的初始背景,呈现当时的政策和文学创作的大环境,通过对资料的梳理,为弘扬东北解放区文学创作的优良传统提供第一手的基础资料。史料卷共分为七大部分。

一是文艺工作政策方针。文艺工作的政策方针是党根据一定历史时期的总路线和总任务确立的文艺指导原则,反映了一定时期文艺创作的总体规划、部署和要求。史料卷旨在呈现东北解放区创作繁荣的大背景下中国共产党对文艺工作的总体规划和实施情况。史料卷主要收录了与东北解放区相关的宣传文件,以及部分会议发言和讲话等内容,其中有出版、通讯、写作的相关规定,也有重要领导对文艺工作的指示要求,同时还收录了部分重要会议成果。

二是重要报纸、期刊。报纸、期刊大量创办是文艺繁荣的重要标志之一。报纸、期刊直接促进了文学事业整体的发展和繁荣,使优秀作品产生了广泛的社会影响。1945 年 11 月《东北日报》创办后,东北解放区先后创办、发行的报纸近百种。此外,在东北局宣传部的统一领导下,地方与军队也创办了数十种文学与文化类刊物。从成人刊物到儿童刊物,从高雅刊物到面向大众的通俗刊物,

从文学到艺术，靡不具备。诸多的文艺报刊为文学作品的生产提供了园地，成为东北解放区文学创作的先锋阵地。

三是文艺团体、机构。在东北解放区，多个文艺团体和机构活跃在文艺创作和宣传的第一线，对东北解放区文艺事业的发展发挥了重要作用。东北局先后出资创办了东北书店等众多的图书出版机构，使得东北解放区报刊出版和传媒得到快速发展。1946年，东北局在佳木斯成立了东北文化工作委员会，此后，中苏文化协会、鲁迅文艺研究会等文艺社团也相继成立。东北文艺工作团等文艺团体也迅速发展。在组建大量的文艺团体和文工团之际，军队与地方政府和宣传部门还非常重视文艺人才的培养和文学教育体系的建立，在演出之余，也招收和培养文艺人才。在短短的四年间，东北解放区建立了众多的文艺工作团体与人才培养学校。这体现了我党对教育人民、教育部队和动员人民参与革命的重视。

四是作家及创作书目。从延安来到东北的革命文艺工作者数以百计，此外，20世纪30年代从哈尔滨流亡到关内各地的东北作家群成员也陆续返回东北。这些文化工作者云集黑龙江，办报纸，办杂志，从事广泛的文化艺术活动，使得东北解放区文学艺术以全新的姿态向共和国迈进。史料卷收录了活跃在东北解放区的多位作家的生平和创作情况，当然，由于这一历史时期具有特殊性，作家区域性流动较为频繁，对作家的遴选和掌握主要以创作活动的轨迹和作品发表的区域为依据。

五是东北解放区文学回忆与纪念。为了弥补现有资料不足的缺憾，史料卷特别收录了部分文学界前辈及其家人的回忆与纪念文章，其中既有参加文艺团体的亲历感受，也有对文艺创作细节的点滴回忆。由于年代久远，这些资料的某些细节无法准确、翔实地

体现出来，但这些资料记录了东北解放区文艺工作者的亲历感受，对补充和完善史料卷的内容大有裨益。

六是大事记。为了对解放区文学创作资料进行细致整理，进而为读者提供一个简明的、提纲挈领式的线索，史料卷呈现了大事记。大事记旨在将反映文学活动和文艺创作的各种资料予以浓缩，按照时间线索对史料进行编排。大事记简明扼要地记述了1945年9月至1949年9月东北解放区文学方面的大事、要事，涵盖了部分文艺作品创作、文艺团体成立的时间节点，有助于读者了解东北解放区文学的发展脉络。

七是索引。鉴于东北解放区文学总体呈现出体裁广泛、内容丰富等特点，史料卷以作者为线索，将分散在小说卷、散文卷、诗歌卷、戏剧卷、评论卷、翻译文学卷中的作品整理出来，形成丛书索引。索引以作者为基点，将作者在各卷中的作品情况（作品名称、所在卷册、页数）逐一列出，可以在一定程度上呈现出东北解放区文学的整体情况，亦可以体现出作者的创作风格和特点，进而从不同角度展示出东北解放区文学发展的脉络和趋势。

随着军事上的胜利和东北解放区的形成，东北的政治面貌、经济面貌发生了根本性的变化，特别是文化呈现出前所未有的发展和繁荣的局面。东北解放区在政策制定、政策实施、新闻出版、文艺社团、文艺教育体制、作家培养等涉及文艺发展与繁荣的各个方面，继承、发展和完善了延安文艺体制，对当代文学和文艺制度产生了重要和深远的影响。

尽管东北解放区文学得到前所未有的发展和繁荣，但这份珍贵的文化资料始终没有得到系统整理，有关资料分散在哈尔滨、齐齐哈尔、牡丹江、佳木斯、长春、沈阳、大连等地，加上年代久远，这

给编选工作带来了很大的困难。一方面，区域性的文学史料不易引起一般研究者的重视，文学史料的保留和整理工作在通常情况下很不理想，尽管编选者在前期已有一定的资料积累，但是很多工作还需要从头开始。另一方面，由于年代久远，加之当时的出版印刷技术有限，许多资料的保存和整理已经成为一大难题。许多珍贵的文学资料甚至已经出现严重的、不可恢复的缺损，因此，整理和出版东北解放区的文学史料，对东北解放区文学和中国现代文学的研究具有重要意义，同时，对人们了解和认识东北解放区这段历史也具有重要意义。

东北解放区文学创作距今已有七十年的历史，从20世纪80年代开始，东北解放区文学作为中国现代文学的一部分开始进入研究者的视野，搜集、整理与研究工作逐渐深入，一大批有分量的成果随之产生。其中，具有代表性的成果有两项，一项是林默涵主编的《中国解放区文学书系》(重庆出版社，1992年出版)，另一项是张毓茂主编的《东北现代文学大系》(沈阳出版社，1996年出版)。这两部著作以文学价值作为侧重点，对东北解放区文学进行了很好的梳理。此外，黑龙江、辽宁与吉林三省的社会科学院文学研究所通力编辑出版的《东北现代文学史料》(共九辑)，其价值亦不可低估，当时资料的提供者或为亲历者，或为亲历者之亲友，这从文献抢救的角度来看可谓及时。尽管《中国解放区文学书系》和《东北现代文学大系》对东北解放区文学进行了较大规模的搜集与整理，但由于编辑侧重点不同，这两部著作对东北解放区文学作品只是有选择性地收录，东北解放区文学作品分散在各地图书馆与散落在民间的态势并未改变。进入21世纪后，随着时间的流逝，承载东北解放区文学作品的旧报、旧刊、旧图书流失和损毁的情况日益严重，对东北解放区文学进行进一步搜集与整理的必要性在中国现代文学界达成共识。2008 年，东北现代文学研究者、黑龙江省社会科学院文学研究所研究员彭放在主编完成《黑龙江文学通史》（北方文艺出版社，2002 年出版）之后，提出了编辑出版《东北解放区文学大系》的建议，这一建议得到了认可。事隔十年，2018 年，由黑龙江省社会科学院文学研究所与黑龙江大学出版社联合策划的《1945—1949 年东北解放区文学大系》荣获国家出版基金资助出版，这完成了老一代东北现代文学研究者的夙愿。

《1945—1949 年东北解放区文学大系》的编者，力求完整地体现东北解放区文学的整体风貌，在文学价值之外，亦注重作品的文献价值，以文学性与文献性并重作为搜集、整理工作的出发点。

《1945—1949 年东北解放区文学大系》的篇目编选工作，由黑龙江省社会科学院发起，联合黑龙江大学、哈尔滨师范大学、哈尔滨学院等黑龙江省多所高校共同开展。为了保证学术性，本丛书特聘请多位东北现代文学领域的专家组成编委会，各卷主编均为中国现代文学方面学养深厚的研究者。本丛书的篇目编选工作得到了北京、吉林、辽宁等地多家相关单位的支持。东北现代文学界德高望重的老一代学者亦给予大力支持，刘中树、张毓茂与冯毓云三位先生欣然允诺担任本丛书的学术顾问，本丛书的姊妹著作《1931—1945 年东北抗日文学大系》的总主编张中良先生亦为学术顾问。特别应提及的是，张毓茂先生在允诺担任本丛书学术顾问不久后就溘然离世，完成这部著作就是对先生最好的悼念。

本丛书的资料搜集工作，除得到东北三省各家图书馆的支持外，还得到了中国现代文学馆、黑龙江省浩源地方文献博物馆的大

力支持。东北红色文献收藏人胡继东、华东师范大学历史系博士崔龙浩，以及华东师范大学历史系高铭阳、雷宇飞等人为本丛书的集成提供了大量珍贵而稀缺的第一手资料。对于他们的无私奉献，在此表示诚挚的感谢！此外，黑龙江大学文学院、哈尔滨师范大学文学院许多在读的博士生、硕士生和本科生也参与了资料搜集工作，在此，请恕不一一列名。

《1945—1949 年东北解放区文学大系》除入选 2019 年度国家出版基金资助项目之外，还被列入黑龙江历史文化研究工程项目，在此谨致谢忱。

诗歌卷导言

东北解放区诗歌概述

叶　红

东北解放区诗歌在中国解放区文学版图上偏居一隅。它时间短、地域偏、数量少，是中国解放区文学发展史中的一个细小旁支。它犹如一支涓涓细流，汇聚成一股推动东北解放区文学发展的磅礴力量。东北解放区诗歌以其昂扬的斗志、饱满的激情，最先唱响东北解放的嘹亮战歌。

1931 年，日寇侵略东北，东北文学版图不断被殖民文学侵蚀直至占领，报国无门的爱国进步文人无奈远走他乡，整个文坛愁云惨淡。抗日战争结束后，一批批党的文艺工作者跟随解放军队伍进入东北，很多诗人具有战士兼诗人的双重身份。东北解放区诗歌具有战争诗歌特质，它短促，嘹亮，振奋人心，聚集力量，以其奔放、灿烂、明亮、力量之美，一扫笼罩在东北文坛十四年的阴霾。在民族解放斗争背景下的东北解放区诗歌是时代精神的传声筒，是革命

的号角和武器，是宣传革命、启发民众、鼓舞士气的重要工具。东北解放区诗歌具有红色革命基因。它承续抗联诗歌的革命精神与爱国情怀，融入延安诗歌的革命乐观主义精神和革命浪漫主义精神，受到东北粗犷、豪迈、勇猛、乐观、幽默的地域文化的影响，形成了独特的精神风貌和美学意蕴。东北解放区诗歌集中展现出东北的历史与现实、自然与社会、战争与和平等重大主题，集中书写了外族入侵、山河破碎带给东北人民的苦难、屈辱和蹂躏，以及东北人民在中国共产党领导下的觉醒、反抗和斗争。艰苦的自然环境和战争环境孕育的东北人民具有英勇、坚韧、乐观、幽默的品格，书写了一部波澜壮阔的人民战争史诗。

东北解放区诗歌的繁荣依托于报纸、刊物等出版物的丰富。东北解放区在建立后创建了隶属于解放区的报纸（包括副刊）、杂志、书店，为东北解放区文学的发展与繁荣搭建传播平台。当时在中共中央东北局宣传部统一领导下，东北解放区从总机关到地方先后创办、发行的报纸近百种，中共中央东北局还出资创办了东北书店总店，以及光华书店、大连大众书店、兆麟书店、吉东书店、辽西书店等众多图书出版机构。地方与军队创办了多种文化刊物与文学刊物，如《知识》《部队文艺》《东北文学》《东北文艺》《东北文化》《东北画报》《文学战线》等。《1945—1949 年东北解放区文学大系》诗歌卷收录的诗歌作品，主要来自东北解放区的报刊等出版物，如影响力大、覆盖面广的《东北日报》《东北文学》《文学战线》等，还有一大部分来自书店资助出版的个人诗集。值得一提的是，《东北日报》及其副刊刊登了大量的诗歌，对东北解放区诗歌的发展与繁荣做出了重要贡献。

总的来看，东北解放区诗歌具有以下几个显著特点。

诗歌内容高度革命化与政治化。东北解放区文艺创作以毛泽东《在延安文艺座谈会上的讲话》为基本纲领，复制了陕甘宁边区、延安解放区的文学制度、文学政策、创作体制。东北解放区结合阶段性工作重点，一方面要巩固抗日战争的胜利果实，另一方面还要开展土改运动，发展城市工业。“东北解放区文学是为中国共产党解放东北和建设东北的政治任务服务的文学，其主要功能和目的是紧密贴近、配合解放区主流政治运动的。”[①]东北解放区诗歌与中国解放区诗歌在表现内容与审美立场上保持高度的一致性，东北解放区诗歌具有东北解放区特有的政治性、战时性与现实性，具有鲜明的政治立场和强烈的无产阶级意识，体现出解放战争对文艺的根本要求。揭露、批判、颂扬是东北解放区诗歌的三大主旋律。东北解放区诗歌多以军事斗争、土地改革、经济建设为主要内容。以工人、农民、士兵、英雄人物、劳动模范等为书写对象的诗作占较大的比重。这些诗作揭露社会黑暗，赞美实干家，歌唱新社会、新农民，抒发家国情怀。无论是在内容上还是在情感上，诗歌都无限接近现实，站在时代的高度和人民的立场，真正做到了在内容上表现工农兵，在情感上贴近人民大众，在艺术上为人民大众所喜闻乐见，如史行等人的《民兵摆战场》、王岐三的《一天晚上》、井岩盾的《小屋里的晚会》、叶乃芬的《女状元》、刘艺亭的《苦尽甜来》等。

作家的政治立场决定作品的价值取向，东北解放区诗歌的革命性、政治性与诗人的文化身份、政治立场具有密切关系。东北解放区诗人主要有四种身份：一是来自中共中央派驻到东北的“文化军

---

① 张丛皞：《重返历史现场：拓展中国现代文学研究的一种路径——以 1945—1949 年东北文学再研究为例》，载《学习与探索》2016 年第 2 期。

队”，其中有一大批是陕甘宁边区和延安解放区的文艺工作者中的文学家、诗人；二是来自抗日战争时期流亡到关内的“东北作家群”的作家，他们在抗日战争结束后返回东北；三是虽然本人不在东北解放区，但其作品在东北解放区的重要报刊上发表并产生一定影响的诗人，如艾青、田间等；四是来自各行各业的业余诗人，这是东北解放区诗歌创作最大的群体。以《东北日报》及其副刊为例，《东北日报》及其副刊发表了很多业余诗人的诗作，这些诗人中有记者、部队宣传干部，也有工人、农民、战士、学生等。东北解放区的代表诗人有公木、方冰、谢挺宇、蔡天心、严文井、马加、鲁琪、冈夫、天蓝、韦长明、刘和民、李北开、彤剑、侯唯动、胡昭、夏葵、林耘、顾世学、萧群、杜易白、西虹、师田手、白刃、白拓方、叶乃芬、丁耶、孙滨、阮铿等。其中，有些诗人用多个笔名发表作品，也有些作者的真实姓名已经很难查到。

东北解放区诗歌具有鲜明的战争文学特点。战争诗歌受到战争本身的影响而呈现出特有的时代特点。东北解放区经历十四年艰苦卓绝的抗日战争，接着又经历了解放战争，诗歌呈现出战时文学的特质，具有丰富的内容和复杂的性质，涉及时代、政治、国家、民族、敌我等各种主题。敌与我、胜利与失败、正义与非正义、勇敢与懦弱等二元对立的战争思维模式也深深地植入诗歌艺术思维中。诗人在战时更推崇乐观主义、英雄主义、理想主义，它们构成东北解放区诗歌的感情基调。诗歌内容集中在东北抗日战争、东北解放战争和东北地区的局部战争。诗歌记录了艰苦卓绝的战争场景与生活现实，抒发了保卫民主、保卫自由、打倒法西斯、打倒国民党残余势力的革命战斗激情。惨烈的战争场面、行军打仗、英勇杀敌、生死较量、流血牺牲、怀念战友等是东北解放区战争题材诗歌

最常见的内容，如千柳的《见了监狱的一串联想》，史松北的《六路解放大军》《担架队》《坦克 568 号》《英雄的纪念册》等。《英雄的纪念册》书写了勇士们的坚贞英勇。黎明的《守住我们的山岗》书写了抗日联军誓死保卫家园，抒发了“消灭无耻的野心豺狼，守住我们的山岗”的决心和豪情壮志。葛力群、刘桂森的《解放战士的旗帜——姚海斌》赞颂抗日联军顽强抗敌、勇敢无畏的气魄。王岐三的《一天到晚》、史行的《民兵摆战场》等都是战争题材的优秀诗作。

农村题材的诗歌是东北解放区诗歌的重头戏。从数量上来看，农村题材的诗歌在东北解放区诗歌中占有较大的比重。东北农村经历了十四年的抗日战争，土地荒废，家园破败，民不聊生，农民思想落后，迷信盛行，百废待兴。抗日战争结束后，解放军入驻东北，一方面做农民的思想工作，进行思想启蒙，另一方面还在农村贯彻党的土改政策，推进土地革命，让广大农民成为土地的真正主人。为了配合土改运动，农村题材的诗歌数量多，内容广，追求通俗化和大众化。诗歌揭露地主阶级剥削农民的本质，启蒙愚昧落后的农民，塑造新时代的农民形象。这成为农村题材诗歌的主要内容。农村题材诗歌中出现了很多长篇叙事诗和大型组诗，如戈振缨的《夫妻双夺旗》《要想日子永远过得好》、锦清的《铁树开花》、井岩盾的《小屋里的晚会》、刘艺亭的《苦尽甜来》、方冰的《给老王》等。这些长篇叙事诗详尽地描绘了党的土改政策在农村的落实情况。

东北工业题材的诗歌在解放区诗歌中独领风骚。东北是富饶之地，不仅拥有肥沃的黑土，还拥有丰富的矿产资源。日俄战争后，日本为了掠夺资源在东北开发现代交通网络。抗日战争胜利后，东北钢材产量占全国 90% 以上，居全国之首，森林工业迅猛发

展，发电能力占全国70%以上，水泥产量居全国之首……正因如此，东北有众多的产业工人。工业题材的诗歌抒发工人阶级作为先进阶级的自豪感、主人翁意识和创造世界的豪迈之情。东北解放区的报刊还专门设立了工人专栏，如《文学战线》专辟“工人创作特辑”，诗人来自工厂，来自生产第一线。红粱的《小艾丫》是一篇生动优秀的叙事诗。潘学恩的《歌颂工人》赞颂成为现代社会主力军的工人阶级。孙滨的《一〇四〇号的火车司机》《为了人民铁路立了功呀》通过书写火车司机、乘务员的思想转变，表现了新的产业工人的主人翁意识，表达了工人阶级的质朴情感和豪迈情怀。方荧的《致工人同志》、天蓝的《红五月工人之歌》等工业题材的诗歌丰富了解放区诗歌的样态。工业题材成为东北解放区诗歌的重要题材。

长篇叙事诗的产出呈现出井喷式的状态，叙事诗成为东北解放区诗歌主要的体裁。东北解放区产生出多部长篇叙事诗。由于体量大，便于完整地呈现人物或事件的变化过程，便于增强故事性，便于刻画出生动饱满的艺术形象，在变革年代，长篇叙事诗受到诗人的青睐。有关土改运动、翻身农民踊跃参军、人物传记等题材的长篇叙事诗大量出现，这些长篇叙事诗表现了东北解放区军民的战斗生活和精神状态，带有浓郁的东北民间话语特色。例如，公木的《三皇峁》、方冰的《不屈者》《柴堡》《给老王》、田间的《戎冠秀》、刘岱等人的《陈家大院》、戈振缨的《要想日子永远过得好》《夫妻双夺旗》、侯唯动的《拥护〈中国土地法大纲〉》《黄河西岸的鹰形地带》、孙滨的《白沟村》、史松北的《英雄的纪念册》《担架队》、师田手的《担架队赶路曲》、胡昭的《自卫队长》、叶乃芬的《发家致富》、陶钝的《马大娘探儿子》《女运粮》《李秀娟卖豆腐》、刘艺

亭的《苦尽甜来》、谭戎的《万人坑上开了花》、谭亿的《两个爸爸》、冈夫的《地主和长工的故事》、锦清的《铁树开花》、金帆的《从黑夜到天亮》、萧邦的《郑老汉救了小山东》、大芳的《张大嫂分果实》、郭振忠的《何大庆八次立功》、齐开章的《红旗插上壶梯山》、李季的《只因为我是一个青年团员》《报信姑娘》《三边人》、张芸生的《贺功会上再团圆》、刘洪的《艾艾翻身曲》、红粱的《小艾丫》、谢力鸣的《李锡章老两口子》《廉二嫂》、陈旗的《歌唱人民英雄梁士英》等，都是当时涌现出来的以参军打仗、农民翻身、歌颂英雄事迹为主题的叙事诗作品。

倡导诗歌审美大众化、通俗化。从东北解放区诗歌的艺术形式来看，谣曲化、大众化、民间化是最突出的特点。抒情诗、叙事诗、街头诗、朗诵诗、歌谣、童谣、歌词成为当时最常见的诗歌体裁。尤其值得关注的是，当时长诗和叙事诗数量较多。解放战争时期的文学要起到团结人民、教育人民、打击敌人、消灭敌人的作用，战时诗歌不能一味地追求高雅的诗意、含蓄蕴藉的表达。战时诗歌既要通俗易懂，便于启蒙民众、宣传思想，又要迎合普通大众的审美需求，以其现实的、朴素的、晓畅的、口语化的语言适应战争时期的宣传需要。解放区诗歌的谣曲化倾向很突出。民歌、民谣等形式被广泛使用，街头诗、朗诵诗、墙头诗、枪杆诗等短小灵活，鼓动性强，朗朗上口，这样的诗歌很受欢迎，报刊（如《东北日报》）往往拿出很大的篇幅来发表这样的诗歌。这些诗多出自记者、部队宣传干部、战士、工人、农民之手，多以正在发生的社会现象为题材，具有相当强的时效性。这些诗普遍具有通俗易懂、直抒胸臆、主题集中、为群众所熟悉和易于接受等特点，旨在达到为工农兵服务的目的。

东北解放区诗歌也存在明显的不足。由于要适应政治需要和

战争需求，急就章较多，艺术水准偏低。一些作者过于强调诗歌的宣传性、鼓动性和战斗性，把诗歌当成宣传工具，重思想而轻艺术，这就使得诗歌难以达到思想性和艺术性的统一。

《1945—1949 年东北解放区文学大系》诗歌卷，在 1992 年出版的《中国解放区文学书系 诗歌编》的基础上，增加了很多没有被收录的诗歌作品。选择东北解放区诗歌作品的主要依据有四个：第一，被权威的、重要的、影响力大的文学史著作（中国现代文学史、中国解放区文学史、东北现代文学史、东北解放区文学史等各种文学史著作）收录或评价的诗歌作品；第二，被收录到《中国解放区文学书系 诗歌编》中的作品；第三，在当时的重要报纸、刊物上发表过的作品，如《东北文学》《东北文艺》《东北文化》《文学战线》《鸭绿江》《北斗》《东北画报》《东北日报》《合江日报》《辽宁日报》《生活报》等，把当时覆盖面广、影响力大的重要报刊作为主要的参考文献；第四，诗人的诗集中的作品。

尽管已尽最大的努力来收集诗歌作品，但由于种种限制和原因，难免挂一漏万，希望通过《1945—1949 年东北解放区文学大系》诗歌卷的出版，为中国解放区诗歌研究进行有益的补充，为东北解放区文学研究提供更丰富而详尽的文献资料。

◇佚　名

口头诗歌"顺口溜"

行起军来要活跃，
互相帮助要做到；
过河过岭不要跑，
大步跟上免疲劳。
前后要联系，
距离要跟好。
秘密要保守，
不要乱问道。
行军找向导，
态度要和好。

同志们请听言，
行军为的运动战，
一切东西准备好，

命令一下重如山。
过些山岭与河川，
不怕一切艰苦与困难，
个个争先不落后，
行军路上乐又欢，
下定决心灭老蒋，
战斗勇敢是模范。
咱们这是为的谁，
只为穷人把身翻，
要想穷人得解放，
我们忍苦又耐劳。

选自《东北日报》，1948 年 3 月

劳工歌

劳工歌八章，系埠头农工会长马香所唱，由李树贵同志记下来的。这支歌编于1942年，作者是一个当时被敌抓派当劳工的穷苦农民，后来流徙他方，姓氏已不可考了。据称这支歌在“伪满”时代已普遍流行于鹤立矿山及依兰、萝北等地劳工团里，这些过着非人生活的穷苦劳工们，常常在凄风冷雨的夜里，躲过监工及矿警们的监视，三五个人一堆聚在工棚子里，偷偷地低声吟唱着它，借此发抒胸中的愤怒和积郁。这首歌的调子很沉重凄切，可惜我不懂音乐，不能把它记下来，但我们只要读它的词，就已可深深体味其被压抑的悲痛的情感了。在工农穷人们里潜藏着许多无名的艺术天才，他们用简朴然而真挚的语言，抒写自己的感情，往往深刻地反映了社会生活，对于这些口头传诵的人民自己的文艺，我们应以最大的关心广为收集。

—毛星—

“满洲”建国十周年，
富锦劳工团，
出发上依兰。
三道岗，
把营安。

小队长
王义田，
一天给养二斤捂[①]苞米面。
吃不饱，
缺咸盐。
最恼恨，
王义田，
队员挨饿他过年，
大洋搂了七八千。

六月里热难当，
胶皮水袜放一双，
穿坏底，
就穿帮，
天长日久脚破磨成疮。
官大夫
来验伤，
队员领着一大帮，
赏给药膏回到房。
回到房，
坐在床，
拿着药膏去上疮，
两眼不住泪汪汪，

---

① “捂”读如“五”，沤酸发臭的意思。

多咱回到我的家乡。

七月里麦种秋，
劳工患忧愁，
一天两遍粥，
三天还不够[①]
逼得我们劳工出外当小偷。
掰苞米，
土豆扣[②]，
夜晚狗咬乱出溜[③]
偷得庄稼人爬墙头，
我们害怕不敢偷。

八月里到老秋，
四两烧酒半斤肉，
十五不过过十六。
推轱辘马，
打石头，
谁要不推两脖溜[④]
打得我们真难受。

---

① 三天的饭不够一天的饱。
② 此处“扣”为掏挖的意思。
③ “乱出溜”即到处乱窜。
④ “脖溜”即耳光。

九月里寒风高，

劳工棉裤放一条，

不等穿坏，

三天就滚包，

逼得我们洋罪真难遭，

两眼不住泪珠往下飘。

大队长，

陈志高，

拿着棒子可街蹽[①]

撵得队员遥街跑

谁要跑慢棒子着。

十月里冷又寒，

我们身上无有棉，

冻得混身打战战，

后悔不该上依兰。

依兰县，

三泰偏，

三江省省长见，

活活留住我们十五天，

他说洋灰没打完。

① “可街蹽”与“遥街跑”都是满街乱跑的意思。

十一月里雪花飞，
劳工打洋灰，
起些大早贪晚黑，
瓦斯灯，
遥哪背[①]，
日本鬼子把工催。
教练机，
叫我们遥哪里推，
谁要不推他打谁，
打得我们双立眉。

十二月里到一年
劳工把家还，
见着父母生喜欢，
见着妻子得团圆。
区公所，
去使钱，
再去使钱他不答会，
再去要钱把脸翻。
现在不像那春天，
春天说话回来就给钱。
劳工苦处说不完，

① “遥哪”与“遥哪里”，都是各处、到处的意思。

来年一定不上劳工团。

选自《东北日报》,1946 年 10 月

扫堂子

公民村，本事高，
算完细账把堂子扫。
这件事，想不到，
当天里，就见效。
扫出“三八”式，
子弹一大包。
衣服十几袋，
金子更不少。
还有许多户，
现在正在找。
自从这以后，
才知地主还没完全倒。
穷哥们，快快搞。
地主坏蛋挖不净，
翻身日子过不好。

十二月十七日

选自《东北日报》，1948 年 1 月

土　地

山东省，济南府，
有个庄稼人王奎五，
祖祖代代租地种，
苦生苦长三十五，
女儿莲英十三岁，
老婆王嫂三十四。
从春忙到秋挂锄，
粮一下场忙交租，
两顿稀粥喝不饱，
年年落得光屁股，
老婆叫饿女儿哭，
衣服破了没布补。
逃荒来到奉天省，
凤山县里落了户。

凤山有个刘家湾，
有个地主刘万山，
当面称他刘大爷，

背后人叫“老阴天”，
他看王奎五身板好，
叫他榜青[①]带种田，
王奎五要租地种，
不想给人溜房檐。
租到薄地两垧多，
圪垯溜秋荒一半，
讲好租子交四、六，
借点种子秋后还。
三口人，
都下田，
根子刨光土打烂，
多捡粪，
好肥田，
深点耕，
锄几遍，
紧紧腰带干一年，
一心要把地种好，
盼到秋后吃饱饭。

秋收打了八石一，
王奎五一家都欢喜。
老阴天翻眼皮，

---

① 榜青即地主一种雇佣剥削方式，给地主长年做工带一两垧地种。

他说："租走了一块好地！"
开口就问王奎五：
"今年的租子怎么给？"
王奎五说：
"刘大爷你休着急，
租粮种子马上交齐。"
老阴天说：
"我为人一向不护己，
一块好地租给你，
四、六交租太少了，
借的种子要加息！"
王奎五说：
"一家人三口在地里，
坏地变好不容易。"
老阴天胡子一撅发脾气，
"你狗咬吕洞宾不识好意，
满身穷气给我滚！
今年冬天就抽地！"
点一把香，
熏熏穷气，
叫声"大媳妇铲地皮！
穷骨头踏坏了咱的地气。"

老虎的口，
地主的斗，

一石粮食只过八斗九，
老阴天的粮食装不了，
王奎五的剩种糊不住口。
大小三口忙一年，
一场辛苦一场愁。

老阴天的年，
王奎五的关，
锅盖揭不开，
摆不起供碗，
点上三根香，
烧几张纸钱。
半截红烛半明半暗，
墙缝里北风往里钻。
王奎五皱眉不说话，
莲英手往嘴里暖。
王嫂怀孕四五月，
冷得浑身直打战。

老阴天，
抽了田，
换了东家刘有山，
外号叫个“刘肉头”，
又名叫作“灯笼眼”，

讲好榜青里冒烟[1]，
吃地劳金[2]一垧半。
种地先给肉头种，
铲地先给肉头铲，
刘肉头的庄稼齐斩斩，
王奎五的庄稼荒一半，
王嫂、莲英去拔草，
两垄地要拔半天。
王奎五忙着铲肉头的地，
看看自己的庄稼心里酸！

王嫂子拔了半天草，
一阵肚子痛浑身软，
有气无力地站起来，
天也转来地也转，
要想回去迈不了步，
眼前发黑腰发酸。
莲英扶着妈妈走，
黑云团团变了天。

生下男孩十几天，
王奎五左思右想为了难，

---

① 里冒烟即家有两口人，也吃地主的，但一家都要给地主干活（各地情形也不是完全一样）。

② “地劳金”即给点地种做劳金，不给粮也不给钱。

大人的嘴巴还好糊，
小孩子缺奶口难填。
王嫂子连发几天烧，
神志不清眼睛往上翻，
小孩子叫唤莲英子哭，
王奎五心里似刀剜。

王奎五想来想去没法办，
硬了硬头皮到肉头面前。
“老东家，孩子他妈过不去这几天，
你老人家高高手照看照看，
借一斗粮，
借几个钱，
借您四块棺材板。”
刘肉头吧嗒嘴翻翻灯笼眼，
叫声：“王奎五我有话在先，
你误工要扣工，
你借钱要还钱，
借给你的粮食秋天定归还。
什么人什么命，做什么鬼，
命里八尺莫把一丈盼。
借你一条席子一块门板，
按着行市合价钱！”

席包尸首门板抬，

王嫂尸首没处埋，
只好埋到乱葬岗，
王奎五的气恨填满怀，
一肚子冤屈没处诉，
旧恨新仇天天来，
月亮出来日头落，
熬过今天再把明天挨。

东讨几口奶，
西讨几口饭，
莲英手忙脚又乱，
看看孩子没法办，
想起妈来泪洗面。
没有奶，
牙捣饭，
挤出汤来喂几遍，
小孩成了皮包骨，
活孩子当成死孩子看。

忙了一年到秋天，
王奎五要租种几垧田，
刘肉头一听发冷笑，
“在我家耪青你还不耐烦，
干不干随你的便！
把你的账本翻一翻，

米两斗，
十块钱，
误工误了十多天，
还借了一条席子和门板，
要走就走不给钱！
三条腿的金蝉找不着，
两条腿的劳金不为难！”

王奎五在刘肉头家干了五年，
莲英给他洗衣做针线，
孩子命大长到五岁，
起个名字叫小二。
王奎五一年愁苦一年老，
三更半夜想半天：
“莲英大了能找个好婆家，
小二成人能自己种点田，
我一个身子埋上半截土，
这辈子能不能有几口饱饭？!”

有一天莲英正在洗衣裳，
刘肉头蹑着脚走在一旁，
“莲英你越长越俊越像样，
就是头发乱脸皮儿黄。”
莲英低头咬牙心里想：
“你狼肚子没安人心肠。”

莲英三脚两步躲进房，
刘肉头在后面紧跟上，
伸手拉住了莲英的袄，
抱住莲英就扯衣裳；
莲英吓得高声嚷，
一把抓在肉头脸上，
肉头一看事不妙，
把莲英踢倒在房门旁。
刘肉头冷笑一声满口“妈个×”，
骂一声“贱骨头你不知高低；
看上你抬举你你不识抬举，
穷鬼的根子你有什么了不起，
上炕的老妈有的是，
黄毛丫头你耍癞皮！”
莲英恨恨咬下唇，
泪下如麻恨在心里。

王奎五刚刚进了院，
女儿半个身子在外边，
肉头什么难听什么骂，
王奎五心里冒了烟。
几十年第一次冒了火：
“刘肉头你人面兽性鬼心肝。
谁家没有儿和女，

你披张人皮不把人事干！
下有土地上有天，
区公所里把理谈！”
刘肉头说：“你嘴擦干净识点相，
中华国的衙门口朝南，
要说近的他姓刘，
要说远的他姓‘钱’！
我拔根汗毛比你腰粗，
挂起犁杖坐吃三十年。”

王奎五在家想半天，
按不住气恨往外钻，
半世冤仇哪里诉？
区公所里去谈谈。
王奎五走进了区公所，
区长和肉头正在吃饭，
王奎五的心里凉了一半，
要进不是要退难。
肉头斜瞪着灯笼眼：
“你要告状来得太晚！”
没等王奎五说出口，
区长开口骂“混蛋！
不用你说我全知道”，
两个巴掌打上脸。
“王奎五你穷不起自讨麻烦，

老刘家养你一家赚了个强奸，
给我跪下快道歉，
痛快一点事算完。”
王奎五的气恨往下咽，
跪在地下直打战，
区长那边手一摆，
“穷酸饿鬼你快滚蛋！”

刘肉头回来打算盘，
王奎五的饥荒还不完，
要席子，
要门板，
要粮食，
要利钱……
王奎五说：“欠你多少尽管算，
我一下子没法还，
给你干活五六年，
全家都没吃闲饭。”
刘肉头说：“你的闲话说不完，
闲话不顶半拉钱，
你没办法告诉你，
你的姑娘能当钱，
你要乐意很简便，
大拇指头按一按，
抗债不还犯国法，

咱在衙门口里见！”
王奎五，
呆半天，
山已穷，
水已尽，
心已碎，
眼泪干，
弯下腰来一声叹，
三丈肠子寸寸断！
钢刀按在脖颈上，
卖女契上手印按！
从此生死两不知，
亲生骨肉一刀断！

天苍苍，
地茫茫，
王奎五和小二去奔荒。
小二难把姐姐忘，
姐呀！姐呀！想得慌！

北大荒上山连山，
有个地方叫三人班，
三人班有个抱葛屯，
有个地主叫葛金轩。
葛金轩是个占荒户，

外号又叫“二泰山”，
衙门的道儿条条熟，
一张“飞照”①没有边。
要问他地界在哪里？
东至东山，
西至西山，
北至北山，
南至大河边。
小户也占几片荒，
他一张“飞照”盖去了一大半。
谁说这里土地多?!
地多只有地主占！

王奎五走了十多天，
一边走路一边讨饭，
不觉来到抱葛屯，
找到地主二泰山。
二泰山说：“你要种地不为难，
东山都是大荒片，
能开多少开多少，
三年不收地租钱。”
小二在旁瞪着眼，

① “飞照”即北大荒占荒的地主的一种官契。地没有界限，有了这种飞照到处可以占地。

想姐姐，
看不见！
想吃饭，口水流在嘴旁边。

穷哥们，
好商量，
和老李头合住南北炕，
一天凑合一天吃，
天天下地去开荒。
小二年长到六岁，
跪在地上拔草忙。

一滴血，
一滴汗，
一年开了一垧三，
刚刚收了一年粮，
二泰山就要收回这块田。
二泰山手指大荒片，
“王奎五你再卖力气去开田！”
王奎五眼前一阵黑，
两腿一软坐在地边。
走遍天下都一样，
饿肚子瘪到底，饱肚子挺上天。
天下的老鸦一般黑，
王奎五的心血被榨干。

小二八岁那一年，
二泰山家当猪倌，
只管吃饭不挣钱，
杂七杂八都得干。
天不亮起来抱烧草，
掏净锅底灰把火点，
洗脸水烧热天放亮，
再把院子打扫一遍。
二泰山吃早饭忙把碗筷端，
自己爬在锅台上吃点剩饭，
二泰山的狸猫顿顿不离腥，
小二啃的饼子和臭萝卜干。
还没吃到一半饱，
就要赶猪到南山。
眼皮紧，
肚子叫，
小二在草堆睡了一觉，
大猪小猪满山跑，
一口肥猪找不着。

二泰山瞪起了三角眼，
两撇胡子直忽闪，
骂小二："叫你放猪你睡懒觉，
称称分量你不值一个猪钱，

今天你不把猪找着，
不许你睡觉和吃饭！”
一顿棍子一顿拳，
打得小二抱着脸。

十三岁，
当牛倌，
十冬腊月好冷天，
鞋漏脚趾衣服单，
呼呼北风肉里钻；
两手冻僵拿不起鞭子杆，
热牛粪里把脚暖。

十四五岁跟着马屁股跑，
就怕马吃庄稼苗，
二泰山不许拴缰绳，
他说马儿吃不饱。
一匹白马不老实，
没有缰绳到处跑，
小二刚刚套上笼头，
白马一蹄子踢了腰。

小二爬起来痛得把腰弯，
马绑到树上抽了几鞭。
二泰山出来碰到了，

撅起了胡子板着脸；
小二说："马不老实踢了我腰，
不打几下往后不好管。"
心里害怕望着二泰山的脸，
二泰山的眼皮翻了好几翻。

二泰山拉住了小二的耳朵，
骂一声"你和哑巴畜类有什么难过，
要是你把马打坏了，
十个小命也抵不过！"
夺过鞭子劈头就打，
打得小二脸青鼻子破。

小二年十七，
当半拉子下了地，
二泰山说：
"没有你的劳金钱，
少收你爹的租粮也是成全你。"

酒醉饭饱多屎尿，
二泰山半夜把夜壶倒，
劳金鸡叫要起炕，
二泰山听听鸡窠鸡不叫，
拉开板子掏鸡窠，

拿着镜子往里照①。
骂声"公鸡你不争气,
跟着劳金学懒了!"

听到公鸡咕咕叫,
打头的喊声"快起炕!"
小二翻身爬起来,
劳金都起来披衣裳。
一面穿衣裳一面往外走,
冷饼子冷饭紧往肚里装,
套上犁杖扛起锄,
黑打糊地把地耥。
哪一个起地晚一点,
二泰山说:"秋后咱们再算账!"

下半天长,
上半天短,
二泰山的短工只叫下半天,
十来点钟他说晌午歪,
日头落西他说阴了天,
不供晌饭,晚饭吃得晚,
只歇一气最长半袋烟。

---

① 据说拿镜子照鸡窝,鸡以为天亮了就叫。

到了秋收算工账，
算了工账再算租粮，
做工的扣工压工行，
种地的催租多交粮。
二泰山的账单写了不老少，
算盘一扒拉个个短他的账，
小二白干了一年活，
二泰山又催他爹爹交租粮。

小二他爹
交租粮，
二泰山的家里添了新仓。

交了租子还点账，
过了年荒度春荒；
南瓜土豆加白水，
三丈肠子空两丈，
老辈少辈都一样，
做不完的牛马还不完的账！
日日月月年年过，
为谁辛苦为谁忙。

九一八事变鬼子进了村，
二泰山说：

"有钱能叫鬼推磨，
管他中国人日本人。"
日本小队长和他有来往，
警长和他沾点亲，
屯长不问他不敢办事，
警察特务不离门，
小儿子当"国兵[①]"，大儿子在山林队，
专门去打抗日军。
汉奸特务交往得好，
吃吃喝喝一家人。

大户请客小户出钱，
屯上"跑道的[②]"来收捐，
后面是特务白脸狼，
东张西望家家串。

三九天，
雪花飘，
小二往区里送官草，
半路上刮起了"大烟炮[③]"，
眼睁不开，
路看不着，

① "伪满"的兵。
② "跑道的"即屯所专做催捐催粮、趁机敲诈等勾当的。
③ "大烟炮"即大风雪天。

区公所在哪里摸不到。
晚上挨了一夜冻，
第二天身上发了烧。

小二病倒了五六天，
饭不能吃活不能干，
二泰山说：
“我家没人养老爷，
你回到家里去住几天！”
小二说：
“我家有锅没有饭，
误工回家爹为难，
过个几天病会好，
我能起炕就把活干。”
二泰山把小二撵到外边，
小二昏昏沉沉躲进了猪圈，
二泰山一看发了脾气，
“你瘟死了我的肥猪怎么办！”

小二生病回了家，
儿子病了爸爸干，
二泰山家的牛马闲，
王奎五推磨推不完。

小二得了重伤寒，

李老头叫他大姑娘照看照看，
小二头痛骨节酸，
整整病了二十三天。

小二病好了在家种田，
他和大姑娘天天碰面，
有一天求大姑娘缝缝破裤脚，
一句心里话冲到嘴外面：
“大姑娘你炕上地下都能干，
有你这样媳妇受穷也甘愿！”
大姑娘抬起头来没说话，
看着小二红了脸。
小二心想：“算了吧！
贴上个穷字什么都完！”

特务警察到处闯，
勒大脖子霸姑娘，
李老头儿心里想：
大姑娘在家不相当，
快“出门子”心事了，
找个好婆家沾点光。
老两口子来商量，
东说西说不相当，
“刘家大院过得好，
老头子‘扒灰’儿子是流氓；

老张家也是个大粮户，
怕咱穷气喷到脸上！”
大姑娘越听越来气，
一头趴在妈妈身上。
王奎五老头来商量，
穷帮穷来穷来往，
还是结个穷亲戚，
不要彩礼也不要嫁妆。

找个好日子办喜事，
穷亲穷友来喝点菜汤，
灶王爷前拜天地，
姑娘从南炕搬到北炕。

二泰山和特务白脸狼，
来找警长刘阎王，
白脸狼说:“老李家的姑娘模样好，
警长八成早看上。”
二泰山说:“老李家的喜事刚办完，
现在去人还赶趟。”

穷亲穷友刚才散，
来了警察和白脸狼，
踢翻了桌子打破了碗，
绑去了小二拉走了大姑娘。

小二被绑到了警察所，
浑身上下都打烂。
刘阎王说：
“讨老婆不登记犯了法律，
拘留所里蹲几天。”

二泰山、刘阎王、白脸狼，
说说笑笑端详大姑娘：
“真是穷人家能出西施，
好花插在了牛粪上，
打扮一下真不坏，
好花也得绿叶装。”
大姑娘抬起头，
没边的怨恨没底的仇；
咬牙切齿瞪着眼，
全眶眼泪滚滚流。

大姑娘到了警察所，
知道不会有好下场，
活着不如死了好，
一头碰死在南墙上。

家里病倒姑娘的娘，
疯疯癫癫发了狂，

饭不吃来水不进，
天天哭喊“还我姑娘！”
李老头，
心如刀穿，
大户家里借了米半碗，
要给病人煮点米汤。
警察抓他到警察所，
吃大米是“国事犯①”。
大米里面调大粪，
叫他尝尝“蛋炒饭”！
李老头跪下说：“不能吃！”
警察说：“不吃就送你到‘康生院②’！

李老头含悲忍泪回了家，
炕上又死了大姑娘的妈。

劳务股来催“劳工③”，
二泰山来找大户说：
“咱们大户少出几个钱，
要命的事儿穷户干，

① “国事犯”即“伪满”的一种犯罪的类别，吃大米饭属“国事犯”。

② “康生院”即“伪满”的反省院。

③ “劳工”即日寇对东北人民劳动力一种最残忍的摧残与剥削，年满十八岁及以上的都得出劳工，一期六个月，但有钱的可以不出，穷人虽多方逃避亦难幸免，出劳工者往往是“十人难见九人回”。

愿当劳金的咱不给钱，
不肯当劳金的劳工叫他摊！”

二泰山和小老婆把大烟鼓，
叫来小二和王奎五：
“小二你再在我家干，
劳工可以不必出。”
小二说：
“我想在家养养伤，
种点儿荒田把口糊。”
二泰山说：
“小二你不要太糊涂，
上面要劳工你可得出！”

流氓地痞棒子队①，
没有枪，
拿根棍，
跟着警察虎洋气，
没等小二逃出屯，
警察棒子队把他捆，
眼看把小二抓了去，
痛断了王奎五心肝肺！

---

① “棒子队”也有叫白卫队的，强迫老百姓参加，不完全是坏人，只有少数流氓地痞成为警察特务的腿子。

当上劳工没个好，
挨打挨骂少不了。
大把头心狠凶似狼，
二把头好比阎王老。
修机场，
修官道，
挖水壕，
下煤窑，
麻袋片，
围着腰，
橡子面，
吃不饱；
穷人不知死多少，
不死不活也好不了，
穷人苦煞地主笑，
不花钱的劳金用不了。

上边派人来“缴地照①”，
有点地土的都来缴，
二泰山也算缴了照，
剩下的黑地种不了。

---

① “地照”即 1939 年开始在部分地区实行“土地国有”，归“伪满”者曰“满拓地”，归日本者曰“开拓地”，实行土地国有地区都要缴地照。

二泰山，有门坎，
他把“满拓”的“土地经理”干，
几个屯的“满拓地”归他管，
要种好地他随便选。
“兴农贷款”一手办，
穷户贷款要给他利钱。
配给牛马好的他留下，
老牛瞎马叫别人牵。
牛马多了往外租，
一条牛的租粮两石到三石。
山上山下都是他的地，
长工短工都种他的田。
缴照苦了中、小户，
二泰山的地和牲口加了几翻。

二泰山和屯所合开油房，
还有个“配给店”①开在一旁，
佃户的配给二泰山领，
他说：“咱有车马帮你们的忙。”
配给品装了半厢房，
关起门来夜夜忙，
豆油里面搀米汤，

① “配给店”即“伪满”实行物资统制，设配给店，定配给制，居民发配给票才能凭票买东西。配给店都由有钱有势者开，用以剥削穷苦人民。

油提子底上放木梁，

一盒洋火两盒装，

拼命把配给布拉拉长。

勤劳报国，

增产出荷①。

大户地多，

穷户人多，

上头派人，

监视耕作，

男女老少，

强迫干活。

王奎五、李老头都下了田，

二泰山的地里去“增产”，

大便小便不能随便，

男的女的凑在一块。

要大便的屁股里插把草，

特务坏蛋堵着鼻子看。

哪个屁股上草没掉，

打几耳光说：“偷懒！”

① 日寇为剥夺粮食支持侵略战争实行“增产”，地少或没地的要帮地多的种地，秋后缴粮叫“出荷”。

到了秋后打了场，
二泰山交了出荷粮，
挖空心思把花招想，
叫来佃户给他捡粮。
豆子专挑大的捡，
晒干苞米和高粱，
把斗过得足足的，
交够了出荷再交“报国粮[①]”。

二泰山多交粮，
他说：“咱那儿的增产比别处强。”
日本人说：“大大好！”
发了一张“增产”奖状。
二泰山鞠了一个九十度的躬，
说声：“增产报国咱应当”。

三人班的“增产”都说比别处强，
要照二泰山的收成交“出荷粮”，
小户的出荷单上粮都没交够，
“兴农合作社”和警察来查粮。[②]
老头子饿得挺不起腰，
小孩子拐起了讨饭的筐。

---

① “报国粮”即除了“出荷粮”以外的负担，封建地主多以此讨好敌人，反过来再欺诈农民。

② “兴农合作社”即“伪满”的一种殖民地化的农业统治机构。

催粮的把欠粮户念了一遍，
王老头说："不瞒你老，实在没有粮。"
催粮的开口把人骂：
"割掉你脑袋把斗填上！"

三人班的"增产"有钱的好，
二泰山的粮食吃不了，
多交出荷得了奖状，
贵卖黑粮往回捞，
捞得多来出得少，
空了穷人的肚子粗了他的腰。

北大荒上山连山，
抱葛屯压上了二泰山，
能有几家吃得饱?!
几家烟筒能冒烟?!

八一五，红军来，
日本鬼子垮了台，
老百姓，动起来，
日本兵营都破坏，
碰到日本人打死了算，
拿去的东西找回来。

劳工散了小二回来,
瘦得不像人,手也砸坏,
总算留下个活骨头架,
一步一步往家迈。

王奎五心里说不出的高兴,
儿子回来,
真是万幸,
硬辞了劳金,
要把地种。
小二回到家里边,
看到的事情和大伙谈。
哪里人家分了仓库,
哪里人家打死坏蛋。
谈得李老头眯缝着眼,
“人家能干咱也来干!”
王奎五小声同小二说,
中华国的时候你还不大点,
谁的天下就得受谁管,
哪有穷人便宜占。
还是小心一点好,
能活一天就算一天!

大家伙,上西山,
兵营里的关东军早逃完,

小二和老李头也去捡破烂，
路上碰到了二泰山，
枪支东西他车上装个满，
小二捡点东西他要看看。
小二和老李头来了气，
叫声："二泰山这不是'伪满'，
拿什么东西用不着你管，
你有车拉咱也能背点。"
二泰山说："你们简直想造反，
日本人还不知道真完假完，
咱姓葛的朝朝是元老，
有种的你就等着看。"

二泰山的小儿子葛成章，
国民队里当班长，
大儿子名叫葛显章，
山林队里的小队长，
八一五事变都跑回来，
带回来子弹和短枪。
葛显章说：
"日本降了不要紧，
马上要来'老中央'，
区上改名叫'维持会'①，

① "维持会"即日寇投降后一种敌伪残余临时统治的机构，仍为原班人马。

委我来作中队长。”
二泰山说：
“穷棒子实在不像样，
听说要占地抢吃粮，
赶快去告诉维持会，
哪个要造反给他‘顶上[1]’！”

维持会，
开大会，
说是：“什么都归维持会，
再要有人胡捣乱，
抓到保安队去治罪！”
穷哥们，
把话讲：
“咱种地没地，要粮没粮！
分点出荷粮咱吃顿饱饭，
满拓地分晚了怕种不上……”
维持会长还是老区长[2]，
挺着肚子把话讲：
“出荷粮本是国家的粮，
地分给小户要撂荒，
原地还是归原户，

① “顶上”即用枪打之意。
② “区长”即“伪满”的甲长。

粮归维持会不开仓！”
穷哥们，不让强，
维持会长着了慌，
吩咐一声给我打，
保安队就开了枪。
从此穷人又倒了霉，
二泰山的翅膀更硬邦。[①]

八路军，进密山，
来了二泰山的亲戚孙长山。
孙长山是一个破落地主，
吃喝嫖赌抽大烟。
勤奉队长当了年半，
宪兵队的特务当了几年，
八路军来了心害怕，
逃到抱葛屯来避难。
开口闭口说他是“贫农”，
改了个名字叫孙长安。
听说要来八路军、共产党，
二泰山、孙长安来出主张，
大烟土埋了七八百两，
值钱的东西藏了几皮箱，

---

① 日寇投降后群众情绪一度高涨，但均为故伪残余与国民党反动派结合起来的反动势力所镇压。

修地窖子打假墙，
插起来好子弹和好枪。
金银首饰不老少，
老婆姑娘一起忙。
衣裳角里缝，
鞋底板里放，
褪下裤子装进裤裆。

牛马东西再往外屯放，
粪缸底下也把东西藏，
藏好了东西再假分家，
大户化成小户对付“穷党”①。

葛显章、葛成章，
一个是中队长一个是班长，
汉奸特务都参加，
迫着穷人也扛枪。
捉工修补破围墙，
八路来了好抵挡，
他说：“要是咱们打不赢，
拉到山上等‘中央’。”

屯公所把会开，

① “穷党”即反动势力当时对共产党一种诬蔑的名称。

家家户户都得来，
屯长讲了一段话，
二泰山又指手划脚讲起来：
“八路共产党打了败仗，
‘中央军’把他们撵过来，
八路军要往‘毛子国①’跑。
‘中央军’马上就过来，
问咱什么可不能说，
‘中央’来了掉脑袋！”
李老头、王奎五、赵老三、张破烂，
站在后头叽叽咕咕：
“开什么会来扯什么蛋，
共产共妻管咱屌事，
老的老了死的死，
穷人两个膀子托张下巴骨，
房无一间地无一垄，
要共就共他几个大户……”

听说八路快来到，
不少的男女小孩躲到外屯，
“中央胡子②”拉上了山。
抱葛屯来了八路军，

① “毛子国”即当时反动分子对苏联一种诬蔑的名称。
② 当时东北敌伪残余势力与土匪结合起来，杀人抢劫，但均被国民党反动派委任为“中央先遣军”，东北人民普遍叫他们“中央胡子”——“胡子”即土匪之意。

个个穿了件大棉袄，
规规矩矩官兵难分，
挑水扫院子样样干，
和和气气像家里人。
一传十来十传百，
男女小孩又回了屯。

二泰山叫来王奎五，
送一块猪肉给连部，
连部要是能收下，
明个咱再杀口猪。
王奎五，
找到连部，
碰到了一个小勤务，
他说："老乡你带回去吧，
拿百姓的东西是犯错误！"
王奎五，
心里有点数：
"八路原来是个好队伍！"

连部召开个百姓的会，
连长说：
"各位乡亲兄弟姊妹，
八路军到这块剿土匪，
咱和老乡都是一家人，

大家不要有误会，

咱队伍里要有对不起老乡的事，

报告连部咱一定处理。

地方上的土匪坏蛋大家要报告，

有枪的献出来有奖励。”

二泰山，

走上前，

献出三支“火烧杆”一堆烂子弹。

他说：

“咱还有个小油房，

愿给官家献一半，

机器什么都完全，

咱同官家合起来办。”

连长开给他一张缴枪的证，

说：“油房的事要同团部谈。”

王奎五，

看在眼，

心想：“八路真不错，

二泰山倒又在使手段。”

听说要来工作团，

大户合计出道眼：

“工作团要领着‘穷棒子①’反，

---

① “穷棒子”即地主对穷苦人民一种诬蔑的称呼。

穷棒子反起来可不留情面，
硬的软的咱都得用，
‘老中央’来了咱再变天[①]。
……”

二泰山，
变了样，
没有粮的他借粮。
穷人没吃的都来借，
二泰山在一旁皱着眉想：
“给你们点甜头先尝尝！”

二泰山，
请吃饭，
所有的穷户请了个全。
李老头儿不耐烦，
小二的心里不舒坦，
王奎五一旁暗盘算：
“不来八路不会有今天。”
张破烂，二杆子去吃得欢，
孙长安也算穷人来吃饭。
二泰山客客气气一副笑脸，
他说：

① 地主复辟活动曰“变天”。

“现在咱脑袋不比以前，
有饭大家都吃点，
从前的事情一笔勾，
往后大家结成一团。”
二泰山嘴里说着心里想：
“加点油水把你们嘴巴填！”

成立了一个“农民会”，
一个流氓六个大烟鬼，
穷人的“头头”粮户的腿，
大家小户都在会。
勒大脖子敲诈钱，
专门和中等户为了难。
开口：“八路要共产”，
闭口：“上头叫清算”，
有钱的家里收点破烂，
开会来和穷户谈：
“大户全叫咱算完，
算来的东西大家摊，
分到包的可别打开，
分到衣服不能穿，
要是八路站不住，
‘中央’来了还得还。
咱屯的团体要抱紧，
工作团问啥咱啥不谈，

做事都要留后步，
咱屯可不能出‘坏蛋’！”①

区上到了工作团，
来了个同志他姓韩，
住在屯西小学校，
穷户家里调查坏蛋。
问过来又问过去，
谁也不敢把实话谈。
有的说“咱们什么不知道”，
有的说“咱屯没坏蛋”，
有的说“粮户都已清算”，
有的说“大户的脑筋都开了一大半”。
只有一个敢说话，
他的名字叫“孙长安”。
开了个穷人大会大伙谈，
孙长安也混在会里边。
韩同志，开口谈：
“工作团为了穷人把身翻，
斗争坏蛋咱吃饱饭，
什么话大家都可谈，
有仇报仇有冤报冤。”
韩同志说了有半天，

① 工作团未来前，封建势力多半都先组织好假农会。

大伙是大眼瞪小眼。
韩同志急了满头汗，
他说："叫你翻身你们还不翻，
大伙回去想想看，
明天咱再开会谈。"①

老李头问韩同志：
"同志你在这住多少天？"
韩同志说：
"什么时候工作好了什么时候走，
坏蛋不打倒不动弹。"
王奎五、李老头、小二、张破烂，
四个人同韩同志谈：
"不是咱不愿把身翻，
心里没底有话不敢谈，
要是刚翻了半拉架，
你们走了怎么办！"
李老头儿想了半天，
他说：
"我的事同你谈谈，
咱屯大坏蛋有两个，
一个是刘阎王，一个是二泰山。

---

① 工作团初来时经验不足，主观、包办，对在敌伪十四年统治下的农村反动势力认识不足。工作粗糙，脱离群众，是当时工作上程度不同的较普遍存在的毛病，后逐渐纠正。

我一家两条命死在他的手，
同志你给咱办一办……”
孙长安躲在门外边，
李老头句句话他听得完全。

孙长安回来告诉了二泰山，
二泰山的眉头皱了半天。
他说：“事到今天咱硬着头皮干，
明天开会你也把我谈，
多少说我一点坏话，
事事你都说警长逼咱干。
要是能躲我就躲几天，
躲避不了就受几天，
八路哪会站得久？
‘中央军’一来就滚蛋！”
二泰山的大老婆连哭带骂：
“穷棒子叫你养儿不养孙子，
要是‘中央’到了，
把你们放到油锅里煎！”

假农会，解了散，
第二天韩同志又开会谈，
一开头又是呆了半天，
王奎五话到嘴边又往下咽。
李老头越想越气越往外钻，

他说:“你们不谈我来谈,
我五十来岁一百来斤,
捧着脑袋也得干!”
李老头把姑娘的事情说了一番,
“我要能出了气死也心愿!”
李老头的话还没说完全,
孙长安马上接上谈:
“咱是个穷人苦处多,
二泰山的坏事咱来谈谈。
他把咱穷人当牛马,
刘警长叫他做什么他都干,
刘阎王是个大汉奸,
不把他打倒咱身子不能翻……”
李老头说:
“半斤八两都是坏蛋,
一道抓来把理谈。”

李老头,
领头干,
抓到了刘阎王和二泰山。
张破烂和小二都拿起了扎枪,
孙长安也跟着大家屁股转。
二泰山的大老婆像一摊肉,
家家户户去叩头,
好话刚刚说了不少,

回家里又骂“穷骨头”：

“李老头，

你当穷头，

叫你绝后掉了头！”

公审大会斗坏蛋，

李老头儿第一个谈：

“这里叫着三人班，三个人里咱是老三，

自从来了二泰山，把咱开的荒全占完……”

他从头谈起越谈越有劲，

穷户个个有点心酸。

韩同志在后面有点不耐烦：

“告诉你哪三点快点谈！”

李老头三点就记住一点，

他喊：“公审①这两个坏蛋可办不可办？”

小二和张破烂刚开口，

孙长安起来表意见：

“刘阎王是个大汉奸，

审他一点也不冤。

二泰山是个二坏蛋，

留他一条狗命算他的钱！”

粮户的腿子随着喊，

① 按东安一带习惯公审要比清算更严重，群众可提出任何处理的意见，交政府批准后处理。

穷户个个干瞪眼。
孙长安抽下袖子盖下手，
回身来打二泰山。
打一下，
看看工作团，
又“积极”又“敢干”，
李老头急得跺着脚，
韩同志说：“听听群众的意见。”

大会开了有半天，
还是公审阎王清算二泰山。
二泰山装出倒霉的样，
他说：“过去的事情都坦白地讲，
大家留我一条命，
子子孙孙不能忘。
‘满洲国’咱屯长啥的都没当，
地都归满拓咱也是一样，
早头咱也算一家大户，
自从分了家没啥家当。
各位要怎么罚咱就怎么领，
今天共产咱也主张，
已经都是我的错，
各位乡亲多原谅……”
王奎五高声低声叹，
叫声小二听我言，

二泰山这次没死了，
以后做事少抢先！”

枪毙了汉奸活阎王，
扣押了恶霸二泰山，
大户活动来出保，
穷人不敢不把手印按。
清算二泰山六十万，
二泰山说：“回家去凑凑看。”
二泰山把东西枪支装棺材，
又把穷户的名单开，
夜晚把阎王的尸首和名单一起埋，
第二天大模大样往外抬棺材。

李老头当了农会主任，
小二当了行政委员，
武装委员是张破烂，
基干队长选上孙长安。
还有个文教委员是中农迟老三，
李老头说：“孙长安咱有点不托底。”
韩同志说：“这人积极，干两天看。”
二泰山，
换上了破大衫，
送来了十五万和一堆破烂，
拿出来一张缴枪的票，

他说："八路来了咱就把枪献。"
李老头儿气青了脸，
韩同志看他倒有点可怜，
交来的东西先收下，
限他十天都交全。

李老头、小二、张破烂，
三个人有点拆不开瓣，
孙长安鬼道道的有点不托底，
别的委员也不上前。
三个人，长闲谈，
李老头说：
"韩同志为咱一天忙到晚，
就是咱要斗争他怕斗乱，
咱屯的粮户气还很足，
敲了他一下他更恨咱。"
张破烂说：
"人家说怎办咱就怎办，
咱这些庄稼人办事不周全。"
小二说：
"我爹不愿叫我干，
反正人也得罪了不干也得干，
工作团在这儿倒好办，
要是走了可为难。"
起枪支抓坏蛋，

什么事情三个人干，
三个人出头大伙不应声，
越干越有点壮不起胆。
张破烂说：
“老百姓的脑筋不好开，
咱自个干倒方便。”

基干队自卫队都齐全，
抱葛屯分组来分田，
孙长安也是个分地委员，
他带来了一组来分二泰山的田。
指手划脚就钉上牌子，
数数垄沟就算分完。
冷冷清清地分完了地，
二泰山的黑地还是种不完，
二泰山的地王奎五有数，
心想分地太糊涂。
他看了一眼孙长安，
这个人有点不“对路”。
自思自想算了吧，
是不是咱的地还看后一步。
全屯的土地算分完，
抱葛屯走了工作团。

孙长安和张破烂谈，

二泰山要请咱吃顿饭。
张破烂说：
“他家的饭咱不能吃，
咱和他没有什么话好谈！”
孙长安做个鬼脸：
“他家的姑娘倒很好看……”
三说两说说动了张破烂：
“不妨到他家看一看。”
二泰山，
态度变，
二姑娘，
来陪伴，
一次不成第二次，
拉拉扯扯谈不完。
甜言蜜语说得多，
送顶皮帽子又送钱，
不知不觉上了钩，
张破烂把穷人忘到一边。

二泰山，
放谣言，
抱葛屯的谣言听也听不完。
大会里说“穷人都撕破脸来干……”，
二泰山说“出头的椽子先得烂……”。
到处准备大生产，

二泰山说:“打下粮要下官仓吃大锅饭。”
上面号召“勤劳发财”,
二泰山说:“共产党爱穷嫌有钱,
先发了财的先清算。”
民主联军前方打胜仗,
二泰山说:“‘中央军’今年来过年!”
……
二泰山的谣言没有数,
闹得大伙心不安。

二泰山和葛成章接好了头,
半路上绑走了李老头,
孙长安和二泰山躲进炮楼,
放胡子进来送胡子走。
等到胡子走远了,
孙长安一顿乱枪打了个够。

葛成章把李老头绑上了山,
腰上绑个扁担叫李老头翻。
李老头说:
“穷人的身子一定要翻,
你要我死就快一点!
我一人死了百人恼,
有你的今天没有明天!”
葛成章打死了李老头,

压上一张纸条在旁边。

上写着：

“穷棒子你们要把身翻，

绑上扁担叫你们翻不转。”

工作团又要来“煮夹生饭[1]”，

孙长安说：“这一次可不同从前！”

二泰山说：“我到外面去躲几天，

只要你拉住了张破烂，

叫他打死几个穷棒子头，

把枪支子弹都拖上山。

棺材里的东西能带就带，

要不方便就以后再办。”

孙长安偷出来一张路条，

把二泰山送到围子外边。

张破烂，

变了样，

水獭皮帽子戴在头上，

不查户口不查岗，

身没翻好本先忘。

孙长安和张破烂谈：

---

① 东北农村一些地区第一次工作由于经验少群众并未真正翻身，封建势力变天与杀害农民干部的事时有发生，第二次再去工作称为“煮夹生饭”。

“听说要煮什么夹生饭，
你的事情有人知道，
煮到你头上可不好办，
我看你不如带上二姑娘走，
干他几个穷头咱一齐上山。”
张破烂，
脸色变，
左思右想不能这样干，
知道自己是上了钩，
马跑在墙头上他回头难，
拿起枪来往外走，
他说：“你等我再想一想看！”

王奎五在家和穷哥们闲谈，
工作团来了个陈同志要在这住几天，
来了生人大家都不说话，
陈同志问东谈西唠了半天，
别处翻身的事情谈了不少，
每个人的苦处也问得周全。
大家想：
“这个同志全说的咱心里话，
韩同志可比他差得远，
有话不对他说对谁说?!
知心的话儿要谈谈。”
话头扯到农民会，

你一言我一语说不完，
有的说："李老头死也闭不上眼，
胡子进来有人拉线……"
有的说："真积极干，也有假积极干，
里有钩，外有线……"
有的说："张破烂，不破也不烂，
一根裤腰带把他拴……"
有的说："刘阎王的棺材金不换，
八个人抬压了一头汗，
农民会是窝里乱，
穷人翻身还不到一半……"
陈同志插嘴说：
"穷人翻身要大伙来翻，
要是咱大伙不出头，
十个指头握不成拳，
一把沙子打人不疼，
咱不打倒坏蛋他就打咱。"
王奎五说："我看咱不干就是个完，
咱后退一步他们便上前，
大伙心齐事好办，
去找穷哥们多谈谈。"

张破烂，为了难，
先找小二谈了一谈，
吞吞吐吐谈了一点，

陈同志来了他更不敢谈。
陈同志话未开口面带笑：
“老张，老乡对你有些意见，
咱们为的是把坏蛋打倒，
你照直说说不必为难。”
张破烂从头到尾说了一遍，
二泰山孙长安的事情谈得周全。
“陈同志，咱也是个贫穷汉，
打死干部当胡子咱怎能干？”
陈同志说：
“老张你明白过来还不算晚，
你的过错再好好想想看，
头行人最怕是忘了本，
为穷人靠穷人才能把身翻。
地主的圈套实在多，
穷人的立场要稳稳地站。
你暗里看住孙长安，
穷人会上错误要坦白谈，
只要你能回心转意，
穷哥们哪能和你为难？”

小二和几个积极分子成分都好，
他们都说“没干好”，
在王奎五家里一起唠，
就以前的工作来检讨：

“以前的工作没做好，
屯里的地主坏蛋没打倒，
穷哥们没有真翻身，
干部包办没依靠。
张破烂上了地主的钩，
内奸混进来把乱捣。
韩同志的工作浮皮潦草，
穷哥们脑筋没开好，
李老头死了咱吓不倒，
报仇翻身要大家干，
几个人包办做不好。
什么事情要讨论，
穷人的立场不动摇，
有了工作团的好领导，
还靠大家团结好，
全屯的穷人像一条心，
哪怕泰山推不倒。”

开会检讨个别谈，
过去的事情教训了咱。
又开了一个穷人会，
大伙动手抓起了孙长安。
张破烂坦白了过去的事，
大伙说：“你以后真改过再叫你当委员。”
张破烂把水獭帽子摔在地下，

他说:“从此改过和大家一起干。”
王奎五他大声说:
“过去我自己怕事也怕小二干,
越是退步坏蛋越靠前。
封建势力要打倒,
翻身咱要彻底翻。”

全屯穷人来劈开了棺,
枪支东西装得满,
刘阎王的尸首埋在一边,
头底下脚底下都压了名单。
识点字的念了一遍,
穷户的名字写了个全,
后面写着一行字,
“穷棒子一辈子不能把身翻!”
几百个心,
几百条恨,
有了二泰山就没穷人,
抓交政府去法办,
全屯的穷人一条心。

大小股匪都剿完,
军民配合再搜山,
基干队搜到一座古庙,
一个老道把经念。

走上前来看一看，
原来就是二泰山，
大伙忍不住破口骂，
七手八脚把他拴。

土帮土来土成墙，
穷帮穷来穷成王，
穷人团结一条心，
吐口唾沫变成江，
抱葛屯的穷人变了样。
抱葛屯改名叫“翻身屯”，
穷人大伙把农会选，
小二选上了农会主任，
王奎五也选上了农会委员，
一轮红日平地起，
光芒万丈照晴天。

一九四七年

哈尔滨东北画报社，1948 年

◇余　人

福　顺

（一）

他拐着粪篓子，
满山拾粪。
破裤裆
补丁挨补丁，
小破褂
露着肩膀，
痛苦，灾难，
在他脸上，
刻着深深的沟，
照模样，
谁也不信他才十六。
他想起地上的粮——

一大堆。
嘴角一动，
飞出了一个笑影。

他在回想——
回想痛苦的以往！

(二)

那年春天，
家乡闹灾荒，
娘拐着篓子，
爹爹挑着破筐，
一家三口出来逃荒。
到了××村
赁了两间小园屋，
算是有了着落。
爹爹替人家抗活，
福顺和娘要饭，
这种生活真可怕——
天天和狗打架，
腿叫狗咬破了，
自己哭，
人家笑。

小孩子见他来，

赶快把门关上，
等他过去了，
又跟在后面骂；
他不敢回头，
小心地用棍打着狗，
悄悄地往前走。

越倒霉就越倒霉，
不半年，
爹爹得了病，
想医没有钱，
眼看着他死了，
找了几个乡邻，
把他埋在乱葬岗。
两人的日子更难过，
三人的罪两人遭——
黑夜冷了巴望天亮，
肚子饿了往外跑……

（三）

福顺长大了，
雇给本村张玉抗活，
福顺说：
“下劲干，
挣钱养老娘！”

娘说：
“下力攒钱置亩地！”
他们想——
日子有了指望。

一连三年，
福顺干得真不“操”——
上山儿不偷懒，
心眼儿也好，
人人说他老实，
人人说他可靠。
张玉很喜欢。

张玉太狡猾，
捉他老实欺骗他。
张玉对他说：
“我跟前没有儿，
想着过继你，
工钱不用讲，
你尽管好好干，
反正——
我死了都是你的。”

老婆子嘴更甜，
她说：

“将来给你说个媳妇，
就娶在西炕上。”
福顺一听当了真，
心中好像开了花，
从此“爹”“娘”随口流，
就怕人家不“喜见”。

福顺思量着——
七间瓦房，
十八亩地，
将来都成了自己的；
他欢喜，
娘也欢喜，
起早带晚给张玉干，
可不要工钱，
但等安家立业过日子。
人家对他说：
“张玉熊你！”
他回家对张玉说了，
张玉说：
“他们是挑拨离间，
不要听那些没味儿的闲言。”
他深深地信了。
老实人就是容易受骗。

张玉又骂又打他，

他生气了，

张玉老婆说：

“孩子别使性子，

老子管，该管。”

他喜得笑了，

气也消了。

打一巴掌给个甜枣，

他受尽了捉弄。

一年又一年，

他天天等待着——

七间瓦房十八亩地。

（四）

前年六月。

张玉吃大烟，

手里没有钱，

叫福顺去偷三寡妇的东西，

他不敢，

张玉说：

“真熊蛋，

这点事不敢，

这份家产你怎能管。”

他思量又思量，
为了房子为了地，
他到底答应了。

晚上——
他俩爬过矮垣墙，
开了锁，
偷了两个大包袱，
一架蚊帐，
一架门帘。

包袱放在张玉柜里，
蚊帐挂在里间炕上。
福顺睡在园屋土炕上，
心里想——
等我过日了，
垣墙要修高的，
锁要买上一把好的。

（五）

今年伏天，
蚊帐叫人家看见了，
贼案犯了，
福顺听了张玉的话，
说是自己干的。

张玉对人说：
“都是福顺偷的，
我花一百元钱买的。”
村长把他们送到区上。
王区长真聪明，
一听不对劲，
就下来调查，
回去想出个好办法——

区长对张玉说：
“你要过继他，
今天就写过继单。”
张玉一听着了慌，
改口说：
“我从来没有想过继他，
这是他胡说。”
老婆子说：
“谁要这个‘老西子’当儿郎。”

福顺气得白瞪眼，
这才知道受了骗，
愤恨在心里生了根。
福顺这才实说了，
案子也解决了，
人人都说张玉狡猾，

福顺叫他骗得可怜。

(六)

福顺觉悟了，
后悔自己上了当，
儿也哭，
娘也哭，
可惜七八年的工夫，
汗白白地流了。

后来他听了别人讲了减改政策，
他跺跺脚对张玉说：
“八年的工钱折成粮，
限一个月交清。”
福顺笑了！
娘也笑了！
农救会长说：
“今年租给你十亩地，
好好种着。”
村长说：
“种子器具我替你想办法，
下劲攒粪吧！”

张老师给他做了安家计划，
贴在墙上，

样样打算得周到。

他做梦也没想到——
共产党的政策这样好,
区村干部这样好,
张老师这样好,
他想——
世界是变了。

穷人想吃饭,
只有自己起来干,
他参加了农救会,
知道了许多新事情。

他知道——
只有跟着共产党,
穷人才能有好处,
他爱共产党,
像爱自己的老娘一样。

选自《杨清法》,东北书店 1947 年 12 月

◇ 谷　波

为保卫和平而献诗

给人民和平的保卫者——
你们举着枪：
担负着人民底希望，
又要从阵地上出发了。

万岁·伟大的勇士们！
曾经多少年你们奔驰在冰天雪地，
曾经多少年你们饱尝着风霜雨露……
你们为独立，为民主，为保卫和平，
用自己底鲜血和头颅
来换取人民底幸福……

人民临到了死亡的灾难，
你们为人民底生存而战；

人民临到了战火的灾难，
你们为人民底和平而战……

伟大的中国人民，幸运地
养育了你们这些伟大的子孙；
在你们底旗帜上书写着“解放”，
人们将永远跟着你们前进——
直到独夫民贼们全被灭亡。

给为和平而起义的——
正义的呼声，
唤起了你们正义的壮举。

人民底敌人驱使你们走向罪恶，
你们冲出那罪恶的阵营，
举起明亮的旗子，
和人民在一起，
向罪恶的制造者又宣布了
正义的战争。

人民欢迎你们的来归——
四面八方无线电向你们送一祝贺，
乡村城镇人们成群结队表示迎迓，
总司令向你们致电嘉慰，
战友们都向你们敬礼。

你们底旗子永远放着光芒，
它照耀着士兵要走的方向，
让好战分子永远被孤立。
把罪恶的制造者们处死，
弟兄们还回到弟兄们底阵营，
剩下那人民底公敌用刀劈。

给武器输送队员们——
弟兄们，辛苦了！
不要灰心丧气。
越多越好，越快越好，
把枪炮送来，把弹药送来，
美国造，日本造，南京造……
越多越好，越快越好，
都交给人民底队伍。
——枪炮和弹药都拿在人民手里，
战争就会绝迹。

越多越好，越快越好，
不给蒋家当炮灰，
不给美国当奴才。
让专制早一天灭绝，
让法西斯们当下垮台。

越多越好，越快越好，
让蒋家成为无兵司令，
不能再向人民进攻。
让美国人财两空，
帝国主义的目的成泡影。
越多越好，越快越好，
别顾惜你底力气，
不要害怕胆力，
那一天和平到来
人民的历史上，
将记你们一笔大功劳。

给争取解放的人们——
一百年深重的灾难，
二十年的流血奋战，
解放的曙光已经在望了，
自由的旗子也正向我们招展。

而人民底敌人还没有驱除净尽，
法西斯底遗族还在到处招魂：
他们当政二十年，
他们专制二十年，
二十年人民底日子像刀割，
二十年人民底苦难说不完。

多少人被暴政蹂躏而死，
多少人民底财富被贪官们挥霍一空。
要他们向人民来忏悔，
要他们跪下给人民来赔罪。

对敌人不应有任何容忍，
处置罪犯不应留一丝怜悯。

我们不能再忍受谁底鞭子，
我们不能再佩戴什么人底锁链。
只有人民来做国家底主人，
再不容他们顶替欺骗。

尽管好战分子怎样叫嚣，
尽管帝国主义者怎样给它撑腰，
法西斯的残枝败叶
面临到人民底飓风，
必将纷纷地凋谢。

八月三十日于哈尔滨

选自《东北日报》，1946 年 9 月

我给工人们上课的时候

一、

我底钟点在今天
走吧，我底钟点快到了。
不管什么人在我桌旁唠叨，
不管什么事在我身边缠绕，
丢开，丢开它走吧！

我推开了一切人，
我丢弃了一切事，
急忙忙地跑下楼梯——
走向工厂去。
因为我怕听到——
从电话里传出
那恳切的催促：
“同志，就等着你了。”

风沙挡不住我前进，

寒冷冻不坏这热心。
我仿佛看到
几百双期待着的眼睛
和那些仰望着的热切的面孔，
都在等着听我来讲述——
工人们为什么一辈子受痛苦。
我仿佛看到
他们高举着手，
在为他们底解放而欢呼……

啊，走吧，走吧！
钟点就到了，
由缓步而急步，把两步并一步，
走吧，走吧！
我底钟点就到了！

二、

工人们正在集合呢，
集合的哨音还在院子里鸣叫，
屋子里工人们都忙着打扫，
他背来一捆席子，
他搬进一张桌子，
他提着茶壶和茶碗，
他们抬来了黑板和擦子……
他们忙来忙去，

脸上堆满了欢喜，
好像大家庭的孩子们
等着全家团圆来过除夕。

老年人不显苍老，
年轻人不带稚气，
他们诚恳，谦虚……向我点头
一致地说："我们迟了，很对不起。"

"好，好！你们好——
是我来早了。"
没有责备，我极力提高了嗓音
给他们以慰问——
我怕伤损了他们的热心。

我动手帮他们架起黑板，
擦净了上面凌乱的字迹，
又铺好那席子
等他们把坐次排齐。

他们都到齐了：
黑瘦的脸上人人不带愁闷，
褴褛的衣衫个个不显寒碜，
他们以整齐表示着期待，
肃静，说明了他们心头的欢欣。

三、

没有别的声音
听不到机器轮转的声音,
听不到人语嘈杂的声音,
只有我给工人讲话的声音
和他们在静听的声音:

"朋友们! 要知道
只有劳动者——卖力气的人
才是世界底主人。"

"矿山没有劳动者来开,
煤、铁、金、银出不来。
房子没有劳动者来盖
'财神爷爷'也不能住自在。
劳动者把荒野开垦成田地,
种出粮食供给人吃。
机器没有劳动者来驾驶,
就不能制造出用具。

"没有今天的劳动者
就没有今天的世界。
只有劳动人民才是世界底主人,
才是国家底主人,

才是土地和矿山底主人，
才是机器和工厂底主人。”

“有钱人把劳动者当奴隶，
把卖力气看得顶‘卑鄙’；
我说，只有游手好闲的人才最下贱，
他们光是消耗没有生产。
劳动人民一定要翻身，
不合辙的车轮不能再前进……”

四、

要说的都来了
“对，对！ 就是，就是！”
我底话停止了——
他们以点头来表示赞同，
鼓掌代替了他们的高兴。
他们有昂首而感激的，
有唾骂而叹息的，
有低头而沉思的，
有握紧拳头在生气的……

他说，他苦干了二十年，
还没有捞到一件新衣穿；
他指着身上那件破线褂，
把袒露的膀子给我看。

他说，十四年他当牛做马，
还没有地方隐身安家，
春天夏天还能挨过，
霜降后的日子真苦煞。

他说，到处的东家都是一样，
没有一个替穷人想，
劳动人还是要和劳动人热，
钢铁的锤子只能靠钢铁接……。

要说的都来了……
话匣子都打开了——
苦难的河水决口了。
“说吧，朋友们尽量说吧！
谁还有话说，
请到我的家去吧！”
我告诉了他们住址和时间，
辞别了工厂，收拾起留恋……

九月二十六日于哈尔滨

选自《东北日报》，1946 年 10 月 2 日

◇ 谷梁异

春之章

恍惚的，春又始
十几个去年有如昨日
昨日活在生之泥沼里
禁锢在泥沼里的心思该被今日遗失

是的，生之泥沼里
白天张着眼睛在做梦
黑日里闭着眼睛在做梦
阳光下，灵魂被锁压大群里有手脚行动
夜板床上，灵魂被锁压大群里有手脚停憩

是的，昨日生之禁锢里
退了血色的脸
忘却了，对着镜子看一看自己的丑态

是的，昨日的生活里有张眼说鬼话的事
在自己的弟兄群里打开糊涂账要算血债
"猴戴帽子瞎称王"①
像个人似的起了个国号
张开咬不死人的嘴
称敌人为亲邦之子

是的，昨日的生活里
善良之子有泪也不打眼睛流
虽有嘴也不诉苦
巧妙的，他们都把泪和苦变成了抗斗的力量
忍苦泪到今日，欣喜的有了自己的生命

在这块土上，昨日里被称为叛徒的人们
你们都嚼过这颗橄榄了吧！

"呵！伟大的，高贵的人民，然而以奴隶生活为满足的行为果真算是伟大，高贵吗？不！

他们觉醒起来了，觉醒起来了。"②

二月九日于沈阳城

选自《星群诗刊》，1946 年 4 月第 2 辑

---

① 《沙漠里的羊群》中的诗句，艾乡作。

② 《狱中记》中一语，亚历山大·柏克曼作。

◇ 彤　剑

安息吧！我们的关政委！

“只有保卫住祖国，
才能解救了家乡；
要打算拯救自己，
只有去解放人民。”
是您啊！
——我们的关政委
在会议的训词里，
在“九一八”纪念大会上，
是那样严肃而恳切的
训示给我们：
而您自己
就是一个典范，
您抛开了个人的得失，
您远离自己的家园。

从辽河到长江，

从湘鄂到陕甘，

从城市到乡村，

从山岗到平原。

您受过铁窗风味的熬煎，

您跨过那人迹罕见的草地雪山，

您冒着枪林弹雨，

您燃起了那大漠里自救的烽烟。

这一切啊！

我们的关政委，

都是为了一个信念：

——人民的解放，神圣的抗战。

您是一个救星，

哪边危急就到哪边。

当敌人五路围攻，

那年轻的解放区——冀中平原，

您就从那辽远的大青山，

率领着“亚五团”，

冒着风雪严寒，

潜过封锁线，

神不知鬼不觉的，

在一个稀雾迷蒙的早晨，

把敌人从饶阳出发的一路，

打了个稀烂！
“老八路来了！”
于是这使人具有信心的句子，
马上在那辽阔的平原里传遍。

“我们的关政委”！
这样的称呼您已成了习惯。
和“我们的贺老总”这名称一样的，
是那样的亲切而香甜。
因为您对待属下，
是那样的关切诚恳谦逊和善。
我永远忘不了啊！
当随您过平汉路的时候，
在每次起程和宿营时亲切的招唤。
为着不致使我们发生危险，
亲自看着参谋，
给我们画出绕过敌人据点的路线。
临别了，您握着我们的手，
关怀地叮嘱着：
“这和你们带着部队不同啦要小心点！”

“假使有我们关政委在这里！”
当您病倒在和平医院，
这惋惜、关心、仰望的话儿，

就在那——
战士中干部间，
汗流浃背的生产中，
血肉横飞的肉搏里，
我受到一些委屈的时候，
特别在“九一八”纪念大会上，
这话儿就到处流传，
因为有了您啊——
我们将更顽强勇敢，
更紧张愉快，
更坚定“收复一切失地”的信念。

我们没有辜负您的教诲，
我们本着您的意志：
终于“打到鸭绿江边！”
可是您还没有会到久别的亲友，
还没回到您远离的家园，
却与我们永别了！！
但您却没有死，
您活在每一个革命战士的心里。
为着千百万人民的翻身，
为着不使您的故乡再受摧残，
我们将和那野心的美帝国主义，
与疯狂的反动分子，

更英勇地作战！

安息吧！我们的关政委！

七月二十九日于哈尔滨

选自《东北日报》，1946 年 8 月

◇ 彤　剑

从没见过这样的好队伍

——记一个老爷子的话

我活了七十多，
经过了那么多岁月，
见过穿号坎的游勇，
挨过丘八爷的耳光，
也见过二鬼子式的“国兵”；
可从没见过这样的好队伍：
自己背着行李，
拉着大马，带着粮米，
找到家门上来，
帮助百姓春耕。

说起来，真有点脸红，
你们才来到哇！

可屯堡的没有一个敢欢迎，
背地里叽咕着：
他们装得可倒假惺惺，
你要让他帮忙啊！
不是秋后多要粮，
就是拉你儿子去当兵！
天下只有百姓供军队，
哪有军队帮助老百姓？！

好像你们知道咱们心里有鬼，
就召集了个村民大会。
讲什么："军队是鱼民是水，
老百姓出了公粮担架，
军队也该帮助老百姓，
就像是人情往来把礼回。
是白尽义务啊！
吃自己的饭喝自家的水，
一个子的工钱也不要，
绝不让老乡们吃亏！"

你们真算是"为人为到底"。
别人"拿着好心当歹意"，
你们一点也不生气，
却找到咱穷棒子家里，
问明了新分得的地界，

现扎成刨茬子锹，
没犁的帮借上犁，
套上高头大马，
大伙唱着歌儿下了地。

你们做活也真“不善”，
一个人足顶一个半，
三垧茬子得六个工，
你们有四个人多半天就把它刨完。
用手撒粪不嫌“埋汰”，
汗透了衣衫脱光膀子干！
扶犁下种全内行，
比老百姓侍弄得还舒坦。
有人说你们是“神兵”，
你们却说在家也是庄稼汉。

我真是个糊涂虫，
你们这样干我还想不通，
见一个同志鞋脚都扎破了，
干起来还是那样高兴，
我问他：“为啥这样卖命？”
他说呀！
“我们是东北人民子弟兵，
就要帮助东北老百姓，
——这是毛主席的号召。”

同志们忙活了十几天，
人辛苦了还不算，
连马都给累瘦啦！
可是你们却不吃咱一口饭，
不抽咱一袋烟；
给你们送点“慰劳”，
——是自己园子里长的菜，
——是自己喂的鸡下的蛋，
并没有花一个大钱，
你们还是纹丝不动地送还，
这叫咱们心里怎么得安?!

什么事都是人心换人心，
人敬你一寸你不能敬人九分。
这回庄稼人可开了窍，
都说:“民主联军为穷人！
他帮助咱报仇雪恨，
他帮助咱分地翻身。
帮助春耕就像撒下恩情的种，
海样深的恩情报不尽！”
一个个都下了决心，
多多生产拥护自己的联军。

我活了七十多，

从没有见过这样的好队伍，
我打算再活他三十年，
享他个后半辈的清福。
要是我的胡子没有白，
也要拿起枪来上前线，
保护咱穷人的江山！

一九四七年六月二日于双城

选自《东北日报》，1947 年 6 月

悼人民炮兵的母亲——朱瑞同志

朱瑞同志！我们的炮兵司令！
当您的大炮高奏凯歌的时候，
报纸上竟登出了噩耗：
说您“于义县攻城战中光荣牺牲”！
我几乎不相信自己的眼睛，
但这是中央的悼唁啊！
我不禁泪洒前胸！

永远忘不了您白手成家的勋功，
您鼓舞着每个干部和士兵，
不避疲劳辛苦，冒着冷雨寒风，
从日寇破坏了的仓库里，
在曾经是战火纷飞的深山中，
搜集着大炮和器材，
建立起了这攻坚致胜的兵种。

您曾以亲手培植起的英雄们，
发射着百发百中的炮弹，

粉碎了敌人的谣言——
什么“留用××炮手”,
什么“共军炮兵受××训练”;
证明那都是谎言一片,
使戈贝尔的门徒胆战心寒!

您的队伍,真不愧为军中骨干!
自出师于松花江南,
驰骋于边墙内外,辽河两岸,
曾攻破“铁打的辽阳”,
打下“钢都鞍山”,
决定了“瓮中捉鳖”的四平之战,
从此,便使敌人闻风丧胆!

曾记得出击靠山屯的时候,
您是那样地切盼着下午五点钟,
那是我们大炮锋锐的初试啊!
您热情地带领着我们,
卧在山岗的冻土上凝神谛听,
您说:“孩子要降生了,
看他是不是英雄!”

如今,您的孩子壮大了,
他没有辜负您的教训,
他以真正的英雄姿态,

出现于北宁路上，渤海之滨，
可是怎不悲痛，
当捷报飞来的时候，
却丧失了您啊——人民炮兵的母亲！

安息吧！朱瑞同志！
您的意志将有孩子们来继承，
将取平津，下金陵，
渡长江，涉粤水！
便是到琼崖南沙，
也要追缉到夺去您生命的匪徒，
扫清人民前进途中的障碍，
慰祭您的英灵！

选自《东北日报》，1948 年 10 月

东北解放回顾曲

长白山脉多宝藏，
松花江畔豆花香，
东北山河好风光，
日寇垂涎三尺长。

九月十八起刀兵，
强盗进兵沈阳城，
国民政府下命令，
不打敌人要“剿共”！

国民政府理不端，
东北同胞他不管，
送给敌人做牛马，
一心一意打内战。

东北人民三千万，
亡国命运多悲惨，
吃不饱来穿不暖，

忍泪吞声十四年！

警察特务太凶残，
认贼作父没心肝，
经济犯啊思想犯，
受罚挨打坐牢监！

抓劳工来征国兵，
骨肉离散心挂牵，
拉了牙啊肚里咽，
亡国奴隶实可怜！

共产党啊八路军，
团结全民打日本，
他是人民大救星，
十四年抗战建功勋。

“中央军”来丢地方，
共产党人去解放，
建立民主的政权，
人民才能得安康。

苏联红军是友人，
还有咱们八路军，
他把日寇来驱逐，

东北人民得翻身。

汉奸变为国民党，
土匪委作先遣军，
运来美造枪和炮，
制造内战扰人民。

东北人民要解放，
团结自卫保家乡，
赶走万恶的反动派，
幸福社会万年长！

选自《东北日报》，1946 年 10 月

每一寸土地都是人民自己的

祖先开辟了这土地，
我们生长在这里；
土壤里浸透了我们的汗汁，
田亩间踏遍了我们的足迹。
我们将和土地一样的久远，
在这里劳动，生息。

这养育我们的土地，
对我们是这样亲密，
它耐心抚育了老祖父，
又抚育了父亲同我们这一辈子。

以它的慷慨与恩惠，
我们世世代代啊，
却没有谁过了几天幸福的日子；
即是由于在我们头顶上，
有那自称是主子的人，
把我们当作猪狗不如的奴隶；

他们如同虱子一样，
吸瘦了我们，
养肥了他们自己。

在那一天，
日本猛兽突然闯了来，
那自称主子的人
即刻逃得无影无踪。

我们不能绝望啊！
我们已经声嘶力竭，
我们已经哭干了眼泪，
不能再忍受更多的悲愁与苦悽！
亲爱的土地啊！
我们发誓不离开你，
给我们以勇气和气力，
我们要自己救自己！
支持我们，
只要我们一旦还在你怀抱里，
跌倒了总能很快就爬起。

看哪！竖立在血泊中的那红旗啊！
看哪！农民们拖拉着“乌拉”，
工人们挟着破坏交通的工具，
“煤黑子”带着煤烟的气息，

向那红旗，
他们从四面八方聚拢来了！
他们来了，
那就是我们每一个，
你的好女儿，好儿子。

我们拿起了武器，
我们不长于退却，
再也没有猜疑；

我们要救自己，
消灭日本帝国主义！

听啊，那是风吼，那是雷鸣？
那是海啸或地震？
不，那是
我们的抗日联军在进军！
抗日联军啊——我们的人，
你看他们脚上的“乌拉”，
你闻闻他们那煤烟的气息。
他们来了，
震撼着天与地！
野兽们在战栗，
走狗们在战栗，
在不知一个什么角落里，

虱子们也在战栗！

是的，
他们来了，
我们来了，
我们已经懂得了自由与战争，
让大家紧跟着我们的杨靖宇司令！

十四年啊，
日子是这样长同时又这么短，
我们吃生苞米，
披死兽皮，
在雪地里休息，
睡在森林里；
爬过了山谷，
渡过了大川与小溪；
一天像若干年，
十四年可又仿佛只是一日。
我们没有违背自己的誓言，
保护了亲爱的土地，
也救出了自己。

让我们高喊吧，
“这土地是我们的！”
“它每一寸都是人民自己的！”

我们要和平，要民主！
我们要以自己的
每一双胳膊，
每一根神经，
每一滴血液，
来保卫这一切！
谁再要想把我们踩到泥里去，
我们一定要和他拼到底！

选自《东北日报》，1946年4月

◇ 冷单单

慰　　劳

他有着花白的胡须，
——半尺长，
胡须上挂满了冰铃铛。
他笑眯眯地，
额角上淌着湿汗，
担着满满的一担慰劳品，
同他的心，
一块儿送上前方。
礼物——
送给人民的子弟兵，
希望——
寄托在人民的子弟兵，
把那“中央胡子”消灭干净！

选自《东北日报》，1946 年 12 月

一个大姐

一个大姐刚十八，
坐着门坎把鞋底纳，
纳的针机密层层，
纳了一双送给“他”——
她妹问：
她嫂答：
“他呀他呀他是谁？”
“他呀他呀嫂的‘他’！”
“嫂的‘他’呀干什么？”
“嫂的他呀骑大马；
南征北战杀寃家！”

选自《东北日报》，1947 年 1 月

◇ 辛　白

沃土颂

我踏着你呀
几百里路的雪原
我踏着你呀
几百里路的沃土良田，
垅沟是
自然折叠就的海浪，
爬犁做了你怀里轻快的行船。

你脚下的村落
是避风的港口
看哪

每一支港口
你翻身的主人

都在锣鼓喧天。
小孩子笑着
露出豁牙子
老人们眼睛合成一条线，
翻身秧歌里的旗帜、莲花灯，
手绢、衣角、傻柱子的洋皮袄都乐了
都冲着你乐了。

老百姓不再为你
叫苦连天
记着今后你要哺育广大人民
几百千万
让他们快乐，
让他们饱暖。

老百姓都为你
透顶地高兴，
老百姓都为你
打心眼里往外喜欢。

农会的老主任
闭不上嘴了：
“同志呵，
瑞雪丰年，瑞雪丰年哪……”

为了保卫你呀 我踏上
几百里路的雪原，
为了保卫你呀
我越过
几百里路的沃土良田
叫反动派滚回去，
叫反动派死在
人民子弟的面前。
叫反动派滚回去
叫反动派死在
人民子弟的面前。

一月十二日于行军途中

选自《东北日报》，1947 年 3 月 5 日

◇ 辛　明

《高粱》卷首诗

颂赞你的坚强
当残酷的风雹
拨弄你，击打你
当疯狂的水脚
蹴踢你，践踏你
恶毒的旱灾
想要窒息你呼吸
魔鬼的蝗虫
打算吞咽你生机
有着自己的信条和真理
有着力量来抗敌
无所畏惧你只有不屈

颂赞你的情热

尚是青春的稚年幼貌
你就紧紧地
和人们希望相抱
到那成熟季节
你的身心
更该都红红如血
忍耐着等待收获
甘度了多少辛苦
不要高价的代偿
忠直素朴你救疗饥荒

颂赞你的生命
满驮着阳光
大气陪伴你喘息
你是这块土的真实子女
假如你活得柔弱
人们将哀哀无告
假如你不幸伤亡
人们将在死线上彷徨

颂赞你
无限久的生命
无限高的情热
无限大的坚强
像不灭的真理

像暗夜的明灯
像坚定的北极星
高粱啊！你永生

选自《高粱》创刊号，1946 年 5 月

◇ 辛　野

我饮了一杯淡淡的冷水

我有着野马一般的性格，
和奔放如波涛的感情，
虽然这于我的瘦弱的身子，
是显得那么不相称。

由于倔强的自信力的坚定，
青年的飞扬的气息太重。
往往受着一小点的刺激，
遂愤激得可以不顾死生。
朋友们多说我温和而沉静，
内在的熊熊之火却不容易看清。
为了看不惯太多的丑恶，
在颠簸里我吃够了人世的苦辛。

难道过往的经验还不够自己醒觉？
失慎的真诚便是一颗灾星。
在自己的脚跟未立定以前，
美丽的理想的追求只是虚空。

这次冒昧的举动几乎又结成郁闷，
但不料却得到了意外收获的欢心。
强烈感情酿出的鲜红的美酒，
换来了一杯淡淡的冷水的盛情。

虽然只是一杯淡淡的冷水，
我也已虔诚地双手接来将它喝尽。
因此我领悟了生活的意义，
我的生命的颜色也不再是那么殷红。

谁说生活不需要戏剧的场面？
情绪的变幻可以锻炼脆弱的胸心。
失望也许是最大的苦痛，
我们可以在苦痛里找到新生。

爱情的种子要散播在事业的田地里，
开出来的花朵才得长久芳芬。
姑娘！感谢你这一杯淡淡的冷水，

给我的心脑洗炼得如此明澈而冷静。

十月二十三日于白兔潭

《十四年》,1946 年第 1 卷第 3 期

◇ 辛　歌

黄　河

昆仑是我的房檐
青海是我的家乡
我从家乡来了
经过座座的高山
踏遍漠漠的荒壤

我的性格生来奔荡
为了追求光明的太阳
我一直奔荡向东方
丘岗常来阻碍我
黄土常来淤塞我
岩边的人还来筑堤挡我
我常常丢失了自由
心里常常填满了感伤

曾忍耐着躲过丘岗
曾忍耐着越过土砂
也因了堤歪曲过希望

有几次
我实在气愤了
我实在忍不住了
于是　我疯狂地
越过了丘岗冲散了土砂
也冲坍了人们的堤奔向大地

我胜利了
我终复获得了自由
我站到丘岗
站到人们头顶上
狂吼　做胜利的歌唱

汪洋的渤海
是胜利的象征呵！
我直奔向希望的东方
擒来我希望的太阳

一九四五年末

选自《东北文学》，1946 年 4 月第 1 卷第 5 期

献

母亲啊
您的智慧，
已然追赶不上新的潮流了。
不必太挂念儿子，
——用您那朽旧了的智慧。
儿子是会自立的，
同时也该自立了，
——随着新的潮流，
走向新的路途去！

纵然您的教诲可贵，
纵然您的爱情伟大，
它们已经是追赶不上时代，
它们已然是落伍的了。
只好拿您的慈爱做基底，
拿您的教诲作为砥砺，
毫不顾惜地抛掉故旧，
迈向新的方向去。

祖宗留给我们固执，
也留给了我们守旧的性格，
但而今
它们已然不能保留我们了，
击碎！抛掉！
——不能保留我们的一切都应如此。

清扫一下头脑，
我们都应当重新把它装点一下了。
母亲呵！
纵然您不能如此，
纵然您的智慧达不到这场，
也总该从固执里，
松开脑袋，新的潮水冲洗冲洗，
呼吸一点新时代的空气。

母亲呵！
不必挂念儿子。
（不然，您的爱情在我也会变成毒蛇）
纵然儿子尚很薄弱，
但是
信仰目标确立了的人，
是不怕这个的。

松开儿子，

让儿子，
和千百颗澎湃的心，
有着千百颗热力的青年的人群，
矗立在新的太阳底下，
把握住新的希望，
不折不回地向新的光明迈进。

一九四五年十一月初

选自沈阳《中国青年》,1945 年 12 月第 3 期

◇ 汪　洋

新收复区民谣

东求神，西烧香，
国军来了苦难当：
小伙子抓去当“国兵”，
媳妇娘们遭了殃，
衣服首饰被抢光，
房屋马圈被拆光，
鸡鸭牛羊被杀光。
三光！三光！

前怕虎，后怕狼，
见了八路如见娘：
分房分地又分粮，
穿吃不愁享安康，
肃清胡子“土中央”，

恶霸坏蛋被铲光，

打走蒋军活阎王。

选自《东北日报》,1947 年 8 月

◇沙　拉

你们翻身了

——记李店屯的清算斗争

一

县长带着工作队来了，
工作队的同志呵！
在屯里，
走进每家柳条的围墙，
每家的大门。
老乡们都说：
“清算班来了，
十四年的苦水，
可以从肚里倒出来，
倒得干干净净。”
坐在热炕上，

听老乡们诉说着，
土匪、恶霸、旧屯长
杨昆的罪行。
杨昆呵，
勾结国民党的狗特务，
逃到哈尔滨，
现在又从哈尔滨跑回来，
他说：
“你们谁敢和我清算，
南军一到，
叫你们一个个背后打雷。”
杨昆呵！
大造谣言。
他说：
“国民党到了哈尔滨，
再过几天南军就到我们
李店屯，
我要告诉国民党，
李店屯，
只有四家好人。”
杨昆呵！
他打遍村里的男人，
他说：
“有我老杨坐的地方，
还有你们站的地方吗？”

他打死张青山，
他霸占王寡妇，
又把王寡妇的儿媳勾引。
杨昆呵！
他出卖弟媳妇，
弟媳妇哭了几天几夜，
她呵！守寡守了几年？
小丫头已经六岁。
杨昆把弟媳妇逼走了，
为的落得几垧地……
杨昆给老乡们押来了，
四个纠察队跟着他，
一个牵着，
像牵一头牛。
（人越来越多了，
他们下了车，
再不允许那个人往前闯）

二

人民都来了，
前屯，后屯，
大路上，
毛道上，
麦地里，
他们都走拢来，

走拢来。

老太太，

拄着拐杖，

男人拿着锄头，

女人抱着娃娃，

小孩子，手牵着手，

大姑娘，肩靠着肩，

在会场上，

大家都靠拢了。

祖庆山当选了，

大伙选他当法官，

农民会，

在他胸前，

挂了一朵大红花，

他把桌子一拍，

大喝一声：

“把杨昆提上来！”

杨昆跪在大家面前，

他的头低垂到胸，

杨昆！你这混蛋。

你说：

清官我有理，

混官我有钱。

今天，你有什么理？

你敢在大众面前诡辩！

人民的怒火，
燃烧起来了，
李太太，指着杨昆的脸，
她一面说着一面哭：
“张青山是我丈夫，
他出不起荷，
你逼他，
一顿把他打死！
今天呀！
他的命，
就要你来偿。”
手举得那么高，
像一片森林，
拳头呀！
又捏得那么紧，
他们喊着：
“枪毙杨昆！”
会场骚动起来了，
像洪水在翻滚……
姜振那小伙子，
从人群中站起来，
他大叫着：
“这笔账算不清，
我们不一笔一笔算了，
我们要求枪毙杨昆，

批他的家……”
掌声像霹雳一样，
他的话没有一个不赞成，
大家都认识他，
他是清算中的积极分子，
他说过：
“我活着是一条穷命，
死了是一条穷鬼，
我不怕背后打雷，
我一定要和他清算。”
一片人的海，
人海中的浪头滚滚，
朝杨昆倒的地方，
涌过去，涌过去……
那股力量，
像要把杨昆
最后走过的路，
路上的脚印，
冲洗干净。
没有地的有地了，
没有房子的有房子了，
没有马的有马了，
没有衣穿的有布了，
没有饭吃的有粮了，
看！那一碧无际的地里

插上了木牌子，
牌子上写着穷人的名字。

三

李店屯的气象新了，
大红纸的标语，
贴在墙上，
贴在每家的大门上，
像一对对春联。
锣鼓声从西边过来，
又从东边过去……
人民走拢来，
男的点着头，
女的靠在一起，
没有说话，
他们的笑，
是他们最高兴的言语。
会场中间，
放着大标语。
像一只大眼睛，
瞅着大家：
“我们要选
买不动，
吓不跑，
拆不散，

推不倒的好人
当屯长。”
祖庆山当选了新屯长，
宣誓就职。
他说：
“我不会说话
大伙选我，
我给大家办事。
我能做到：
不自私自利，
不溜须拍马，
不随裆尿裤，
不自高自大。”
散会了，
大家又围着祖庆山，
大家说，
大家笑；
锣鼓声又响起来。
新的李店屯，
热闹极了，
咚咚锵，咚咚锵……
咚咚锵，咚咚锵……

一九四六年六月于李店屯

选自《东北日报》，1946 年 9 月

潘　　南

去年，腊月天，
队伍出发了。
那一天，
风，刮得猛，
雪，下得紧，
一步一个出溜滑，
一步一个趔趄。

——拍，——拍。
——吐吐，——吐吐……
敌人的枪打响了，
你们都趴下。
地上，
铺着雪，
雪上，
趴着的弟兄们，
——在等待着
一声号令。

连长熟悉你
立了三大功的潘南呵！
(功上加功
全国数第一名)
口令传下来，
叫你到他跟前，
——给你一个紧急命令。

两边的地堡，
射出雨一样的
交织的火网。
你冲不过去，
前进的道路，
——封锁得严严实实。

一颗子弹
从你右胳膊穿过。
你，潘南呵！
真是好样的：
脑瓜筋一转，
——有了招。
连爬带滚，
像地上的皮球啊！
你假装回来，
从侧面，

又绕回去。

敌人发觉啦，
枪眼里，
飞出嘶嘶的子弹。
你，趁这千百次射击中的
一次空隙，
站起来，
飞起一个箭步，
上了地堡盖。

“要命！
把枪撩出来。”

敌人毛啦！
像一群狗打架，
最后，你听说：
“没有枪，
不用管理……”
你，吆喝一声：
“好！俺没枪，
整不死你们！”

轰一声！
——爆炸筒进去，

黑烟冒出来；
地堡里，
没有人吱声，
没有动静……

队伍上来了，
像一片急流的水，
涌着，涌着……
枪声，
爆炸声……
地皮震动的
一片回声……

胳膊上的血，
淌下来，
手背上，
一片红。
你，没有停一忽，
没有瞅上一眼，
踩着雪，滑着冰，
上去了……

冲到街里，
占领了火车站。
你，潘南呵！

二十岁的小伙子，
又站在
大伙前面。

柳条沟打开了，
人民的队伍，
又在南满的
铁路站上呀
敲掉一个狗牙。

选自《东北日报》，1948 年 9 月

◇ 沙　虹

斗　魂

搏斗的血
染了民族的旗
重竖起
在这块失掉的土地
献给受难父老
且招魂英灵同笑

花费多少人的青春苦待
流干几万万健儿的铁血
中华人高燃最终斗志
用血泪
洗尽那点历史的疮痍
非是中华人凶杀好斗
掀开过去的历史多么久

在人群
埋了多少年头
为此
积满多年泪
滴冷决斗力
一朝
为正义挥去
愿尸骨
还葬故里
呈腔血
洗净那山河的腥秽
掬饮倭奴血
嘘气化长虹
过去的记忆多么冷
今朝做血战
欲削旧仇恨

尸枕边城月
血染战友衣
塞外的风
抑不住愤怒的心火
饮干这血酒
勠力去杀敌

胸膛尽爆裂

愤怒目山魂

还清既往血债

倭奴勿沾我山河

一九四五年八月十五日写于日寇降服之夜

选自《星群诗刊》,1946 年 4 月第 2 辑

◇汶　石

埋地雷

拿起镢头挖！挖！挖！

种上铁皮黑瓤大西瓜，

单等蒋军走进来，

到处响来到处炸，

肠子流出来，

脑袋全开花，

要是你害怕，

快点丢盔撂甲回老家！

◇沈　重

种　子

我是一粒种子
久埋无人的荒郊
我是一棵幼芽
慢慢地伸出地表

生枝　发叶
自然的风雨
是我的抚育
土里的砂砾
也成了养料

伸哟　长哟
青空的白云
是我的希望

也向我围绕
伸哟　长哟
我默默地开花
默默地谢凋
我不敢希求
满树香甜的果实
为路人咀嚼
但愿无营养的枝叶
也长得繁茂

我随意地延续
我随意地摆摇
纵使我是一棵荆棘
也要长满
长满荒芜了的野道

选自《东北文学》,1946年2月第1卷第3期

◇ 宋兴中

炊事员宫德松火线上救伤兵

有个炊事员，
名字叫做宫德松，
参军才一年。
工作样样做得好，
都道他模范。

宫德松管烧水，
节约不浪费，
担水他挑三只桶，
一回又一回。
烧完水又去帮切菜，
不怕苦来不怕累。

他把开水烧，

打水顶公道，
不论你是谁，
一人一大瓢。
“不够喝你再来打，
可别糟蹋了。”

行军他最活跃。
前后来回跑，
又是唱来又是闹，
大家不疲劳。
逗得同志们哈哈笑，
都叫他“老逗宝”。

宫德松性子急，
有点小脾气，
别看他当面爱争两句，
过后就笑嘻嘻。
对同志心直又口快，
亲热在肚里。

战斗情况下，
伙房的任务大，
又要行军又要做饭，
还要抬担架。
宫德松同志有办法，

困难他不怕。

战斗打响了，
火线救伤号，
宫德松对待彩号们，
赛过亲同胞。
“要把彩号都背下来，
一个也不能撂。”

鲁家屯战斗里，
敌人的炮火密，
彩号不能救下来，
宫德松好着急。
急得他有话都说不出，
双脚直跺地。

“同志们受了伤，
救下来理应当，
赶快背到绷带所，
去把药来上。”
宫德松越想越心急，
牙一咬就往上闯。

跑到了前沿阵地，
彩号快扶起，

慢慢地放到自己背上，
爬着背回去。
爬得他背酸直喘气，
来回有三四里。

宫德松两条腿，
跑得快不怕累，
爬着送下来再跑上去，
一连有七八回。
热心照顾彩号们，
亲切地来安慰。

不管谁挂了彩，
宫德松他都抬，
宫德松积极救彩号，
团结又友爱。

宫德松三十几，
胆大又心细，
火线上勇敢抢彩号，
上级来奖励。
宫德松这样的好同志，
我们该学习。

选自《东北日报》，1947 年 7 月

田老五参军

哪个窑黑子不喜欢亮？
受苦人都爱共产党，
共产党好比红太阳呀，
照得咱东北亮堂堂。
——田老五，不能忘。

斗争了恶霸清算了粮，
分给咱田地分给咱房，
挖断了穷根咱翻了身呀，
如今可过上了好时光！
——田老五，喜心上。

蒋介石生就一副恶心肠，
勾结美国打内战呀，
死老鼠要坏咱一锅汤。
——田老五，不能让。

过去咱穷人不值钱，

受的苦罪数不完！
好容易盼到了今天呀，
好光景哪能叫再拆散？
——田老五，心不甘。

一根筷子能折断，
千瓦层层打不烂，
穷人要想过好年月呀，
全靠齐心“抱团团”！
——田老五，看得远。

众人拾柴火焰高，
大家修桥才搭得牢，
只要穷人团结得紧呀，
谁敢拔咱一根毛。
——田老五，想得好。

人家伸手来打咱，
咱怎能蹲着不动弹？
赤手空拳难办事呀，
穷人还得有枪杆。
——田老五，会盘算。

家自当来枪自扛，
保田保地保家乡，

门要把守贼要防呀，
好男儿武装上战场！
——田老五，把兵当。

田老五今年二十三，
身强力壮正青年，
参加军队要自动呀，
不用别人来动员！
——田老五，做模范！

说服爹妈全同意，
洞房里劝通了新婚妻，
连顿饭都顾不上吃呀，
区政府里报名去。
——田老五，性子急。

村里拜辞了众乡亲，
全家再欢乐地吃一顿，
吉利的话儿说几句呀，
背上了包袱走出门。
——田老五，动了身。

区上开会来欢送，
骑马戴花披大红；
还没有走上五里地呀，

别村的秧歌又欢迎。
——田老五，真光荣！

当兵为的是保庄田，
打仗全为了保家园，
哪一天不打垮蒋介石呀，
决心到底不回还。
——田老五，意志坚。

到队伍上勤练兵，
各样技术学精通，
前线作战要英勇呀，
要把反动派消灭净。
——田老五，立大功。

一九四七年一月十七日

选自《东北日报》，1947 年 2 月

◇ 宋秀杰

生产谣

一、以前受穷怪地主，今后受穷怨自己，今年本是生产年，发财致富在今天。

二、有坏人造谣言，“过富以后仍然被分完”。劝大家别受骗，土地分后绝不再更变。

三、共产党号召大生产。本是二次把身翻，头次翻身分土地，二次翻身种好田，一家吃饱又穿暖，居家大小都喜欢。

四、人不吃饭活不长，地不上粪少打粮。

五、要想庄稼长得壮，铁锹不离大粪筐。

六、深耕细铲多上粪，庄稼长出也带劲。

选自《东北日报》，1947 年 4 月

◇ 宋　迟

颂民主联军

你们——
团结在毛泽东的旗帜下，
为祖国，为民族，
捐弃了个人的幸福。
毛主席——
好像一块巨大的磁石，
把中国的优秀儿女，
吸引在他的身旁，
把他们投入时代的洪炉，
千锤百炼，
制成纯钢。
你们是——
经过锻炼的纯钢，
为了真理的拥护，

为了老百姓的幸福，
不顾一切，
奔向战场。
你们——
遭遇过背叛人民的国民党屠杀，
建立各区苏维埃政府，
打垮了五次围剿；
尤其二万五千里的长征，
这空前的史诗，
是中华民族的荣光。
“双十二”事变——
你们为了老百姓的利益，
捐弃了血海深仇；
卢沟桥的炮声，
又使自己的阶级，
服从于民族的利益。
你们——
以至大至刚的
浩然正气，
太阳一样的
大公无私，
感动了全民族，
“抗日统一战线”
终于成立。
北上抗敌——

国民政府未发给一粒子弹
一斤食粮，
未发一件服装，
只有——
民族的热血，
英雄的胆量，
钢铁的意志，
配合着广大的老乡。
你们——
牵制住半数以上的日军，
制压了几乎全部的伪军顽党。
吃过草根树皮，
穿过破烂衣裳，
普通人不能忍受的艰苦，
你们都视为平常。
你们——
行军所至，
不光打仗，
组织了群众，
教育了群众，
把“劳动中国”的优秀传统，
发挥成至高无上的力量。
量，一天天地增加，
质，一天天地坚强。
才造成——

平型关的胜仗，
奠定了抗战基础；
百团大战，
揭开了——
最后胜利的曙光。
铁壁合围，
反复拉网，
牛刀子战术，直攻心脏；
长沟，碉堡，固若金汤，
这些——
在人民的力量面前，
全部一扫而光。
毛主席的《论持久战》，
朱总司令的《论解放区战场》，
敌人集中了军事专家，
研究，讨论，
结果是“没法子”！
认识了伟大领袖的英明指导，
认识了中华民族的团结力量。
最后——
“八·一五”胜利了。
但是——
曾几何时，
胜利的歌声犹在，
内战的烽火又起。

谁打破了“双十协定”？
谁撕碎了“四项诺言”？
延安—重庆，
重庆—延安，
为争民主自由，
多半年的奔走，
结果是——
“口蜜腹剑”，
隐瞒，欺骗。
他们——
抱定“宁赠友邦，不给家奴”的传统，
“内战内行，外战外行”的将军们，
在东北，中原……
到处响起了炮声。
但是——
为了自卫，
为了民主，
为了老百姓的利益，
为了新东北、新中国的建设，
只有——
强忍悲愤，
擦干眼泪，
又拿起正义的武器。
鲁迅先生说的好——
你退一步，

他进两步，
你若坚持不退，
重重地，
打他两记耳光，
他立时就可以退，
一步，两步……
这种“快人快语”，
只有——
“铁骨慧心”的
鲁迅先生
能说，敢说。
我们要记住，
要牢牢地记住，
做我们行动的
“金科玉律”。
对这些新阿Q，
只有重重地打击，
才是最好的和平，
叫他们尝尝斗争的经验，
叫他们试试
经过训练，组织起来的民众力量。
干吧！
亲爱的武装同志们！
他们有——
黄金美钞，

飞机大炮，
我们有——
无尽的土地，
广大的人，
他们有——
机械化部队，
我们有——
军民一条心的武装。
最后的胜利，
一定是我们的。

一九四六年五月

选自《白山》，1946 年 6 月第 3 期

◇ 宋景光

悼戴英阁同志

小戴小戴小英雄，家住安东凤凰城。
一十七岁小年纪，参加我军干革命。
工作勤劳心眼灵，打起仗来真英勇。
自从到了通信班，全班模范人人称。
部队剿匪在哈东，杨洪业屯打敌人。
他去联络送命令，完成任务去冲锋。
可恨胡匪太无情，一粒子弹中他身。
小戴小戴你牺牲，为的东北老百姓。
漆黑的夜没有星，狗不咬来人声静。
明起火把撑着灯，安送小戴入坟茔。
前边走的营首长，后随战友和百姓。
小戴小戴安息吧，你的牺牲最光荣。
小戴小戴你没死，永远活在人心中。

小戴小戴你年轻，永如山头古柏松。

选自《东北日报》，1946 年 11 月

◇ 张　弓

但　愿

但愿翡翠的日子给少女们镀上了金，
流光会带来友人春天的气氛，
然而哟，明灿的季节里，
干吗，少妇对镜悲吟，
而你，一个失恋的诗人
却诅咒青春和人生，
但愿青春孕育幸福，
那幸福呵，永远属于
该诅咒的一群！
但愿爱情是一股圣洁的流泉，
永远的
涓涓地流，
在春天，
向着那年轻人的心，

让年轻的心呵！
来温暖我们，
爱的逐客，你与我
吸吮这余馨，
爱哟，幸福无疆，
爱一个人并不难，而获得少女永恒的心，
是多么不可能！
但愿意志焚化了形骸，
像飞蛾投向灯火，
让生活拴牢希望！
希望呵，却使我们获得一丝苦笑，
也才使我们年轻，
就让这年轻的心，
像暴风雨撕破晴空，
以免我们孤寂地死亡！
是的，我们并不怕死亡，
谁啊，在死亡之前
命令着；
悠长的苦难的日子里，
我们苦笑一下都不能！
哟，就算这是一个梦吧！
我们的梦也遭受，
这样的磨难与酸辛！

愿在，静恬的夜里，

星星与流萤伴着我们，
寄语这悲哀和不幸的世界，
但愿我们的声音
不要嘶哑，
在黑夜呼唤，
齐向光明！
这没有光明的日子里，
我们的心该多冷，
那边凋残的荒冢呵
穿插这死寂的草场，
我与你
也穿插在这不幸的人间！
在这不幸的人间哟，
让我们拾起，
冲淡了的玫瑰的往事，
开始调制一首
失意人的哀歌，
但愿这支歌伴着，
地母的音籁！
祝福向你，
和我们不幸的
苦难的人们！

十月七日于杭州

选自《十四年》，1946 年第 1 卷第 2 期

◇ 张文仲

到明天解放咱

——蒋管区民歌

提起“中央”，骂“中央”，

“中央”没有人心肠！

抓兵要夫还不算，

强奸妇女到处抢。

刘二说：

这可怎么办？

张三答：

刘二兄弟不用愁，

民主联军打得欢，

到明天，解放咱，

从黑到明见晴天！

选自《东北日报》，1947 年 6 月

◇ 张文华

胜利之歌

不必想那过去的酸辛
也不必想那未来的快乐
如今我们战胜了仇敌
只管高唱着胜利之歌

当向我们降服的一刻
那仇敌还有什么可说
他们也许失却了魂魄
他们也许抱怨着神佛

但他们所应该记忆的
是已往对我们的压迫
血债必须用血来偿还
这名言一点儿也不错

在十四年短短的期间
我们同胞的血曾流成河
在十四年短短的期间
我们同胞的泪知有几多

谁能忘掉那奸淫杀戮
谁能忘掉那榨取掠夺
他们蔑视我们的存在
他们不顾我们的生活

好像失掉慈母的孤儿
身和心竟全无着落
我们不想生依然在生
把日子一天一天挨过

我们只期望自己的祖国
会理我们的寒冷饥饿
我们只切盼自己的同胞
会给我们一滴水一团热

果然不负我们的祈求
有多少志士全流了血
果然没忘却这无数孤儿
终于把我们救出水火

想那中原也踏上铁蹄
我们的心真好如刀割
想那丑翼在华夏掠过
我们咬着牙竟无可奈何

我们想飞却没有翅膀
我们想看眼睛也被人遮
心里虽有千言万语
也不许向谁去诉说

就这样在暗黑的地狱里
过着人间最阴惨的生活
他们每天在讨议计算
如何将我们更加勒索

只一粒米便得坐奸犯科
只一块肉毒打也逃不过
谁人的日子也不会平安
更何况为劳役而被捉

被捉去修军路凿矿山
永莫想有家可以归得
任管妻儿在哭泣悲伤
也不会得到释放的许可

那田地里更不用去说
耕种的被捉得没有几个
也有怀着幼儿的妇女
也有拿着拐棍的老婆

好容易盼到了秋天
却又尽量地全去出荷
自己的米粮自己不能去吃
自己的麦粉也触不到唇舌

更何况到冬天无衣可穿
连女人都几乎是全裸
你曾否见老人在抖颤
你曾否见孩儿在哆嗦

可是我们的仇敌却不同
他们的妇女身着绮罗
他们的老人兴致勃勃
他们的孩儿健壮活泼

他们把我们当成奴隶
他们自己在不住享乐
他们口呼着亲善协和
手里拿着刀前来宰割

我们始终是忍耐沉默
心中只期待自己的祖国
如今果然获到了胜利
使我们感激得泪如滂沱

啊　胜利了终于胜利了
使我们从地狱中逃脱
我们感谢祖国的勇士
但愿将手来紧紧相握

你们也许会喜欢吧
当见到弟兄又已复活
你们也许会掉泪吧
当见到我们枯黄的颜色

啊　过去真好如一个梦
梦中曾有几许风波
但如今那迷梦已醒
黎明的曙光将世界照彻

来我们不管男女老弱
且一齐来引吭高歌
胜利了　我们终于胜利了
正义决不是恶魔的俘虏

啊 唱吧 胜利之歌

选自《东北文学》,1945 年 11 月第 1 卷第 1 期

◇ 张文欣

我们的轻骑队

一队敏捷的轻骑队，
我们英勇的自治军。
在那遥远的边疆，
沿着天蓝的江水，
驰过，乌斯浑河，乌苏里江，
驰过，大地，草原，
密林，高山。
在兴安岭的路上，
那稀疏的屯镇，
只留着山墙，
只留着一片荒凉。
在这胡匪劫后的残酷景象呵，
我们追击着
国民党反动派的“胡匪”。

我们快乐的骑兵，
勇敢，冲锋，
卷起了黄尘，
怒马飞刀
击败了胡匪。
——缴枪，缴枪不杀头——
一片山丘，
堆集着胜利品，
枪支，弹药，大炮和俘虏，
还有匪劫的包袱，车马和女人。

我们敏捷的轻骑队，
踏着开满鲜花的草原，
歌唱着，胜利来归，
荒凉的村镇，
忽然来了各色的人群，
都那样欢欣，
表示他们衷心的欢迎。
我们把胜利品，车辆，耕马，
和被匪劫去的妇人，
还给了人民。

“这是千古难逢的，
是人民自家的军队，

救命恩人!”

一九四六年六月于勃利

选自《东北日报》,1946 年 7 月 20 日

◇张　玉

冲　锋

看！

兄弟们的血洒遍了山野，

听！

高亢激昂的歌声——

如万马奔腾。

兄弟们，我们要进一步

作坚决的斗争。

完成我们的理想，

达到我们的心愿，

用我们的手，

重建荒芜了的家园，

打倒法西斯的黑暗。

兄弟们！

重责在肩，

共同患难，

不要看那夕阳西下，

舟子扯帆顺风归去，

怀念起家乡的温暖。

兄弟们！

到处是我们的家

有我们的爸爸和妈妈。

我们该抛弃一切的眷恋，

勇往直前！

为和平，

我们该吐出心底

呼声，

为民主，

我们该向那统治的恶势力

做勇敢的冲锋。

来呀！兄弟们，

携起手，迈着一致的步伐

哪怕只剩一滴血，一口气

也不停歇!

一九四六年八月一日于青年之家

选自《东北日报》,1946 年 8 月

◇ 张自广

军民合作

一根那个花棍呀，轻又轻，民主联军大练兵，同志们越练越有劲呀，射击准，炸弹扔，刺杀爆炸学精通，消灭反动派有保证。

二根那个花棍呀，细又细，八路军建设根据地，帮群众劳作要宣传呀，老百姓组织起，消灭恶霸捉奸细，建设广大的根据地。

三根那个花棍稀又稀，贫苦群众得到利益，大家伙赶快团结起呀，军卫民，民帮军，军民团结一条心，军民团结骨肉亲。

四根那个花棍欢又欢，反动分子来侵犯，八路军起来自卫战呀，老百姓，在后边，抬伤兵，运子弹，消灭反动派不费难。

选自《东北日报》，1946 年 10 月

◇ 张兆美

两个天下两种生产谣

有一天我刚到翻身不久的周家岗屯，一百七十多户贫雇农都分到了可心地。农会主任萧万山、王均便吆喝我到学校里去听听。

在会场里，我和翻了身的农民闲谈。大家唱了许多生产农谣，有新的、有旧的；有翻身前的、有翻身后的。从这些农谣里，可以看出在两种不同的天下里，农民对待生产的不同的态度，以及农民过去的悲愤和今天的喜悦。兹录数段如下：

未翻身时的生产谣

人为吃饭　穿衣保暖
男女小嘎　四季苦干

辛苦干一年
粮食堆如山
没眼死老天

交租剩斗半
哎哟哟哎哟哟
一年又一年
好儿好孙有何甘?

租来地垧半
交租二石半
收秋说不定往何串
积粪上粪哪能“添活”咱?

当牛当马一年
不赶老爷几口烟瘾值钱
起早贪黑忙一年
倒欠老爷吊儿八千

翻身后的生产谣

一滴血一滴汗
血汗变五谷
劳动发家才是英雄好汉

全家紧上紧
黄土变成金
你紧我不紧
明春肚子问

嘴勤手不勤
饿死懒汉人

要想多打粮
办法细商量
办法想得强
五谷收满仓

无事少上街
有空多拾粪
要想庄稼强
粪筐不离旁

草比汉奸苗比民,打倒汉奸能翻身;
地如铁来粪如钢,有铁无钢不能强。

以前地主阶级当权,劳动哥们辛劳苦干,仍是年年没吃没穿,替社会上不劳而食的寄生虫当牛当马。"万人受苦,几人享福",因此农民对生产就是消极的反抗的,暗中对抗地主阶级。现在,翻了身的农民,自觉地斗倒封建后,得了牛马、农具、土地等,劳动是为了自己,因此生产态度是积极的喜悦的。正像农民所说:"翻了身,分到可心地,再不好好干,还行?"

选自《东北日报》,1948 年 3 月

民　　谣

柳条儿，青又青
我送丈夫去当兵
我敬丈夫一杯酒
前线杀敌去立功

柳条儿，摇又摇
纺线车子嗡嗡叫
男女老幼齐生产
支援前线立功劳

柳条儿，长又长
你去参军我生产
前方后方加劲干
打败老蒋好团圆

选自《东北日报》，1948 年 5 月

◇ 张　现

李二嫂的死

血债必须用同物偿还。
拖欠得愈久，就要付更大的利息。

——鲁迅

一

李二嫂家住在南梁村，
是个年约三十岁的寡妇，
她参加了村的女自卫军。

一九四一年秋天的一个下午。
敌人被击退以后，
她疯了似的，
长长的发披散在肩上，
脸上饰着黑灰和血斑。

衣襟敞开着，
袒露出紫乌的胸膛。

她紧紧地抱着，
一个鲜血淋漓，
已经僵硬的小尸体，
坐在燃烧着的家屋边哭泣，
眼睛，
浮肿得像水疱一样。

火，
熊熊地燃烧着。
风，
卷起一团团赤黑的烟，
吹向高空。

那座古旧的家屋，
遭受了火和风
无情的围攻，
带着悲哀的呼号，
离弃了它的女房东。

二

当日寇进攻的时候，
李二嫂没有来得及逃脱。

在村外的打禾场上，
两个鬼子兵将她扭捉
对她咆哮着：
“走，回你家的！”

在李二嫂低矮的小屋里，
一个日寇军官，
坐在旧式的大椅上，
背向后靠着，
腿八字形地伸直。

手扶着指挥刀的柄，
狞恶地笑了笑，说：
“你们村，八路民兵的有？
说的——饶命！
不说的——杀了杀了的！”

李二嫂胆怯地站在一边，
浑身打着寒战。
她哭丧着脸，
心里却怒气冲天。
她皱着眉头，
暗中正这么盘算：
“我应当坚守人民的信条：
决不作汉奸。

我，我不能偷偷地告发那些乡亲，
我不能那样没良心，
做出伤天害理的事情！”

军官盯着
李二嫂焦虑而苍白的脸，
拳头击敲着桌子：
“快的，快的说！”
李二嫂——她猛然地抬起头，
鼓着勇气大声地答到：
“没有八路民兵——俺们村子里。
就是有，
俺们女人家哪能得知。
他们常是黑夜来，
黑夜去，
谁也摸不清他们的行迹。”
军官噘起了短髭，
眼睛瞪得圆圆的，
舞弄着寒光闪闪的指挥刀，
厉声厉色地发起雷霆：
“你的通八路——杀，杀了的！
房子的，房子的——烧！”

三

敌人纵火的瞬间，

她拉住她那三岁的小孩子，
跑在军官的面前，
颤声地哀求说：
“饶命吧！太君！
太君，留下我的房屋吧！
我确实不知道，
哪里有八路民兵。”

“太君”是个阎王，
对她怎能怜惜？
猛抬起那穿着坚硬皮靴的脚，
像头野驴，
往李二嫂的身上呀，
狂踩，乱踢！
她神经错乱地嚎叫，
她凄惨地哭啼，
凄惨地哭啼……

几个鬼子将她拖去，
拖到村西菜园
那间茅屋里，
打算进行兽性的轮奸。
她反抗——死命地挣扎，
暴敌向她更毒狠地鞭打。
李二嫂被打得

满身是创伤，
遍体是血疤。
她已吓得魂飞胆破，
倒卧在铺着麦草的地下。
昏昏迷迷，
一会儿就失去了知觉。
但——
她的心房仍在悸动，
她的肺脏仍在呼吸。

四

黄昏，她惊醒过来，
坐在麦草堆上，
揉开她血红的眼睛，
环视一下小屋的土壁，
又向潮湿的地下投了一瞥。
她拉拉她那被扯破的衣服，
摸摸她那散乱的长发，
蓦地，跳了起来，
奔出小屋。
她想起了孩子
——想起那独生的孩子。
孩子哪里去了呢？
这个问题深深地刺痛她的心窝。
她像只被追逐着的母鸡，

在村里东撞西碰地，
连跑带叫着：
“锁它，你在哪里呀？
你在哪里呀，
锁它！
锁它！……”

天黑，她在村外的菜地，
找到了赤膊的儿子，
直挺挺地躺在血泊里。
他的小肚皮已被戳穿，
血流了好大一片。

李二嫂看见这情景，
突然惊嚎了一声，
往后退了几步，
放声大哭了。
她将孩子的尸体抱在怀里。
她沿着凸凹不平的小路，
踽踽跚跚地走向正燃烧着的家屋。

她坐在火堆边哭泣，
一直哭泣。
邻人们走来劝阻，
怎么也止不住

她那泉涌似的眼泪。
她坐在火堆边，
一直哭泣，
一直哭泣。

五

次日的深夜，
——那是中秋的深夜呀，
天气阴沉沉的，
月亮时明时暗，
风刮得忽大忽小。
李二嫂独自个呵，
没有哭泣，默默地坐着，
陷入沉思里。
李二嫂压抑住痛苦的感情，
擦了擦红肿的眼睛，
丢开了孩子的僵尸，
慢慢地站了起来。
呆呆立着，
耸耳谛听。
这时夜色苍茫，
风声悲凄。
从夜的远方，
杂在风啸的音响里，
像有微弱的声音向她召唤：

“复仇啊，
李二嫂！
以牙还牙，以爪还爪！”
李二嫂坚决而迅速地
走到一个山芋窖跟前，
停住了脚步。
（那里有她藏着的手榴弹）
她毫不犹疑地推开
掩着洞门的石板，
屈身钻了进去。
她摸到三颗手榴弹，
慌张再爬了出来，
飞奔地跑去了。

李二嫂向敌据点——郭家店
径直地奔跑。
月亮从一块黑云朵里，
探出忧郁而苍白的脸，
风哭号般地吹着，
云朵在李二嫂头上飞驰。
李二嫂，
翻过一架小山，
涉过一条小溪，
呵，路是多么坎坷！
她累得浑身大汗，

她累得气吁喘喘。

两个半钟头之后，
她瞭见了那黑色的碉堡，
心里直哆嗦，
很怕被敌人发觉。
她机警地伏在地上，
爬行着，爬行着
到达了铁丝网的跟前，
怎样才能飞越过去呢？

她伏在地上，
屏住气，
想来想去，
想不出啊——一个好主意。
碉堡里，碉堡外，
没有一点儿声息。
李二嫂想也想不到，
天地间竟会这般静寂。

她盯视那岗楼，
在岗楼的阴影里，
一个黑色的东西动来动去，
呵，那是鬼子兵，李二嫂想。
她的心怦怦地跳动，

血液加快了循环。
她拉开了手榴弹的火绳，
直向那鬼子投掷。
在爆炸的瞬间，
一个物体随着轰响的
火光倒下去。
手榴弹打破了夜的静寂，
惊动了鬼子们梦中的甜蜜。
碉堡里传出一阵混杂的声响，
惶恐叫骂和畏惧的冲撞。
李二嫂高兴得直发抖，
对准那碉堡的门口，
她又把两个
手榴弹投掷了出去。
碉堡一连串地喷吐着火花，
机枪和步枪的响声，
如同急骤雨雹落在马蹄铁的屋顶。
大炮向远方射出了
第一颗炮弹，
像是漫空里的霹雷。
鬼子无目标地乱射着，
子弹流星般的闪耀。
李二嫂心里笑了笑，
机械地站了起来。
拔起腿就往回跑，

跑过四五十米远，
子弹就追上了她，
穿透了她的背和腰。
她的身体失去了力量，
就在青青的草地上摔倒。

早晨
太阳最先看见了李二嫂，
她像熟睡了一般，
躺在祖国的原野上。
她的眼睛安静地闭着，
脸上显示出胜利的微笑。
李二嫂睡熟了，
永远地，
永远地。

五月十五日于呼兰

选自《东北日报》，1946 年 7 月 8 日

◇ 张若愚

战士快板

投弹，投弹，投准，投远
谁若要熊，战场上难看。

刺杀，刺杀，要领要抓，
战场上冲锋，一个顶俩。

瞄准，射击，三点一线，
百发百中，蒋匪胆寒。

爆破，爆破，包装，拉索
炸塌地堡，活捉俘虏。

选自《东北日报》，1948 年 9 月

◇ 张若嘉

沈阳解放啦

——街头速写

一片锣鼓声响，

老太婆唤着儿子，

孩儿揪着娘，

年轻人顾不得说话，

一口气冲到大街上。

喝！锣鼓声从东街来，

锣鼓声从西街过，

喝！红旗红得像火！

——沈阳解放啦！

刚赶完工作的工人同机关干部，

刚结好账的掌柜，

都顾不得回家，

三步两脚跨进人流里。

——沈阳解放啦！
你看那满街窗户一个个打开，
房子睁亮了眼睛。
人们爬出了热被窝，
向冷风冲过去，
就像小孩奔向娘，
小溪河奔向大海。
大海里是一片沸腾：
就像暴风雨将它掀起来。
大卡车瞪圆着眼睛满街呼啸，
载客马车也突然没头没脑地奔跑。
小伙子站不住脚，
扬着双手冲着汽车奔。

锣鼓声从东街来，
锣鼓声从西街过，
猛地从横街里，
又出来一队人儿扭秧歌；
大红旗满街飞扬，
扬着小旗的，
举着火把的，
提着彩灯的，
从四方八面

喧呼叫啸，
浩浩荡荡，
扭向了市政府，
在光辉的毛泽东的肖像下汇合：
像长江大河流向了海洋，
像红色的血液流向了心脏。
这里是一片人的海，
灯的海，
红旗的海，
火的海，
扭啊，唱啊，
欢呼啊，
叫啸啊，
让人海沸腾，
让暴风雨将它掀起来。

泪水从眼中涌出，
快乐在胸中膨胀，
——毛主席万岁！
从一个人口中喊出，
就成了人海的咆哮。
人们会劈胸抓住不认识的人：
——你为什么不扭？
人们骄傲地歌唱着自己的光荣，
因为有千丝万缕

将他们和这伟大的胜利紧紧连系，
因为每个人是这咆哮着的大海的一滴，
因为
人们光荣地活在毛泽东的时代里。
人们歌唱
一百二十万平方公里土地
最后彻底地翻了身，
人们歌唱
无敌的东北人民子弟兵
将排山倒海冲进关里去，
像尖刀刺进蒋匪的心脏，
创造四万万五千万人民的新世纪。

扭啊，唱啊，
火把举得更高些。
让人的海沸腾，
让生命的海沸腾，
让这海洋向山海关的那面倾倒，
让松花江、黑龙江、辽河……的巨流
汇合长江、珠江和黄河，
让四千万人民的力量
汇合那四万万，
让我们的子弟兵，
配合兄弟大兵团，
像千万条河川流向海洋，

像千万把钢刀插向敌人心脏，

解放北平、南京、上海、广州、武汉……！

将大旗在全中国插遍！

选自《东北日报》，1948 年 11 月

◇ 张明云

把敌人彻底消灭

——为纪念双十节而作

十月，
三十六年了。

在被燃起反抗的烈火里，
祖国从昏迷中醒过来。
祖国的儿女
和中国共产党，
把武昌起义的
资产阶级民主革命，
推往新世纪的
人民革命的大道上。
用我们自己的骨头，
捶打着暴君。

而人民的叛徒现出了原形，
为着独裁统治，
勾结帝国主义，
摧残工农革命运动。
又甘心给日本侵略者以钥匙，
让法西斯匪徒打开宝库之门——
兽蹄就从东北踏到华中，
从华中踏到西南。
人民的叛徒，
却带着一群打手和淫荡的妖孽，
躲进峨眉山里去，
等着东京送来“和平”买卖的交易。

伟大的人民领袖——毛泽东，
号召我们：
站在每寸土地上，
夺取敌人的武器，
拯救水火中的人民，
捍卫祖国，
洗涤民族的耻辱。
八年，
艰险的民族自卫战争胜利了。
血腥的日本法西斯匪徒，
得到了应有的惩处。

人民举起胜利的火把，
是血肉筑成的火把。

如今
峨眉山上的打手们，
带着他那妖孽，
耀武扬威地
插着美造翅膀下来了。

这群人民的叛徒呵，
他们又想爬上被弃的宝座。
他们把人民当“匪”，
把匪当作了宾客。
他们叫中国人去爱敌人，
让敌人做了高官。
根据“宁赠友邦勿予家奴”的卖国理论，
他们又把杜鲁门当作干爸爸。

这是不能容忍的，
这是容忍不得的呵，
我们要生存，
我们爱祖国，
在这顽强不屈的
战斗的年月里，
我们沿着人民的道路，

用刺刀和头颅拼出的道路，

骄傲地战斗过来了。

为了争取人民的解放和胜利，

为了保卫祖国的光荣与庄严，

我们要战斗下去，

把敌人彻底消灭！

选自《东北日报》，1947 年 10 月

让我们高声歌唱

——庆祝党的二十六周年纪念日

新的时代,
是人民的时代,
新时代的幸福,
是人民的幸福。

在饥饿伴随着死亡的日子里,
共产党领导劳动人民,
扶持着这古老的民族,
用起茧的手,
开垦了自己的乐园,
用血汗,写出了
一首壮丽的史诗,
用顽强的毅力,修筑了
和平幸福的堡垒。

那法西斯,
二十世纪的人面兽,

到处撒播灾害，
播送痛苦毁灭的种子，
在祖国的净洁的土地上。

毛泽东号召我们：
以无比的力量，
在东北，华北，
在华中，华南，
在真理正义面前把它们毁灭。
像太阳一样光辉的劳动人民啊！
谁妄想用手遮没太阳，
就会被烧成灰烬。

骄傲吧！
劳动人民，
在长年残酷的历史考验里，
我们赢得了胜利，
我们有毛泽东的旗帜，
胜利的旗帜，
我们有不断发展壮大的力量，
人民的力量。
我们是和平民主的基石，
人类庄严文化的守卫者，
民主胜利的标志呀！

今天，松花江之水，
在和暖的阳光下，
为我们歌唱胜利进行曲，
让它歌唱得更响亮些吧！
向全人类宣告：
这是人民的时代，
这时代的幸福，
是人民的幸福。

为庆祝党的生日写于恒山

选自《东北日报》，1947年6月

◇ 张凯峰

木兰生产谣

小俩口，真欢喜，
分了房子劈了地。
有了马，有了车，
生产用具分得齐。
插上具，换了工，
组织起来务春耕。
你送粪，我备犁，
大家动手一齐忙。
开新荒，翻旧地，
保证不荒一亩田。
要深蹚，加细铲，
一遍加工顶两遍。
努力干，多打粮，
支援前线灭老蒋。

手摸心，想一想，
今天翻身得念谁？
多亏了毛主席、共产党。

选自《东北日报》

◇ 张　谏

歌谣五首

——全力支援全国战争

一、晒干菜

萝卜片儿宽又宽，
南瓜条儿长又长，
萝卜和南瓜，
晒得又干又甜香。
多晒干菜多支前，
咱们百姓理应当。

二、做军鞋

你纳底来我上帮，
你打格布我捻绳。
你做得结实又好看，

我做得顺脚又绵软。
同志穿上脚，
走路爬山打胜仗。

三、输血

前方战士流了血，
后方输血来补助。
你也输，
我也输，
抢救伤员别马虎。

四、送公粮

一粒粒五谷粮，
一段段恩情长，
共产党，
解放军，
帮助咱们翻了身。
送好粮，
多交粮，
战士吃得饱又饱，
彻底消灭他老蒋。

五、絮行军衣

线儿长，
针儿密，

女工手中线，
战士身上衣，
多多做，
好好缝，
做得合适，
穿上暖烘烘。

选自《东北日报》,1948 年 11 月

◇张　凛

翻身农民之歌

参军

一直一更里呀，
月呀出不高，
忽听参军军人要走了，
可把干部忙个糟。
乡长牵着马，
主任背着包，
屯长就把汗伞打着。
武装队长忙坏了，
左手拿牙缸，
右手提烟包，
零碎东西完全他扛着，
送到区上自在逍遥。

二直二更里呀，
月牙出正东，
东北解放老乡来当兵。
现下当兵多光荣？
军人家属人人看重。
小米推三遍，
两遍都不行，
要烧柴火不要毛烘烘，
要吃井水挑现成。
种地有人铲，
园子有人经，
扒炕抹墙全由屯里担承，
冻着全家是不中。

三直三更里呀，
月牙出中央，
东北解放老乡把兵当，
现下参加多么荣光？
身上扛着九九枪，
十个手榴弹皮袋里装，
一挺匣枪里面藏，
准备好去打“中央”。

四直四更里呀，
月牙照亭坡，

现下参军多么快活？
革命成功把好日子过。
近道骑大马，
远道坐火车，
身后别着自来得，
百姓见了笑呵呵。

五直五更里呀，
天头要发白，
要把蒋军打垮台。
打垮蒋军人民自在，
东北老百姓呀，
不把饿来挨。
现下参军多光彩，
门口挂着光荣牌。

选自《东北日报》，1947 年 9 月

◇张　璨

寄　　语

——给苦弟

记起：

是谁推开了梦里的门扉？

依稀飞过来草原的风雨！

跌落“昭陵”。

塞上的恋歌，

绊锁了浪子的墨迹，

热情的泪点不成调子了，

多咱是了期？

有人说：

“兴安”的白雪已是掩不住黄昏了，

“达斡尔”族仍在呓语，

记着吧！

当年的“白发前情”。

选自《北光》创刊号，1946 年

◇ 陆海嘉

解放军来到了

——念给刚解放的城市里的老百姓

解放军来了，
让咱们放炸，
让咱们放炮，
让咱们跳高，
让咱们拍巴掌，
让咱们喊叫。
先前，
可受够了苦，
可遭够了罪，
这一下子，
阴天开晴了！
让咱们挺脊梁——
把“手捧子“打得稀碎！

把“脚镣子”打得稀碎！

解放军来到了，
让咱们放炸，
让咱们放炮，
这是咱们自个儿的城，
咱们人民的城，
快把“搁囊”、大粪，
扫个溜干二净。
快把汉奸、特务，
逮住一个也不剩。
快把兔崽子们藏下的枪支，
家伙什儿，
都“起”出来，
送给咱们解放军。

解放军来了，
让咱们放炸，
让咱们放炮，
让咱们
在最高的楼顶上，
在最宽敞的广场上，
把毛主席的像挂上，
把朱总司令的像挂上，
这些都是咱们的救星。

让咱们快排上大队去欢呼，
让咱们快扭上秧歌打响鼓，
告诉天底下的人：
咱们解放军，
没有揍不倒的敌人！
没有打不进的城镇！

解放军来了，
让咱们放炸，
让咱们放炮，
让工厂的烟筒都冒烟，
让全城的汽笛都响叫，
让马达都开动起来，
让机器的齿轮都转动起来，
让汽车、电车、火车的轱辘都飞滚。
沿着新民主主义的车道沟飞滚！
飞滚啊！
一块砖咱们也要看住呵！
一棵树咱们也要看住呵！
这是咱们自家个儿的城，
咱们的城，
人民的城，
工人的城，
农人的城，
为人民干活的城，

为农村干活的城，
为战争干活的城，
快去干咱们能干的活！
帮着战争，
为那还戴“手捧子”、“脚镣子”的城镇。
快去干咱们能干的活！
帮助咱们人民解放军
把解放的大红旗
插到北平！
插到南京！

一九四八年十月三十日于哈尔滨

选自《东北日报》，1948 年 11 月

◇阿　韦

你活在人民心里

——为哀悼李兆麟将军而作

噩耗疾卷过大地，
给蓝天遮上了阴霾，
草原消失了明净的光辉，
乡亲们不再欢笑，
代之以沉重的叹息，
只要一想起了你啊，
他们不禁默默地垂下了脑袋。

你同他们一起度过五千个饥寒的昼夜，
在这五千个漫长的昼夜里，
你顽强地战斗，从来不懂休歇。

他们许多人跟随了你，

到松花江的两岸，
到小兴安岭，
到嫩江同黑龙江的平原，
随之而来的，
是光，是热，
是勇气和信心。
在这五千个漫长的昼夜里，
要以重金悬购你头颅的敌人，
没有从前面射倒你；
而在敌人倒下的第一个春天，
人民刚预备抬起头，
迎接温暖的阳光，
你却突被杀死，
死在一个商谈民主问题的约会里，
刀子是从背后刺入的。

将军啊！
乡亲们懂得你为什么被敌人仇恨，
乡亲们记得你的容貌，
你的语言，你的声音，
你是乡亲们自己的人，
那些匪徒们仇恨老百姓，
就把你当作眼中钉。

三八枪同倭刀没有吓坏我们，

火箭炮还是镇压不了我们的翻身！
匪徒们，你们枉费了心机，
卑鄙的手段同恐怖
一辈子也改变不了历史要走的途程！

安息吧！我们伟大的英雄！
你将永远活在人民的心里，
指引着我们胜利前进！

选自《东北日报》，1946 年 4 月 9 日

◇ 阿　琳

沈阳即景

沈阳城外一百姓，背驼身瘦面色青。
左手携带小孙女，右手扶杖慢慢行。
保甲迫缴蒋家税，无奈卖孙进沈城。
儿子抗丁被刺死，媳妇被奸也送命。
卖了孙女完了税，孤影单单泪盈盈。
午夜醒来唤孙女，无人应声多伤情。
只有推翻蒋暴政，穷人才能得翻身。
大家如不联合起，细想太平万不能。

选自《东北日报》，1947 年 4 月

◇ 陈有明

把这裤袄做慰劳

东邻有个张大嫂，

坐在炕上缝裤袄。

左边缝，右边缝，

缝出裤袄真正好。

他儿说：

妈妈妈妈你听着，

我的衣服破完了，

把这衣服我穿好不好？

妈妈说：

好孩子你别闹，

民主联军辛苦了，

消灭敌人不老少，

全都为咱生活好。

咱们穷家没啥好东西，

把这裤袄作慰劳。

◇ 陈　陇

打到鸭绿江边

——为山东八路军战士们，到了鸭绿江边时，欢喜如狂，痛饮江水，而写成此诗——

这是一个庄严的行动，
我把它写成了诗篇；
可惜我没有彩色的笔，
绘不出那美丽的画面。

画面上是一队勇敢的人马，
站立在鸭绿江边，
江水啊！像伸出了无数的手臂
欢迎这一群山东的好汉。

是全中国人民狂欢的夜晚，
好汉们把江水当酒儿吞咽；

江水和他们一同放声谈笑，
咀嚼着那生活的苦甜。

他们是山东人民的子弟，
在海滨战斗了八年，
枪从敌人手里夺来，
每个人都留着光荣的伤斑。

哪一个是民族的先锋队？
是谁第一个站在祖国的边缘？
他们说："咱们唱个纪念歌吧！
打到鸭绿江边！"

八年啊！
他们吐露了自己的心愿！
鸭绿江啊！
载着他们的歌声，
流着他们的朴实情感。

一九四五年十二月十五日于鞍山

选自《东北日报》，1946 年 4 月

十　　年

十年前
我翻过中国的历史经典
里边有“救国犯法”
有“抗日杀头”
有“不抵抗主义”
有“卖国封侯”
但是
那里却没有“民治”“民有”
也没有“青年之路”
也没有“打倒日寇”
更没有“民生”“民族”的自由
十年前
我也曾同我的年轻热情的
伙伴卧轨请愿
提起来我也曾挨过军警的皮鞭
我也曾当过抗日救国的政治犯！
我也曾看过狱卒们的白眼！

十年来
我的热情并没有在冰雪里冻结
我的意志并没有被皮鞭子抽断
我的勇敢并没有被机枪扫掉
我的年轻的朋友们的队伍
并没有冲散
我的年轻的朋友们
走上了抗日前线
我的年轻的一代艰苦
斗争了十年

但是,十年呵!
我没有看见过
封建历史经典的修改,
我只看见过
“内战专家”在实行“独裁”
我没有听到过惩罚“杀人凶犯”
我确实听说过汉奸封官,
我从来没有见过
“大人先生们”的诚意诺言,
我总记得祖国的版图
在专家的手里变了样

十年呵!
祖国的山河曾被日寇给零刀碎割

十年呵，

爱国志士们的鲜血流成了江河。

十年呵，

人民好容易得到了胜利的鲜果，

十年呵，

“专制家”还想

骑在人民的头上享乐！

十年了，“一二·九”

这个光彩的日子

这个年轻的日子

这个带着爱国志士血迹的日子

我永远不能忘记。

我永远不能忘记——

我的青年的伙伴们

那殷红的血迹，

我永远不能忘记——

那些制造经典“专家”的

杀人把戏！

当我听到昆明年轻朋友们被

残杀的消息

我从新把十年前翻过的经典想起！

昆明的青年朋友们呵

被反动者枪杀，鞭打的伙伴们呵

历史是不会重复的!
胜利终归是我们的
但是,果实是攫取呀
还要继续斗争下去。

斗争下去
把反对内战的旗子高高举起
斗争下去
切莫再赤手空拳,
斗争下去
赶快拿起武器。

拿起武器,
把那些民族的败类按倒在地
恨恨地打,恨恨地踢
让他们嘴吃泥,
尝一尝泥土的滋味!

一九四五年十二月十一日于本溪

选自《东北日报》,1946 年 12 月

◇ 陈　非

打麦场上

关满库在麦场
手送木锨把麦扬
麦皮随风飘
麦粒落地上

关满库在麦场
手把着木锨暗思量
过去的苦日子真难忘
打下来麦子装进东家仓

自家没存过整斗米
东家磨面几大缸
眼泪暗往肚里流
愤恨长在心头上

关满库在麦场
瞅着麦堆喜洋洋
今年麦子自己的
再不是血汗白给东家淌

关满库在麦场
想起了民主联军在前方
要不是同志们舍命杀敌人
咱们穷人哪有今天样
这回打下翻身麦
先拿二斗交公粮
同志们吃饱好打仗
自己少吃也心甘

九月十二日于双城二区

选自《东北日报》,1947 年 10 月

◇ 陈博群

锦州大捷

北宁路上的捷报，
振奋着千百万人民的心。
你，人民的队伍，
用坚强无比的力量，
一次又一次，
给反动派沉重的打击：
解放济南，
解放锦州，
在南方和北方辉映着伟大胜利！
东北人民解放军光荣！
进军吧，同志们，
把尖刀插进敌人心脏去！

选自《东北日报》，1948 年 10 月

◇ 邵嘉陵

郑家屯和树

老老年

在这块

确绿的一大片草地

很少有人常来

那时候

初一十五啦

都奔北边那棵大树去赶集

东西一过岗子就望见喽

牛羊换布

茶叶布都是好东西

老郑家乍来的

谁也不知根儿底儿

郑家屯儿

大家伙都这么叫的
这光景
百十多年啦

郑家屯的树
老多老多的
西门外
油汪汪
走道的打柴火的
到那里就手歇凉
“中央”这一群王八羔子
修地包（堡）
拉棘藜
他就怕咱们的队伍
一门儿砍树

张老太太紧房根
一棵半死的老树
干巴枝下披散着稀疏的绿叶
他伴同老主人走向衰老

“老总！这棵树撂不得压塌房子
咱们一家子就……”
张老太太扶了扶小头髻
苦诉一年前往事

“我跟他们硬磨
说啥也不能撂”

老树没有撂倒
可是
可是门前那棵小桑树
“你看
一道沟
挨了狗杂种拉了一锯”

老树在矗立
许多人围着小桑树歇凉
唠着今年的收成可不能算薄
听说解放军围攻沈阳
张老太太乐呵呵的

真理撂不倒
民主的世纪
人民的烈火
正在燃烧

选自《文学战线》,第1卷第4期

◇ 青　修

街头诗

从南方，到北方
夜猫子进宅不吉祥
反动派到哪里
哪里百姓遭了殃

收编土匪和流氓
到处烧杀和抢粮
这些罪恶还不算
还要强奸百姓的女儿郎

想“中央”盼“中央”
“中央”原来是这样
想“中央”盼“中央”
“中央”来了更遭殃

阴湿的地方得要太阳

苦难的东北需要共产党

共产党到哪里

哪里的百姓得安康

选自《东北日报》,1946 年 5 月

◇ 范　　声

永远记着八一五

八一五！
世界吹起胜利的号角，
东北地上又打起欢快的锣鼓，
家家户户燃起红灯彩烛，
来庆祝光荣的八一五。
东北的舞台又展开新生的明幕，
前面现出一条光明的民主大路，
走！迈着我们的步伐，
加入民主的大队伍。
八一五！
胜利一周年的今天，
郑重地告诉我们：
“要和平要民主！”
可是法西斯的余毒，

又散布黑暗的迷雾，
杀害人民的自由和生命，
烧毁人民的权利和田屋。
他们要从我们的手中，
掠夺胜利的收获。
看！成千成万的中国群众，
还在哭啼地待哺。
“东北人民！
我们还不醒悟！
想想烧杀我们人民的是谁!?
难道永远做他们的奴仆！”
“不！
我们并不低首降伏，
我们要团结起来，
举起钢刀铁斧，
粉碎法西斯的阴谋，
向着恶魔的头部，
他再迫害我们一步，
我们就送他进坟墓。”
听！千百万要求自主的狂呼，
像人民心中流出奔腾不止的瀑布，
人民要翻身！
人民不愿在铁蹄下匍匐。
八一五！
是不知用多少军民的鲜血，

灌溉出的果实，
是不知用多少烈士的躯骨和头颅，
结晶成的珍珠。
他们为民族而牺牲，
在光荣的今天，
我们为纪念你们而悲哭。
八一五！
加重了我们双肩的重担，
我们扛起锹锄，
开辟东北的旷野，
使荒地变成沃土，
发掘无尽的财富，
赐给老百姓安康和幸福，
永远为人民服务！

一九四六年八月九日于哈尔滨

选自《东北日报》，1946 年 8 月

◇ 林　耘

呵,哈尔滨

我走在哈尔滨的大街上
心里充满着兴奋。
我来到了一座光明的城
一座解放了的人民的城!

呵,哈尔滨!
你曾经把我招引,
从遥远的南方,
那素称富庶繁华的长江三角洲,
我冲着涡卷了全国的内战的黑旋风
向你怀里投奔。

记得当我在上海滩上
漫步在夏天傍晚的黄浦江滨;

当我从北四川路邮政大厦的四层楼顶
鸟瞰午夜酣睡的都市时，
我曾无数次举眼遥望北方，
北方散射出吸引人的光芒——
你，仿佛是北斗星中最明的一颗
把瞎子的眼睛也照亮。

呵，哈尔滨！
今天我走在你精致铺成的青石街道上，
我是多么幸运！
我又回到了民主的大家庭！
我可以到处自由行走，
没有“尾巴”跟在后头；
我和许多初见面的同志握手，
那诚挚的友情，热烈的谈吐，
我拼命地呼吸，不怕裂开胸脯。

哈尔滨，说来怕你不信——
我这一向生长在南方的人，
对于你并不感到一丝儿陌生：
我看见那些戴皮风帽的士兵
在寒风中精神抖擞地前进；
我看见那穿黑大氅的工人
驾驶着自己的火车在铁轨上驰奔；
那年轻的店员

分到了红利满脸笑盈盈；
那无屋的贫民
有生以来第一次扶着自己的房楹……
我听见小鸟般的歌唱
是快乐的孩子们蹦蹦跳跳进校门；
我听见柏油路上清脆的马蹄声
是获得了耕地的农民赶着马车，
载运着大批粮食和木柴进城……
这一切，都像我常常梦见——
他们都是这么高兴，热情，
充满了新的生活——
就像一群饥寒交迫的囚犯
在阴郁的残破的牢狱里度了一生。
如今发现他们是在广阔自由的天地间
有吃不完的五谷粮食，
看着金光四射的太阳袅袅地升向天顶，
而这太阳——他们相信
永远不会落下，永远不会塌崩。

呵，哈尔滨！
看着你这翻了身的城，
看着这些直起了肩背的主人，
我眼前现出了另一群孤苦无告的幽灵——
他们是很大很大的一群
天上的星星和大河里的沙粒一样数不清。

他们不分晴和雨，寒和温，
一年四季睡的是水门汀！
这是东方第一座繁华的名城，
也有那些巍峨建筑，柏油路和教堂圆顶。
有一切高贵享受，但都只属于少数恶棍；
而那些被剥夺了权利的善良的主人，
生活比狗还不如
踩死蚂蚁一样没人怜悯！
他们做小买卖，拉洋车，
挤尽血汗只求一餐两根油条，一块大饼，
还得时时刻刻吊胆悬心
提防没头没脑飞来凶暴的警棍。
呵，哈尔滨！
你看，这种日子
比你过去十四年不一样是糟糕万分！
怎么这样凄惨？
真是一错百错——
只怪当初日寇投降的时候
欢迎错了一批吃人吮血的阎君！

呵，哈尔滨！
是你受难得早，所以解放得快？
是菩萨开了眼，给你带来好运？
不是，都不是，你应该记住：
这是共产党和民主联军

解放了哈尔滨，救出人民！
这是人民自己翻了身，所以幸福降临！
你想象不到吧？哈尔滨！
像我刚才说的那座大城。
不要说穷人分不到房屋，
不要说店员分不到红利，
汉奸恶霸仍旧是太上老君！
失业、饥饿逼死过多少人命！
这不是我危言耸听
明摆着的血淋淋的事实可以指天为证——
那边每天都有人投河，上吊，
每点钟都有美兵醉酒胡行——
吉普车到处撞死了人，
美国小子挥拳头，
可怜的女人在人行道上被奸淫……

不要以为这不过是偶然发生，
那半个中国哪里不是遍地血腥？
我打从南京，北平，直到长春
沿路没有看见一桩顺眼的事情！——
在南京我看见那些“遭殃”的瘟官儿
一个个吃得肥头胖脑，和妓女厮混；
在北平，我看见人力车夫
又在美国兵的吉普车轮下丧了命！

关于长春，也许你很爱听听——
她是你隔壁的紧邻
在春季她也曾拨开云雾见到过光明，
但夏季立刻被反动的阴雾层层遮隐。
现在那儿数十万人民好似不见踪影，
条条大街上阴司似的吓煞人；
到朋友家去敲门，他会猛然吃惊，
怕是"造殃军"来了，给带来灾星。

够了，够了，这些难道你还希望它降临？
我知道你当然是一千个，一万个不肯！
你会说——
黑暗处虽暂时黑暗
光明地已经是光明。
哈尔滨是翻了身的城！
哈尔滨是翻了身的城！

对啦！光明的城要永远光明！
哈尔滨不能再让罪恶的黑手伸进！
全中国酷爱和平、民主的人们
都会为你担心，为你祈祷。
当春季东北的血雨腥风正刮得起劲，
那贪得无厌的反动军，
跨过山岭，
拾取了未加防守的空城长春，

他们是这样趾高气扬地
拿着“洋爸爸”补给他们的武器，
把进攻的箭头，指向你。
哈尔滨——人民的城！
你仍然屹立在严冬的松花江滨！
每天早晨，我抹去
冻结在玻璃窗上的蜂蝶和松针，
看见那些浸在阳光里的鱼鳞般的屋宇
和远远近近闪着稻谷般金光的
圆的和尖的教堂塔顶，
我就想放开喉咙，歌唱我的高兴！

呵，哈尔滨！
人民的城！ 美丽的城！
你像巨人般地站住了，
在东北民主的前阵——
有人民的子弟兵浴血保卫你，
有广大的翻了身的人民热烈支持你，
反动军安敢轻进？
站住吧！
人民的城！
如果那凶恶的毒蛇猛兽
敢于不顾死活地闯进来，
就用人民的伟大的手
把它撕成碎片，

把它埋葬到冰冻的松花江底决不留情！

呵，哈尔滨！
美丽的城！
你永远是人民的城！
你永远屹立在松花江滨
从春到冬，从冬到春
向全中国放射可羡的光明！

选自《东北文艺》，1947 年 1 月第 1 卷第 2 期

静静的松花江

白茫茫的大地上哟，
躺着静静的松花江；
早晨的太阳照着她哟，
闪出水晶的光！

严寒冰冻的松花江哟，
你静静地躺着，
你，自卫战争的大壕，
民主土地的边疆！
在你坚冰厚甲的保护下，
生长着东北人民的力量！

东北人民的力量呀，
它就要像春潮暴涨，
它就要汹涌，
它就要泛滥呀，
冲走那些反动的豺狼！

选自《东北日报》，1947 年 1 月 18 日

他，负了伤

他，负了伤
倒在雪地里

雪地里，刚才——
践踏过敌骑

血，从创口流出来
淌进粉白的雪里
淌进雪盖着的土地。

土地，
从前是地主的，
现在分给了咱们……

他，咬着牙
挣起来
握紧枪
——向前冲呀！

誓死保卫咱们的土地！

一九四六年冬

选自《东北日报》，1947 年 1 月

战　士

——谁倒下了？
那英勇的战士？！……
你再瞧：
他不正平端着
雪亮的刺刀
向敌人戳去吗？
又舞起枪把
像狂风扫落叶一般
扫开挡路的敌尸，
虎虎地向前冲杀……
——敌人不消灭，
他是不倒下的！

一九四六年

选自《东北日报》，1947 年 2 月

◇雨　州

我是个贫苦的孩子

我是个贫苦的孩子，
生长在黑的角落里，
从小就没有了母亲，
爸爸是个穷汉子。
九岁就当了财主家的羊倌，
天天和我的伙伴——羊游荡在广阔的田野里。
四年八个月在财主家，
糟糠苦菜，
从没吃满肚皮。
更没穿过一件新衣裳，
我常常看着少东家手里的白馍馍，
偷咽唾沫，
用绝望的心情，
抱怨自己没有福气。

我是个贫苦的孩子，
突然交了好运，
一九四〇年的四月，
我听了别人的劝说，
跟着穿草鞋的队伍，
向着那遥远的西方走去……

我是个贫苦的孩子，
这一切都使我惊奇：
连长给我一双鞋子，
排长给我一套衬衣，
那是雪白的，多么漂亮的衬衣啊！
当时我还不知是漂白布的呢！
文书每天教我两个字；
我病了，
班长给我端来面条；
同志见面笑嘻嘻，
样子都像亲兄弟。

我是个贫苦的孩子，
一切都满意：
每天出操上课，
和同志一起看书，看报，唱歌和游戏，
既像一个大家庭，

又像学校里。

我是个贫苦的孩子，
这几年都在八路军里，
在革命培植下，
由斗大字认不了一石的孩子成了个
能看书，
能写信，
懂得为什么要为人民翻身
去战斗的
战士！

我是个贫苦的孩子，
我有了福气，
我将永远在革命的大家庭中，
去战斗，
去学习，
把一切吸血鬼们，
推到东洋大海去……

选自《东北日报》，1947 年 2 月

◇ 季　松

激情之献

当逐时潮向前走，
当逐时潮向前走呵，
人生就如艰苦的航行呵！
你就如站在——
随潮汐上下的舢舨上，
看浪花滚滚，
多少波涛向你奔激，
感情充溢在深流，
感情也充溢了海风！
深流动荡着你，
也就迎浪而行。

我们都是这深流里航行的人群，
我们都有着深蕴的感情，

即使海面掀起大风浪，

我们的感情也绝对把握住我们行舟的舵，

我们何时也不后退，

我们直向前行，

我们充满着正气，

突破风波的浪头，

我们的旗是招展着正义，

我们的航行是为人群而开拓，

要将昏黑的夜海熬到天明，

我们的甘果不仅生在海南，

也生在肥壤的白山！

我们的感情不仅充溢在激流的海洋，

也充溢在汩汩的黑水，

为航行的人们齐整起来，

逐时潮向前走，

逐时潮向前走呵！

选自《高粱》创刊号，1946 年 5 月

◇ 金安锋

一幅肖像

(一)

狰狞的面孔，

戴上一副和蔼的假面具，

扛着一块羊头的招牌，

背着一箱生菌的狗肉，

多少无知的雇主们，

呻吟在你的欺骗下。

(二)

兔儿住在月宫里，

无耻地接受着群众崇拜，

洁净皎辉的明月里，

嵌衬着一块污秽的黑点，

它只能拿锤子捣蒜(乱)!

(三)

养胖了一只看家狗,
放弃了主人的权利,
它便献媚地引导野狼进家。
威胁着主人财,
威胁着主人生命。

(四)

警觉的志士,
撕碎了禽兽的假面具,
唤醒了迷梦的群众,
这就危害了它的享受和独裁,
它嫉妒着,仇恨着,
疯狂地向人们乱咬。

选自《东北日报》,1946 年 9 月

◇ 金　妮

我的爸爸

我的爸爸死去了
死在血泊的战场上
死在内战的炮火里
法西斯蒂反动派杀死了他
用刺刀挖掉他的眼睛

我的爸爸
他到死没哼一声
没说一句叛变人民的话
为人民事业而慷慨就义

法西斯蒂暴徒
用皮鞭子抽他
用烧红的烙铁烙他

用针刺入他的身体
瞪着眼睛向他怒吼
想要他说出口供

我的爸爸
他没有哼一声
他的眉头□得□□
他的眼睛烧得发火
他的嘴唇咬得紧紧的
牙根都出了血

法西斯蒂反动派
以为爸爸会屈膝
会挤出眼泪来
但暴徒们想错了

我的可敬的爸爸
他绝不会忍辱偷生
他站在那里
像一个巨人
铁打的巨人啊
是正义的力量使得你这样坚硬

突然
巨人说话了：

“杀了我吧！匪徒！
我不会满足你们的要求
共产党会胜利的
人民会胜利的
你们的末日快到了
等着审判吧……
……”

爸爸！我的好爸爸
他的话还没说完
“砰”的一声
反动派就枪杀了他
……

啊！我的可敬的亲爱的爸爸
你死得太惨了
你的孩子永不会忘记
你的同志永不会忘记
我们向你宣誓：
要替你报仇
要拔掉法西斯的根
要把它宰个干净。

九月十八日

选自《东北日报》，1946 年 9 月

◇ 放　平

老盛头歌唱胜利

在庆祝胜利
和支援前线的大会上，
木匠老盛头，
满脸放红光。

他做了工人的代表，
走上台，
还没有说话先就忍不住笑；
他说道：
“我们这里一点也不懊糟，
大家都乐得不得了！
只有那蒋介石，
他这些个晚上
心里一定懊糟睡不着觉。”

“报上登着：
他坐飞机，东也飞，西也跑，
飞到东，东边吃败仗，
跑到西，西边又有几千几万
被咱们军队包围了，消灭了！
蒋介石，就像火锅上的蚂蚁，
他还能跑个几回好的？！”
老盛头，讲得好！
大家都在鼓掌哈哈笑。

他又讲：
“济南十万国民党军缴了枪，
锦州又是十万！一个也没有跑掉。
长春，不又是十来万吗？
如今沈阳又被咱们打下了，
他们跑都不敢跑！

“仗打得这样好，
这都是毛主席的功劳，
——他领导得好！
——他指挥得好！
这更是全部解放军的功劳，
和大家老百姓的功劳，
因为呀，大家都肯一条心，

要把反动派坚决打倒！”

“可是我们还得立大功劳，
打到关里去！
叫蒋介石，
没有地方可逃！”
老盛头，讲得对，
大家又在鼓掌，又在叫好，又在哈哈大笑。

好！
好！
一千个好！一万个好！
东北全部解放了！
中国也快全部解放了！
我们的老盛头，
笑，笑，他乐啊，乐啊，乐个不得了！
所有的中国人也乐啊，
也跟老盛头一样地歌唱，一样地微笑！

选自《东北日报》，1948 年 11 月

◇ 郎文波

离不开共产党

小孩儿不离娘，
瓜儿不离秧，
苦难的中国，离不开共产党。
谁改善了工人农民的生活，
谁解放了牢笼中的妇女，
谁教育了青年儿童，
谁领导我们打敌人，保家乡？
共产党，共产党！
共产党，共产党！
你是瓜儿的秧，
你是孩儿的娘，
你是孩儿娘，
你是瓜儿秧，
啊！ 中国人民，

热烈拥护你——

共产党！

选自《东北日报》，1947 年 5 月

◇ 孟　冬

五一之歌

一

兄弟们，姐妹们，

像海潮一样流到街上来，

到街上来啊！

今天是劳动者的节日。

这日子诉说着饥寒与血泪；

这日子标志着斗争的胜利。

从大陆到海洋，

高声呼喊吧。

从海洋到大陆，

齐声歌唱吧。

让我们的声音，

像来自大海的暴风雨。

二

兄弟们，姐妹们，
解放区工人要勇敢坚强，
勇敢坚强啊！
“五一”是战斗的号召，
我们高举着毛泽东的旗帜，
在今天来检阅我们的队伍。
从黑龙江到长江，
组织起来吧。
从长白山到太行山，
武装起来吧。
用我们的铁拳，
杀绝进犯的狗豺狼。

四月十八日

选自《东北日报》，1947 年 5 月 1 日

◇ 孟吾芳

沦陷草

诉

摘尽树叶
食尽春草
桃花也哭泣了。
高粱米贵如黄金
谁还有心
到后院去看月亮?
饿死的人有如落花,
寂寞地睡满街巷呵!
托春风与白云
把这悲惨的消息
带过长江吧……

相思者

谁说普天一春？
江南的桃花
就比塞北的浓艳！
看鸿雁飞来
于是，我成为祖国的相思者呵！
心像一堆干草
谁是那燃烧我的
一支香火呢？

生与死

饥饿爬进每家门槛——
孩子向母亲
伸出乞求的手
而母亲的施与
只有眼泪像泉水泻流。
钱难赚　米难买——
死亡也生了双脚
它常在我们东北街巷散步呵！

饿亡录

听说北京市一日
就有百余人死亡
是他们厌倦古都的晚春
还是厌倦了北海的月亮?
纵然有一颗救助心
也飞不过山海关呵!
柳枝光了
榆钱也光了,
野草变作我们的食粮——
这东北的暮春
不是更寂寞吗?

附录:

一九四三年五月七日,据友人由燕京归来云,北京市内,因“倭奴”暴政,配给食粮不足,市民饿死者,每日有百余人,其惨无异于东北,闻之下痛心已极,但“倭奴”当权,奈何,仅草此诗,以慰吾怀。

一九四六年五月七日夜

选自《北光》,1946 年创刊号

◇ 春　波

去找八路诉诉苦

一

八路军,行民主,
八路走了无父母;
留下咱们受了苦。
国民党,混政府,
苛捐杂税加得苦;
到处挨家抢粮谷。

二

八路军,救命主,
打起仗来像猛虎;
进了城,放粮谷,
这回咱也享了福;

以前的日子赛黄连，

找着八路诉诉苦。

选自《东北日报》，1947 年 6 月

◇ 赵　采

李万金

一

全福屯有个李万金，
人高力壮手脚勤，
扛活卖工十几年，
苦难的日月数不清！

李万金，
干起活来在人前；
扶起犁杖手有劲。
千垄万垄一蹚线，
一蹚线，没个涛，
李万金翻地论垧够三千。

李万金好劳动，
割起庄稼快如风。
别人割六垄，
他割八垄还带零。
吐把吐沫抓紧口，
哪个小伙子也不行。

北大荒，天气冷，
春起耕地最要命。
四更天里就下地，
烧起野火等天明。
六垄一垧的长地头，
耕了个来回还不出日头。
手抓犁把筋发麻；
风吹手脸刀剜肉。
星不出，月不明，
回家早了就不行，
李万金呵谁叫你受穷？

北大荒，出太阳，
夏令的天气火一样！
晌午不歇晌；
也没个草帽遮太阳。
光着膀子来铲地，
风吹雨打日头晒，

赛似剥皮苦难当。
李万金呵，
你的皮肉难道不是亲娘养？

北大荒，秋雨多，
雨多地发黏，
做起活来真困难。
拔出右脚左脚陷，
一步一“卜吃”，
力气白费在紫泥里。
泥里滚来泥里去，
十天就有八天湿。
脸发青，嘴唇紫，
不是鸭子不是鱼，
李万金呵，
你为什么天天过这湿日子？

秋风起，庄稼黄，
一年的辛苦变成粮。
李万金呵，
你半夜爬起床，
嚼上两粒咸盐豆，
喝上几碗稀米汤，
拿上镰刀就下地，
满天星星伴月亮。

杀高粱，冰手痛，
割谷子，满把霜。
你呵，李万金！
为谁辛苦为谁忙？

忙完收割忙打场，
整夜不睡觉，
大北风里把场扬，
黄豆是金子，
麦子是银子，
金子银子入了东家的大粮仓。

提起那大财东，
脚不抬来手不伸，
一年四季懒洋洋。
李万金呵，
你喝稀粥人喝酒；
你披麻袋人穿绸。
你嚼点咸菜当过年；
人家蘑菇小鸡菜不断。
东家盘腿炕头坐；
你李万金吃饭蹲在灶坑旁。
粮户吃得白胖胖，
粮户的脸蛋子贼拉亮，
李万金呵，

你的血、你的汗，
喂养了狠心的张三狼。

狠心张三狼，
算盘乒乓响！
挣的粮价他按贱时算，
用他家的东西，
可要合大价钱。
街上豆油值八块；
他账上写的是十元。
街上咸盐四元八；
他账上写上五元三。
大布一尺五元五；
他账上作价整六元。
东扣一个工，
西扣一个工，
李万金呵，
你一年三百六十天忙，
哪能记得那么准成？
黑字写在白纸上，
穷人说话不顶用。
年年冬月要结账，
你年年的劳金算个光。
你呵李万金，
你哑巴吃黄连，

有苦口难言。
人家过年多欢喜，
你家过年过难关！

你呵李万金，
你扛活做工十啦年，
吃不饱来穿不暖。
你这么一个好劳动，
十啦年呵，十啦年，
挣不下地一垄来房一间！

二

福民村来了工作队，
穷人开起翻身会。
政治委员下了乡，
红缨扎枪肩上扛。
孙大豆包挨斗争；
甄大骡子被清算。
毛家围子扯起了农会的大红旗，
老韩家的地窖里，
挖出了绸缎和布匹。

徐家围子也来了真八路，
枪毙了徐二东家大汉奸。
初霸天不敢横行在初家岗；

姜大爷也逃出了他那姜大院。
徐二东家的三千垧地，
分给了穷棒子。
李万金呵，你想："快了！"
你等得好着急！
望着别人翻身你眼馋：
"为什么八路不先到俺全福屯
老在别屯打转转？"

天旱盼来透雨；
口渴遇到清泉。
那工作队可真来了，
工作队住在孙家院，
离李万金的家呵，
只有那么里把远。

李万金呵，
你喜在心里笑在脸上，
心里那股劲呀，
像大风掀起了海浪，
浑身都是力量。
那一夜呵，
那一夜你眼都没合上。

跑场中认出了骏马，

战斗里看出了英雄，
在群众大会上，
显出了你李万金。
你从心里爆发着
坚决的誓言；
一群穷苦的人们啊，
选你做了翻身委员。

农民没有共产党，
永远给人做牛羊。
穷人为啥当奴隶？
就因为手里没刀枪。
在农会成立的那一天，
农会的会员们
又选你当了民兵队长。
你的声音真响亮：
“不怕汉奸大粮户，
永远跟着共产党，
从前你们把我踩到地底下，
今天我李万金，
要把你们踩进黄土三尺深！”

李万金呵你翻身了，
分了五垧平川地，
半间小草房。

全福屯的人民呵，
都有了房子都有了地；
都分到了牲口和布匹。
大翻身了李万金！
大翻身了全福屯！
你啊李万金，
你干得多么带劲，
秋天下雨满地泥，
你赶着大轱辘车，
到拉哈去起汉奸的东西。
你不怕冷来不怕湿，
说是为穷人办事万死不辞。

你穿上了蓝布新裤褂，
腰别三个榴手弹①，
背上背着大盖枪，
你像一个快乐的响铃，
你走到哪里，
哪里就发出快活的笑声。

李万金呵，你快乐吧，
这是我们劳动人民的时代，
我们就是当家人！

① 李万金管手榴弹叫“榴手弹”。

李万金呵，

你加劲地工作吧，

为了你自己，

也为着咱们大家的大翻身！

一九四六年十一月于拉哈

选自《东北日报》，1947 年 7 月

◇ 胡　采

吃完他卒子再吃车

打蒋军好比下象棋，
吃完他卒子再吃车，
全盘人马都吃尽，
看他老蒋走哪里！

选自《东北日报》，1946 年 11 月 11 日

◇ 胡　昭

自卫队长

你紧握着红缨枪，
站在地头的高岗上。
你的眼睛，
瞅着割地的人们，
也瞅着那谷子同高粱。
你常对人说：
“忙了一春一夏啊，
再收不到家，可真冤枉！”
你是翻了身的雇农，
是屯里的自卫队长。
屯人都知道你——
为人老实，热心肠。
你长着一个好身板，
一着眼就知道你的脾气

——勇敢、倔强。
想起从前，
你给“刘大绝户”扛活，
十几年一直是
穷得“叮当乱响”。
从冬到夏，
从夏到冬，
你总是低着头给人家干，
一天天脚打屁股地忙……
可是，
你仍旧吃不饱饭，
“大绝户”在里屋暖炕上吃饺子，
你蹲在灶坑门口喝米汤！
大正月天，
你家揭不开锅，
饿死了五十多岁的老娘！
没有钱买棺材，
（买药钱都没有，
要买棺材岂不妄想！）
就用炕席卷着扔到南岗。
你咬着牙，
没哭一声。
别人问你：
“你倒想你娘吗？”
你摇摇头。

心里说："是小子记住这笔账，
擦眼抹泪的啥也不当！"
有一年冬至月儿，
你就被抓了劳工，
（春天讲话时"大绝户"）曾说：
"给我干活可以不去劳工"，
因此你比别人少挣五百元钱；
可是，真抓到头上时，
他却摇头说"不管"！
跟别人一块儿，
上了黑龙江。
在那里——
你尝够了人间的苦痛，
你饱受过北满的风霜。
一顿饭只给两个大眼窝窝头，
饿得前腔贴后腔。
干活时哪能有劲儿？
拉泡屎狗都嫌净是稀汤！
比磨盘小不多少的石头，
你们把它一一搬到一起，
——给鬼子们盖起洋房。
稍微干得慢一点儿，
小队长那吃人的魔王
就会狠命地给你一顿哭丧棒。
一年多啊，

钢铁铸就的汉子，
也只能落下一副干骨架！
就在第二年八月，
一声霹雷当头响，
——苏联红军帮助解放了咱东北，
来了穷人的救星——中国共产党。
你和你的伙伴们，
纷纷地转回家乡。
共产党领导咱，
穷人都起来啦，
清算的火着得红堂堂。
你领着大伙，
去把“刘大绝户”绑。
在斗争会上，
你哭着吐出了十几年的苦水，
——十几年头一回张开嘴。
老实巴交半辈子了的你，
从今可扬眉吐了气。
有一天下晚，
你正在农会和一帮人算果实账，
“大绝户”外甥来找你去一趟。
一进屋——
炕上摆着小圆桌，
又是菜来又是汤。

“小辣椒”①一见忙下地，
甜言蜜语叫“队长！”
你知道地主请你必有事，
就假装不知上了炕。
“小辣椒”陪你来吃饭，
飞眼吊棒你不看。
“小辣椒”一边吃一边说：
“有件事要求你帮帮忙。”
你问：“啥事吧？”
“我们有点东西地下埋，
求你给遮盖遮盖！”
说着把钱递过来。
你接过钱来又慢慢说：
“到底在哪你告诉我。”
问清以后你蹦下炕，
桌子给摔地当央。
当天下晚就来了自卫队，
在地窖里起出两袋大洋。
屯里人都夸你干得好，
为了大伙不“搂赃”。
在一次全屯大会上，
选你当了自卫队长。
你对大伙说：

① “大绝户”的三老婆。

"我没念过书,
有事咱们多多商量,
我一定用尽我的力量!"
分了地,
分了房,
娶来个人儿,
立下了家当。
到如今,
你又加入了中国共产党。
一春一夏,
做了工作也侍弄了地。
党员在生产中要带头,
你就天天早起,
你在前边用犁蹚,
媳妇后面用锄耪,
两口子一齐忙。
到秋,
自己的庄稼成熟了,
家家收割忙。
你说:"到手的粮食收不下,
怎么对得起分给咱地的共产党!"
为防备坏蛋来破坏,
你也和大家一样,
换着班儿来站岗。
紧握着红缨枪,

站在地头的高岗上。

你的眼睛

瞅着割地的人们，

也瞅着那谷子同高粱。

选自《文学战线》，1949 年 4 月第 2 卷第 2 期

◇ 柯仲平

英雄且退张家口

我把城墙当铁链，
我把城池当罐罐，
英雄且退张家口，
忘八入瓮链子拴！
你占城来我占乡，
把你包围在中央，
东风定与孔明便，
撤退里头有锦囊！

选自《东北日报》，1946 年 11 月 11 日

◇ 柯　岗

小顺他娘

——解放区的一个平凡的女人

序诗

现在有一位四十多岁的寡妇，
她第一次真心地笑了。
全村的男人女人都围着她，
忙着笑，
忙着给她敬礼，
忙着给她献花。
呵！我们的世道变了，
让大家都陪她笑吧！

(一)受奖

他们把桌椅摆在大殿的廊檐下，

桌上放着旱烟袋，还有鲜红的花，
野艾搓成的火绳从桌上拉到地下，
靠着柳圈椅子
挂着崭新的镢头一把。

这座庙不知哪一代修成，
金字大红匾都褪了色，
前年下大雨围墙又塌一块，
那些不走正路的孩子们，
都顺着缺口爬进来，
他们探头一看，
嘿，院里坐得黑压压，
无论谁也找不到自己的妈。

娘儿们家开会，
不是笑就是说话。
农会主席脖子上青筋绷起丈高，
把嗓子都喊哑，
但会场还是乱哄哄的。

区上来的那个人，
扯着喉咙大声说——
“咱们这个英雄小顺他娘实在光荣哩！
因为她是娘儿们家。
娘儿们家小脚小手的，

肯受苦，会受苦，
领着大大小小一家都受苦，
庄稼种得好，
日子过得有劲儿……
待军队好，待政府也好，
样样工作都占先，样样模范……
现在奖她一把新镢头，
妇救会还要给她戴花，
还要她讲话……”

那人话还没有落地，
大家哗哗拍起手来。
不知谁家那个小媳妇，
穿着镶黑边的茄花袄，
把手伸到那个黑瘦女人的脸上拍，
她那红色的玛瑙珠镯子碰得乱响，
她笑得抱着肚子，
她把人家拉起来硬往台上推……

小顺他娘站在台上，
那火绳快烧住她的腿了，她也不动，
黑瘦的脸上一阵白一阵红，
人家越拍手，她的头越低。

她用手接过镢头，

强装着骨气抬抬头，
她好像闭着眼睛，不敢往下看：
“俺自己给自己受苦，
还有啥说……”
有些人只见她一咧嘴，
连那雪白的石榴籽牙都没看清，
她便跑到人群中。
大家都乱啦，

妇救会那些年轻女人，
抱着大红花，撵着替她插，
哈，哈，哈！
无论谁都笑得抿不住嘴，
连花都揉得稀碎。

小顺她娘心里就像猫抓的一样，
她觉得民主政府赛过亲爹娘！
自家为自家受苦，
自家多打粮，公家还要奖……

那把新镢头老是挂在窗台上，
就是不下地，也擦得雪亮，
她想着明年开春，
一定多开二亩荒。

"花好惹人忌。"
忽然间,村里起了一股歪风,
那些好吃懒做的从前的财主们,
到处咕咕唧唧——
"哼! 说啥劳动不劳动,
女人家会发外财……
汉子坟上还没长出草,
寡妇女人漫山跑,
可不正经哩……"

"墙里说话,墙外听!"
小顺他娘觉得有人往她头上泼冷水,
觉得像小刀刺她心中,
不,比那还痛——
就像有人无缘无故
把她的孩子投了井……

她哭了,她放声哭了!
她浑身直抖,双手冰凉……

(二)往事

小顺他娘放声哭着,
巴掌大的小院子,
人们越聚越多。
年轻的小伙子气得双脚蹦,

女人们咬着牙根儿骂那“狼吃的”
胡言乱语……

可是那小顺他娘一直哭着，想着——
那晚上，天多黑呀！
伸手望不见拳，
大冷风顺着屋脊呜呜叫。
顺他爹——那苦命的冤家
他的病重啦！
喉咙眼儿像是拉风匣，
嗞啦，嗞啦地响。

一家大小直板板地坐夜，
一更，
二更，
三更，
泪珠儿扑塔扑塔滴着，
等天明……

眼看着窗户纸慢慢发白，
顺他爹一把拉住俺的手，
他喔啦喔啦说起来：
“给你留下一亩坡地，一堆账，
老的老，小的小……”
“不怕，我替你担起这担子，

你躺着养吧!"
"知道你还年轻,就怕娘受……"
"你放心,不叫娘受罪,
我一定替你受到头……"
"……"
他再也不说话了,
他把脑袋轻轻摇一摇,
他的眼泪汪汪的,发蓝……
人常说:
"有人就有福。"
一天多织二尺布,不胜寻个好丈夫。
天哪! 日子可怎过?
一家大小张着嘴,要吃喝……

大顺过年才十三,
拿不动锄,扶不住犁,
小顺今年才七岁,
不顶一只老母鸡。
娘老啦,晃战战的身子,
脚下没有根儿。
俺年轻女人家,平常谁敢出门,
要是七八月下地走走,
人家还要捣断你的脊梁筋……

到如今,走投无路,

女人家咬咬牙顶个男人，
红公鸡叫过三遍，
院里才晕晕明，
一只手拉住大顺，
俺娘俩下地耕种，
直等到日头落，满天星星，
才瞎摸影转回家门。
大白天过路人挤眉弄眼走过地边，
俺想着顺他爹不在啦！
忙使手巾盖住脸，
一滴泪，一滴汗洒在胸前……

年三十，人家穿红挂绿，
俺还要下地受苦，
娘在家滚锅没米，
抓一把干菜叶，拌点谷皮。
财主家来逼账，
往当院一坐，大腿压住二腿，
人家说：
“你前世没烧好香！
今生叫你变驴……”

日子好比过刀山，
一把血，一把汗苦往前盼……

谁知自从八路军开来那一年，
县知事头一回下乡，
取消了“驴打滚”的利钱，
俺诉了苦，说了理，
二亩半压契地给俺抽还，
第二年村公所开会讨论，
说俺人口多，顾不住，
把奶奶庙官地又拨五分，
这才算翻了身喘过气来，
又有人红了眼血口喷人，
说俺“寡妇家不正经，会发外财？”
我看这些人都是奸细，不怀好心！
村公所一定要做主，
我要追问……

（三）劳作

杏花开啦，杨穗子落地啦！
小顺他娘的镢头也磨好啦！
她急得很，
她偷偷用镢头在院里试一试，
她笑得眯缝着眼，
露着雪白的小石榴籽牙，
脸皱得像个干茄子。

“十九”都尽啦，地也开啦！

俺跟大顺去开荒，
小顺去拾粪，
奶奶在家看门，做饭。
咱都好好受吧！
看村上区上待咱都多好，
叫咱勤俭受苦，多打粮，
公家还给奖！
俺早点把地弄好，
赶“小满”就把“知谷”种上，
到麦后大顺好去参加独立营，
保住咱这好时光……”

小顺他娘就像着魔一样，
这心事她逢人就讲。
她劝说家家户户比钢强——
使劲闹养种，
年年多打粮！
样样工作打头阵，
政府赛过亲爹娘，
热心拥护八路军，
保住咱们好时光！

二月天，冷清明，
只听见大门“唧扭”一响，
大顺挺着胸脯在前走，

娘扛着新镢在后头。

他娘儿俩在山上比着开荒，
一镢头掀起一大块黑土，
就好像一片谷粒金黄……

太阳从东方走到西方，
夜雾压在他们的头发上，
就这样，漫长的春天，
他们劳作在千万年的荒山上。
风一程，雨一程，
“大麦不过小满，
小麦不过芒种”。
日头出来就像走马灯，
一晃就是一天，
小谷苗刚刚露土，
咕咕鸟又催他磨镰，
不敢耽误呀！
小麦黄了，大麦干！
小顺他娘领着一家人又割又打，
七手八脚，才把麦弄到场里，
罗面雨一下连阴好几天，
雨浇着小苗不停地长，
眼巴巴一场麦子要霉烂，
可不好啦！

小顺他娘坐卧不安，
半夜三更，推开窗户直看天，
远山，近山，灰茫茫的一糊片，
她在屋里又跺脚，又埋怨。
天明，顶上个草帽，
她跟大顺去拔苗，
山高路滑，叫奶奶在家纺线，
大忙天谁也不能闲……
一见日头出来，
她赶紧把麦穗摊在场上晒。
独自个坐在场边上，
就像一位“菩萨”奶奶……
有时候她想看看收成，
拣一个焦黄的麦穗放在手中，
搓了又搓，搓了又搓，
白胖的麦粒往下落。
一颗、两颗，她数着说：
“谷三千，麦六十，
好收碗豆八个子！”
最后她一笑，又把麦粒扔在地上。

五月在太行，
生产战斗两头忙。
大顺一听说备战，
心里直痒痒，

他知道娘的心和他的心一模一样：
“娘！
苗拔过啦！
麦打过啦！
我去吧……”
娘眯缝着眼笑了笑，
一声不响……
第二天她换上一件月白布衫，
提一篮雪白的蒸馍，
把大顺送给营长：
“营长同志！
我给你送来一篮白蒸馍，
一个黑孩子，
我心里明白，
要是没有八路军，
俺一辈子也见不上这馍馍，
孩子也长不成……”
她转回来，
一路上两只手甩得像车轮样，
说不出有多高兴。
八九月一阵凉风，
柿子树满山红橙橙。
玉茭穗粗得像棒槌，
谷穗儿硬得像麻绳，
这正是旺月时候呀！

老庄户人人高兴。
想不到大顺不在家，
她娘劲头更大啦，
她一见日头上房坡，
提起筐子就上山，
到晕黑，家家烧起烟火，
她头顶着满筐玉茭穗子，
慢慢走下山来，
喘着气把筐子往院里一放，
玉茭咧着嘴笑，
她也咧着嘴笑。

就是到了冬天，
她也不会盘腿坐热炕，
织起布来梭子呼啦啦响，
纺起线来又细又长。
就是下着大雪，
她也会上山砍柴，
手提板斧，一气钻到树窝里，
斧子梆梆响，雪花满天飞，
她非要砍够一捆才肯回。
柴捆多粗，雪多大，她都不怕，
下山的时候，她会自己和自己说话：
“下吧！麦盖三层皱（雪盖住麦苗的意思），
头枕油馍睡！”

要是高兴起来，
她还会唱个砍柴歌：
“天上下雪地下白，
砍柴不砍合欢柴，
点了它不燃，
干了它不耐！”
一到天黑，
她和小顺抢着去上冬学，
可是她没有小顺识字多……

现在那总结劳动英雄的大庙里，
人们又坐满啦！
小顺他娘还有另外几个人，
他们坐在桌前，
各人的背后都放一个大粗碗，
人人拿着黑豆都从他们背后走一趟，
人一过去，碗就叮当一响。

后来，有三四个人，
把碗里的黑豆数一数，
马上哗的哗啦又拍手啦，
说她是新“村副”，要她讲话，
她笑着两眼眯缝着说：
“现在娘儿们家也能问公事啦！
你看从前谁想到能有今天呀！

这是毛主席叫咱翻了身，

八路军，民主政府是恩人！

咱要拥护政府和军队呀！

咱们要好好互助闹庄稼呀！

咱要好好织布纺花！

只要咱们军队政府老百姓吃好，穿好；

敌人进攻咱也不怕！”

她这回说话比上回声大，

说完话她还笑着。

这篇东西是1943年1月写成的，对于大规模“组织起来”的情景，未能大力反映，深感遗憾！——作者。

选自《北方杂志》，1946年10月第1卷第3期

◇柯　蓝

参　军

圈里牵出我的马，
公家发给一支枪。
骑马又挂枪，
参加八路上战场。

马是好快马，
枪是好快枪。
看我小伙子，
来回走在边境上！

边境北风寒，
北风单怕英雄汉。
边境有豺狼，

豺狼单怕好儿郎。

英雄汉、好儿郎，

拿枪上马保家乡。

选自《东北日报》，1946年12月5日

◇ 柏　章

胜利之歌

有多久了
我等候这日子
比新郎等候婚期
比小孩等候过年
比老妇人等候远归的独生子
比这一切都焦急而热切
因为——
这是三千万奴隶解放的日子
这是两年来劳动人民梦想的日子
这是许多年中革命战士为她苦斗的日子
这是有史以来
东北第一个幸福与光辉的日子

东北解放了

东北胜利了

从此——

不再有饥寒与眼泪

从此——我们将挺起胸脯

因为——我们是光荣的民主东北的子弟

我为胜利的欢呼所召唤

我为胜利的锣鼓所召唤

我匆匆地迎着十一月的深夜走去

——哪里去

——到灯光最明的那边

　　到歌声最响的那边……

——冷不冷

——不

　　欢喜在燃烧着我

　　我还觉得热

　　哦——

所有的高楼大厦都亮着灯火

所有的大街小巷都充溢着音乐

我东张西望——

认不清这些地名与方向

我——这个城市熟悉的居民

在胜利的眩耀下

变成生客了

炮仗——
那高楼上挂着放的像一条火鞭
那十字街头又飞起了巨大的轰响
那一群群小孩在放花——火焰的花朵
……
过来了——火把游行队
过来了——秧歌歌咏队
远远的
瞧
那是什么
像一道虹
像五色的珠□
像闪烁舞动的龙
啊——看哪
这是美丽的提灯队呀
蟠桃灯　西瓜灯
荷花灯　海棠灯
八角玻璃灯
五角红星灯
金钟大方灯
镰刀斧头灯
……

我——
不看到这些已经十几年了
在八年艰苦的抗日战争时期
在三年困难的解放战争时期
我们埋头于工作
今天
一切的努力都结了果
这果子有多么甜蜜
看
飞舞在半天的
无数的红旗
是革命热情的火焰啊
……
听
嘹亮地响着激动的调子的
金光闪闪的喇叭
是战斗胜利的欢乐啊

大卡车都装成花轿了
摩托卡与自行车都排成长串了
什么语言都失去效用了
胜利在拥抱一切

我知道那些口号欢呼的意义

那些歌声同舞蹈的意义

那些旗帜灯光的意义

那些喇叭锣鼓的意义

一切的色彩与音响

告诉大家两个字

胜利

选自《东北日报》,1948 **年** 11 **月** 5 **日**

向我们的军旗敬礼

来，

立正

向我们的军旗敬礼！

我们的军旗，

鲜明灿烂无比！

这不是一面普通的旗帜，

这是用火焰与热血特制的！

这是一面英勇的旗帜，

这是一面胜利的旗帜！

这是——

人民武装力量

壮大，

坚强，

不可战胜的标志！

我们
为人民而战，
所向无敌！
我们
人民的亲儿子，
人民的亲兄弟。
我们
生活得艰苦，
战斗得英勇。
我们
学习了一切本领，
将敌人坚决消灭
干净！彻底！！

二十二年的战斗，
我可爱的祖国站起来了，
像阴霾后突然见太阳，
全世界人民都受到，
鼓舞震荡！

看——
我祖国的天空，
飘扬着人民的军旗，
让全世界的人都抬起头来！

使我们的朋友露出微笑,
使那些
鬼鬼祟祟与人民为敌的东西们,
胆落魂消!

光荣啊!
胜利啊!

我高举着军旗,
因为我是一名
人民解放军的战士!
"奋勇前进!
将革命进行到底!!"

毛主席的命令——
就是:
我们全军的誓词!

选自《东北日报》,1949 年 6 月 24 日

◇ 柳

延安　你是一首美丽的诗

延安，
想起了你的名字
就像叨念着一句坚定的誓词，
就像朗诵着一句美丽的诗！

那英明领袖毛主席脸上的笑，
那无数火样狂热工作和学习的同志，
以及所有人们的坦白和虚心，
以及那些可爱的“延安型”小的孩子。

那终日欢唱着的，
我沐浴过的延水，
那薄云缭绕的宝塔，
那月光下的清凉山名胜，

和那俱乐部的礼拜天。

以及我曾以汗水滋润过的山川，
和那记不清年月的山上古城，
数不清数目的窑洞，
和我曾放过牛羊的草地。

还有那幽静的桃林公园，
是我最好的相知——
感激的泪，沉痛的忏悔，
或是狂烈的笑，飞跃的欢喜……
在我清晨或黄昏的路过时，
对你，无隐饰地
诉说过各种难对人言的情绪。

还有那满山遍野的波斯菊，
还有说不尽的农民和毛主席的故事，
和农民对毛主席的敬意，
——这敬意已生根在解放区人民的心田了。
毛主席，你是在每个劳动人民的心里啊！
我们离开了你，然而
我们永远也没有离开你。

延安，啊！
你“民主中国的首都”，

你是革命者最坚定的誓词，

诗人也写不出的最美丽的诗。

选自《东北日报》，1946 年 11 月

◇ 柳　波

路

——给飞向自由天地的人们

（序）

不要犹豫旁观，
不要踌躇不前，
相信真理
真理会给你以自由！
除了自由有什么更可贵？

放下你冰冷的面孔，
展开天真的笑容，
人类不是没缘的！
在我们的希望里，
不是蕴蓄着同样要求吗？
“民主、自由、真理。”

真理只有一个，
认清应去的方向，
顺着大路走下去！

（一）

离开繁华的都市，
在晚秋的风雨里：
车行了三日
来到边塞上的重镇
——佳木斯。

别了，留在哈尔滨
青年男女同学朋友们！
还记得吧？
在我们相处的日子，
是多么友爱和融洽。

为了把战败的强盗，
那来自东方的“吸血鬼”
遣送回国去：
我们在烈日下，在风雨里，
共同地学习和工作过。

（二）

在工作完毕的时候，

我以大哥的身份，
谈论青年要做的事：
“在年轻思想模糊的时代，
往往被家庭——
情感的套子束缚住；
给思想找出路的时候，
因为情感的盲动
常常被“祖国”的框子所迷惑！
……”
你用温和的话语
在叮问着我：
“同志：请你告诉我，
除了慈母的爱抚，
和家庭的温暖以外，
还有什么更可爱？”
我以乐摩悲多斐的名言，
斩钉截铁地回答你：

“爱自由胜于一切，
即使换的一个王座，
也不悖负真理！”
你又说：“家里没更多的人口，
妈，只生我和哥哥两个孩子，
哥哥常年在外做事情，
妈把我当宝贝留在家！

怎么能舍得离开呢？……”
你就这样在温室中长大！
总不会吧??
我青年同学朋友们：
为了个人一点温暖，
使你终生抱恨地死去！

“走吧！
为了自己的理想，
突破封建的牢笼，
到自由的天地去！”
就这样！
你丢开温暖的生活，
悄悄离了抚育你
十九年的家庭，
和同伴们一起
“飞向了自由的天地！”

（三）

我庆祝你呵！
为追求多数人的幸福，
带着热情和愉快。
带着跳跃的心，
和旧社会宣战的：
青年男女同学们。

在这里，你们欢笑着
因为毛泽东的召唤
你学习为“人民服务”的事业
生活在民主的解放区
过着喜庆的日子！

你们过着新的生活，
像平原上的马，
任意地奔驰。
像空中的鹰，
自由地飞翔。
这儿个性得到解放，
自由是不受限制！

我也庆祝你呵！
留在哈尔滨
青年男女同学朋友们
永远记着吧：
在初秋的太阳下，
为了送走日本人，
在一起工作的日子。
（值得我们纪念的日子）

一九四六年十月一日

选自《东北日报》，1946 年 11 月

新的生活在召唤

(一)

秋风掠过九月的原野，
庄稼地里放出五谷的幽香，
看，高粱晒红米，大豆褪尽叶。
农民预备好锋快的镰刀：
为自己的辛苦去收获。

是庄稼汉歇口气的时候，
耐人寻味在垄亩上
看呵，这一望无边的黑土地！
在南满是富庶的辽河平原；

在北满有森林蔽天的松花江畔。
一年中最好的日子
又到了秋收
高粱竖起“栓”谷子“码”成垛；
大豆堆满了“场园”边

听石磙子的喧叫
划破了秋日的静寂！

（二）

而今劳作在自家的土地上
收获是为了自己
不再“出荷报帝恩”！
十四年没有这样“年成”了
让粮食倒进自家的“仓子”和“囤子”。

获得了自由收获的农民，
同时也获得了生活的愉快！
日头爷不老在一家门口红，
呱嗒板也有个反上下，
再不要把受苦人当成二小子
现在是咱们翻身的天下！

（三）

十四年悲惨的生活过够了，
新的生活在召唤我们。
叫我们按时下种，按时收获，
劳动为了生存，生存要得到幸福！

未来的生活是蜂蜜！

在阳光下面酿造着。

叫我们来做蜜蜂吧?

因为花开季节在招引我们。

一九四六年十月二日于佳木斯初写

十月二十六日于哈市改抄

选自《东北日报》,1946 年 11 月

永久的悼念

——为殉难的同志孙剑冰而写

（一）

是西风荡尽黄叶以后
你跟着“常胜将军”的部队
走出哺育我们的西北高原
到中原军区去
回去解救你的故乡。

朋友，我记得，永远记着
是临别的前夜呵
在桥儿沟的街上
小饭馆里的灯火
映红了我们兴奋的脸
酒后的情绪在波动着

“活着我们要常常地通信
死了别忘了开追悼会”
这是酒后的戏言

现在竟变为血写的事实

（二）

从华南回来的同学
带来了你的噩耗
听说你死了，死得很荣耀
敌人抓住你以后
还是照样的刚强
辣椒面和凉水
灌得你的头□楂冒血津
可是你没有屈服
经过九次无人性的摧残
你却“从容就义”！

朋友，你完成了终生的使命
用血写出你最后的壮烈诗篇
让未来者永远地诵读吧
“在马列主义的旗帜下
为共产主义的事业奋斗到底”

（三）

你是年轻的诗人呵，
你用纯朴的语言写着：
“鸟儿在空中自由地飞翔
啼啭着自然生活的愉快

我们是生活在自由中的人
为什么不尽力
歌唱自己的阶级
（无产阶级……）。”
在革命的道路上
我们成了伙伴，
可是死带去你青春的生命
也带去我们的友情呵
悼念呵，是永久的！

一九四六年九月十五日于哈尔滨市

选自《东北日报》，1946年10月

◇ 柳　静

孩子又哭了

孩子又哭了！
母亲用唾沫喂着孩子，
母亲也哭了！
泪，
滴进了孩子的小嘴。
是国民党带来的灾难，
上月三十，

“花子队”拉去孩子他爹。
孩子在哭！
母亲也在哭，
从天亮到天黑，
希望他跨进门来。

然而，

凌源城已四闭了啊！

有谁能跳出那杀人的魔窿呢？！

一九四六年五月十八日于叶柏寿三间房

选自《东北日报》，1946 年 11 月

芍药花开了

芍药花开了！
红啊！
红……

刘长富同志的血
染红了芍药下的泥土，
安息吧！
长富同志，
我们在芍药旁修起你的纪念碑，
你的光荣，
赢得了我们自卫战斗的胜利。

明年！
芍药花会开得更红些吧！

一九四六年六月五日于热东大城子

选自《东北日报》，1946 年 11 月

◇ 映　年

儿　歌

别看咱们年纪小，
懂的道理可不少：
斗地主，
分土地，
全是为咱穷人好，
穷人翻身闹革命，
封建要打倒。

别看咱们年纪小，
做起事来可不孬：
又站岗，
又放哨，
还帮军属把水挑，
召集开会把锣敲，

上学不溜号。

别看咱们年纪小，
过去的苦处数不了：
给地主，
去放猪，
除灰抱柴把院扫，
挨打受气吃不饱，
日子实难熬。

别看咱们年纪小，
斗争坚决不动摇：
起浮产，
挖财宝，
开起会来挺热闹，
不怕地主耍花招，
向他把账要。

别看咱们年纪小，
翻身儿童志气高：
多学习，
多勤劳，
文武双全呱呱叫，
朝着光明路上跑，

前途真不小！

选自《东北日报》，1948 年 3 月

◇ 侯唯动

地照到手

一

地照到手，
心里甜酸甜酸的，
泪花遮住看不清她。
不瞒你说呢，
这话我娃他妈听见要伤心，
接她过门，
也没有这样高兴！
在我手里，
见了地照的面了，
呵！我要去祖坟上烧几张纸，
劳累死的祖先们，
谁知道地照是个啥样子?!

昨晚呀！
血烫得我没眨一眼，
三四十年，不！
人老多少辈子的酸辣苦，
一脚踢开了！
比亮星出门早呀！
全屯穷家迎喜接福，
过翻身的大节日！
鞭炮，
炸碎了晦气，
敲锣打鼓，
人心都跟那点数蹦跳！
大吃大喝，
咱们换肠胃了！
男女老少笑得
像彩牌上红绫花。

二

吓！常话说得好：
“地种三年亲如母；
再种三年比母亲！”
咱们这一帮穿短衫子，
脸上沾粪带土的黑手们，
命根子扎在泥土里。

过去为租几亩地土，
对地主，
咱们低声下气，
小十八辈子身份。
看恶霸脸色说话，
被勒住脖子，
唉，就只有磕头求告！
伪满叫咱们“穷棒子”，
受的凄苦，
比地主吃的米颗子多呀！

三

是毛主席呀，
一手儿把富根，
给咱们安在
大块肥肉一样的
黑土养根地里。
发照时候，
大家都给毛主席敬礼！
老王头说：
毛主席开了新天辟了新地，
是新盘古氏。
每个人的手，
都举起像榔头，

我们发誓

永远跟着毛主席走！

二月十二日于佳木斯鲁艺小红楼

选自《东北文艺》，1947年12月第2卷第6期

欢　　迎

乡亲们，
欢迎胜利归来的英雄，
一村村一屯屯，
锣鼓喧天放鞭炮。

像夏天的树林，
迎着凉风点头摆腰，
人山人海，
挤满道旁欢笑。

小孙孙盘坐在爷爷肩头，
红花鞋和白胡子一齐跳跃。

老妈妈向战士口袋里塞鸡蛋，
弯下腰
用手帕给战士打弹尘土。
头发梳得光油油的媳妇，
亲手给戴上的光荣花，

瞅着同志的绷带，
感激地笑得露出白牙。

“你喝一盅酒呀！”
小伙子拉住营长，
强迫着他。

看那些扎枪举得多高呀：
自卫军在致敬礼啦。

枪头：耀日争光，
枪缨像一片熟了的高粱。

小旗子响得哗啦啦，
那些黑字
向战士睒眼睛，
想叫英雄注意她。

听这响遍山林的军号，
看那从关内举来的红旗，
我们的英雄回来了，
从此只有野兽才钻在深山里。

哎呀！这口号喊得多响亮呀！
没有什么东西，

比得上这热烈的情意?!

人民一齐拥护着前进,
在夸耀着自己的子弟兵:
"嗨! 你们立了大功!
欢迎! 欢迎! 欢迎! 欢迎! ……"

二月七日夜于鲁艺小红楼

选自《东北日报》,1947 年 2 月

坚持你们的纯洁吧

——写给在长春难民收容所青年同学的诗

从长春逃回来的青年谈，他们因不了解什么是国民党，听了特务的欺骗，渡江过去被押进难民收容所，过着被摧残的日子，但是他们想念着光明，这篇诗，就作为给他们在苦难里不屈精神的一个支持吧……

你们从正道上岔出去了，
在你们个人是不幸！
遭受可以避免的苦难。

欺骗陷害青年，
国民党把你们弄进长春难民收容所，
那是劳动营，集中营，
在东北的再版。

变成国民党大员的汉奸
却污辱你们做“伪学生”。

强迫做劳工，

吃糠,砂搀土和鼠屎的……“八宝饭”;
住的大宿舍又兼厕所……

不服从就被推入地窖,
你们哭,恨。躺不下也难站……
就这样被凌辱着青春的日子!
就这样被杀害你们有志的青年!

蒋介石要用残酷磨掉你们人的尊严,
囚禁着你们要把你们揉碎搓扁,
这监牢把你们一切自由剥夺,
做狗爬出的洞却开着……

到底是从光明地方过去的,
越黑暗你们越热爱光明。
你们也就做劳工,吃饭。
学会了仇恨暴君的你们,
出卖灵魂变鬼的事情不干!

坚持你们青年的纯洁吧,
暂时的痛苦忍耐着吧,
只要你们不屈服,
胜利会在你们一边。

选自《东北日报》,1946 年 9 月

将军的马

一

载重大车过来了，
一溜风声，
从街道里拉过……

载重大车过来了，
一股烟尘，
在大路上跑着……

载重大车过去了，
这消息，
却流传着
将军的大洋马呵！
曳车了……

咦……
大洋马，

用不着车夫吆喝，
勤快地
拉紧了绳索。

沿路上，
人们指着它，
笑；
被感动了。

山坡上，
开荒的战士，
一瞥它，
镢头抡得更欢。

农民，
看见它了，
向手心里吐一口唾沫，
更鼓劲地
在圪塄刨梢[①]。

二

大洋马，
离开了将军，

① 陕北把树林叫梢林，刨梢就是砍树挖根。

天天，
曳车奔跑。
从冰冻的路上，
向稀泥河滩，
下了陡坡，
又曳上一架山峁。

大洋马拉车了，
我们的将军，
老远的路，
步行着。

遇见红砂河岸，
鞋一脱，
袜子一拉，
蹚过。

桃林傍晚，
将军笑着，
在他的一份地里，
锄草、上粪，
汗气冒出了衬衣，
脚指头踩着泥浆。

他这样的勤劳，

大家知道了，
从部队，
从农村，
从机关学校，
代耕的要求信，
向他寄来了，
很多，更多，
发自爱护首长的心，
写着诚朴的话。

他呵！
亲笔回答，
在温暖的话里，
谢绝了善意。

就是为了生产呵！
他把大洋马，
他所喜爱的高头大洋马，
亲自呀！
牵送到运输营。

三

大洋马，
高头的栗色大洋马，
因为是将军的，

谁也认得它。

将军爱它，
人人爱它。
将军骑着它，
从街东头，
过来了。

两旁的人们，
笑着向他问好，
笑容像牡丹，
一朵朵地
开了。

将军骑着它，
在会场的门口上，
露面了。

鼓掌的手，
像林中的树叶被风吹刮，
一切人的眼睛，
亮闪闪地向他。

将军走开了
爱马的人们跑去啦，

围起来赞赏它……

高头大洋马，
在阅兵式的时候，
将军骑着它，
从一列列的队伍面前，
和善地走过。

回答着敬礼，
他呵！
走进拼命拥护他的，
滚滚热爱的海里了。

将军和他的马，
常在一搭儿呵！

新闻记者，
忙着摄取将军马上的英姿；
画家们，
把将军靠着马休息的平静，
画进了，
顶优美的画幅。

在群众家里，
你可以看见：

带马的将军肖像，
被贴在以前供神的地位；
将军爱抚马鬃的木刻，
挂在会议室里。

四

在敌人后方，
将军有几匹马：
蒙古马，
海骝色的
纯蒙古种的
草原野性马。
枣红色的是
一匹追风的小川马，
将军故乡的地道马。

再有一匹，
这就是
被将军特别喜爱的
东洋岛国的
樱花马。

将军的行装，
很简单：
皮鞍上，

搭着一件皮大衣，
挂着图囊、望远镜、手枪，
带着几个号手，
和他的部队，
到了哪里
哪里就是解放区。

大洋马，
飞越长城的时候，
愤怒地喷沫，
噗噗地响鼻，
和大风沙的呼啸，
一齐吼叫。

北方小河的水，
像明净的镜子，
反映着
它饮水的倒影。
它吃饱了
边塞的肥草，
一声长叫，
打滚了，
踢动沙漠。

河北平原

是“一马平川”，
它呵！
驮负着将军，
高兴得很，
大大撒欢！

去观测敌人，
将军坐着它，
亲冒炮火，
跨上太行山巅。

根据地巩固啦，
将军呵，
骑着它，
高头大步的东洋马，
度过了
翻滚的黄河，
这北中国的大动脉，
回来了，
回到
我们的大后方来了。

五

以前呵：
大洋马，

被日本强盗的军官，
歪斜地跨着，
在我们的土地上，
横行、胡撞。

我们的人民，
仇恨它；
他们的鬼子兵，
厌恶它。

随着它的蹄印，
我国的城市，
被毁灭；
和它的鸣叫一齐，
我们的相亲，
悲惨地哭泣。

它被放纵着，
跟主人一样，
作恶！

敌人杀害了我们同胞，
它在剖开的胸膛里，
混合着血液，
和草

跑到麦地里，
把金色的穗穗，
啃咬。

它也学会了，
用斜眼，
向我们中国人，
一瞟。

皮鞍上，
驮着那块臭肉，
挂包里，
是劫掠来的，
中华民族的财物。

它和着法西斯恶菌，
傲慢地
走过我们的街道，
我们祖先修建的街道，
却向人连踢带咬。

当敌人，
把我们的姐妹，
糟蹋了，
再搁在它身后，

抽上一鞭子，
在枣刺窝，
在乱石堆里，
拖拉着，
拖拉死了……

大洋马，
强盗们的马，
在我们的泥土里，
践踏着，
一个个蹄迹，
疯狂的记号。
吃着中国的草料，
剥夺了人民的食物；
喝着我们的泉水，
却向干净的泉水里，
撅起尾巴尿尿。

就这样，
它在卑鄙的敌人手里，
长壮了！
高大了！

六

在一个战斗后，

从罪恶的敌人手里，
你获得解放。

农民，
在亲爱的泥土里，
祖先踏出的
路上，
种着地雷。

你践踏吧！

民兵，
在故乡的山岗，
亲手种的
青纱帐，
捉惯镢头的手，
瞄准枪。

你来吧！

哼！
你们来了……

嘿！
你们来得好……

你虽说是马，
可灵醒呀！

当那块臭肉，
被我们
敲倒。

你背上，
卸脱重压，
像拖拉中国人一样，
你拉着鬼子，
被惊吓慌了的你，
只顾疯狂地狼奔蛮跑。
你跑开炮火，
你跳过枣刺林，
你跃过尖石河滩……
……

一路上，
敌人的血衣片，
敌人的手，
敌人的肠肚，
抛飞着，
撇丢着。

你尽管跑吧！
你能跑向哪里去呢？
你总跑不出中国的！！

当迎头的战士，
怒声吆喝，
你车转身，
才扬起蹄子尾巴一扫，
那敏捷的手，
就捉定你了。
从此，
你乖乖地，
做了我们将军的脚力，
成了我们将军的坐骑。

七

你不是
农民耕田的马；
也不是哟，
车夫的拉套的马；
一生下，
命定的一匹战马。

你的腿子细长，
头颅高昂，

毛色光滑又闪亮，
人人叫你“劲疙瘩”。

在岛国，
鬼透的你，
住在高贵的马厩，
马衣披在身上。

做了一辈子的马夫，
细心地把你喂养。

他是优良的骑士，
训练你，
遂着需要呵！
你满足了那主人的欲望，
他真个高兴，
美美地拍你的颈项。

在战场上，
你耸着耳朵挺立
像一座堡垒，
让骑兵，
乒乒乓乓，
从两耳中间打马枪。

跳越障碍，
你前身立起来，
后蹄子一鼓纵，
就像什么，
被掷了过去。

马们妒忌你
人哩，
向你喝彩叫好：
“咦！
出色的哟！
出色的哟！”

八

因为你身躯高大，
车辕里，
简直就塞不下，
你呵，
做了拉梢①的马。

大车北上，
载满了农产物；

---

① 拉梢是套在前边拉的马。

南下，
向开垦区，
供应必需品。

车夫的鞭子，
摔挽一朵花圈子，
清脆的响声，
就震动空气，
也鼓励了你们。
车轮咣当当地滚荡，
走过一处街镇，
走在砭道上……

车夫笑着看你，
称赞你的转变，
说是很精明，
做啥一教就行。

哦，
在我们这
艰苦的一段路程上，
你的服务很好！

哦，
在我们西北，

这黄土高原上，
只有谷草，
只有黑豆。
你呵！
越来越棒健了。

九

前年，
黎明前黑暗的期间；
去年，
大进步的一年。[1]
这些经历，
都从你明净的眼球里，
一一映现。

前年将军骑着你，
到这里来视察，
看见满山遍野，
荒沟老梢林。

柳根水，
在腐叶烂草里淌着，
绿得像妖怪的眼睛。

---

① 黎明前的黑暗指皖南事变；大进步的一年指生产大运动胜利。

你的蹄子，
陷进了泥坑，
亲见骡子们，
怎么
也拉不动胶泥吸住的车轮。

去年，
一片米粮川了。
你可不要当作，
别的一条沟川……

嘿嘿，
给你说吧：
因为我们党政军民一条心，
黄土都化成金子了！

领导我们干的，
也有你的主人，
我们的将军。
记得你，
初来我们伙里，
看不惯灰衣裳，
嗨！瞧呀！
这不是吗？
个个战士都穿着了，
黄毛呢的军装！①

① 有些部队开工厂用羊毛织成的呢子。

你不是，
也吃着甜香的麦草，
咯嘣嘣地嗑着，
黄豆马料？

你嗯嗯地曼声娇叫，
哦，
你眼里，
射出喜悦、兴奋的光波来了。
哦哦，
在对我们的繁荣祝贺。

十

昨天听说，
将军奉命进行反攻，
大洋马也去出征。
今早出发，
大家欢送，
这是我所见的，
顶美丽的早晨。
西部高的山顶，
戴着金黄的光轮；
东山峁峁，

泛着红晕。

太阳才伸上头发，
一盆红花，
它的柔软的胡须，
逗弄着我的眼睛。

霞光闪闪，
什么，
都很新鲜！

哟！
半个太阳
七道彩色的金拱门，
给我无限理想，
给我无比的希望。
哦，
真理的门向我敞开，
我在光波里净化了，
一心向太阳献身。

我听见了，
人间最神圣的音乐：
小河流淌的响声

树叶闪光的响声，
小鸟赞美朝气的鸣声，
撒娇的羊羔的叫声，
高出一切的，
前进的黎明的号声。

我呵：
劳动人民的战士，
站在群众的队伍里，
感情激动！
抬起我充满欢喜的眼睛，
看周围的景物，
一切完全美好，
每个同志都很大很高，
脸是太阳，
身是金身。

山腰里，
两个头挽手巾，
穿着光面皮袄的
农民乡亲，
在丰满的禾堆场，
打谷场的中央，
面对面打着梿枷，

你们大地的儿女，
泥土的主人
唱着道情，听：
“早晨太阳红又红……”

河边工厂的屋顶，
出现了工人，
牵一匹火花一样的枣红马，
要它旋转齿轮，
努力哟！
新世界的主人，
时代的轮子被你推动，
我已听见了轰响的巨声，
工人唱山歌，听：
“东方红，太阳升……”

街道两旁，
人山人海站着两行，
发出激昂的欢声，
同志把同志欢送，
我们的精兵，
向前线开拔，
我们的英雄，

去反攻了，
要把敌人铲除光净。
他们的歌声，听：
“太阳一出满山红……”

哦，
太阳出来了，
笑着爱抚我们，
我看见马上的将军，
大洋马驮着它的主人，
人们扬着帽子，
妇女献着鲜花，
我们的将军，
庄严地敬礼，
骑马前进，
红旗在他的面前飘扬，
战士拥护着他。

呵！
出发的早晨光明，
宽展的天空下，
深厚的土地上，
是无量的前程，

同志们：

英勇前进！

一九四四年十一月廿一日夜起草，

廿七日夜再写完成，延安桥儿沟

选自《将军的马》，牡丹江新华书店 1948 年版

快志愿参军，青年们

一

快志愿参军，
哈市青年们！
在精强力壮的年纪，
正好为人民立功。

祖先教训我们：
“男儿志在战场……”
为了祖国的自由独立，
坚决拿起枪。
为了保卫既得利益，
勇敢打老蒋！

二

让你家门口，
那平常行人不止步的门口，
挂上光荣牌子吧，

人们会向他，
送去羡慕的眼光。

让你的父母，
因生了你，
被人们尊重吧，
这是对老年人，
最大的安慰、荣誉。

让一切人民，
保护着你，
给你牵马，
为你扭起秧歌，
吹奏热情的唢呐，
让漂亮姑娘，
为你戴一朵大红花。

万人向你欢呼，
你的脸上
会放射太阳的红光彩。

三

人人可以做英雄，
全凭自己努力，
只要你有勇气，

只要你有信心。

你的名字
就会被人闻着喷香，
广播
使英雄事迹万里远扬，
画报上
就会登出你的英姿。

这是良好的机会，
来吧！
我们的好兄弟！
人民解放事业需要你。
毛泽东号召你，
革命同志欢迎你。

快来吧！
在自卫战场上，
去歼灭我们的仇敌！

七月十日于市一医院

选自《东北日报》，1947 年 7 月

你们愉快地为人民服务

——写给哈尔滨参加遣送日人工作的青年同学的诗

一

向你们致敬，
东北大学的同学们！
民主青年联盟！
向你们致敬，
哈尔滨各中学的男女学生！

你们走出了学校，
放下了你们的课本……
你们有些是你们父母的宝贝，
好比在温室栽培的盆景，
你们来了，为人民愉快地服务，
这就好比盆景移植在黑土里，
虽经受风沙、日晒和雨淋，
因此会锻炼了你们，
因此会壮大成长，

会在工作中学习到本领，
会成长成大楼的梁柱。

当你们整齐的队伍，
从街上高唱着通过，
中外人民都向你们注目。
称赞你们这新中国的主人，
你们工作得很好，
肯努力，也吃苦耐劳，
你们热情地愉快地为人民服务；
从日人里检查出战犯——我们的敌人，
从狡猾的隐秘里检查出金银、钻石……
你们和气地向日本人民解释，
也激昂地向开拓团的贫民做宣传鼓动。

三

你们是纯洁的，
因了你们的工作，
把青年同学的地位提高。
因了你们的努力，
你们的父母也会感到欣慰，

参加这艰巨伟大的工作，
在个人历史是闪耀的一页，
努力努力再努力！

人民在感谢你们!

四

你们的这次工作才是始点,
就从这里迈进吧!
担负起保卫和平、民主建国的重担,

团结起来,哈尔滨的青年,
组织起来,全东北的青年,
团结就是力量,一齐举起拳头,
蒋介石就会在我们面前发抖!

向你们致敬,
东北大学的同学们!
向你们致敬,
民主青年联盟!
哈尔滨各中学的男女学生!

八月廿六日于哈尔滨

选自《东北日报》,1946 年 8 月

汽车队开进了绿的绿的山谷

——长途行吟之二十六，陕北“信天游”体

一

嘎的一声汽车停，
同志抢先往下蹦，
好比片片花瓣瓣，
个个落在地面面。

长流水里洗手脚，
掬水向娃头上浇，
毛巾水里一揉搓，
拧干顶上风前飘。

走进低低的木栅墙，
走进乡亲的草棚房，
哈巴狗儿汪汪咬，
八路客人进来了。

妈妈忙向炕上让，
我们笑眼把她望，
六十老人没上牙，
一脸皱纹赛菊花。

二

革命同志家中坐，
老妈妈喜得嘻嘻笑，
连说穷人翻身了，
好比念着阿弥陀佛。

老人家头发葱根白，
白碗白牛奶给娃娃喂，
娃娃把白李花晃眼摇，
白奶牙吐出白泡沫。

妈妈笑容似樱桃，
娃娃红脸蛋像苹果，
好乖乖亲亲热热叫一叫，
这就是你的亲外婆。

老人家听说喜出泪，
你就是我的奶干女，
众位同志噙不住笑，
我们和乡亲认亲戚。

三

坐上汽车困又热，
我们都去花下歇，
饥了吃些干烧饼，
渴了锅里有开水。

乡亲说着若能见见毛主席，
今生死了不后悔，
叫他看看毛主席像，
两手捧着他不放。

硬要学唱“毛主席”，
老少听着个个欢喜，
我们送了领袖像，
说带着去把亲戚探望。

怪不得昨天眼皮跳，
大早喜鹊树上叫，
今天日子真个美，
遇见了请也请不来的客。

四

口拙舌笨偏多嘴，
他问这一带可有土匪，

老妈妈一听撇撇嘴，
连□没有得呵没有的。

逼得好人没路儿，
没奈何才往火里跳，
自古道饥寒出盗贼，
现在这里是新社会。

不怕狼半夜请放心走，
没有人来拦住路，
我们说话正得劲，
喇叭吼得不留情。

乡亲门口点头笑，
我们车上把手摇，
“以后路过请来坐……”
“咱们一定忘不了……”

一九四五年五月二十九日于围场

选自《东北日报》，1946 年 8 月

生产计划

南北炕，玻璃窗，
老关头盘腿坐当央，
老伴抽烟坐身旁，
小儿子呆呆把她望。

儿子媳妇坐对面，
炕桌上放小算盘，
家庭来开民主会，
说起还是头一回。

老关头，睐眼睛，
咳嗽一声说分明：
“吃不穷，穿不穷，
计划不到受大穷。”

老伴抽烟不吱声，
她的心里有分寸。
今年娶了儿媳妇，

坐在炕上享清福。

小儿子今年才十三，
一跳多高抢发言：
“妈妈为啥不生产？
今年妇女齐动员。”

妈妈听说红了脸：
“我打更我推碾，
我挑水我煮饭，
农忙时月下地干……”

全家听说笑嘻嘻，
多了一个劳动力，
媳妇天明就捡粪，
回家纺车嗡嗡嗡。

婆媳二人要比赛，
生产计划订起来，
男女老少齐写上，
每月月底总结账。

三月廿四日于双城

选自《东北日报》

声援蒋区学生运动

一

从美丽的南国，
到雄壮的北方，
好多个被灾难淹没的都市，
都开辟了新的战场。

祖国已经被出卖干净了！
美国鬼子的走狗们！
扼住一切中国人的喉咙，
要用内战来毁灭，
我们民族的一切光荣！
杀死我们的同胞。

这是生死的最后关头！
不是主人就得接受奴隶的身份，
你们——
我的亲爱的兄弟姐妹们！

到了不能再忍耐的时候，
像每次挺身抢救祖国的英雄，
坚决勇敢地起来了！

二

在敌人的心窝里，
你们喊出了“反内战反饥饿”的口号，
你们成了被压迫者意志的喷火口。
你们的行动使强盗集团脸色发白！

水龙、棍棒、机枪的摧残，
逮捕、监禁、杀害的暴行，
都阻挡不住群众的方向！
都挽救不了刽子手的死亡！
你们蔑视他们的无耻疯狂，
显示着斗争的力量，
向民族的叛徒打击，
发扬了人民伟大的正气！
你们是中华民族优秀的儿女，
在最黑暗的地方坚持真理！

三

你们的怒吼，
使受灾难的父老振奋！
使横行的美帝国主义知道，

中华民族并不好惹！
给最后的蒋家皇朝，
你们唱出了挽歌。

你们是光荣的！
请接受我们战斗的敬礼！
坚持地斗争下去呀！
我们，已经在正面把他们击溃：
起义的农民，
正狠狠地打他们的脊背：
你们从刺斜里闪上了，
恰好加深他们的危机。

我们快要会师了，
我们各方面的队伍，
将在胜利的日子，
紧紧地握手、拥抱，
将在国民党的尸体上，
高举起我们新中国的大旗！

五月廿五日于第一医院

选自《东北日报》，1947 年 5 月

胜利马

一

挎上两包袱衣物，
牵着七岁口的红马，
老伯伯眉喜眼笑，
胡茬子也乐得乱跳。

牲口背上，
红字标名“胜利马”，
它也耸耸耳朵，
向它的新主人瞪眼。

乡亲们笑向老伯伯，
给你们让出一条道，
老伯伯光摸着马鬃，
老手却一直在抖嗦。

众人评议你应得头等，

你是“人老心不老！”
在清算斗争里，
积极得赛过愣头青。

二

老伯伯呵！
向你恭贺！
马在你手里收回来了。

你淌出老泪，
你却明明在笑，
你是想到这一辈子，
你那凄苦的过去：
比牲口能讲话，
受的牛马苦呵！

手上的死茧比榆树皮还粗糙，
像拉风箱一样长叹气，
穷人是踩在脚下的泥……
活到老今天才分得了土地。

今天，你这笑就是顶好的诗，
这笑意味着“一言难尽”呀……

三

你一领到红马，

你就紧赶着走了，
你也不停一会儿，
你也不看看邻家领的什么……

哦，你的心思我知道，
你急得回去，
是要让全家都喜欢。

也许你的老伴，
带着小孙孙靠门站着，
手遮住眉毛向路口上瞧着……
说啥左眼跳财的老话。
我的嘴抿不住了，

真个，我要能变作一只喜鹊，
就先去落在你新分的房檐上，
报这个喜讯儿……

选自《知识》，第4卷第2期

时代的象征

眼睛探照灯一样亮，
脸和电镀的车头都发光，
心情像装饰列车的松柏，
冬夏常青一股劲。
大红旗风前飘，
你们在平台车上扭秧歌。

在五月初一，
在红色的工人节日，
你们的成绩展览——
用崭新的车头来纪念。
毛主席像镶在麦穗合抱的镜框，
他透视一切地展望前方。
朱总司令笑盈盈，
加强我们胜利的确信。

毛泽东号头前曳引，
朱德号紧紧推动，

这是时代的象征，
在历史发展的路轨上，
滚动无产阶级开动的铁轮，
车上站立创造世界的主人，
决心火炉似的旺烧，
口号汽笛一般吼叫。

革命列车去的大站——
新民主主义的全中国；
迈向的终点——
共产主义世界。
穿过山林的石隧道，
轰过江流的大桥；
十冬腊月不停，
五黄六月也前进。

五月一日上午铁岭街

选自《东北日报》，1947 年 5 月 23 日

为缴公粮连夜干

一

月黑夜，
星光繁，
乡亲打场在场院，
匹匹马儿，
拉着小石磙转得欢。

北风刮，
雪花紧，
碾道冻得贼拉冷。
每台碾子吱吱响，
妇女吆喝牲口忙，
双手不停在簸糠。

“人是铁，
饭是钢，

一顿不吃心发慌。”
咱们的子弟在前方，
吃饱才好打胜仗。
颗颗粮食血汗换，
粒粒公粮，
挑选得溜圆又溜圆。

二

特红的月牙，
像镰刀在树梢挂，
大车队一连串，
人喊马叫，
连夜赶进双城县。

“兵马未动，
粮草先行。”
这是古有明训，
支援前线要加紧。

虎虎洒洒一溜风，
鞭梢一绕马摆鬃，
掌鞭的，
一股劲，

公粮今夜要进仓库门。

一九四七年十一月十七日

试作在双城厢红头屯

选自《东北日报》

一人立功，全家光荣

——记双城八区厢蓝四屯庆功会

一

像绿叶陪衬牡丹花，
军属的父母，
左右落座陪着功臣全家。

戴高皮帽的英雄弟弟，
仰起头有很大的志气。
他俩穿着黑呢大衣。
那大姑娘坐母亲右边，
柔和地低着头啥也不看。
小姑娘抱在妈妈右侧，
她感到一些惊奇。

关志和大爷，
参战非常热烈，
自愿出车奔德惠。

乡亲们
七嘴八舌地称赞：
“老子英雄儿好汉！
关文学十八岁，
就成了武状元！”

区长读喜报很亮清：
“四平，北吉林作战中，
英勇果敢，
经评定立二大功……”

礼堂里挤满了庆功的群众，
齐向前边靠拢：
青年听得很冲动；
姑娘们双眼格外明净；
老头子摸着胡子笑吟吟；
老太婆羡慕别人儿子成了英雄……

二

树枝上冻结一层霜，
玉雕的一样。
积雪的道路，
一落脚步嚓嚓地响。

大红旗前面开道，
农会主任双手捧着喜报。
一队乐人在响吹细打，
英雄的家属都披红戴花。
民兵高举扎枪护送，
戴花的军属们簇拥。
妇女柔声细气地歌唱，
农民的口号震天响。

大街小巷老少笑嚷嚷，
都向她们敬仰。
本来是天天见面的邻家，
今天都另眼看待啦。

双城县的喜报贴在大门口，
谁走过也要瞅几瞅。
喜报装着镜框，
农会主任给挂在墙上，
谁走进她家屋里，
一定是“抬头见喜”！

人民向英雄家属鼓掌，
寄托了顶大的希望：
祝福英雄在战斗里成长；

但愿战友们学习他的榜样！

一九四七年十一月二十四日于有志村

选自《东北日报》

拥护《中国土地法大纲》

一

像他们地里的垄，
额前横着条条皱纹，
他们黄黑的脸，
也是土地的颜色，
农民乡亲们，
坐在教室里。

那几个围火炉的小伙子，
撂下爆苞米花，
抽烟的把烟头一掐，
老爷子也不闲磨牙。
土地是命根子，
从此以后，
就属于名下永远为业，
谁不关心平分土地？

二

村长，
这年轻的老干部，
向来不笑不说话，
今天嘴更抿不下。
贫雇农们，
头都伸向前面，
低个子踮起脚跟，
把头搁在别人肩上，
他们瞅着村长的嘴，
村长瞅着“土地法大纲”。

锣槌若不敲在锣心上，
就不肯响，
话儿说在人心里，
笑波才从眼睛里闪亮。
农民的嘴和牙齿，
笑成裂开的石榴籽。
每讲解完一条，
他们手举得像树海，
同意地热烈回答，
好比一声雷。

三

《中国土地法大纲》，

照顾得实在周到。
跑腿子乐啦：
“分给两口人的地对，
我好娶媳妇……”
大家哗哗地笑瞅他，
他说出心底的希望。

两口子的农民，
眉开眼笑，
大家逗乐子：
“儿子还没在媳妇腿上转筋，
就拿一份地等着。”
“你们加紧生产哟！”
“呵！”
家里有些三老四少的，
当他听错了话：
“不按照劳动力分配啦？”

“同意统一平均分配！
过去劈的地太零碎：
侍弄完这一块天还早，
走到那疙瘩天又黑了……”
“上岗地洼地要平分，
省得受涝灾，
就揭不开锅盖！”

“这才是一碗水向平处端：
没有偏向！”

四

贫雇农有了心劲，
生产的心盛。
“过去：
手心粗糙得能擦洋火，
劳累的手指头，
笨得蜷蜷缩缩，
不会把算珠子豁啦拨。
苦头吃尽了！——”

“咱们挺吃得开！
瞅中哪块肉肥，
筷子就夹那一块。”
“找不下好媳妇，
才是个人一辈子的事；
平分土地要做不好，
耳朵常常得发烧……”
“翻天覆地在咱这一代！
对儿孙就要好交代。”

五

老爷子胡须枯萎得，

像干了的羊胡髭草，
他气喘吁吁地，
眼睛里也泛起湿潮：
“呵！
老祖宗的死骨头要能活来，
也要从坟堆里跳起。
毛主席这《中国土地法大纲》，
完完全全
保护咱们的利益！”
他的满脖项青筋，
一下子又粗胀：
“蒋介石假的旧土地法，
邪乎呀，
那是木匠斧子，
偏刃子凿呵！”
他扳着像干麻叶叶一样的手指数说：
“地主说了算，
他们是‘吃了柳条吐筐子：
出口就编上’。
地租由他们私订，
霸着土地，
随便勒大脖子……

他们的土地法上，
把我们分成啥‘顽佃、狡佃……

抗租不缴立毙杖下！’
地主杀死农民，
只用扣这么一顶帽子……”
这话像刀子，
又戳到人心上的伤疤，
许多人眼泪簌簌落下……

他活了七十三，
是乡村的活字典，
结论是：
“不怕不识货；
单怕货比货。”

六

讨论完了《中国土地法大纲》，
谁忍不住带头喊：
“毛主席万岁！”
这欢呼，
惊天动地，
贫雇农们扬眉吐气。
滴水成冰的冬夜，
像刮起了春风。

老人们皱纹笑成绣球花；
中年人笑出热泪，

像带着露珠的芍药花；
青年们笑得热烈畅快，
像向日葵一样明朗；
小孩子笑哈哈，
像嘣嘣开的大豆花；
妇女们抿嘴笑得，
像流散蜜味的荞麦花。

一九四七年十一月三十日于双城厢红头屯

选自《文学战线》，1948 年 12 月第 1 卷第 5、6 期合刊

这回恰好赶趟

一

短壮的个儿挺结实，
刚刮净胡茬，
是他参加。

我来陪他吃饭，
他呼噜噜地吞下几碗，
用手背擦一下嘴唇，
又说是从心底自愿。

地道的农民，
他谢绝全屯人欢送：
“大家正在打场，
妇女□学纺线，
不要为我误半天工……”

二

窗外烟雪越落越大，

沙沙地有人来啦，
磕磕脚推开门，
老农民蹲在地下。

我刚来不知他为啥，
他停止抽烟说话：
“村长！
这回又参军？”

村长笑着点头，
他说：“那么，让我们老二去吧……”

三

就是这位二疙瘩，
几次参加都不在家，
这回恰好赶趟。
那一晚开村民会，
他争着要去。

他向大家捶胸膛，
证明成分纯洁。
这是多余的，
谁还不知道他家灶坑向哪安？
谁不知道他是谁家外甥谁家儿？

大家给了他个通过，
你看那卅岁的人，
小孩一样眉开眼笑！

四

陪他吃过荞面，
从农会去他家，
我要去拜访他母亲，
这给革命有了贡献的老人家。

老太太雪白了头发，
说她脸上从此有了光彩！
谁不希望儿子成人呢？
她在对儿子鼓励。

她教训儿子要争气，
常想着擘来的果实和土地，
你爸爸一辈子没有挣到一垄，
死后还是你们磕头求来葬埋地。

一九四七年十一月十九日于双城

选自《东北日报》

支援全国解放战争

一

我们东北，
感谢毛主席，
首先得到全部解放，
这自由的肥沃土地，
普照着新民主的阳光。

我们欢呼：
“毛主席万岁！”
我们高唱：
“伟大的中国共产党！”

二

我们全中国的人民，
都相疼相亲，
十个手指头都连心，
我们还有很多兄弟姊妹，

还被枷锁套住脖颈，
白发的父母老泪汪汪，
年幼的娃娃，
伸手叫唤望着北方。
手心手背都是肉，

他们是我们的同胞，
他们身上的创伤，
疼在我们心上！
我们不能让
被烧焦的房屋
野草生长。

三

我们百战百胜的雄兵，
我们百炼成钢的英雄，
我们胜利的人民功臣，
高举毛泽东的旗帜，
已吹起了前进的号声，
我们要涌进山海关！
和兄弟部队并肩作战，
迎接全国革命的胜利！

撵走美国帝国主义！

把祖国的灾难绝了根！

把敌人一扫光！

我们要使

毛泽东的胜利旗帜

插遍全中国！

要和四万万同胞

一齐欢庆，

祝贺在世界上

新成立的

中华人民共和国！

四

我们高度地发挥

我们的人力、物力、财力，

支援全国解放战争！

让火车高兴地喊叫，

奔驰过黄河大铁桥，

让中原同胞鼓掌：

“哈！从东北开来的哟！”

让印有东北字样的

炮弹、衣物、粮食

海潮一样流到关内，

支援我们的战争胜利！

选自《东北日报》，1948 年 11 月

致　　敬

一

向毛主席致敬！
他为了人民的利益，
在窑洞里，
陪着菜油灯，
阅读电报，
指挥着解放战争！

向朱总司令致敬！
他骑着大洋马，
从这一解放区，
到那一解放区，
率领大军进攻！

向各兄弟解放区，
向各位首长致敬！
他们辛劳地计划，

领导人民翻身，
无情地歼灭敌人！

向东北中央局致敬！
在东北，
在艰苦的新区环境中，
开辟了新天地，
争取来辉煌的
全东北解放的伟大胜利！

二

向前线将士，
致最崇高的敬礼！
你们吃苦耐劳，
遵守着革命纪律，
走遍了东西南北，
风里来，雪里去，
打开了胜利的局面，
人民从眼泪里闪出欢笑！
你们立下了天大的功劳！
你们是顶天立地的男儿汉！
最光荣的英雄！

向一切出战勤的民夫，
担架队、运输队致敬！

你们在炮火下抢救亲兄弟，
打到哪里，
供给到哪里，
你们滴下的汗珠，
在胜利里闪放金光！
你们贡献了全身的力量！

向抢修铁路，
不分日夜开动列车的工人，
向在后方生产的工人，
致敬！ 致敬！
你们突击，竞赛，
发挥了最大的劳动热忱，
支援着解放战争！
向翻身的农民，
勤劳耕种庄稼的同志，
致亲爱的敬礼！
你们把粮食供给了前方，
吃饱的战士们，
永远打着胜仗！

向絮绗的能手，
向女工模范，
致慰问的敬礼！
你们使战士们不受寒冷，

给他们无限温暖，
穿着新棉衣，
爬冰卧雪一鼓劲干！

向给伤员输血的人，
向医务人员致敬！
你们的努力治疗，
使无数同志，
重新获得了生命，
再去为人民立功！

致敬！致敬！
向后勤工作同志，
向文教工作者，
致敬！致敬！

选自《东北日报》，1948 年 11 月

存　目

丰永刚

悲歌

王丙寅

别信神

王泽

船长

王清林

咱们至死不能让

韦长明

八月通讯

车窗

春天的情绪

滴滴雨

断章

古城之夜

黑黑的庭园

怀念

火焰

纪梦

酒家

梦

梦在南方

某夜记

墓前

南岭夜歌

你别把涕泪横抹

悄语

秋

十五月夜

逝

晚来闲话

妄言

温暖的一盅

温室里的殇逝

我的诞日

我走累了

向晚之歌

晓征

笑盈盈的日子

烟景

夜行

一颗星

驿前

又一夜记

雨天

郁梦

远地的消息

自己的诔祭

车向忱

一二九有感

戈壁舟

如果不撤兵

中耀

其说不一

公木

鸟枪的故事

三皇峁

玉树庄

“七七”抗战有感

史松北

草原

英雄的纪念册

乐为

矿工的歌

冯明

农民翻身小唱

兰瑜

从前与现在

尼刊

小诗三章

辽心

二月初六

成弦

过未名墓

曲折

黄振金的愤怒

朱丹

诅咒之歌

乔夫

海滨之歌

任君作

索性歌

任钧

血肉筵席

任镜

一手遮不住天

刘闻汉

新生

刘道新

记那一天

刘道衡

打狗曲

江红

活着为什么？

安尼

时间

阮坚

要和平，争和平！

阮铿

质问

孙凌文

战地吟

纪晔

庆祝穷人大翻身

严文井

我的兄弟们

杜易白

老爷岭一带的民谣

李则蓝

快乐

李克翼

把我们所有力量献出去

李沅获

长春在灾难中

李炎

梦和海

李雷

农民翻身的年代

杨宇

划船歌

吴德华

李金信说书

佚名

孩子们,是时候了

绥远民谣

谷波

到街上去

准备好了

彤剑

三年间

辛土

神女

沙虹

南城行吟

林耘

重新发给咱一杆枪吧

金羽

你揉碎了我的梦

朋华

离沈阳

放平

边外之歌

郑文

我走到陵街

荆宇

刘小英

侯金榜

赶狼

侯唯动

垂死的挣扎

胜利是人民的！

莫洛

给诗人 V. C

夏葵

一对黑溜溜的眼睛

流焚

北邻和祖国

黄冰波

诗话

梅林

群像

敬　　告

《1945—1949 年东北解放区文学大系》为展现东北解放区文学的整体风貌而编辑出版。丛书选取此间最具代表性的作品，以纪录这段波澜壮阔的历史时期内东北解放区所发生的翻天覆地的变化。由于丛书所收录的作品众多，时代不一，加之编辑出版时间有限，至今尚有部分收录作品未能与原作者或继承人取得联系。为保护作者著作权益，我社真诚敬告：凡拥有丛书所选录作品著作权的，请与我们联系，我们将按照国家规定及时付酬。

感谢社会各界对我们的理解与支持。

黑龙江大学出版社

1945—1949年东北解放区文学大系

总主编◎丛坤

诗歌卷④

本卷主编◎叶红

黑龍江大學出版社
哈尔滨

图书在版编目（CIP）数据

1945—1949 年东北解放区文学大系．诗歌卷 / 丛坤总主编 ; 叶红分册主编． -- 哈尔滨 : 黑龙江大学出版社，2021.12
ISBN 978-7-5686-0466-6

Ⅰ．①1… Ⅱ．①丛… ②叶… Ⅲ．①解放区文学—作品综合集—东北地区—1945-1949 ②诗集—中国—1945-1949 Ⅳ．①I218.3

中国版本图书馆 CIP 数据核字（2021）第 099991 号

1945—1949 年东北解放区文学大系　诗歌卷
1945—1949 NIAN DONGBEI JIEFANGQU WENXUE DAXI SHIGE JUAN
叶　红　主编

责任编辑　刘　岩　宋丽丽　李　卉　高　媛
出版发行　黑龙江大学出版社
地　　址　哈尔滨市南岗区学府三道街 36 号
印　　刷　哈尔滨市石桥印务有限公司
开　　本　720 毫米 ×1000 毫米　1/16
印　　张　118
字　　数　1321 千
版　　次　2021 年 12 月第 1 版
印　　次　2021 年 12 月第 1 次印刷
书　　号　ISBN 978-7-5686-0466-6
定　　价　378.00 元（全四册）

《1945—1949年东北解放区文学大系》

出版说明

1945年到1949年的东北解放区，社会风云变幻，文学繁荣发展。当时的文学创作者们以激昂向上的笔触，再现了波澜壮阔的解放战争和轰轰烈烈的土地改革，讴歌了人民军队可歌可泣的英雄事迹，描绘了劳动人民翻身后的喜悦心情，书写了时代的大主题。为了再现这段文学风貌，我们编辑出版了《1945—1949年东北解放区文学大系》。

这套丛书大体以体裁分编，计小说卷（长篇、中篇、短篇）、散文卷、戏剧卷、诗歌卷、翻译文学卷、评论卷及史料卷七种，所收录作品以新文学为主。此阶段作品浩如烟海，而部分文字资料因时间久远或受当时技术所限出现严重缺损，考虑到丛书篇幅有限，故仅收入代表性较强的作品。对于因原始资料不全、不清晰而无法完整呈现，或受条件所限未收集到权威版本的篇目，则整理为存目，列于丛书卷末，以备读者参考。

丛书编辑过程中，多数篇目由原始版本辑录，首次收入文集，也有些篇目参照了此前出版的多种文集。原始文献若有个别字迹不清确不可考的，丛书中以□代替。

丛书收录作品以1945年8月至1949年10月为时间节点，个别作品的完成时间略有延伸。大部分作品结尾标注了写作时间，以及初次发表或结集出版的版本信息。作品编排大体以作者姓名笔画为序（特殊情况除外，如集体创作作品列于卷末）。

就筛选标准而言，所收主要为东北作家创作的主题作品，也有非东北籍作家创作的有关东北解放区的作品。除此之外，还有此时期公开发表的反映抗日战争题材的作品，以及在东北出版的反映其他解放区的、革命主题特色鲜明的作品。需要指出的是，在本丛书的史料卷中，还有一部分作品创作于新中国成立之后，但反映了解放战争时期东北解放区的文学发展面貌，或记述了一些典型事件、代表性人物，亦具珍贵的史料价值，为完整呈现当时的文学风貌，这部分作品亦收入丛书，以“节选”的方式呈现。

需要特别说明的是，此时期的个别作家受时代限制，思想表现出了一定的历史局限性，体现在文学创作方面可能表现为不同程度的瑕疵，这一群体的作品，只要总体导向是正面的、积极的，从保证史料全面性、完整性的角度考虑，我们也将其予以收录。个别作家在解放战争时期是积极追求进步的，但随着社会环境的变化，却出现思想动摇甚至走向错误道路，对于其作品，本丛书只选取其有代表性的、取向积极的篇目，对于其他时期该作家的不当言论、思想，我们不予认同。此外，在当时复杂的政治环境下，还有一些作品中的个别表述可能存在一些偏差，但只要其主题思想是积极进步的，则丛书亦予以收录。

丛书旨在突出东北解放区文学原貌，侧重文献整理，故此在编辑过程中，重点对作品中会影响读者理解的明显讹误进行了订正，对于字词、标点符号以及句法等，尊重原文的使用习惯，不予调改，以突出其史料价值。此外，由于此时期文学作品肩负宣传进步思

想的重任，而读者对象大多文化程度较低，创作者亦水平不一，因此创作主旨以通俗易懂为要，一些篇目语言风格通俗、浅白，甚至个别篇目、细节存在一些俚语表达，为遵从原貌，丛书仅对不雅字、词、句加以处理，其余不予调改。本书选文除作者原注外，亦保留原文在初次出版时的编者注，供读者参考。

《1945—1949 年东北解放区文学大系》

诗歌卷④

总　　序

张福贵

从古至今，东北在中国历史与文化进程中，特别是近代以来都是决定中国社会政治发展走向的重要因素。当然，这种作用不单纯是东北自生的，更是多种因素叠加和交汇的结果。东北文化既是文化空间概念，同时更是历史时间概念，是不同空间、区域的多种历史文化的积累，是一种时空统一的文化复合体。值得注意的是，除了抗战时期的特殊因缘使"东北作家群"名噪一时外，作为东北历史文化和现实社会表征的东北文学特别是东北解放区文学，在相当长的时间里却未得到应有的关注。黑龙江大学出版社在对过去为数不多的东北文学史料进行整理的基础上出版的东北文艺史料集成——《1945—1949年东北解放区文学大系》，因而可以说是特别值得关注的。

《1945—1949年东北解放区文学大系》内容丰富，除了包括小说卷、诗歌卷、散文卷、戏剧卷之外，还包括评论卷、史料卷和翻译文学卷。这是一个前所未有的大工程，也是一件大善事。正如"总导言"中所说的那样，丛书注重发掘新资料，通过回归文学现场，复现了东北解放区文学的整体面貌。东北解放区文学处于东北现代

文学快速繁荣发展的历史时期，在土改文学、工业文学、战争文学等方面代表了20世纪40年代解放区文学的成就，是对《在延安文艺座谈会上的讲话》所确立的文艺观念的全面实践。对东北解放区文学的系统研究有利于更全面地总结解放区文学的成就，有利于把握延安文艺传统与东北解放区文学的内在联系，以及解放区文学对新中国文学制度、观念、创作等方面的影响。以“历史视角”“时代视角”对东北解放区文学，尤其是解放战争时期的土改题材、工业题材的小说和戏剧进行分析，可以勾勒出政治意识形态对东北解放区文学运动、文学社团、文学形态、文学制度、文学风格、文学论争等产生的影响，有利于把握东北解放区文学的历史价值、认识价值、审美价值与当代意义，同时对于挖掘东北地区的文化历史和建设东北文化亦具有现实意义。东北解放区文学是基于延安文艺传统而创作的，对东北解放区文艺运动、文艺理论的全面审视具有重要的历史价值和理论意义。此外，对东北解放区文学进行深入研究，探寻人民文艺理论的历史源头，对于当代文艺创作、审美观念的引导亦具有一定的启示作用。但是，受地域因素、资料整理程度、研究者文化背景等条件的制约，东北解放区文学在中国当代文学史上的特殊地位与价值一直以来并未引起研究者的足够重视。

东北解放区文学无论是在中国大文学史中还是在东北文学和文化发展的历史中，都是具有特殊意义的存在。

虽然现代东北文学在新文学运动初期晚于也弱于关内文学的发展，但是1931年九一八事变发生，新起的东北文学及东北作家被国难推到了文坛中心，萧红、萧军等青年作家更是直接受到鲁迅的关注和扶持，迅速成为前沿作家。这一批流落到上海等都市的青年作家由此被称为“东北作家群”，他们奠定了东北文学在中国大文学史上的特殊地位。然而,正像全面抗战进入相持阶段之后,中国文坛也变得相对平静、舒缓一样,除了萧红、萧军等人外,东北文学和东北作家也逐渐失去了文坛的关注。应当承认,一些东北作家的文学成就和文坛名声之间并不完全相符,是时代造就了他们,提高了他们的文学史地位。然而,另一方面,我们对其中有些作家及作品的价值却又是认识不足的。对此,我自己也有一个认识转化的过程:过去单纯依据多数东北作家的创作进行判断,感觉某些艺术价值之外的因素在评价中发生了作用,其地位可能有些“虚高”;但是,对于20世纪的中国文学史来说,艺术之外的价值判断就是艺术判断本身,或者说,社会判断、政治判断就是中国文学史评价的根本性尺度。因为在中国作家或者说在知识分子的群体意识之中,政治的责任感和社会的使命感几乎是与生俱来的,而中国20世纪风云激荡的社会现实又为这种责任感和使命感提供了最好的生长环境。“悲愤出诗人”,“文章憎命达”,文学创作是与政治、思想、伦理等融为一体的,脱离了这一切,文艺也就失去了时代与大众。所以说,无论是具体的作品分析,还是文学史研究,没有了这些“外在因素”,也就偏离了其本质。“东北作家群”是时代的产物,也是时代文艺的产物,20世纪中国文学史中应该有他们浓墨重彩的一笔。作为后人,对历史做出评价往往是轻而易举的,但是这“轻而易举”往往会导致曲解甚至歪曲了历史,委屈了历史人物。“东北作家群”的价值和意义不是单一的,因为对中国现代文学史的评价从来就不是一种艺术史、学术史的评价,而是一种思想史和政治史的评价。正如鲁迅当年为萧军的成名作《八月的乡村》所作的序中所写的那样,“这《八月的乡村》,即是很好的一部,虽然有些近乎短篇的连续,结构和描写人物的手段,也不能比法捷耶夫的《毁灭》,然而

严肃，紧张，作者的心血和失去的天空，土地，受难的人民，以至失去的茂草，高粱，蝈蝈，蚊子，搅成一团，鲜红地在读者眼前展开，显示着中国的一份和全部，现在和未来，死路与活路。凡有人心的读者，是看得完的，而且有所得的”。《八月的乡村》不仅是中国现代第一部抗日题材的长篇小说，也是世界反法西斯战争题材的第一部长篇小说，其意义和价值是特殊的、特有的，不可单单以艺术审美的标准来看待这部作品。“东北作家群”的存在及其创作的意义，不只是为20世纪30年代的中国文坛增添了特有的地域文化内容和东北文学特有的审美风格，更在于最早向全国和世界传达出中华民族抗敌御辱的英勇壮举，最早发出反法西斯的声音。此外，在抗战大历史观视域下，“东北作家群”的创作为十四年抗战史提供了真实的证据。特别是东北解放区的早期文学直书十四年历史的特殊性，这是十分可贵的和独特的。于毅夫的散文《青年们补上十四年这一课》，深刻而沉重地描写了十四年殖民统治下东北人的精神状态和文化演变：

> 这许多现象，说明了东北在十四年殖民统治的过程中，文化生活上是起了很大的变化。翻开伪满的《满语国民读本》一看，真是“协和语”连篇，如亚细亚竟写成アジヤ，俄罗斯竟写成ロシヤ，有的人一直到现在还把多少元写成多少円，这都是伪满“协和语”的残余，说明殖民统治残余的文化还在活着，还没有死去，这在今天不能不说是一件遗憾的事！仔细想来，这也难怪，因为日本的魔手，掌握了东北十四年，今天一旦解放，希望不着一点痕迹，这是完全做不到的，要从历史上来看，它切断了东北历史

> 十四年，这十四年的历史是很黯淡地被抹掉了，十四年来也的确是一个大变化，在这期间多少国家兴起了，多少国家衰落了，多少血泪的斗争、多少波浪的起伏，都被日本鬼子的魔手所遮断！我回到家乡接触到成千成百的青年，几乎都不大明了这十四年来的历史真相，有的连中国内部有多少省都不知道，连云南、贵州在哪里都不晓得。

难能可贵的是，作者较早地认识到在经历了十四年的奴化教育之后，对东北人民进行民族和民主意识的启蒙是至关重要的。“不过历史是不能停滞的，殖民统治残余的文化必须要肃清，法西斯毒化思想也必须要肃清，既然是日本鬼子切断了东北历史十四年，既然法西斯分子要篡改这一段历史，那我们就应该设法补足这十四年的历史！”“要做到这点，我想青年们今天的迫切要求，不是如何加紧去学习英文、代数、几何、物理、化学，读死书本事，争分数之短长，准备到社会上去找一个饭碗，而是如何加紧去学习新文化，如何加紧学习社会科学，如何去改造自己的思想，如何进一步地去改造这遭受法西斯思想威胁的半封建的半殖民地的社会！”“因此我向青年们提议要加强你们对于新文化的学习，加强对于社会科学的学习，特别是政治的学习，不要把自己圈在课堂里，圈在死书本子上。”“新青年要掌握着新文化，新思想，才能创造起新中国新东北！”(《东北日报》1946 年 10 月 13 日)

在一批最前沿的左翼作家流亡关内之后，东北文学经过了一段艰难而相对平静的发展阶段。在表面繁华而内在凶险的沦陷区文艺界，中国作家用各种文艺手段或明或暗地与侵略者进行抗争，并为此付出了血的代价。这种状况直到 1945 年光复之后才发生根本

性转变，东北文艺创作者们一方面回顾过去的苦难，另一方面表现出对新生活的憧憬，这正是后来东北解放区文艺的心理基础，而日渐激烈的解放战争又为东北文艺的走向和解放区文艺的诞生提供了具体的现实基础。这与以萧军、罗烽、舒群、白朗、塞克、金人等人为代表的东北籍作家的返乡，以及在东北沦陷区留守的左翼作家关沫南、陈隄、山丁、李季风、王光逖等人的坚持，是分不开的。当然，随我党十几万军政人员一同出关的延安等地的众多文艺家，在东北文艺的创设中更是起到了引领和带头作用。这其中已经成名的有刘白羽、周立波、丁玲、草明、严文井、张庚、吴伯箫、华山、陆地、公木、方青、任钧、雷加、马加、陈学昭、西虹、颜一烟、林蓝、柳青、师田手、李克异、蔡天心等。

东北解放区文艺的创作直接继承了延安文艺特别是毛泽东《在延安文艺座谈会上的讲话》精神。在党的直接领导下，东北解放区先后创办了《东北日报》《中苏日报》《东北民报》《关东日报》《辽南日报》《西满日报》《大连日报》《松江日报》《合江日报》《吉林日报》《胜利报》等，这些报纸多为党的机关报，其文艺副刊发表了大量的文艺作品、理论文章及文艺动态。这些报纸副刊对于东北解放区文学的引导与建构起到了重要的作用。与此同时，《东北文学》《东北文化》《东北文艺》《文学战线》《人民戏剧》《白山》《戏剧与音乐》等文学杂志，以及东北书店、大众书店、光华书店等出版机构相继创办，这些文艺刊物和书店对解放区文艺的发展也起到了很大的推动作用。

革命的逻辑和阶级的理论是东北解放区文艺创作的普遍主题。这是一种革命的启蒙，与左翼文艺一脉相承，只不过东北的社会现实为这种主题提供了更为广泛而坚实的生活基础。抗战胜利后，为

了开辟和巩固东北解放区，使之成为解放全中国的军事和经济基地，我党进军东北，抢占了战略制高点。可是，在东北，人民军队所处的环境与山东等老解放区完全不同，殖民统治因素加之国民党的宣传，使得我们的政治优势在最初未能完全发挥出来。正如李衍白在散文《黎明升起——巨大变化的东北一年间》中所写的那样："群众在犹豫中，岁月在艰苦里，这就是我们在东北土地上刚刚开始播种，还没有发芽开花时的现实遭遇。"随着革命形势的发展，革命军队传统的政治思想工作优势又体现了出来。我党在部队中开展了以"谁养活了谁"为主题的"诉苦运动"，这颠覆了中国东北乡村社会的封建伦理，提高了官兵的阶级觉悟，极大地增强了部队的战斗力。

这种革命的逻辑在土改题材的作品中表现得最为突出。方青的短篇小说《擦黑》讲述了这个朴素的道理：

> "……像赵三爷那号人，把咱穷人的血喝干了，咱们才不得不去找口水喝饮饮嗓；他们喝干了咱们的血没有一点过，咱们找口水喝饮饮嗓子就犯了罪？旧社会就是这么不公平！他们还满口的仁义道德，呸！雇一个扛活的，一年就剥削好几十石粮食，还总是有理！穷人的孩子偷他个瓜吃，就叫犯罪，绑起来揍半天，这叫什么他妈的道德？咱们要讲新道德，咱们贫雇农的道德；就是用新道德来看咱们贫雇农；像上边说的那些犯了点毛病的，都不要紧，脸上有点黑，一擦就干净了，只要坦白出来，都是穷哥儿们好兄弟。一句话：只要是姓穷的就有理，穷就是理！金牌子上的灰一擦净，还是金牌子。家务事怎么都

> 好办！"李政委讲的话刚一落音，大伙高兴地乱吵吵起来："都亲哥儿兄弟么！"

除此之外，还有在"你给地主害死爹，我给地主害死娘……"的事实教育下，认识到了彼此都是阶级弟兄，大家都是穷苦人的"无敌三勇士"，他们从此"火线上生死抱团结"。（刘白羽《无敌三勇士》）

土地改革是东北解放区文艺最引人关注的问题。东北解放区文学作品中有许多极具写实性的"穷人翻身"故事，如周立波的《暴风骤雨》、马加的《江山村十日》、白朗的《孙宾和群力屯》、井岩盾的《瞎月工伸冤记》、李尔重的《第七班》、西虹的《英雄的父亲》等文艺经典作品。

方青的《土地还家》描述的就是这一历史巨变给贫苦农民带来的心理和生活的变化：

> 二十年了，郭长发又重新用自己的手来耕作自己的土地了。这是老人留下的命根，叫它长出粮食来养活后代的儿孙：可是二十年的光景，它被野狼吞了去，自己没有吃过它一颗粮食——他想到是旧社会把他的地抢走了。
>
> 现在呢？他又踏在这块地上铲草了。他感到自己已经离开家二十年，如今又回到母亲的怀里，亲切地叫着："娘！我回来了。"——于是他又感到是：这是新社会把我的地要回来的。他这样想着，不由得拉长了声音跟儿子说：

“柱儿！想不到啊，盼了二十年，那时候你才三岁。多亏共产党……记住！可别忘了本啊！”

他直起腰来，两手拉着锄把，又沉重地重复着这句话：

“柱儿！记住，可别忘了本啊！”

佚名的《永北前线担架队速写》则写了老乡们在一天的时间里就组织起了八百余人的担架大队，作者经过和担架队员们的交谈，感受到了新解放区人民的觉悟。大队长问担架队员们：“你们这次出来抬担架，怕不怕？”大伙回答：“不怕！”大队长又问：“为什么不怕？”大伙答：“不怕，这是为了自己。”担架队员们相信唯有民主联军存在，他们才能活着。他们说：“胜利是我们的，土地才是我们的。”“赶走国民党反动派，保卫我们的土地和民主。”这与《白毛女》“旧社会使人变成鬼，新社会使鬼变成人”和《王贵与李香香》“要是不革命，穷人翻不了身，要是不革命，咱俩结不了婚”的主题是一样的。淮海战役的胜利是山东人民用手推车推出来的，而东北解放区的建立和辽沈战役的胜利又何尝不是如此！

战争书写是东北解放区文艺中最主要的内容，革命理想主义、革命集体主义和革命英雄主义精神，是东北文艺的思想主题，也是东北文艺的审美风尚。这种简单明了的思想、昂扬向上的精神本身就具有一种审美特质，它奠定了新中国文艺的审美基调。就东北解放区文艺而言，无论是描写抗日战争还是描写解放战争的作品，都普遍具有鲜明而朴素的阶级意识、粗犷而豪迈的革命情怀。

蔡天心的诗歌《仇恨的火焰》，描写了在觉醒的阶级意识支配下东北民主联军官兵的战斗情怀：

仇恨燃烧着，

像火一样烧灼着广阔的土地。

听啊——

大凌河在狂呼，

辽河在咆哮，

松花江在怒吼，

在许多城市和乡村里，

哪儿出现反动派的鬼影，

哪儿就堆成愤怒的山，

哪儿有敌人的迹蹄，

哪儿就燃起仇恨的火焰……

……

我们要

用剪刀剪断敌人的咽喉，

用斧头砍下他们的头颅，

用长矛刺穿他们的胸脯，

用棍棒打折他们的脚胫，

用地雷炸弹毁灭他们，

用从他们手里夺过来的武器，

打垮他们，

然后用铁镐把他们埋掉！

我们要用生命，用鲜血，

保卫这自由解放的土地，

不让反动派停留！

“赶走敌人啊，
赶快消灭它！”
让这充满着力量和胜利的声音，
随同捷报传播开去，
让千百万颗愤怒的心，
燃起
仇恨的火焰！

这种激情在东北解放区的散文、报告文学和战地通讯中表现得最为明显，如丁洪的《九勇士追缴榴弹炮》、马寒冰的《雪山和冰桥》、王向立的《插进敌人的心腹》、王焰的《钢铁英雄王德新》等。这些作品内容真实，情感深沉厚重，延续了抗战时期散文书写浪漫主义与现实主义相结合的审美特征。这些既有写实性又有抒情性的东北解放区散文作品在战争中凝聚人心，彰显力量，具有极大的宣传、鼓舞作用。

最为难得的是，面对东北发达的近代工业景观，作家们更多地描写了工人们的斗争和生活，这些作品成为东北文艺中最为独特而珍贵的展示，而且直接影响了新中国工业题材文学的创作。战争期间，沈阳、长春、大连等地的工业设施惨遭破坏。光复之后，为了保护工厂和恢复生产，工人们表现出了忘我的精神和高超的技术。这使得从未见过现代工业景象的文艺家们感动和激动，他们纷纷用笔来描写现代工业生产和城市新生活，从而给中国现代文学带来了前所未有的新气象。大连大众书店于 1948 年 8 月出版的

《"工农园地"选集》,就收录了城市工人拥护并融入新生活的历史片段,如袁玉湖《铿股的"火车头"》,郓景明、孙聚先《熔化炉的话》等。此外还有李衍白《工人的旗帜赵占魁》,草明《工人艺术里的爱和恨》,张望《老工友许万明》等。李衍白在散文《黎明升起——巨大变化的东北一年间》中,描写了东北现代工业的风貌和工人们的热情:

> 今日的城市也正在改变着一年以前的面貌,先看一看今天的哈尔滨,代表它新气象的是全部工业齿轮的旋转,是市中心区黑夜中的灯光如昼,是穿插在四条线路的廿五台电车和六条线路上卅台公共汽车,是一万五千吨自来水不停地输送给工厂、商店和住宅。这些数目字不仅超过了去年今日(蒋记大员们劫掠后所造成的混乱情况),而且有些超过了伪满。在紧张的战争中加速地恢复这些企业,同样不是依靠别的,而仅仅是由于工人的觉悟。你想一想,一个工人为了修理一个发电的锅炉,但又不能停止送电,于是就奋不顾身钻进可以熔化生铁、数百度的锅炉高热中,他穿着棉衣,外面的人用水龙朝他身上喷冷水,就这样工作一会熬不住了跑出来,再钻进去,来回好多次,最后,完成了任务。我们有好多这种感人的事例。

我们在这些描写工友的散文里,看到了解放区新生活带给城市工人的希望。他们积极上工,传授技术,加班加点,争着当劳动英雄。这在中国同时期其他地域的文学作品中是极少见的。

质朴单一的写实手法是东北文艺的普遍表现方式，这种质朴不单是一种审美风格，更是一种直面大众的话语策略。这一传统与近代"政治小说"、五四新文学、左翼文学和抗战文艺等都是一脉相承的。文艺作为一种宣传和斗争的工具，自然要承担起团结和争取最广大人民群众的历史任务。因此，质朴单一的写实手法、通俗易懂甚至有些粗俗的语言风格，成为东北解放区文艺的普遍表现形式。

鲁柏的诗歌《夸地照》用简朴的形式表达了翻身农民淳朴的感情：

一张地照领回家，
全家老少笑哈哈；
团团围住抢着看，
你一言我一语来把地照夸：

长方形，四个角，
宽有八寸长两拃；
雪白的纸上写黑字，
红穗绿叶把边插。

上边印着毛主席像，
四季农忙下边画；
地照本是政委会发，
鲜红的官印左边"卡"。

里面写着名和姓，

地亩多少填分明，
拿到地照心托底，
努力生产多收成。

这首诗歌不仅使用了农民的口语，而且用东北农村方言来直观地描摹地照的具体形状和细节，表达了翻身农民朴素的情感。这种描写和表现方式与中国古代民歌传统有直接的联系。

井岩盾的小说《瞎月工伸冤记》以一个雇农自述的方式讲述自己的悲苦经历和内心感受。当工作队员问他是否受地主老赵家的气，他说："大伙吃他的肉也不解渴啊，都叫他给熊苦啦。"于是在工作队的启发和支持下，他"找大伙宣传去了"："张大哥，李大兄弟啊，咱们都是祖祖辈辈受人欺负的人呀！这回来了八路军啦，八路军给咱们穷人做主呀！有话只管说呀！有八路军，咱们啥都不用怕呀！"这是东北解放区贫苦农民普遍具有的经历和感受，而这种质朴无华的语言也是地道的东北农民的日常语言，具有天然的亲和力。

邓家华的小说《打死我也不写信》从情节到语言都相当质朴，甚至有些幼稚，但是那种情感是真挚的。"我"被敌人抓去，遭到严酷的鞭打，"当时我痛得忍不住，皮肤里渗透出一条一条青的红的紫的血痕，可是打死我也不写信的，他们看到我昏过去了，也就走了。等我清醒过来时，浑身疼痛，我拼死命地弄坏了门逃了出来，可是不巧得很，又碰到了伪军，又把我抓起来了，他们还是逼迫我写信，我坚决地说：'死了心吧！就是死了，我父亲会帮我报仇的。'救星来了，在繁星的晚上，忽然西面枪声不停地响着，新四军老部队来攻击了，伪军们都吓得屁滚尿流地逃走了，啊！新四军救出我

了,我很快地到了家里,见了爸爸妈妈,心里真是高兴得流泪了”。

李纳的散文《深得民心》记叙了长春一个米面商人对民主联军和共产党的淳朴情感:“他已经将红旗展开,举到我的眼前,我看到七个大字:‘中国共产党万岁!’”“‘中国共产党万岁!’他重复着这七个字,从眼镜里透露出兴奋的眼睛。这脸,比先前更可爱更慈祥了:‘我喜欢这七个字,所以我选择了它。’”“大会开始了,人们都向着会场移动,老先生也站起来要走,临走时他问我在什么地方工作,我告诉了他,他高兴地说:‘好,都是民主联军。深得民心,深得民心。’”抛开其内容不论,作品文字风格的朴素也显露出解放区文艺在艺术层面幼稚和不甚精致的弱点,而这弱点又可能是许多新生艺术的共有问题。也许,正因为幼稚,它才有更广阔的发展空间。

形式的多样性特别是短小化是东北解放区文艺创作的普遍特点,短篇小说、墙头诗、快板诗、散文、战地通讯、说唱文学等成为最常见的艺术形式。战争的环境、急剧变化的生活和读者的接受水平与习惯等,决定了人们需要并且适应这种短平快的表达方式,而这也是延安文艺和抗战文艺形式的延续。天意的《县长也要路条》描写了两个一丝不苟的儿童团员在放哨时不放过民主政府的县长,硬是把他和警卫员带到乡长那里查证的故事。其篇幅短小,不到400字,但是内容蕴意深刻,语言风趣自然,简直就是一篇微型小说。

小区区的短诗《一心一意要当兵》,将人物的关系、思想、表情和语言都生动形象地表现出来,极具说服力和感染力:

葫芦屯有个小莲青,

一心一意要当兵——
他爹说：
“你去吧。”
他娘说：
“你等一等！……”
他老婆说：
“哪能行?！……”
忸忸怩怩来扯腿；
哭哭啼啼不放松：
“你去当兵啥时还？
为老为少撇家中！”
小莲青，
脸一红：
“小青他娘，
你醒醒：
八路同志千千万，
哪个不是老百姓?！
我去当兵打蒋贼，
咱们才能享太平。”

当然，东北解放区文艺中也有许多保留了浓郁的文人气息的作品，这些作品与五四新文学的“纯文艺”审美风格有明显的承续性。例如大宇的诗歌《琴音》：

一个琴师

把琴音遗失在幽谷里
滑落在幽谷的谷缝里了

琴音栽培了心原上的一棵草儿
琴音赞咏了艺术的生命
一支灿烂的强烈的光焰

我就永住在这琴音里了
就仿佛身陷于一片梦的缘边
仿佛浴着一片无际的云海
无垠的生旅无限的生涯
何处呀
我摸索到何处呀
琴音丢在幽谷里
滑落在幽谷的谷缝里了

十分明显,这不是东北解放区文艺创作的主流。

《1945—1949 年东北解放区文学大系》的编者耗费了大量精力来做这样一项浩大的地域性文学工程,这不只是对东北文艺的巨大贡献,更是对新中国文艺的巨大贡献。在此之后,东北文艺研究将迈上一个新台阶。

总导言

丛 坤

从1945年抗战胜利到1949年新中国成立这个时期，对于东北而言是极为特殊的。抗战胜利后，中共中央发布了《建立巩固的东北根据地》的指示，迅速成立了以彭真为书记的东北局，抽调了四分之一的中央委员、两万名党政干部、十三万主力部队赶赴东北，与国民党反动派展开激烈的斗争。在广大人民群众的支持下，中国共产党及其领导的军队从最初的战略防御转为战略反攻。1948年11月，辽沈战役胜利，全东北获得解放。在解放战争时期，在中国共产党的领导下，东北人民反奸除霸，建立民主政府，消灭土匪，进行土地改革，在政治上、经济上翻身做了主人。东北的政治、经济、文化、教育等各个领域都发生了翻天覆地的变化，尤其是在文学创作方面，东北地区取得了不可低估的成就，文学创作出现了前所未有的发展和繁荣的局面。

“东北作家群”的回归、党中央选派的文化宣传干部的到来、文学新人的成长使得解放战争时期东北地区的创作队伍不断壮大。在东北沦陷后从东北去往关内的进步作家中，除萧红病逝于香港、

姜椿芳在上海从事党的地下工作外，塞克（即陈凝秋）、舒群、萧军、罗烽、白朗、金人等都积极响应党的号召，陆续返回东北。1945年9月至11月，党中央从陕甘宁边区和各个解放区抽调一大批优秀的文化工作者到东北解放区。据不完全统计，这一时期来到东北解放区的文化工作者有刘白羽、陈沂、周立波、草明、严文井、张庚、吴伯箫、华山、西虹、陆地、李之华、胡零、颜一烟、公木、林蓝、江帆、李纳、魏东明、夏葵、常工、方青、任钧、李则蓝、煌颖、侯唯动、李熏风、雷加、马加、袁犀、蔡天心、鲁琪、李北开等。[①] 中共中央东北局宣传部与东北文艺协会在“土地还家”口号的基础上，提出了“文艺还家”的口号，号召广大文艺工作者在与农民同吃、同住、同劳动的同时，领导农民群众参加土地改革运动，帮助农民成立夜校、学习文化、办黑板报、成立文艺宣传队，提高他们的写作能力与文艺欣赏能力，在农民、工人等基层劳动者中培养了一大批“文学新人”。创作队伍的空前壮大为东北解放区文学的繁荣奠定了坚实的基础。

东北解放区文学的繁荣也与当时出版事业的空前繁荣密不可分。东北局宣传部将建立思想宣传阵地（即报刊、出版机构）、改造思想、建构意识形态话语权确定为首要任务。进入东北不久，东北局于1945年11月在沈阳创办了机关报《东北日报》（1946年5月28日由沈阳迁至哈尔滨，1948年12月12日搬回沈阳）。该报面向东北全境的党政军发行，是东北解放区发行量最大的报纸。之后，东北解放区创办、发行的报纸近百种。据《黑龙江省志·报

---

① 彭放：《黑龙江文学通史（第二卷）》，北方文艺出版社2002年版，第354页。

业志》的统计，当时黑龙江地区（5 省 1 市）的每个省市不仅有党政机关报，而且有人民团体和大行业的专业报纸，有些县也出版油印小报。仅哈尔滨出版的大报就有《哈尔滨日报》《哈尔滨公报》《哈尔滨工商日报》《大众白话报》《午报》《自卫报》《北光日报》《新民日报》《民主新报》《学生导报》《文化报》等。这一时期的报纸，无论设没设副刊，都或多或少地发表过文学作品。

东北局还出资创办了东北书店、光华书店、大连大众书店、辽东建国书店、兆麟书店、吉东书店、辽西书店等众多的图书出版机构。其中，东北书店是东北解放区规模最大、贡献最大的书店，在东北全境建有 201 个分店，发行网点遍布东北全境。除出版、发行图书外，东北书店还创办了《知识》《东北文学》《东北画报》《东北教育》等期刊。这些出版机构大量出版政治读物、教材和文学书籍，促进了东北解放区出版业的发展。仅以东北书店为例，从 1946 年到 1948 年，东北书店总共出版图书杂志 760 种、各类图书 1 520 余万册。① 东北解放区纸张和印刷质量上乘的大量出版物不仅发行于东北各地，还随着东北野战军入关和南下，成为陆续解放的北平、天津、武汉等地人民群众急需的读物。历史上一向“文风不盛”的东北第一次有大量的出版物输送到关内文化发达之地，这成为一时之盛事。

此外，东北解放区先后创办的文学类期刊的数量是惊人的。如 1945 年至 1947 年创办的文学期刊有《热风》（半月刊）、《文学》（月刊）、《文艺》（周刊）、《文艺工作》（旬刊）、《文艺导报》（月

① 逄增玉：《东北解放区文学制度生成及其对当代文学制度的预制》，载《文学评论》2017 年第 4 期。

刊)、《东北文艺》(月刊)。1947 年以后创刊的大型专业期刊有《部队文艺》、《文学战线》(周立波主编)、《人民戏剧》(张庚、塞克主编),综合性期刊有《东北文化》(吴伯箫主编)、《知识》(舒群主编)等。其中,《东北文化》与《东北文艺》的影响最为突出。《东北文化》的主要任务是协同东北文化界,从政治上、思想上启发广大的东北青年和文化工作者,提高他们的自觉性,激发他们的革命热情、积极性和创造性,使他们在东北人民解放的伟大事业中发挥应有的作用。《东北文艺》是纯文艺性的刊物,刊载小说、戏剧、散文、诗歌、漫画、速写、报告文学、杂文、书刊评价,以及文学理论、有关文艺运动史的论著等。《东北文艺》聚集了一大批优秀的作者,如周立波、赵树理、罗烽、公木、萧军、塞克、舒群、白朗、严文井、刘白羽、西虹、范政、宋之的、金人、马加、雷加等。在他们的影响下,《东北文艺》还不断提携文学新人,这成为该刊的传统。从创刊到终结,《东北文艺》在新中国成立前后产生了很大的影响,20 世纪 50 年代成长起来的许多作家、诗人是从这里起步的。可以说,《东北文艺》在解放战争和革命胜利后对新中国文学新人的培养起到了重要的作用。报纸、文学期刊、综合性期刊和出版机构的大量涌现,为东北解放区文学的发展创造了良好的条件。

与此同时,为了更好地团结广大文艺工作者,东北局于 1946 年在黑龙江佳木斯成立了东北文化工作委员会,成员有张闻天、吕骥、张庚、塞克等。此后,若干文艺与文化团体陆续成立,其中最有影响的是 1946 年 10 月 19 日由全国文协的老会员萧军、舒群、罗烽、金人、白朗、草明 6 人在哈尔滨发起筹备的“中华全国文艺协会东北总分会”。这个文艺团体表面上是由文人自由结社,实际上主体是来自延安、具有干部身份的文化人,其中不少人是党员或东北文艺界的领导干部。“中华全国文艺协会东北总分会”对东北解放区文学的发展起到了不可忽视的作用。此外，中苏文化协会、鲁迅文艺研究会等文艺社团相继成立。1948 年 3 月，中共东北局宣传部首次召开了由文学、戏剧、音乐、美术、电影等部门的 150 余名文艺工作者参加的文艺工作者会议。会议对抗战胜利以来的东北解放区文艺工作进行了总结，并制订了随后一段时间的文艺工作计划。此外，中共中央东北局宣传部内部成立了文艺工作委员会，吕骥、舒群、刘白羽、张庚、罗烽、何世德、严文井、袁牧之、朱丹、王曼硕、华君武、白华、向隅、田方、沙蒙、吴印咸任委员，负责指导东北解放区的文艺工作。

1946 年秋，已迁至哈尔滨的原延安鲁迅艺术学院，按照东北局的指示北撤至佳木斯，并入东北大学，更名为鲁艺文学院。同年 12 月，东北局又决定让鲁艺脱离东北大学，组建东北鲁艺文工团。1948 年秋冬之际，随着沈阳的解放，东北鲁艺文工团在经历了三年多艰苦卓绝的转战与工作后进入沈阳，随后正式复名为鲁迅艺术学院，恢复了延安鲁迅艺术学院的学校建制。文艺团体的纷纷建立为东北解放区文学创作队伍的培养提供了组织保证。

为了纪念解放东北这段革命岁月，为了展现东北解放区文学的勃兴与繁荣，我们编辑出版了《1945—1949 年东北解放区文学大系》，分别从小说、散文、戏剧、诗歌、翻译文学、评论、史料等体裁角度进行整理、收录。

一

抗战胜利后的东北解放区文学是延安文艺的延伸与发展，东北解放区四年所发生的巨大变化，都生动、形象地展现在东北解放

区的小说创作中。东北解放区小说充分展示了当时的社会生活，塑造了形形色色的人物形象，给人们留下了时代的缩影与历史的印迹。

东北解放区小说创作大体可以分为两个阶段。第一个阶段是从1945年日本投降到1946年中共东北局通过“七七”决议，第二个阶段是从1946年通过“七七”决议到1949年新中国成立。在当时的局势下，中国共产党要最广泛地发动群众，进入东北的文艺工作者便肩负了与武装部队同样重要的“文化部队”的任务。他们用文学作品教育、引导群众，积极参与了粉碎旧的国家机器和意识形态的过程。在党的文艺方针政策的指引下，东北解放区的作家们广泛深入到农村土地改革、前方战斗生活和工厂建设之中，亲身体验群众生活。这使得东北解放区的小说能够迅速地反映生产、生活、军事等各个领域的变化与东北人民精神世界的变化。

从1931年日本发动九一八事变到1945年日本投降，十四年的沦陷历史构成了东北文学不可磨灭的创痛记忆。对沦陷时期东北社会生活的回忆，是这一时期小说的一个重要题材。而抗战题材小说则是对异族侵略者铁蹄下民生困难的真实记录，也是对战争年代民族精神的热情颂扬。但娣的《血族》、陆地的《生死斗争》、范政的《夏红秋》、骆宾基的《混沌——姜步畏家史》等都是这方面的代表作品。

土改斗争是东北解放区小说三大题材的重中之重。在那场深刻改变了中国农村政治、经济关系的运动中，东北解放区作家将强烈的政治使命感与巨大的创作热情相融合，创作出了大量的优秀作品，周立波的《暴风骤雨》、马加的《江山村十日》、安危的《土地底儿女们》等至今仍被读者反复阅读。

小说创作需要一个孕育的过程，相对来说，中长篇小说需要更长的时间来构思和写作，而短篇小说则完成得较快。在复杂、激烈的土改运动中，东北解放区作家们努力笔耕，迅速创作出大量的短篇小说。在这些小说中，我们可以看到东北农民在土改运动中的精神变化，农民经历了几千年的封建压迫，他们身上的枷锁不仅是物质上的，更是精神上的，从奴隶到主人的蜕变需要一个心灵的搏击历程。

反映前线战争是东北解放区小说的另一个重要题材，这些小说真实地体现了军民的鱼水情谊。西虹的《英雄的父亲》、纪云龙的《伤兵的母亲》等都是当时影响较大的作品。1947 年至 1948 年是解放战争中我党从防御转为反攻的时期，随着战事的推进，中国人民解放军（1948 年 1 月 1 日，东北民主联军改称为东北人民解放军，同年 11 月 13 日改称为中国人民解放军）的队伍急剧壮大，部队官兵的成分因而趋于复杂化。为此，部队采用诉苦的办法对广大指战员进行阶级教育，提高他们的政治觉悟和思想觉悟。诉苦教育消除了战士之间的隔阂，为解放战争的胜利打下了坚实的思想基础。刘白羽的短篇小说集《战火纷飞》、李尔重的中篇小说《第七班》等反映了这一主题。

除上述三大题材外，解放战争时期东北涌现出来的工业题材小说，亦可视为中国现代工业题材小说的发端，这也从一个方面证明了东北解放区小说的文学史价值和文化价值。

东北解放区的工业在新中国发展史上占有非常重要的地位。在这一方面，影响最大的是女作家草明的中篇小说《原动力》。这篇小说虽然存在粗糙和简单等不足之处，但作为新中国成立前描写工业生产和工人思想的作品，是值得关注和肯定的。此外，李纳

的《出路》、鲁琪的《炉》、韶华的《荣誉》、张德裕的《红花还得绿叶扶》等作品也广受好评。这些小说充分展现了东北解放区工业蓬勃发展的景象，展现了工业生产对人的改造，也开创了新中国工业文学的先河。

东北解放区的相当一批小说，强调小说的政治价值，强调创作为工农兵服务，大多通俗易懂，而缺乏对心理深度和史诗境界的发掘。然而，东北解放区小说明朗新鲜，创造性地继承了延安文艺精神，反映了东北解放区的历史巨变和社会变革中诸多的社会问题，为新中国成立后的十七年文学开辟了道路。

二

散文卷在本丛书中占有重要的分量，真实地记录了解放战争中东北解放区人民的巨大贡献，独特的作品体例亦标示出其在新中国散文创作史中的独特地位。

解放战争时期东北战区的胜利，不仅是军事史上的奇迹，更是人民意志创造历史的丰碑。许多作者都以醒目而直接的题目记录了解放军普通战士勇敢战斗、不畏牺牲的英雄事迹，以真挚的情感，突出了普通战士大无畏的战斗精神和取得战斗胜利的信心。这些作品表现了同一个主题：解放军是人民的军队，中国共产党是全心全意为人民服务的。这也是新中国强大的根基体现。

散文卷中还有一部分作品，叙述了悲壮的抗联斗争的事迹，如纪云龙的《伟大民族英雄杨靖宇事略》、菽沅的《老杨——人民口中的杨靖宇将军》、陈堤的《悼念李兆麟将军》等。英勇不屈的民族气节是抗联英雄所具的崇高品质，也是抗联精神最真实的写照。而东北书店于1948年6月出版的《集中营》，以革命者的亲身经历叙述了大义凛然、为真理献身的革命志士的事迹，让后人真正理解了“头可断血可流，革命意志不能丢”的气节，“永不叛党”是英烈们用鲜血和生命刻写在党章之中的。

从1946年到1948年，尽管国民党军队在东北重要城市盘踞并负隅顽抗，但是东北农村却发生了翻天覆地的变化。中国共产党在根据地开展土改运动，领导农民推翻了地方统治势力，领导农民斗地主、分田地，农民欢欣鼓舞，迎来了新生活。强大的后方农村根据地为部队供给提供了保障，同时，许多年轻的子弟为了保护胜利果实自愿参加了解放军，这改变了国共双方在东北的兵力布局。《永北前线担架队速写》等作品反映了这一主题。

此外，解放区散文作家的笔下还洋溢着新生活的喜悦，如严文井的《乡间两月见闻》。除了乡村，对于那些在战后重新回到人民手中的城市，我党也开始接管，并进行初步的恢复性建设。在作家们的笔下，新生活带来了新气象。大连大众书店于1948年8月出版的《“工农园地”选集》，就收录了描写城市工人拥护和融入新生活的散文。在这些描写工厂、工友的散文里，我们可以看到解放区的新生活给城市工人带来了希望。

这些散文作品大多短小精悍，有迅速性、敏捷性和战斗性等特点，具有独特的艺术特征。这与当时许多作家的出身密切相关。如刘白羽、草明、白朗、华山、西虹等作家对战争环境和百姓生活有着敏锐的观察力和真实的体验，他们的作品使得东北解放区1945年至1949年的散文创作呈现出独特的风格，表现出纪实性和文学性相结合的特点。此外，由众多从延安来到东北的文艺干部组成的随军记者，以大量的新闻报道反击了国民党的舆论污蔑，记录了解放军战士不畏艰险、顽强抗敌的英雄事迹，同时表现了后方人民

在解放区土改过程中翻身解放、分得土地的喜悦心情。

散文作家记录这些真人真事的报道在东北解放战争中起到了巨大的宣传作用,成为鼓舞人心的强大的精神力量。东北解放区散文也因为内容真实、情感真实而呈现出历久弥新的生命力,往往给读者带来身临其境的感受,也让人忽略了作品本身的艺术特质。实际上,这些散文正是在真实的基础上,以生动与丰富的细节给读者留下了深刻的印象,在真实性的基础上呈现出文学性。华山的《松花江畔的南国情书》就是代表作品之一。

细节的生动亦使东北解放区散文具有鲜明的文学性。东北解放区散文将我军战士的大无畏精神写得非常真实、感人。在展示解放区新生活、新风尚方面,许多拥军爱民的片段写得细腻、真实。

东北解放区散文在主题内容上具有很高的价值,大量的散文颂扬了东北人民解放军的集体主义精神和英雄主义精神,表现了我军指战员的英勇气概,体现了战士们浩气长存的革命豪情。因此,东北解放区散文具有较高的文学价值,其明朗的表现方式恰恰是后来共和国文学明确表达和高度肯定的。题材广泛、内容真实和情感深厚的纪实性文学,使得东北解放区散文在战争时期凝聚了强大的精神力量。反映中国人民解放军不畏艰险、英勇战斗的长篇报告文学,在风格上激情澎湃,体现出解放军崇高的革命乐观主义精神。这一时期的散文把东北解放历史进程的全貌和战士们的英勇壮举再现了出来,东北解放区散文也因此具有了军事史和共和国历史的资料留存价值。东北解放区散文在创作上因为具有纪实性与文学性相结合的特点,为军旅散文创作提供了新的美学范式。

三

在东北解放区文学中，戏剧具有内容丰富、种类繁多、通俗明了、利于传播等特点，兼之创作群体庞大，故而获得了巨大的丰收，这成为东北解放区文学繁荣的重要标志之一。东北解放区的戏剧具有鲜明的启蒙性、宣传性和战斗性等特征，对生产建设、围剿土匪、土改运动和解放战争发挥着不可替代的宣传作用。

东北解放区戏剧的繁荣首先得益于东北解放区报刊对戏剧的支持。例如，《东北日报》刊发的剧作涉及歌唱新生活、感恩共产党、批判美蒋、拥军劳军、参军保家、歌颂劳模等多方面的内容。1947 年 5 月 4 日创刊的《文化报》则是东北解放区第一份纯文艺性质的报纸，主要刊载一些文学常识、短文、小诗、书评、剧报等。此外，《前进报》《北光日报》《合江日报》等都刊发了大量的戏剧作品。而从刊载量来看，期刊对戏剧的支持力度更大。在众多的文艺期刊中，对戏剧传播影响较大的是《东北文学》《东北文化》《东北文艺》《文学战线》《知识》和《人民戏剧》等。

从 1945 年年底开始，东北解放区以各家出版社为依托陆续出版了许多戏剧作品，这是解放区戏剧传播的重要途径。较有影响的是东北书店和人民戏剧社等。在解放战争期间，东北书店出版的各类戏剧作品和理论书籍近百种，形式包括话剧（独幕话剧、多幕话剧）、京剧、评剧、二人转、歌舞剧（广场歌舞剧、儿童歌舞剧）、歌剧、新歌剧、小歌剧、道情剧、活报剧、秧歌剧、小喜剧、小调剧、皮影戏等。其中，秧歌剧超过一半。

文艺团体的迅猛发展是解放区戏剧广泛传播的最终体现。1945 年 11 月以后，东北文工团等数十个文艺团体在东北局宣传

部的领导下先后成立。这些文艺团体以《在延安文艺座谈会上的讲话》为指导，坚持走文艺大众化的道路，活跃在东北城市和乡村，战斗在前线和后方。他们创作、表演了一系列以支援前线、土地改革、翻身当家为主题的作品，这些作品受到人民群众的好评。

从内容方面来看，歌颂工人阶级是东北解放区戏剧的一个重要内容。东北光复后，作为解放全中国的大本营，哈尔滨、沈阳等工业城市的作用得以凸显，工人阶级成为时代的主角。从剧作内容来看，第一种是反映工人生活的剧作，如王大化、颜一烟创作的《东北人民大翻身》；第二种是歌颂先进个人无私支援解放区建设、帮助工厂恢复生产的剧作，较有影响的有《献器材》《十个滚珠》《一条皮带》《刘桂兰捉奸》；第三种是歌颂党的政策的剧作，代表作品有《比有儿子还强》和《唱“劳保”》。工业题材戏剧的大量创作，极大地拓宽了解放区戏剧的创作领域，为新中国工业题材戏剧的发展奠定了坚实的基础。

东北解放区戏剧中描写农民翻身解放、分得土地的农村题材的戏剧的比重最大。第一类是反映东北农民翻身解放，通过新旧对比来歌颂新农村、新生活的剧作。第二类是反映粉碎各类阴谋、同复辟分子做斗争的剧作，代表剧作有《反“翻把”斗争》等。第三类是反映改造后进、互助合作，表现农民积极开展大生产运动的剧作，如《二流子转变》。第四类是描写劳动妇女反抗封建婚姻、争取民主权利、积极参加劳动生产的剧作，如《邹大姐翻身》。

东北解放后，群众的思想还比较保守，革命启蒙的任务十分重要，尤其是要帮助东北人民认同和接受中国共产党及其领导的人民军队。在描写军队的戏剧中，既有表现人民军队英勇战争、不怕牺牲、勇于献身的剧作，也有以军民互助、拥军支前为主要内容的

剧作，这类剧作完整地再现了东北人民从最初的误解民主联军到后来积极送子参军、送夫参军、拥军支前的全过程。前者的代表作有《老耿赶队》《鞋》《两个战士》等，后者的代表作有《透亮了》《收割》《支援前线》等。

在艺术特点上，虽然东北解放区戏剧的整体水平不是最高的，但是其庞大的作者群体、巨大的创作数量、伟大的历史功绩，使得解放区戏剧创作达到了巅峰状态。东北解放区戏剧因对传统戏剧和西方舶来戏剧的融合而具有现代性，在这种融合的过程中实现了本土化，并形成了民族化、大众化、乡土化的特征。东北解放区戏剧的民族化特征源于延安时期戏剧的"中国化"。而其大众化特征是指具有广泛的群众基础，且创作群体亦十分大众化。东北解放区戏剧的乡土化则主要表现在地域特色上。

在创作方法上，东北解放区戏剧继承了延安戏剧的传统，剧作家们用现实主义的方法把自己身边刚发生或正在发生的事情通过戏剧的形式真实地反映出来，集中表现工、农、兵的日常生活。东北解放区戏剧起到了鼓舞斗志、颂扬先进、宣传政策、支援前线的作用。

在戏剧结构上，东北解放区戏剧的戏剧冲突尖锐而集中，叙事模式多元，表现方式多样。在人物塑造上，剧作塑造了一个个爱憎分明、个性突出、敢作敢为的人物形象。这些人物形象生动丰满、有血有肉，为观众熟悉和喜爱。

东北解放区戏剧在取得较高的艺术成就和发挥重要的宣传作用的同时，也存在一定的不足。然而瑕不掩瑜，民族化、大众化、乡土化的特征，使得戏剧的宣传性、教育性、战斗性的作用得以充分发挥出来。东北解放区戏剧对光复后进行的民众文化启蒙、文化

宣传具有不可替代的作用，对解放区的土地改革和解放战争做出了不可磨灭的贡献。

四

东北解放区诗歌秉承了我国诗歌的优秀传统，具有红色革命基因。它一方面与伪满时期的诗歌做了彻底的割裂，另一方面又延续了东北抗联诗歌的革命精神和爱国主义情怀，集中书写了山河易色、异族入侵带给东北人民的苦难和屈辱，书写了受难的人民在共产党领导下的觉醒与反抗，书写了东北人民在艰苦的自然环境与战争环境中形成的坚韧、乐观、幽默的性格。

东北解放区诗歌是中国解放区诗歌的重要组成部分，与其他解放区诗歌保持着一致性和连续性。它之所以能复制延安解放区的文学模式，主要是因为其创作队伍中的很大一部分是来自延安解放区的革命文艺工作者，故在文学制度和文学政策上与全国其他解放区能保持一致。东北解放区诗歌的作者主要有四种身份：一是中共中央派驻到东北的文艺工作者；二是抗战时期流亡到关内的“东北作家群”（在抗战结束后返回东北）；三是虽然本人不在东北解放区，但是其作品在东北解放区的重要报刊上发表过并产生了一定影响的诗人；四是来自各行各业的业余诗人。《东北日报》文艺副刊曾陆续发表过很多业余诗人的作品，这些业余诗人中既有宣传干部，又有工人、农民、战士、学生（其中有许多人使用笔名，甚至使用多个笔名，今天有些作者的真实姓名已很难核实）。有一些诗人并不在东北解放区工作，但是其作品在东北解放区的重要报刊上发表过，并对全国解放区的文学发展产生过重要影响，如艾青、田间等。东北解放区的代表诗人有公木、方冰、马加、严文

井、鲁琪、冈夫、天蓝、韦长明、刘和民、李北开、彤剑、侯唯动、胡昭、李沅、夏葵、林耘、顾世学、萧群、蔡天心、杜易白、西虹、师田手、白刃、白拓方、叶乃芬、丁耶、孙滨、阮铿等。

从内容上看,东北解放区诗歌主要是反映当时东北解放区的经济建设、军事斗争、农村工作和城市建设等,具有现实性、时代性。从艺术形式上看,诗歌谣曲化、大众化、民间化的特点突出。抒情诗、叙事诗、街头诗、朗诵诗、歌谣、童谣等成为当时最常见的诗歌体裁。东北解放区诗歌具有以下几个显著特点:

第一,诗歌内容具革命性且高度政治化。东北解放区文学是为中国共产党解放东北和建设东北的政治任务服务的,其主要功能和目的是紧密贴近和配合解放区的主流政治运动。很多诗歌是为满足当时的政治需要而作的,充分体现了《在延安文艺座谈会上的讲话》在诗歌创作方面的实践成绩。东北解放区诗歌与中国解放区诗歌在题材选择、审美价值上保持着一致性,并具有东北解放区特有的地域性特点。揭露、批判、颂扬是东北解放区诗歌的三大主旋律,诗人们以工人、农民、士兵、英雄人物、劳动模范等为书写对象,歌颂英雄人物,记录战争风云,赞美新农民,抒发家国情怀。

第二,具有鲜明的战争文学特点。东北经历了十四年艰苦卓绝的抗日战争,接着又经历了五年的解放战争,近二十年间,始终处于战争状态。诗歌也呈现出战时文学特质,记录了艰苦卓绝的战争场景与生活现实。对于重大战役的抒写与记录,英雄主义、乐观精神、必胜信念的情感基调,加之大东北茫茫雪原、天寒地冻的地域特点,使得东北解放区诗歌具有鲜明的东北地域特色。

第三,农村题材也是东北解放区诗歌的重头戏。东北经过十四年的抗日战争,土地荒废,农民思想落后。抗日战争结束后,解放军入驻东北，一方面做农民的思想工作，进行思想启蒙，另一方面在农村贯彻党的土改政策，进行土地革命，让农民成为土地真正的主人。因此，在东北解放区，启蒙农民思想、反映土改运动、揭露地主阶级剥削农民的本质、塑造新农民形象成为农村题材诗歌的主要内容。

第四，工业题材诗歌在东北解放区诗歌中独领风骚。《文学战线》等报刊还专门设立了工人专栏，如《文学战线》专辟“工人创作特辑”，作者均来自生产第一线。工业题材诗歌丰富了东北解放区诗歌的样态，也成为东北解放区诗歌的重要组成部分。

第五，叙事诗是东北解放区诗歌的主要体裁。长篇叙事诗体量大，便于完整地呈现人物或事件的变化过程，便于刻画生动、饱满的艺术形象，因此很受东北解放区诗人的青睐。在《东北文艺》《文学战线》等杂志和个人诗集中，带有浓郁的东北民间话语特色，反映土改运动、翻身农民踊跃参军等内容的长篇叙事诗一时间大量出现。

第六，诗歌审美倡导大众化、通俗化。在解放战争时期，文学要担负着团结人民、教育人民、打击敌人的任务，因此，战时诗歌不能一味地追求高雅的诗意，它既要通俗易懂，便于启蒙民众，又要迎合普通大众的审美需求，适应战争时期的宣传需要。东北解放区诗歌的谣曲化倾向突出，诗作大多出自部队宣传干部、战士、工人、农民之笔，以社会现象为题材，具有相当强的时效性，普遍具有语言通俗易懂、直抒胸臆、为群众所熟悉和易于接受等特点，真正达到了为工农兵服务的目的。

东北解放区诗歌也存在一些不足。由于过于强调宣传性、鼓动性和战斗性，重内容而轻艺术，艺术水准较低，东北解放区诗歌

未能达到思想性和艺术性相结合的高度。

五

东北翻译文学兴起于 20 世纪 20 年代末，当时的《北国》《关外》等文学期刊上都登载过翻译作品，对俄苏、英、美、日等国家的民族文学作品，以及批判现实主义、"普罗文学"等文艺理论均有译介。但这种生动、活跃的局面随着 1931 年九一八事变的发生而不复存在。1931 年至 1945 年，在长达十四年的沦陷时期，东北翻译文学出现了两块文学阵地：一个是以沈阳、大连为中心的"南满文学"阵地，另一个是以哈尔滨为中心的"北满文学"阵地。辽南文坛在九一八事变以后出现了一股译介欧美和日本文学及其理论的潮流，主要刊发、翻译消极的浪漫主义、自然主义的文艺作品和理论，只刊发少量的俄苏文学。相对而言，北满文坛对俄苏现实主义文学作品及其理论的翻译有着更重要的意义。

解放战争时期的东北解放区文学的传播模式主要是"延安模式"。在翻译文学方面，东北解放区文艺工作者侧重译介的目的性和计划性。从目前了解到的情况来看，当时很多期刊都设有翻译栏目，其中《东北日报》《东北文艺》《前进报》《群众文艺》《知识》等都设立了介绍苏联文学的专栏，经常发表苏联社会主义建设时期和卫国战争时期的作品。此外，侧重刊发翻译文学的报纸、期刊还有《文学战线》《文化报》《知识》《东北文化》等。文学观念是文学创作的潜在基础，规范和支配着这个时代的文学创作。解放区的作家们译介了大量的苏俄作品，其中大部分是社会主义现实主义作品。除报刊外，东北解放区翻译文学的出版途径还有书店。由书店、期刊、报纸构成的媒介场，有效地促进了东北作家与世界

文艺思潮的交流，尤其是苏联所倡导的革命现实主义文学创作思想对东北的文艺运动发挥了指导作用。

《东北日报》的译介主要集中在俄苏文艺思想、作家作品方面，其中刊发爱伦堡、法捷耶夫等文艺理论家的作品的数量最多，产生的影响也最为深刻。这些作品极大地开阔了东北知识分子的视野。《东北文艺》每期都对俄苏文学作品、作家进行介绍，较有代表性的是1947年曾连载过的金人翻译的苏联作家华西莱芙斯卡娅的中篇小说《只不过是爱情》。《文化报》介绍了大批的俄苏作家，刊载了一些文艺评论、文学作品等。《文学战线》在刊发原创作品的同时，则侧重于介绍俄苏文学作品和翻译俄苏文艺理论。

东北书店出版了大量的翻译过来的苏联文艺论著和苏俄文学作品，目前搜集到的翻译文艺论著的种类达110余种。其翻译出版的俄苏文学作品具有丰富的题材，包括电影文学剧本、报告文学、游记、书信集、诗歌、小说等。辽东建国书社、大连大众书店、光华书店等也是翻译作品重要的出版机构。

翻译文学的发展有助于文学创作的繁荣与文艺理念的更新，但东北解放区译介作品的内容较为单一，翻译的作品几乎全都来自苏联，俄苏文艺思想、文艺理论和文艺作品得到高度关注，成为文坛的主流。其原因有如下几个方面：

首先，从地缘因素来看，东北与苏联有着天然的地缘关系。东北地区与苏联的东西伯利亚地区有着相似的自然环境，都处于高纬度寒带地区，气候寒冷，地广人稀。自然环境和原始文化的相似为思想的交流提供了基本契合点。

其次，从政治因素来看，俄苏文学在中国的兴衰与中俄之间的政治文化交流有着密切的关系。当时的文人也希望通过译介苏联

文学作品来改造和影响人们的思想意识,以及树立新民主主义革命的奋斗目标和未来社会主义的奋斗目标。

最后,从社会现实来看,东北解放区的沈阳、大连等地在中国人民解放军进驻之前已经驻有苏联红军,而且在经济、文化等方面与苏联交往密切,苏联文学作品的翻译、出版自然丰富。

1942 年之后,延安文艺工作者主要是对苏联等少数社会主义国家的文学作品进行译介。对于与苏联接壤的东北解放区来说,由于与外界接触困难,能获得的外国文学作品更少,在建设新文学方面,除了以五四新文学和老解放区文学为资源外,苏联文学便是重要的资源。苏联文学对建设中的东北解放区文学具有不同寻常的意义。

六

东北解放区建立后,文学创作繁荣一时。然而,文学创作在繁荣的背后也存在着一些问题,其中一个突出的问题就是创作者的背景复杂,其中有来自抗日根据地的,也有来自关内国统区的,还有本土的。不同的思想意识、价值取向、艺术趣味掺杂在各类作品中,部分作品的创作倾向出现了偏差。这些问题引起了文艺界的关注。东北解放区的主要报刊和杂志纷纷开辟评论专栏,采用编者按、读者来信、短评、述评、观后感等形式开展文艺批评,为确立正确的文艺路线提供思想保障。

初到东北的文艺工作者首先感受到的是新老解放区之间政治环境和文化环境的差异。自清朝灭亡到抗战胜利的三十多年间,东北民众饱受战乱的痛苦。抗战胜利后,虽然旧的社会结构和文化体制已经解体,但旧的意识形态还残留在一些人的头脑中,东北民众与新政权之间存在着一定的隔膜。刚刚到达东北的大多数文艺工作者对东北特殊的历史环境认识不足，尚未做好相应的思想准备，仍然延续过去的创作方法和思维方式，脱离群众和实际。以什么样的形式和内容来服务刚刚从殖民者的铁蹄下解放出来的人民，是当时文艺工作迫切需要解决的问题。

文艺争鸣与文艺批评既是抗日根据地文艺工作的优良传统，也是党指导文艺工作的重要手段。毛泽东同志在《在延安文艺座谈会上的讲话》中指出，文艺界的主要的斗争方法之一，是文艺批评。此时，东北文艺工作者的首要任务就是对旧的意识形态进行批判和改造，从而构建与延安解放区主体同构的新的意识形态场域。因此，在本地区文艺界开展一场广泛的文艺批评运动就显得十分迫切和必要。1945 年 11 月，陈云同志在《对满洲工作的几点意见》中提出了党在东北的几项重要任务："扫荡反动武装和土匪，肃清汉奸力量，放手发动群众，扩大部队，改造政权，以建立三大城市外围及长春铁路干线两旁的广大的巩固根据地。"这既是党在东北的中心工作，也是东北文艺界所面临的主要任务。东北解放区的文艺队伍自觉地将创作与政治任务结合起来，坚持为人民服务的创作方向，以《在延安文艺座谈会上的讲话》为指导来进行创作。东北这块古老而又年轻的土地上结出了丰硕的艺术成果。这些作品在内容上贴近当时东北的现实生活，在形式上生动活泼，富有浓郁的地方乡土气息，在教育人民、鼓舞人民、组织人民、团结人民、打击敌人方面发挥了重要作用。东北解放区文艺作为革命文艺版图中的一个独立板块开始形成，它既是"延安文艺"的派生，又具备地域文化品格。它不是由内而外自发产生的，而是在改造和清除原有旧文化的基础上通过外部输入逐步确立的。

与“延安文艺”相比，东北解放区文艺自身也出现了一些新的特质，特别是在文艺批评方面，文艺工作者表现出了强烈的自觉性。他们坚持无产阶级和人民大众立场，从不同层面和角度开展文艺界的批评与自我批评，引导东北解放区文艺朝着正确的方向发展。

东北解放区文艺的根本任务与延安文艺的根本任务保持着高度一致，但又具有特殊性。如果简单地照搬、照抄延安文艺的经验，那么东北解放区文艺很难适应革命发展的需要。东北解放区文艺首先具有启蒙的意义，它不仅具有文化启蒙的意义，也具有政治启蒙的意义。为此，东北解放区的文艺工作者以《在延安文艺座谈会上的讲话》精神为指导，树立起无产阶级的文艺大旗，以新文化来改造旧社会，重塑民众的国家意识、民族意识和政治意识，把东北建设成为中国革命的战略大后方。

在延安文艺旗帜的指引下，东北文艺界通过理论探讨和思想整风，统一了广大文艺工作者对革命文学根本属性的认识，东北的文艺工作焕然一新。广大文艺工作者在理论和实践两个方面取得了很大的成就，既继承和发扬了延安文艺思想，也将《在延安文艺座谈会上的讲话》精神与具体实践结合起来。夏征农、蔡天心、铁汉、甦旅、萧军、胥树人等知名的文艺界人士都对这个问题做了深入研究，产生了较大的影响。

与延安文艺相比，这个时期的东北文艺作品主题更丰富，创作者以切身的生命体验为基础，再现了解放战争时期东北所发生的波澜壮阔的革命斗争，以及在这个过程中东北人民的生活与精神面貌。

东北解放区的文艺发展也不是一帆风顺的，它也走了一些弯

路。但是,在毛泽东《在延安文艺座谈会上的讲话》的指引下,文艺工作者不仅投身到创作之中,也开展了广泛的文艺批评,营造了一个宽松的舆论环境,作家们畅所欲言,在批评他人的同时也开展自我批评。这为创作的繁荣奠定了理论基础,也为新中国的文艺创作和文艺批评积累了资源和经验。

七

史料卷是大系的综合卷,其编撰初衷是反映东北解放区文学创作的初始背景,呈现当时的政策和文学创作的大环境,通过对资料的梳理,为弘扬东北解放区文学创作的优良传统提供第一手的基础资料。史料卷共分为七大部分。

一是文艺工作政策方针。文艺工作的政策方针是党根据一定历史时期的总路线和总任务确立的文艺指导原则,反映了一定时期文艺创作的总体规划、部署和要求。史料卷旨在呈现东北解放区创作繁荣的大背景下中国共产党对文艺工作的总体规划和实施情况。史料卷主要收录了与东北解放区相关的宣传文件,以及部分会议发言和讲话等内容,其中有出版、通讯、写作的相关规定,也有重要领导对文艺工作的指示要求,同时还收录了部分重要会议成果。

二是重要报纸、期刊。报纸、期刊大量创办是文艺繁荣的重要标志之一。报纸、期刊直接促进了文学事业整体的发展和繁荣,使优秀作品产生了广泛的社会影响。1945 年 11 月《东北日报》创办后,东北解放区先后创办、发行的报纸近百种。此外,在东北局宣传部的统一领导下,地方与军队也创办了数十种文学与文化类刊物。从成人刊物到儿童刊物,从高雅刊物到面向大众的通俗刊物,

从文学到艺术，靡不具备。诸多的文艺报刊为文学作品的生产提供了园地，成为东北解放区文学创作的先锋阵地。

三是文艺团体、机构。在东北解放区，多个文艺团体和机构活跃在文艺创作和宣传的第一线，对东北解放区文艺事业的发展发挥了重要作用。东北局先后出资创办了东北书店等众多的图书出版机构，使得东北解放区报刊出版和传媒得到快速发展。1946年，东北局在佳木斯成立了东北文化工作委员会，此后，中苏文化协会、鲁迅文艺研究会等文艺社团也相继成立。东北文艺工作团等文艺团体也迅速发展。在组建大量的文艺团体和文工团之际，军队与地方政府和宣传部门还非常重视文艺人才的培养和文学教育体系的建立，在演出之余，也招收和培养文艺人才。在短短的四年间，东北解放区建立了众多的文艺工作团体与人才培养学校。这体现了我党对教育人民、教育部队和动员人民参与革命的重视。

四是作家及创作书目。从延安来到东北的革命文艺工作者数以百计，此外，20世纪30年代从哈尔滨流亡到关内各地的东北作家群成员也陆续返回东北。这些文化工作者云集黑龙江，办报纸，办杂志，从事广泛的文化艺术活动，使得东北解放区文学艺术以全新的姿态向共和国迈进。史料卷收录了活跃在东北解放区的多位作家的生平和创作情况，当然，由于这一历史时期具有特殊性，作家区域性流动较为频繁，对作家的遴选和掌握主要以创作活动的轨迹和作品发表的区域为依据。

五是东北解放区文学回忆与纪念。为了弥补现有资料不足的缺憾，史料卷特别收录了部分文学界前辈及其家人的回忆与纪念文章，其中既有参加文艺团体的亲历感受，也有对文艺创作细节的点滴回忆。由于年代久远，这些资料的某些细节无法准确、翔实地

体现出来，但这些资料记录了东北解放区文艺工作者的亲历感受，对补充和完善史料卷的内容大有裨益。

六是大事记。为了对解放区文学创作资料进行细致整理，进而为读者提供一个简明的、提纲挈领式的线索，史料卷呈现了大事记。大事记旨在将反映文学活动和文艺创作的各种资料予以浓缩，按照时间线索对史料进行编排。大事记简明扼要地记述了1945年9月至1949年9月东北解放区文学方面的大事、要事，涵盖了部分文艺作品创作、文艺团体成立的时间节点，有助于读者了解东北解放区文学的发展脉络。

七是索引。鉴于东北解放区文学总体呈现出体裁广泛、内容丰富等特点，史料卷以作者为线索，将分散在小说卷、散文卷、诗歌卷、戏剧卷、评论卷、翻译文学卷中的作品整理出来，形成丛书索引。索引以作者为基点，将作者在各卷中的作品情况（作品名称、所在卷册、页数）逐一列出，可以在一定程度上呈现出东北解放区文学的整体情况，亦可以体现出作者的创作风格和特点，进而从不同角度展示出东北解放区文学发展的脉络和趋势。

随着军事上的胜利和东北解放区的形成，东北的政治面貌、经济面貌发生了根本性的变化，特别是文化呈现出前所未有的发展和繁荣的局面。东北解放区在政策制定、政策实施、新闻出版、文艺社团、文艺教育体制、作家培养等涉及文艺发展与繁荣的各个方面，继承、发展和完善了延安文艺体制，对当代文学和文艺制度产生了重要和深远的影响。

尽管东北解放区文学得到前所未有的发展和繁荣，但这份珍贵的文化资料始终没有得到系统整理，有关资料分散在哈尔滨、齐齐哈尔、牡丹江、佳木斯、长春、沈阳、大连等地，加上年代久远，这

给编选工作带来了很大的困难。一方面，区域性的文学史料不易引起一般研究者的重视，文学史料的保留和整理工作在通常情况下很不理想，尽管编选者在前期已有一定的资料积累，但是很多工作还需要从头开始。另一方面，由于年代久远，加之当时的出版印刷技术有限，许多资料的保存和整理已经成为一大难题。许多珍贵的文学资料甚至已经出现严重的、不可恢复的缺损，因此，整理和出版东北解放区的文学史料，对东北解放区文学和中国现代文学的研究具有重要意义，同时，对人们了解和认识东北解放区这段历史也具有重要意义。

东北解放区文学创作距今已有七十年的历史，从20世纪80年代开始，东北解放区文学作为中国现代文学的一部分开始进入研究者的视野，搜集、整理与研究工作逐渐深入，一大批有分量的成果随之产生。其中，具有代表性的成果有两项，一项是林默涵主编的《中国解放区文学书系》（重庆出版社，1992年出版），另一项是张毓茂主编的《东北现代文学大系》（沈阳出版社，1996年出版）。这两部著作以文学价值作为侧重点，对东北解放区文学进行了很好的梳理。此外，黑龙江、辽宁与吉林三省的社会科学院文学研究所通力编辑出版的《东北现代文学史料》（共九辑），其价值亦不可低估，当时资料的提供者或为亲历者，或为亲历者之亲友，这从文献抢救的角度来看可谓及时。尽管《中国解放区文学书系》和《东北现代文学大系》对东北解放区文学进行了较大规模的搜集与整理，但由于编辑侧重点不同，这两部著作对东北解放区文学作品只是有选择性地收录，东北解放区文学作品分散在各地图书馆与散落在民间的态势并未改变。进入21世纪后，随着时间的流逝，

承载东北解放区文学作品的旧报、旧刊、旧图书流失和损毁的情况日益严重，对东北解放区文学进行进一步搜集与整理的必要性在中国现代文学界达成共识。2008 年，东北现代文学研究者、黑龙江省社会科学院文学研究所研究员彭放在主编完成《黑龙江文学通史》（北方文艺出版社，2002 年出版）之后，提出了编辑出版《东北解放区文学大系》的建议，这一建议得到了认可。事隔十年，2018 年，由黑龙江省社会科学院文学研究所与黑龙江大学出版社联合策划的《1945—1949 年东北解放区文学大系》荣获国家出版基金资助出版，这完成了老一代东北现代文学研究者的夙愿。

《1945—1949 年东北解放区文学大系》的编者，力求完整地体现东北解放区文学的整体风貌，在文学价值之外，亦注重作品的文献价值，以文学性与文献性并重作为搜集、整理工作的出发点。

《1945—1949 年东北解放区文学大系》的篇目编选工作，由黑龙江省社会科学院发起，联合黑龙江大学、哈尔滨师范大学、哈尔滨学院等黑龙江省多所高校共同开展。为了保证学术性，本丛书特聘请多位东北现代文学领域的专家组成编委会，各卷主编均为中国现代文学方面学养深厚的研究者。本丛书的篇目编选工作得到了北京、吉林、辽宁等地多家相关单位的支持。东北现代文学界德高望重的老一代学者亦给予大力支持，刘中树、张毓茂与冯毓云三位先生欣然允诺担任本丛书的学术顾问，本丛书的姊妹著作《1931—1945 年东北抗日文学大系》的总主编张中良先生亦为学术顾问。特别应提及的是，张毓茂先生在允诺担任本丛书学术顾问不久后就溘然离世，完成这部著作就是对先生最好的悼念。

本丛书的资料搜集工作，除得到东北三省各家图书馆的支持外，还得到了中国现代文学馆、黑龙江省浩源地方文献博物馆的大

力支持。东北红色文献收藏人胡继东、华东师范大学历史系博士崔龙浩，以及华东师范大学历史系高铭阳、雷宇飞等人为本丛书的集成提供了大量珍贵而稀缺的第一手资料。对于他们的无私奉献，在此表示诚挚的感谢！此外，黑龙江大学文学院、哈尔滨师范大学文学院许多在读的博士生、硕士生和本科生也参与了资料搜集工作，在此，请恕不一一列名。

《1945—1949年东北解放区文学大系》除入选2019年度国家出版基金资助项目之外，还被列入黑龙江历史文化研究工程项目，在此谨致谢忱。

诗歌卷导言

东北解放区诗歌概述

叶　红

东北解放区诗歌在中国解放区文学版图上偏居一隅。它时间短、地域偏、数量少，是中国解放区文学发展史中的一个细小旁支。它犹如一支涓涓细流，汇聚成一股推动东北解放区文学发展的磅礴力量。东北解放区诗歌以其昂扬的斗志、饱满的激情，最先唱响东北解放的嘹亮战歌。

1931年，日寇侵略东北，东北文学版图不断被殖民文学侵蚀直至占领，报国无门的爱国进步文人无奈远走他乡，整个文坛愁云惨淡。抗日战争结束后，一批批党的文艺工作者跟随解放军队伍进入东北，很多诗人具有战士兼诗人的双重身份。东北解放区诗歌具有战争诗歌特质，它短促，嘹亮，振奋人心，聚集力量，以其奔放、灿烂、明亮、力量之美，一扫笼罩在东北文坛十四年的阴霾。在民族解放斗争背景下的东北解放区诗歌是时代精神的传声筒，是革命

的号角和武器，是宣传革命、启发民众、鼓舞士气的重要工具。东北解放区诗歌具有红色革命基因。它承续抗联诗歌的革命精神与爱国情怀，融入延安诗歌的革命乐观主义精神和革命浪漫主义精神，受到东北粗犷、豪迈、勇猛、乐观、幽默的地域文化的影响，形成了独特的精神风貌和美学意蕴。东北解放区诗歌集中展现出东北的历史与现实、自然与社会、战争与和平等重大主题，集中书写了外族入侵、山河破碎带给东北人民的苦难、屈辱和蹂躏，以及东北人民在中国共产党领导下的觉醒、反抗和斗争。艰苦的自然环境和战争环境孕育的东北人民具有英勇、坚韧、乐观、幽默的品格，书写了一部波澜壮阔的人民战争史诗。

东北解放区诗歌的繁荣依托于报纸、刊物等出版物的丰富。东北解放区在建立后创建了隶属于解放区的报纸（包括副刊）、杂志、书店，为东北解放区文学的发展与繁荣搭建传播平台。当时在中共中央东北局宣传部统一领导下，东北解放区从总机关到地方先后创办、发行的报纸近百种，中共中央东北局还出资创办了东北书店总店，以及光华书店、大连大众书店、兆麟书店、吉东书店、辽西书店等众多图书出版机构。地方与军队创办了多种文化刊物与文学刊物，如《知识》《部队文艺》《东北文学》《东北文艺》《东北文化》《东北画报》《文学战线》等。《1945—1949 年东北解放区文学大系》诗歌卷收录的诗歌作品，主要来自东北解放区的报刊等出版物，如影响力大、覆盖面广的《东北日报》《东北文学》《文学战线》等，还有一大部分来自书店资助出版的个人诗集。值得一提的是，《东北日报》及其副刊刊登了大量的诗歌，对东北解放区诗歌的发展与繁荣做出了重要贡献。

总的来看，东北解放区诗歌具有以下几个显著特点。

诗歌内容高度革命化与政治化。东北解放区文艺创作以毛泽东《在延安文艺座谈会上的讲话》为基本纲领，复制了陕甘宁边区、延安解放区的文学制度、文学政策、创作体制。东北解放区结合阶段性工作重点，一方面要巩固抗日战争的胜利果实，另一方面还要开展土改运动，发展城市工业。“东北解放区文学是为中国共产党解放东北和建设东北的政治任务服务的文学，其主要功能和目的是紧密贴近、配合解放区主流政治运动的。”[①]东北解放区诗歌与中国解放区诗歌在表现内容与审美立场上保持高度的一致性，东北解放区诗歌具有东北解放区特有的政治性、战时性与现实性，具有鲜明的政治立场和强烈的无产阶级意识，体现出解放战争对文艺的根本要求。揭露、批判、颂扬是东北解放区诗歌的三大主旋律。东北解放区诗歌多以军事斗争、土地改革、经济建设为主要内容。以工人、农民、士兵、英雄人物、劳动模范等为书写对象的诗作占较大的比重。这些诗作揭露社会黑暗，赞美实干家，歌唱新社会、新农民，抒发家国情怀。无论是在内容上还是在情感上，诗歌都无限接近现实，站在时代的高度和人民的立场，真正做到了在内容上表现工农兵，在情感上贴近人民大众，在艺术上为人民大众所喜闻乐见，如史行等人的《民兵摆战场》、王岐三的《一天晚上》、井岩盾的《小屋里的晚会》、叶乃芬的《女状元》、刘艺亭的《苦尽甜来》等。

作家的政治立场决定作品的价值取向，东北解放区诗歌的革命性、政治性与诗人的文化身份、政治立场具有密切关系。东北解放区诗人主要有四种身份：一是来自中共中央派驻到东北的“文化军

---

① 张丛皞：《重返历史现场：拓展中国现代文学研究的一种路径——以1945—1949年东北文学再研究为例》，载《学习与探索》2016年第2期。

队”，其中有一大批是陕甘宁边区和延安解放区的文艺工作者中的文学家、诗人；二是来自抗日战争时期流亡到关内的“东北作家群”的作家，他们在抗日战争结束后返回东北；三是虽然本人不在东北解放区，但其作品在东北解放区的重要报刊上发表并产生一定影响的诗人，如艾青、田间等；四是来自各行各业的业余诗人，这是东北解放区诗歌创作最大的群体。以《东北日报》及其副刊为例，《东北日报》及其副刊发表了很多业余诗人的诗作，这些诗人中有记者、部队宣传干部，也有工人、农民、战士、学生等。东北解放区的代表诗人有公木、方冰、谢挺宇、蔡天心、严文井、马加、鲁琪、冈夫、天蓝、韦长明、刘和民、李北开、彤剑、侯唯动、胡昭、夏葵、林耘、顾世学、萧群、杜易白、西虹、师田手、白刃、白拓方、叶乃芬、丁耶、孙滨、阮铿等。其中，有些诗人用多个笔名发表作品，也有些作者的真实姓名已经很难查到。

东北解放区诗歌具有鲜明的战争文学特点。战争诗歌受到战争本身的影响而呈现出特有的时代特点。东北解放区经历十四年艰苦卓绝的抗日战争，接着又经历了解放战争，诗歌呈现出战时文学的特质，具有丰富的内容和复杂的性质，涉及时代、政治、国家、民族、敌我等各种主题。敌与我、胜利与失败、正义与非正义、勇敢与懦弱等二元对立的战争思维模式也深深地植入诗歌艺术思维中。诗人在战时更推崇乐观主义、英雄主义、理想主义，它们构成东北解放区诗歌的感情基调。诗歌内容集中在东北抗日战争、东北解放战争和东北地区的局部战争。诗歌记录了艰苦卓绝的战争场景与生活现实，抒发了保卫民主、保卫自由、打倒法西斯、打倒国民党残余势力的革命战斗激情。惨烈的战争场面、行军打仗、英勇杀敌、生死较量、流血牺牲、怀念战友等是东北解放区战争题材诗歌

最常见的内容，如千柳的《见了监狱的一串联想》，史松北的《六路解放大军》《担架队》《坦克 568 号》《英雄的纪念册》等。《英雄的纪念册》书写了勇士们的坚贞英勇。黎明的《守住我们的山岗》书写了抗日联军誓死保卫家园，抒发了“消灭无耻的野心豺狼，守住我们的山岗”的决心和豪情壮志。葛力群、刘桂森的《解放战士的旗帜——姚海斌》赞颂抗日联军顽强抗敌、勇敢无畏的气魄。王岐三的《一天到晚》、史行的《民兵摆战场》等都是战争题材的优秀诗作。

农村题材的诗歌是东北解放区诗歌的重头戏。从数量上来看，农村题材的诗歌在东北解放区诗歌中占有较大的比重。东北农村经历了十四年的抗日战争，土地荒废，家园破败，民不聊生，农民思想落后，迷信盛行，百废待兴。抗日战争结束后，解放军入驻东北，一方面做农民的思想工作，进行思想启蒙，另一方面还在农村贯彻党的土改政策，推进土地革命，让广大农民成为土地的真正主人。为了配合土改运动，农村题材的诗歌数量多，内容广，追求通俗化和大众化。诗歌揭露地主阶级剥削农民的本质，启蒙愚昧落后的农民，塑造新时代的农民形象。这成为农村题材诗歌的主要内容。农村题材诗歌中出现了很多长篇叙事诗和大型组诗，如戈振缨的《夫妻双夺旗》《要想日子永远过得好》、锦清的《铁树开花》、井岩盾的《小屋里的晚会》、刘艺亭的《苦尽甜来》、方冰的《给老王》等。这些长篇叙事诗详尽地描绘了党的土改政策在农村的落实情况。

东北工业题材的诗歌在解放区诗歌中独领风骚。东北是富饶之地，不仅拥有肥沃的黑土，还拥有丰富的矿产资源。日俄战争后，日本为了掠夺资源在东北开发现代交通网络。抗日战争胜利后，东北钢材产量占全国 90% 以上，居全国之首，森林工业迅猛发展，发电能力占全国70%以上，水泥产量居全国之首……正因如此，东北有众多的产业工人。工业题材的诗歌抒发工人阶级作为先进阶级的自豪感、主人翁意识和创造世界的豪迈之情。东北解放区的报刊还专门设立了工人专栏，如《文学战线》专辟“工人创作特辑”，诗人来自工厂，来自生产第一线。红粱的《小艾丫》是一篇生动优秀的叙事诗。潘学恩的《歌颂工人》赞颂成为现代社会主力军的工人阶级。孙滨的《一〇四〇号的火车司机》《为了人民铁路立了功呀》通过书写火车司机、乘务员的思想转变，表现了新的产业工人的主人翁意识，表达了工人阶级的质朴情感和豪迈情怀。方荧的《致工人同志》、天蓝的《红五月工人之歌》等工业题材的诗歌丰富了解放区诗歌的样态。工业题材成为东北解放区诗歌的重要题材。

长篇叙事诗的产出呈现出井喷式的状态，叙事诗成为东北解放区诗歌主要的体裁。东北解放区产生出多部长篇叙事诗。由于体量大，便于完整地呈现人物或事件的变化过程，便于增强故事性，便于刻画出生动饱满的艺术形象，在变革年代，长篇叙事诗受到诗人的青睐。有关土改运动、翻身农民踊跃参军、人物传记等题材的长篇叙事诗大量出现，这些长篇叙事诗表现了东北解放区军民的战斗生活和精神状态，带有浓郁的东北民间话语特色。例如，公木的《三皇峁》、方冰的《不屈者》《柴堡》《给老王》、田间的《戎冠秀》、刘岱等人的《陈家大院》、戈振缨的《要想日子永远过得好》《夫妻双夺旗》、侯唯动的《拥护〈中国土地法大纲〉》《黄河西岸的鹰形地带》、孙滨的《白沟村》、史松北的《英雄的纪念册》《担架队》、师田手的《担架队赶路曲》、胡昭的《自卫队长》、叶乃芬的《发家致富》、陶钝的《马大娘探儿子》《女运粮》《李秀娟卖豆腐》、刘艺

亭的《苦尽甜来》、谭戎的《万人坑上开了花》、谭亿的《两个爸爸》、冈夫的《地主和长工的故事》、锦清的《铁树开花》、金帆的《从黑夜到天亮》、萧邦的《郑老汉救了小山东》、大芳的《张大嫂分果实》、郭振忠的《何大庆八次立功》、齐开章的《红旗插上壶梯山》、李季的《只因为我是一个青年团员》《报信姑娘》《三边人》、张芸生的《贺功会上再团圆》、刘洪的《艾艾翻身曲》、红粱的《小艾丫》、谢力鸣的《李锡章老两口子》《廉二嫂》、陈旗的《歌唱人民英雄梁士英》等,都是当时涌现出来的以参军打仗、农民翻身、歌颂英雄事迹为主题的叙事诗作品。

倡导诗歌审美大众化、通俗化。从东北解放区诗歌的艺术形式来看,谣曲化、大众化、民间化是最突出的特点。抒情诗、叙事诗、街头诗、朗诵诗、歌谣、童谣、歌词成为当时最常见的诗歌体裁。尤其值得关注的是,当时长诗和叙事诗数量较多。解放战争时期的文学要起到团结人民、教育人民、打击敌人、消灭敌人的作用,战时诗歌不能一味地追求高雅的诗意、含蓄蕴藉的表达。战时诗歌既要通俗易懂,便于启蒙民众、宣传思想,又要迎合普通大众的审美需求,以其现实的、朴素的、晓畅的、口语化的语言适应战争时期的宣传需要。解放区诗歌的谣曲化倾向很突出。民歌、民谣等形式被广泛使用,街头诗、朗诵诗、墙头诗、枪杆诗等短小灵活,鼓动性强,朗朗上口,这样的诗歌很受欢迎,报刊(如《东北日报》)往往拿出很大的篇幅来发表这样的诗歌。这些诗多出自记者、部队宣传干部、战士、工人、农民之手,多以正在发生的社会现象为题材,具有相当强的时效性。这些诗普遍具有通俗易懂、直抒胸臆、主题集中、为群众所熟悉和易于接受等特点,旨在达到为工农兵服务的目的。

东北解放区诗歌也存在明显的不足。由于要适应政治需要和

战争需求，急就章较多，艺术水准偏低。一些作者过于强调诗歌的宣传性、鼓动性和战斗性，把诗歌当成宣传工具，重思想而轻艺术，这就使得诗歌难以达到思想性和艺术性的统一。

《1945—1949 年东北解放区文学大系》诗歌卷，在 1992 年出版的《中国解放区文学书系 诗歌编》的基础上，增加了很多没有被收录的诗歌作品。选择东北解放区诗歌作品的主要依据有四个：第一，被权威的、重要的、影响力大的文学史著作（中国现代文学史、中国解放区文学史、东北现代文学史、东北解放区文学史等各种文学史著作）收录或评价的诗歌作品；第二，被收录到《中国解放区文学书系 诗歌编》中的作品；第三，在当时的重要报纸、刊物上发表过的作品，如《东北文学》《东北文艺》《东北文化》《文学战线》《鸭绿江》《北斗》《东北画报》《东北日报》《合江日报》《辽宁日报》《生活报》等，把当时覆盖面广、影响力大的重要报刊作为主要的参考文献；第四，诗人的诗集中的作品。

尽管已尽最大的努力来收集诗歌作品，但由于种种限制和原因，难免挂一漏万，希望通过《1945—1949 年东北解放区文学大系》诗歌卷的出版，为中国解放区诗歌研究进行有益的补充，为东北解放区文学研究提供更丰富而详尽的文献资料。

◇ 闻　奇

人民的学校

——颂松哈大中学生寒假补习班

这是个学校
却没有一个职业的先生
这是个学校
却没有一册固定的课本
这是个学校
却没有一二三四学年的划分

呵,这是个奇特的学校:
学生,
来自各个不同的角落
有着大大小小的年龄
——从前挟着讲义在讲台上
唾沫四溢的老先生

如今也走进课堂,低着头拿出了笔记本

呵,这是个奇特的学校!
没有王大娘裹脚面似的"精神讲话"
更听不到日本天皇式的神话崇敬
在课堂里没有念书声
而是像在吵架似的对真理的质疑与争论
而是嘹亮的欢乐的歌声
假若你要有了成绩
"快报"上迅即爆发出一片
群众对你的钦敬与欢腾
假若你要犯了错误
招来的不是一顿臭骂、几下手心
而是令人感到母亲爱抚似的同志批评

呵,这是个奇特的学校!
你如果初次来临
你定会怀疑起你自己的眼睛
你会吃惊地问:
那样活泼的一群,是不是学生
因为你听见挂在他们嘴上的
不是 A 加 B 等于 AB
而是怎样使人民翻身,怎样进行革命

亲爱的先生!

这个学校并不奇特
如果你是来自人民的一群
如果你看它是用人民自己的平凡的眼睛
你便会知道：
这是个人民的学校！
这是人民自己创造出来教育人民的学校！

选自《东北日报》,1947 年 1 月

◇洪　茵

红　蓼

凄艳的红蓼铺平了褐色的江岸，
像是血红的泪一直流到了天边。
那激怒的江涛带着不可挽救的痛苦，
一千次地摇着礁石而放声悲歌。

那时战斗的烈火已洗净了山外的平原，
敌人的铁蹄踏平了和平的村庄，
女人们都默默地含住了沉痛的眼泪！
善良的农民跌倒在敌人的枪尖。

我们像是一匹负伤的马，
投进了荒凉的山谷，
仇恨为我们铺开了血腥的记忆！
像是江边的红蓼在秋风里沉默。

如今，
江边的红寥该又披上了血红的秋装！
闪光的平原该烧起了高粱的火把，
复仇的号角该飞过那痛苦的山尖！

我已背起行囊走向了遥远的北方，
像一只深夜里的驼铃在风沙里歌唱！
愿自由的花朵像是江边凄艳的红蓼，
覆盖着死亡开到了幸福的明天。

选自《十四年》，1946 年创刊号

散曲三章

一

太阳招呼着我们，
像是主人摆开了丰盛的筵席，
我们都很欢心，
用红红的脸过这日子。

早上鸡还没有睡醒的时候，
我就知道这季节已是解放了，
有一串轰隆轰隆的春雷，
一定唤起了多少埋藏的生命！

何况——
昨夜就有过青蛙的恋曲，
今天又飞来了杜鹃的叫声，
田野里又开了一千朵诱人的花。

二

我想起我那个从小的朋友，
他现在已跑到恒河的身边，
他说那里只有异邦红衣的少女，
看不见祖国四月的家园。

我是幸福的，
虽然这里并不是我的家乡，
因为我们都羡慕吉卜西的孩子，
寻求明月和美丽的梦想。

今天我们都宿在不自由的地上，
像是要被鞭打着走向死亡；
然而我们都是勇敢的朋友！
要从黑夜走到光明的驿站。

三

再见吧！让我敬你一杯酒，
前面有风沙摇曳着驼铃，
那边有我们的过去填满了眼泪，
我们今天是难得的聚会！

假如你爱我，

请你更爱那不死的自由！

我们都是这风里的云朵，

要赞美这无垠的天空。

我们是海，我们是山，

我们是一只忙碌的蝴蝶，

成天飞舞在绿草的地上，

我们要祝福这人间变作天堂。

一九四五年四月于重庆

选自《十四年》，1946 年第 1 卷第 2 期

我为你们唱歌

这潺潺的小河就作为我的竖琴，
我要唱一支朴实的歌，
像布谷鸟一般的好听。

我们的生活说起来实在悲苦，
像这条老路千年还没有重铺；
我们住的就是这两间破屋。

熟了的麦子绿了的秧，
赶着太阳又趁着月亮，
你看我们的工作是多么的忙。

富人的脸啊，老爷的鞭，
抢去了粮食堆满了仓口，
穷人的命啊挂在梁上！

听说人死后还会超生，
今生是穷人来生还是穷人！

黄连的种子苦命的根。

但是有一天这石头也会开花，
闭口哑巴也要大声地说话！
我们的日子里没有牵挂，

孩子的脸上没有皱纹，
老人的心上没有眼泪，
年轻的手杆从不劳累。

我们的收获我们来做主，
坏蛋们早做了死去的老鼠，
我再来唱歌为你们祝福。

选自《十四年》，1946 年第 1 卷第 4 期

◇洛　杉

抓于琳

一

黑更半夜有一个人，
溜溜摸摸来到吉利村，
好像一只夹尾巴的狗，
不走前门走后门。
窗户上轻轻喊一声，
惊醒了炕上老女人，
慌得披个褂子去开门。

“斗争对象逃跑了”，
从此，看不见老于琳。

水甸子低来沙岗子高，

老于琳，远近哪个不知道！
生就一副高个子，
恶狼眼睛吊眉梢；
提起他来人人骂，
对了面儿人人怕。——

"西大岗山没好人，
统统地随了抗日军。"
他弯腰鞠躬报告日本人。
日本子害怕不敢来，
他自报奋勇头前带。

汽车过去一阵灰，
村子里抓得狗跳鸡又飞；
小绳一绑牵出门，
冰洞里填了十一人。

张大苦力他有什么罪？
欠他的租子就倒了霉。

花钱磕头放出三条命，
于琳知道了不成；
指导官前动动嘴，
当下派人又追回。
看门的好狗主人爱，

老于琳日本子面前吃得开。

狗崽子越吃他越胖，
他的田地占了大半个庄。
两元的工价只给一块半，
一文不给你干瞪眼。
铲地年年先尽他，
哪管你地里草儿大。
你把地土侍弄好，
他一句话儿收回了……
他的门道没有个数，
穷人叫他害了个苦。

养下的女儿三四个，
女婿都是些挂刀的货。
四姑娘长到十六岁，
细眉秀眼好模样，
嫁给王家做了小房。

掌柜是全县一流二流的人，
年纪大点不要紧。
那年掌柜的五十一，
姑爷还比丈人大三岁。

卷心白老了心不老，

他和赵三寡妇是相好。
她从前也是大家的人，
棒槌身子瓦罐脸，
活像个判官到人间。——
眼看农民要斗到头上，
黑更半夜奔她来。

赵三寡妇会安排，
把情人引进小马架里来，
小小马架四尺高，
烂家具谷糠堆满了，
从里头扒开一个窝，
窝里安置下老家伙。

马架里头黑洞洞，
捏着嗓子不敢吭，
白天嚼两张油烙饼，
天黑寡妇来开笼。

“躲到多咱算个完？”
“‘中央军’不久就来到。”

两个多月过去了，
消息越来越不妙：
各村农民又斗争，

大火一卷遍地红，
于琳像一只受惊的狗，
钻出窝子没影踪。

二

三儿子抓来拷问了，
——走哪里他能给我说！
做小的姑娘抓来了，
——连他的面也没见着！
“布匹金银都起出，
只差这坏根没挖掉。”
“于琳还不比别的人，
他心眼特坏羽党多。”
村干部心里怪熬躁。
“把那小子吃劲揍！”
“看样子也是不知道。”

门外进来个王三楞，
他伸着指头说出一个人，
一下子大家都乐了；
“这个人保管能知道！”
东街上喊，西街上叫，
武装队当下出发了。

五里地来回，一点半，

人们跑出门外看，
棒槌身子瓦罐脸，
瓦罐脸上不喜欢。
“他家姓于我姓赵，
这种事他怎能给我寡妇说?”
一问一个不知道，
听的人全都急眼了，
抓过来皮带好个揍，
老骚货能挺不开口。

一打打了二十下，
赵寡妇这才说了话，
搬桶底倒水倒了个净：
“老于琳溜在凤林屯，
那儿住着个王宝春。”
“不实在就拿你顶缸”，
“不实在就拿我问罪!”

前晌天阴后晌雨，
秋雨淋淋满路泥，
武装队冒雨又出发；
派上个妇女会员前头走，
陪着这只老骚货，
面上说是走亲戚，
稳住那个坏东西。

红穗的高粱丈把高，
庄稼数着今年好，
一棵苞米挺长两个棒，
还家的土地乐意长。——
穿过不知几块地，
摸黑走了三十里。

一打听没有老于琳，
队员们张口骂开人，
慌得寡妇忙说话：
“他二儿隐在庆丰村，
备不住爷们在一起。”
两个妇女留下来，
队员们“连项”又动身。

马不停蹄一整夜，
个个变成了泥滚的人，
天明转回凤林村，
——父子俩一个也不见影。

赶快到王宝春家看，
一家人炕上正吃饭，
炕上还有一个人，
头戴一顶大草帽，

穿着一身破衣衫，
看见外边有人来，
草帽一拉盖了个严。
那不是于琳是个蛋！

“这是你家什么人？”
“我雇的劳金他姓孙。”
一巴掌掀掉大草帽，
“还充什么大劳金！”
就手拿出根麻绳绳，
反转肩膀捆了个紧，
拉着犯人出了门。

单等着明天开大会，
报仇雪恨除坏根。

一九四七年九月初

选自《东北日报》1947 年 9 月

◇ 洛　邑

永远活着的人们

烈士，安息吧！

你们的鲜血，

已开成朵朵的鲜花；

你们的名字，

已刻上千古不朽的纪念塔，

你们的事业，

已一天一天地

壮大，壮大，壮大，

你们的后一代——

在革命摇篮里的儿童青年及我们

也都渐渐地成长了。

烈士，安息吧，

你们将会是永远活着的人们！

七月七日于绥化追悼阵亡烈士大会上

选自《东北日报》,1946 年 9 月

◇ 洛　蔚

老大娘的愤怒

天蒙蒙亮，
老大娘走下炕，
披上一件破棉袄，
摸到了新修的门桥。
眯起一双深陷的眼睛，
望着不远的东方。

在东面太阳出来的地方，
长着青草的小山脚下，
是一片黑色的沃土，
这是她一家五口的地！
她常自言自语：
“是的，我们也有地了！”

一切都翻转过来了，
“真是新天新地！”
老大娘不再
板起瘦骨嶙嶙的指头
盼望早一年脱离这造孽的人间！
现在，
她高兴活，要更久地活下去！
直到——
看见十岁的小二狗
也有一天摆上几席酒，
娶个俊俏的小媳妇，
度个安静的晚年。

老大娘心里可欢喜她大儿子
是八路军里的勇士，
她是呵！
“光荣的军人家属！”

一个清早，
寂静的天空
蓦地响起了轰隆的声音。
一阵巨响，
西面冒起了一股黑烟，
像被猛扎一针，
老大娘撒开了弟媳

冲出门去，
土地从脚下溜过，
就是在姑娘时候
也没跑得这样轻快！

平静的村庄
乱哄哄地闹成一团，
妇女们在哭泣，
老年人用低声咒骂，
男人们怒目盯视天空。
谁能忍受，
这毫无人性的摧残！
痛哭，诅咒，
号叫，怒吼，
一片人民的呼声，
响彻了整个村庄，

老大娘离开人群
奔向自己的家！
一声惨厉的叫喊
她倒了下去，
完了，什么都完了！
可爱的小二狗
新修的栅篱，
刚开始的好日子，

希望同幸福，
如同暴风雨的花架
被摧毁了。
一点影儿也没留下。
老大娘久久地呆立着，
在一片焦黑的灰砾前，
散乱的白发披覆在脸面，
一对深陷的眼睛直瞪着，
没有一滴眼泪！
慰问的人来了又去，
她还是站着，站着，
呆呆直瞪眼。

突然
像记起了什么，
她发狂地追了上去，
全村的人清楚地听见
她嘶哑的叫声
“捎个信……
给我的儿子！
叫他
报仇！”

选自《东北日报》，1946 年 6 月

◇秦　丁

苦难的历程

一　红军的诞生

二十年前，

从牺牲者的血中，

竖起一面大旗。

工农大众结合起来了，

受压迫的人结合起来了，

争自由的人结合起来了，

求解放的人结合起来了。

……

南昌举起了红旗，

湖南举起了红旗，

广东举起了红旗，

像漫山遍野卷起狂风……

红旗成了森林，
红旗成了巨流，
从北向南从西到东，
会合到了
井冈山上……

井冈山
光荣的名山！
你见过中国农民悲惨的生活，
你听过屠杀革命的炮声，
你也望到了工农力量——
红军的诞生。
红军！
这名字多么响亮！
这名字多么动人！
犹如盘古开天辟地，
犹如黑夜里点起灯光；
从此……
苦难有了尽头，
善恶有了公断，
穷人有了希望。

吸人血的土劣不安了，
剥人皮的官僚不安了，
爱杀人的军阀不安了，

想专制的独夫不安了，
他们发来大军，
打起血淋淋的旗号，
向红军发动五次“围剿”。
结果——
自己碰破了鼻子，
自己打脱了下巴。
红军的壁垒更加坚强，
红军的力量向四面泛滥，
红军在中国播下了种子，
红军成了一支不可战胜的力量。
只有红军分担了人民的痛苦，
只有红军执行了历史的使命，
只有红军做出了惊人壮举，
只有红军才具有坚定信心。
抢渡金沙江，
飞越大渡河，
征服了原始的艰险，
消灭了阻扰的敌人。
爬雪山，
过草地，
煮树皮，
吃草根！
……
多少人倒毙路旁，

多少人滚落山谷，
多少人淹死在泥沼，
多少人冻死在山顶。
只有红军经得起炉火的铸炼，
只有红军能不屈不挠地前进，
只有红军像一支铁流——
从江西，
过湖南，
跨贵州，
越四川，
……
冲破了重重封锁，
踏遍了半个中国，
完成了二万五千里长征。
使世界震惊，
使敌人战栗，
使人民信仰，
将革命狂潮推进到新的历程。

二　一点星火

只有红军有那样宽大胸怀，
只有红军有那样锐利眼睛，
只有红军，
为拯救民族沦亡，
愿丢开往日怨仇。

只有红军，
向全国号召，
像一点星火，
燃沸了爱国者的热血，
燃沸了七月的卢沟桥抗战的烽火。

红军的理想实现了——
走上抗日前线。
平型关，第一炮，
惊碎了敌人的肝胆，
“八路军”的名字，
从此深刻在人民心上。
长江怒吼了，
黄河怒吼了，
珠江怒吼了，
中国人民复活了……
一个个从睡梦中跳起，
擎起了自卫的大旗。

八年，
亘长的八年！
伟大的八年！
多少人家破人亡，
多少人妻离子散，
多少人开了倒车，

多少做了反叛，
有的抛弃了人民，
有的现出了真相。
只有敌后的八路军新四军，
仍和人民坚持抗战，
只有敌后的八路军新四军，
在人民中不断壮大，
成了抗日的主力，
像一把钢刀插在敌人胸间。

八年，
八路军新四军在敌后——
开辟了解放区，
组织了自卫武装，
成立了地方政府，
组织了群众生产。
……

八年，
大后方成了活地狱，
敌占区成了屠宰场，
解放区却成了天堂。
他们没有要“政府”一根草，
他们没有要“政府”一粒粮，
他们没有要“政府”一颗子弹，

他们没有要“政府”一支枪，
吃得饱，
穿得暖，
子弹、枪支，
全靠打胜仗。
日本人恨他们，
反动派也恨他们，
日本人来“扫荡”，
反动派配合，
日本人来“清乡”，
反动派帮忙。
这种一搭一档的丑态，
敌后的人民眼睛雪亮。
人民说：
——八路军新四军抗战！
——中央军重庆观战！
——汉奸队在后面捣乱！
这是最公正的
人民公断。

八年，
漫长的八年！
伟大的八年！
八路军会记住你，
新四军会记住你，

人民会记住你，

记住你，八年！

你考验了懦夫，

你考验了叛徒，

你考验了反动派，

但，你却把八路军新四军和人民结合成骨肉相连。

三　人民阵线

八年，

你击败了日本强盗，

八年，

反动派在你面前胆战魂飞。

它是法西斯蒂野狼，

它要统治中国，

不惜挑起“内战”；

它为了维系“独裁”，

不惜“出卖主权”；

他向洋爷爷屈膝为的是——

洋爷爷给它枪炮，

洋爷爷给它飞机，

它拿起洋枪炮，

驾起洋飞机，

前去屠杀亲兄弟。

人民洞悉他们的阴谋，

人民看破了奴才的嘴脸；
从延安到哈尔滨，
从重庆到南京，
从农村到城市，
从铁路到矿山，
人民喊出了一致的呼声：
——要民主！要和平！
——反独裁！反内战！
人民经历过千百次斗争，
人民决定了自己的方向。
在黄海之滨，
在太行山上，
在松花江畔，
人民力量像熊熊烈火
向四方蔓延。
全世界人民向我们招手……
他们和我们站在同一条阵线。
人民阵线森严威武，
人民阵线广大坚强，
一切反动分子胆敢进攻，
人民会叫他们片甲不还。

选自《东北文艺》，1947 年 2 月第 1 卷第 3 期

◇ 秦青山

手里拿着红缨枪

我姓王，你姓张，
手里拿着红缨枪！
你放哨，我站岗，
防止特务进村庄！
要是反动派来捣乱，
我们捉他上区乡！

选自《东北日报》，1946 年 11 月 11 日

◇都　昌

光荣灯

光荣灯，不一样，
八角、四楞、扇面、五星和长方，
要得把它挂，
总得有参军子弟和儿郎。
门前高灯亮，
全家心里光！

韩、于同志忙，
各家去一场，
街长、书记前引路，
同志拿灯走得慌。

马家老大爷，
听说来意满面风光：

“咱家亲侄女，
也在你们部队上，
看见你们如见她，
真是你欢我喜把心放！”

走到齐家房门口，
灯笼挂在松枝上。
书记说：“光荣灯挂在光荣树！”
同志说：“你儿子
万古千秋把名扬！”
老大娘乐得闭不上嘴，
老大爷说：“看这样一定消灭老贼，
为民除害争荣光！”
来到李家正忙年，
饺子滚来鱼肉香。
出接同志不知说啥好，
老大哥一脚门里就高声嚷：
“同志来给咱们送……送……”
说也说不上，大嫂子倒伶俐：
“啊！给咱把光荣灯送进房！”
滕老大娘正在炕上坐，
老大爷拿烟取火炕头让，
问声：“老大爷现在还有啥困难？”
回说：“比我儿子在家还强！
政府给钱又给米，

街干部事事挂在心上!"
同志说:"我们都是你们的儿女!"
老大娘说:"真是一个儿子参军,
来了一大帮!"
临走时老大娘更亲热,
驼背弯腰还要送出房。
连声:"光荣,光荣真光荣……"
七八岁小孩的歌声门口唱;
老大哥不说心有数,
送去很远还把手扬。

招呼开孙家的门,
老大娘心满意足说家常!
"可恨遭殃军!
来了逼得我们母子走他乡,
到我小子部队躲了二十多日,
回来锅、碗、瓢、盆、柴草、用具一扫光!
多亏共产党来解放,
安家立业生活强……"
回头指着地桌儿碗菜:
"这是理发馆老王送的鱼和肉,
还请我喝酒吃饭去他的房,
这样深情和厚谊,
让我怎么当?"

街长指着小楼①向同志说：
“老王认识好，
时常把他们来帮！”

说不出的兴奋，
道不尽的快乐，
回来的道上于同志开了腔：
“临送灯时我还没当回事，
哪知老乡这样喜心房，
我家也会把光荣灯来挂，
我的爹爹妈妈心里又怎样？”
韩同志说：“是一样！觉得荣光！
乡里都赞美，
老人心里开了窗！
只有为群众服务，
才会得到这样的荣光！”

选自《知识》，第10卷第5期

① 理发馆老王的家。

◇ 耿 耿

献给重见的妈妈

妈妈！妈妈！
亲爱的妈妈！
自从脱离了你的怀抱，
算来已经是十四个整春。
当我被匪人掠去，
那时——
你是怎样难过！
你是怎样痛心！
为了我，
你含着泪水苦斗了十四年。

现在！
我又如故无恙地回来了。
在这久别重逢的刹那，

请你允许我，
投向你的怀抱，
得到你的慈爱。

纵然——
孩儿被匪人蹂躏了灵魂
吮食去了许多的血肉；
可是，
妈妈的影子，
时时在我灵海里飘浮着。

十四年惨痛的日子，
永远在黑暗统治下过活着，
在饥饿底下呻吟着，
这悠悠的岁月里，
孩儿
却静待着掠夺者无情的枪弹；
几次压在被迫的魔网里，
涌上愤怒的敌忾；
终究——
我太脆弱了，渺小了！
只有呼声，
失去了抵抗，
但对那压迫着空阔和冷静的心灵上，
终于深切感到失望了，

我已挣扎得追求得厌倦了，
十几年来，
理想希冀的花朵叫我自己残忍地放弃了，
我只有等待着，
等待着命运的宣判。

妈妈！妈妈！
亲爱的妈妈！
你正义的斧，
终于砍断了这些荆棘，
把我由死亡线上拉到康庄路上。
十四年地狱般生活，
今日又重见青天了，
我又迈着健壮的步子，
弹着有节奏的进行曲，
曾经久与掠夺者争斗的妈妈，
给我带来了自由与快乐。
我感激得流出了泪，
流出了血，
我知道，
一些毒素已深入我的骨髓里，
很难提出来。
但在这过去的创伤里，
送给了我生活上一个鲜明的烙印，
得到了精金百炼的信条，

就是，
甜蜜的果实是在奋斗里产生的，
意外的欣悦是在挣扎里结晶的，
让记忆永生，
让我为生活交付出我的力量，
追求那大量喜悦吧！
把我们热血和生命的结晶，
撒在我们理想的园上，
从今以后啊！
我决心去努力，去奋斗！
成一个健全的我，
好准备击碎了，
击碎了，
再来劫我的匪人！

选自沈阳《中国青年》，1946 年 1 月第 3 期

◇ 莽永彬

王福祥

提起你王福祥呵！
哪一个不伸一伸大拇指头？

你，
真是好样的，
做工从不偷闲，
一肚子真心实意。

一样干活，
你干得好；
一样赚钱，
你汗流得多。

早钟没响，

你就上工；
晚钟响了，
你还不停。

活不干完，
心放不下；
活干完了，
你心也坦然。

“往年，
咱们做牛马，
把血汗孝敬了人家。

如今的工作不比从前，
是为革命，
也是为自己，
哪能不下死力干。

一滴汗，
一粒子弹，
建设解放区，
得好好地干！”
王福祥呵，
你的眼睛看得远。

听呵！
大家伙给你编的歌：
“英雄花儿红又红，
王福祥呵真光荣。”

工作歇息，
大家伙听你讲故事，
一篇一篇，
一回一回，
都是你的血和泪！

十五岁那年，
山东闹灾荒，
叔叔把你带到关外，
送进成衣铺里学徒。

一个刚性的小伙子，
做娘们家的活计，
你不情愿。
你想尽法子要跑掉，
但是呵，
哪里是你去的地方？

掌柜的，
看你不成器，

不到三个月，
就把你“涮”啦！

叔叔骂起你，
婶子向你白楞眼睛，
天底下没了你立脚之地。

间壁子张大哥，
看你太可怜，
把你介绍到铁工厂里。

日本鬼子的气，
是难受的；
“腿子”们的气，
更难受！

胳膊拧不过大腿，
为了“饭碗子”，
大家伙只好含着泪。

你是个直性人，
别人不敢说的你敢说，
别人不敢讲的你敢讲。

常言道得好：

"病从口入,祸从口出。"
恼怒了张翻译,
不是小事情。

工厂失盗,
张翻译向鬼子说:
"是王福祥干的!"

屈打成招,
你呵!
被关进监牢。
挨皮鞭子,

喝辣椒水,
啥样的苦刑,
你都受尽!

你女人,
屡次三番来看你,
万恶的鬼子,
不让你们"接见"。

两年半的刑期不算短,
过一天好像过一年。

你盼望日本子快完蛋，
一家人呵，
好能团圆！

东北光复了，
人们的心里开了花。

哪曾想呵，
苦难的日子不算完，
刮民党，
派来了接收大员。

烟筒不喘气，
工厂睡大觉，
王福祥呵，
你心如刀绞。

小雪花儿飘起来，
缸里没有米，
院里没有柴，
你家的锅盖揭不开！

做短工没人雇，
做生意没有本钱，
苦得你王福祥呵，

愁眉不展。

你万般无奈，
只好冒着冷天，
到老远的山里去打柴。
吃不饱，

穿不暖，
啥样的身板能呛得住这老冷天。

王福祥呵，
不到几天，
你就得了病。

这场大病真不轻，
瞧你光剩了两只大眼睛！
穷哥们相爱像弟兄，
多亏张大哥帮你，
这才留下了你一条命。

你望着自己的女人，
你望着两个苦命的孩子，
你的眼泪止不住呵！

难道“穷”是命里注定的吗？

莫非穷人永远不能翻身吗？
愤懑填满了你的心。

共产党来了，
咱们哪，
有了好靠山。

共产党像太阳，
照到哪里哪里亮！

烟筒冒了烟，
王福祥呵，
你红光满面。

你怎能不高兴呢！
工厂是咱们自己的，
再不愁穿愁吃。

刮民党在时，
把工厂，
糟蹋得不成样。

房屋被捣毁了，
机器被破坏了，
资材被盗光了。

如今的情形，
可大不相同，
马达在开动，
生产力在提高，
工厂的设备在扩充。
大家伙的功劳大，
你的功劳更大。

“工厂是咱们的家，
机器是咱们的生命，
有了工厂，
咱们工人饭碗保住啦，
自己的工厂，
就得由自己伸手干，
袖手旁观不是好汉！”

你是一个原动力，
你推动了大家，
大家也响应了你。

在你的带动下，
胜利地，
完成了工作计划。

东北解放了！

中原解放了！
平津解放了！
胜利的消息
一个接着一个。

扭秧歌，
开大会，
人们乐翻了天。

祝捷大会上，
大家伙
拥护你到台上讲几句话，
瞧你呵！
乐得嘴都闭不上啦！

你说得真好，
一句一句
都是咱们心里的话。

你向大家伙号召：
“加紧生产！
支援前线！”
大家伙，
用掌声来回答你。

听呵！

大家伙给你编的歌：

“烟筒高，三丈三，

王福祥是咱们的好模范。”

一月六日于东大

选自《文学战线》，1949 年 4 月第 2 卷第 2 期

◇ 莎　蕻

人民英雄董存瑞

人民英雄董存瑞同志，你是具有自我牺牲的榜样，我区全军将永远记着你的英勇！有了你那种坚决、顽强的精神，敌人的任何抵挡都是枉然！

——程子华：《董存瑞同志永垂不朽》

一

人民英雄，
我们年轻的董存瑞——
你，仅仅二十岁，
你就用你的手创造出奇迹，
你就用你的血写出了胜利！

你的名字是号召啊，
你的血是战旗！

多少人的眼睛望着你，
多少人的脚步跟着你！

你出生在穷人家，小时可遭了罪！
你给老财家放过羊，你的血汗把老财养肥。
年年月月，你哪有个休息？
你，啃着粗糠野菜，
你，穿得破布拉叽，
风里放羊，雨里放羊，
眼泪掉在羊铲上，苦水咽在你肚里……
你尝饱了咱穷人生活的苦味啊，
你知道：苦和泪，把咱穷人团结在一起，
你知道：苦和泪化成力量，才坚强无比！

二

咱穷人要不自己扛起枪，
怎么能保住自己的家乡？
咱穷人要没自己的队伍，
怎么能穿上、吃上、种上地？……
四五年二月，你参加了咱们的部队。

队伍无论开到哪里，
你都帮咱穷人干活、下地，
你还宣传打老蒋、斗老财、分土地的道理。
跟同志们你更是有说、有笑，一块进步、学习，你从没有登上高梯硬显自己！
同志们都说你好，
你是好呵，同志们都好，
部队把你和同志们教育得都有了出息！
一年后，你成了光荣的共产党员，
你觉着你更带了劲。
过后都要走在头里！
人民的战士、共产党员，
就是为穷人尽忠、出力！
英雄是穷人呵，
英雄不向着穷人还能向谁？

三

平时你常常刻苦练兵，学习爆炸……
你晓得：不精通技术，光靠蛮勇，咋能战胜敌人？
打起仗来：
你总是那样坚决、英勇，
你总是参加爆炸、冲锋！

独石口，伸出手，
号召长城的子弟去跟蒋军战斗！
你便领着你那个班，
在独石口歼灭了蒋军一排人……

后所屯战斗，你又打垮了敌人一个排，

你四次冲锋，挂花不下火线，
同志们和你一起，刺刀穿进敌人胸里……

功劳簿上三次写上了你的名字，
功劳簿上三次用大红笔记上了你的功绩！
咱们的队伍生在穷人里，
咱们的战士是穷人的子弟，
不这么做，还有啥别的？

四

行军中，两个老太太向咱们的队伍诉苦，
她们的老伴都遭蒋军杀害，
留下的孩子小不能过活……
你听着，你想着，
咱们穷人一线串，
咱们穷人心连心！

你，英雄的眼里，掉下来几滴英雄的泪！
仇恨的火，在你心里烧起了，
军人大会上，你挂了帅！
连长授给你“元帅旗”：
帅旗在你手里飘着，
你的心滚热地烧着！
你要第一个爆炸，
宣誓给咱热河人民报仇去！……

你前面走着，红旗飞着，
无数个同志跟着红旗，跟着你！

战斗打响了，
今年不像头年，
咱们要跟敌人算账，
拿敌人的血饮饮咱们的“家伙”吧，
咱们无数的自动火器响啦，
咱们无数的大炮轰开啦！

这山、那山，天空、地下，
黑烟翻卷，红光呼呼……
伊逊河激起白浪，
高出海面四百公尺的苔山都摇动起来了，
我们冲锋的队伍呵，
一声震天怒喊，便齐向敌人杀过去！……

就只有四十五分钟工夫，
敌人一、二、三、四号碉堡和大母堡垒，
便全叫咱挂帅的英雄炸毁。
苔山成了咱们的了，
苔山上插满了咱们的“元帅旗”！

敌人全缩进地堡里，
有气无力地集中起火力向咱们射击！

城东北角，伊逊河沿，
那个大的桥形堡垒，
要不炸毁，
咱们的队伍就没法进展，
战斗就没法胜利！

你——优秀的共产党员，我们的英雄呵！
不顾刚完成了两次爆炸任务，
你就又坚决要去炸这个堡垒！
你擦了擦脸上的汗，
夹起爆炸箱，指着堡垒：
“连长！告诉机枪，
给我堵住底下那两个枪眼……”
你一弯腰，呼啦下子就冲上去。

顺着沟沿，机动、灵活，
你的脚步比飞还快，
一眨眼，就到了碉堡底。
呵呀——真糟！
要爆炸了，没带支架可咋好？
从碉堡底下炸吧？不行！
另找个爆炸点，哪还来得及？
任务重要，
敌人的机枪又打得挺急，
你不能再想啥，

你也毫无犹豫，
一手支住炸药箱，
一手拉开导火绳，
轰隆一声巨响，
火星四溅，黑烟冒起！
碉堡炸毁了，敌人炸碎了，
你，我们的英雄呵！
也就牺牲在这爆炸里！……

冒着烟雾，队伍从你炸开的缺口，冲上去……
战斗胜利了，
隆化又回到咱们穷人手里！

五

你给咱们的队伍开出了一条路，
你的牺牲换来了胜利！

在咱们的队伍打隆化时，
蒋军还说：
“隆化确保无虑！”
但敌人的梦话，却给你的爆炸炸了个粉碎！

隆化解放了，
这回功劳簿上没用红笔，
你的名字和功绩，都是用你的血写上的。

指导员、同志们都到你牺牲的地方痛哭，
眼泪和你的血流在一起！
伊逊河打你身旁绕过，
也低低唱着哀歌！

我们的英雄董存瑞呵！
你死了，
咱们多少同志为你流泪，
咱们多少穷人哭你！
千百万同志都要跟你学，
宣誓为你报仇呵，
坚决、顽强消灭蒋军！

你死了，你死了，
可是，你呵，
你却永生在穷人心里……

一九四八年“七·一七”音乐节

选自《群众文艺》，1948 年第 1 卷第 3 期

◇ 夏 葵

安息吧，朱瑞同志！

收音机
传来噩耗：
在义县，
你光荣地牺牲了。
朱瑞同志！
这是晴天霹雳啊！
我心一酸，
眼泪在淌了，
这不是我感情脆弱，
这是因为
人民的损失太大了！

朱瑞同志！
你是人民的炮手，

你是人民的英雄，
你为了人民的解放
带着善战的炮兵日夜奔忙，
从北满到南满，
从长春外围到山海关，
你们用大炮无情地消灭敌人。

两年来
你的功绩数不清：
你领导建设人民的炮兵；
谁能数得清
你们歼灭多少敌人，
解放多少城市、乡村，
帮助多少苦难的人民翻身！

在胜利的前夜，
正需要更多的炮兵；
在胜利的前夜，
正需要你给人民尽更大的力量；
你却遽然牺牲了！
这带给人民无比的沉痛！
朱瑞同志！
你安息吧！
我们将继承你的遗志，
继续完成你未完成的使命！

炮兵同志们，
不要哭泣，
要把眼泪咽到肚里！
管瞄准的继续瞄准，
管装弹的继续装弹，
狠狠地，
狠狠地向敌人轰吧！
只有打倒反动派，
才是对死者的最好悼念！

选自《东北日报》，1948 年 10 月

保卫松花江

松花江，
是我的家乡。
我们阔别十四年，
我无日把你遗忘！
我想着你呵，
如同想着我的亲娘。

松花江，
你沦亡了十四年，
你遭了十四年的难，
我在关里苦斗十四年，
就是为了打碎你的锁链。

现在我是站在你的身旁，
不知怎的，总有些怅惘，
我望着你默默无语，
说不出是难过还是欢喜？

松花江啊！
我担心国民党反动派
又会把美国的锁链给你套上。

亲爱的松花江，
你受了十四年的蹂躏；
你的伤痕累累，
你不能再一次地沦亡！
你不要再那样的温顺了，
像一个柔弱的姑娘。
你挺起胸腔咆哮吧！
要像一个勇敢的斗士那样，
用你的吼声，
把你抚育的儿女唤醒，
用你的浪头，
冲垮新压迫者的进攻！

弟兄们走来啊！
保卫松花江！
保卫咱们的家乡！
咱们在这里生，
咱们在这里长，

不能叫二鬼子[①]来猖狂。

五月二十六日于松花江畔

选自《东北日报》,1946 年 6 月 6 日

① 指国民党反动派。

还乡小曲

一

延河你向前流，
我们跟着你走，
你流到黄河是尽头，
我们过了黄河还要走。

二

路漫长而弯曲，
艰险像群山伏起，
艰难险阻都得过去，
我们要达到目的地。

三

鬼子，该死的走狗，
你截断了大路，
我们就绕小道走；
你截断了小路，

我们就爬山，
不管你怎样地阻拦，
我们总要前进不停留。

四

我们半夜启程，
天上只有星星。
道路曲折而崎岖，
我们颠簸着前行，
看！
启明星已升起，
东方已闪现光明！

选自《东北日报》，1946 年 4 月

饮马河之歌

三月的风
从原野上掠过，
三月的风
从严寒中唤醒了饮马河。
饮马河扬着绿波，
从原野里缓缓地流过，
她用柔细的喉咙
唱着快乐的歌：

我从梦中苏醒，
人们就辛勤劳作。
我灌溉着两岸沃土，
人们靠我过生活。

饮马河是大地的母亲，

她用奶水抚育着两岸的人民。
只要你不懒惰，
只要你肯劳作，
你就会有收获，
你就会有吃有喝。

在那阴暗的岁月，
又是出税又是出荷，
日子当然不好过。
可是自从去年八月，
日本子翻了车，
饮马河两岸的人民，
就开始过起人的生活。
尤其是在八路军到来之后，
被压迫者都乐得了不得。
他们分得了敌伪的土地，
他们清算了汉奸、特务和土劣。
他们想：要总这样下去，
好受苦人就不会再过坏生活。
于是饮马河
又唱起愉快的歌：

自从日本子翻了车，
自从来了八路军，
老百姓才翻了身，

奴隶们才变成自由人。

饮马河两岸的人民
都得到了胜利之果：
他们都是有良心的人，
他们衷心拥护幸福的给予者。
张老三向他的儿子说：
“大小子你也不小啦，
还老呆在家里做什么？
自从八路来到咱们这，
就给百姓带来了好生活。
咱们是有良心的人，
不能光占便宜不出血！
你去，你去当八路，
家里的事情交给我。”
他儿子说：
“爹爹，我早就想去，
只怕你不放我；
现在你既然允诺，
我收拾收拾就去嘞！”

于是，在饮马河
又多了一个保卫者。
于是，在饮马河
就展开了参军的狂热：

徐家的二儿子报了名，
王家的老疙瘩参了加；
他们不管老母亲乱叨咕，
他们不管小媳妇瞎抽搭。
于是饮马河
又用柔细的喉咙唱起歌：

八路军为国为人民，
好小伙子快去参军；
别管你妈乱叨咕，
别管你妻瞎抽搭。

饮马河平静无波。
可是忽然从西南
卷来了无情的战火！
蛮不讲理的国民党，
架着美国的飞机，
开着美国的战车，
冲过公主岭，
冲过伊通州，
来到饮马河。

国民党像一窝蝗虫，
他们来到哪里，
就给哪里带来了灾祸。

飞机扫射死张老三的儿子，
国民党拉走了老王的大车，
大炮轰垮了孙二大爷的房子，
国民党奸污了徐文明的老婆。

饮马河
又起了风波：
好人坏人又翻了一个“个”，
汉奸特务又上了台，
又成了当地的统治者。
他们夺回去分掉的土地，
他们抢走了斗争胜利之果。
于是饮马河
又呜咽地唱起凄婉的歌：

饮马河平静无波，
忽然从西南卷来战火；
国民党到了饮马河，
人们又不能过生活。

张老三心里悲哀，
他在饮马河边徘徊，
他一边哭，一边喝咧，
喝喝咧咧像个大神老爷。
老王也愁眉不展，

黑天白昼担心着他的大车；
他只有两个牲口，
一家人全靠拉脚过生活。
孙二大爷的房子住了一辈子，
却被国民党给轰垮咧；
从此他一家十口无处住，
就像无巢的鸟在外流落。
被强奸的徐文明的老婆，
披头散发，裤子脱落，
她已经发了狂，
她见人就说："我被'国军'糟蹋啰！"
于是仇恨将被害人们的心联结，
在饮马河两岸燃起了反抗的烽火；
于是饮马河
又唱起反抗的歌：

要起来反抗，
不要光难过；
要为死者报仇，
才能对得起死者。

于是他们就我告诉你，
你告诉我；
于是他们就拿起
死者遗下的枪，

镰刀、斧头和洋锹；
破坏敌人的交通，
烧毁敌人的战车，
藏起粮食和柴草，
叫敌人日夜不得安歇。
在饮马河
反抗的运动蓬蓬勃勃，
这是人民反抗强暴的开始，
这是东北人民反抗的星火！
于是饮马河
又唱起战歌：

战啊！
不屈服的人民！
战啊！
不屈服的饮马河！

一九四六年六月二日于蛟河

选自《饮马河之歌》，吉林大众印刷厂 1948 年 11 月

◇ 顾世学

不种芝麻吃香油[①]

不种芝麻吃香油；
不种棉花穿丝绸；
不种麦子吃白面；
不养猪羊吃大肉。
洋楼大房，冬暖夏凉；
一天三顿，香甜尽尝。

选自《东北日报》

① 此篇民谣是采用讽刺的写法对国民党反动派进行讽刺的。——原编者注

妇女歌谣（一）

一朵梅花一点红
一座布机一条龙
龙取水，机织布
龙取雨水年成丰
机织布匹家庭富
公公添件新大袄
婆婆添件新布裤
合家欢，合家乐
宝宝花褂子添一件
合作社里纱换钱
贴补贴补灯火耗零零用
零零用，零零用
小姑娘买朵花插插
大嫂子买只银插拢
姑娘说
姐要打扮先织布
郎要种田先翻土
家家纺纱

户户织布

嫂子说

盐是精神油是力

要打老贼国要富

家家纺纱

户户织布

选自《东北日报》,1948 年 2 月

妇女歌谣（二）

我姐姐，年十八
媒人常常到我家
要替姐姐说婆家
妈妈不睬他
现今婚姻自当家
姐爱郎好姐就嫁
郎看姐好就娶她
自做主来自当家
不用媒人两头夸

选自《东北日报》，1948年3月

见了毛主席请个安

小喜鹊　墙头站
谁家看着也喜欢
喜鹊喜鹊你别飞
我有点事托你办
哪天你要到陕北
见了毛主席请个安
告诉他：
我们今年把身翻
分地分马分浮产
不愁吃来不愁穿
全家老少都平安
二哥种地三哥把军参
打得他“中央”胡子一溜烟！

选自《东北日报》，1948 年 1 月

◇ 顾　明

农谚偶拾

——冬季生产之部

十冬腊月天，
闹好生产过大年。

要看家中宝，
先瞧柴和草。

家中妇道能纺线，
赶（撵）上外头一把镰。
副业生产有奔头，
一冬定能赚大钱。

叫老乡，别歇劲；
打完场，就捡粪。

翻身哥们定要记牢，
打下粮食不能胡糟；
冬季生产定出计划，
多搞副业来年有道。

十冬腊月雪花飘，
大家来把副业搞；
起早贪黑多捡粪，
多编席子和蓄条。

三春靠一冬，
三早顶（当）一工。

车多不碍路，
人多好互助，
组织力量大，
定能赚钱多。

选自《东北日报》，1948年11月

◇晓　杨

长春蒋匪

兵：豆饼面子是好饭，
　　提心吊胆把岗站，
　　心一横来牙一咬①，
　　去投八路见青天。
官："中央"军官有三怕：
　　一怕光发票子不发粮②；
　　二怕战场打黑枪；
　　三怕当兵的不打仗，
　　成队成帮去投降。

选自《东北日报》，1948 年 9 月

---

① 长春蒋匪枪杀捉回的逃亡士兵，以做镇压。

② 长春市内，五百、一千，到五万元的票子都做冥币了，一斤票子还换不上一斤粮食。

◇晓　星

二虎子

只要一提起甘永法三个字
脑子里就会浮起一个英雄的影子——
结实的小伙子
黝黑的脸庞
永远泛着红光

他生来猛里猛气
外号叫作“二虎子”
三句话不对头就会发脾气，
他自己也说：“咱性子急。”
可是一听到炮声响，
他的眼睛立刻就发亮，
天大的事他都忘个光，

他今年二十二，
十三岁起就扛枪，
打仗是他的家常，
“孬种”这不要脸的字眼，
他听见了就讨厌，
“男子汉大豆腐”[①]，怕啥！
这是老挂在他嘴巴上的口头话。

“反动派来进攻咱，
咱的拳头可不怕他，
一场战斗，
他向咱送过美国枪同火箭炮，
这次他再要来，
咱就换一挺美机枪。”

另一场战斗，
敌弹毁灭了半个村庄，
子弹打倒了二排长，
你说他心里多悲伤，
他拿起排长的驳壳枪，
自动代理了排长。

炮弹又在他身旁爆炸，

① 大豆腐，即大丈夫，是战士们诙谐的口语。

他眼见亲爱的伙伴又倒下，
是仇恨上更加仇恨，
他的眼燃烧着火焰，
“去你娘，毛厕坑里的石头，
说你臭，你还怪硬，
老子定要和你拼，
二排不怕死的跟我上！”

几十条猛虎一声吼，
像破堤的黄河，
淹没了敌人的火力点，
刺刀在美国皮身上开了花，
怎么也不能叫敌人出水。
他一个快步赶上狗腿，
一把抓住美国冲锋枪，
举起二排长的驳壳枪，
“你这茅厕里的臭石头，
叫你缴枪不缴枪，
拿美国武器杀中国人，
今天看你逞强不逞强。”
接着驳壳枪连响十几发，
九个反人民的走狗，
丢下美国武装，

他望了望美国的冲锋机枪，

欢喜地对着驳壳枪：

“二排长咱给你报了仇，

你的血没有白流！”

选自《东北日报》

◇ 徐　放

长城之歌

风雨鞭挞着
你虽丧失颓衰了
那以往的气概和魂魄
但长城
我依旧敢说你是这块旷原上的英雄

将记否
那以往
什么个吕氏的私生子
大秦始皇帝
他只用一道诏令
便堆成了你
冠世绝伦的东亚一大屏风
心广体胖

健实而坚蠢
你恰似条登陆的魔鲸呦
由嘉峪到渤海滨
这五千四百里的途径
展伏着你长大灰苍的身挺
小气而凶横的波涛把你鼓荡
它侵蚀你
想剥夺你的生存
想制死你的使命
但你只不理睬它
你原有
那亘古的傲性
磊落的伟大精神
山海关像似你的嘴
（如今这嘴
如酷吏执刑的踏刀口
更似座严暴无情的地狱门）
请问
谁能不从此门经
那一些工人和畜牲
真怪
意外的祸来
你只一合闭
便会急傻了无数生命
然而有鸟敢飞过你的身旁

在辽阔的天上
偷盗似的把你探望
但你半点都不疑恐
你以为
小鱼虾般的东西
掠过它们一眼都不配
那海
值得什么惊骇

脊背上的绿草不仅让它留给了子孙
且连成了窒死你的链锁
更叫埋伏了一些不义的蛇蝎狼虫……

长城
历代的灰土葬没了征马的蹄踪
染血的盔甲
折断的枪矛
雨星般的炮弹
以及那多少为你送死的人群
孟姜女的故事空传着
从秦迄今的怨语
谁会诉出
唯有城垣下的流水的凄咽

人们听不懂

始皇帝是如何的虐厉专横
刀斧是怎样地戮杀生灵
焚尽诗书
埋掉读书人
长城
你原是这封建的私生子呦
时间洗去你罪恶
却刷不掉你的令名

说当年惊恐遍了天下
那只如始皇帝睡后的一个欠伸
但就雷厉风行
似胡风卷着飞沙走石
驾着凶狮猛虎
若洪水的狂滚
给人民带来了
天大的灾星
四海哪一处不刮出了哭声
老头老太太妇人孩子爬进了田地
年轻人尽做了修筑的劳工
若此
杞忧旧恨
遂像端阳节的纸葫芦
普遍地悬挂在
每个家门

可是谁也不道苦
因为那样有尖刀割舌挖眼睛
你是汗血　苦泪　尸骨的结晶
但你不自量
不把自己的身世认清

长城
看你总像在默默地呆盹
闭合着你那傲慢的眼睛
年代扯破了你那豪丽的外衣
脸上
已淋滴满日月的藓伤疤泥
你徒有雄心了
望着
滚过去这塞外胡地的寒沙
没有什么办法

但而今你又像已觉醒
似冷水浇了头
有如狮虎般的
两眼显示着饥渴和难受
一口想吞下那绛红的云彩
你跳跃
你恐惑
吸喘着

在预备着那一声疯狂的咆哮的到来
黑夜
或有月明
你
醉蟒似的呦
伏留着你那腰段
野火碰燃的荒草是你的汗毛
那遥曲的城根
都传递着恶鬼的呻吟
这鬼当是秦代的怨魂吧
只是始皇帝一闪的雄心
便留孽直到于今

长城
你腐旧了
然而我仍赞颂
但你终是古老的堕落汉呦
实需要一场风雨的刷新
那时也许会将留孽荡尽
有几千年(?)的寿运了
你身上寄生的一虫一草
如今也都在
关心着你的行程
珍重吧
长城

在这块丰肥　沃美　富丽的旷原上
有人说
你是大地的母亲
这人类中
仅你能把一切爱重
伟大的
一个古老民族的灵魂啊
唯你
才称得起英雄
唯你
才真是正义的
这守护原甸盟主巨人

选自《北光》,1946 年创刊号

我和高粱的故事

我爱高粱，
我爱那块生长高粱的土地：
我呵，
是吃高粱长大的。

——摘旧作

一

我新近才来到
边区东部的深山工作。

欣喜
门外有块高粱地——
来时
高粱才打苞。
今天早晨
高粱开始甩穗了。
一位同志对我说，
高粱的身材像我。

我看看高粱，
看看自己，
觉得自己比刚来时是长得壮实了。
不久，
我的生命也要甩穗呢！

二

我常常走来，
看望高粱地。

早晨，
我先对高粱林子
做深呼吸。
然后
就坐在高粱地边上朗读世界语。

高粱穗上，
高粱叶上，
都挂着露水。
露水
像酒呢！
我不禁舔舔它
我想起东北的高粱酒来了。

高粱酒劲头大呀，

喝一口
就胳膊粗力气壮,
给人以力量。

爷爷爱喝高粱酒,
喝完了,
眼珠子起红线;
浑身都青筋暴流,
就像爬满了长虫。

爷爷是放猪娃,
是半拉子,
是在地主鞭子下“拷打成人”的。
他种了一辈子高粱,
他呵,
为了高粱
受了一辈子苦楚!

如今爷爷死十几年了,
在日本鬼子占沈阳后两年,
他丢下锄镐给我们。
他说:
是高粱把我们养大的。
我们的血,像高粱红;
我们的心,像高粱红;

我们的肉，像高粱红。
别忘了这生长高粱的故土！

三

晌午，
工作完啦，
应该休息呵！
而我却常常顶着大太阳走来
看望高粱。

我躺在高粱地里乘阴凉，
泥土，
冒着香气；
高粱，
冒着香气。
这郁香的气息呵，
我觉得是从几千里外的辽河飘来的……
我想到我离开家乡也多年了！

小时候，
一到七月天，
青纱帐起，
我们便到高粱地里打乌米。
和那一群结实的小伙伴
在一起

充当义勇军，

我们呵，

就在高粱地里学着打游击！

我们说：

东北是我们的，

让日本鬼子都滚出去！

四

傍晚，

工作完啦，

我也常走来看望高粱。

风吹过

高粱愉快地歌唱。

不久，

高粱快红了，

我在想：

我的脸也将变得更红，

就像高粱一样！

一九四六年八月于陇东

◇ 爱 农

起来吧，伙伴们

起来吧，伙伴们，
撒开被束缚的双手，
打碎那——
久久负荷着枷锁。
我们不再是奴隶，
我们是祖国的主人。

别再迟疑，
别再彷徨，
让思想和肉体，
通通解放。

十四年煤黑的囚犯，
今天已重见光明，

揉揉我们的眼睛，
看清我们的道路，
大大地呼吸一下吧！
我们将不再窒息。
我们不能忘记——
那惨痛的悠长的十四年，
我们不饶恕——
那无耻的“不抵抗主义”的坏蛋。

起来吧，伙伴们，
我们没有了出荷，
没有了非法摊派，
没有了压迫咱们的赃官。
收回我们的土地，
收回我们的矿山，
我们要自由的生活，
我们要尽力地——
保卫这幸福的家乡。

选自《东北日报》，1946 年 7 月 8 日

◇ 凌　丁

把火车头开进关里去

随着人民解放军的百万雄师，
把火车头开进关里去！
毛泽东号，朱德号。
一〇四〇号，一切英勇的司机员同志！
一个个都是年轻力壮的小伙子。
哧，哧，轮轴、风泵、水表都试验过了。
锅炉都用煤和水喂满了肚子。
立刻就出发……

工程队的同志们整天忙碌着，
铁轨、枕木、平车、材料都准备好了么？
电务上的号志，保安装置，
工厂里的把炉火加旺，汽锤再“敦”勤些，
镟盘工、铆工的同志们的眼睛都熬红了，

运输计划已经做成，
领导上正分析新的情况，总结经验，
为着把火车头更快地开进关里去。

胜利在飞快地发展着，
胜利叫咱们的脑瓜也要飞快地提高，
扔掉资本家加在我们头脑上的枷锁。
司机员，运转主任，铁路上的全体员工，
把负责制的新精神，
像太阳光一般地推行到每一个角落，
遵守纪律，听从命令，
用三倍的努力来完成任务，
把火车头开进关里去！

选自《东北日报》，1948 年 11 月 5 日

欢呼呀！全东北就要解放了

欢呼呀！一个捷报接一个捷报，
三十一小时打下锦州，歼敌十万，
国民党六十军起义，
长春解放了。
郑州告捷，
包头解放，
开封收复，
欢呼呀！满街都是人群，
在抢捷报，高声地读捷报，
满面都是喜悦。
欢呼呀！大汽车过来了，
两旁贴着庆祝胜利的大标语；
锣鼓从各个角落里响起来。
欢呼呀！胜利的声音，
传遍居民，传给那些忙碌着的男女，
传遍码头上的工人，
传遍到列车上的旅客，
传遍工厂，传遍学校，

传遍商家，传给了一切的人们，
全市都在狂欢里奔舞起来。
欢呼呀！全东北就要解放了，
还有更大的胜利在后头！

街上游行的队伍，
从早到晚就走不完。
欢呼呀！这个大队过去了，——
那边又拥过来了，
那是我们的宣传卡车，我们的秧歌队，鲜红的旗帜在飘扬！

欢呼呀！负责的同志在大会上做报告，
红火掀天的大会通过贺电；
店员们的心思早就跑到大街上去了，
找他们的小组长快提意见，咱们不要落后。
欢呼呀！游行的队伍喊着口号，
两旁的行人也高兴地举起手来，
游行的队伍整天地堵塞在街上，
通不过的行人就跟着游行的队伍前进。
欢呼呀！每个人在今天所谈的就只有胜利，
军属们特别愉快，
胜利的光荣也有她们的一份。
欢呼呀！工作人员增加了力量，
工人们在小组会上计划增加生产，
做生意的人也感到了前途远大，

司机更在勇敢地执行着包车制，
把战争的供应品送到前线去。
医务人员、卫生人员准备着收治伤员。
新的形势来了，
各部门都要重新布置工作，
明年的预算就要重新做过；
开工厂的计划把工厂扩大，
配合战争的需要，管理更加科学化，
供给前线大量的物资；
多办些学校同训练班，
把大批干部送到新区去！
欢呼呀！我们的思想还要提高，
更要求集中，反对经验主义，
掌握着毛泽东的方向大踏步地前进。
欢呼呀！全东北就要解放了。
还有更大的胜利在后头！
欢呼呀！毛主席万岁！
欢呼呀！朱总司令万岁！
你们的一个命令，
全国的人民解放军一个冲锋，
横扫江南，打到南京去！
欢呼呀！欢呼呀！前进！前进！

选自《东北日报》，1948 年 10 月

◇ 高明德

庄农三字经

八路军，打日本，
到东北，解放咱；
共产党，打头先，
领穷人，把身翻。
算汉奸，斗封建，
分土地，搞生产；
联合会，屯中安，
有民兵，把守严。
大地主，要防范；
他心中，怀恨咱，
看得紧，不反鞭。
全屯民，组织严，
齐劳动，无人闲。
讲互助，把工换，

讲插犋，省时间。
为保田，把军参；
备补团，担担架，
到前方，赛虎欢，
打老蒋，保家园。
老百姓，在后边，
大生产，务庄田，
多打粮，支前线；
粮草广，胜仗连。
到“打春”，阳气转；
阖家欢，过新年。
到“雨水”，雪化通；有农夫，上了山，拿扁担，把柴担。
到“惊蛰”，把粪倒，叉的叉，刨的刨，装上车，顺上道。
到“春分”，地皮干，垡化透，地又阴；好劳动，拿铁铣；
刨槎子，要上山，套捞子，捞得欢；捞四垧，就一天。
到“清明”，忙种麦；种小麦，种大麦；种得早，收得快；
割完了，种荞麦；种萝卜，种白菜。
到“谷雨”，种大田；种高粱，种谷子；种糜子，推米黏；
种豆子，粒子圆；种稗子，吃草甜。
到“立夏”，鹅毛住；种棉花，别迟懊；好纺线，好织布；
织大布，织小布；织花旗，做袄裤。
到“小满”，雀来全；快套犁，把地翻；翻苞米，能占先；
小绿豆，种后边；小麻子，种其间。
到“芒种”，地开铲；有农夫，齐用力；好好铲，不荒地。
到“夏至”，好尝鲜；都下地，常上山；铲气地，抽袋烟；

个顶个，都喜欢；“共产党，解放咱，挣了吃，又挣穿。”
到“小暑”，热难当；有农夫，把地蹚，蹚得好，苗不荒。
到“大暑”，麦坡前；大小麦，全割完；扣麦地，别迟延。
到“立秋”，忙打靛，打出靛，把钱换。
到“处暑”，动刀镰；提花麻，沤在泉，沤好了，忙扒完。
到“白露”，苗见黄；拉黄土，好墁房；又掏炕，又墁墙。
到“秋分”，无生田；组织好，不犯难；都下地，割庄田；
一“凑伙”，就割完。
到“寒露”，凉风多，拉着地，笑呵呵；“又有吃，又有喝。”
到“霜降”，变了天；挖菜窖，把菜腌。
到“立冬”，忙打场，打的打，扬的扬，打完了，装在仓。
到“小雪”，地冻硬；送公粮，国家用。
到“大雪”，河汉严；收拾车，江沿攀；拉山草，不消闲。
到“冬至”，不行船；破秫秸，把席编，编茓子，编盖帘。
到“小寒”，腊月天；买农具，家底添；铡羊草，好过年。
到“大寒”，整一年；家顶家，都喜欢，老与少，都团圆。
叫一声：“众青年，你拿过，小算盘，算一算，这一年，
是赚钱，是赔钱？”
打又打，合又合，剩的钱，不老少；剩的粮，有余多。
个顶个，大欢乐：“感念恩，感念德；感念那，八路哥！”

选自《东北日报》，1948 年 12 月

◇ 高崇民

悼陶行知

平生怕做唁电稿
最近唁电更痛心
民主运动失柱石
忆我与君在渝州
促我急急回故乡
相约他日来东北
专制独裁千夫指
元凶勾结侵略者
大业未就身先死
知君弥留有遗憾
年来唁电偏不少
李闻而后又一陶
青年学者失指导
争取自由共呼号

临行频频承指教
音容宛在人已杳
国特横行君更恼
口诛笔伐仗君讨
中外人士惜太早
前仆后继在我曹

选自《东北日报》,1946 年 8 月

◇ 高敏夫

蒋军愁

跑着来，爬着走，
缺了腿，短了手！
笑着来，哭着走，
披夏衣，挂短袖！
愁着来，忧着走，
咒黄山，怪石头！
饿着来，渴着走，
怨梢林，恨山沟！
车上来，担架走，
短命鬼，不长寿，
要不死，当俘虏！

选自《东北日报》，1946 年 11 月 11 日

自卫军山歌

（一）

山岭上走来山坡上等，
红缨缨矛子拿在手中，
只要那特务闪出他的身，
一矛子刺穿心！

（二）

大路上走来小路上等，
明晃晃钢刀拿在手中，
只要那特务露出他的形，
一刀子砍断筋！

（三）

树林里藏来树林里等，
三八式步枪拿在手中，
只要那蒋军敢来犯边境，

打他个影无踪！

选自《东北日报》，1949 年 12 月 5 日

◇ 高　飙

狮子醒了

你这万兽之王！
奔走了两千多年，
震慑了所有的兽类，
独居在你心目中的天中央。

也许你是疲乏了？
或许你陶醉于伟大的成功？
再不去磨那刀与枪，
更不去整理雄壮的甲兵。

渐渐地你沉溺于荣华，
你的神经已麻痹，
铁硬的筋骨，
也再不好干啥！

百兽莫不崇拜你为尊，
你也再无须乎攻防用心；
地大物博满够吃，
由懒惰流入荒淫。

最后你却沉沉地睡去了，
甜蜜的梦乡使你迷茫；
再不愿回到现实，
整那甲兵匆忙。

于是那些面服心违的宵小，
暗自布阵坚牢；
设下巨锁强绳，
紧紧地束缚你不放松！

时间多了，
慢慢地觉得隐隐生痛；
微睁开你那睡眼，
还不曾把敌人认清！

然而你醒了！醒了！
你到底醒了！
但是还迷恋于过去，
不肯挣脱捆绳。

待勒到骨头时，
方觉得危殆致命；
急要活动时，
却不能挣出捆绳。

这时你才双目圆瞪，
痛恨敌人如此不逞，
坚心定志，
想要打破这樊笼！

你再不想欺压那弱小的兽类
独自称尊；
却立志纠合被榨取的同胞，
奔向自由平等的目标。

你千辛万苦，
实不容易成功；
你更再接再厉，
不失往日的英雄！

终于你打破了枷锁，
逐走了强敌；
光复了失地，
悬起了正义之旗。

舍生忘死地奋斗，
到底握住了最后的胜利；
然而将来永远的胜利，
正待今日来筑基！

你再不要睡了，
给你敌人的良机；
实行你正义的主义，
光荣到永久世纪！

选自沈阳《中国青年》，1945 年 11 月创刊号

◇ 唐克记

蒋管区民谣

天慌慌
地慌慌！
俺家来个遭殃（“中央”）狼，
又吃肉，又挖肠。

衣裳扒得光着腚，
粮食抢得净光光，
姑娘架去当二房，
青年拉去扛了枪。

再可恨大肚狼（保长），
肥得猪一样，
穷人瘦得像根棒，

他伤天害理住洋房。

选自《东北日报》,1947 年 5 月

祝《驼铃》

丁零，丁零……
哪里来的铃声？
我站在雨后无边的沙原上
仔细倾听。

荒旱十余年的沙漠啊
枯死了多少生灵？
这一场滂沱大雨
又复活了我们的身体
这一声嘹亮的铃声
又带来了我们的魂灵。

起来吧！
沙漠上的朋友

看！世界又是一番新的光景
听！四面又起了雄浑的歌声。

丁零，丁零……
我站在无边的沙原上
仔细倾听
丁零，丁零……

一九四六年三月十三日

选自《驼铃》，1946 年 3 月创刊号

◇ 黄　石

流浪之歌

流浪
流浪到白发苍苍
让我的足迹
印在沙漠之上

流浪
流浪到珠老花黄
尽量地狂笑
饮着苦痛的滋浆

流浪
流浪到地老天荒
将我的朽骨

葬在北国的沙岗

选自《星群诗刊》,1946 年 4 月第 2 辑

◇ 黄利民

蒋区民谣

（一）

夜狼来了粮抢光，
八路来了救济粮，

（二）

夜狼在时我不在[①]，
八路来了我回来。

选自《东北日报》，1947 年 7 月

① 是说蒋家暴政的抓夫抓丁逼得老百姓投向解放区。

◇ 黄　河

得胜妈好喜欢

北风呼呼吹，
大娘来挑水，
王百顺接过水桶，说：
“今个天头冷，你老快快回。
得胜去参军，不能叫你大娘来受累。”
天空飘雪花，大娘围裙扎，
草垛去抱草，遇见李得发，
李得发接过了筐，说：
“今个天头冷，你老快回家。
得胜去参军，不能叫你大娘来忙啥。”
大娘窗户破，有人来糊上，
大娘屋子冷，有人给烧炕；
大娘有活，大家忙，
大娘有事，大家帮。

谁也不落后，拥属有荣光。
好叫那参军的得胜，
安心打国民党。
眼看年来到，腊月二十一，
张家送块肉，李家送只鸡，
饺子豆包现成的。
猪肉粉条件件有，
大葱大蒜样样齐，
大娘心中好欢喜。
新年打初一，大娘笑嘻嘻，
敲锣打鼓来了拜年的，
这个敬个礼，
那个作个揖，
祝贺大娘：祝寿双全新春禧。
祝贺得胜：前方打仗大胜利。

选自《东北日报》，1948 年 2 月

蒋管区民谣

婆婆丁,黄又黄,
小秃泪汪汪。
抓走了爹,抢走了娘。
哭呀,叫呀,
挨了种殃军两耳光。

明要税,暗贪污,
不管百姓苦不苦。
百姓眼泪流成河,
蒋匪拍手笑哈哈。
“只要我快乐,谁管你死活!”

鱼没水,树没根,
没有爹娘没亲人,
有了八路有亲人,
鱼有了水,树有了根。
八路是咱救命星,

救咱百姓出火坑。

选自《东北日报》,1948 年 9 月

◇ 萧　深

请野心家们张开耳朵听听

前门刚赶走吸了十四年的血的日本兽
后门又钻进张着贪婪眼珠的美国狼
引导他们来的有两个向导
——靠喝人血长大起来的走狗
一个是汪精卫,一个是蒋介石
他们怕“中国人”的血流不完
用外国屠刀来进行大杀戮

可是现在的中国人不比过去
他们自己有力量挣断法西斯蒂锁链
痛苦的折磨成了宝贵的经验
不能让帝国主义的铁蹄
再踏进咱们的土地

千百万的中国人已经举起了手
千百万的中国人发出了怒吼
向——野心的帝国主义
向——把中国当成杀场的屠夫
提出抗议，
“中国不做美国的殖民地”
“反对美国在华驻兵”
这是中国人民的意志
这是中国人民的呼声
请野心家们张开耳朵听听

选自《东北日报》,1946 年 6 月

战士的琐语

我是一个战士
为群体的命运
我去参加斗争

（一）

在我坚韧的身躯
子弹岂止穿过一次
对这战斗所赐的痕迹
我向来没有做懦夫的叹息
“死，并不可怕，
但我却怕，
死在床上。”
我追念这死友的日记
在每次搏斗的前夜
都是他在给我鼓励
我自信，我会汲取他的生命力
我将养成起死的嗜癖

（二）

我随时随地
眼睛向着前方
有时不免也回头望望
天下的事谁能断定
也许在香草丛中
会出现暗藏的毒菌
我亲眼看见一个伙伴
子弹来自他的后方后脑勺中
可恶的是在自己的阵营
钻出狗徒的阴影
我必须记住革命导师的遗言
用心和灵魂卫护革命

（三）

谁说战斗是纯一色的东西
我却看到它有丰富的色彩
当每次晴利的空隙里
弟兄们挺起枪膛和胸膛
阳光恢复了经过疲乏的力量
微风舒松了极度紧张的神经
弟兄们于是谈笑
谈笑漾溢着战斗的崇高
谁都想把自己绘成一个英雄

谁不想给自己披上一身光荣
从弟兄们的笑容中
从弟兄们的话语里
我看出每一张脸都有色彩
我听出每一个心都在自豪
因此,我爱战斗
我是一个战士
我的义务是斗争
我要负起考验的重荷
为明天的黎明启程

一九四六年七月于塞北前哨

选自《东北日报》,1946年8月

◇ 萧　群

魔　火

静静的深宵

月光流遍了幽美的山谷

星子停留在蔚蓝的夜空

冷雾从四周落下来了

蓦地

一间草屋上冒出了烈火

接连的枪声从树枝旁掠过

火光照亮了整个乡村

木柝敲碎了人们的酣梦

“忍受些吧!

我们是应该在痛苦里过日子

我们是应该在痛苦里找喜悦

好容易把你救了出来
你不能再投入这熊熊的火焰”

“这些魔鬼！
你们打死了我的孩子
你们蹂躏了我的儿媳
啊！不行
我要去
火堆中还有我三岁的孙子哪！”

夜风从远方吹了过来
无数的火蛇在全村窜跳
月光淡淡地浴着她苍白的脸
她疯狂地从少妇手中挣脱
向火焰中跑了过去

“魔鬼！赶快还给我的孙子
赶快还给我们全村的生命！”
房屋倒下来了
最后的惨叫
和身躯同时消灭

人声锣声震破了山谷
明亮的火光照红了十月夜空
等救火队到来的时候

月亮已经向西边走过去了

一九四六年二月四日于辽宁

选自沈阳《星群诗刊》,1946 年 4 月第 2 辑

“沙漠可以掘成井泉的”[①]

沙漠里也会掘出来井泉的

同伴们！你该睁开了双睛

你该拿出了旺盛的力量，你该扬起了铁色的臂膀，赶快去耕耘那荒芜了十几个年头的青春之野！

抚摸过去的伤疤多么深！昨日的眼泪都该涌作了今朝的欢喜

你该尽量地钻研，你该尽量地发掘

你不必苦闷那路程的迢远，你不必忧虑那风沙的疾厉

你该在痛苦里咆哮，你该在痛苦里进取

推倒坐在床上说风凉话的人们！

推倒站在旗杆上妄想称王的野心家之子！

不必听那嫉妒者无理的攻击

同伴们！趁着这春雷破空的季节，你该追上前去，是的！你该追上前去！

哪管是渡过了海洋，哪管是越过了峻岭

即便你走到一片沙漠，沙漠里也会掘出了泉水的

---

① 鲁迅说过这么一句话。

即便你走到一片沙漠,沙漠里也会掘出了泉水的

一九四六年三月一日

选自沈阳《星群诗刊》,1946 年 4 月第 2 辑

幽　灵

朝阳洗涤着征途的时候
背上的刺刀放出了无数的小光亮
热血交流在每个人的心里
多么雄浑的军歌大合唱啊！
树上的黄莺对我们欢呼
道旁的野菊对我们微笑
喇叭声在辽阔的绿野上展开了
晴朗天空下——
我们队伍向着没有云彩的北方走去

前面是一带丘陵
敌人的炮火从高处飞来
“前进！冲锋！
夺取这块阵地！”
那永远不会忘记了的
我们队长敢斗的呐喊哪！
握紧了我的枪
热血像火山一般地要爆发

炎阳里——
看敌人一个个地倒下了
(那些只会生长血液的蠢物们!)
后来,我也躺在了地上

怎么? 我不是死去了吗?
我的身体又会站了起来
高原上
祖国的旗子飘荡着
那灿烂的抹满了胜利的旗子啊!
我兴奋地跑过去狂吻着它
痴呆的旗手却一点也没瞧见
敲着他的脊,他的头
他明亮的眸子——
只是在注视着已经渡过河水的——
我们那继续进攻的军队呢!

哟! 这地上还睡着许多同伴
这些为战争而奋斗过的人哟!
我吻遍了他们的脸
舔遍了他们馥郁的血
"起来! 我们胜利了"
每个呼喊会换来了一片沉默
西空上
斜阳涂抹上淡淡的残红

走向哪儿去呢？
处处都撞到失望
还是在这里守卫吧！
守卫这曾经用宝血灌溉过的高原
夜帷从大地的边缘垂落
月光染上了我的军衣
星子永远是高原上唯一的灵灯啊！
辽远的前方——
有胜利的喇叭从水面上飘过来了

一九四五年十二月三十一日脱稿

选自沈阳《星群诗刊》,1946 年 2 月创刊号

◇ 崔松泉

十四年

是一个民国二十年的仲秋季
天上清朗得没有一些云翳
炙热的晌午大地寂静得像在安息
只有几个荷锄的农人在流汗喘嘘
蓦然半空中像有爆竹爆发的音响
于是疲惫的农人全仰起了惊讶铁黑的面庞

他们的眼睛被阳光晃得眩耀
在高空只发现一群古怪大鸟
视线使他们模糊地只看到从鸟尾丢下了许多鸟卵
轰轰的爆音　他们几疑又在过年——
是隔村放起了鞭炮

忽有一群农人仓皇奔驰急喘地喊

不得了　日本鬼子已杀到村边
他们残忍地杀戮着农民
尽量毁坏着农田
凡是住人的茅屋全放起了一把火
除掉那些旷野荒原

于是各村落立刻呈现了未有的混乱
犬吠马嘶哭喊连天
这时老天也板起了阴森的脸
倾盆雨点滴落在逃难人脚后脚前

东北经过了这次炮火洗礼
各省县全挂起了白旗
用长方白布代替了青天白日！
街头巷尾发现了狰狞的岛民
一个个竖眉立目挺起精神
到处侮辱欺凌着中国人

爱国的勇士已为国捐躯
年老的智者只微微啜泣
同胞们肯定地会留给自己一些希望
——东北决能复兴
日本定会灭亡——
敌人整个地占领了吉江辽沈
用新京名目改变了长春

在新京设下八大部与“满洲”伪帝
然而主掌大权的是日本人

东北的一块土就唤作了“满洲帝国”
这块土上的同胞就遭受了空前的浩劫
于是大国民族竟做起小国民族的奴隶
他们就施行起了愚民政策
他们任意各处掠夺杀人放火
遍地染红了受难同胞的鲜血
在他们就认为是清乡工作
致使我民众妻离子散颠沛流离
我们同胞不敢抱怨只可偷偷叹息

我们不是没有反抗的勇气
敌人却想尽方法来束缚我们的能力
在我们土上设立了什么特务机关
凡在他范围内有智识人全是要调查的思想犯

于是有志的人们只可向天长叹
渐渐为官的同胞全回到农园
在官厅　我们就做了木偶傀儡
剥夺了自由　丧失了主权

日本人应当吃大米白面——
我们只配吃糟糠粗粮

我们的面皮变成焦黄
就这样我们断绝了营养

最苦的当是埋身在农地里的同胞
半饥半饱代价换来了一年辛劳
他们消瘦身材像寒风里的枯枝
贫血的面孔恰似院里的东墙
一年四季常披着褴褛的衣裳

他们知道交不上出荷粮要受非刑
笑在他们脸上是鲜见的事情
他们也会时时怀念祖国
为了期待祖国复兴
才战战兢兢在苟延着生命

“七七”事变后　世界大战相继展开
对我同胞的情形更一天比一天虐待
他们说中日要一德一心
然而披满了疮痍我们如何肯把祖国忘怀
日本人比狐狸还要狡猾比狼还要贪吝
偏偏自己却喻为天神
他们说
“我们有忠君思想
万世一系爱国精神
在战期中我们要献纳一切”

然而牺牲的却全是中国人
在我们土上他们定下十年计划
在我们荒原上做了五年的开垦
从此我们的山林就变成了他们的山林
我们的平原移来了他们的岛民

他们也呐喊着宗孔劝学
他们在奖励着自国人互相拨动毒舌
学校里添上了劳作教育
他们的意思是使我们淡忘祖国
岂知越是痛苦越会燃起爱国的焰火

此后智识阶级的青年全被他们关进牢笼
健强英俊的青年又为他们去当国兵
即使前者皆侥幸得免
他们也会教我们去充劳工
是以我们的城市里就再也看不见一个壮丁
他们以为如此就会巩固安宁
一个人也不敢再展开爱国的引绳！
他们说："死的草不会再青
麻木的人不会再怀缅起昔日的事情"
岂知青年心房已泛起复仇的心苗
五千年来不消不灭的民族性又在腹内燃烧
就是农人商民又何尝把祖国忘掉
他们总在祈盼着中国军队会有一天冲到

从此街上看不见小贩叫卖
商店的门市也被他们破坏
于是在民间就缺乏了一切物品
他们就凶狠地割断了人民的命脉

青年从此就断绝了精神食粮
他们希望有志的青年全变成文盲
于是巴金鲁迅的著作全成了禁品
巴尔扎克屠格涅夫的译本也成了敌性文章
强制人民种种献金　又成立什么组合
就这样我们生活便受到极端束缚
买一点物品也得使用通帐
恐怖的魔手已遍伸张在我们整个锦绣山河

又用我们自己的力量筑成防空壕
这简直不啻是埋人地窟
每月里又规定防空日
是日里禁酒禁娱乐甚而严绝欢笑

于是报复的心情全涌在心头
物价昂贵我们也实在活够
所以遇事我们也要有小反抗
我们徒唤奈何紧要地方全有敌人扼守

学生的力量只能报复私人的仇恨

就这样他们已就怀恨在心
命学生编成青年奉仕队
到大营去受尽苦辛受尽蹂躏

在学校日本人吃的是大米
我们吃的是粗糙高粱
真像孤苦的孩子在幼年就丧了娘
既云中日协和建设东亚
为什么在这小的地方待遇竟不一样

学校里增添日本人老师
他们不会国文不通数学任什么也不是
在国内也许是商人或是苦力
日语说得通就算来启发我国教育

在学校又添上了防空体操
每日清晨正午必虔诚默祷
他们是祈祷着日本必胜
我们却在默默盼望着东北复兴来到

黑夜白昼人民全惊恐着不安
今日安分的商人明日会变成经济犯
街头巷尾每日在抓着劳工
我们的土地上日夜里总号咷连天

德意志的降伏欧战告一段落
我民众更燃烧起了爱国花火
在心中暗蓄了复兴希望
总有一天中国军队会在我们面前走过

这期间中国人也有的改变了良心
于是中国人竟残害起中国人
为了发财升官出卖同胞
他们的嘴角常流露着得意的微笑

他们配给的全是高等食粮
他们也穿上华丽的衣裳
用同胞的血换来了金钱地位
于是他们就这样地下去全不想到收场

可怜的我们同胞就受尽了荼毒
终日里以泪洗脸唏嘘啼哭
到夜又担惊受怕祈祷命运
甚而汽车鸣响就会把骨头吓酥

他们以为日本就是铁打江山
他们并不曾想到日本崩溃就在眼前
他们以为在日本面前　我说了就算
他们就不知道东北会有复兴的一天

因为黑暗的尽处就是光明
季节并不是只过隆冬
终于我联合国打了胜仗
铲除了日本铲除了害人的毒虫

八月九日友邦苏联军伸了手
八月十五日日本降服的消息已传遍全球
东北的同胞一旦解脱十四年压迫锁链
是故高兴欣欢的色彩全浮在嘴角心头

虽然这里有看不尽的水秀山清
虽然这里有听不尽的欣喜欢声
虽然青年的战士已流尽了满腔热血
虽然老年的志者已为中国复兴绞碎了心栋
但　这里仍不能算是休息享受之所
因为中国复兴的途上——
尚留给我们许多当践行伟大的事情
看　已崩溃的我们是否该当建设
像　已荒芜的我们是否该当开拓
这些纵然有劳自己精力与心血
然而也是为了我们的锦绣山河
在受极度压迫下的青年
有笔不敢写作　有话不敢明说
“剖开了肺腑让我们也说说吧！”
起来呀！

还有什么顾虑还有什么蹉跎
用我们的力量去建设中国
在世界上也属我们祖国历史最为悠长
我们中国是讲求孝悌道德礼义之邦
固有的民族性永恒嵌在头脑
是以日本他侵略我们是自取灭亡

选自《驼铃》,1946 年 3 月创刊号

◇ 笛 南

蟋 蟀

深夜
人们都已睡去了……
而我，还打着不眠的精神
守着一盏
暗淡的灯
因为
窗外
那草丛中，那墙脚跟下
善于辨识季候的歌虫们
又在用绷紧的喉咙
播讲着，日子
在一天一天地……
变冷……
使我啊，听着

又回想起来
那些冷天的日子的
那一些
我的童年的故事：
也是这样一些夜晚吧
村里人，都为着一天的劳倦
早睡了……
而爸爸却趁空点起了油灯
在一旁，念读他的
“勤耕苦读最为本”
妈妈
也在床沿边
赶做她的
针线……
剩下了
哥和我
却也不甘院里的寂寞
常常提起小灯笼
冒着冷风和冷雨
去户外的篱笆
寻着蟋蟀的歌
去捉蟋蟀……
而我们，确也知道
那叫得最响，叫得铃铛的
是身体茁壮而美

也是最能够
和别的虫儿
格斗的……
我们啊,会为它
心痒
着了迷——
时时用口哨
逗逗唤唤
习习它们的歌声
习习它们格斗的姿势
而且啊
掀起年轻的心底
一些美丽的幻想——
替它们
建造了
一些精丽的小笼子
把它们一个一个地
捉来
关在一起
白天,要它们
互相残忍打仗
晚上,要它们
在枕边
啁啁地歌唱
可是,日子

是一天一天地
变冷了
虫儿们
也在笼子里
萎着身子
饿死，冻死
互相厮拼死了……
而我们，童时所玩的把戏
也跟着年岁
一天一天地
去远了……
但现在
却让父亲和母亲
带着老年的
残废和愁苦
依然紧守着
那一个
勤耕苦读以为本的乡村
让那一根断臂的大树
压着半边房子的村屋
在凄然的虫声中
敬候着
那一连一串的
灾荒
租税

兵役的
冷酷的处分……
而让啊，我们年轻的人
为了一些的理想
奔跑在外面
像人们墙下、篱下的
一只卑微的虫子
在凿着夜的寒冷
严肃地
做工……
热情地
唱诗……

选自《十四年》，1947 年第 2 卷第 6 期

◇ 符尔洪

母亲的嘱咐

为了保卫祖国英雄出发长征
地上霞光火焰似的绯红……
青年胸里要迸出雄狮样的心……
吹来了山风轻轻吻英雄……
白发母亲张开手来把他拥抱，
她忍住了夺出眶的眼泪，
她把她亲自所生的卫国英豪
紧抱在自己母性的胸怀……
“你要去跟敌人作战，我的小孩，
为亲爱祖国的伟大光荣！
哦，儿啊，我很自豪，我用我的奶
竟为祖国养育出了英雄！……
杀敌人要无情无义而有技巧，

愿你的打击有很大力量！
要把自己的战马爱护得周到
要把枪像宝贝似的保藏！……
战士的武器应该保护得很好，
以便随时做惊人的举动……
骑师，要总是第一个在前飞跑！
在激战中去为国增光荣！
这里都记得寇·奥格柳，夏伯阳，[①]
你也去做个英雄像他们。
假使你遇见斯大林——无论怎样
代我问好，祝他身体康宁！
一等我们菜园里的桃子熟时，
我就把它寄给你做礼物，
你只顾打敌人，像年轻的狮子，
增加你强力打击的次数！……
当心看好，别不到时候就跌倒！……
祝你一路平安！不久再会！……”
骑着纵马前进……太阳已经升高……
山峦抖动一下，让出路来……
她把一捧水泼在儿子的背后，
望着他背影高傲地微笑……
诗人高声颂赞，上前吻她的手：

---

① 苏联内战时的两位游击战英雄。

"荣耀啊,祖国和母亲,荣耀! ……"

选自《东北日报》,1947 年 9 月

◇ 阎永林

诉苦诗

友爱部在诉苦运动中，有四十多战士写了苦水诗。道出了他们过去受地主压迫剥削的痛苦，这里发表的是其中的三首。

——编者

扛活

推车撵不上骑马的，
地主比诸葛亮更会算计。
扛活的就是干白了头，
还是一身破烂衣。

自己拿口粮，
白种马料地，
多加工，
多种地，

羊毛出在羊身上，
工银出自扛活的。

债主

天下老鸦一样黑，
天下地主一般狠。
借他大洋两百元，
开个买卖做本钱。

息长息，
利长利，
黑驴打滚苦难言。
黑天长，
白天短，
追利讨钱吓掉魂。

买卖赔了本，
债主把脸翻，
房子土地都还钱，
骡子顶了一千元。
地主地主好狠心，
多少穷人把苦吞。

仇恨

有钱的孩子上学堂，
穷人的孩子放猪羊。
猪把场院墙拱半截，
打得我吐了两口血。
吃冷饭，睡冷炕，
生活不如猪羊强。

一家人，
苦又苦，
哥哥抱着脖子蹲炕上，
——光屁股，
母亲穿着小短裤，
——更生布。

我爹扛活有了病，
地主来把我们撵。
拔了锅，
砸了碗，
病好逼回来还得干。

胡子抢去放的牛，
地主逼得我全家无路走。
霸去房子赔了牛，

桩桩件件记心头，

仇恨不报心不休。

选自《东北日报》，1947 年 10 月

◇ 雁　郁

夜行者

一步更一步
伛偻而踯躅
这满面风霜的夜行者呵！
他是要从黑暗里摸索着前程
在沙漠中寻找着人生
那隐现在黑暗中那希望之火哟！
怎么那般的遥远呢？

走哇！一程又一程
几时始可到他那目的地呢？
在这无边的黑暗中

荒村夜雨家万里
永夜萦轻愁

谁说漂泊流浪是苦里含甜的呢！
他也在流泪了呵！

一盏提灯
孤弱的灯光
照耀着途程
朋友！
您能说这黯淡的灯光
是象征着他那前途的渺小吗？

呵！难死了征人的心
用涸了征人的血
流尽了征人的汗
这漫长的征程呵！

端午日于长春

选自《星群诗刊》，1946 年 4 月第 2 辑

◇ 遇　明

杨清法

（一）

漫溪河[1]呵漫溪河，
你日夜不停地低声唱，
我知道你有多年的悲痛，
要向有良心的人们细细讲，
我知道漫溪河的两岸，
是养育好汉的故乡。

提起咱们的杨清法[2]，
他挺着魁伟的胸膛，

---

① 漫溪河是鲁南边区县的一条河。
② 杨清法是鲁南群众领袖，边区县农会长。

在他耕着地的年轻的日子里，
就拿起明晃晃的钢刀，
“钢刀就是咱老农的随身宝：”
他睡觉也挂在身旁。
那满脸横肉的恶霸！郑作宝①的狗腿，
养着一群土匪，街皮和流氓，
吃肉，喝酒，奸淫穷人的姑娘，
他们一窝蜂拿着土炮和长枪：
“杨清法！你这穷不起的孬种！
滚出来，赶快拿上你的公项。”

草屋里没有声音，
杨清法，一言不发地吃干粮，
末后他慢慢站起高大的身材，
墙上摘下那明晃晃的钢刀：
“真拼命的不要走！谁和我，我和谁！”
他像怒马样地闯出了圆场。

天天包围天天杀，
杨清法穷苦的小屋就是战场，
“别看我杨清法认一个字，
我总得算清你的账！”

---

① 郑作宝是边区县大恶霸。

他就借了个片子混进区公所，
查清了账目回家乡。
第二天，街上饥饿的人民高声叫：
“杨清法不拿，咱们都不拿呵！”
杨清法洪亮地喊一声，
把贪污的恶霸吓得脸干黄。
“骂个誓！谁孬种谁就死在这把钢刀下！
今天，咱们要算清这笔没头账！”

（二）

漫溪河呵！
漫溪河！
你日夜不停地低声唱，
我知道你有多年的悲痛，
要向有良心的人们细细讲；
我知道咱们那英雄杨清法，
一辈子没放下他的刀枪。

鲜血照眼红，
郑作宝奸笑着骂一声：
“他娘的！这伙反叛的小农会，
有的吃黑枣①有的住了大院子②；

---

① 黑枣就是子弹。
② 大院子是监狱。

有的人家去逛逛上海和北平[1]，
就是这又臭又硬的杨清法怪轻松！”
李占标[2]，警察队，流氓和街皮，
这群吃人喝血的坏蛋满街寻，
找不见杨清法的人影，
找不见杨清法的钢刀，
搜遍了漫溪河的两岸，
翻遍了草屋和柴垛。
明晃晃的钢刀在哪里，
哪里就有杨清法的声音；
穷苦受难的人民在哪里，
哪里就有杨清法的住宅。
他住在死了儿子的母亲的眼泪里，
他藏在丈夫被杀的寡妇的哭啼中。

他的钢刀还是明晃晃，
他的声音还是很洪亮，
谁都受到他的安慰，
谁都听到他的呼喊：
“日头不能常不出！
油灯不能常发亮！”

---

① 暴动失败后很多人向上海、北平逃亡。
② 李占标是营长，他镇压暴动。

（三）

漫溪河呵漫溪河，
你日夜不停地低声唱，
我知道你有多年的悲痛，
要向有良心的人们细细讲，
我知道咱们那坚强的杨清法，
他一辈子只掉过一回眼泪。

八路军的队伍第一回进了庄，
碰见一个老头抓住他们的肩膀，
他的身材真高，肩膀好宽，
挎着旧马枪，穿着破衣裳，
他的声音激昂，亲热，洪亮，
他明亮的眼上掉下一颗欢喜的泪珠。

几十挑的鸡蛋送进了医院，
一捆捆的鞋子运到前方，
俊美的姑娘们欢笑着缝军衣，
小老虎似的青年背起了步枪，
到处是春雷样的战歌和欢唱，
到处都亲爱地喊叫杨清法的名字。

“杨清法！你快来当区长！”

他就背起马枪去量地，
蹲在那贪财绅士的地边上，
看一看麦垄，瞧一会谷根，
他心里就开了一张地亩的清单，
那瞒地的绅士羞得红了脸。
“杨清法！你快来打据点！”
他就背起马枪包围了长新桥①，
揍了五个月，冲进据点的大楼，
在过道上砍下七个仇敌的脑袋，
谁也不知道他们怎样夺来的机枪，
谁也不明白他的民兵有几千！

“杨清法，你快来反扫荡”，
他就背起马枪打埋伏，
黑白不停地看守着漫溪河，
五月里天天在庄边打汽车，
六月里卖了他的小牛买子弹，
七月里把小驴又牵到了集上。

（四）

漫溪河呵漫溪河，
你日夜不停地低声唱，

① 长新桥是过去边区县敌人据点。

我知道你有多年的悲痛，
要向有良心的人们细细讲，
我知道你悲哭着咱们的杨清法，
他五十一岁战死在打磨山上。

一九四一年的年月真痛心，
战斗的暴风雨呵，
一阵又一阵，
没有良心的×××[①]，
血洗了咱们漫溪河的家乡，
他是长着一副中国人的脸，
一心屠杀抗战的人。

把大娘吊在梁头上，
把年轻的姊妹强奸在刺刀旁，
活埋了咱们干部一百多，
抢完了咱们最后一块薯，
烧光了咱们最后一根草，
杨清法呵，一夜气得眼睛发了红。

早晨走进寡妇的门，他说：
“男人已经死了别难过，

---

① ×××是坏蛋名字，他带领几千武装屠杀边区县抗日群众。

今天咱们农会替你来锄地！”
晚上抱住青年的头，他说：
“我这份煎饼你吃饱，
今夜咱们拿枪去报仇！”

一年的饥饿和苦战，
那几天打得剩了十八个，
杨清法还是站在咱们的漫溪河！
背着粪筐去打哨兵。
最后一营人把他包围在打磨山，
杨清法呵！老年的热血喷山顶！

漫溪河呵漫溪河，
你日夜不停地悲哭，
我知道你有多年的悲痛，
要向有良心的人们细细讲，
我知道你在歌唱着英雄杨清法，
他一辈子没放下他的钢刀和马枪！

一九四三年春天

选自《杨清法》，东北书店 1947 年 12 月

◇ 黑　鸾

把新的种子带给了香坊

我们住宿在大车店里
一屋子烟尘满院子马粪味
为人民服务这些都算不了啥

小弟弟嘴巴贴着黑绒绳
变成一个老头子
小妹妹穿上红棉袄
好像一个乡下大妞儿
带头的是工人和农民
手举着红旗上的斧头和镰刀
男的是男的女的是女的
有工人有农人有兵也有学生
“白菜心”“单龙过街”“双龙摆尾”
一个花样接着一个花样

新秧歌在香坊头一回表演啦！

香坊从来就没有过这样的繁华
大街上人山人海
看热闹的围成大圆圈
一排挨一排的一排脑袋比一排高
挤呀！挤，看这新鲜的玩艺儿
一个五十多岁老太婆说：
“我活这么大岁数也没看过扭秧歌”
马车夫把车赶进大院来
不拉坐了站在车顶上瞧热闹
人们边看边说好，好，就是天太冷
走一个人来两个人

在送我们联欢晚会上
会区长同志说：
“这次你们来了
确实教育了香坊老百姓
我们要接受它改造本地的旧秧歌”
我们在香坊冰天雪地里
朝太阳播下了新的种子

选自《东北日报》，1947 年 2 月

◇ 傅　丹

沈阳民谣

（一）

“中央军”，白吃饱，
没有事，挖菜窖，
听说八路要来到，
换了便衣向家跑。

（二）

“中央军”，真是凶，
红花绿叶节节空，①
穷人要想有饭吃，
就靠朱德毛泽东！

选自《东北日报》

---

① 红花绿叶节节空，是说蒋家天下一年不如一年，快完蛋了。

◇ 傅永林

激　流

在生之海洋里,
是谁把我那岁月的船舶划过?
在生之激流里,
我那小小的船舶,
究竟能翻起多高浪花,多少浪花?
这茫茫的海洋哟!

我希望,
我希望在生之海洋里,
到处有阻我前进的暗礁,
因为,
这暗礁会使我那船舶翻起更高更多的浪花来,
虽然我知道,这浪花终会消沉到海底。

奔腾吧，生命的浪花，
用你那鲜红的热烈的手，
把消沉在海底的孩子们，冲到海滩上去。
知道吗？
孩子们是怎样地渴望着阳光，
他们都知道，阳光会给他们带来温暖和希望！

怒吼吧！生命的波涛。咆哮吧！生命的浪潮。
震醒那在生之航海中，快要睡死的人们，
让你那壮烈悲愤之声，
响彻到生之海洋中的每一个浪花里去。

选自《东北日报》，1946 年 9 月 7 日

◇鲁　柏

夸地照

一张地照领回家，
全家老少笑哈哈；
团团围住抢着看，
你一言我一语来把地照夸：

长方形，四个角，
宽有八寸长两拃；
雪白的纸上写黑字，
红穗绿叶把边插。

上边印着毛主席像，
四季农忙下边画；
地照本是政委会发，
鲜红的官印左边"卡"。

里面写着名和姓，
地亩多少填分明，
拿到地照心托底，
努力生产多收成。

选自《东北日报》，1948 年 9 月

◇ 鲁　琪

铲地歌

锄头磨得光呵
锄把长又长
一把锄头一把力呵
用在庄稼地。

铲地铲得好呵
没有一根草
蒿子野草都不要呵
单留庄稼苗。
组长铲得快呵
咱们也不赖
你一锄呵
我一锄
你一垄呵

我一垄

一锄一垄

一会就铲一垧地

一锄一垄

一会就铲一垧地！

选自《东北日报》，1948 年 6 月

防御壕带来的灾难[①]

——蒋军罪行记

郑家屯人民的血
修成了你
郑家屯人民的泪
修成了你
你呵！
三千丈长的“防御”壕。

你抱住了郑家屯
你的任务
说是“防御”
为了你
多少人
在枪声里死去
为了你
多少人

① 发表时署名都都，都都是鲁琪曾用笔名之一。——原编者注

在棍棒下哀啼
为了你呵！
田园被占去了
房屋被捣毁了
还说什么“防御”？

四十多天来
由城里
到城外
由清朝
到暮晚
多少人
倒下了
又爬起
爬起
又倒下了
挣扎在风中
雨中
饥饿的火里。
修成了你
你的主子
就依靠了你
依靠你
来维持他们的屠杀
来防御人民的反击。

但是
人民的力量
是一把
永燃不尽的火炬
黑暗,丑恶
都要在他面前死去
你呵!
三千丈长的“防御”壕
有什么用?
如今
你的主子
已在人民力量下
走死逃亡了
除去在你身上
刻下了
那兽性的罪恶
还有什么?
当夕阳斜照
当乌鸦啼过
你的头顶
你呵!
更显得丑陋不堪了。

——六月夜,想起来收复的郑家屯时。

选自《东北日报》,1947 年 7 月

洪　　炉

一、在从前

紧吹风，
添焦炭，
洪炉的火呵！
红又惨。
烤干了我们的肉，
烤尽了我们的汗。
有人问：
为谁辛苦
为谁干哪？
为了几个大钱，
唉！
还挣不上一碗饭。
挣不上一碗饭哪！
孩子、老婆泪涟涟。

吃不上，

穿不上，
一家欢笑
千家冤。
洪炉为我们抱不平，
整日呜呜叫连天。

二、现如今

紧吹风，
添焦炭，
洪炉的火呵！
红又鲜。
大锤一抡叮叮当，
要铁成方又成圆。
都懂得：
自己工厂，
自己干哪！
为了大家幸福，
咳！
要把铁来千锤百炼。
把铁来千锤百炼哪！
要它成材上前线。

吃不愁，
穿不愁，
家家饱暖

万户欢。

洪炉为我们来道喜，

成天不停乐洋洋。

选自《北大荒》，新华书店华东总分店 1950 年 8 月初版

机厂的歌

吹风机，
呜呜响，
红的火呵
照四方。
你看！
老孙手把“瓦斯”
哧哧响，
老刘守着电锤
叮叮当。
吊车（起重机）过来
格朗朗，
叨住机件
稳当当。
推车
来了一趟又一趟，
多少成品装车上。
化铁炉

能吃又能装，
流出铁水
红堂堂。
加小心，
别着忙，
翻砂厂里
倒出零件
一样又一样。

叮叮当，
格朗朗，
开动机器大家忙。
为了新生活，
为了新中国，
大家忙生产，
大家生产忙。

忙生产，生产忙，
机器歌声多响亮。
为什么响亮？
因为来了共产党，
因为工人弟兄
当家得解放！
咕隆隆，

吱溜溜，

忙生产，

生产忙。

一九四九年六月于齐齐哈尔市

选自《北大荒》，新华书店华东总分店1950年8月初版

齐齐哈尔的力量[①]

五万人的拳头,臂膀像铁锤、铁柱一样。
听,
这五万人的齐声歌唱
看,
这满场红色的旗帜飘荡
红色的旗帜
红色的缨枪
红色的五万颗心呵!
(岂止五万颗!)
它们溶结成了一块钢
这块钢呵!
它就有克服一切困苦的力量。
一切为了战争
一切为了前方
胜利已在开始
阴冷的冰块

① 发表时署名都都,都都是鲁琪曾用笔名之一。——原编者注

怎能禁得住
人民的阳光?

要把军队打到哈尔滨、齐齐哈尔的街上
今天他们的军队
真的来了
都端正正地坐在我们的会场
但是他们却丢下了
那杀人的武器
站在人民一起
他们已成立了解放团
要再拿起人民的武器
走上疆场
再打的不是人民
而是那样恶毒的豺狼。

他们今天都有些异样
久别了的笑容
又出现在他们的脸上
受着人民的欢迎
一个个都好似新嫁娘。
在今天的大会上
他们控诉了反动派的毒辣
他们要报仇
要坚决地报仇。

他们也伸出了拳头
也伸出了臂膀
也和齐齐哈尔的人民一起歌唱。

五万人的大会呵！
象征了
齐齐哈尔的力量
力量
充满了齐齐哈尔的胸膛

选自《东北日报》,1947 年 4 月

英勇的爆炸手[①]

——四平攻坚战中一个英雄的故事

你呵！
英勇的爆炸手
为了人民
早已丢掉了恐惧
为了解放
你心中唯有一个“胜利”

四平攻坚战
已进行了七个昼夜
敌人在人民军队的面前
垮下去
我们占了一条街
又一条街。

天近傍晚

① 发表时署名都都，都都是鲁琪曾用笔名之一。——原编者注

队伍在攻打一所楼
那水泥、铁筋
筑成的墙壁，
从窗口、墙洞
到处伸出来
机枪、步枪，
敌人们靠着它
来做最后的挣扎。

你呵！
英勇的爆炸手
愤怒烧红了
你的眼睛
你恨那些无耻的东西
——在人民面前不低头
你说
你一定要炸掉这所楼
叫敌人都死在里头。

七十斤的炸药
背在你的身上
从我们阵地
到敌人的楼下
要跑过一段
三十多米远的开阔地

交叉的火网下
那里是敌人的封锁线
你呵！
却没把它看在眼里。

你向排长做了报告
你又向战友们
做一个微笑。
我们的机枪
愤怒地打着敌人的火口
你开始突进
三十多米远的封锁线
七十斤的炸药
在你背上
轻得像一个小包袱
敌人的枪弹
在你的
脚下
头上
耳边
穿过了你的头发
穿过了你的腋下
但是
你没有停止一步
突过了这条死线

接近了敌人的楼边。

敌人看到了你
就像看见了死亡
吓得手乱脚慌
拼命地丢手榴弹
你把手榴弹
踢开,躲开
你也没有停止一步
但是
不幸一块弹片
打中了你的腰
你倒了下去,
但只一分钟
你又爬了起来,
爬了起来
又倒下了,
弹片打进腰里
使你不能动弹。

“完成任务”
“人民的军队
没有屈服。”
望着就要跑到的楼根
你呵!

英勇的爆炸手
你拔出来刺刀
挖进了你的腰
天哪！
你不是医生
你怎能挖得好？
刺刀
更不是手术刀
可是
你把它挖出来了
——一块大弹片。

英雄的身体
就是一块钢
七十斤的炸药
依然背在你身上
你开始往前爬
血染红了
黄色的军衣
血染红了
黄色的土地
什么你也不想
你只想：
“爬！爬！
爬到敌人楼下

爆炸！爆炸！”

你终于爬到了楼下
靠上了墙壁
喘了口气，
敌人的手榴弹
像下雨
泥、烟、弹片，
和你绞在一起。
你的呼吸有些短促
你的头有些晕迷
你的身上
也许挂了很多花
你呵，却没管它
安上了雷管
你已再也不能动一步了。
炸药堆在身边
引火线握在手里
怎么办？
不能爬开这个地方
只有同炸药一起炸在这里。
拉吧！
就在这里，
怕什么？
为人民争解放

没有死亡，
拉吧！
你把线拉了
你觉得很轻松
你闭上了眼睛
好似看见
那坚固的红楼倒塌了
敌人哭叫了
缴枪了
你的嘴边挂上了微笑。

只几秒钟
炸药响了
在爆炸声中
红楼的墙壁倒了下来
敌人的机枪失去声音
我们的队伍冲上来
一百多敌人缴了枪。

你呵！
英勇的爆炸手
指导员含泪来找你
战友们默默地翻弄着砖石
他们没找到你的身体
但是他们却都找到了你

你在他们的心里

你没有死

你反而活得更有力

你将随着每个战友们

冲上前去

人民的敌人

依然是在你面前垮下去

直到人民最后的胜利。

直到人民最后的胜利

你也不会死的

你呵！

是永远地

永远地

活在人民的心里。

一九四七年七月某夜

选自《东北日报》，1947 年 7 月 12 日

掌权三部唱

一

千年囚笼跳出泥洼塘，
万年荒田播种打了粮。
人民翻身多亏共产党，
多亏共产党啊，
才能把家当。
把家当，
建政权，
政权政权不同样：
从前哪，
政权好比千斤杠：
千斤杠啊地主掌，
压得穷人不安康，
吃不上来穿不上，
妻离子散哭爹娘；
如今啊，
人民国家，

政权人民掌，
当家建政来立法，
为的是，
翻身日子过牢梆。

二

好铁堆里炼出紫金钢，
孔雀群中挑出金凤凰。
穷人翻身多亏共产党，
多亏共产党啊，
才能把家当。
把家当，
来选举，
选举选举要相当，
选举头行不同那寻常；
办事公正好心肠，
领着咱，
兴家立业办法强。

三

万里长城万啊万里长，
大好山河好啊好风光。
人民翻身多亏共产党，
多亏共产党啊，
才能把家当。

把家当，
咱们当，
当家当家不寻常，
紧紧团结打老蒋，
为的是
全国欢乐得解放。

十二月五日于杜尔门沁村

选自《东北日报》，1948 年 12 月

这就是爱情[①]

前面不远就要到了家
你累不累
累了咱们就歇一歇
歇一歇吧
咱俩坐在这块石头上
我有许多话想说
可也想不出说什么
你让我来摸摸你的手
摸摸你断了的胳膊
我去接你
方才在医院里
那么多的人
瞅着我
叫我有点不好意思呢

我今天，真是

① 发表时署名都都，都都是鲁琪曾用笔名之一。——原编者注

说不出来的快活
就好像咱俩成亲的那天
那么乐!
你去打反动派
打了一年多
我在家中纺线生产
忙了半年多
白天纺线多
黑夜梦也多
哪回梦中
都有你
真是,想你都想入了魔!
有时我梦见你回来了
背着枪
骑着马
说把反动派都打光啦
那时你拉着我
笑着对我说
你是战斗英雄
我乐死了
这回咱们该团团圆圆
过过好生活

如今
你真回来了

还真当上
“荣誉军人,战斗英雄”。
你说我怎能不乐
这件事
你光荣
我也光荣
咱们家光荣
咱们村也光荣。

哎,
你一会就会看见
咱们的家
它可不同你走的时候那样
三间小房
也夹上了院墙
屋顶也把新草换上
哎
你不是常说吗?
“有钱难得方便土”
现在
咱们门前有了二亩菜园子
房后又有一垧麦子地
这些呵
都是民主政府给咱的。

我还要告诉你
我也是个纺线模范
全村的妇女
都要向我看齐哪！
我也学会了一些道理
明白了地主的吃喝
都是穷人的血和肉
不把地主打垮
穷人没有路
明白了打倒了反动派
才能保得住田地
保得住家。

你怎么不说话
怎么好像有点难过
唉，
你说
你说呵
告诉我
你为什么不说？
你怕你缺一只胳膊
我会不喜欢吗？
那才胡扯
你看我有多么乐
你是为了国家

为了老百姓
掉啦一只胳膊
那怕什么
有了这样的你
我应当更欢喜
你说是吗？

怎么
你说不是为了这个
那么倒是为了什么
告诉我
不要叫我心里难过
噢！
原来你是为了
再不能上前线
去打反动派才难过
这有什么
我早就想好了
咱们回家
我多多纺线
你多多喂上几口猪
纺线
喂猪
多多生产
咱们区长说

生产就跟打反动派一样

生产弄得越好

反动派死得越早

你还愁什么？

乐吧！

咱们就往回走

看见家

你不知要怎么高兴哪！

七月廿九日

选自《东北日报》，1947 年 8 月

◇ 鲁　群

在农民分地胜利大会上

在农民分地胜利大会上，
两千多支自卫队的红缨枪
枪头上的红缨在空中飘扬，
雄赳赳地站在会场的中央，
这是农民的力量，
这是老百姓的武装。

主席宣布了开会的意义，
说明这不是平凡的一天，
几千年来贫苦人就没有过土地，
共产党领导我们翻身；
领导我们与汉奸特务清算，
在今天真真地实现了耕者有其田。

想起过去流出的血和汗，
完全被那些地主挤净抽干，
我们今天不客气、不迟疑，
来和地主坏蛋们撕破脸。

消灭汉奸大地主，
这群寄生虫竟不劳而获，
农民整年的辛劳，
依然食不饱、衣不暖、房不得住，
向何处去讲？向何处去诉？
老百姓说话的地方只靠民主政府：
我们今天吐露，吐露，
让政府知道我们所受的痛苦。

白胡子老头是农会长，
他会为了量地而日夜奔忙，
地量好了又编制自卫队，
打妥扎枪，动员修围墙，
他说：团结起来吧！保卫我们家乡！
有枪！有墙！看土匪如何跳梁？

农民的脸上展开了笑颜，
分得了土地才能过好日子，
武装起来才有力量，

只要我们认真地干，
只要我们大家不偷懒！

农民们喊起了口号，
毛主席是我们救星，
解放我们的唯有共产党，
团结起来，组织起来，就是力量
让汉奸特务封建地主
和“中央胡子”共同灭亡！
蓝天里白云掩住了太阳，
吹来一丝微风——
精神立刻振爽。

人民的军队为百姓做事
民主政府领导人民翻了身，
牢记着千古遗留下来的
农民被地主剥削的教训
农民要挺起胸脯
来做这新时代的主人。

两千多支自卫队的红缨枪，
枪头上的红缨在空中飘扬
有秩序地走出了会场
这是农民的力量，

这是老百姓的武装。

八月十三日于勃利

选自《东北日报》,1946 年 10 月

◇ 谢力鸣

廉二嫂

廉二嫂，
廉二嫂，
上炕剪子下炕刀，
家里家外全能行，
公公婆婆都夸好。

廉二嫂名叫纪莲花，
河里的莲花可不如她。
莲花开花一阵红，
廉二嫂四季都劳动。
莲花开花水皮漂，
廉二嫂干活在山腰。
莲花扎根在水里，
廉二嫂的美名在人嘴里。

廉二嫂，
廉二嫂，
一朵红花，
出在新金[1]于和尚庙。

廉二嫂生在贫寒家，
光知道干活不会瞎巴巴[2]。
丈夫参军上前线，
地里的活计自己干。
公公本是个老木匠，
种起地来不如她强。
她在前头把窝刨，
公公在后头把种撂，
刨完一垄回头瞧，
公公还在垄当腰。
刨完一块地四下看，
公公正在地中间，
她的胳膊还没酸，
公公累了一头汗。
她的手上正有劲，
公公累得打颤颤。
不是公公孬，

① “新金”现为辽宁省大连市普兰店区。
② “瞎巴巴”是新金一带土话，就是说空话的意思。

是廉二嫂的活计好。

活计好，

心眼巧，

想了个办法真是妙：

她到山上去捞[①]地，

扔下小孩子没依靠。

怀抱小孩赶牲口，

害怕牲口不走正道。

把小孩放在地头上，

又怕虫子把他咬。

左思右想，

有了主张：

搁在捞[②]上，

他又玩又唱。

牲口在前头走，

小孩在捞上啃手。

牲口在前头叫，

小孩在捞上笑。

拐弯他不吵，

抹角他不闹。

上坡他不动，

下坡他不掉，

---

① “捞”读去声，此处把这个字当作动词用，就是“拉”的意思。

② “捞”也读去声，此处把这个字当作名词用，是一种种地用的工具。

你看这办法好不好。

好！
活计好，
比不了！
年轻的小伙子把指头翘。
修坝没有人家快，
捣粪没有人家好。
年轻的小伙子能扶犁，
人家可也不差次①。
吆吆喝喝把地蹚，
鞭子犁杖一齐响，
响声传得远，
这山传那山。
响声传得快，
大人传小孩，
小孩传媳妇，
媳妇传给老太太。
村中妇女都来看，
村中妇女都称赞。
光说不能算，
扔下烟袋快上山。

---

① “次”读为“气”。

廉二嫂，

廉二嫂，

上炕剪子下炕刀，

女儿做了男儿事，

丈夫听了也必夸好。

选自《文学战线》,1949 年 6 月第 2 卷第 4 期

◇ 谢挺宇

八月十五

八月十五，
我们的沈阳解放了，
这是光明的日子！
伟大的苏联红军，
百战百胜的队伍，
从天空，
从原野，
威武地进来，
驱逐了吃人的野兽，
解除了我们的痛苦！
八月十五，
这是我们胜利的日子！
我们忘不了“九一八”的耻辱和十四年的苦难。
我们从死的地方活过来了，

有了自由，

有了民主，

我们不愿再做奴隶了，

我们要胜利到底！

选自《东北日报》，1946 年 12 月

寄江南

我就要回来了，
妈妈！
十多年来——
你不知道你儿子在哪里，
也不知道你儿子生或死。
我不敢想象：
你是怎样的痛苦。
也不知道：
你还活在人间或已逝世。
更不用问：
你愁白了多少头发，
流了多少悲切的眼泪？

我就要回来了，
爸爸！
你只知道你儿子是抗日的，
他坚决地离开了家庭。
但不知道：

你儿子更忠于
全人类的解放，
为了一个没有阶级的社会，
把一切都呈献于劳动人民。
他不避一切的苦难与艰辛，
决不是为了扬名显亲，
你也许会埋怨他的无情，
他许多年来，
没有给你一个音讯。

我就要回来了，
在江南的爸爸、妈妈！
还有我叫不出名字的
叔叔、大爷、兄弟、姊妹们
你们的非常的痛苦，
永远埋在我的心里。
你们长期地
担负着过重的灾难，
你们无比的热情，
盼望着人民解放军的来临……

我就要回来了，
在伟大的毛泽东主席的领导下，
随着英勇的人民解放军。
现在，我们无比的强大，

没有任何人，
再能阻挠革命的前进：
我们从寒冷的黑龙江，
渡过汹涌的黄河，
再从辽阔的长江，
渡过明媚的珠江，
谁敢抵抗，
我们就彻底歼灭他！
我们要在法西斯的狗窝里，
找出罪恶的战犯，
要把美帝国主义的侵略势力，
全部赶出中国！

我就要回来了，
在鲜艳的红旗下，
跟随着光荣的人民解放军。
妈妈：我希望你活着呵！
爸爸：你再不会责怪我的坚决吧！
父老们：你们会高兴……
用你们的勤劳
培养出来的子弟，
又光荣地回来了。
年轻的兄弟姊妹们：
你们的心，
会像春季的百花似的怒放吧！

不久的将来，
在温柔的江南，
就在解放了的土地上，
再听不到贫困的呻吟；
在黑暗的夜晚，
再不会用冒烟的菜油灯，
电力联系着一切的城市，
和偏僻的乡村。
原野上轰响着无数的拖拉机，
翻动着无边的五谷。
祖国的上空，
再看不见侵略者的星条旗。
哈，那时候，
中国人民彻底翻了身，
全人类的解放也有了保证！

一九四九年一月二十四日

选自《文学战线》，1949 年 3 月第 2 卷第 1 期

◇ 谢　树

人民的老功臣陈绍新

赶紧去报个喜信，
老同志陈绍新，
做了人民功臣。

庆功大会上，
首长夸奖你：
四十一岁参加革命到如今，
十五年来茹苦含辛；
你没计较过自个的地位高低，
只一心抚育着小娃娃长大成人。

同志们尊敬你
劳动人民的好品行——
勤劳动。

过半夜两点钟起来去开地，
连老乡都说：
这老头真像个好庄稼人！
没见过你这样细作，
旧衣裳舍不得下身，
一块块新补绽，
缝在袖口、后背、前大襟。
首长批准你吃中灶饭，
你不肯，
你说：
“前方牺牲流血呢，
后方我要多多节约，
支援前线要紧！”

我们敬爱的陈同志，
你是革命的老功臣，
千百万人民的功臣。

选自《东北日报》副刊，1946 年 1 月 23 日

◇ 蓝　辛

农安附近的庄村

一列列整齐的草房
房前后的秫秸垛四四方方
门前堆起了粪堆
门旁的　正晒着太阳
大户人家周围拉起了铁丝网
小户人家用塔头（一种水草根）砌成了墙
地里是起伏的垄沟
望不到一片生荒
弯曲的柳树
高耸的白杨
还有那长满了毛毛狗的树毛子
也都成了行

这样好房屋

这样好地方
都怪国民党坏心肠
逼着穷人去把保安队自卫团来当

高高低低不攀配
穷小子怎能和有钱人一样
老乡们心明亮
时时刻刻拿主张
只等八路来
就跟他们算总账
就跟他们算总账

选自《东北日报》,1947 年 5 月

◇虞　丹

谁是咱们的敌人

是谁把枪炮对准了四平！
是谁摧毁了人民的家？
是谁把自卫军的血液当作饮料？
是谁迫走了保卫人民的守兵？

在四平，
自卫军用着茧手帮助老乡
——耕种了十四年没翻过的菜田。
填平了门前的陷阱，
烟囱长了尾巴，
破衣裳洗去了灰尘，
老乡们歌唱着翻身。

可是

反动派的炮火轰翻了田园
屋顶给炮弹打穿，
农具在院子里遗留残形，
欢乐要走了，
剩下的，孩子和母亲们涕零。

我们看见了，
“中央”的国军是害国民！
接收大人来的，
却是摧残咱们的性命，
破坏咱们百姓的安宁！

我们认清了，
谁是咱们的仇敌，
谁是咱们的救星。
咱们要生活，
一定把拳头朝着敌人拼。

选自《东北日报》，1946 年 6 月

吐苦水

——记战士张自禄

一

提起来呀！
鼻根发酸，
旧社会里二十年，
咱是哑子吃黄连。

过去，
咱泪往肚里淌；
今天，
有了靠山共产党。

人不伤心不落泪，
“革命军人”哭啥呢？
咱告诉你：
受欺的孩儿见了娘，
扑到怀里哭一场，

咱呀见了共产党，
就和这一样。

二

八岁雇到财主家，
“小少爷”玩耍咱陪他，
瘦胳膊抱他胖屁股，
空肚子喂他饱肚肠。

热喷喷的油饼香又香，
引来了黄狗把它抢，
“小少爷”尖声哭又嚷，
内掌柜的诬咱嘴巴馋，
胳膊粗的棒头朝咱打。

红红的木炭冒火星，
掌柜的钳来上苦刑，
薄嫩的嘴唇烙得吱吱响，
痛得咱心也紧、肉也紧，
眼睛冒金星。

塞住的嘴巴哭不出声，
一股股眼泪像雨淋，
掌柜的白楞一对狼眼睛，
吓唬咱不让告诉人。

一天回家咱哥哥问，
话到口边不敢告诉亲人，
咬一咬烂嘴唇撒个谎，
说了三字："上火啦……"

三

眼泪泡到十二岁，
当猪倌进了孙家门。
后脚跨出阎王殿，
前脚又进了鬼门关。

三九天里贼拉冷，
雪如箭，风像针，
东家热炕头上裹皮袄；
咱披片麻袋四野里奔。

炕上人不知炕下人的苦，
有钱人哪把穷人放在心；
东家热被窝里睡大觉，
咱赶猪仔上河套。

冰天雪地冷扎骨，
咱双脚没挂半片布，
手脚冻得紫又烂，
走平路就像上刀山。

趁着猪仔才拉屎，
伸脚猪屎里求温暖，
踩过了这堆换那堆，
踩过的猪屎结成了冰团。

四

小掌柜冷饭里拌下盐，
咱扒上一口苦涩咸，
顺嘴吐出了一口饭，
掌柜的就举起了皮鞭。

那坏蛋“头顶上长疮，
脚底板淌脓”坏透了：
又给咱碗里掺辣椒，
辣得咱眼里淌泪，
心里直发烧。
咽不下喉头也不敢吐，
喝一瓢冷水，
和着眼泪往肚里浇……

五

滥碱地长大芦苇草，
十七年来苦煎熬，
老刘家当了个半拉子，
披星戴月贪黑起大早，

睡的潮湿地，
吃的霉烂粮，
铁打的身板也受不了。

有病不给一口药，
“随工折价”来剥削，
一天不给八毛钱，
扣工硬用两元算，
做了一年牛马活，
反倒欠了他的钱……

六

咱人小心不蒙，
早看透了地主的狼心驴肝肺，
他们不杀穷人富不了，
他们没有穷人活不了！

田禾要壮勤铲草，
穷人要翻身，
先要把地主、狗腿子
统统都打倒！

选自《东北日报》，1947 年 8 月

◇ 锦　清

铁树开花

铁树开花

铁树开了花呀
开呀么开了花
哑巴说了话呀
说呀么说了话
你看那天空中
红灯儿高高挂
照得咱们脸通红
一个个乐呀乐呀乐哈哈

祖先的血和汗呀
一滴滴落在地垄上
地垄是东家的

今儿个土地归了咱呀
地垄上开遍了大红花
开遍了大红花

唢呐吹起来呀
秧歌闹起来呀
红绸子手绢抛得高呀
绿缎子摆裙飘呀飘
这是咱们的天下啦
哑巴说了话
穷人家谁不笑哈哈

苦　情

天上的星星呀
数也数不清
咱们的苦情呀
说也说不尽

那一年
民国三十二年九月天
咱辛辛苦苦打下的粮
出荷出尽了
出荷出尽了
大街上
男女老少跪成行

苦苦地哀告到村长
“你老人家发发慈悲
咱们这里把头来磕。”

那老东西把胡子一抹
“家雀不种地都饿不死
你们还会饿死么?”

天气越冷风越紧
人越有钱心越狠
咱们哀告也白瞎
咱们磕头也白搭

就在那一年呀
十冬腊月天呀
灶坑没柴不冒烟呀
孩子饿得直叫唤

左手端瓢借呀
右手端瓢借
今天借米明天借呀
借到哪天是个完

孩子死时没衣穿呀
婆母死时破席卷

草草潦潦埋荒郊
月亮东升狼吃狗来掏

哪辈子的冤来哪辈子的孽呀
前辈子宰牛前辈子的罪呀

天上的星星呀
数也数不清
咱们的苦情呀
说也说不尽

欠债还债　杀人偿命

千斤的大石压在身
嗨嗨
咱们要翻身
无边的大海深又深
嗨嗨
仇恨要洗清

今天哪今天
千万只拳头举在天
扎枪指着你鼻子尖
就是你
就是你
抢走了咱们的粮食

咱们挨饿你发财
咱们吃糠你宴会

就是你
就是你
逼死人命不眨眼
逼死人命不眨眼
穷人性命不值钱
穷人性命这样贱

就是你
就是你
挑兵拉走我掌柜
我儿子当劳工永不得回
咱们涂炭你发财
咱们家败你升官

就是你
咱们身上的毒刺
咱们屯里的王侯
冤有头
债有主
咬你不解恨
割你不够本
欠债还债

杀人偿命

欠债还债

杀人偿命

一杆红旗随风扬

嗨嗨随风扬

我们的口号连天响

嗨嗨连天响

人民公敌跪在地

咱们向他端起枪

嗨嗨

咱们向他端起枪

人命跟地走

“嗳　我说老王大哥

啥事儿喜笑颜开

想必是家有贵客”

“老兄弟　你听我言

这件事儿比来贵客还喜欢”

“老王大哥　想必是

大嫂子生下了个胖小子”

“老兄弟　你别急

让我细细告诉你
昨天咱们分了地
头等地我劈到了二垧几
垄头长　地头短
苞米高粱能打五石几”

“老兄弟　你笑眯眯
红光满面准是也有喜
莫非是谁家闺女
许配给了你这个壮小子”

“老王大哥　你别开玩笑
穷光棍哪能娶得起
媳妇的事往后提
命根子还是放在第一”

“前天农会讨论分地
给我多劈一份安家地”

“春天的太阳暖洋洋
共产党来到了咱家乡
今天咱们翻了身
地照拿在咱手里”

“往年租地多不易

又磕头来又作揖
租下一垧山岗地
租子就要一石几”

“穷隔穷来富隔富
榜青隔的是租地户
打下粮食对半分
一手养活自己来
一手养活地主”

“从今后
咱种自个的地
不交租来不出荷
不用磕头不受气
咱的地——命根子
谁要夺咱命根子
咱就和他拼到底
咱就和他拼到底”

丰衣足食

春风那个吹呀吹得高
人人那个脸上呀都欢笑
一步步迈来一步步走
前边就到了咱的地垄头

咱的地垄长呀
咱的地垄好
若不是共产党呀
咱做梦也想不到

清明到谷雨
农具拾掇好
插犋开犁来换工呀
赶紧把地种

大田种粮食呀
地头种线麻
黄烟种几亩
土豆茄子捎带大倭瓜

老爷们忙下地
老娘们家务忙
编炕席纳鞋底呀
做饭喂鸡捎带养猪羊

生产不分男和女
劳动不分你与咱
赶明儿大囤堆来小囤满呢
一家大小喜洋洋
春风那个吹呀吹得高

人人那个脸上呀多欢笑
有房有地多劳动
苦日子去了,好日子来到

点　豆

五粒红豆儿呀
滴溜滴溜地转
眼瞅着人堆儿哪
心里面儿核算

你瞧老杨头
闭着眼睛低着头
他说话有根　办事公正
正好做咱们的头行人
一粒豆子得儿点在他碗里

你看那老疙瘩
红着脖子龇着牙
他年轻心正又勇敢
正好做个基干队长
一粒豆子得儿点在他碗里

还有那刘老大
正经八百的庄稼汉
干起活来一个能顶仨

为咱们办事最能干
一粒豆子得儿点在他碗里

张家老三笑眯眯
今天他像个小闺女
斗争大会他站在头里
对地主一点也不客气
一粒豆子得儿点在他碗里

五颗豆子剩一粒
心里仔细来合计
沙里淘金挑好人
人上拔人数咱老陈
末了这豆子得儿点在他碗里

喇叭呜啦啦地吹呀
锣鼓得隆隆地打
五朵大红花呀
在咱们头行人的胸前挂

坚决打垮他

大伙儿听呀
晴天里起了一声霹雷
一片乌云遮住了半边天

国民党　狗狼心
一心跟咱们做仇人
拿着美国枪
扛着美国炮
引来美国兵
要立“二满洲”

咱们种下的庄稼
不能叫他来糟蹋
咱们建立的新天地
咱们要誓死保卫它

保卫它　保卫它
年轻力壮的哥儿们
你也参加　我也参加
挎起快枪
扛起扎枪
抬起担架
上前线那个上前线
上前线那个上前线
打得那国民党地上爬
打得那国民党地上爬

选自《东北文艺》，1947 年 8 月第 2 卷第 2 期

◇ 溥

诉苦报仇

海样深的苦，
海样深的仇，
一代又一代啊，
哪年哪月才到头？
仇要报，苦要诉，
要诉苦来要报仇！
咱们穷棒子一条心，
抱个团体结成队，
跟那反动派干到底啊，
此仇不报誓不休！
我这一辈报不了，
还有我下一辈！

选自《东北日报》，1946 年 11 月

整军歌

人民军队人民军，
全心全意为人民；
整整一年打土匪，
打完土匪要整训：
整一整，坏蛋特务你请滚！
整两整，连队充实作战狠；
整三整，投弹射击样样成；
整四整，一枪一个枪枪准；
整五整，懂得作战为了甚；
整六整，军事政治样样精。
哪怕他国民党反动派，
你来进攻吧！
不把你斫成肉酱，
才算你是个好龟孙！

选自《东北日报》，1946 年 11 月

◇ 褚　嘉

山羊坡

——记一个诉苦会上的解放战士

山羊坡，山羊坡
山羊坡下一条河。
岸上的房子廿多家，
七坍八漏五撮塌。
家家没米少烟火，
大人小孩赤裸裸。

村头的大户本姓宝，
高高的垣墙一丈六。
砖房瓦盖玻璃窗，
金银满柜粮满仓。
牛羊成群猪满圈，
鸡鸭鹅狗闹一片。

大少的县署里当警尉，
二少的省里当翻译。
听说三小子留东洋，
三媳妇娶的日本姑娘。
老疙瘩是阔少爷，
大学堂里念“子曰”。

保长今年五十三，
四太太房中抽大烟。
旧中国的时候当保长，
好地霸占七百垧。
日本子来了他会“溜须”，
筱玉是参事官的干闺女，

山高皇帝远，日本子不愿管，
这地方他为王，家家给纳粮。
春天里来刮东风，
山羊坡上草青青。
羊儿吃饱跑又跳，
羊倌饿得肚子叫。
放羊的孩子王小栓，
过了去年才十三。

爷爷累死没棺材，
欠下保长廿元的债。

前年腊月廿九，
爸爸去交租差了半斗。
扒下靰鞡就推出去，
又说了过年别种我的地。
大年初一揭不开锅，
爸爸着急又上火。
东方发白天放亮，
爸爸病死在炕头上。
妈妈没等小鸡叫，
歪脖小树上了吊。

保长来了他发脾气，
今儿个把尸首给拖出去。
记得那年我十一，
逼着我给上工去。
夏天里天长太阳毒，
山羊坡上草色绿。
羊儿吃得胖又肥，
小栓饿得瘦又黑。

那天山上来了狼，
叼去一只小山羊。
保长说"土里土鳖"你窝囊废，
脚踢拳打挨了一天跪。
他说"羊毛出在羊身上"，

扣你五个月的劳金顶只羊。

妈妈的坟上哭了一会儿，
不知不觉打了个盹。
妈妈抱着我流眼泪，
我的孩子可活遭罪。
爸爸抱住我眼泪流，
赶明儿给爹去报仇。

刚想诉诉我的委曲，
一梦醒来天色黑。
揸揸眼泪看看坟，
赶着羊儿回了村。

秋季里来秋风凉，
山羊坡上草色黄，
羊儿吃得肥又胖，
小栓瘦得身打晃。

白天放羊夜打更，
喂猪挑水不算工。
泔水缸的浮头漂层油，
我吃的剩饭凉稀粥。

那天筱玉晒衣裳，

刮掉我捡搭在绳上。
筱玉骂我黑爪子，
一巴掌打我个“前扒子”。

蒺藜子扎脚冒鲜血，
谁能给我做双鞋。
想起爹妈心里难，
一肚子苦水流不完。

冬天里来雪花飞，
山羊坡上一片白。
羊在圈里我去割草，
羊儿若是瘦了我活不了。

天天冻得我直打战，
保长说我竟装蒜。
破袄和我三块三，
一年不够还很“短”钱。
井台上冰厚打“出溜滑”，
摔打磕掉了一个牙。

到了年底一算账，
过年上秋也还不上。
保长过年喜洋洋，
小栓过年泪汪汪。

一年一年又一年，
年年“饥荒”还不完。
“满洲国”倒了，
日本子跑了，
我心里捉摸“这许是好了”。

二少的省里回来了信，
什么接收大员去上任。
大少的汉奸还得了赏，
“中央”封他当营长。
屯子里来了“中央军”，
吓得家家关上了门。
打粳米骂白面，
看见老太太就要鸡蛋。
又杀人又强奸，
逼得寡妇井里头钻。
王打头的女儿刚十六，
活活弄死在大门后。
又抓兵又抢粮，
弄得鸡飞狗跳墙，
个个好似活阎王。

保长乐得闭不上牙，
“中央”和咱们是一家，
美国是咱们的亲爸爸，

穷人个个都该杀。

小栓没钱也没势力，
就被抓去当炮灰。
解放的战士王小栓，
诉苦会上说了一天。
若不幸亏当了俘虏，
小命早见了“阎老五”。
今天我认识了共产党，
苦命的孩子找着了娘。

穷人跟着穷人走。
吃自己的饭，
流自己的汗，
自己队伍里头我好好干。

蒋管区的穷人眼巴巴地望，
等着咱们去解放。

揸揸枪杆揸揸泪，
快快打到南京去，
给咱们穷人报冤仇。

选自《文学战线》，1948 年 7 月创刊号

甜瓜香

甜香瓜，香瓜甜，
吃瓜容易卖瓜难，
种瓜的老头更可怜。

长街喊，小巷叫，
我的甜瓜真正好啊！
瓤儿红，籽儿黄，

甜瓜酥脆赛白糖，
吃一口来喷喷香啊！
不信你买一个先尝尝。

嗳！
甜香瓜，甜香瓜，
一个鸡蛋能换三啊！
贱卖来，甜香瓜啊！！

甜香瓜，香瓜甜，

香瓜不甜不要钱啊！
香瓜来，香瓜来！！

种瓜的，更是难，
一年一年赚不着钱。

沙土地，一垧三，
八亩甜瓜五亩烟。

一棵棵种，一棵棵栽，
一棵棵培土，一垧垧埋，
一天一天盼花开。

瓜窝棚搭在坟圈边，
白杨萧萧夜生寒，
通宵困乏不能眠。

蚊虫咬，瞎蝉叮，
白天黑夜守在瓜地中。

后打叶子先掐尖，
一蹲一起一身汗，
眼睛冒花腰杆酸。

花开花落结成瓜，

老头心里笑哈哈，
一筐一筐往外发。

甜瓜眼看罢了园，
种瓜的心里打算盘，
通通能卖上多少钱？

送礼得花二千五，
地租去上一万三，
剩下的是“无几”几个钱。

五尺大布一斤花，
还得买双皮靰鞡，
今年一年又白搭。

老刘活了一辈子，
种瓜种了一辈子，
好活干了一辈子，

好罪受了一辈子。
一把露水一把泥，
已往的事情不愿提。

老家山东济南府，
祖祖辈辈侍弄土。

宣统登基二年半，
山东地方遭荒旱，
接连着军阀大混战，
黎民百姓可遭涂炭。

山西不是阎老西吗？
山东就属韩山东。

提起韩山东，
人人脑袋疼。

上至韩复榘，
下至土绅士，
地皮刮个干净，
百姓杀得数不清。

古语说：
“树挪死，人挪活，
换换地方求生活。”

都说是东北好地方，
遍地黄金遍地粮，
满山牛马满山羊。

咱们就——

一条扁担两个筐，
一头是孩子一头糠，
后面跟着孩子的娘。

人不熟，地又生，
讨一程，走一程，
全家三口跑关东。

逃荒的难民真不易，
蹲了两个月的露天地。

三根椽子一根梁，
马架子一面靠山墙，
盖在人家的地皮上。

房子是自己修，
力量是自己出，
还得给人家出房租。

我大小子要有卅五了，
民国三十一年入了伍，
活活打死在日本人的手。

二小子解放的头一年冬，
“伪满国境”去做劳工，

冻饿死在万人坑。

那年初冬刚上冻，
全家又摊上了窝子病，
没吃又没烧，
冬天苦难熬。

想到那财主人家借点粮，
深房大院狗如狼。

穷朋友家里有点米，
癞蛤蟆打蝇子“将供嘴”。

屋子冷得像冰窖，
浑身冻得起大泡。

官相官，民相民，
只有穷人才相穷人。

老李帮我半斗米，
老胡给我五升糠，
全家这才度“饥荒”。

惊蛰乌鸦叫，
小满雀来全，

总算过了鬼门关。

沙地又租了一垧三，
八亩甜瓜五亩烟。

一年一年拼命干，
一年一年吃不饱饭。

年年饥荒还不完，
年年眼泪流不完。

同志！你看我，
背累驼，腰累弯，
还是两手攥空拳。

我就想：
天下的道理是一个理？
天下的乌鸦是一般黑？
穷人到哪儿也受罪??
世界上难道没真理???

没成想：
霹雷一声响满天，
东洋鬼子完了蛋，
东北来了共产党，

领导穷人把身翻，
东北这才晴了天。

斗恶霸，抓汉奸，
劳动人民掌大权，
各个地方闹清算。

同志你别看我老，
工作积极带头搞，
大伙都说我做得好。

你看我现在——
三间平房两口柜，
房西三垧黑土地。

两条红牾牛，
一辆花轱辘车。
只要我动弹，
不愁吃和穿。

昨天区上喜报送家中，
三小子前方立大功。

全家生产一齐忙，
支援前线打老蒋，

全国眼看就解放。

一九四八年七月于哈尔滨

选自《文学战线》，第 2 卷第 2 期

◇ 赫忠安

我是这样想

谁抗战八年,我就永远敬重谁,
谁解放东北,我就永远感谢谁,
谁实行民主,我就拥护谁,
谁主张和平,我就跟着谁,
敌人侵略不抵抗的,是我仇人,
扰乱旁人自由的,是我的敌人,
维护专制独裁的,是我反对的人,
拿外国武器打内战的,那简直就不是人!

选自《东北日报》,1946 年 9 月

◇ 蔡天心

仇恨的火焰

仇恨燃烧着，
像火一样烧灼着广阔的土地。
听啊——
大凌河在狂呼，
辽河在咆哮，
松花江在怒吼，
在许多城市和乡村里，
哪儿出现反动派的鬼影，
哪儿就堆成愤怒的山，
哪儿有敌人的迹踪，
哪儿就燃起仇恨的火焰……
千百万觉醒了的群众，
掀起巨大的狂澜，

抵抗着国民党反动军的屠杀，
那黑暗的侵袭。
民主联军啊！
这英雄的队伍，
这支百炼成钢的战士，
他们为着人民的权利，
在美国弹药的硝烟里，
顽强战斗，反复冲击，
“赶走敌人呵，
赶快消灭它！”
这仇恨的喊声，
是人民的意志，
是进军的命令，
是冲锋的口号，
是战斗的决心！
……
于是，在山头上，在乡村里，
在通往城市的大道旁，
在铁路联络点的车站附近，
展开了激烈的战斗。

敌人一个营，两个营，一个团，两个团，
被粉碎了！
胜利的捷报，

长上了翅膀。
人们在电话里传告，
火红的文字在街道的墙壁上张贴，
迅速地，传遍了，
它是怎样激动着人民的喜悦。
“赶走敌人啊，
赶快消灭它！”
我们要
用剪刀剪断敌人的咽喉，
用斧头砍下他们的头颅，
用长矛刺穿他们的胸脯，
用棍棒打折他们的脚胫，
用地雷炸弹毁灭他们，
用从他们手里夺过来的武器，
打垮他们，
然后用铁镐把他们埋掉！

我们要用生命，用鲜血，
保卫这自由解放的土地，
不让反动派停留！

“赶走敌人啊，
赶快消灭它！”
让这充满着力量和胜利的声音，

随同捷报传播开去，

让千百万颗愤怒的心，

燃起

仇恨的火焰！

一九四六年六月

选自《东北日报》，1946 年 7 月 30 日

在伟大的毛泽东召唤中前进

在解放了的土地上，
从黎明的东方，
朝霞，
像一面红旗，
展开在自由的天空里。

这儿，城市的居民，
这儿，村庄的百姓，
都在欢乐吧，
迎接初升的太阳，
它强烈、温暖、明亮，
一下子腾起了，
万丈光芒。

二十多年，
这悠长的岁月呵！
我们苦难深重的民族，
用自己的生命、头颅，

从战斗中走过。
我们，
在伟大的毛泽东率领下，
一刻不停地，
跟敌人奋战，
我们从黑暗中找到光明，
从艰苦里赢得了胜利。

我们爱人民，
爱土地，
爱自由，
爱真理，
人民，是我们的母亲。
保卫她，是我们最大的荣耀。

我们响应，
毛主席热情的号召，
“军队向前进”。
去实现党中央
科学的预言：
二年左右，
我们要
从根本上消灭
美帝国主义者，
用金元豢养的

走狗。
我们，
用雄壮的步伐，
向全面胜利迈进！

我们的红旗飘扬，
我们的刺刀闪亮，
我们的手榴弹爆炸，
我们的机关枪鸣响，
我们会合，
各解放区兄弟兵团，
浩浩荡荡，
下江南，
把反动王朝，
一扫光。

我们要把红旗插在美式的坦克上，
把红旗插在缴获敌人的大炮上。
我们向南京，
向上海，向武汉，
向江西，湖南，四川，
向福建，两广，
那儿有我们十几年前的老苏区，
有通南巴、海陆丰……
那儿有我们仇恨的记忆。

那儿有我们的爹娘，
妻子和儿女……
也有我们战斗过的血迹。
我们要打回老家，
为死者复仇，
为生者申冤、吐气。
我们给乡村带来自由、幸福；
给城市带来和平与繁荣。

看呵！
人民在欢笑，
来迎接，
我们——毛泽东的队伍。

全中国
到处
燃烧着
革命的烈火，
到处
欢声雷动，
到处
是沸腾起来的生活。

我们要把
毛主席的著作，

——革命的真理
大量印发。
把解放军宣言
和五一口号,
写遍所有城市和乡村的
墙壁。
把土地法大纲
和城市政策
广泛宣传。
让全中国
一切劳动人民,
工人、农民、知识分子
和工商业者,都明白、了解。

如今,
是太阳普照
全中国的时候了,
我们要完成这壮丽的
英雄事业,
来迎接伟大的,
人民的中国。

选自《东北日报》,1949年1月18日

◇ 蔺　辛

蒋管区贫农歌

我们的生活像老牛
天天拖着犁杖走
饥饿寒冷都不怕
只怕剥削者　鞭子抽
从早晨做到黄昏后
从小孩做到白了头
艰难困苦向谁说
眼泪只往肚里流
剥削者们吃与穿
都是我们心头肉

选自《东北日报》,1946 年 12 月

◇ 管　桦

送　葬

——记一个倔强的老人

深夜
风撕打着
天在落雪
天在落雪了

在这冻裂了坚硬的大路上
抬着我们的老人
向旷野走去

慢一点走，啊，慢一点走
不要碰着棺材
惊动了我们的老人

慢一点走，啊，慢一点走

不要跌倒
死者一生未曾跌倒过

深夜
风撕打着
天在落雪
天在落雪了
猫头鹰在林中叫得森人
风在连山中号啕
不要怕
怕什么
在我们跟前有着这样一个英雄

一个宁折不屈的英雄
一个铁打的汉子
日本强盗
用烧红的铁筷子
扎他的脊背
一根木棍登上人个人
在他腿肚上滚动
逼他在人群里认出
哪个是八路军

我们倔强的老人哟
胡子根根倒竖起来
伸着他颤抖的双手

这老手
像鹰一样的老手
奔上去,一直奔上去
要把敌人撕碎

然而,他被射中了一弹
像一棵巨大的老树般地栽倒地上
胸膛紧紧贴着这冰冷的地面死去了

这是多么倔强的老人哟
敌人也不能不赞叹
——好一个倔强的汉子

天在落雪
天仍在落雪啊
道路被遮盖了,

慢一点走,啊,慢一点走
不远了
那片乌黑树林后面
人们为他挖着坑
看那飞溅的火星
土地冻得太坚硬了

不要问老人生长何处
就在这道乡河岸

不要问老人的出身
他是个穷苦的庄稼人
不要问老人的名姓
他的名字就叫郭振东

慢一点走，啊，慢一点走
不要跌倒了我们的老人
我们可敬爱的老人

选自《东北日报》，1946 年 9 月

一个老人的歌

一

常家庄，
有个常老汉，
胡子白如霜，
身穿破衣衫。
每日里，到庄前，
大路旁边走一遍。
路上车马多，
来往人不断，
问声路行人：
“可见我那儿子常秀全？”
行人摇头：“不知道！”
老汉眼泪线串掉。

话说两年前，
一天夜已晚，
老汉父子将睡觉，

街上狗咬闹吵吵。

地主金保长，
带领“种殃”军，
又来抓兵到常村，
听那前门巴巴响，
老汉心着慌，
儿子常秀全，
跳墙逃走离家园，
从此不回还。
地主金保长，
三天两日来催命，
赶着老汉去修工。
老汉手脚慢，
铁镐拿不动，
可恨“种殃”军，
大骂：“老奴才！”
鞭棍打下来。

儿子没有了，
地里无人去照料，
遍地黄花野草高，
到秋天，
粮食收不到，
吃些糙糠和野草。

老汉瘦得不像人，
皮包骨，骨连筋，
眼窝塌下酒盅儿深。

地主租子催得紧，
蒋匪要款又派捐。
钱粮哪里有？
砸了骨头也交不够。
保长狠心下毒手！
拔走老汉的锅，
端走老汉的盆，
撵出老汉常家门。
没家没业怎么活？
白天讨口稀汤喝，
夜晚破庙里卧，
雨水打，冷风吹，
冬天盖着雪花睡。

二

一天早晨，
东方太阳红，
老汉正睡在破庙中。
树上喜鹊呱呱叫，
老汉睡不着，
推开庙门街上瞧，

吓了一大跳。

大队兵马灌满街，
老汉想躲躲不迭。
站在门口细揣摸，
都是年轻壮小伙。
这样队伍没见过，
买卖公平，
说话和气，
个个都仁义。

老汉正发愣，
眼前过来一个兵，
啊哈呀！
莫不是老天开了眼，
送来儿子常秀全！

自从那日逃走离家门，
流落他乡无投奔，
十冬腊月大雪纷纷下，
棉袄不抵个破单褂，
水米不进肚子饿，
脑袋一大倒在大雪窝。

远远飞来两匹马，

鞭敲环镫哗啦啦。
忽见一人倒在路旁边，
急忙收缰跳下鞍，
摸摸心口还温热，
上马把人抱在怀，
加鞭奔进村里来。

秀全躺在炕上睁开眼，
救命人儿坐身边。
先给一碗水，
再倒炒米一大碗，
水足饭饱精神好，
救命人儿开言道：
“快快把家还，
免得亲人多挂念！”

秀全闻听暗暗想，
难道还去投罗网？
“给我一身军装一支枪，
扛枪打国民党，
自己求解放！”
侦察员点头笑嘻嘻，
领他投到革命里。

三

一杆红旗插在常家庄，
推倒恶霸金保长。

水流千转归大海，
老汉又搬进家里来。

分了金家地，
分了金家粮。
金家驴马多，
老汉分一个。

黑地黄沙好土脉，
老汉分了一大块。
代耕团，拨工组，
光荣军属有照顾。
春来耕种秋来收，
老汉吃穿不发愁。
老汉院里好热闹，
花翎公鸡咯咯叫，
大耳朵毛驴槽上拴，
小猪摇着尾巴满院跑。

写封书信捎前线，

给他的儿子常秀全：
“打胜仗，多出力！”

选自《东北日报》，1948 年 9 月 23 日

◇ 谭荫溥

合江军区的英雄们

为了人民的安宁
为了人民的解放
英雄们
涉过千山万水，
漂过万里重洋，
越过多少繁华都市，
走进这深远的
寒冷的东北方。
十二月底，方司令
带来了北满分局正确的决议，
从此有了
黑夜的灯塔，
海船的南针，
（灯塔给了你们目标

南针给了你们方向）
整顿阵容，
收集战士，
大胆地放弃江北，
从依兰反攻。

六百健儿在依兰舞台誓师：
“活捉谢文东土匪，
打开合江局面；
猛打、猛冲、猛追！
奔袭、夜袭、奇袭……”
大朵雪花在松花江上飞舞，
寒暑表指着零下三十五度，
你们穿着“更生”衣，
脚踏靰鞡鞋、
向着三道通，
勇敢地前进……

团山子，
土匪孙景涛挡住了去路，
你们在雪地里站了三天三夜，
可怕的冻伤
烂脚的
烂手的
烂耳的，

往后方运送——
七十
八十
一百。
而最后，
副司令也负伤回来了，

方司令亲上前线的消息，
像一堆烈火，
像一个磁石，
像冬天的太阳，
像黑夜的月亮，

“同志们！
有了方司令，
我们一定打胜仗！”
夜袭二道河——
什么“总指挥”，
什么“八大处”，
呸！原是一堆粪土！

高山
盆地
富饶
强悍

这就是刁翎
以前啊，
日本的飞机大炮
也攻打了一年多，
而你，英勇的自治军，
打下刁翎吃早饭，
夜袭一百四十里，
你已经成长了，
擅长游击战，
也擅长阵地战，
白天攻坚，

二道沟
土头甸，
深沟
高垒
铁丝网，
土匪夸为“不可攻破的
铜墙铁壁”，
你们一个个像猛虎，
从四周山上扑下去，
不顾子弹的呼啸，
不顾弟兄的扑倒，
土匪丢下机枪逃跑了
你们冲进去了

因为——
你们听见方司令的声音：
“快跑！
多缴枪！
土匪已动摇。”
就生长了百倍的勇气，

老大哥八团赶到了高山上，
也翘起大拇指
夸奖小弟弟的攻击精神。

六月的草原
铺满野百合
和金针，
在那一望无际的
红花和黄花中间，
踏成了一条羊肠小道，
残匪穿过去了，
紧跟着
你们追进去了

八天八夜
通过河流
草田
荒坡

森林……
（只不通过村庄）
不得吃
（干粮真有限）
不得眠，
（蚊子太讨厌！）
你们为了人民，
在后面紧跟着，
残匪的马杀吃光了，
摇摆着走出森林，
你们只一个排堵截，
就俘虏了土匪三百五十，

从依兰
到勃利，
从鸡西
到宝清，
从城市
到乡村，
当过着幸福日子的时候，
就记起了你们！
当受到胡匪骚扰的时候，
就想起了你们！

你的名字，

叫胡匪颤栗，
叫百姓安睡，
叫小孩欢呼，
在战斗中，
你扩大了，
十倍，
二十倍，
正在保护合江二百万人民，
进行翻天覆地的事业，

祝福你们更健强起来！
官兵一致
军民一致
挺立于合江的大门前，
让那些反动派缩回去！

一九四六年八月十二日于佳木斯

选自《东北日报》，1946 年 9 月

◇ 黎　明

守住我们的山岗

迷漫的乌云
遮住了你的玉面
苍翠的松柏
漫长在你的脊间
婉转的鸟声
在歌唱你的雄伟庄严

明媚清秀的古山啊
你这里隐藏着无数的英雄好汉
他们担负着人民的热望
誓死地守住这山岗
这是谁?
这便是抗日联军的子弟兵团
看！黑油油的臂膀

红油油的脸

他们的队伍是多么雄伟壮健

挺起我们的胸膛

握紧我们的刀枪

鼓起我们的勇气

消灭无耻的野心豺狼

守住我们的山岗

守住我们的山岗

选自《白山》,1946 年 12 月第 6 期

◇ 黎　哲

五百多个男子汉

来！
请听我讲述一个悲壮的故事
——它纵然已经褪了颜色
却能给许多个悲剧做序幕

是这样开端啊——
五月节刚一过
天道像火一样热起来
五百多个男子汉
被迫着离开了家门
编成队伍去做苦工
这不是自己的意志
只为仇人做先锋
他们含着满眼泪挪动着瘫软的腿脚

不敢回过头看一看跟在后面的妻和子
他们向哪里奔着去呢?
前边布着的一个丰满的生活吗?
前边飘动着一个美丽的希望吗?
五百多个男子汉如同五百多个临刑的囚徒
任管你长出翅膀来
怕也逃脱不掉那恶狠的监视线

他们的脚趾擦破了
他们的喉咙嘶哑了
他们一步一回头
——只有无力的悲哀落在眼底
从他们的脚跟爬迎过去多少路程
他们已经昏蒙的心志不能计算出来
终于——
他们落脚在一处荒原
那儿是满生着蓬蓬的蒿草
那儿满铺着黏黏的湿土
那儿没有房舍
把蒿草压倒做卧床
那儿没有棚顶
把树枝编插遮风雨

五百多个男子汉
如同五百多架活机器

顺从监视人的皮鞭子
从天亮忙到黑
——两个高粱米团子充饥
拿泥坑里的脏水解渴
五百多个男子汉
变成五百多个瘦弱的活死尸

夏天流行起来瘟疫病
谁管医治的事呢
死了扔在西岗坡下的大坑里
五百多个男子汉
剩下一少半儿做机器了

谁想到半天空响起正义的咆哮
囚笼被打得粉碎
监视的仇人被毁灭了

五百多个男子汉
只剩一少半儿
他们用衰弱的手
举起来磨坏了的铁镐
对着明快的天空
呼啸出蕴藏已久的愤怒
那声音是嘶哑的
那声音充满了激情的欢腾

然而——

五百多个男子汉

只剩下一少半儿了！

十月二十二日

选自《现代女性》，1945 年 12 月创刊号

◇ 潘　青

打铁歌

炉火通红照四方
咱们的铁锤不住地响
叮当叮当日夜忙
铁锤用劲打
铁锤用劲打嗨
打呀打呀
打成了锄头铁犁杖
庄稼人一见喜洋洋
打成了刀枪送前方
战士们一见喜洋洋
多种地来多开荒
打下粮食装满仓
交上了公粮送前方嗨
扛起来枪炮上战场

送呀么送前方

子弹推上膛

眼睛看得亮

要把那反动派

消灭光嗨

消呀么消灭光

选自《东北日报》副刊，1948 年 6 月 19 日

◇ 穆木天

在自由的天地中欢呼吧

我们在自由的天地中走来走去，
我们自由地呼吸。
新中国的远景在我们眼前，
伟大的世纪已经开始！

全中国，
全世界，
劳动人民，
所期待的日子
终于到来了！

从中国这一边，
到中国那一边，
从地球这一面，

到地球那一面，
一切勤劳的人们
都欢喜，
都高兴。

三十年前，
地球上六分之一的地方，
出现了新的光，
现在又有
地球上四分之一的人民
挺直了腰骨站起来，
开始了新的创造。

伟大的
新的创造
现在，已有了
伟大的
新的开始！

从地底下的矿石
到海里的鱼，
今后，在地球上，
在这四分之一的人的手里，
大自然将得到正当的利用。

劳动创造了人，
今后，在地球上
在这“四分之一”的手里，
劳动更要创造出
更幸福的生活，
更健全的文化！

帝国主义法西斯蒂
最后的残余，
就要完全消灭啦。
看啊！
新的人正在开始
创造新的世界！

看呀！
在亚洲大陆上
和欧洲大陆上
那两座伟大的灯塔，
光力有多么强，
是多么光辉灿烂呀！

自由的人
阔步地走着，
再不怕狼虫虎豹！
妖魔鬼怪，

要被那两座灯塔
照得粉碎！

全世界上，
一切劳动人民，
都在欢喜，
都在高兴。
全世界上，
一切劳动人民，
要更紧紧地握手，
更要热烈地战斗！

劳动，自由，
和平，幸福的国土，
越来越宽阔了！
两座伟大的灯塔
把我们行进的路线，
给照得越发清楚了！

全世界
全中国，
劳动人民
所期待的日子
终于到来了！
我们在自由的天地中，

欢呼吧：

中华人民共和国万岁！

全中国全世界劳动人民万岁！

全世界全中国劳动人民领袖

伟大的斯大林，

伟大的毛泽东万岁！

一九四九年十月一日夜于东北大学

选自《长春新报·文艺》，1949 年 10 月 11 日

◇ 戴碧湘

你们，人民的公敌

你们　人民的公敌
法西斯的中国的徒孙们
人民豢养着你们
而你们呵
却高高地坐在宝座上
将人民踏在脚下
你们像臭虫
你们吮吸着人民的血
你们这群丑恶的强盗呵
你们只会掠夺金银土地
和搜括人民最后的一粒食粮

你们　法西斯的中国徒孙们
对外你们却只会叩头

你们的洋主子一声叱责
你们便连忙打躬
然后向人民扬起鞭子
高叫“敦睦友邦”

对人民你们会打会压会杀
对人民你们有的是大刀、机枪、□□、大炮，还有警察特务集中营
抗日有罪
爱国成犯
这是你们的法律
这是你们的独创
这是你们的杰作

你们还有一个绝技
在外国侵略者面前你们比狗还跑得快
从东北、华北华中以至华南……
跑进了巫山十二峰
可耻地逃跑呵卑鄙地逃跑呵
将大好河山送与敌人
将千万人民扔下
不管他们明天的命运
而你们呵
却又爬上峨眉山充作土皇帝
反正骄奢淫侈是伴随着你们

你们会跑也会打败仗
你们有的是众多的常败将军
敌人没放一枪
而汤恩伯将军帐下
失踪了数十万大军

而且你们还会投降
南北傀儡班不正是你们的分号？
投降该赏
勋章是重庆与南京一齐送到。

然而人民呵
都英勇地站起来了
用自己的力量和武器
保卫着被你们损了的祖国的光荣
用自己的血汗和智慧
赢得胜利的果实

现在胜利来到了
而你们却无耻地来了
带着美国的装备
坐着美国的飞机兵舰坦克汽车来了
并且还带来一个野心
一副狰狞的面孔

想独吞胜利的果实

你们来了
像一个扫帚星出现
带来了炮火
你们用战争威胁着人民
你们就是战争
你们就是灾难
毁灭就是你们的名字

你们也许想学希特勒在欧洲放火
你们也许想学墨索里尼在阿比西尼亚森林中逞凶
你们也许想学“皇军”的嘉行
然而你们也得看到黑衣宰相的牧场
也得看到伍长最后的疯状
也别忘了“武士们”的剖腹
你们可以击毁一切和平城堡……
但美国的大炮却不能夺取明天
明天　光耀的明天
明天是属于人民
人民就是力量的定义
人民就是胜利

选自《东北日报》，1946 年 6 月

◇ 魏　丹

战士的心

半夜
漫长的行列
在草原上
向敌后前进

静谧的夜
静谧的草原
不静谧的是
战士的心

寒冷的夜
寒冷的原野
不寒冷的是
战士的激情

战士的心在想着

日间的话

——指导员的动员

去,英勇地

歼灭敌人

选自《东北日报》,1947 年 2 月

◇ 鹰　子

祝《驼铃》

空洞的蓝天
广阔的沙原
没有草色的葱绿
看不见花朵的娇颜

然而,朋友你听!
这丁零零的声音
悦耳而抑扬
低绕又铮铮
似歌吟的秋林呼哨
惹动人们思念的心潮

把一些渴望和梦想
及褪色的忆恋与彷徨

系于你旅王颈端
叮当的铃上

当你跋涉到荒野的废园
任他飘落在芜寂的坛旁
纵然开不出芳香的蔷薇
也许能有幼小的嫩芽苞蕾

选自《驼铃》,1946 年 3 月创刊号

◇ 于志　李声

小铁匠

小铁匠，
叮当响，响叮当，
可怜的，小铁匠，
一天干，一天光，
吃的橡子面，
喝的糊涂汤，
提起鬼子来，
深恨如铁钢。

叮当响，响叮当。
叮当响，响叮当，
做梦来，没想到，
日本鬼，遭了殃，
苏军打了来，

鬼子缴了枪，
解放新旅大，
小铁匠喜洋洋，
叮当响，响叮当。

选自《“工农园地”选集》

◇ 王庆章　周国君

句句双

众位老乡听端详，听我把生产讲一讲，生产事业最要紧，种地千万别胡混，别胡混；

要是种地不用问，少种地多上粪，庄稼长得真有劲，人穷不把亲戚奔，亲戚奔；

草铡完粪送好，眼看种地来到了，种地籽种加仔细，籽种伤热出乌米，出乌米；

犁杖耲耙准备好，明天种地要赶早，耲楂格子踩不好，庄稼出来不够苗，不够苗；

大垄麦子五斗种，四斗麦子种小垄，若是点得不相应，麦子稀了老来穷，老来穷；

种谷子三四升，谷子厚了白费工，糜子粘谷要早种，要种晚了起蛞虫，起蛞虫；

种高粱五六升，点下去稀不丢登，要是开苗多省工，土头湿了好坏种，好坏种；

扣苞米一斗种，一步一棵正相应，长大棒上得成，要种晚了竟贪青，竟贪青；

紧也扣慢也赶，芒种以头开了铲，要起早要贪晚，小苗出土真喜欢，真喜欢；

男的铲女的薅，铲蹚三遍长得高，籽粒足割得早，米又多出糠又少，糠又少；

老言古语没错提，豆打长杆麦打齐，小麦不受三伏气，打完了麦子就脱坯，就脱坯；

白露到来正割地，男女老幼齐下力，连割带拉四十天，拉到场园注意坏蛋，注意坏蛋；

打的粮食堆如山，送公粮支援前线，购粮贸易去换盐，棉花布匹都买全，都买全；

吃有吃穿有穿，合家老幼真喜欢，来年生产好好干，五谷丰收过新年，过新年。

选自《文学战线》，第1卷第1期

◇ 文欣　姜凤　牟青

悼念继斌三首

慰　魂

文欣

淌着辛酸的眼泪
哭诉你——
扯碎了的青春

是谁说：
“生命里不准游阅
要在搏斗中淘炼”
我们都互相劝勉，
今天你在中途，
被虐杀了，

我们怎好安心呢？

多着追求真理，
我们一定支付更多的力气。

悼

姜风

在丁家园子，
你鲜红的血迹：
是
火花
是
哀诉；
也是许多人的忧郁。
无声的哭，
代替了悲祭；
一肚子怨气，
代替了伤痛的叹息！

安息吧

牟青

几多青年
都在为你惋惜

黑暗的毒手
抓去了——
你宝贵的生机
该是万人痛恨的日子吧
（五月二十三日）
丁家园变成你的墓地
忘不了生前英雄壮志
抹不掉历史的血迹

过路的老乡，
都在为你愤慨叹息
他们说：
“小小的年纪
竟有这样遭遇
我们虽无枪炮
锄头、铁锹
也一定把凶手铲去！”

安息吧！
咱们要继承你的遗志
为和平、民主奋斗到底！

选自《东北日报》，1946 年 6 月

◇ 史行　次欧

民兵摆战场

民兵民兵摆战场，
提上地雷背上枪，
一个跟一个，
一庄连一庄，
家家屋后，按下土炮火枪，
满山遍野把地雷埋上，
野狼逃开它虎口，
顽军逃不出咱天罗地网。

民兵民兵长翅膀，
飞行袭击敌后方，
一脚踢后心，
一手打耳光，
配合主力包围顽军在中央，

封锁消息破路锄奸断给养，
捉狼的陷阱安排定，
他不挨地雷就挨枪。

歼敌号筒震天响，
四面喊杀齐冲上，
枪炮高声响，
地雷放红光，
上天无路要活快缴枪，
入地无门顽固你命不长，
民兵战旗迎风扬，
又捉俘虏又收枪。

（×旅宣传队）

选自《东北日报》，1946 年 12 月

◇ 孙英林　李九亭

纺纱小曲

妇女组织纺纱队团，大家努力学纺棉，这是搞生产，哝对呀对歪对歪，这是搞生产。

太阳出来吃完早饭，纺车放在炕中间，动手别偷闲，哝对呀对歪对歪，动手别偷闲。

喂猪打狗杂活做完，找个空儿抽袋烟，还得去桄线，哝对呀对歪对歪，还得去桄线。

日落西山掌上了灯，哄睡孩子就动工，纺车嗡嗡嗡，哝对呀对歪对歪，纺车嗡嗡嗡。

叫声他呀别睡蒙眬，伴我掇棉到三更，咱们来分工，哝对呀对歪对歪，咱们来分工。

棉花掇成小小白龙，拉出长线手一送，绕上纺车钉，哝对呀对歪对歪，绕上纺车钉。

男人休要再称威风，女人今日要出头，纺线显显能，哝对呀对歪对歪，纺线显显能。

姐妹嫂嫂和老大娘，快快参加莫留恋，利益真难找，咴对呀对歪对歪，利益真难找。

纺出头等小米三升，二等还能增二升，三等一升半，咴对呀对歪对歪，三等一升半。

不愁吃来也不愁穿，丰衣足食生活好，全家喜洋洋，咴对呀对歪对歪，全家喜洋洋。

今天纺的三两三，明天就纺小半斤，纺线称英雄，咴对呀对歪对歪，纺线称英雄。

选自《东北日报》副刊，1947 年 11 月 13 日

◇ 劫夫　管桦

咱把花儿烈士灵前送

一把鲜花拿手中，
一朵一朵似火红。
要问鲜花那里来？
老汉亲手把它种。

如今土地还了家，
我老汉才有闲心把花种，
风吹雨淋太阳晒，
红花绿叶才长成。

种花时想到戴花人，
看谁对咱有恩情。
试问土地那里来？
为啥有吃有穿不受穷？

只因为多少英雄流了血汗，
只因为烈士英勇牺牲，
生命换来好土地，
土地上长出花儿红。

咱把花儿烈士灵前送，
只因为他和咱们有恩情。
只因为他是人民的好儿女，
只因为他是毛泽东的好学生。

选自《东北日报》，1948 年 10 月

◇ 陈连凯等

行军歌

出发不怕路程远
行起军来要猛干
因为上级计划好
大家坚决这样办
每天不论怎样累
吃苦耐劳做模范
同志脑筋别思想
自己心里别打算
永远跟着共产党
和平民主早实现

——班长陈连凯

行军不怕疲劳辛苦
打起仗来赛如猛虎
坚决勇猛消灭敌人

多缴武器多抓俘虏

——战士刘占江

我们行军不嫌烦
相信上级领导咱
不管昼夜去出发
不论东北和西南
我们胜利在眼前

——战士刘占江

我们要求上前线
不要固定到江南
运动战术实行好
走东边来往西边
把敌牵到根据地
勇猛好打歼灭战
多缴俘虏和武器
俘虏政策不违犯

——战士赵文柱

选自《东北日报》副刊，1947 年 2 月 13 日

◇ 松江省委宣传部

农民文化读本

第一课　东方红

东方红太阳升
中国出了个毛泽东
他给我们谋生存
呼儿咳哟他是人民大救星

第二课　解放区

解放区，真打么，穷哥们，翻身了。
分土地，挖财宝，地主恶霸都斗倒。
解放区，真光明，当权办事是工农。
有农会，有民兵，肃清坏蛋享太平。
解放区，真不错，加紧生产有吃喝。
支援前线力量大，打败老蒋笑呵呵。

第三课　解放军

人民解放军，
坚决又勇敢。
爱国家，爱人民，
一心为工农。

四平一站敌丧胆，
三下江南大反攻。

军爱民，民拥军，
拥护朱德总司令。
杀敌人，保土地，
活捉蒋军到南京。

第四课　民主政府

民主政府真正好，
帮助穷人大翻身。
订计划，放农贷，
都是为咱穷哥们。

东北行政委员会，
最高主席是林枫。
还有松江省主席，
他的名叫冯仲云。

第五课　农会

农工联合会，会员要好人。
贫雇农当权，处处向穷人。
大家一股绳，中农也欢迎。
汉奸卖国贼，地主和恶霸，
特务跟警察，都不准参加。
狗腿胡崽子，流氓兵油子，
邪门和歪道，都要去改造。
富农剥削人，当然不要他。
有人要入会，考查再考查。

第六课　农会干部

农工会，头行人，领导咱们来翻身。
选举时，要认真，定要分清好坏人。
成分好，来历清，工作积极敢斗争。
做模范，办事公，联系群众要立功。

第七课　小组会

农会会员，编成小组。
常常开会，遇事商量。
斗争坏蛋，监视地主。
平分土地，缴纳公粮。
拥军优属，组织生产。
大伙开会，都出主意。

谁说得对，就服从谁。

合计好了，齐心去干。

选自《东北日报》

◇ 虹光　于潭

麦收谣

之一

南风吹，麦穗黄，五月农村生产忙，分得官地全种上。

三更起，半夜忙，拔麦小组带干粮，一片麦海黄浪浪。

年轻人，力气壮，政警教民一大帮，拔麦小组收割忙。

互助组，互帮忙，人工换车更相当，大家显得团结强。

你一把，我一把，捆麦装车乐洋洋，肥胖麦子拉上场。

铡的铡，捆的捆，三间房子满了仓，全家大小喜洋洋。

庄稼人，直嚷嚷，省工省钱实在强，民主政府好主张。

之二

农民喜洋洋，雨水来得强，庄稼长得好，麦子黄又黄，

麦黄可收仓，政府有命令，干部来帮忙，区长领着干，

人人满脸汗，大家争模范。地主抿嘴笑，回家说短长，

民主天地里，真是奇事多，政警帮麦收，此事古来稀。

选自《“工农园地”选集》

◇ 都都　韶华

“儿子！儿子！”

——记一个蒋占区抓丁的悲惨故事

五月
我随着人民的大军向南
向南
向南
一直地向南。
人民的大军
要打进敌人的心脏
去把痛苦的人们解放。
一天下午
部队走进了一个村庄
村里的人们
好似看见了希望
三三、两两

走出了那破屋房
他们露出了
第一次的笑脸
来迎接他们的解放。

突然
一个老太婆
钻进队伍里来乱嚷：
“儿子，儿子
我的好儿子。”
她的喉咙已嘶哑
她的声音显示着绝望
稀少而灰白的头发
干瘦的脸
深陷的眼睛
像埋着两团愤怒的火焰
她在战士们身上乱抓
她在队伍里乱窜
她急促而焦急地喊：
“儿子，儿子，
我的好儿子。”

她怎么了？
有人告诉我
她是疯子

怎么疯的呢？

唉！

提起这

话可长

你听我来慢慢讲

这个老太太她姓方

我和她是

住在一个乡

唉！

日本鬼子伪满时代

让我怎么讲？

这里的屯长，排长

都是狼心肠

抓去她的丈夫

儿子又挖煤矿——

丈夫死在矿山上，

“八一五”后

儿子才跑回家乡。

儿子跑回来

她那水里滚油里煎的日子

好像有了点希望

六十岁了

就瞅着这棵苗呵

但

谁敢想
十四年的仇恨不能伸
偏偏来了“中央”
来了“中央”就遭殃
过去的屯排长
又把官当上
这里呀
和伪满一样
纳捐、派款还不算数

最蝎虎的是：
强奸媳妇姑娘
抓丁拉走儿郎
姑娘、媳妇、小伙子
走的走来
逃的逃，
白天躲
黑夜藏
家家户户提心吊胆
怕有人把门敲
怕听一声狗咬
唉！
你说这个日子怎么过
这个日子怎么过啊！
方老太太

她呵

黑夜白天乱祷告

向天

向祖宗

向过路神仙

只求她儿子

不叫“中央”抓走。

她的头发愁掉了

她的泪流得眼发干

她的心呵！

像压上一块铅。

她说呵

老天你睁睁眼

把命苦的人可怜，可怜。

唉！

老天根本不长眼

命苦的人没人来可怜

在一天傍晚

到底来了

抓丁遭殃鬼

区排长领着头

村前村后都抓遍

最后抓到

方老太太的草房前

她的儿子刚上炕

听见外面噪嚷嚷

急忙下地躲门旁

母亲吓得

穿不上鞋

下不了炕

外面敲门没人开

嘣的一脚踢进来

“中央”伸手抓住她的儿说声：

“你这逃兵哪里跑？”

不容分说就要绑

儿子眼睛红似火

抓起菜刀

对着炕沿往下剁

一下剁掉两指头

“中央”一见心里慌

再细一看哈哈笑

“剁掉左手不要紧

咱们还是拉着走”

母亲扯住儿子不放手

儿子抱着母亲不抬头

强盗杀人不眨眼

“中央”没有人心肠

儿子绑走上了郑家屯

老母昏倒在门旁。

方老太太她醒来

不见儿子面
炕沿丢下两指头
抱着指头
哭声儿
儿呵
哪天能和妈妈再见面
她呀
越想越痛肝肠断
不管天黑路又远
舍生忘死去追赶
不拉回儿子死也心不甘。
唉！
她第二天早晨
进了郑家屯
郑家屯里乱慌慌
上哪去找儿子呢？
忽然看见
街东过来一大群
绑的绑来
拖的拖
好像赶着猪和羊
两旁老总都是美国样
一步一喊
一吆喝
她一边走一边看

看见儿子在里面
她想上前去
心里又一转
摸摸头上别发针
生出一计心里酸
唉！
她咬牙跺脚走上前
不管老总怎样喊
抓住儿子不放手
儿子看见妈
两眼泪涟涟
说声：
“妈妈回去吧！
这里不是咱们家。”
她的心上狠上又加狠
叫声孩子
你看看妈
儿子头一抬
她拿起发针就往眼里扎
儿子不懂妈妈心意
头一偏
身一躲
扎上了耳朵。
蒋军一看说混蛋
上去就是一枪把

一枪把
打倒了妈
儿子叫那些东西给拉走了。

老乡说着有些难受了
我问：
“以后呢？”
以后她就疯了。
这时那老太太
突然向我奔来
抓着我：
“儿子，儿子，
我的好儿子！”
我抓住了
她那枯干的胳膊
激动地摇晃着：
“老大娘
你已经有这么多的儿子了
你看！
这些儿子
将要给你报仇的。”
我的眼睛有些湿润
似乎再不能忍住
我跑着追赶队伍。
“儿子，儿子

我的好儿子!”
还是那绝望的声音
那嘶哑的喉咙。

为了安慰千万个母亲
为了解放千万个儿子
人民的大军
向南
向南
一直地向南
河在咆哮了
山在怒吼了
人民胜利了。

选自《东北日报》,1947 年 8 月

◇ 流沙　梁书斌

年

往年

门外鞭炮乒乓响，
穷人冻得直“筛糠”。
锅里看看不冒气，
烟筒里头不走烟。
孩子哭着要饺子，
爸爸给了一耳光。

富贵人家挂红灯，
烧香点火接财神。
七碟子八碗吃尽兴，
老爷的懒腰伸一伸。
叫声听差你听着：
穷种们短钱去拔锅！

如今

秧歌过街年初一，
穷人家里煮饺子。
老头身穿绸缎衣，
拿着地照谢天地。
姑娘上前拉一把：
理当先拜毛主席！

扛活的坐上太师椅，
制定大法审地主：
从前都说你赛“真龙”
如今你要还欠债！
往年说俺是穷种
如今咱就是“朝廷”！

选自《东北日报》,1948 年 2 月

◇ 葛力群　刘桂森

解放战士的旗帜——姚海斌

一九一八年(民国七年),
你生在乌江北岸——
贵州、怀仁、雪化乡。
两间漏雨茅房是你的家,
三亩荒地是你爹汗珠换来的家底,
每年只打两石粮。
你从刚记事起——九岁,
就顶了租子去给地主放牛羊。

你穿着露肉的短裤,
整天和牛群混在山冈;
牛棚是你的房,
牛粪是你的床,
地主剩饭喂猪狗,

三十晚上你还吃麦糠。
牛犊子病死了一条，
地主用皮鞭子剥去你肉皮一张。
拉走你家大耕牛，
又罚你家两石粮。

不知你肚子里咽下了多少泪水，
不知你被地主剥去皮几张，
饿得你像个瘦猴，
晒得你皮肤黑黄，
就这样：
一月，两月，
一年，两年，
酷暑，严寒，
日头，月亮，
……
熬过了十六年，
弄得你满身血斑。

一九四三年，
一退退到蛾眉山上，
断送了大好山河，
鬼子眼看到贵阳。
夜猫子进宅没好事，
蒋党抽兵抓丁忙。

本来地主儿子正当龄，
逼你替丁就用绳子绑。
你爹哭着来看你，
被保长一脚踢伤！
就这样，
赶羊似的把你送进兵营。

一九四五年八月，
日本宣布投降，
你的心开了花——
喜气洋洋，
这回该咱——
返回家乡看爹娘。
鬼知道：
内战祸首——老蒋，
不顾民族的生死存亡，
又把你骗到北方（东北）——
打共产党。
就这样：
像囚犯似的——装进美国的船舱，
把你拉到内战战场！

你不愿自残骨肉——
告假不准，
开小差无方。

敢怒而不敢言，
强权高压不敢反抗。
不知你在被窝里流了多少泪，
不知你在碉堡里哭了多少场。
你常和知己的朋友讲：
“打仗千万枪口朝天放，
替老蒋打天下，
一命呜呼犯不上，
他们（指民主联军）都是中国人，
等他们一喊就缴枪——
咱们就投降。”
果真：
四七年，六月，廿一号——
喜鹊飞鸣，
老爷岭打响。
你荣获解放。

好像昏黑里见了太阳，
好像夜雨里见了月亮。
这就是你的新生开始，
乐得你像囚鸟出笼一样。
你不再遭苦受罪，
知道了人民救星——
是共产党，
民主联军——

是人民武装。
你享受到真正的民主、平等……
你常和别人自豪：
“我从地狱到了天堂。”
你少报了五岁（卅岁报廿五），
怕民主联军不让当。
四七年，十月，
你血书要求到前方：
誓死不归坚决消灭老蒋。

你兴高采烈地参加了自己的军队，
不到三天就打仗。
两昼夜急行军你没掉队，
还帮助同志背双枪；
攻击德惠你参加突击组，
只身奋勇先跳过城墙；
一口气冲到敌团部，
活捉守匪潘侯正副团长。
潘侯二匪垂头丧气悲观失望，
你严肃郑重地把话讲：
“我原先也是这个军，
老爷岭战斗被解放，
民主联军优俘的政策好，
何必献身给独裁王（指老蒋）。”
说罢侯献金子潘献表，

你一连串说了三个“不要”。
你说：
“我们民主联军，
为人民服务，
想用贿赂万不能。”
团里给你记上一大功，
你的芳名全团扬，
大拇指一举——夸你是好样。

五个月——
你从来就没睡过炕。
进击法库逃匪时，
是在老虎头，
一百四十里的强行军，
谁都累得够呛。
你先给同志们安置好，
你给同志们烤靰鞡和衣裳，
又替同志连串站了两班岗，
自己的靰鞡未烤出发号声响。
一夜又走八十里，
两脚打泡又把机枪扛。
别人抢背你机枪，
你说得更漂亮：
“你们体格弱，
还是叫我扛，

只要咱班不掉队，
战场立功多增光！”

每到宿营地——
背包不解手脚忙，
你像慈祥的老母亲，
洗脚水端在同志们身旁。
打来饭，又打汤，
爱护老百姓，
如同亲爹娘，
开头说政策然后讲主张。

每当一出发——
你各班走上一趟，
缸里没水你就挑，
损坏家具你赔偿，
九连群众工作好，
哪个不把你夸奖：
“姚海斌真正好样，
老同志都跟不上。”
余家窝棚评功会，
你又上了功臣榜！

德惠解放的战友——
李金铎和刘维贵，

他们受的教育少，
思想不健康。
想家、怕苦……
不知哭了几场，
工作也吊儿郎当。
谁也没有你那样耐心烦，
有空就和他们谈思想：
“吃水不忘挖井人，
咱们解放不忘共产党！
难道你们受的苦，
完全不记在心上？
我在‘中央’干了五六年，
苦海深仇不能忘，
要想申冤报仇，
必须活捉老蒋！”
诉苦会上你开头一炮，
揭穿了解放战士的幻想。
在你的苦心教育帮助下，
在你的实际行动影响下，
全团的解放战士，
复仇火焰日益增长。
想“开小差”的坦白出不少，
全都坚定了为人民服务的思想。
如今：
李金铎和刘维贵，

也都呱呱叫。
如若没你苦心帮助，培养……
他们哪能进步到这样。
王葆仁——是你班长，
威信不大强。
因你虚心尊干，
他受到了莫大影响。
平时战时你一天一汇报，
大小事你都和他商量。
虽然你不出头露面，
班长却称你“诸葛亮”。
如今：
谁还敢说班长威信不强，
班里工作和往昔大不一样。

怪话大王——宋小虎，
他名字叫宋也祥。
你下苦心帮助他三个月，
如今：
他和你一样，
工作做得好，
怪话一句都不讲。
又吃苦，又耐劳……
谁还敢叫小虎是怪话大王。

机枪助手——王福臣，
他常当别人讲：
一班副待咱像亲兄弟，
我死也不能忘，
战斗时，
那还是在战场，
他亲自把我手，教射机枪，
他不着急，也不着慌，
敌人一步也不敢上，
并给敌人很大杀伤。
真是——战场就是课堂。
是的，
你常和同志们说：
“国民党军队没训练，
贪生怕死根本打不好枪，
咱们要沉着，保险打胜仗！”

你，姚海斌同志，
班里叫你——大娘，
因你太慈祥。
连里叫你——政治战士，
因你思想健康。
营里请你——机枪教员，
因你机枪擅长。
团里称你——解放战士的旗帜！

因你的美名在他们心里十分响亮。

你，姚海斌同志，
选你——战斗英雄，
因你在战场上——孤胆、顽强。
选你——工作模范，
因你艰苦热心表现在平时工作上。
选你——人民功臣，
因你功绩卓著辉煌。
叫你——解放战士的旗帜，
因你是解放战士的好榜样。

选自《知识》，1946 年 1 月第 7 卷第 3 期

◇ 戴志权　法广学　朱鸿贵　秦世桐

慰勉前线同志

你们雄伟地站在自卫的岗哨，
看守着每寸土地、每个城市和乡村！
你们没有忘却人民的委托：
“反动派在哪里进攻，你们就在哪里抵抗！”
战斗吧！英勇的同志们！
前进吧！英勇的同志们！
反动的恶魔已在你的面前发抖！
东北人民都向你们欢呼致敬！
你们贯彻始终完成人民给你们的委托
你们是钢铁般的人民军队，
是人民的靠山！
千百次的保卫战，
表现了你们的勇敢，
千百次的保卫战，

表现了你们的顽强。

胜利再胜利!

前进再前进!

东北的和平民主将随你们的胜利而诞生!

选自《东北日报》,1946 年 5 月

存　目

丰永刚

悲歌

王丙寅

别信神

王泽

船长

王清林

咱们至死不能让

韦长明

八月通讯

车窗

春天的情绪

滴滴雨

断章

古城之夜

黑黑的庭园

怀念

火焰

纪梦

酒家

梦

梦在南方

某夜记

墓前

南岭夜歌

你别把涕泪横抹

悄语

秋

十五月夜

逝

晚来闲话

妄言

温暖的一盅

温室里的殇逝

我的诞日

我走累了

向晚之歌

晓征

笑盈盈的日子

烟景

夜行

乐为

矿工的歌

冯明

农民翻身小唱

兰瑜

从前与现在

尼刊

小诗三章

辽心

二月初六

成弦

过未名墓

曲折

黄振金的愤怒

朱丹

诅咒之歌

乔夫

海滨之歌

任君作

索性歌

任钧

血肉筵席

任镜

一手遮不住天

刘闻汉

新生

刘道新

记那一天

刘道衡

打狗曲

江红

活着为什么？

安尼

时间

阮坚

要和平，争和平！

阮铿

质问

孙凌文

战地吟

纪哗

庆祝穷人大翻身

严文井

我的兄弟们

杜易白

老爷岭一带的民谣

李则蓝

快乐

李克翼

把我们所有力量献出去

李沅获

长春在灾难中

李炎

梦和海

李雷

农民翻身的年代

杨宇

划船歌

吴德华

李金信说书

佚名

孩子们,是时候了

绥远民谣

谷波

到街上去

准备好了

彤剑

三年间

辛土

神女

沙虹

南城行吟

林耘

重新发给咱一杆枪吧

金羽

你揉碎了我的梦

朋华

离沈阳

放平

边外之歌

郑文

我走到陵街

荆宇

刘小英

侯金榜

赶狼

侯唯动

垂死的挣扎

胜利是人民的!

莫洛

给诗人 V. C

夏葵

一对黑溜溜的眼睛

流焚

北邻和祖国

黄冰波

诗话

梅林

群像

蒋迟

十月古城夜

鲁琪

北大荒的故事

蔡天心

红旗颂

端木长虹

萨尔浒的记忆

霍波

东北农谚

——关于二十四节令

××旅宣传队

新群英会

刘岱　三川

陈家大院

敬　告

《1945—1949 年东北解放区文学大系》为展现东北解放区文学的整体风貌而编辑出版。丛书选取此间最具代表性的作品,以纪录这段波澜壮阔的历史时期内东北解放区所发生的翻天覆地的变化。由于丛书所收录的作品众多,时代不一,加之编辑出版时间有限,至今尚有部分收录作品未能与原作者或继承人取得联系。为保护作者著作权益,我社真诚敬告:凡拥有丛书所选录作品著作权的,请与我们联系,我们将按照国家规定及时付酬。

感谢社会各界对我们的理解与支持。

黑龙江大学出版社